dtv

Ausführliche Informationen über
unsere Autoren und Bücher
www.dtv.de

PAULIINA SUSI

DAS FENSTER

THRILLER

Aus dem Finnischen
von Stefan Moster

dtv

MIX
Papier aus verantwortungsvollen Quellen
FSC® C083411

Deutsche Erstausgabe 2017
dtv Verlagsgesellschaft mbH & Co. KG, München

Titel der finnischen Originalausgabe:
›Takaikkuna‹ (Tammi, Helsinki 2015)

Umschlaggestaltung: Katharina Netolitzky/dtv
Satz: Greiner & Reichel, Köln
Gesetzt aus der Rotis Serif Std und der Rotis Sans Serif Std
Druck und Bindung: CPI – Ebner & Spiegel, Ulm
Gedruckt auf säurefreiem, chlorfrei gebleichtem Papier
Printed in Germany · ISBN 978-3-423-26144-9

»Zieh deinen Pulli aus!«

Die Augen der Frau weiten sich und verengen sich im nächsten Moment zu Schlitzen. Zwischen ihren Lippen blitzt es weiß auf.

Lacht sie?

Ja, sie lacht. Jetzt kichert sie bereits laut, erregt von dem Spiel, genauso wie er, von ihrem kleinen, gemeinsamen nächtlichen Spiel. Sie will das Gleiche, sie ist voll dabei, darum hat er sich ihr auch genähert, solchen wie ihr merkt man das an.

»Du willst, ich ... Pulli *off?*«

»Ja, genau, zieh ihn aus! Lass mich was sehen. Zeig mir ein bisschen was von deinen Titten!«

Während des Überredungsversuchs legt er fast unmerklich die Hand in den Schoß, außerhalb des Blickfelds der Kamera.

Da nichts passiert, fragt er sich schon, ob dieses Miststück ihn nicht versteht, ob ihr finnischer Wortschatz nicht ausreicht oder ob sie auf einmal so tut, als wäre sie schwer zu haben, aber jetzt geht es doch wieder voran. Ihre Zähne leuchten, und ihr Lachen kommt von ganz tief, als sie den Saum ihres Pullis nach oben zieht.

»Na also«, sagt er. »Geht doch ...« Er lässt die Frau keinen Moment aus den Augen, während er mit der freien Hand nach dem Glas greift und den Drink, der von den Eiswürfeln noch nicht kalt geworden ist, in einem Zug leert.

Er steht ihm dermaßen, dass es wehtut.

Die Bildqualität ist nicht besonders gut. Unter dem faden, blassgrauen Wollpulli kommt zunächst wenig zum Vorschein, nur ein Streifen dunkler Bauch. Dann blitzt wieder etwas auf.

Schmuck. Ein Nabelpiercing.

Sofort wird sein Mund feucht. Sie hat sich die Haut durchstechen lassen. Sie hat sich in irgendeiner scheiß Klitsche in Afrika ein Loch in ihre herrliche junge Haut machen lassen, damit er, nur er, es hier und jetzt betrachten und den Anblick genießen kann. *Du willst reden mit mir? Ich sehr einsam diese Nacht.* So schrecklich einsam. So weit weg von daheim. Das arme Ding hat niemanden bei sich, genau wie er, sie brauchen beide Trost, was für ein Zufall. Und wenn man dazu noch ein bisschen beschwipst ist, er zumindest, zugegeben, aber noch kein bisschen müde, im Gegenteil ... richtig in Fahrt.

Höllisch geil, offen gesagt.

Die Freundschaftsanfrage war unaufgefordert und überraschend gekommen. Myriam Navoko, dreiundzwanzigjährige Austauschstudentin aus Sambia. Wollte mit ihm ihr Finnisch trainieren, hatte zufällig auf Facebook gemerkt, dass er online war und laut Foto gar nicht so schlecht aussah ... Als Gentleman muss man so einer jungen Studentin einfach helfen, hatte er gedacht, als er die Anfrage annahm.

Sofort kam die Einladung zum Videochat.

Am Anfang tastete er sich natürlich nur vor, antwortete nicht auf neugierige Fragen, die ihn selbst betrafen, erkundigte sich stattdessen nach Myriams Studium, nach ihren Freunden und ihrer fernen Heimat. Und sie wurde ganz schön gesprächig, mit ihrem ulkigen, holprigen Finnisch, in das sich ab und zu ein englisches Wort mischte oder etwas Exotischeres – was die da unten eben so reden, Afrikaans, oder so etwas. Sie sei gekommen, um Finnisch zu studieren, erzählte sie. Und wie gefällt es dir in Finnland, fragte er sie, wie man das bei Ausländern so macht, ist es nicht ein großartiges Land?

Ist großartig. Ich sehr glücklich.

Ihre Unterlippe zitterte. Er sah, dass sie alles andere als glücklich war. *Was bedrückt dich, kleine Myriam?*

Du lieb, weil du fragst. Diese Herbst kalt. Leute auch kalt.

Das arme Ding brauchte wirklich Trost.

Kalt ist es inzwischen nicht mehr, ihm jedenfalls nicht. Auf dem Bildschirm haben die Hände den Saum des Pullis bis über den kritischen Punkt angehoben, und jetzt ... Jetzt taucht darunter der BH auf. Hell, schimmernd, jungfräulich glatt und unbefleckt, und vor allem wölbt er sich *le-cker*! Da sind sie nun, eine Augenweide, die Brüste, die Titten einer jungen Frau, fest und rund, dunkel wie Riesenpflaumen quellen sie aus den Körbchen und füllen den ganzen Bildschirm in übernatürlicher Größe. Ja, sie ist voll dabei, sie gibt alles, um ihm die Zeit zu vertreiben ... nur ihm, sie ist nur für ihn da und für seine Hand, die jetzt seinen Kameraden in der unteren Etage umklammert. Der Schweiß rinnt ihm von der Stirn in die Augen, er muss ihn mit der freien Hand abwischen, während die andere Hand ... während die andere ...

»Zeig mir deine Fotze, Negerhure!«

Es kommt mit belegter Stimme und heiser heraus.

Und da geschieht etwas Unerwartetes. Die Brüste, die gerade noch den Bildschirm eingenommen haben, verschwinden. Der Pulli ist über ihnen herabgefallen wie der Vorhang im Theater. An ihrer Stelle taucht das Gesicht der Frau auf, es berührt beinahe die Kamera. Die Nase wird riesig, weitet sich an den Nasenlöchern. Die Haut, die aus der Entfernung so vollkommen aussah, lässt eindeutig Schönheitsfehler erkennen. Pickel. Auch Schwarze können Pickel haben.

Die Bewegung der Hand erlahmt, dabei hat er gerade einen so guten Rhythmus gefunden.

»Entschuldigung, *was?*«, fragt die Frau.

»Zeig mir deine Fotze. Neger. Hure.«

Er hört den kindischen, fast weinerlichen Trotz in seiner Stimme. Nimm mir nicht weg, was du mir versprochen hast, verflixt!

Die Frau sagt nichts. Sie schaut ihn nur an, von schräg unten, naserümpfend. Seine Hand und seine offene Hose sind unter dem Tisch verborgen und im toten Winkel der Kamera. Trotzdem lässt er los.

Er hüstelt.

»Wie viel?«

Ihr Gesichtsausdruck ist unergründlich. Was überlegt sie? Rechnet die Kasse in ihrem Kopf gerade eine Summe in Euro um? Bei denen weiß man nie. Oder könnte es sein, dass sie ihn tatsächlich nicht versteht?

»*How much?*«, versucht er es auf Englisch. »Nenn mir eine Summe! Ich kann es mir leisten. Ich bin ein wohlhabender Mann. Reich, *rich*. Viel Geld.«

EINS

Jeder von uns hat es, auch der Härteste. Eine empfindliche Stelle. Einen schmerzlichen Punkt. Das ungeliebte Kind hat viele Namen. Trauma. Schwäche. Achillesferse.

Die Wunde in der Seele, von der man als Letztes will, dass jemand das Messer darin umdreht.

Du weißt, wovon ich rede. Von dem, was jeder um jeden Preis vor den groben Pranken der anderen schützt. Oder zu schützen versucht.

Falls er es überhaupt begreift. Nicht alle begreifen es. Diese Trottel. Die gutgläubigen Idioten. Wenn sie abends die Haustür abgeschlossen haben, begeben sie sich getrost und selbstzufrieden zur Ruhe. Tagsüber reißen sie dann alle Schotten auf, sobald auch nur irgendjemand, egal wer, bei ihnen anklopft.

Solche Leute stellen für mich keine Herausforderung dar. Nicht beruflich, nicht mental. Sie sichern mir meinen Lebensunterhalt, aber wenn ich ehrlich bin, bringen sie mich vor allem zum Gähnen. Es gibt zu viele von ihnen. Sie sind in der Überzahl. 87,9 Prozent der Finnen und 91,2 Prozent aller Menschen auf der Welt. Ich meine, derjenigen, die Zugang zum Internet haben.

Frappierende Zahlen, was? Sie stammen aus meinem Kopf.

Eins ist sicher. Du bist einer von ihnen.

1

Er bemerkt das schwache Signal sofort. Allerdings ist es unangemessen, von schwach zu sprechen, wenn der Pferdescheiße-Index Alarm schlägt. In mehreren ernst zu nehmenden Foren, in die er seinen Algorithmus eingeschleust hat, um die Häufung bestimmter Schlagworte in den Kommentaren dort zu beobachten, sind die Regler voll aufgedreht, und jetzt wird auch der vertraute Hobbit wach.

Check das mal, linkt Frodo.

Bilbo dankt, quittiert er.

Da entwickelt sich eindeutig etwas Außergewöhnliches.

Neuerdings kommt er nur noch selten dazu, das TV-Programm in Echtzeit zu verfolgen, aber *Die Woche mit Tähtimö* kennt er. Die halbstündige Talkshow zu aktuellen Themen am Freitagabend zur besten Sendezeit ist ein Erfolgsformat.

Sanni Tähtimö gibt das Gesprächsthema der folgenden Woche vor.

So simpel das Konzept auch ist – es funktioniert. Sie trifft im Studio einen Gast und redet eine halbe Stunde lang mit ihm, minus Werbepausen. Als Kulisse genügen zwei schlichte graue Sessel und ein kleiner Couchtisch aus Hartplastik. Man sieht die beiden, die dort sitzen, vom Scheitel bis zur Sohle.

Nichts bleibt verborgen. Nichts kann verheimlicht werden. Transparenz ist das Markenzeichen von *Die Woche mit Tähtimö.*

Die heutige Sendung nähert sich gerade dem Ende.

»Paragraf 7 des Gesetzes zum Schutz der öffentlichen Sicherheit und Ordnung: ›Das Anbieten sexueller Dienstleistungen und ihre Inanspruchnahme an öffentlichen Orten ist verboten.‹ Sie wollen also kriminelle Handlungen fördern. Warum?«

Die Tähtimö ist eine Meisterin der Provokation, darin liegt eines der Geheimnisse für die Beliebtheit des Formats. Sie kombiniert flink Feminismus mit Rechtsliberalismus. Und wenn ihrem wöchentlichen Gast vor dem Abspann nicht noch etwas herausrutscht, was ihm selbst oder seiner Sache schadet, sind die Zuschauer und Schlagzeilenmacher enttäuscht. Wenn sich die Kommentarspalte auf der Homepage der Sendung nicht jeden Freitag binnen weniger Stunden mit wütendem Geschrei dafür und dagegen füllt, dann hat die Starjournalistin Tähtimö versagt. Aber eine Sanni Tähtimö versagt nicht. Auch das ist eines ihrer Markenzeichen, genauso unübersehbar wie ihre gewaltige blonde Mähne, wie die aus dem großzügigen Dekolleté hervorlugenden Spitzen ihres BHs, der jeden Freitag eine andere Farbe hat, und wie ihr puppenhaft bemalter Kussmund, der Fragen abfeuert wie ein Maschinengewehr.

»Unsere Klienten operieren in der Regel nicht auf der Straße, sondern im Netz, weshalb auch wir uns darauf konzentrieren. Auf unserer Homepage bieten wir Service und Hilfe an, die anonym in Anspruch genommen werden können, unabhängig von Zeitpunkt und Ort, genau dort, wo sich der Klient gerade befindet.«

Die Frau, die diesmal zu Gast ist, übersteht das Trommelfeuer außergewöhnlich gut. Reizvolle braune Stiefel bedecken ihre schmalen Beine, und auch sonst ist die Kleine eine hübsche Erscheinung. Um die fünfunddreißig, die glatten, ziemlich blonden Haare fallen ihr bis auf die Schultern, ihre spärliche Gestik wirkt steif, vielleicht vor Aufregung oder wegen mangelnder Erfahrung mit Auftritten in der Öffentlichkeit.

Kerzengerade hockt sie auf der Sitzkante, die Hände im Schoß, die bloßen Knie unter dem kurzen Rock zusammengepresst.

So behält sie auf dem Weg ins Feuer ihre Nerven im Griff.

»Ich möchte außerdem anmerken, dass wir definitiv keine kriminellen Handlungen unterstützen. Die Legalität unserer Aktivitäten ist in jeder Hinsicht gewährleistet.«

»Genau«, sagt die Tähtimö bedeutungsvoll. »Justizminister Tarmo Häkkilä hat ja fast als erste Amtshandlung eine gemeinsame Arbeitsgruppe aus dem Justiz- und Sozialministerium eingesetzt, um diese Legalität sowie den generellen Nutzen Ihrer Aktivitäten zu überprüfen. Noch steht es auf der Kippe, ob Sie überhaupt anfangen können. Macht Ihnen das Sorgen?«

»Nein. Ich bin davon überzeugt, dass diese Untersuchung zu einem positiven Ergebnis führen wird, und ich bin absolut zuversichtlich, dass wir innerhalb des gesteckten Zeitrahmens beginnen werden. Der Bescheid ist uns für Anfang nächster Woche versprochen worden, spätestens Dienstag.«

Es macht Spaß, den beiden zuzusehen. Sanni Tähtimö hat an einem harten Knochen zu knabbern.

Sie genießt diese Herausforderung allerdings sichtlich.

»Lassen Sie uns weiter im Gesetz lesen. Die Absätze 8 und 8a von Paragraf 20 im Strafgesetzbuch verbieten die Inanspruchnahme sexueller Dienstleistungen von unter Achtzehnjährigen und von Personen, die Objekte der Zuhälterei sind, sowie von Opfern von Sex- oder Menschenhandel. Wie können Sie sicher sein, dass Ihre Arbeit nicht auch Männern hilft – *Klienten*, wie Sie diese Leute nennen –, die sich solcher strafbaren Vergehen schuldig machen?«

»Ich kann mir nicht sicher sein. Natürlich nicht. Aber auch solche Männer sind unsere Klienten oder könnten es sein, und wir haben keinen Grund, sie abzuweisen.«

»Fragen Sie diese Männer nach solchen Dingen? Von wem und unter welchen Umständen sie sich diese *Dienstleistungen* beschaffen?«

»Das tun wir. Und dabei stehen wir unter vollkommener Schweigepflicht. Nur so kann Vertrauen zwischen uns und den Klienten entstehen. Und Vertrauen ist notwendig, damit sich ein gutes Verhältnis entwickeln kann und der Klient das Gefühl hat, echte Hilfe für sein Problem zu bekommen. Sie dürfen nicht vergessen, dass Sexsucht und der zwanghafte Erwerb sexueller Dienstleistungen nicht weniger schädliche Abhängigkeiten sind als Alkoholismus oder Spielsucht. Unser Ziel ist es, solche Verhaltensmuster aufzulösen oder ihnen gegenzusteuern, oder unsere Klienten zumindest dazu zu bringen, über die Gründe ihres Handelns nachzudenken, und auch über die Folgen für sie selbst, für ihre Angehörigen und die Sexarbeiterinnen.«

Die Tähtimö nimmt intensiven Blickkontakt mit ihrem Gast auf.

»Sexarbeiterinnen. Interessante Wortwahl. Ist Prostitution Ihrer Meinung nach ein Beruf?«

»Der Begriff ist allgemein üblich und neutral, wenn auch nicht unproblematisch. Grundsätzlich verurteilen wir bei ProMen niemanden. Natürlich wollen wir auch diejenigen ermutigen, die gegen ihren Willen in diesem ... Beruf gelandet sind und Hilfe brauchen, die für sie passenden Serviceangebote zu nutzen. Der Pro-Stützpunkt e.V. leistet auf diesem Gebiet großartige Arbeit. Unsere Aufgabe wiederum ist es, Menschen zu unterstützen, die gewissermaßen auf der anderen Seite stehen und trotzdem manchmal genauso authentisch das Gefühl haben, Hilfe zu brauchen in ihrer ...«

»Jetzt mal im Ernst«, fällt ihr Sanni Tähtimö ins Wort. »Ich bin bestimmt nicht die Einzige, für die dieses übertriebene Verständnis und das Verhätscheln längst viel zu weit gehen.

Sollen wir dafür etwa unsere Steuermittel aufwenden? Ich bitte Sie!«

Die Tähtimö spitzt missbilligend die Lippen.

Ihre Kontrahentin lässt sich nicht aus der Fassung bringen.

»Auch wenn man solche Aktivitäten und Hilfsangebote persönlich für unnötig hält oder unsere Klienten für schlichtweg unerwünscht, muss es in dieser immer härter werdenden Welt einen Platz für menschliches Verständnis geben. Ich möchte außerdem betonen, dass 82,7 Prozent unserer Kosten, die, nebenbei bemerkt, in unserem ersten Jahr äußerst bescheiden sind, von EU-Fördergeldern für soziale und gesellschaftliche Projekte und zur Weiterentwicklung der Synergie internationaler Innovationen im Gesundheitsbereich abgedeckt werden.«

Yes! Sie verzieht keine Miene.

Wer ist diese coole Tussi? Seit er bei der Sendung zuschaut, ist ihr Name nicht auf dem Bildschirm aufgetaucht.

Sanni Tähtimö macht auf die unfreundliche Tour weiter.

»Ich sage Ihnen jetzt ganz offen, wofür ich persönlich kein so wahnsinnig menschliches Verständnis aufbringe. Wenn ich abends auf der Straße gehe, neben mir ein Auto anhält und ein mir unbekannter Mann – ein Klient von Ihnen – mich fragt, wie viel. Freuen Sie sich über so etwas?«

»Selbstverständlich nicht.«

»Und ich will auch nicht, dass meine Tochter oder mein Sohn so jemandem auf der Straße oder auf einer Jugendseite im Internet begegnet. Wollen Sie das?«

»Selbstverständlich will ich das nicht.«

Jetzt wird es eng, das sieht man. Mit wohlüberlegten Gebärden wirft die Tähtimö einen Blick auf ihre Notizkarten, beugt sich dann ihrem Studiogast entgegen und lächelt.

»Leia Laine, Geschäftsführerin von ProMen, haben Sie zufällig Kinder?«

Hat er richtig gehört? Ja. Das bestätigt der Textbalken, der endlich am unteren Bildrand erscheint: Leia Laine.

Prinzessin Leia!

Sein Dauertarget, verdammt.

Seine Hand greift nach dem Vorrat an Energydrinks unter dem Dashboard. Sofort frisches Koffein ins Blut, dazu Taurin, Guarana-Extrakt, die Vitamine Niacin, B5, B6 und B12 sowie Glukosesirup.

Die Dose zischt, der Mund füllt sich, die Augen bleiben auf den Bildschirm gerichtet.

Leia Laine. Sein Lieblingsmädchen.

Sein permanentes Objekt. Seine Nummer eins.

Die Energiebrühe schwappt die Kehle hinunter, aber das hier ist schwer zu schlucken: Er hatte geglaubt, Leia Laine durch und durch zu kennen. Im Lauf der Jahre, von Fall zu Fall, während der Intensivierung ihrer langen, ergiebigen Beziehung – so kann man es sicher ausdrücken –, hat er auf Grundlage dessen, was er über diese Frau wusste, was er zu wissen *glaubte*, ein seiner Meinung nach deutliches Bild von ihr konstruiert.

Der holde, reizende Vorname, den laut Bevölkerungsregister nur neunzig Personen in Finnland tragen, verbunden mit dem siebthäufigsten Nachnamen – so was vergisst man so schnell nicht.

Leia enttäuscht einen nicht, niemals. Man fährt einmal mit dem Kescher durchs Wasser, und da zappelt Fisch Leia auch schon im Netz, in wechselnder Gesellschaft.

Die Frau besitzt keinen Deut Instinkt, sich zu schützen.

Jetzt, da er Leia Laine zum ersten Mal live sieht, zieht sie ihm mit einem Ruck den Boden unter den Füßen weg.

Erstens: diese Stiefel.

Zweitens: diese Sätze.

ProMen, die Rettung von Typen, die zu Nutten gehen? Da

will sich jemand anscheinend mutwillig eine blutige Nase holen ...

Auf dem Bildschirm signalisiert Sanni Tähtimö inzwischen, dass sich die Sendung dem Ende nähert. Sie gibt ihrem Studiogast die Hand und dreht das Gesicht in Richtung Kamera. Die gespitzten Lippen verschicken, unterstützt von einer Geste, eine Kusshand.

»Bis nächste Woche, ihr Lieben! Und vergesst nicht, im Internet eure Kommentare abzugeben!«

Leia Laine sitzt auf dem Rand ihres Sessels, als hätte sie einen Stock verschluckt, und starrt auf ihre zusammengepressten Knie. Erst die eingeblendete Internetadresse *tahtimo.fi*, gefolgt vom Abspann mit den Namen der Macher der Sendung, erlöst die Frau.

Er greift zur Maus und stoppt die Übertragung. Lehnt sich im Sessel zurück, streckt die Beine aus.

Die Flüssigkeit bitzelt im Mund, wenn er sie mit den Zähnen zerkaut. Er hat das Verfahren bei einer Weinprobe gelernt, die sein Exarbeitgeber irgendwann Anfang des Jahrtausends für die gesamte IT-Abteilung organisiert hat. Damals. In seinem früheren Leben.

Wie wäre es, direkt Kontakt mit ihr aufzunehmen? Einfach zu seinem eigenen Vergnügen an diesem Abend. Ein bisschen vorfühlen.

2

»Danke. Du warst eine echte Kontrahentin.«

Sanni Tähtimös Händedruck ist fest. Ihr Lächeln wirkt aufrichtig.

»Schade, dass wir den frischgebackenen Justizminister Tarmo Häkkilä nicht in die Sendung bekommen haben. Angeblich ist er anderweitig beschäftigt.«

»Wirklich bedauerlich«, erwidert Leia steif.

Vor der Kamera hatte die Journalistin natürlich ihre Rolle zu spielen. Ihre Fragen waren bestimmt nicht persönlich gemeint. Trotzdem kann Leia ihrer Peinigerin von eben nicht im Handumdrehen natürlich begegnen.

Ihre Kehle ist ganz trocken. Endlich kommt sie dazu, nach dem Wasserglas auf dem Tisch zu greifen, an dem sie während der Sendung lediglich Fingerabdrücke und einen Lippenstiftfleck hinterlassen hat. Das Geräusch, das entstand, als der Rand des Glases gegen ihre oberen Vorderzähne stieß, hatte sie veranlasst, es sofort wieder auf den Tisch zu stellen.

Im Schein der Studiolampen war sie ins Schwitzen geraten. Sie hatte befürchtet, das Make-up würde ihr in die Augen laufen. Und brennende, blinzelnde Augen hätten ihren Worten den Nachdruck geraubt, ihrem Anliegen die Glaubwürdigkeit.

Aber natürlich ist es nicht zerlaufen, das Make-up. Die Maskenbildnerin beherrscht ihr Handwerk, sie ist ein Profi.

Ich habe mich aber auch gut geschlagen, denkt Leia. Ich habe einen kühlen Kopf behalten und alles gesagt, was ich mir vorgenommen hatte.

Und kein bisschen mehr.

Als sie aufsteht, geben ihre Knie etwas nach.

Ein Studiomitarbeiter, nicht viel älter als Viivi, kommt, um Leia das winzige Mikrofon abzunehmen, das unauffällig an ihrem Kragen befestigt ist.

Das Kabel zu dem hinten am Rockbund befestigten Kästchen verläuft unsichtbar unter der Bluse. Leia verspannt sich sofort, es war eine ziemliche Prozedur, das Kabel vor der Sendung an seinen Platz zu schieben, und verlangte von dem Mitarbeiter flinke Finger auf ihrer nackten Haut, doch das

Entfernen geht zügiger vonstatten. Im Nu hat der junge Mann das Kabel herausgezogen und wickelt es auf.

Dann reicht er Leia ihre Handtasche, und sie bedankt sich. Sie öffnet den Reißverschluss, sucht ihr Handy und schaltet es wieder ein.

»Das ist aber süß!« Sanni Tähtimös Finger berührt das neue, silbern glänzende Samsung. Ihre Stimme gurrt gekünstelt, so wie man mit Babys und Kleintieren spricht. »Ist das neu?«

»Ja, ich lerne noch, damit umzugehen«, antwortet Leia ausweichend. Es ist ihr unangenehm, wenn jemand ungefragt ihr Handy betatscht.

Was soll das jetzt? Sie hat bereits den Pin-Code eingetippt, als das Gerät auf einmal nach dem Sicherheitspasswort fragt. Sicherheitspasswort? Das Samsung funktioniert ganz anders als ihr altes Nokia, das nie Passwörter wissen wollte. Ist damit das gemeint, das ab Werk eingestellt war und gleich ersetzt werden sollte? Null, null, null ...

Das Samsung blinkt. Leia seufzt vor Erleichterung und blickt auf.

»Meine Tochter macht gerade eine Reise. Ich muss erreichbar sein, falls irgendwas ist.«

»Ach ja? Wo ist sie denn?«

»Auf einem Schiff. Vierundzwanzigstundentrip mit dem Gymnasium. Nach Stockholm.«

Sanni Tähtimö schmunzelt, will etwas sagen, sagt es dann aber doch nicht.

Leia räuspert sich. »Ja, also. Weißt du, wie die Busse fahren? Ich kann aber auch selbst nachschauen ...«

»Oh, wir sind hier in der hintersten Pampa, da fahren um diese Zeit keine Öffentlichen mehr. Nimm ein Taxi, die Quittung schickst du mir dann mit der Post. Der Pförtner bestellt dir eins. Und vergiss nicht, einen Blick auf die Zuschauerreaktionen im Internet zu werfen.«

»Hoffentlich gibt es welche.«

»Und ob es die geben wird.«

Unvermutet bekommt Leia einen leichten Knuff mit der Faust gegen die Schulter. »*Come on*, Frau, nun lächle doch mal! Das gerade eben war ein Erfolg. *Du* warst ein Erfolg. Nach diesem Abend weiß jeder in Finnland alles über ProMen. Mach dich darauf gefasst, dass dein Telefon dauerklingeln wird.«

Als das Samsung ein dumpfes Klopfgeräusch von sich gibt, zum Zeichen, dass eine SMS eingegangen ist, lacht Sanni Tähtimö.

»Was habe ich gesagt?«

Nun lächelt auch Leia.

Aber das Lächeln erstarrt, als sie die Mitteilung liest.

Hure

Die Telefonnummer des Absenders kommt ihr nicht bekannt vor.

Wie freundlich, denkt Leia. Konstruktives Feedback. Vielen Dank auch.

Als sie der Tähtimö das Display hinhält, gelingt es Sanni nicht, hinter neunzigprozentiger Anteilnahme die zehn Prozent Triumph in ihrem Gesichtsausdruck zu verbergen.

»Du bist nicht die Erste, das kannst du mir glauben.«

Man bietet ihr noch einen Kaffee an, aber sie lehnt ab. Man bietet ihr an, sie vom Studio zum Ausgang zu begleiten. Sie sagt, sie finde allein hinaus, danke.

An der Garderobe versucht sie eine Weile vergebens, sich den Mantel überzuziehen, bis sie merkt, dass sie den rechten Arm in den linken Ärmel geschoben hat.

Zum Glück sieht sie niemand. Es ist keiner da.

Irgendwie fühlt sie sich komisch.

In der Pförtnerloge glotzt ein mürrischer übergewichtiger Mann in einem schlecht sitzenden Anzug sie an, als kapierte er nicht, was sie will. Ständig wird er von irgendwelchen

Besuchern mit komplizierten Wünschen in seiner Ruhe gestört. Als Leia ihre Bitte um ein Taxi wiederholt, stößt der Mann ein Schnauben aus.

»Zweiminuhn.«

»Verzeihung?«

»Es dauert *zwei Minuten,* bis das Taxi kommt.«

»Danke.«

Warum glotzt der Mann sie so an?

»Ich hab Sie gesehn. Sie war'n da grad.«

Leia blickt in die Richtung, in die der Mann zeigt. Auf acht großen Bildschirmen flimmert in voller Wandbreite der Werbespot, der gerade auf dem Sender läuft.

»Hat richtig gut ausgesehen.«

Auf einmal klingt seine Stimme äußerst süßlich. Fleischig und feucht schiebt sich die Zungenspitze zwischen die Lippen und robbt langsam von einem Mundwinkel zum anderen, wie eine schleimige Riesenschnecke.

3

Nomen est omen.

Krieg der Sterne. Der erste Film, das Original, der beste: Vor langer Zeit in einer weit entfernten Galaxie sieht der junge Luke Skywalker eine entzückende Frau im weißen Kleid in einem Hologramm von R2-D2. So ernst, so herzzerreißend erfüllt von ihrer edlen Mission versucht diese schöne, tapfere Prinzessin an den Jedi-Ritter zu appellieren: Obi-Wan Kenobi, du bist meine einzige Hoffnung … Und dann wird sie von jemandem unterbrochen, und sie geht anmutig in die Hocke, um den Sender auszuschalten.

Luke ist hingerissen, und er ist nicht der Einzige.

Leia, Leia. Du ahnst bereits, dass sie bald Weltraumstaub aus deinem Heimatplaneten Alderaan machen werden – und trotzdem. Was für ein Kampfeswille!

Und wie sinnlos jetzt, in unserer Galaxie, auf dem Planeten Erde im Jahr 2012.

Du flehst um Hilfe, aber wen erreichst du? Nicht den weisen Alten Obi-Wan Kenobi. Nicht den jungen stolzen Luke mit den blauen Augen. Nicht Han Solo, den um einiges Stärkeren, der weiß, wie man mit Frauen umgeht. Sondern mich, bloß eine Nebenfigur in deiner Saga.

Lando Calrissian – erinnerst du dich an den Typen? Han Solos Exkumpel, ehemaliger Glücksspieler und Schmuggler, heute Administrator der Wolkenstadt, den man später als Betrüger entlarven wird.

Land-0. Ein falscher Fünfziger von der dunklen Seite.

Der wohl erst in der Fortsetzung dazukommt.

4

Die Tatsache, dass ein Projekt möglicherweise legal ist, bedeutet nicht automatisch, dass es auch moralisch tragbar ist. In diesen schwierigen Zeiten müssen wir genau überlegen, wer unsere Unterstützung verdient. Männer, die von ihrer Begierde getrieben ehebrechen und zu Huren gehen, oder unsere Kriegsveteranen, die ihre besten Mannesjahre, ihre Gesundheit und oft sogar ihr Leben geopfert haben, um die Freiheit und Unabhängigkeit unseres Vaterlandes zu verteidigen. Ich stimme voll und ganz mit der begründeten Sorge der Moderatorin Sanni Tähtimö überein: Das Verhätscheln geht zu weit!

»Ein guter Blogtext braucht wie eine gute Rede drei Zutaten: Logos, Ethos und Pathos«, sagt Tarmo Häkkilä zu dem Mann neben ihm. »Ich habe meine Poetik gelesen, du auch? Von Aristoteles. Ein Klassiker.«

Der andere brummt nur.

»Ich nenne die Dinge beim Namen. Auch wenn ich schreibe. Das wissen die Wähler zu schätzen«, fährt Justizminister Häkkilä fort und wird dabei lauter. »Die meisten Abgeordneten haben keine Lust, ihre Reden selbst zu schreiben, kannst du dir das vorstellen? Für mich ist es Ehrensache, hinter meinen Worten zu stehen. Wie soll das gehen, wenn es gar nicht meine eigenen sind?«

»Auch die Minister schreiben ihre Reden meistens nicht selbst«, antwortet Valtti Nyman und rückt seine Brille zurecht, blickt aber weiterhin nicht von seinem Tablet auf.

»Ist das so?«

»Ja.«

Der Schneeregen klatscht auf die Windschutzscheibe, Windstöße bringen den Minister-Mercedes auf der Überholspur der Autobahn manchmal sogar zum Schwanken. Trotz des unmöglichen Wetters fließt der Verkehr einigermaßen. Wir schaffen das, hat der Chauffeur versichert, ein schnurrbärtiger Kerl mit eingefallenen Wangen. Heißt Kuljunen oder Koljonen oder Koponen – normalerweise gibt Tarmo Häkkilä gern mit seinem Namensgedächtnis an, aber diese Woche hat ihm mehr neue Namen und Gesichter beschert, als er auf seiner Festplatte speichern kann.

Unauffällig mustert er Valtti Nymans Profil. Das Brillengestell aus Metall trägt das Logo einer teuren Marke, die wahrscheinlich gerade im Trend liegt. Auch sonst ist der junge Mann gepflegt, auf eine schicke Art, die den Frauen gefällt. Trotzdem erinnert er ihn an einen Fuchs, der im Frühjahr über ein Schneefeld läuft und dabei ständig in alle Richtungen späht und auf das Rascheln von Beutetieren lauscht – bis er plötzlich einen Satz macht und mit spitzer Schnauze und scharfen Zähnen zuschlägt und eine Wühlmaus oder ein Hasenjunges aus dem Schnee zieht. Ein Blutstropfen oder zwei fallen auf die weiße Erde, wenn Reineke seine Beute schüttelt, den Kopf nur ein paarmal hin und her wirft. Das reicht. Knacks, schon bricht dem bedauernswerten Opfer das Genick.

Persönlicher Referent des Ministers. Valtti Nymans Titel allein verrät noch nicht viel. Jeder Minister hat mehrere Mitarbeiter und Referenten, deren Tätigkeit auf die Zuständigkeiten und individuellen Bedürfnisse des jeweiligen Ministers zugeschnitten ist. Nymans spezieller Zuständigkeitsbereich sind PR und Medienkontakte. Presse, Fernsehen, Rundfunk. Und Internet. Vor allem Internet. Der Parteivorstand war der Meinung, dass der neue Justizminister da Unterstützung gebrauchen kann.

Diese Sorge ist allerdings verständlich, das muss Tarmo zugeben. Bei den Wahlen im Frühjahr 2011 haben sie einen historischen Sieg errungen. Die Anzahl der Sitze im Parlament wuchs von fünf auf vierunddreißig, plötzlich stand die Tür zur Regierung offen und die Partei vor einer gewaltigen Herausforderung: Aus den Reihen der Abgeordneten, die größtenteils zum ersten Mal ins Parlament gewählt worden waren, mussten acht Minister ins Kabinett gehievt werden.

Und jetzt, in diesem Herbst, kam wieder eine neue Herausforderung auf sie zu.

Diesen Nyman haben sie als eine Art Kindermädchen für ihn engagiert. Das ist klar, nach dem, was seinem Vorgänger passiert ist. Denn eine weitere Affäre kann sich die Partei nicht leisten. Das Internet ist nur ein Vorwand, unter dem er als Achtundfünfzigjähriger es jetzt ertragen muss, dass sich ein zwanzig Jahre jüngerer Gockel neben ihm profiliert. Er, der schon Anfang der Neunzigerjahre brauchbare Computer für die Mädels in der Gemeindeverwaltung angeschafft hat, obwohl die Sekretärin behauptete, sie würden locker noch bis ins nächste Jahrtausend mit elektrischen Schreib- und Rechenmaschinen auskommen.

Kein Wunder, dass ihn dieser Nyman gleich bei ihrer ersten Begegnung auf die Palme gebracht hat. Die ganze Woche trug der Kerl einen schwarzen, erkennbar teuren Anzug, ein weißes Hemd und eine Krawatte im Blau der finnischen Fahne. Das wirkt ebenfalls fuchshaft, auch wenn Tarmo nicht genau definieren kann, inwiefern.

Er hat in der Parlamentskanzlei Nymans Daten angefordert und festgestellt, dass der Mann erst an dem Tag, als er sich für diese Stelle bewarb, in die Partei eingetreten ist.

»Ich glaube an eine dauerhafte Zusammenarbeit«, hatte Nyman erwidert, als Tarmo auf das Thema zu sprechen kam. »Mein Beschäftigungsverhältnis ist zwar befristet, aber weißt du was, Tarmo? Bis Ende des Jahres habe ich Zeit, mich unersetzlich zu machen.«

Der Minister musste sich im Glanz der Selbstsicherheit und des *Pepsodent*-Lächelns dieses jungen Mannes mehrfach räuspern. Aber schon in der ersten gemeinsamen Woche merkte er, wie sehr sich Nyman seiner Sache widmet. Ihrer Sache.

Valtti Nyman murrt nicht und zählt auch die Arbeitsstunden nicht. Er arbeitet selbst dann noch weiter, wenn Tarmo sich längst in seine Wohnung in Helsinki verabschiedet hat. Seine Ratschläge erweisen sich durch die Bank als vernünftig, und er stellt keine der Aufgaben, die Tarmo ihm überträgt, infrage.

Außerdem ist er taktvoll. Er fragt nicht nach Dingen, die ihn nichts angehen.

Vielleicht ein Fuchs, aber nötigenfalls clever und still.

»Jetzt kriegen wir diesen Tag doch noch vor den Abendnachrichten in den Kasten. Nimm du dir auch das Wochenende frei«, sagt Tarmo.

»Erst die Arbeit, dann das Vergnügen«, erwidert der junge Referent blitzschnell. Dabei hebt er den Kopf gerade so weit, dass man ein rasches Lächeln aufblitzen sieht.

Er ist ein Fuchs.

Tarmo schließt die Augen und lässt den Kopf gegen die Nackenstütze sinken. Die letzte Nacht war kurz, und die Woche extrem stressig. Haben sie nicht in irgendeiner Schulung mal ein Ranking der Dinge aufgestellt, die am meisten Stress verursachen? Eine neue Arbeitsstelle dürfte wohl an dritter Stelle liegen, gleich nach der Scheidung und dem Tod eines Familienmitglieds. Und Arbeitsstelle ist nicht gleich Arbeitsstelle.

Von jetzt auf gleich Minister zu werden, könnte auf der Stressliste durchaus das Ableben eines Familienmitglieds in den Schatten stellen. Wenn nicht sogar das eigene.

Da kann man so eine Leia Laine mit ihrem Pornoprojekt wirklich nicht gebrauchen. Leia. Was ist das schon wieder für ein Name? Und als zweite Nervensäge dieses Fernsehflittchen, diese Tähtimö. Die hatte versucht, ihn in ihre Livesendung zu bekommen, damit er mit dieser sexbesessenen Sozialtante diskutiert. Tarmo hatte Nyman befohlen, mit »Nein danke!« zu antworten. Nächste Woche wird das ganze kriminelle, unmoralische und außerdem sinnlose Projekt sowieso gestorben und begraben sein.

Solange morgens die Sonne aufgeht, wird er so etwas nicht unterschreiben.

Tarmo seufzt tief auf. Seine Sonne wird das nächste Mal in heimischen Gefilden aufgehen. Dort, wo es keinen Schneeregen, keinen Matsch und keinen Quatsch gibt. Wo der Schnee sauber ist, der Himmel klar und die Kälte ehrlich und korrekt. Die Menschen sowieso.

Um 20:30 Uhr wird die Finski-Maschine in Helsinki-Vantaa

auf die Startbahn rollen, Ankunft in Kuopio um 21:20 Uhr, ruft sich Tarmo ins Gedächtnis. Er könnte Annu anrufen. Mach die Sauna an, ich komme. Und morgen dann gleich in der Früh mit den Kindern zum Schlittenfahren.

Das Auto wird langsamer, Tarmo öffnet die Augen. Sie stehen an einer Ampel. Hinter der Kreuzung leuchtet die Infotafel des Flughafenparkplatzes.

Nyman hat endlich den Blogtext zu Ende gelesen, wie es aussieht. Er stützt das Kinn in die Faust, was die Details seines Gesichtsausdrucks gut verbirgt.

»Lass hören«, fordert Tarmo ihn auf.

»Eindrucksvoller Text. Aber ...«

»Was aber?«

Nyman nimmt die Brille ab, klappt sie zusammen und schiebt sie in die Brusttasche seines Sakkos.

»Ich würde ihn noch nicht veröffentlichen. Ich schlage vor, dass du das Wochenende abwartest. Am Dienstag kommt das Untersuchungsergebnis der Arbeitsgruppe. Sollte es überraschenderweise doch positiv ausfallen ...«

»Das wird es nicht, verdammt!«

»Sollte es vollkommen entgegen unseren Erwartungen positiv ausfallen, was als Möglichkeit leider in Betracht gezogen werden muss, sollte die in jeder Hinsicht unerwünschte Tätigkeit von ProMen also genehmigt und das Projekt gestartet werden, kannst du deine Stellungnahme der Situation anpassen.«

»Die können mich nicht übergehen. Ich werde dieses gottlose Papier nicht unterschreiben.«

»Selbst wenn du es nicht tust – und gerade dann. Willst du gleich zu Beginn in einen Zwist mit deinem Zuständigkeitsbereich geraten? Vergiss nicht, dass man dich mit Argusaugen beobachtet.«

»Hm.«

»Noch in derselben Sekunde, in der dieser Text in deinem Blog auftaucht, wird dein Telefon anfangen zu klingeln. Jedes einzelne Revolverblatt und jeder TV-Sender wird dir auf den Fersen sein und einen Kommentar nach dem anderen verlangen, wenn du jetzt die Büchse der Pandora öffnest. Der neue Minister mischt sich ins Sex-Business ein. Stell dir vor, was für saftige Schlagzeilen man daraus machen kann!«

»Meine Wähler erwarten deutliche Worte von mir«, donnert Tarmo los. »Meine Wähler schätzen unerbittliche Ehrlichkeit.«

Nyman schüttelt nur den Kopf. »Tarmo. Glaub mir. Warte bis Dienstag. Dann weißt du Bescheid.«

Der Blick der braunen Augen ist offen und direkt. Wie bei einem Gebrauchtwagenhändler.

Tarmo spürt, wie sich seine Mundwinkel spannen. Ohne Valtti Nymans Eingreifen wäre der Text längst im Ministerblog gelandet und die Sache damit erledigt.

Ihn plagt sowieso schon den ganzen Tag das Gefühl, dass Nyman ihn heute irgendwie ... auf eine andere Art beobachtet. Als würde er etwas ahnen. Es gefällt ihm nicht, so beäugt zu werden, so fuchshaft.

Tarmo setzt sich aufrecht hin. Der Fuchs ist nur aus der Sicht von Wühlmaus und Häschen ein blutrünstiges Raubtier. Unsere Zusammenarbeit funktioniert, solange ich das im Kopf behalte. Und solange ich es auch Nyman nicht vergessen lasse.

»Also gut. Bis Dienstag. Aber nicht länger.«

»Und die Bitten um Interviews und Kommentare, die mit Sicherheit vorher schon kommen werden ...«

»Beantworte ich abschlägig. Weiterhin.«

Tarmo nimmt sein Laptop und schiebt es in die Aktentasche. Nyman wirkt erleichtert. Kuljunen hält vor der Abflughalle und geht um den Wagen herum, um Tarmo die Tür zu öffnen. Den aufgespannten Regenschirm hält er bereit.

»Du schaffst es spielend«, sagt Nyman. »An der Sicherheitskontrolle ist nichts mehr los, ich hab dort angerufen und mich vergewissert, bevor wir losgefahren sind. Sie haben versprochen, dass du einfach durchgehen kannst.«

»Na, dann ist ja gut.«

»Ich habe mir auch erlaubt, deine Frau anzurufen und ihr mitzuteilen, dass du kommst. Sie sagte, sie macht die Sauna für zehn Uhr an.«

»Sogar das hast du hinbekommen. Danke auch!«

»Dann ein entspanntes Wochenende und eine sichere Heimreise! Und natürlich danke für die erste gemeinsame Arbeitswoche. Ich bin froh und stolz, mit dir zusammenarbeiten zu dürfen, Tarmo.«

»Ganz meinerseits«, sagt der Minister. »Vielen Dank, Valtti.«

Überflüssig, dieses gegenseitige Bedanken. Irgendwie – peinlich.

»Und wenn es wegen irgendetwas Grund zur Sorge gibt, dann zögere nicht, es sofort zur Sprache zu bringen«, fährt Nyman fort. »Bei mir kannst du auch mitten in der Nacht klingeln, egal ob es um was Großes oder was Kleines geht.«

Tarmo lacht gezwungen auf. »Ich werde bestimmt niemandem den Nachtschlaf rauben.«

Der Regen prasselt auf das Dach des Mercedes und auf den Regenschirm in Kuljunens Hand. Ein vorbeirauschendes Taxi lässt Schlamm aufspritzen. Auf der anderen Seite des Terminalgebäudes wird bereits die Fluggastbrücke an der Maschine nach Kuopio befestigt. Das Personal bei der Sicherheitskontrolle und in der Kabine wartet neugierig und dienstbereit auf den wichtigen Passagier. Tarmo bleibt trotzdem sitzen und weiß nicht, wie er das Thema zur Sprache bringen soll.

Doch es muss zur Sprache gebracht werden.

Er blickt zu Kuljunen auf, der wartend neben dem Wagen steht.

»Machst du noch mal kurz die Tür zu?«

Kuljunen, ein großer Mann, beugt sich wie am Gummi gezogen zu Tarmo herab.

»Soll ich hier draußen warten?«

»Ja.«

Kuljunen schließt die Wagentür und tritt korrekterweise noch einen Schritt vom Wagen weg. Beziehungsweise Koljonen. Oder Koponen. Am Montag kläre ich, wie er heißt, nimmt sich Tarmo vor.

Hat der Kerl am Ende ein besonders gutes Gehör?

Tarmo wendet sich Valtti Nyman zu, der sich offensichtlich wundert, warum der Minister es plötzlich gar nicht mehr eilig hat.

»Wo du es schon ansprichst«, fängt Tarmo an. »Wir haben da vielleicht ein kleines, äh, Problem.«

5

Das Schiff hat abgelegt, die Fahrt durch die dunkle Nacht beginnt. Riesige Maschinen treiben die Schiffsschrauben unter dem stählernen Bauch an, gnadenlos schlagen die Rotorblätter ins schwarze Meerwasser, in die trübe, tödliche Kälte ...

Leia erschaudert.

Viivi wird es schon gut überstehen, denkt sie. Viivi hat dort nichts zu befürchten.

Leias Hände sind kalt, sie schiebt sie in die Manteltaschen. Sie hätte drinnen auf das Taxi warten und nicht gleich zur Tür hinausstürzen sollen, bloß um zu frieren. Aber sie hatte nun mal das Gefühl, ins Freie zu müssen, sofort.

Zwei Minuten, hat der Pförtner gesagt. Die zwei Minuten sind bestimmt schon vorbei.

Ein ekelhafter Kerl.

Vor dem Eingang des Fernsehsenders fällt alles erfassender Schneeregen vom Himmel, dicht und eiskalt. Zwischendurch spritzen einem Windböen eisige Tropfen ins Gesicht.

November. Und so geht das die nächsten vier Monate weiter. Dunkel. Trostlos. Kalt.

Der Kontrast zu gerade eben ist perfekt. Vor der Kamera waren extreme Wachsamkeit und superschnelle Reaktionen gefordert. Die Sinne wurden überfüttert, vom Prozessor im Kopf ganz zu schweigen. Und jetzt steht sie allein hier. Der feindliche, vom Himmel fallende Matsch raubt der Welt die Nuancen, die Farbe und das Licht. Sie kann nicht einmal richtig bis zur Straße sehen.

Während sie selbst hingegen ...

Im grellen Licht unter dem Vordach steht sie wie auf einer Bühne, freizügig präsentiert. Man kann sie Quadratzentimeter für Quadratzentimeter begutachten. Das Licht macht jede einzelne Pore an ihrer Nase sichtbar, die von der Maskenbildnerin so sorgfältig übertupft worden war.

Auch jeden wild gewordenen Gedanken sieht man ihr an ...

Sie nimmt das Telefon aus der Handtasche. Sinnlos, sich länger über so was den Kopf zu zerbrechen.

Sie löscht die Huren-SMS. Fühlst du dich jetzt besser, fragt sie sich und antwortet: ja. Und jetzt das Handy schnell wieder einstecken.

Aber sie tut es nicht.

Der Lippenstift, ist er zu grell? Sie betrachtet ihr Spiegelbild im Display des Samsung. Die Maskenbildnerin hat zu viel Lidschatten aufgetragen. Blau ist wieder in Mode, sieht aber ein bisschen ... na ja, billig aus.

Sie will so etwas nicht denken, aber sie kann nicht anders.

Ist der Rock doch zu kurz? Dabei war sie so zufrieden damit, als sie sich vor der Fahrt ins Studio zu Hause ein letztes

Mal vor dem Spiegel drehte. Heiß, dachte sie, passt perfekt zu den neuen Stiefeln, die farblich auf die Handtasche abgestimmt waren.

Power dress, dachte sie, volle Kampfausrüstung. Vor ihr lag eine der wichtigsten Schlachten dieses Krieges, und die würde sie nicht in Jeans und Strickjacke gewinnen, im Dienst- und Freizeitharnisch der Sozialtante.

Mindestens 280000 Zuschauer jeden Freitag, hatte Sanni Tähtimö sie gelockt, und bei so einem mediensexy Thema kommen wir locker über eine halbe Million.

Eine halbe Million plus die Zuschauer im Internet. Unter denen allerdings auch Platz für einen Gestörten ist.

Leia war vor der Kamera ziemlich, na ja, gesprächig. Dass eine Frau sich mit Worten Raum verschafft, ist laut wissenschaftlichen Untersuchungen einer der Faktoren, die am häufigsten männliche Aggression hervorrufen. An ihrem Aussehen und ihrem Auftreten gab es bestimmt eine Million Dinge, die ein böswilliges Gemüt zu einer unverschämten SMS und einem zweideutigen Lippenlecken provozieren konnten.

Seit sie sich auf Geschlechterforschung spezialisiert hat, ist sie sensibel dafür, welche Signale sie als Frau aussendet und wie sie aufgenommen werden. Übersensibel geradezu. Allergisch.

Sind einem die Augen einmal aufgegangen, gibt es keine Rückkehr in die Zeit der Unschuld mehr. Jede Wort- und Kleiderwahl, jede Frisur und jeder Strich mit dem Make-up-Pinsel ist eine Entscheidung und ein Statement. Übernehme ich die Kontrolle über meinen Körper, oder übertrage ich anderen die Macht.

Wie oft hat sie versucht, mit Viivi darüber zu sprechen: Bestimmst du dein Frausein selbst, oder überlässt du das dem global durchkommerzialisierten, letztlich misogynen männlichen Blick.

Hör auf, Mama, sagt Viivi immer. Entspann dich.

Das ist bloß ein Top. Ein Rock. Eine Bluse. Eine Hose. Bloß ein Kleidungsstück, sonst nichts.

Manchmal, so wie jetzt, wünscht sie sich, sich einfach entspannen zu können.

Die Uhr im Handy zeigt bereits nach acht. Unweigerlich fragt sie sich, ob der Pförtner das Taxi überhaupt bestellt hat.

Leia dreht sich um und greift nach der Türklinke. Abgeschlossen. Sie drückt auf die Klingel.

Niemand macht auf.

Sie klingelt erneut. Ohne Erfolg.

Sie drückt sich die Nase an der Glastür platt und versucht nach drinnen zu sehen. In der Eingangshalle rührt sich nichts. Auch die riesige Gestalt des Pförtners ist nicht mehr zu erkennen. Die Bildschirme an der Wand flimmern noch, aber es sieht aus, als wäre das Licht gedimmt worden. Wenn sie sich recht erinnert, besteht der Rest des Abendprogramms auf diesem Sender aus vorgelachten Sitcom-Wiederholungen, amerikanischen Z-Movies und eingekauften Dokus, in denen Babys mit zwei Köpfen und Bikini-Blondinen mit Silikonbrüsten zur Schau gestellt werden.

Der größte Teil des Personals ist wahrscheinlich schon nach Hause gegangen. Durch diese Tür ist nach ihr jedoch niemand gekommen. Es muss hinter irgendeiner Ecke einen zweiten Ausgang geben.

Leia resigniert. Der Schneeregen hat wieder einmal den Verkehr in der Hauptstadt durcheinandergebracht, darum dauert es, bis das Taxi kommt.

Es bleibt ihr nichts anderes übrig als zu warten. Zu warten und zu schlottern.

Zu verdauen, was sie gerade hinter sich gebracht hat.

Es war schon eine merkwürdige Welt da drinnen. Nach

Kaffee, Parfum, Schweiß und Strom riechend, lebhaft, aufgekratzt und auf Teufel komm raus positiv. Ein in sich selbst verliebtes, geschäftiges Mikro-Ökosystem, in dem es aus der Sicht einer Außenstehenden wie ihr zunächst nur konfus zu brodeln und wimmeln schien, in dem aber jeder, wie sie bald begriffen hatte, genau wusste, was er tat.

Es war wie eine Maschine. Eine Sendemaschine. Ein höllischer Monsterroboter, der sie verschlang und wieder ausspuckte, nachdem er sie benutzt hatte. Nächste Woche würde das nächste Opfer an die Reihe kommen.

Vielleicht übertreibt sie ein wenig. Im Nachhinein ärgert sie sich nur über den Schluss. Die wichtigen letzten Fragen.

»Haben Sie zufällig Kinder?«

Natürlich hatte Sanni Tähtimö mit ihren Redakteuren herausgefunden, dass sie eine Tochter hat. Vor dem Interview hatten sie außerdem ein bisschen geplaudert, sie über Viivi und Sanni Tähtimö über ihre fünfjährige Tochter Saila. In gutem Einvernehmen, wie sie geglaubt hatte.

In der Livesendung sollte über die Kinder nicht gesprochen werden.

»Ich verstehe nicht, was das mit dem Thema zu tun haben soll.«

Es war bestimmt nicht die bestmögliche Antwort, aber das hatte sie gesagt. Sanni Tähtimö hatte den Kopf schief gelegt und sie mit großen Augen angeschaut.

»Könnten Sie sich vorstellen, dass Sie Ihrem eigenen Kind diesen, wie sagten Sie, Beruf vorschlagen?«

»Auch darauf antworte ich nicht.«

Sanni Tähtimö hatte sich selbstzufrieden zurückgelehnt, eine Hand auf den Moderationskarten im Schoß und den Ellbogen lässig auf die Armlehne gelegt.

»Das dürfte auch klug sein.«

Voll daneben, dass es nur so krachte. Es sollte darüber gesprochen werden, wie man Abhängigen hilft, im Fall von ProMen also Menschen, die unter Sexsucht leiden, und bestimmt nicht über die Familienverhältnisse der Geschäftsführerin von ProMen. Man ahnt, was die Zuschauer in Erinnerung behalten werden, wenn die Sendung so endet.

Das war also das, was die Moderatorin als mediensexy bezeichnet hatte.

Ätzend. Billig. Vor allem für eine Promi-Feministin wie Sanni Tähtimö. Als würde das, was Leia beruflich tat, ausschließen, dass sie eine gute Mutter war, und umgekehrt. Die ewige Dichotomie Madonna oder Hure gehört endlich auf den Schrottplatz der Geschichte.

Wäre sie nur auf die Idee gekommen, das vorhin zu sagen.

Wieder sieht sie nach, wie spät es ist. Zehn nach! Sie wartet nun schon fast eine halbe Stunde. Egal was für ein hoffnungsloses Wetter gerade herrscht, sie wird jetzt die Taxizentrale anrufen und sich beschweren, und einen neuen Wagen verlangen, falls die vorige Bestellung untergegangen ist.

Aber die Zentrale meldet sich nicht, obwohl sie es eine Minute lang klingeln lässt, zwei Minuten, drei. Leia beißt sich auf die Unterlippe.

Sie steckt das Handy wieder ein.

Gleich kommt es. Es muss einfach kommen.

Sie hüpft ein bisschen auf und ab, um sich zu wärmen. Sie bläst sich auf die Finger und reibt sich die Hände.

Dann greift sie wieder zum Handy und öffnet Facebook.

Das Posting, das sie vor der Fahrt zum Sender geschrieben hat, um für ihren Auftritt und ihre Sache zu werben, hat bereits siebenunddreißig Likes. Siebenunddreißig! Sie schaut sich die Liste der Liker an. Einige kennt sie, einen großen Teil nicht. Vier neue Freundschaftsanfragen sind eingegangen. Elena Federoff, dem Nachnamen nach die Mutter von

Viivis neuer Klassenkameradin Mia. Sie war gestern wieder bei ihnen, schön, dass die Mädchen sich so gut verstehen. Als Freundin akzeptiert. Saanamarika Miettu, ehemalige Kollegin von der Uni, heute offenbar im Sozialministerium. Akzeptiert, na klar.

Auch Kommentare sind gekommen.

Viel Glück und Erfolg für eure Arbeit! Leia setzt einen Daumen unter den Kommentar.

Interessant. Vielleicht kann man sich dem Problem tatsächlich auch von dieser Seite nähern. Hut ab vor deinem Mut! Geliked.

Tähtimö hat dich hart rangenommen, aber du hast dich gut geschlagen. Geliked.

Glückwunsch! Du hast im Fernsehen wahnsinnig schlank ausgesehen. Neid ;-) Ripsas Kommentar geht am Thema vorbei, muss aber geliked werden, sonst ist die Schwester sauer.

Ihr ist schon viel wärmer als gerade eben noch. Nur Lob und Dank. Wunderbar.

Viivi hat das Posting nicht geliked, geschweige denn kommentiert, bemerkt Leia.

Erst nach langem Baggern hat ihre Tochter sie als Facebook-Freundin angenommen. Auf ihrem neuesten Profilfoto zieht Viivi in Tanzklamotten eine Grimasse, in Hip-Hop-Hosen und Hoodie. Ihre Hände machen vor der Kamera Zeichen, deren tiefere Bedeutung Leia nicht einmal zu raten wagt. Der letzte Post ist zwei Stunden alt, Leia zählt darin fünf Ausrufezeichen. *Nach Stockholm!! Heja heja heja!!!*

Hundertdrei Freunde haben bereits mitgeteilt, dass ihnen der Post gefällt, und siebzehn haben ihn kommentiert. Die meisten von ihnen befinden sich vermutlich derzeit auf der *MS Gabriella* von *Viking Line*. Den Kommentaren folgen massenhaft Satzzeichen und Smileys und mehr Herzen, als der Kardiologe empfiehlt.

Viivis Freundschaftsgalerie enthält 455 Namen. Es fällt

schwer zu glauben, wie verzweifelt sie im August, zu Beginn des Schuljahrs, war: *Ich lern nie jemanden kennen, ich find hier keine Freunde.* Und heute ist die Liste ihrer Freunde voller junger, schöner Menschen, Mädchen und Jungen. Die Mädchen posieren als Bambis – Kinn auf der Brust, große Augen, gespitzte Lippen.

Leia schnaubt und loggt sich aus Facebook aus.

Sie späht in den Regen. Noch immer kein Taxi. Die Tähtimö hatte mehr als recht. Das ist wirklich die Pampa hier.

Ihre Beine schmerzen, sie sind die hohen Absätze nicht gewöhnt. Und die Zehen sind kalt. Leia versucht sie auf und ab zu bewegen, aber sie haben wenig Platz in den neuen Stiefeln.

Und was als Nächstes? Die E-Mails?

Wieder ist eine grauenvolle Menge Spam eingegangen. Malla und Ulla, Rille und Ville, erfundene Namen wahrscheinlich, aber alle wollen von ihr das eine und versprechen das andere: Nimm ab und verdiene Geld, reise und hab Dates, nimm an einer Verlosung und an einer Abstimmung teil, gewinne dies und gewinne das ... Falls sich darunter etwas Seriöses befindet, geht es zwischen der Werbung unter.

Man müsste die Mails irgendwann mal bewusst durchgehen und sich von allen dubiosen Verteilern streichen lassen.

Die Finger werden bereits klamm, Leia haucht sie an, ballt sie zur Faust und lässt wieder locker. Ach, Mist, fällt ihr dann ein: Twitter. Markku will, dass sie von Anfang an auf allen Kanälen vertreten sind.

Heute bei Tähtimö, bald im Netz und in ganz Finnland #ProMen.

Als sie die Nachricht ins Netzuniversum schießt, kommt ihr der Gedanke, ob das jemals jemand lesen wird, und wenn ja, warum. Es kommt ihr wie Pseudogetue vor. Ihr würden Facebook, E-Mail und SMS schon reichen.

Wie zur Bestätigung vibriert im selben Moment das Telefon in ihrer Hand und blinkt. Kop, kop.

Markku?, denkt Leia. Oder Viivi. Hoffentlich nicht Viivi, denn das würde bedeuten, dass sie ein Problem hat.

Die SMS kommt von keinem der beiden. Das ist sofort klar, auch wenn der Absender seinen Namen nicht nennt.

Du hässliche hure ich mach dir das leben zur hölle

Der erste Impuls: Wirf das Telefon weg, und zwar möglichst weit.

Sie tut es nicht.

Sie löscht auch die SMS nicht. Es war dumm genug, in Panik zu geraten und die erste zu löschen. Sie hätte sie aufheben sollen. Als Beweis. Falls etwas passiert – nein, sie will an so was nicht denken.

Sie ruft die Nummer des Arschlochs auf der Stelle an, um ihm die Meinung zu sagen!

Leia wundert sich selbst über ihren Mut, während sie wartet, dass sich jemand meldet.

Es meldet sich niemand.

Natürlich nicht.

Im Seitenfach der Handtasche findet sich ein Kuli. Leia lässt die Spitze auf der Handfläche kreisen, bis sie schreibt. Die Kugel kratzt auf der Haut, während Leia die Nummer notiert, von der die SMS kam.

Sie ruft die Auskunft an.

»Die Nummer ist nicht vorhanden.«

»Das sollte sie aber sein. Mir ist nämlich gerade eine SMS von dort geschickt worden, zwei sogar. Und als ich anrief, hat es getutet ...«

»Bedaure. Die Nummer ist geheim.«

Übertönt das Rauschen des Regens näher kommende Schritte? Hat es gerade im Gebüsch geraschelt? Oder war das nur der Wind?

Sie kann fast nicht anders, als den Kopf zu drehen und sich umzusehen. Aber sie tut es nicht. Sie steht regungslos da und starrt in den Regen, ohne etwas zu sehen.

Da war es wieder. Das Gefühl, dass ihr jemand zuschaut. Dass sie jemand in genau diesem Moment heimlich aus dem Dunkeln heraus beobachtet, und zwar ganz und gar nicht wohlwollend. Sie ist hier wie auf dem Präsentierteller. Wie ein Insekt, das vom Licht angelockt wurde, leichte Beute für nächtliche Jäger.

Oder sie ist paranoid. Was auch nicht tröstlicher wäre.

Markku hat es gleich gesagt: Warte nur ab. Er war schon bei mehreren Projekten dabei, die das Interesse des breiten Publikums weckten, wie es so schön heißt. Gemeint ist, dass man mit Scheiße beworfen wird.

In der Handtasche, die sie an sich drückt, vibriert es wieder.

Ich habe gehört, was einem alles passieren kann, denkt Leia. Und jetzt passiert es mir.

6

Hast du schon mal für Sex bezahlt? Leidest du unter Sexsucht und musst immer wieder kostenpflichtige sexuelle Dienstleistungen in Anspruch nehmen? Willst du aufhören, Sex zu kaufen, willst du, dass es weniger wird, oder willst du zumindest vertraulich darüber reden?

ProMen bietet Rat, Information, Hilfe im Gespräch sowie Therapie für Einzelpersonen und Paare. Wir arbeiten ausschließlich im Internet. Bei Bedarf werden virtuelle Selbsthilfegruppen gegründet. Unser Angebot ist kostenlos und anonym. Trau dich und nimm Kontakt mit uns auf!

Das Foto auf der Homepage von *ProMen.fi* zeigt die Geschäftsführerin Leia Laine mit weniger Make-up als beim Fernsehinterview. Die Beleuchtung ist nicht die schmeichelhafteste, sie macht die Sorgenfalten auf der Stirn und an den Kinnbacken sichtbar. Die schwarzen Haare sind zusammengebunden, der Pulli mit dem hohen Kragen wirkt betont neutral. Leia Laine sieht zehn Jahre älter aus, als sie ist, so alt wie Markku Lappo auf dem Foto daneben, der leitende Sozialarbeiter von ProMen. Die Harry-Potter-Brille mit dem blauen Gestell, die runden Wangen und der an der Stirn zurückgehende Haaransatz verleihen seinem Erscheinungsbild etwas Schalkhaftes.

Würde er an Sexsucht leiden und es einem von diesen beiden beichten wollen, wäre klar, mit wem er es lieber zu tun hätte. Mit Markku Lappo, einem Mann, der ihn nicht schon auf der Türschwelle verurteilen würde.

Wäre er einer von den gemeinen Kläffern, die tagaus tagein im Internet unterwegs sind, um auf Kosten von anderen Randale zu machen, würde er Kontakt mit Leia Laine aufnehmen, die man aus dem Fernsehen kennt.

Der x-te Energydrink des Abends zischt auf. So. Seine Finger werfen eine Handvoll Salmiakbuchstaben in den Mund, zerknüllen die leere Tüte, lassen sie fallen. Land-0, formuliert der Mund genießerisch. Länd-ou. Länd-zirou. Der Mann ohne Namen, ohne Heimatland.

Er lacht sich noch immer ins Fäustchen.

Auf der *tahtimo.fi*-Seite landen weiter die Zuschauerkommentare, gleich unter dem Videofenster mit der aktuellen Sendung. Innerhalb der ersten Stunde sind fast zweihundert eingegangen.

Niveau und Inhalt dieser Kommentare fallen wie erwartet aus.

So was Bescheuertes habe ich noch nie gehört. Mit der Frauen-

bewegung ist es seit 2000 nur bergab gegangen. Dass unterschiedliche Gehälter Geschichte sein sollen und die Kosten fürs Kindermachen auf beide Geschlechter verteilt werden, unterstütze ich ja, aber das hier nicht. Hoffentlich bekommt ProMen weder Genehmigung noch Finanzierung.

*Schöne Sch***. Die Bevormundungsgesellschaft verdirbt mir noch den letzten Spaß. Was geht es diese Sozialtussis an, wer sich von Natalia aus der Nachbarschaft züchtigen lässt? Das ist wieder mal so ein Komplott der EU. Wir machen den schwulen Schweden alles nach.*

Geld für Kinderkliniken und Kriegsveteranen, nicht für schmierige Kerle, bitte!

Sanni Tähtimö, könntest du dir nächstes Mal vielleicht was anziehen? Sendungen ab 18 erst um Mitternacht, wenn die Minderjährigen schlafen! Bei uns sieht die ganze Familie fern, wir wollen nicht direkt nach dem Kinderprogramm deine Brüste sehen.

Und so weiter und so fort. Nach den Maßstäben für Internetkommentare bewegen wir uns noch im relativ harmlosen Bereich. Keine einzige Morddrohung. Bis jetzt. Keine Hetze gegen einzelne Bevölkerungsgruppen, wenn man die »schwulen Schweden« nicht mitzählt. Unschuldige Ich-find-das-echt-schlimm-Heulsusen, Trolle und reine Provos wechseln sich im ganz normalen Verhältnis von 70:20:10 ab.

Auch die Kriegsveteranen sind schon erwähnt worden.

Er fragt sich gerade, wie er die Diskussion ein bisschen anheizen könnte, als das Telefon-Piktogramm auf dem mittleren Bildschirm aufblinkt.

Sofort beschleunigt sich sein Puls. Der Anruf kommt von Leitung eins.

Die Nummer dieser heißen Leitung kennen nur die, die auch allen Grund haben, sie zu kennen. Die es sich leisten können, sie zu kennen. Die es sich nicht leisten können, sie nicht zu kennen.

Genau genommen ist die Nummer nicht in Gebrauch, jedenfalls nicht wenn man die Telefongesellschaft fragt. Und er hat dafür gesorgt, dass die Telefongesellschaft die letzte Instanz ist, die darüber Auskunft geben kann.

Diese Nummer ruft niemand versehentlich an. Für diejenigen, die eine Quittung fürs Finanzamt brauchen, steht eine ganz andere Leitung zur Verfügung. Kundensegmentierung ist in jedem Business das A und O.

Das Piktogramm blinkt, doch er überstürzt jetzt nichts. Sorgfältig führt er die angemessenen Sicherheitsvorkehrungen durch und schlürft dann die letzten Energytropfen. Die leere Dose wirft er, ohne sich umzublicken, über die Schulter. Man hört, wie sie in einer Ecke des Kommandoraums scheppernd auf einem Aluminiumberg landet.

Als alles bereit ist, setzt er das Headset auf.

Er kann der Versuchung nicht widerstehen.

»Die Leitung ist offen, hier Land-0. Ich wiederhole: *Länd-ou.*«

7

Näher kommende Scheinwerfer, Zeichen der Rettung. Leia könnte schwören, noch nie etwas so Schönes gesehen zu haben wie diese vom Regen verzerrten Lichtflecken, und jetzt erkennt man auch das Taxischild. Der Pförtner hat seinen Job also doch gemacht. Vielleicht hat der Mann nur irgendeine chronische Krankheit, die den Mund austrocknet, und muss sich deshalb ständig die Lippen lecken.

Die Bremsen jaulen auf. Matsch spritzt auf ihre ach so schönen, dünnen, unbequemen und überteuerten Stiefel und auf den Mantel, dessen chemische Reinigung letzten Winter fünfundachtzig Euro gekostet hat. Das Taxi hält, und die hintere Tür wird von innen aufgestoßen – wie zuvorkommend, wie luxuriös. Das Maximum an Kundenservice, das man in Finnland erwarten kann. Sie zwängt sich hinein, nennt bibbernd, aber laut und verständlich ihre Adresse, das Taxi fährt schnurrend los, das schneidende Licht unter dem Vordach des Fernsehsenders verschwindet aus dem Blickfeld, und allmählich kehrt der Glaube zurück, dass manche Dinge auf der Welt doch noch so sind wie immer.

»So was aber auch.«

Die Worte des Taxifahrers lassen Leia in den Rückspiegel blicken, es ist nämlich die Stimme einer Frau, und aus dem Spiegel schauen sie stark geschminkte Augen unter dünn nachgezeichneten Brauen an. Peinlich, sie war automatisch davon ausgegangen, dass ein Mann dieses Taxi fährt. Auch sie selbst hat sich noch nicht von der Geschlechterstereotypie befreit. Vielleicht hat sie sich von der kräftigen Statur und der Taxifahrerjacke täuschen lassen oder von den dunkelgrauen Haaren, die ganz kurz geschnitten sind, wie mit einer Maschine. Oder sie wachsen gerade nach. Krebs? Über solche Dinge führt man keinen Small Talk.

Auch sonst hat sie absolut keine Lust herauszufinden, was die Fahrerin mit ihrer Äußerung meint. Vielleicht handelt es sich nur um die freundliche Eröffnung eines Gesprächs, das der Fahrgast in jede Richtung weiterführen kann, die ihm behagt.

»Ja«, sagt Leia. »Scheußliches Wetter.«

Es klingt so lustlos, dass man sich dafür schämen könnte.

Leia schämt sich nicht. Sie schaut aus dem Fenster.

Alles sieht gleich aus, obwohl sich das Auto mit ziemlicher Geschwindigkeit vorwärtsbewegt. Ein im Regen verschwommener, vom Wochenende verdunkelter Bürokoloss und ein Fabrikgebäude nach dem anderen gleiten vorbei. Nur die schreienden Lichtreklamen verraten, in welcher Branche das jeweilige Unternehmen tätig ist. Fußgänger sind keine zu sehen, und Autos kommen nur selten entgegen.

Ein verspäteter Schauder lässt ihren Körper erzittern, sie presst die Knie unter Rock und Mantel zusammen. Daheim koche ich mir einen Tee, beschließt Leia. Rooibos, mit Biohonig. Dazu einen Digestive-Keks oder zwei, mit Apfelmarmelade und einem Bröckchen Schimmelkäse.

Oder vielleicht lieber ein Glas Rotwein. Ich trinke auf mich. Herzlichen Glückwunsch, Leia, du hast es getan! Und es lief gar nicht so schlecht.

»Gar nicht so schlecht.« Was denke ich denn da! Wieso verfalle ich in weibliche Selbstabwertung!

Im Grunde lief es richtig gut. Es hätte nicht besser laufen können. Ich habe das Interview in jeder Hinsicht erfolgreich gemeistert. Ich kann zu hundert Prozent stolz auf mich sein.

Es vibriert an ihrem Oberschenkel.

Leia blickt zu der Handtasche auf ihrem Schoß. Eine ganz gewöhnliche Tasche aus braunem Leder, die den Teufel beherbergt.

Wem ist sie auf den Schlips getreten? Wer ärgert sich so sehr über ihren Anblick und ihre Worte, dass er sich die Mühe macht, umgehend ihre Nummer auszugraben? Wobei das ja einfach ist, denn ihre Nummer ist nicht geheim. Man muss nur die Auskunft anrufen, da kann sie jeder kriegen. Und das ist noch nicht alles.

Von der Auskunft bekommt auch jeder ihre Adresse.

Kaum hat Leia beschlossen, das gleich nach ihrer Heimkehr zu ändern, Nummer und Anschrift geheim zu schalten, als sie etwas Deprimierendes begreift. Ihre Nummer steht auch in jeder einzelnen Mail über das Projekt, die sie an Kooperationspartner und Interessengruppen verschickt hat.

Sie kann sie nicht in eine Geheimnummer umwandeln.

Wieder vibriert es auf ihrem Schoß.

Leia beißt die Zähne zusammen, öffnet die Handtasche und nimmt das Handy heraus.

Vier neue Mitteilungen. Vier!

Drei sind von Markku:

Herzlichen Glückwunsch, hast das Interview elegant über die Bühne gebracht!

Und: *Wir sehen uns morgen um 10 im Büro, wie besprochen. Geht mir schon besser, Fieber heute Morgen 38,8 – jetzt nur noch 37,3.*

Und: *Fieber wieder gestiegen, jetzt 37,6. Wenn ich gut schlafe, ist es morgen früh weg. Sollte ich einen Rückfall bekommen, melde ich mich asap.*

Die vierte stammt von ihrer Mutter. *Hallo, Leia, haben uns die Sendung hier in Fuengirola im Internet angesehen, Papa lässt grüßen, LG Mama.*

Leia versucht über ihre Erregtheit von eben zu lächeln. Es klappt noch nicht so recht.

»Waren Sie im Fernsehen?«

Wieder sieht sie den Blick der Taxifahrerin im Rückspiegel. Die Frage klingt eindeutig aggressiv.

Leia beschließt, höflich abweisend zu wirken.

»Ja.«

»Sind Sie irgendwie prominent?«

Leia lacht trocken. »Das dann doch nicht.«

»Pöh. Und warum waren Sie dann im Fernsehen?«

»Ich bin bei *Die Woche mit Tähtimö* interviewt worden.«

»Furchtbares Weibsstück«, prustet die Taxifahrerin heraus. »Diese Tähtimö. Aufreizend wie nur was. Es widert einen an, wie sie jedem Gast ihre Titten in den Mund steckt. Und dann behauptet sie in der Zeitung, dass sie Feministin ist. Ha!«

Leia seufzt heimlich. Aus irgendeinem Grund, den sie selbst nicht versteht, kommen ihr Taxifahrer regelmäßig mit extremen Ansichten über dieses und jenes, normalerweise nach dem Motto »wir« und »die anderen« und erwarten uneingeschränkte Zustimmung. Und auf eine Diskussion mit einem Taxifahrer soll man sich nicht einlassen, die Erfahrung hat sie vor zwei Wochen erst gemacht, als sie nach Göteborg flog, um das schwedische Vorbild für ProMen kennenzulernen. Wenn man bei einer Taxifahrt zum Flughafen am frühen Morgen einen stiernackigen Kerl als Fahrer abkriegt, der die ganze Nacht Besoffene durch die Gegend kutschiert hat und die unheilverkündenden Worte »ich bin ja kein Rassist, aber« verlauten lässt, sollte man das besser überhören, vor allem bei hundertvierzig auf der Autobahn. Reagiert man auch nur mit einem Wort, fängt der Fahrer an, geisteskranke Überholmanöver einzulegen, während er an dem völlig beliebigen Fahrgast seine Wut auslässt über die mehrfach behinderten Kinder von Ausländerfamilien, die von Sozialhilfe leben und in zwei Stunden wieder mit dem Taxi in ihre Sonderschulen gebracht werden müssen, und zwar mit Steuergeldern, die Finnen bezahlt haben. Da lohnt es sich nicht, darauf hinzuweisen, wie wichtig der Schulbesuch dieser Kinder für ihre Rehabilitation ist, für die Integration und für ihre Chancen, später eine Arbeitsstelle zu finden. Vor allem lohnt es sich nicht, laut auszusprechen, dass diese wertvolle, vom finnischen Wohlfahrtsstaat finanzierte Aufgabe ja auch dem Geldbeutel des Taxiunternehmers zugutekommt. Dann steht man nämlich ganz schnell gut zweieinhalb Kilometer vor dem Flughafen am Straßenrand und schaut den Rücklichtern des Taxis hinterher.

Als die Fahrerin den Blick abwendet, glaubt Leia schon, noch einmal davongekommen zu sein. Doch es stellt sich heraus, dass die Frau sie nur so lange in Ruhe gelassen hat, bis sie geblinkt hat und an der Kreuzung abgebogen ist. Die Fortsetzung folgt, sobald der Wagen wieder geradeaus fährt.

»Ich bin ja keine Feministin, aber eines ist sicher – diese Sache vertritt man nicht in Nuttenkleidung.«

Der Blick im Spiegel mustert Leias Outfit. So kommt es Leia jedenfalls vor.

»Und? Was sind Sie gefragt worden?«

Natürlich sollte man sich über ein solches Interesse freuen. Während dieser Fahrt hätte sie die glänzende Gelegenheit, Informationen über ProMen in Umlauf zu bringen. Denn sie und diese Taxifahrerin dürften zumindest teilweise den gleichen Kundenkreis haben.

Leider kann sich Leia aber bloß darüber freuen, dass ihr Mantel mehr verdeckt als der Rock darunter.

»Also, äh. Ich bin nur die Mitbegründerin von so einer neuen Initiative aufsuchender Sozialarbeit im Internet.«

Die Taxifahrerin gähnt genüsslich, während sie den Blick wieder auf die Straße richtet.

»Wenn Sie in der Sendung waren, werden Sie schon noch prominent. Sie müssen mir nachher ein Autogramm geben.«

Die Frau stichelt. Gehört zur Taxiprüfung auch eine Unterrichtsstunde darüber, wie man seine Fahrgäste demütigt?

Aber soll sie nur sticheln. Hauptsache, sie hält bald den Mund.

Leia sieht auf dem Handy nach, wie spät es ist. Halb neun, die Nachrichten laufen schon. Schade.

Sie öffnet Facebook. Sechzehn neue Likes, und auch hier ein Lob von Markku. *Großartig, Leia.* Fieber hin oder her, wenn Markku wach ist, ist er auch in den sozialen Netzwerken aktiv.

»Ich geh in kein *Fehsbuck.*«

Wieder schauen die Augen Leia herausfordernd im Spiegel an. Leia unterdrückt ein Seufzen.

»Ach ja?«

»Ist nur Zeitverschwendung. Ich hab Besseres zu tun.«

»Das kann man so sehen.«

»Außerdem spionieren einen da die Amerikaner aus. Die NASA oder die NSA oder was es nun mal ist. Die Amis brauchen über meine Gedanken und meine Meinungen nix zu wissen.«

»Da ist sicher was dran.«

Die Frau bemerkt die Ironie des Kommentars nicht.

»Heute müssen alle ständig im Netz sein. Nichts kann man mehr anders erledigen. Aber der Große Bruder überwacht dich, der Große Bruder überwacht dich ... Ich hab auch kein Navi, ist Ihnen das schon aufgefallen? Hab keins und will keins. Die Zentrale weiß, wo ich unterwegs bin, aber das Spionagegerät einer fremden multinationalen Firma braucht nicht auszukundschaften, wann ich wo hinfahre.«

Auch eine Art von Paranoia, denkt Leia.

Zum Glück nähert sich die Fahrt dem Ende, nicht mal an den Ampeln kommt sie ins Stocken, jetzt geht es bereits in die Nebenstraßen. Die Brandreden dürften damit gehalten sein.

Leia irrt sich.

»Was für eine Sozialhilfe wollen Sie denn da im Internet verteilen? Den Geldhahn etwa für Leute aufdrehen, die ehrliche Arbeit scheuen?«

Wieso bin ich jetzt schon wieder in dieser Situation?, flucht Leia innerlich.

»Das ist keine Sozialhilfe, sondern Sozialarbeit. Unser Projekt ist zunächst auf ein Jahr beschränkt und unterstützt Leute, die zwanghaft sexuelle Dienstleistungen in Anspruch nehmen.«

Die Antwort besteht aus Schweigen. Aus bestürztem Schweigen.

Leider hält es nicht lange an.

»Ihr pampert Kerle, die zu Nutten gehen?«

»Ganz so würde ich es nicht ausdrücken.«

»Für die Kinderklinik gibt es keine öffentliche Finanzierung, aber Kerlen, die zu Nutten gehen, wird das Geld hinterhergeschmissen. Da können sie dann schön auf großem Fuß …«

Von gleichmäßigem Gemurmel begleitet fährt das Auto endlich an der Zieladresse vor. Die Fahrerin dreht sich zu Leia um.

»Achtundzwanzig siebzig.«

Leia reicht ihr ihre Kreditkarte, und die Frau nimmt sie kopfschüttelnd entgegen.

»Ich kann so was einfach nicht verstehen …«

Nicht provozieren lassen, beschließt Leia mit zusammengebissenen Zähnen. Es spielt keine Rolle, was du denkst. Gleich bin ich dich los und werde dich nie wiedersehen.

Wieder fängt das Telefon auf ihrem Schoß an zu vibrieren und zu blinken.

Jemand versucht anzurufen.

Die Fahrerin reicht das POS-Terminal nach hinten.

»Telefoniert Ihnen da ein Kunde hinterher?«

Das Grinsen soll aus der Bemerkung einen Scherz machen. Ich werde mich über dich bei der Taxiaufsicht beschweren, denkt Leia, während sie den PIN-Code eintippt. Als sie die Tür aufstößt und sich in den Schneeregen hinausbegibt, der keine Anstalten macht nachzulassen, bedankt sie sich entgegen ihrer Gewohnheit nicht einmal.

Leia schaut auf ihr Handy. Die Anruferin ist Viivi. Was ist da los?

Sie hält das Handy ans Ohr. »Hallo?«

Viivi sagt etwas, aber sie versteht es nicht, es geht in stampfender Musik, kakofonischem Kreischen und Grölen unter.

»Ich verstehe dich nicht«, schreit Leia ins Telefon, während sie mit eingezogenem Kopf zu Eingang C eilt. »Ruf mich von irgendwo an, wo es leiser ist, oder schick mir eine SMS, wenn es ein Problem gibt – und das Personal auf dem Schiff kannst du immer um Hilfe bitten. Ich bin gleich in der Wohnung, komme jetzt erst vom Interview, ruf mich in einer Minute noch mal an, oder ich ruf dich zurück …«

Es knistert und knattert im Telefon, dann bricht die Verbindung ab. Leia blickt verzweifelt auf ihr Handy. Am liebsten möchte sie es schütteln: Du sollst funktionieren! Obwohl der Fehler natürlich nicht im Samsung steckt, sondern in der Verbindung. Auf dem Meer gibt es kein Netz, weil dort keine Handymasten stehen.

Sobald sie unter dem Vordach vor dem Regen in Sicherheit ist, ruft sie ihre Tochter zurück. Aber die meldet sich nicht. Leia versucht es erneut. Und es kommt, wie befürchtet. Keine Verbindung. Man hört nur eine kühle Frauenstimme.

»Die Nummer ist zurzeit nicht erreichbar. *The number you have dialed cannot be reached.*«

Leia begreift, dass sie erst am nächsten Morgen wieder Verbindung mit Viivi aufnehmen kann. Sie tippt den Türcode ein, greift zur Klinke und blickt sich dabei um. Das Taxi steht nach wie vor brummend auf dem Parkplatz, das Schild auf dem Dach leuchtet schon wieder. Als sie ins Treppenhaus schlüpft, spürt Leia noch immer den Blick der Fahrerin im Rücken.

In dem Moment zuckt das Telefon in ihrer Hand. Eine SMS.

Viivi. Leia freut sich und erschrickt zugleich. Aber nein, die Nachricht kommt nicht von Viivi.

Ich weiß wo du wohnst

Leia dreht sich um. Das Taxi fährt rückwärts vom Parkplatz und verschwindet.

8

»Hat dein Handy gerade geklingelt?«

Mia muss ihr ins Ohr brüllen, so laut ist der Verstärker des Sängers, der alte Rocksongs johlt. Der ungewaschene Kerl mit den langen Haaren, der da mit seiner Gitarre auf dem Barhocker fläzt, ist steinalt, mindestens vierzig, und verzieht das Gesicht, während er von enttäuschter Liebe und dem sonstigen Elend des Lebens schmettert. Sein Mundwinkel zuckt erbärmlich wie bei Jalo, Mias Pflegepferd, das Viivi mit ihrer neuen besten Freundin am letzten Wochenende im Stall gestreichelt hat. Auch die Haare um den Mund stehen wie bei Jalo, dem Reitschulpferd, das jetzt in Rente ist, in alle Richtungen ab. Fehlt nur der langsam herabrinnende Speichel – und der Mistgeruch.

Sie sind in den Pub gegangen, weil das Mikrofon beim Karaoke nach Sebus saugeilem *Smells Like Teen Spirit* an eine Gruppe von vier besoffenen Kerlen auf Weihnachtsfeier ging, die mit künstlichen Bärten im Gesicht *Eine reife Frau* grölten. Und das nicht mal im Takt, sondern jeder nach seinem eigenen.

Unerträglich. Man konnte nur abhauen.

Viivi angelt nach dem Handy in ihrer Tasche. Ihre Mutter hat versucht anzurufen.

Leia will natürlich, dass sie sich meldet. Habt ihr Spaß, würde sie fragen, gibt es da für Minderjährige auch wirklich was zu tun?

Sie würde versuchen, *auch wirklich* zu erfahren, ob Viivi etwas getrunken hat. Würde sie es hören? Sie hat einen Cider auf dem Behindertenklo im Terminal mit Mia geteilt, bevor sie aufs Schiff konnten, einen zweiten in der Kabine. An der Theke in der Karaokebar einen halben auf die Schnelle, bevor der Barkeeper kapiert hat, dass sie minderjährig sind, und ihnen die Flaschen abnahm. Hier stehen sie nun herum, mit immerhin kostenlosem Wasser in der Hand, im Durchgangsbereich, der als Irish Pub dekoriert ist, und wo alle Tische von schmuddeligen Typen mittleren Alters besetzt sind, die echt hierher passen. Und natürlich von den komischen Rockfreaks Vili und Taavi. Aus der Raucherecke nebenan stinkt es jedes Mal heraus, wenn jemand über den Gang geht, zum Beispiel Sippe, Mari und Ella, die jetzt gerade vorbeisegeln, das übelste Hipstertrio der Schule. Sie wenden sich ab, als sie Viivi und Mia sehen.

Ach, Mama. Wenn du wüsstest. Hier geht ja so was von die Post ab.

An den Duty-free-Düften haben sie schon mehrmals geschnuppert, und für Computerspiele interessieren sie sich nicht. Aber das Fieseste haben sie schon hinter sich, nämlich den Fotoverkauf am Eingang. Viivi hatte gar nicht gemerkt, dass von allen Passagieren Fotos gemacht wurden, als sie das Schiff betraten. Auf dem Bild hatte sie den Mund halb offen, weil sie Mia gerade etwas erklärte, und zu allem Überfluss guckte sie auch noch schief. Sie musste das Foto kaufen und zerreißen, denn sie hätte nicht weiterleben können, wenn das Hipstertrio es zu Gesicht bekommen hätte.

Die erste Enttäuschung kam gleich beim Einschiffen. Auf einem Blatt Papier, das an alle verteilt wurde, stand, dass JVG, der Top Act des Abends, abgesagt hatte. Stattdessen gab es irgendein Rod-Stewart-Tribute.

»Wer ist Rod-Stewart-Tribute?«, hatte Mia gefragt, und Viivi hatte mit den Schultern gezuckt.

Würde sie an dieser traditionellen Schiffsfahrt des ersten Oberstufenjahrgangs aus dem gleichen Grund teilnehmen wie alle anderen, nämlich um wild zu feiern, sprich in der Kabine heimlich zu saufen, könnte der Trip eine herbe Enttäuschung werden. Doch sie hat andere Projekte, von denen nur Mia etwas weiß.

Eins davon trägt den Namen Sebu. Sebastian Nyberg. Immer die gleichen abstehenden Haare, als ob er gerade erst aufgestanden wäre. Und die Art, wie er in der Englischstunde so melodisch und bedeutungsvoll *you* sagt, dass es einem jedes Mal durch und durch geht. Und jetzt auch noch seine Art zu singen. Damit zog er sofort die Hälfte aller Mädchen geifernd an die Bühne, und ein paar Jungs ebenfalls. Ach.

Viivi hatte mit Mia an einer Annäherungsstrategie gefeilt, während sie in der Kabine ihrem Make-up und den Haaren den letzten Schliff gaben und die Kleider für diesen wichtigen Abend auswählten. Aber die U18-Disko, auf die sie gesetzt hatten, war nichts anderes gewesen als *a bad disappointment.* Als sie hereinkamen, lief Rihanna. Und noch ehe sie es auf die Tanzfläche schafften, kam die Schlumpfversion von *Last Christmas.*

»Oh Scheiße«, hatte Mia ausgestoßen.

Treffender hätte man es nicht sagen können.

Schockiert sahen sie zu, wie Fünfjährige die Tanzfläche eroberten, die wie verrückt hüpften und kreischten und Fangen spielten. Als dann auch noch das Schiffsmaskottchen erschien und Luftballons verteilte, machten sie sich davon. Peinlich, so peinlich ... Hoffentlich hatte sie niemand gesehen, den sie kannten.

»Zeig her. Wer war das? War *er* das?«

Mia packt sie am Arm und versucht einen Blick auf ihr Handy zu werfen.

»Nee.«

»Nicht? Bist du sicher?«

»Es war meine Mutter.«

Mia prustet los. »Macht sie sich etwa Sorgen?«

»Keine Ahnung. Das macht sie immer.«

»Würde ich auch. Vor allem wenn ich wüsste ... Rufst du sie zurück?«

»Garantiert.«

Der Sänger beendet sein Lied mit einem markerschütternden Schmerzensschrei, der von einem überlangen Gitarrenriff begleitet wird. Das Publikum klatscht, Vili und Taavi pfeifen. Der Sänger streckt die Hand nach seinem Bierglas auf der Theke aus und nimmt einen Schluck. »Noch ein Stück, und dann gibt es eine kurze Pause.«

»Bryan Adams«, ruft eine Frau aus dem Publikum.

»Elvis«, ruft eine andere.

»Billy Idol!«

»Spiel Paranoid!«

Das war natürlich Taavi.

Der Sänger lacht lässig, wischt sich den Schaum von der Backe, wo er sich in den Barthaaren verfangen hat, und schaut dabei ins Publikum.

»Andere Wünsche?«

Mehr Wünsche scheint es nicht zu geben, und der Blick des Sängers bleibt an ihnen beiden hängen. Als er ihnen zuzwinkert, hört Viivi, wie Mia neben ihr kichert, obwohl sie gleich darauf »würg« sagt.

Viivi beschließt nachzusehen, ob sich auf Facebook etwas getan hat. Ob noch mehr Likes für ihr *Heja-Stockholm*-Posting gekommen sind.

Aber ihr iPhone will das Internet nicht öffnen. Offensichtlich reicht das Netz nicht aus.

Viivi schreibt schnell eine SMS, dabei passt sie auf, dass Mia nichts sieht. Die SMS lässt sich nicht abschicken. Viivi klappt die Schutzhülle zu und steckt das Handy wieder ein. Sie muss es später noch einmal versuchen.

Der Mann mit der Gitarre grölt wieder los. Viivi merkt, dass er sie immer noch stalkt. Oder Mia. Mit ihren langen blonden

Haaren und dem Julia-Roberts-Lächeln, das von einer Wange zur anderen reicht, ist Mia der feuchte Traum genau solcher alten Perverslinge.

Das Stück, das der Typ zu spielen versucht, hat Viivi schon mal gehört. *White Wedding*, ein alter Song von Billy Idol. *Hey little sister, what have you done ...*

Viivi bekommt Bauchschmerzen. Sie ergreift Mias Hand.

»Ich ertrage dieses Gejaule keine Sekunde länger«, schreit sie Mia ins Ohr. »Wollen wir nachschauen, ob beim Karaoke wieder jemand singt, den wir kennen?«

9

»Land-0«, wiederholt der Mann nach kurzem Schweigen. »Äh, ja. Ich rufe an, weil ich einen Job anzubieten hätte. Ich habe gehört, Sie machen Screenings ...«

»Data-Mining.«

Man muss dem Kunden von Anfang an zeigen, wie der Hase läuft. Schon aus Sicherheitsgründen.

»Data-Mining. Okay. Die Sache ist nämlich die, es müsste was gesucht werden. Im Netz.«

»Und?«

»Und gelöscht.«

»Um welche Art von Material handelt es sich denn?«

»Bild und Ton.«

»Eine Videodatei? YouTube-Kram?«

»Ein Skype-Gespräch. Letzte Nacht geführt. Ein bisschen – leichtsinnig. Es steht noch nicht auf YouTube und darf auch nicht da hin. Lässt sich das machen?«

»Das lässt sich machen«, erwidert er. Und grinst.

So einer also. Hat im Suff Mist gebaut.

Sein Interesse verebbt sofort. Solche Aufträge mit ein bisschen Suchen und Putzen haben mit anständigem Data-Mining nichts zu tun.

Und erst recht nichts mit dem unanständigen, wegen dem man den heißen Draht anruft.

Bei einem idealen Auftrag geht es um etwas ganz anderes. Man stellt ihm eine Anfangsmenge an Massendaten zur Verfügung, zwischen fünfhundert und zehntausend. Die speist er ins System ein, startet ein paar hübsche kleine Minings mit verschiedenen Algorithmen und lässt dann den Rechner rattern.

Ich durchschaue dich. Diesen Satz würde er am liebsten als Motto auf die Homepage seiner Firma stellen. Der würde sich auch auf Visitenkarten und einer gedruckten Broschüre gut machen, in einer superschicken Schrift.

Sein Erfolgsgeheimnis? Spezialisierung.

Sein Spezialgebiet? Schmerz. Angst. Seelische Wunden. Solche Dinge.

Die Erfolgsquote? Hundert Prozent.

Ein paar Beispiele für erfolgreich geklärte Fälle wären auch nicht übel. Der Auftrag einer großen Versicherungsgesellschaft, die nach Finnland expandiert: Grabe die Leute aus, die am empfänglichsten für überteuerte Lebens-, Diebstahl- und Unfallversicherungspakete sind. Fasse die ängstlichsten zehn Prozent davon in einem Fraktal zusammen, Leia Laine zum Beispiel. Und jage ihnen noch ein bisschen mehr Angst ein.

Der Auftrag einer Firma, die Sicherheitsanlagen für Privathäuser verkauft: Grabe eine Zielgruppe von Leuten aus, bei denen man nur ein bisschen nachhelfen muss, bis sie einsehen, dass sie dringend Kameras, Festplatten und Alarmanlagen brauchen, um sämtliche Öffnungen ihres Hauses rund um die Uhr zu bewachen. Selbstverständlich mit der freundlichen Unterstützung einer Sicherheitsfirma.

Der Auftrag eines Naturkostherstellers, der seinen Marktanteil erweitern will. Kratze alle armen Teufel zusammen, die Angst haben, dass sie schon morgen den Löffel abgeben, wenn sie sich heute nicht eine Handvoll Produkte besagter Firma einwerfen, die per Internet in großen Familienpackungen zu kaufen sind. Und fache die Angst auch bei den Angehörigen dieser Leute an.

Leider hat er keine Homepage. Auch keine Broschüre. In der Branche, in der er Guru ist, ist es nicht üblich, Werbung zu machen.

Diejenigen, die wissen, wie man sucht, finden ihn schon.

»Dann kommen wir mal zu den genauen Koordinaten«, fängt er an, wobei er gedankenverloren seine Jeans betastet. Da klebt irgendwas. Er müsste sie in die Wäsche schmeißen. »Wer war der andere Teilnehmer des Skype-Gesprächs?«

»Eine Frau. Myriam. Myriam Navoko.«

»Ausländerin?«

»Afrikanerin. Aus Sambia, glaube ich. Oder aus Äthiopien. Nein, aus Sambia.«

»Sie erinnern sich nicht?«

Am anderen Ende ist es eine Weile still.

»Ich rufe für jemand anderen an.«

»Nämlich für wen?«

»Wenn es recht ist, nenne ich den Namen erst, wenn, äh ...«

»Ist recht.«

Er reckt die Arme und jubelt lautlos. *Yes!* Besser geht es nicht. Der Typ, der Scheiße gebaut hat, ist ein hohes Tier. Hat zum Spurenbeseitigen seine Nummer zwei vorgeschickt.

Schon interessanter, wesentlich interessanter. Besonders im Hinblick auf die Rechnung am Ende.

Eigentlich interessieren ihn die Identität und die Motive

seiner Kunden nicht. Nicht einmal das Geld interessiert ihn. Denn anders als bei 99,9 Prozent aller Finnen ist die Arbeit für ihn eine echte Berufung. Eine Leidenschaft.

Weil er kann, was er tut. Weil er ein Guru darin ist.

Weil er es sich selbst zeigen will. Und allen anderen.

Besonders einer bestimmten Person.

Allerdings kann er genau das nicht tun.

Als er mit dem Geschäft anfing, nahm er sich vor, mit fünfundvierzig in Rente zu gehen. Am Geld liegt es nicht. Es sind jetzt noch drei Jahre bis dahin, aber er ist sich nicht mehr sicher. Was soll er danach tun?

Wer wäre er danach?

Doch jetzt ist nicht der richtige Moment für tiefsinnige Gedanken. Heute ist er Land-0 und hat einen neuen Kunden an der Angel. Präzise gesagt: einen möglichen neuen Kunden.

»Die Sache ist wahrscheinlich eilig?«, fühlt er vor.

»Ja. Es muss schnell gehen.«

»Damit diese offenbar nicht erwünschte Aufnahme nicht zum Beispiel auf YouTube landet. Und vielleicht sogar in Rekordzeit an die Spitze der beliebtesten Videos aufsteigt.«

»Ja. Genau.«

»Für fünfzigtausend ist das Video bis Mitternacht verschwunden. Können wir das so eintüten?«

Es gibt zwei Möglichkeiten: *Take it or leave it.* Das wird er sagen, wenn der andere anfängt zu stottern. Weißt du, wenn es um Bits geht, gibt es nur Einser und Nullen.

Er wird sagen: Land-0 lässt nicht mit sich handeln. Land-0 bietet eine Dienstleistung, die man anderswo nicht bekommt, und Land-0 verkauft seine Kompetenz nicht unter Wert.

Seine Kunden können es sich leisten, zu zahlen. Man könnte auch sagen, sie können es sich nicht leisten, nicht zu zahlen. Nicht nachdem sie seine Kunden geworden sind. Es funktioniert nach dem Win-win-Prinzip.

57 Prozent meiner Kunden sind Stammkunden, könnte er prahlen. Mit Bonuskarte erhalten sie fünfzehn Prozent Rabatt. Doch das war nur ein Joke. Er gibt keinen Rabatt und er verteilt auch keine Bonuskarten. Und führt kein Kundenregister. Vielleicht.

Laut einer Umfrage zur Kundenzufriedenheit wären vier von fünf Kunden bereit, ihren Freunden die Dienstleistungen meiner Firma weiterzuempfehlen. Auch ein Joke. Es gab keine Umfrage. Trotzdem dürften diese Zahlen ungefähr stimmen.

Allerdings ist das Wort Freunde bei seinen Kunden irreführend.

»Sind Sie noch dran?«, fragt er. »Ich warte auf eine Antwort.«

»Sind Sie auch wirklich so gut, wie Sie andeuten?«

Bingo.

»Noch besser.«

Er setzt das Headset ab und fährt sich mit beiden Händen durch die Haare. 50 000 Euro für zwei Stunden Arbeit, und das natürlich steuerfrei. Nicht schlecht.

»Land-0 sagt danke und over.«

Gleich mal den Timer am Dashboard einschalten. Die Ziffernfolge 00:30:00 wird von Sekunde zu Sekunde kleiner. Nummer zwei hat versprochen, innerhalb von einer halben Stunde Informationen zu schicken, mit denen er loslegen kann. Die Identität seines Chefs wollte Nummer zwei nach wie vor nicht verraten.

Na, warten wir es ab.

Bis dahin bleibt Zeit für Hintergrundrecherchen.

Der Anruf kam von einem Prepaid-Anschluss. Immerhin beherrscht der Mann die Basics. Andererseits hat er keinen Stimmenverzerrer benutzt, weshalb ihn zum Beispiel die Staatsgewalt identifizieren könnte. Doch aufgrund der Sicherheitsmaßnahmen und des diskreten Charakters ihrer Zusammenarbeit kann sich der Anrufer darauf verlassen, dass vom Inhalt ihres Telefonates nichts durchsickert. Auch unausgesprochen ist klar, dass solche Anrufe nicht gespeichert werden.

Land-0 hört ihn sich noch einmal an.

So, wie er redet, ist Nummer zwei etwa dreißig, lebt in der Großstadt und wurde vielleicht sogar in Helsinki geboren. Ein Angestellter mit guter Ausbildung, vermutlich Akademiker. Der Macker-Ton, den er anschlägt, klingt aufgesetzt.

Mehr bekommt er auch bei mehrmaligem Hören nicht über den Anrufer heraus. Na, am wichtigsten ist, dass über das Bakschisch nicht weiter diskutiert werden musste.

Über kostenpflichtige Zusatzleistungen reden wir gegebenenfalls später. Auch wenn es nicht laut ausgesprochen wurde, wissen beide Parteien, dass diese Extras der wahre Grund für den Kundenbesuch sind – und nicht das, was auf der Preisliste im Schaufenster steht.

Er checkt den Timer.

00:25:11. Noch fünfundzwanzig Minuten totzuschlagen.

Man könnte ein kleines Nickerchen machen. Doch als er einen Blick auf das Bett zwischen den Tresoren wirft, ruft es ihn nicht zu sich. Die elektrische Steuerung des Bettes ging schon vor mehreren Wochen kaputt, nachdem die Fernbedienung in eine Pfütze aus Energydrink oder vielleicht auch Cola gefallen war. Die dunkle, klebrige Masse hatte den Stromkreis des Teils aus dem Konzept und das Bett in eine dauerhafte Brückenposition gebracht. Darin zu schlafen, war in letzter Zeit nicht gerade ein Genuss gewesen.

Das Bettzeug ist zerknüllt und außerdem nicht bezogen ... Seit Wochen schon.

Wehmütig denkt er an raschelndes Seidenpapier, unter dem luxuriöser ägyptischer Baumwollsatin zum Vorschein kommt, so glatt, wie es nur eine altmodische Mangel zustande bringt. Er hatte immer geglaubt, dieses fast erotische Gefühl auf der Haut bekomme man nur in Fünf-Sterne-Hotels zu spüren, doch da hatte er sich getäuscht. Man brauchte bloß eine Firma, die einen Fünf-Sterne-Service zum Fünf-Sterne-Preis anbot: eine Reinigung, die die Sachen abholte und wieder brachte.

Es wäre wohl an der Zeit, einen neuen Hausbesuch zu vereinbaren.

00:23:43.

Er schaut ein wenig zu oft auf die Stoppuhr.

Vielleicht ist er sogar ein bisschen nervös, zugegeben. Dieser Moment ist der riskanteste. Der Kunde hatte bereits Kontakt, hat aber noch nicht alle Karten auf den Tisch gelegt.

Kein System ist hundertprozentig einbruchsicher. Wenn jemand das weiß, dann er, Land-0.

»*Länd-ouu* …«, jault er und gurgelt das Ende des Wortes mit klebrig süßer Energybrühe.

00:22:57.

Monitor drei müsste mal gewartet werden, er flimmert inzwischen so stark, dass seine Stunden gezählt sind. Wischt man über die Rückseite, bleibt eine dicke graue Schicht an den Fingern hängen.

Wo findet man eine Reinigungsfirma mit echter Qualität? Sprich eine, die ihren Job macht wie vereinbart und nicht bei jeder Kleinigkeit zusammenzuckt. Eine Suche auf gut Glück kann er sich nicht mehr leisten, und es geht auch nicht ums Geld. Er möchte nicht, dass es wieder so kommt wie beim letzten Mal.

Die Frau, vielleicht eine Vietnamesin, blieb wie angewurzelt und mit aufgerissenen Augen in der Tür stehen und war erst bereit, mit Staubsauger und sonstigem Zubehör durch die metallverstärkte Tür zu treten, als er ihr zweihundert

Euro extra in die Hand drückte. Ihre Arbeit erledigte sie allerdings einwandfrei, auch wenn sie dabei unablässig Verwünschungen in ihrer Muttersprache ausstieß ... Es war mühsam herauszufinden, ob die Frau ein Sicherheitsrisiko darstellte oder nicht. Sie war nicht bereit gewesen, noch einmal zu kommen, das Computerarsenal, das sämtlichen verfügbaren Raum einnahm, machte sie misstrauisch, die sieben Monitore nebeneinander, die er, während sie putzte, natürlich ausgeschaltet hatte, die Kamera unter der Zimmerdecke und die Geheimhaltungsvereinbarung, die sie unterschreiben sollte. Argwöhnisch schielte sie auch auf die Tagesdecke, die er am Fensterrahmen des Maschinenraums festgetackert hat, um den Meerblick aus dem siebzehnten Stock des Hochhauses in Espoo zu verdecken, der zu manchen Jahres- und Tageszeiten geradezu störend hell wirkt. Oder war der entscheidende Punkt die Unordnung in der Wohnung, die wohl das normale Ausmaß überschritt? Da das Apartment lediglich fünfunddreißig Quadratmeter groß war, hatte sich die Frau angeblich auf vier Stunden Arbeit eingestellt, doch am Ende brauchte sie sieben und war trotzdem nicht mit dem Resultat zufrieden.

Oder mit ihm. Obwohl er ihr noch einen Hunderter Trinkgeld gab. Mehr Bargeld hatte er damals nicht im Portemonnaie gehabt.

00:21:15. Nicht die geringste Nachricht.

Er möchte nicht einmal an die Möglichkeit denken, dass die Uhr ablaufen könnte. Lässt der Kunde innerhalb einer halben Stunde nichts von sich hören, fährt sich das System von selbst herunter und vernichtet die Logdaten. Dann ist nicht einmal mehr die Telefonnummer, die der Kunde angerufen hat, vorhanden. Gut für die Sicherheit, ja. Aber leicht und mühelos? Nein.

Das System wieder aufzubauen würde verdammt viel Zeit in Anspruch nehmen, und die neue Nummer potenziellen

Kunden mitzuteilen wäre höllisch aufwendig. Das hat er in den zweieinhalb Jahren zwei Mal tun müssen. Der Ärger wurde nur dadurch ein wenig gelindert, dass das System vor dem Herunterfahren damals ein paar saftige Überraschungen an das Kommunikationsgerät des betrügerischen Geizkragens geschickt hat, die im entsprechenden Moment aktiviert wurden. Frodo züchtete in seinem Garten so einige Sorten davon und rückte als guter Kamerad immer mal wieder ein giftiges Exemplar zu Versuchszwecken heraus. So lernt die andere Seite auf einen Schlag, dass man auf diese Weise keine Verhandlungen führt. Nicht mit ihm.

Er stößt sich mit dem Fuß ab, rollt rückwärts und kommt zwei Meter vom Dashboard entfernt zum Stehen. Eine Sekunde später holt ihn ein Geruch ein. Er schnuppert an seinem Kraftwerk-T-Shirt – eine Erinnerung an das Konzert von 1991 im Kulturhaus – und seine Augen fangen an zu tränen.

Seine Körperhygiene scheint in letzter Zeit etwas im Schatten wichtigerer Projekte gestanden zu haben.

Schon auf dem Weg ins Bad zieht er sich das Shirt über den Kopf. Sieh an, auf der Waschmaschine hat sich ein anderthalb Meter hoher Berg Schmutzwäsche angesammelt. Man soll immer den richtigen Moment abwarten und dann unverzüglich die nötigen Hausarbeiten erledigen.

Das Lämpchen an der Maschine brennt bereits. Seltsam. Er bückt sich und öffnet die Tür – macht einen Schritt zurück, stolpert über seine Füße und landet auf dem Hintern.

»So eine Sch…!«

Mit der Hand vor dem Mund nähert er sich wieder der Waschmaschine, schiebt den Kopf vor die offene Luke und sieht nach, was sich in der Trommel befindet. Oder irgendwann einmal darin befunden hat. Schwer zu sagen, alles ist von einem grauen, schleimigen Film überzogen.

Und stinkt. Es ist entsetzlich.

Er rappelt sich hoch und greift nach dem Handtuch, das an einem Nagel hängt und auch schon länger darauf wartet, gewechselt zu werden, und wirft es vor der Waschmaschine auf den Fußboden. Mit der abgenutzten Spülbürste, die normalerweise die Funktion der Klobürste erfüllt, angelt er einen glitschigen, alienartigen Schleimklumpen aus der Waschmaschine, der stinkenden Modder auf ihn spritzt, als er ihn aufs Handtuch klatschen lässt. Hastig reißt er zwei Meter Klopapier von der Rolle und wischt sich Bauch und Arme trocken, zieht dann die klebrige Jeans und die Unterhose aus und wirft sie ebenfalls auf den Haufen, gefolgt von der Spülbürste. Zum Schluss rafft er die Wäsche zu einem Bündel und bindet die Ecken zusammen.

»Brr.«

Er trägt das Bündel in die Diele. Das muss er sofort entsorgen.

Ein neues Problem tritt auf, als er die Hand schon an der Türklinke hat. Man bringt nicht splitternackt den Müll hinunter.

Kurz zieht er in Erwägung, das stinkende Paket einfach vor die Tür zu werfen, als er von dem Vorhaben noch einmal Abstand nimmt, denn eine Einsatztruppe zur chemischen Kriegsführung kann er hier nicht gebrauchen. Und eine Zwangsräumung schon gar nicht.

Er versucht die Hoffnung nicht aufzugeben, doch sie krepiert, sobald er den Kleiderschrank öffnet und auf nichts als Leere stößt.

Das vollkommene Nichts in den Fächern wäre fast schon existentialistisch, wäre da nicht die dicke Staubschicht obendrauf.

Er muss niesen.

Und um ein Wunder beten. Demütig auf die Knie gehen und in die dunkelste Ecke des untersten Fachs spähen – und da, auf allen vieren, mit hochgerecktem nacktem Arsch, sieht er es: Ganz hinten, von grauem Staub überzogen, liegt tatsächlich etwas. Oder jemand? Der Arm streckt sich, die Finger berühren Stoff, der Stoff erweist sich als eine schwarze Jeans, die er vollkommen vergessen hat. Die wundersame Rettung! Er hat etwas Sauberes zum Anziehen. Von sauber zu sprechen, wäre allerdings übertrieben. Als er die Hose schüttelt, um die schlimmsten Falten herauszubekommen, füllt sich der Raum mit grauen Partikeln.

Hustend zieht er die Jeans an. Sieh an, mein Junge, in die hast du zuletzt vor drei Jahren hineingepasst. Die Energydrinkdiät scheint zu wirken: viele gesunde Inhaltsstoffe, darunter mehrere Sorten B-Vitamine.

»And now … a man got to do what a man got to do.«

Als sich die Aufzugtüren automatisch schließen, begreift er, dass er nicht nur aus Gründen der Volksgesundheit die Treppe hätte nehmen sollen. Der Aufzug wartet eine gesetzlich geregelte Ewigkeit und bewegt sich erst dann im Kriechtempo vom siebzehnten Stock ins Erdgeschoss. Schon auf der Höhe des zwölften pfeift seine Lunge. Er muss nachgeben und Luft holen. Und als die Türen unten endlich aufgehen, stürzt er heftig würgend hinaus. Mit ein paar forschen Sätzen erreicht er die Haustür und die frische Luft.

An der es übrigens regnet. Und zwar stark.

Die Oma von unten, die Frau Nervensäge der Eigentümerversammlung, kommt gleichzeitig zum Müllhäuschen. Sie guckt misstrauisch, als er das stinkende Bündel in eine Tonne fallen lässt. Vielleicht wecken Jeans, Sandalen und nackter Oberkörper bei diesem Wetter nicht unbedingt das Vertrauen der älteren Generation. Vielleicht ahnt sie, dass in dem Bündel ein äußerst wichtiges und geliebtes Körperteil eingewickelt ist, das einmal zum Opfer eines Zerstückelungsmordes gehört hat. Der Duft ist zweifellos der entsprechende.

Er verzieht den Mund zu einem Grinselächeln. Er kann sich ein Lächeln leisten, denn er verdient während dieser Müllentsorgung mehr, als die Alte im ganzen Monat an Rente kriegt.

Die Ertüchtigung an der frischen Luft hat das Energieniveau bis zum Anschlag nach oben getrieben. Der feuchte Oberkörper prickelt, jedes Körperhärchen richtet sich auf, als er sich mit Klopapier trocken reibt.

Die Genugtuung über die erfolgreich durchgeführte Operation verfliegt sofort, als er begreift, dass sich die Grundkonstellation nicht geändert hat. Etwas Brauchbares zum Anziehen wartet immer noch nicht auf ihn, und die Waschmaschine stinkt weiterhin.

Die müsste man wohl irgendwie desinfizieren, aber wie? Mit Universalreiniger? Mit Chlor? Mit Benzin und Streichholz? Oder wäre es einfacher, eine komplett neue zu besorgen?

Er knallt die Waschmaschinentür zu und kehrt zum Dashboard zurück.

00:11:27.

00:11:26.

00:11:25.

Keine Nachricht. Von niemandem.

Auf dem Standbild sind die Knie der Frau ein, zwei Zentimeter aufeinander zugerückt. Der Weg die braunen Stiefel hoch bis unter den Rock, der sich so unvermutet aufgetan hat, ist schon fast wieder versperrt. Und es passiert noch etwas Interessantes – auf dem Gesicht der Frau, im linken Winkel des schnurgeraden Mundes. Eben hat sich dieser Mundwinkel ungefragt nach unten verzogen.

Die Lippen werden gerade werden und sich gleich darauf zur Antwort öffnen, eine Zehntelsekunde nachdem er die arme Frau von der Pein des Anhaltens erlöst hat. Ihre Antwort wird schlagfertig und mehr als begründet sein, aber das wird Leia Laine nicht mehr retten.

Das wird sie nicht vor ihm retten.

Selten bekommt man in einer Bildquelle einen derart brillanten Bruch zu Gesicht, und dann auch noch in Form eines solchen Leckerbissens.

Das sind Momente, in denen er echte Freude an seiner Arbeit empfindet.

Man sieht es nur, wenn man richtig hinschaut, und man schaut nur richtig hin, wenn man weiß, was man sucht. Auf den letzten Metern der Sendung macht die Frau auf dem Bildschirm einen fatalen Fehler. Sie nimmt ihr wohlgeformtes übergeschlagenes Bein herunter, während die Hände schon verkrampft nach dem Rocksaum greifen, um ihn nach unten zu ziehen. Die Geste ist eindeutig ein Abwehrreflex und nicht nur vollkommen entlarvend, sondern auch absolut nutzlos. Ein Kleidungsstück von dieser Größe reicht beim besten Willen nicht bis zum Knie.

Leia Laine verliert also doch die Contenance, wenn auch nur für einen Wimpernschlag. Und das genügt ihm.

Leia Laine. Geschäftsführerin von ProMen. Haben Sie zufällig Kinder?

00:08:52.

Der Unterkiefer spannt sich. Kalter Schweiß bricht aus. Der Puls schießt in die Höhe.

Von irgendwoher ist eine offene Dose Energydrink in seiner Hand aufgetaucht, noch halb voll. Er kippt sich den Rest auf einmal in den Hals und wirft die leere Dose über die Schulter. Dann haut er in die Tasten.

Höchste Zeit, ein wenig Feedback zu geben.

Du falsche Schlampe. Du hässliche Kuh. Schöne Grüße, mein Schatz.

Du Schimmelarsch. Du überalterte Nutte, du brünstige Ex-Miss. Ordentlich reinhauen. Das hat er besser im Griff als jeder andere. Gehört zu den Vorteilen seines Berufs.

Oder einfach: *Schlechte Mutter.* Das funktioniert immer.

10

Leia zieht die Tür hinter sich zu. Sie bleibt im Flur stehen, in Schuhen und Mantel, ohne Licht zu machen.

Kein Knarren, kein Poltern, keine Schritte. Kein fremdes Atmen.

Es gab kein sexuelles Motiv für die Tat, behauptete der Mann. Und er konnte der Polizei nicht sagen, warum er es überhaupt getan hatte. Mit seinem Kombi hatte er ein zehnjähriges Mädchen entführt, eine Drittklässlerin, an einem gewöhnlichen Dienstagnachmittag. Hände und Füße gefesselt, den Mund zugeklebt und zu sich nach Hause gefahren. Dort hatte er das Mädchen an einem Stuhl festgebunden, hinter Schloss und Riegel, und war Bier kaufen gegangen.

Bier! Zum Glück war der Mann im einzigen Laden am Ort einmal beim Diebstahl erwischt worden und nun gezwungen, sich sein Bier an der Tankstelle zu holen, die etwas weiter weg lag. Und zum Glück war das Mädchen so clever und blieb ruhig, obwohl es geschlagen worden war. Obwohl ihm bestimmt gedroht worden war. Es war ihm gelungen, sein Handy vor dem Entführer zu verbergen, und als der Mann weg war, gelang es dem Mädchen, eine Hand freizubekommen. Es rief seine Mutter an und die Mutter die Notrufzentrale, und als der Mann mit seinem Bier zurückkam, wurde er an der Tür von der Polizei empfangen.

Kein sexuelles Motiv, hatte der Entführer vor Gericht behauptet, obwohl die Polizei in seinem Computer dreihundert kinderpornografische Fotos gefunden hatte, und Videos ebenfalls. Am Tag zuvor hatte er ein Computerspiel gemacht, bei dem er eine Mutter und ihre zwei Töchter vergewaltigte.

Leia hatte nicht einmal gewusst, dass es solche Spiele gab.

»Hör auf, Mama«, sagt Viivi. »Ich bin keine zehn mehr.«

Viivi kauert mitten in ihrem Zimmer vor dem ausgeblichenen Fjällräven-Rucksack, der ihr immer treue Dienste geleistet hat. Er bläht sich schmerzhaft auf, als Viivi den Inhalt mit der Faust zusammendrückt, als würde sie einen Hefeteig kneten. Ganz oben im Rucksack blitzt ein glänzendes schwarzes Kleidungsstück auf, das Leia noch nie gesehen hat. Wieder so ein Party-Top. Seit diesem Herbst schleusen H&M und Ginatricot in immer kürzeren Abständen sexy Fummel in ihren Zwei-Frauen-Haushalt ein. Leia wundert sich über nichts mehr, was sie aus dem Wäschekorb fischt, der Waschmaschine in den Rachen wirft und auf die Leine hängt. Aber als Viivi letzte Woche anfing, von Tattoos und Piercings zu reden – auch Mia hat angeblich welche –, sagte sie Nein, nur über meine Leiche.

Viivi probiert, ob der Reißverschluss am Rucksack noch zugeht. Ja. Erst dann blickt sie gnädig auf.

»Ich kann dir ja jede Stunde eine SMS schicken, dass ich okay bin. Wenn dich das erleichtert.«

»Es reicht, wenn du mir am Morgen in Stockholm eine schickst.«

»Dass ich noch am Leben bin.«

»Genau.«

»Dass ich nicht entführt worden bin und dass mich kein Stockholmer Pädo in seinen Kombi gepackt hat.«

»Hör auf.«

»Nee, klar ruf ich dich an, als Erstes dich natürlich, sobald ich die Fesseln los bin ...«

Etwas an Leias Gesichtsausdruck bringt Viivi offenbar dazu, weich zu werden, sich aufzurappeln und die Arme auszubreiten, die Augen nur ein bisschen verdrehend. Leia packt sie und drückt unendlich dankbar ihre Wange an die schmale Schulter. In der industriell gefertigten, süßlich-dicken Parfum- und Nagellackwolke meint sie, noch einen Hauch von dem echten Urduft wahrzunehmen, der vor sechzehn Jahren von dem winzigen, fast haarlosen Kopf ausging, an dem sie in den ersten Monaten berauscht vor Glück geschnuppert hat. So weich noch, beängstigend schutzlos.

»Ach, du.«

Es kommt ihr ohne vernünftigen Grund über die Lippen. Sie lockert den Griff, doch jetzt lässt Viivi nicht mehr los.

»Nach dreißig Sekunden kommen die Endorphine«, erinnert sie das Mädchen mit einem Satz, den normalerweise Leia ausspricht. Das verstärkt ihre Liebe noch, so sehr, dass es wehtut.

Sie umarmen sich, bis Viivi sie spüren lässt: jetzt.

Leia befreit sich. Viivi betrachtet sie mit schief gelegtem Kopf. Leicht herablassend, denkt Leia. Wie man ein Kind ansieht.

»Ich bin die ganze Zeit mit meinen Freundinnen zusammen unterwegs. Und ich schreibe dir eine SMS.«

Leia kann nur nicken.

»Mama, die Welt ist nicht so gefährlich, wie du glaubst.«

Nein?

Die Welt ist gefährlich für eine Zehnjährige, die an einem ganz gewöhnlichen Dienstag in einem kleinen finnischen Ort von einem Mann ins Auto gezerrt wird. Die Welt ist gefährlich für ein fünfjähriges indisches Mädchen, das von seinem Nachbarn vergewaltigt und halb totgeschlagen wird. Ein fünfjähriges! Dabei hatte sie sich noch nicht einmal von dem vorigen Fall erholt, bei dem eine Studentin während einer Busfahrt in Delhi von mehreren Männern vergewaltigt und zu Tode misshandelt wurde. Gerade noch bist du mit deinem Freund auf dem Heimweg vom Kino – *Life of Pi*, auch in Finnland in den Kinos. Und wenig später hältst du deinen Darm mit den Händen fest und versuchst zu fliehen und stirbst fünf Tage später im Krankenhaus.

Wie oft ruft sie, nachdem sie eine Meldung gelesen hat: Das wollte ich nicht wissen! Zu viele Einzelheiten, die im Gedächtnis bleiben und einen quälen. Alles Böse kommt einem heutzutage so nah, viel zu nah. In Echtzeit.

Heute kann sie sich immerhin dazu gratulieren, dass es ihr gelungen ist, weitgehend die Klappe zu halten.

Bis Viivi im Flur die Jacke anzieht.

Und geh nicht in fremde Kabinen.

Der Satz liegt ihr schon auf der Zunge, Leia schluckt ihn im letzten Moment hinunter.

»Zieh Mütze und Handschuhe an. Es regnet.«

»Wow. Na gut.«

Und so verfolgt sie durch den Vorhangspalt in der Küche, wie ihre Tochter über den matschigen Parkplatz zur Bushaltestelle läuft. Der Rucksack, der auf dem Rücken schaukelt, die gelbe Bommelmütze auf dem Kopf, die Handschuhe an den Händen. Mamas lebhaftes kleines Schulmädchen.

Viivi dreht sich nicht mehr um, um zu sehen, ob die Mama ihr winkt ...

Wieder hat Leia einen Kloß im Hals. Ihr ist klar, dass der Gedanke, den sie hat, dramatisch übertrieben ist: Ist es das letzte Mal, dass sie ihre Tochter sieht?

Sie macht Licht im Flur und liest noch einmal die SMS.

Ich weiß wo du wohnst – sonst nichts. Nicht einmal ein Punkt. Nur fünf neutrale, gewöhnliche Wörter. Aneinandergereiht besitzen sie eine entsetzliche Kraft.

Die SMS kommt von derselben Nummer wie die davor und

die erste bestimmt auch – von der Nummer, bei der sich niemand meldet und deren Besitzer man ihr nicht verraten will.

Zum Glück meldet sich die Notrufzentrale sofort. Leia kommt es seltsam unwirklich vor, als sie ihren Namen nennt und den Vorfall schildert. Nach dem Fernsehauftritt werden ihr von einer geheimen Nummer aus unangenehme Nachrichten geschickt.

Was für Nachrichten?, will der Diensthabende in der Notrufzentrale wissen, und Leia erzählt es ihm. Man hat sie beleidigt, als Hure beschimpft. Was in gewisser Weise auch logisch ist, weil der Tätigkeitsbereich von ProMen ... Und angeblich kennen die ihre Privatadresse, aber die ist natürlich sowieso allgemein zugänglich ... Schon während des Telefonats fängt sie an zu bereuen, überhaupt angerufen zu haben, und als der Typ sie mit der Frage unterbricht, ob ihr offen Gewalt angedroht worden sei, muss sie antworten: Nein.

Sie ist nicht einmal überrascht, als er sagt, dass sie sich erst einmal beruhigen soll.

»Solche etwas dummen Rückmeldungen kommen heutzutage häufig vor bei Leuten, die öffentlich auftreten. Sie sollten diese Nachrichten aufheben, und wenn sie schlimmer werden, Anzeige erstatten. Eine Anleitung dafür steht auf der Homepage der Polizei.«

Leia bedankt sich und beendet das Gespräch.

Sie würde am liebsten im Erdboden versinken. Es war sinnlos gewesen, bei der Notrufzentrale anzurufen. Sie ist zu Hause und in Sicherheit, sie hat keinerlei Schwierigkeiten. Und Viivi auch nicht. Wahrscheinlich hat das Handy in Viivis Tasche von selbst bei ihr angeklingelt, das ist schon einmal passiert.

Leia schaltet ihr Samsung aus. Sie versichert sich noch einmal mit einem Rütteln, dass die Tür fest zu ist, legt die Sicherheitskette vor und schließt dann auch die Zwischentür.

Sie zieht den klatschnassen Mantel aus und hängt ihn auf

den Bügel, befreit sich von den Stiefeln und hat plötzlich das Gefühl, zehn Zentimeter tief zu fallen, durch den Fußboden hindurch. Die Füße sind taub, die Knöchel schmerzen. Die neuen Stiefel haben Flecken von der Nässe, man müsste sie schleunigst trocknen und putzen und mit Lederpflegemittel behandeln.

Nicht jetzt, denkt Leia. Keine Energie. Später irgendwann.

Sie schlurft in die Küche.

Rooibos? Wein? Unbedingt Wein.

Ein Keks mit Biohonig? Mit Käse und Marmelade?

Erst mal der Wein.

Mit dem Glas in der Hand geht sie ins Wohnzimmer und lässt sich auf die Couch sinken. Sie greift nach der Fernbedienung. Die Nachrichten um halb neun sind gerade zu Ende, es kommt der Wetterbericht. Nachts auch Minusgrade im Süden, erklärt der junge Meteorologe, er warnt vor Straßenglätte und böigem Wind, und lächelt dazu.

Leia führt das Glas an die Lippen und kostet. Ziemlich sauer. Was kann man auch erwarten von einem Rotwein für sieben bis acht Euro. Ripsa nennt sie Bückweine, weil sie im Regal im Alko-Laden ganz unten liegen.

Der Lendenwirbelbereich tut ihr weh. Leia versucht vergebens, das Rückgrat zu strecken. Die Federn des zweisitzigen Bettsofas sind auf der Seite, wo sie normalerweise sitzt, ziemlich ausgeleiert. Viivis Seite ist härter, zum Teil natürlich weil Viivi leichter ist, aber vor allem weil sie nicht mehr mit ihr fernsieht. Viivi interessiert sich eher für Facebook und YouTube, Instagram und WhatsApp und wie das alles heißt. Serien und Filme schaut sie über Netflix auf ihrem Notebook. In ihrem Zimmer, hinter verschlossener Tür.

Wäre Viivi zu Hause, könnten sie ihren Talkshow-Auftritt feiern und zusammen etwas Gutes essen. Etwas, was Viivi besonders mag. Was sie zu essen bereit ist. Avocado-Pasta.

Huhn mit Ananas. Aber Huhn isst sie inzwischen wohl auch nicht mehr. Irgendetwas mit Tofu. Sie würde Viivi erzählen, was ihr heute passiert ist, gefiltert natürlich, und wenn Viivi gut gelaunt wäre, würde sie während der ganzen Mahlzeit die Interessierte spielen. Vielleicht würde ihr sogar ein eigener Satz herausrutschen, mit dem sich Leia dann später beschäftigen könnte. Sie könnte versuchen einen Hinweis aufzuspüren, wie es ihrer Teenie-Tochter gerade geht.

Es brennt ihr unter den Lidern. Ihre Heimkehr hätte ganz anders sein sollen. Ein Triumph. Und ohne die störenden SMS wäre sie das auch gewesen.

Und ohne das stundenlange Warten auf das Taxi.

Und das Zungenspiel des Pförtners.

Und ohne Sanni Tähtimös Unsachlichkeiten über Leias Mutterdasein und den gemeinen Versuch, ihr mit Fragen zu ihrem Privatleben die berufliche Autorität zu nehmen.

Dass ein Mann Vater ist, wird nie dafür benutzt, seine berufliche Kompetenz infrage zu stellen. Vatersein ist nur ein Plus. Es macht einen Mann in prominenter Position zum Superhelden und zum Vorbild für die ganze Nation.

Sie hätte nicht zusagen, sondern Markku in die Sendung schicken sollen. Trotz Grippe.

Leia schiebt das Glas von sich. Der Wein ist ungenießbar.

Das Getöse der einsetzenden Sportnachrichten geht auf die Ohren, sie greift nach der Fernbedienung und schaltet auf den Kanal, für den Tähtimös Sendung produziert wird. Dort tobt amerikanisches Reality-TV. Per Überwachungskamera wird der fehlende Modegeschmack einer fetten Bevölkerungsgruppe zur Schau gestellt. *Und dann diese Lady hier, trägt sie überhaupt einen BH unter ihrer Bluse? Bitte, verschont uns mit dem Anblick eurer Speckschichten und zieht euch was an, wir wollen lieber nicht sehen, was da alles zwischen Hemd und Hose hervorquillt …*

Vollkommene Fehleinschätzung, dieser Rock, denkt Leia. Und meine Stiefel haben wohl auch etwas Provozierendes an sich. Man kann nie wissen, was einen Perversen zum Austicken bringt. Solche Typen brauchen keine Motive ...

Leia erstarrt. Sie hört ... irgendein Geräusch.

Ist da jemand an der Tür?

Mit weichen Knien steht sie von der Couch auf. Das Klopfsignal des Handys war es jedenfalls nicht. Eher eine Art ... Kratzen.

So lautlos, wie sie kann, schleicht sie in den Flur und bleibt zwei Meter vor der verschlossenen Zwischentür stehen. Ich kann sie zulassen, denkt sie. Ich muss sie nicht öffnen.

Ich mache nicht auf, und er geht weg.

Falls da überhaupt jemand ist.

Sie könnte die Zwischentür öffnen und durch den Spion lugen, doch dann würde der, der vielleicht vor der Tür steht, einen Schatten im Spion sehen und hätte die Gewissheit, dass sie zu Hause ist.

Leia legt das Ohr an die Zwischentür und konzentriert sich darauf, nicht loszuschreien, falls es läuten sollte.

Sie hört nichts.

Vielleicht ist das Geräusch doch von den Nachbarn gekommen.

Diesen Herbst haben die Bewohner des Hauses oft gewechselt. Von den anderen in diesem Treppenhaus kennt sie nur Frida, die fünfundneunzigjährige Witwe von gegenüber, besser als nur vom Sehen.

Frida wohnte hier schon, als Leia und Viivi eingezogen sind. Sie nennen sie Ureinwohnerin, aber mit liebevollem Unterton. Die alte Frau war erstaunlich selbstständig und ging immer flink die Treppe in den zweiten Stock hinauf, doch nachdem sie diesen Herbst den Rollator bekam, steht ihre Wohnung zum Verkauf.

Jede Woche kommt jemand zu Frida, um ihr ein bisschen zu helfen, entweder ihr Sohn, der auch schon seinen siebzigsten Geburtstag gefeiert hat und in Rente ist, oder die Enkelin. Einmal die Woche schaut die Haushaltshilfe vorbei, um zu saugen oder die Wäsche aufzuhängen. Aber keiner der Helfer ist so spät unterwegs.

Außerdem läuten alle heftig, damit Frida sie hört. Und Leia dann auch.

Eines der Apartments, die neben ihrer und Fridas Wohnung liegen, steht leer. Direkt nebenan wohnt eine so stille und brave Theologiestudentin, dass Leia sich manchmal geradezu wundert, wenn normale Lebensgeräusche aus ihrer Wohnung dringen. In manchen schlaflosen, von Sorgen beschwerten Nächten hat sie dem Knarren gelauscht, das irgendwann in ein Rumpeln überging, und vergebens versucht, die Gedanken in ihrem Kopf zum Schweigen zu bringen. Sogar diese fromme, immer ungeschminkte und insgesamt eher blasse Studentin ist gefragter als sie.

Vielleicht ist ihr Freund gerade zu Besuch gekommen. Wer sollte das sonst sein um diese Zeit? Die Haustür unten ist zu, mit einem Zahlencode verschlossen. Fremde kommen nicht herein.

Und selbst wenn, warum sollte jemand an ihrer Tür kratzen, anstatt zu läuten?

Um mir Angst zu machen, denkt Leia. Mehr brauchen die nicht als Motiv.

Da hat jemand vor, ihr das Leben zur Hölle zu machen, hat herausgefunden, wo sie wohnt, und jetzt ist er hergekommen …

»Nein«, stößt Leia aus.

Sie wendet sich zur Garderobe um. Der Mantel hängt am Bügel, darunter hat sich eine Pfütze gebildet, und in der Manteltasche findet sich das Handy, auf lautlos gestellt, der

Vibrationsalarm aktiviert. Es blinkt, weil gerade eine SMS eingegangen ist.

Alles gut hier, macht Spaß.

Offenbar funktionieren die Handys auf dem Schiff immer noch gelegentlich.

Viivi hat ein Einmetervierzigbett in ihrem Zimmer, zwanzig Zentimeter breiter als das Bettsofa mit den jammernden Federn, das Leia abends für sich auf- und morgens wieder zuklappt. Leia zupft die offenbar hastig hingeworfene Tagesdecke glatt, setzt sich auf den Bettrand und atmet den Eigengeruch des Zimmers ein, der aus Staub, Kosmetik und Fußschweiß besteht.

Viivi hat sie umarmt. Sie hat eine SMS geschickt. Obwohl sie gute Gründe dafür hätte, sie zu hassen. Sie bricht zu einer Schiffsfahrt auf, und ihre Mutter fängt an, über die grässliche Online-Nachricht zu sprechen, die Ripsa ihr geschickt und die sie aus der Fassung gebracht hat. Was war nur in sie gefahren?

Viel Spaß, hätte sie sagen müssen. Höchstens vielleicht noch: Passt auf euch auf! Und genau das hat Viivi ihr auch versprochen.

Sie hätte nie geglaubt, einmal so eine Mutter zu werden.

Ihre Eltern haben sie in diesem Alter nicht so mit Ratschlägen überhäuft und verhätschelt. Sie hätte es ihnen gar nicht erlaubt. Sie hat mit siebzehn ihre erste Interrail-Tour unternommen und in den letzten zwei Wochen davon ganz allein Mitteleuropa abgeklappert, weil ihre beste Freundin am Bahnhof von Venedig nach vierundzwanzig Stunden Magengrippe maßlos sauer auf sie war und sich in eine Exfreundin verwandelte. Das war Anfang der Neunziger, sie hatte damals nicht einmal ein Handy. Den ganzen Monat lang rief sie nur zwei Mal zu Hause an und schickte eine einzige Postkarte, damit mussten die daheim auskommen, und das taten sie auch. Sie selbst ist es gewohnt, von Viivi in Realzeit Berichterstattung über sämtliche Bewegungen zwischen Wohnung, Schule und Freizeit zu bekommen. Und wenn ihre Tochter auf einen Anruf oder eine SMS nicht gleich reagiert, ist sie starr vor Entsetzen und rechnet mit dem Schlimmsten.

Wie hat sie nur so ängstlich werden können?

Das Internet ist schuld, denkt Leia. Zu viele Informationen. Die Welt war auch vorher schon schlecht, ich habe es bloß nicht gewusst. Heute kann man dem Bösen nicht mehr entkommen, es ist immer nur zwei Mausklicks entfernt. Und wo führt das hin? Es gibt kein mutiges Handeln und keinen Einsatz für eine bessere Welt mehr, sondern nur noch Angst. Angst! Wenn die sich einmal eingenistet hat, ist es fast unmöglich, sie wieder loszuwerden.

Leia schaut auf die Kleidungsstücke, die auf dem Fußboden herumliegen, schmutzige und schon einmal getragene, wie auch unbenutzte, die für die Schiffsfahrt in Erwägung gezogen worden waren. Auf dem Stuhl wartet der Stapel sauber zusammengefaltete frische Wäsche, den sie schon Anfang der Woche angeschleppt hat. Die Tanztrainingstasche wurde – Überraschung! – ungeöffnet in die Ecke geschmissen. Man kann nur hoffen, dass diesmal kein nasses Handtuch darin gärt. Sie wagt es nicht, die Tasche zu öffnen, denn wundersamerweise ahnt Viivi jedes Mal, wenn »in ihren privaten Sachen gewühlt« wurde.

Der prächtige Schreibtisch aus Kiefernholz, den sie sich zu Beginn der Oberstufe erbettelt hat – »du willst ja wohl auch, dass ich vernünftig lernen kann und ein gutes Abi mache« –, ist nicht von Schulbüchern, sondern von einem sorgfältig aufgebauten, vielfältigen Kosmetiksortiment bedeckt, ein Dutzend Parfumfläschchen und eine Garnitur Nagellack in allen Farben des Regenbogens. Die Bücher hingegen befinden sich dort, wo sie schon immer gewesen sind, auf einem Haufen auf dem Fußboden.

Leias Nase juckt. Es ist Staub in der Luft, auch wenn man ihn bei dem künstlichen Licht nicht sieht. Als Viivi mit der Oberstufe anfing, teilte sie ihr mit, sie werde fortan ihr Zimmer unaufgefordert aufräumen, ohne das ständige Drängen ihrer Mutter, als Teil ihres Projekts für mehr Selbstständigkeit.

Das ist bald drei Monate her. Noch hat Leia den Staubsauger nicht surren gehört.

Wenn sie vorsichtig zwischen den Klamotten und den anderen Sachen saugen würde, würde Viivi es vielleicht nicht merken, denkt sie und schmunzelt.

Sie steht vom Bett auf und zerknittert die Tagesdecke ein wenig. Dann schaltet sie das Licht aus und macht sorgsam die Tür hinter sich zu. So. Das ist jetzt Teil *meines* Projekts für mehr Selbstständigkeit.

Es geht ihr schon wesentlich besser.

Im Wohnzimmer empfängt sie der amerikanische Moderator, der immer neue Gemeinheiten von sich gibt. *Würden Sie dieses superpinke Kleidungsstück etwa anziehen, in dem Sie aussehen wie eine nuttige Miss Piggy? Ich wünschte, diese Lady hätte es auch nicht getan.* Leia nimmt die Fernbedienung und schaltet den Fernseher aus.

Was für ein Dreck.

Das Weinglas steht nahezu unangetastet auf dem Tisch, sie nimmt es in die Hand und erhebt es vor ihrem matten Spiegelbild im Fenster.

»Ich habe gehört, du warst heute in einer Talkshow. Herzlichen Glückwunsch, es lief *richtig* gut. Und der Rock ist auch gut. Steht dir. Echt.«

Der Wein schmeckt inzwischen besser.

Ja, denkt sie, während sie die Vorhänge zuzieht, es lief

mehr als gut. Sie war klar und sie war überzeugend. Ein Erfolg, das hat sogar die Tähtimö gesagt.

Markku hätte das nie so hingekriegt, egal ob mit Fieber und Schnupfen oder gesund.

Leia vergewissert sich, dass am Handy jetzt auch das Vibrieren ausgeschaltet ist, und legt es mit dem Display nach unten auf den Couchtisch. Da darfst du jetzt bis zu den Zehnuhrnachrichten liegen bleiben und dich schämen, dass du mir ganz umsonst eine solche Angst eingejagt hast.

Sie hat nicht vor, sich ständig davor zu fürchten, dass der Störenfried, der diese Nachrichten schickt, sich ihr wieder nähert. Wo doch auch bei Viivi auf dem Schiff alles gut ist. Sie *weiß*, dass bei Viivi alles gut ist.

Als sie sich wieder auf die Couch setzt, wählt sie bewusst die festere Seite. Sie legt sich den Laptop bequem auf den Schoß, klappt ihn auf und loggt sich in Facebook ein.

Es enttäuscht sie nicht. Weitere Likes. Weiteres Lob. Weitere Freundschaftsanfragen. Leia akzeptiert alle, die wollen, als Freunde und liest gerührt die Kommentare und Mitteilungen, die man ihr geschickt hat. Alle unterstützen sie, alle ermutigen sie.

Es ist verblüffend, wie die menschliche Psyche funktioniert. Von wie vielen Bekannten und halb Bekannten hat sie positives Feedback erhalten, einen Like nach dem anderen, und nur ein einziger Problemfall, der ihr Schmähungen schickt, macht das alles zunichte.

Da muss ich noch wachsen, denkt Leia. Ich muss mir ein dickeres Fell zulegen. Das ist der Preis dafür, dass ich wegen meiner Arbeit in der Öffentlichkeit stehe. Dem muss man rational begegnen, nicht emotional. Und wenn der anonyme Feigling, dieser Typ *ohne Punkt*, weiter simst, zeige ich ihn an. Ich lasse nicht zu, dass ein gestörter Spanner mein Leben beeinflusst.

Und Horror-Links, wie Ripsa sie immer schickt, auch nicht.

Leia sucht in Ripsas Timeline nach der Online-Meldung über das entführte, aber so findige zehnjährige Mädchen und schreibt einen Kommentar darunter. *Bitte schick mir keine solchen Meldungen mehr mit allen möglichen Horrorgeschichten.*

Manchmal muss sie es ihrer Schwester eben direkt sagen.

Hoffentlich ärgert sie sich nicht, denkt sie dann, und hängt ein Emoticon an.

;)

Sie trinkt einen kleinen Schluck Wein.

Und nun? Wäre es nicht an der Zeit, mal zu überprüfen, ob Sanni Tähtimö übertrieben hat?

Die Seite *tahtimo.fi* geht nur sehr zäh auf. Der Computer rattert ein, zwei Minuten vor sich hin, dann erlahmt er mitten im Laden ganz. Auf dem Bildschirm erscheint die Mitteilung: *Sorry! Die Homepage von* Die Woche mit Tähtimö *ist überlastet, versuchen Sie es später noch einmal.*

Na, so was, wundert sich Leia. So viele Besucher, dass die Seite abstürzt.

Jetzt ist sie überhaupt nicht mehr müde.

Es ist Viertel nach neun. Was soll sie tun, bis die Nachrichten kommen? Vor der morgigen Besprechung mit Markku noch einmal das Budget von ProMen durchgehen?

Der Computer macht *pling!*. Ripsa hat ihren Kommentar schon gelesen.

Ripsa Laine-Forssa: *Autsch. War nicht meine Absicht, dich in Sorge zu stürzen. Musst jedenfalls nicht wegen Viivi nervös werden, die ist ein cleveres Mädchen. Drück dich ;)*

Drück dich. Ihre Schwester weiß, wie man sie ärgert. Aber sobald sie eine Antwort getippt und abgeschickt hat, kommt ein Dritter in der Nachrichtenkette dazwischen.

Markku Lappo: *Umarmung auch von mir und bis morgen. Das Fieber ist schon fast ganz weg.*

Leia Laine: *Steck dir deine Umarmung sonstwo hin.*

Leia seufzt laut. Den Dialog mit ihrer Schwester hätte sie privat führen sollen.

Leia Laine: *Entschuldige, Markku. Das eben war nicht für dich gedacht, sondern für meine Schwester.*

Ripsa Laine-Forssa: *Wer wird denn gleich so gereizt sein? Peace ;)*

Das Weinglas ist leer. Leia beschließt, sich noch ein zweites zu gönnen, da Viivi sich ja gerade kein schlechtes Beispiel an ihr nehmen kann. Sie nimmt das Glas mit in die Küche. Morgen könnte sie mit Markku auch besprechen, ob man in ihrem Budget nicht eine Schätzung aufführen sollte, wie viel ProMen jährlich an Sozialausgaben einsparen kann, überlegt sie, während sie sich nachschenkt. Ausgaben im Bereich psychischer und sexueller Gesundheit ... auch bei Polizei und Justiz. All diese Scheidungsprozesse mit ihren blutigen Sorgerechtsstreitereien – hat schon mal jemand herauszufinden versucht, wie viele Beziehungen daran gescheitert sind, dass der Mann käuflichen Sex erworben hat? Untersuchungen zufolge tun das zehn bis fünfzehn Prozent aller finnischen Männer gelegentlich. Ergo ... könnte man, wenn man bei Sexsucht rechtzeitig die richtige Hilfe anbietet, jährlich sicher Hunderte von Ehen retten und die betroffenen Kinder davor bewahren, zu Problemfällen zu werden. Denn das wird erst richtig teuer.

Genau. Und es muss unbedingt eine Kompaktdarstellung für die Zukunft formuliert werden: Die Leitgedanken von ProMen in drei Sätzen, erschöpfend und interessant, beschließt Leia, während sie mit dem Glas in der Hand zum Laptop zurückkehrt. Sie hat nicht vor, beim nächsten Mal sprachlos zu bleiben, wenn eine streitsüchtige Journalistin oder eine Taxifahrerin anfängt zu diskutieren.

Meine Güte, wie viel sie an diesem Abend noch zu tun

hat. Als sie sich wieder an den Computer setzt, sprüht sie vor Eifer.

Aber zuerst könnte man einmal kurz nachsehen, ob sich die Seiten von *Die Woche mit Tähtimö* inzwischen öffnen.

Immer noch nicht.

Leia lächelt.

11

Der Cursor ruht über dem Abschicken-Button. Tastend und neckend streichelt die Spitze des Zeigefingers die empfindlichste Stelle der Maus. Die Ekstase ist nur noch einen Klick entfernt – und dann blinkt es.

Der Timer bleibt bei 00:00:47 stehen.

Als er die Nachricht, die er geschrieben hat, löscht, zittern seine Hände. Schnelle Entladung, kurze Erleichterung – das hätte Folgen gehabt.

Das Kontaktverbot schließt nämlich auch E-Mail-Nachrichten ein, hat Marjukka über ihren Anwalt deutlich gemacht. Keine Kontaktaufnahme, egal wie. Sogar den Brief mit der Glückwunschkarte zu Jesses zehntem Geburtstag hat das Weibsstück ungeöffnet mit der Post zurückgeschickt. *Bilde dir bloß nicht ein, du könntest was wiedergutmachen. Jesse weiß, was für ein Arschloch du bist,* hatte auf dem Umschlag gestanden, und zwar groß genug, dass es der Briefträger auch garantiert lesen konnte.

Er legt die Hände auf die Knie und atmet ein und aus. Fokus, ermahnt er sich, Fokus. Er darf jetzt nicht danebenhauen.

Er hat einen Job zu erledigen. Einen dringenden Job. Einen neuen Kunden. Ein hohes Tier.

Der Falcon braucht Treibstoff. Land-0 ebenfalls.

Das hilft. Seine Hände beruhigen sich.

47 Sekunden. Puh. Diesmal war es knapp. Aber jetzt geht es los, und das bringt ihn auf andere Gedanken.

Die Nachricht ist über das Tor-Netzwerk gekommen, wie sie es am Telefon vereinbart haben, mit einem Sprung von Rechner zu Rechner, die Spuren hinter sich verwischend. Nummer zwei hat sogar die Verschlüsselung hingekriegt. Lernt schnell, dieser Nyman. Valtti Nyman. Der Name sagt ihm nichts, aber er prägt ihn sich ein.

Die Nachricht selbst ist kurz: *ok*. Mehr braucht er auch nicht. Nummer zwei bestätigt, dass der Boss ihre Abmachung samt Preis akzeptiert.

An die Mail ist der Screenshot einer Facebook-Seite angehängt. Amateurhaft, aber, na ja, es funktioniert.

Neugierig nimmt er das Bild unter die Lupe.

Das ist sie also: die andere der beiden Parteien, die dem Falcon den Tank und ihm die Rentenkasse füllen werden, weil sie die Urheber dieses dummen, vom Aufwand her eher kleinen, aber insgesamt doch rentablen Auftrags sind. Die andere Teilnehmerin des fatalen Gesprächs. Die Böse in dieser tragikomischen Liebesgeschichte. Eine junge Frau, eine junge und ausgesprochen schöne Frau namens Myriam Navoko.

Aus Sambia. Oder woher auch immer.

»Was hast du angestellt, Myriam? Mit wem hast du letzte Nacht geturtelt? Hättest vielleicht doch besser den Mund zu- und die Kleider anlassen sollen.«

Er zieht den Screenshot auf Vollbildgröße auf, um Myriam richtig sehen zu können. Die betrügerische Myriam, deren Name ebenso wenig echt ist, wie ihre Absichten ehrlich sind, und ...

»Nein, verdammt«, stammelt er.

Hier meint es jemand ernst.

Als er sieht, wer da seine Nummer zwei vorgeschickt hat und mit wem die mystisch schöne Myriam letzte Nacht gechattet hat, zerreißt es ihn fast.

12

Minister Tarmo Häkkilä blickt unauffällig zu dem Mann am Steuer. Ohne groß zu reden, lenkt der Taxifahrer seinen Wagen. Der Schlagersender schiebt zwischen zwei Musikstücken den Wetterbericht ein, anscheinend konzentriert der Mann sich darauf.

Er hat auch nur knapp gegrüßt. Kapiert er überhaupt, wer da am Flughafen Kuopio bei ihm eingestiegen ist? Was für ein bedeutender Fahrgast das ist? Unser Tarmo, der Junge aus dem Nachbardorf, zum ersten Mal ins Parlament gewählt, und jetzt kommt er als frischgebackener Minister zu Besuch in die Heimat.

Da hätten seine ehemaligen Lehrer was zu staunen, und der Leitartikler von *Savon Sanomat* ebenfalls.

Nur gut, dass er nicht erkannt wird. Eigentlich ist er selbst nicht in Plauderstimmung. Schon beim Start der Finski-Maschine sind ihm die Ohren zugegangen und bei der Landung haben sie nur so gebraust. Da konnte er so viel schlucken, wie er wollte. Außerdem ist er wahnsinnig müde, doch er kann sich irgendwie nicht entspannen. Es gelingt ihm einfach nicht.

»Ein *kleines* Problem?«

Valtti Nyman verzog keine Miene auf der Rückbank des Minister-Mercedes, aber sein Ton verriet, was er über ihn dachte. Wie könne es sein, dass er erst jetzt erzählt, in welcher

Klemme er steckt, um acht Uhr am Abend? Er habe viele kostbare Stunden *vergeudet*, die man hätte nutzen können, um die Situation zu *stabilisieren*. Bei solchen *Imagekrisen* koste jede Minute Geld, hatte er ihn gerüffelt.

Er hatte dabei zusehen müssen, wie Nyman zuerst auf Facebook und Skype ging und zum Schluss auch noch auf YouTube, wo es diese ganzen Videos gibt, wie er suchte und suchte und dabei laut über Tarmos Dummheit und Ungehorsam lamentierte, und da war ihm diese alte Rätselfrage eingefallen: Wer sucht und sucht und will nicht finden? Hatte nicht sein Vater immer diesen alten Rätselspruch über den Netzflicker gesagt, wenn seine Mutter im Brennholzschuppen nach versteckten Schnapsflaschen suchte?

Die Zeit rannte, Chauffeur Kuljunen wurde im Regen nass, und Referent Nyman wühlte nach Tarmos Vergehen, aber das Video war nicht zu finden. Schließlich gab Nyman auf. Er sah ihn an, seufzte und schielte zum Himmel, als bäte er um Kraft.

»Zum Glück habe ich einen *Kontakt.*«

Irgendein Nerd, ein Privatunternehmer in der IT-Branche. Viel mehr hat Nyman über den Mann nicht gesagt. Er behauptet, selbst nicht zu wissen, wer es ist. Angeblich schützt der Kerl sorgfältig seine Identität, man kann nur auf einem Umweg mit ihm in Verbindung treten. Nyman will nicht einmal verraten, wo er diesen Netzzauberer aufgetrieben hat. Frag mich nicht, Tarmo, hat er gesagt. Je weniger du weißt, desto besser ist es für dich.

Das findet er auch. Nach dem Rüffel beschloss er, bei Nyman die gleiche Linie zu fahren. Vom Verlauf der unglücklichen Ereigniskette hat er nur das Wesentliche erzählt.

Myriam Navoko. Universitätsstudentin aus Sambia, oder war es Äthiopien? Um die zwanzig.

Hat ein bisschen geprickelt letzte Nacht. Bloß ein unverfänglicher Spaß, aber ... du verstehst schon. Ein ärgerliches Missverständnis.

Wenn es das Video gibt oder sonst etwas Belastendes, muss es gelöscht werden.

Jetzt kann man nur hoffen, dass die Lage wieder unter Kontrolle zu bekommen ist. Der Nerd habe den Auftrag angenommen, berichtete Nyman direkt nach der Landung am Telefon, und versprochen, seine Fortschritte kontinuierlich zu melden. Tarmo selbst brauche mit dem Typen nichts zu tun zu haben. Und sich keine Sorgen zu machen.

»Vielleicht schlaf ich dann wenigstens ein bisschen besser«, antwortete Tarmo dankbar. Die Nacht zuvor war eine einzige Qual gewesen. Er hatte lange nicht einschlafen können, dann hatten sich Albträume und Wachzustände abgewechselt, und nachdem er sich lange genug im Bett hin und her gewälzt hatte, schickte er um halb sieben am Morgen eine besänftigende Nachricht an Myriam ab, während sein Kopf vom Whisky am Vorabend dröhnte. Bis elf Uhr kam keine Antwort. Da schrieb er eine neue Nachricht. Und erhielt auch darauf keine Reaktion.

Als er von Nyman den Preis für die Leistung erfuhr, packte ihn kurz das Grauen. Doch gleich darauf stellte er fest:

»Wie auch immer, das Geld ist da.«

Es muss da sein.

Der Name der Frau ist wahrscheinlich erfunden, meinte Nyman noch tadelnd. Angeblich ist es auf Facebook genauso leicht, ein falsches Profil zu erstellen wie ein echtes. Sah die Frau, mit der er per Webcam gechattet hat, der Frau ähnlich, deren Foto auf dem Facebook-Profil zu sehen war?

»Schwer zu sagen«, musste Tarmo zugeben. »Ich hab sie nicht verglichen.«

»Bist du sicher, dass du vorher noch nie etwas mit ihr zu tun hattest?«

»Bin ich.«

Wieso war er unmittelbar danach unsicher geworden? War er ihr vielleicht doch schon irgendwo begegnet?

Er ist ein viriler Mann, das muss man zugeben. Er hat immer auf sich geachtet, ist Fahrrad gefahren und hat Eisen gestemmt, und in den anderthalb Jahren seiner Abgeordnetentätigkeit haben sich die Hefewecken, die es in sämtlichen Sitzungen gab, und die Plunderstücke in den Ausschüssen bei ihm nicht in den Backen und in seiner Bauchgegend niedergeschlagen, anders als bei den meisten in seiner Fraktion. Die Woche über lebt er in seiner Stadtwohnung praktisch wie ein Junggeselle, was auch die attraktiven Frauen begriffen haben, von denen in der Politik mehr herumschwirren, als er je geglaubt hätte. Minister ist er erst seit fünf Tagen, und er scheint dadurch im Kurs noch weiter gestiegen zu sein.

Man muss davon ausgehen, dass alle, die sich ihm nähern, die anrufen, Mails oder SMS schicken und über Facebook Kontakt mit ihm aufnehmen, auch seine Wähler sein könnten. Aktuelle oder potenzielle. Es erfordert einen ziemlichen Balanceakt, immer freundlich und korrekt zu antworten. Da kann er nicht anfangen, die Ziegen von den Schafen zu trennen, für so etwas bräuchte man einen, der wesentlich heiliger ist als er selbst.

Ein kleiner Flirt schadet unserem steifen Volk im hohen Norden nie, das hat er auch zu Annu schon mal sagen müssen. Vor allem wenn es sich um eine schöne Frau handelt, die so etwas gewohnt ist. Die es von Männern geradezu erwartet. Aber natürlich muss man ihr zu verstehen geben, dass es damit dann auch gut ist. Alles hat seine Grenzen.

Und die meisten Frauen, mit denen er zu tun hatte, haben die Regeln auch ohne große Erklärung begriffen. Und sie haben ihm das Spielchen nicht übel genommen. Oder den Scherz.

Zeitweise, das muss eingeräumt werden, fällt es ihm äußerst schwer, Annu treu zu bleiben. Dennoch hat er kein einziges Mal mit einer davon zu zweit weitergefeiert, obwohl es, verdammt noch mal, mehr Gelegenheiten gegeben hätte, als man an zwei Händen abzählen kann. Sogar in der Striptease-Bar hat er sich anständig benommen, zu der sein Vorgänger alle Kerle aus der Fraktion vor zwei Wochen überredet hat, an jenem zu trauriger Berühmtheit gelangten letzten Freitag im Oktober. Er trank gern ein Glas, aber er wusste, wann es genug war. Er hat dem Mädel keine Scheine ins Höschen gesteckt und nicht in die Tiefen ihrer mächtigen Euter, und er hat ihr auch nicht die Kreditkarte zwischen den Pobacken durchgezogen, nein. Er ging in seine Wohnung, um zu schlafen, betrunken zwar, aber allein, rechtzeitig vor der Paparazzi-Razzia.

Mit den verschwommenen Bildern setzte die Abwärtsspirale seines Vorgängers ein. Keine Woche verging, ehe nicht auch noch andere Kreditkartenabrechnungen unter die Lupe genommen wurden, und bald schwang die Kabinettstür auf und zu. Die politischen Kommentatoren und andere Hyänen sämtlicher journalistischer Dreckschleudern ließen ein Gebell los, wie man es schon lange nicht mehr gehört hatte. Die rot-grünen urbanen Toleranzlinge machten sich maßlos über seine Partei lustig, die wieder einmal eine heikle Situation zu meistern hatte: Wo auf die Schnelle einen Ministerkandidaten hernehmen, der eine weiße Weste und auch noch ein Jurastudium vorzuweisen hat?

Sie waren enttäuscht, als er die Hand hob und aus der hintersten Reihe des Plenarsaals ins Scheinwerferlicht trat.

Das Taxi bremst vor der Abzweigung zum Dorf ab.

Hinter dem Friedhof kann man die Umrisse des Kirchturms erahnen, mit Beleuchtung wäre das bei dem Schnee ein schöner Anblick, aber dafür hat die Gemeinde kein Geld mehr. Der schrottreife Taunus, den irgendein Nichtsnutz im August vor dem ehemaligen Genossenschaftsladen stehen ließ, ist immer noch nicht abgeschleppt worden.

Und da biegen sie auch schon ab in die Vanha pappilantie, vorbei an dem Schild mit der Aufschrift »Privatweg – Durchfahrt verboten!«. Am Ende der Straße leuchten die heimischen Lichter, so spät am Abend schon etwas gedämpft, und dann kommt der Moment, in dem der Bewegungsmelder die Lampe im Hof aufflackern lässt.

Es ist Winter. Seit seinem letzten Besuch hat es weitere zehn Zentimeter geschneit, aber vor dem prächtigen Holzhaus, das seit Weihnachten vor zwei Jahren dort steht, wo früher das alte Pfarrhaus gestanden hat, ist picobello geräumt worden. Da hat Annu ganz schön geschuftet, denkt Tarmo. Dafür muss er sich irgendwie revanchieren.

Ich werde ihr sagen, was machst du dir solche Mühe? Ruf die Firma Koistinen an, die kommen und machen das alles, womit sich eine Ministergattin nicht die Hände schmutzig machen soll. Die kommen gern, weil sie dafür bezahlt werden. Und wir können es uns leisten, bei meinem Ministergehalt. Außerdem setzen wir es von der Steuer ab.

Hätte er vielleicht Blumen mitbringen sollen?, fällt ihm ein, als das Taxi vor der Tür hält und die vertraute Hand ihm vom Fenster aus zuwinkt. Aber das wäre zu viel gewesen. Fast schon verdächtig. Von wegen, aha, ist da einer in der großen weiten Welt auf Abwege geraten?

Tarmo zahlt die Fahrt mit der Kreditkarte, die er am Montag als Ersatz für die alte bekommen hat. Seitdem hat er sie schon ein paarmal springen lassen, so viel, wie in dieser Woche los war. Ob der Taxifahrer wohl kapiert, dass dieses Stück Plastik etwas ganz Besonderes ist? Er steckt es in sein Gerät wie jede andere Karte auch.

»Kredit?«, knurrt der Fahrer.

»Ja, ja, ist genug davon da.«

Man muss einfach lächeln, bei diesem wortkargen Kerl und dem Wortwechsel.

Jetzt ist es an der Zeit, sich zusammenzureißen und zu beweisen, dass man den Kredit auch wert ist.

Mit der Aktentasche in der Hand geht Tarmo zur Haustür. Die ganze Welt glitzert rein und weiß im Schein der Hofbeleuchtung. Wie sehr er auf diesen Moment gewartet hat! Und auf den Augenblick, wenn die Haustür aufgeht und ihm die gemütliche Wärme und der Duft von Hefewecken entgegenweht, frisch gebacken. Nur das Telefon passt nicht ins Bild, das genau in dem Moment anfängt, in seiner Tasche zu klingeln und zu hüpfen, als Annu im Flur auf ihn zueilt, sodass Tarmo die Hand zu einer abwehrenden Geste heben muss. Annu bleibt stehen und sieht ihn mit zur Seite geneigtem Kopf an. Die Zehnuhrnachrichten rufen an, und obwohl Nymans Befehl, keinen Kommentar abzugeben, sich tief in sein Gehirn gegraben hat, bis fast in den Hinterkopf, muss Tarmo nach dem kurzen Telefonat feststellen, dass er dem Redakteur gerade erlaubt hat, ihn später noch einmal anzurufen.

»Das heißt, er hat eigentlich nicht mal gefragt. Er hat es mir sozusagen nur mitgeteilt«, berichtet er Annu nach Umarmung und Küsschen und nachdem er gehört hat, dass die Kleinen schon seit drei Stunden im Bett sind. Sie hatten Sehnsucht nach ihrem Vater, sind aber trotzdem eingeschlafen, und morgen könnte gutes Wetter zum Schlittenfahren sein, falls es nicht zu kalt wird.

Annu hilft ihm aus dem Wintermantel. Mit solch kleinen, liebevollen Gesten sorgt seine Frau immer wieder dafür, dass er sich wichtig und willkommen fühlt.

Diesmal allerdings auch seltsam verlegen. Zurückhaltend.

»Ach so«, sagt Annu. »Dann war das so etwas wie eine Falle.«

Sieht sie ihn irgendwie seltsam an, anklagend?

Plötzlich begreift er es. Er weiß, worum es bei dem Zirkus geht.

Ja, man hat ihm eine Falle gestellt. Eine, die sogar einen eigenen Namen hat, ganz süß und klebrig. Eine Honigfalle.

13

Der frühe Vogel fängt den Wurm, heißt es. Die erste Nachricht des Tages ist an diesem Morgen schon um 6:31 Uhr vom Facebook-Account des Justizministers Tarmo Häkkilä abgeschickt worden.

Guten Morgen. Können wir noch mal auf das Thema zurückkommen?

Nur scheint der Minister den Wurm nicht im Schnabel behalten zu haben. Die zweite Nachricht wurde um 11:08 Uhr geschrieben. Der Ton hat sich geringfügig, aber deutlich verändert.

Lass uns schön brav einigen.

Myriam Navoko hat keine der beiden Nachrichten beantwortet. Die hinreißende Schönheit mit der Olivenhaut, die auf ihrem Profilfoto mit vollen Lippen ätherisch zur Seite blickt.

Hat Tarmo Häkkilä die letzten Jahre geschlafen? Vor Briefen aus Namibia wird schon seit Langem gewarnt, vor Frauen, die Junggesellen aus dem hohen Norden haufenweise Geld abknöpfen, nur weil sie vor lauter Entbehrung schmachten. Allerdings ist Häkkilä, sofern er sich richtig erinnert, ein verheirateter Mann, und laut den Informationen im Facebook-Profil stammt diese Frau hier aus Sambia, und sie wohnt derzeit in Helsinki, *Finland.*

Myriam Navoko nennt auch ihr Alter – *23 years* –, ihren Beruf – *student* – und ihren Studienort, sieh an: *University of Helsinki.*

Was sie wohl studiert? Ästhetik, Kosmetik, Erotik?

Oh no, Tarmo-Boy. Hast du schon ordentlich Lehrgeld bezahlt?

Er lacht laut. So lernt man durch die Küche – oder besser, durchs Schlafzimmer – das geheime Leben eines Ministers kennen, dessen Partei sich in der Öffentlichkeit nicht gerade mit Ausländerfreundlichkeit brüstet. Natürlich müsste er auf der Seite seines Auftraggebers stehen. Dennoch stellt er fest, dass er diese freche, außergewöhnlich hübsche »sambische Studentin« bewundert. Das Küken hat Nerven. Hat den blauäugigen finnischen Burschen in den dunkelsten Stunden der Nacht schwer übers Ohr gehauen. Ob sie wohl weiß, wer der Mann ist, der auf seinem Facebook-Foto wie ein großer Staatsmann an der Säule des Parlamentsgebäudes lehnt? Ein Mann, dessen Kenntnisse der Popkultur derart klaffende Lücken aufweisen, dass die Alarmglocken bei ihm überhaupt nicht schrillten, als diese wundervolle junge Frau gestern Abend um 23:05 Uhr Kontakt mit ihm aufnahm: *Hi mr Tamro, du willst sprechen mit mir?*

Mehr Verlockung war nicht nötig gewesen, um »mr Tamro« dazu zu bewegen, Myriam als Freundin zu akzeptieren. Aber Tarmo Häkkilä war bei der Wahl seiner Kontakte auch davor nicht besonders wählerisch gewesen. Häkkilä hat beeindruckende 3 413 Freunde auf seinem Konto.

Was für ein Hamster!

Die staatsmännische Karriere des »mr Tamro«, die so schwungvoll begonnen hat, könnte ziemlich kurz ausfallen, wenn der mit einer gewissen Vorsicht geführte, doch äußerst einseitige Nachrichtenaustausch an die Öffentlichkeit dringt. Elemente der Drohung sind unweigerlich darin auszumachen.

Ganz zu schweigen von dem Skype-Gespräch, über dessen Inhalt man schon Vermutungen anstellen kann, ehe man es gesehen hat, und das die andere Person gespeichert hat, wie aus den knappen Angaben der Nummer zwei des Ministers hervorging – absolut bereit, es ins Netz zu stellen, falls sie es nicht schon längst getan hat. Die andere Person, die dem Profilfoto nach wohl keineswegs Fräulein Navoko, sondern Frau Carter heißt.

Frau Beyoncé Giselle Knowles-Carter.

Machen wir doch rasch eine Bildrecherche. Genau. Das Foto einer der erfolgreichsten R&B-Sängerinnen der Welt, auf dem sie mit ihren blondierten Haaren ein bisschen wie Brigitte Bardot aussieht, stammt von dem Cover von Beyoncés 2006 erschienenem Album *B'Day*.

Es ist geradezu ein Wunder, dass die Abendzeitungen noch nicht auf diese Goldmine gestoßen sind. Vielleicht war es hilfreich, dass es an diesem Tag vor Nachrichtenthemen nur so wimmelte. Eine finnische Familie ist im Ausland verschwunden, Matti Nykänen droht, auf die Sprungschanze zurückzukehren, und möglicherweise rundet sich gerade auch noch Herzogin Catherines Bauch.

Höchste Zeit, die Ärmel hochzukrempeln und sich an die Arbeit zu machen. Wer bist du, Beyoncé-Myriam? Wo versteckst du deine Videoaufnahme?

Du wirst wohl kaum wissen, wie kostbar sie ist.

Myriams Facebook-Nachrichten sind von der E-Mail-Adresse myriam123@netnet.fi gekommen.

Besagter Briefkasten ist ganz, ganz leer, so wie er es vermutet hat. Im Eingangsfach liegen nur drei Nachrichten: die zwei, die Tarmo Häkkilä an diesem Morgen über Facebook geschickt hat, sowie eine am Donnerstagabend um 23:08 Uhr von Facebook selbst geschickte Bestätigung für das von Myriam Navoko eben erst eingerichtete Konto.

Die bildschöne Myriam, oder besser ihr Hintermann, hat nicht gezögert. Dürfte nicht zum ersten Mal am Werk gewesen sein. So clever und flink, wie alles abgewickelt wurde. Die ganze Begegnung zwischen »Myriam« und dem Minister im Facebook-Chat und auf Skype lief laut Log-Informationen zwischen 23:15 und 23:29 Uhr ab.

»Manchmal kann auch eine kurze Begegnung zwischen zwei Menschen eine Erfahrung sein, die das gesamte Bewusstsein sprengt ...«

Von Facebook kommt man sogar als Toter nur schwer los. Zum Glück kennt er die Tricks. Man muss nicht versuchen, das Gespräch zu löschen, es genügt, wenn man es verbirgt. Vorausgesetzt, man weiß, wo. Ein paar Kommentarzeilen bloß, und – sieh an. Da ist der kleine Fehltritt des Ministers auch schon verschwunden.

Als Nächstes privatisieren wir das gesamte Profil von Tarmo-Boy samt Nachrichtenketten, sodass es niemand mehr sehen kann außer Tarmo selbst. Und er natürlich. So.

Jetzt kann er in Ruhe weiterarbeiten. Nun ist es an der Zeit, ein bisschen tiefer zu graben, unter der hübschen Oberfläche des Freundealbums.

Zuerst angeln wir uns die IP-Adresse, die Myriams Computer für die Internetverbindung verwendet.

Es ist eine Adresse aus 32 Bits, die zur Identifizierung von Netzanwendungen benutzt wird. Sie anhand von Facebook-Nachrichten herauszufinden, ist angeblich knifflig. Sogar die finnische Polizei wird dabei kleinlaut und muss Facebook um Hilfe bitten.

Er nicht. Er hat eine Hintertür, auch hier.

Bald stellt sich heraus, dass die Nachrichten in Wirklichkeit von Helsinki abgeschickt wurden. Oder sie sind gekonnt über Helsinki gelenkt worden, korrigiert er seinen amateurhaften Denkfehler.

Die nächste Phase, das Ausgraben des quicklebendigen und garantiert widerspenstigen Menschen hinter der IP-Adresse ist in Finnland oft eine sehr bürokratische und langwierige Prozedur. Moderatoren von Internetforen müssen für eine solche Aktion die Genehmigung der Polizei einholen, die man nur bekommt, wenn ein ausreichend schwerer Verdacht auf eine Straftat vorliegt.

Was für eine Verschwendung von Steuergeldern! Wer weiß, wie es funktioniert, der kommt an die Information sofort heran.

Damit wäre die Geschichte auch schon erledigt. Fehlt nur noch der letzte Schliff. Lassen wir die IP durch die Logdateien des Teleoperators laufen und warten wir einfach ab, bis es schnackelt ...

Und da schnackelt es auch schon. Die Angaben zum Kunden des besagten Anschlusses erscheinen auf dem Bildschirm.

Als er liest, wer den Anschluss in Auftrag gegeben hat, traut er zunächst seinen Augen nicht. Er kneift sie zu und öffnet sie erneut.

Doch der Name bleibt derselbe.

Der totale Hammer. So könnte man den Grad der Verblüffung in Worte kleiden.

14

Die Frau trägt nur einen String, Strümpfe mit Strumpfbändern und Schuhe mit Stilettoabsätzen. Ihr Gesicht ist bis zur Unkenntlichkeit geblurrt worden, aber die Brüste schwingen blank und tiefenscharf, während sie sich über den Mann beugt, der mit einer Zigarre in der Hand in einem imposanten Ledersessel fläzt. Sein Kopf ist vom Bildrand abgeschnitten.

»Eine neue Form der Sozialarbeit sorgt für Wirbel. Jetzt soll Männern geholfen werden, die Sex kaufen«, erläutert die Stimme des Moderators, während die Frau sich verführerisch vor dem Mann im Sessel rekelt. Die Kamera leckt ihr über den nackten Rücken und die Pobacken.

Leia schmunzelt. Die typischen Bilder bei jedem Thema, das mit Sex zu tun hat.

»Eine entsprechende Form der Unterstützung für Sexsüchtige ist in Schweden bereits ins Leben gerufen worden, allerdings mit bescheidenem Erfolg«, sagt der Moderator.

Leia zuckt zusammen. Jetzt ist sie selbst auf dem Bildschirm zu sehen, in den Kulissen von *Die Woche mit Tähtimö*. Stocksteif hockt sie auf dem Rand des Sessels und spricht, ohne die Miene zu verziehen.

»Zehn bis fünfzehn Prozent aller finnischen Männer haben schon einmal für Sex bezahlt. Und vermutlich kaufen fünf Prozent immer wieder Sex. Das Projekt ProMen bietet seinen süchtigen Klienten Beratung, Hilfe und Therapie über das Internet.«

Der Rock ist tatsächlich kurz, denkt Leia, dann geht es auch schon weiter.

»Im Justiz- und Sozialministerium wird gerade überprüft, ob diese neue Art von Sozialarbeit gesetzeskonform ist«, fährt der Moderator fort.

Auf dem Bildschirm leuchtet ein vertrautes Gesicht mit blauer Brille auf.

»Na klar ist sie gesetzeskonform. Die Projektfinanzierung ist für das erste Jahr bereits gebookmarkt. Sobald wir den Bescheid haben, fangen wir an.«

Die Stimme klingt belegt. Das Foto ist das aus seiner Bewerbung, doch der Name im Balken darunter ist falsch geschrieben. Aus dem leitenden Sozialarbeiter Markku Lappo ist Markus Lappu geworden.

Und wieder geht es weiter. Der Nachrichtenredaktion ist es gelungen, den neuen Justizminister zu erreichen, der am Montag ernannt wurde. Tarmo Häkkilä wird in Kuopio von zu Hause aus live am Telefon einen Kommentar abgeben, verspricht der Moderator. Leia beugt sich nach vorn und spitzt die Ohren.

»Zu diesem Zeitpunkt werde ich nicht Stellung nehmen. Die Untersuchung durch das Ministerium wird nächste Woche abgeschlossen sein, dann kommen wir auf das Thema zurück.«

Auf dem Foto, das auf dem Bildschirm erscheint, grinst Tarmo Häkkilä gut gelaunt, aber seine Stimme am Telefon klingt ziemlich gereizt.

Der Moderator lässt nicht locker.

»Wie stehen Sie zu einem derartigen Hilfsprojekt? Wie weit oben rangiert eine Unterstützung für Sexsüchtige im Regierungsprogramm Ihrer Partei?«

»Kein Kommentar. Ich gehe jetzt in die Sauna. Guten Abend«, beendet Häkkilä das Gespräch.

Der Moderator fährt fort: »Damit kommen wir zu anderen Themen.«

Die Kämpfe in Syrien werden heftiger. In Finnland müssen Leute entlassen werden. Die restlichen Nachrichten gehen an Leias Augen und Ohren vorbei.

Facebook lässt ein *Pling!* vernehmen.

Leia nimmt das Notebook wieder auf den Schoß.

Hübschen String hast du da.

Gott behüte, schreibt sie zurück. Zum Glück hat Ripsa daran gedacht, ihr die Nachricht privat zu schicken. *ProMen ist doch kein Entertainment für Erwachsene.*

Promen = Gentlemen's Club.

Leia lacht freudlos. Ripsa trifft den Nagel auf den Kopf.

Häkkilä hat absolut nichts gesagt, schreibt Ripsa jetzt. *»Ich geh jetzt in die Sauna.« Ha.*

Aber er hat nicht Nein gesagt, schreibt Leia.

Die Vorsicht des Ministers kann durchaus Kalkül gewesen sein. Der vorige Justizminister hat zurücktreten müssen, weil eine Untersuchung der Vorfälle im Erotikschuppen *Babes* »bedauernswerte Verwicklungen« ans Licht brachte. Der Minister hatte private Mittel und Steuergelder in größerem Maße miteinander vermengt, als bei normalen Zahlungsvorgängen in einem gastronomischen Betrieb mit erotischer Ausrichtung nötig gewesen wäre. In der, milde gesagt, bunt gemischten Fraktion der Partei fand sich auf die Schnelle keiner, der als Justizminister geeignet gewesen wäre, außer Häkkilä, einem parlamentarischen Neuling und politischen Küken, das angeblich nicht einmal über Erfahrung in der Kommunalpolitik verfügt.

Mit Unflätigkeiten gegenüber Minderheiten hatten in dieser Legislaturperiode bislang andere Abgeordnete für Wirbel in den Medien gesorgt. Häkkilä hielt sich als Volksvertreter bedeckt, sodass Leia ihn nicht einordnen konnte, wie die meisten anderen wahrscheinlich auch nicht.

Check übrigens mal das hier: Beziehungsporträt Häkkilä & Gattin, schreibt Ripsa.

Leia klickt den Link an und stellt fest, dass sie auf der Homepage einer Frauenzeitschrift gelandet ist.

Annu Häkkilä verrät: »Tarmo kommt immer wieder zu mir zurück.«

Leia schnaubt. Der Herr Justizminister macht sich nicht die Mühe, für das Fernsehen einen Kommentar zu ProMen abzugeben, hat aber Zeit, mit seiner Frau Interviews über ihre Beziehung zu geben.

Als sie anfängt, den Artikel zu lesen, merkt sie, dass darin nur die Überschrift frisch ist. Der Text ist im August in der

Printversion der Zeitschrift erschienen, als Häkkilä noch Hinterbänkler im Parlament war. Außerdem sind für die Geschichte zwei weitere Paare interviewt worden, bei denen jeweils einer der Partner beruflich viel unterwegs ist oder aus anderen Gründen längere Zeiten am Stück abwesend.

Der Teil über die Häkkiläs ist mit den Worten *»Unsere Beziehung hält die Entfernung aus«* überschrieben. Annastiina »Annu« Häkkilä, 30, die Frau des damaligen Parlamentsabgeordneten, gibt inmitten ihrer flachsköpfigen Kinderschar am Küchentisch Beziehungstipps für Ehepaare.

»Unter der Woche störe ich meinen Mann nicht mit unnötigen Anrufen, denn er muss sich voll auf seine wichtige Arbeit konzentrieren. Wenn Tarmo am Ende der Woche dann in die Stube tritt und mich in seine bärenhafte Arme schließt, sind wir wieder wie frisch verliebt«, erzählt Annu, während sie sich fürsorglich um die Kleinen kümmert: Sisu, 6, Lempi, 4, Rauha, 3, und Voima, 1.

Für Tarmo ist es Ehrensache, freitags rechtzeitig zu Hause zu sein, um den Kindern ihre Gutenachtgeschichte vorzulesen. Danach genießen wir unsere Zweisamkeit.«

Wie rührend, denkt Leia und kann sich das Grinsen nicht verkneifen.

Kein Wunder, dass Tarmo Häkkilä so geklungen hat, als hätte er am Freitagabend Besseres zu tun, als die Fragen von Journalisten zu beantworten. Zuerst in die Sauna, und danach Zweisamkeiteleien mit der Ehefrau, um noch mehr Kinder zu produzieren, denen man nationalromantische Namen geben kann.

Das gemeinsame Foto wurde am letzten Unabhängigkeitstag beim Empfang des Präsidenten aufgenommen. Tarmo Häkkilä ist ernst und aufrecht darauf zu sehen, wie es sich gehört. Annu sieht in ihrem lachsroten Abendkleid umwerfend aus. Für eine Mutter von vier kleinen Kindern ist sie verblüffend schlank – und sie ist wesentlich jünger als ihr Mann.

Tarmo Häkkilä ist 58, heißt es im Kasten mit den Fakten. Der Altersunterschied beträgt fast dreißig Jahre. Leia betrachtet das Foto der Ministergattin in ihrem perfekten Leben. Die Buben sind gekämmt, die Mädchen haben Zöpfe. Keinem der Kinder läuft die Nase, und die Kleider sehen frisch gebügelt aus. Den lackierten Küchentisch zieren ein Läufer mit Spitzen und ein Strauß dunkelrote Rosen in einer Kristallvase, zweifellos vom Ehemann mitgebracht. Sonst nichts.

Auch nicht der kleinste Brotkrümel.

Leia nimmt das leere Weinglas und geht in ihre Küche. Auf dem vor Jahren billig gekauften Tisch, der für zwei Personen ausreicht, warten die geöffnete Bückweinflasche und eine vom Spülen blass gewordene Scherztasse, in der ein Rest Kaffee vom Morgen zurückgeblieben ist. *Du bist so alt wie ...* Ripsas Vorstellung von Humor, als Leia dreißig wurde, vor fünf Jahren.

Sie stellt die Tasse ins Spülbecken, geht neben dem Küchentisch in die Hocke und beäugt die Tischplatte.

Sauber. Keine Krümel.

Die Knie knacken, als sie wieder aufsteht. Sie blickt auf die Weinflasche. Noch einen Schluck? Nein. Sie schraubt die Flasche zu und stellt sie so in den Schrank, dass Viivi sie nicht sehen kann: hinter die ungeöffneten Flaschen mit dem selbst gemachten Beerenwein, den Ripsa ihr auch zum dreißigsten Geburtstag mitgebracht hat.

Von diffusem Zorn erfüllt, kehrt sie ins Wohnzimmer zum Computer zurück.

Und wie laufen Deine Wochen als Alleinerziehende? Schick uns Deinen Kommentar und diskutiere mit, fordert die Redaktion der Frauenzeitschrift die Leser am Ende des Online-Artikels auf. Der Text ist seit Montag im Netz, aber noch ist niemand der Einladung gefolgt.

Dann wird ihr Kommentar eben der erste sein.

Sie laufen gut. Aber ich bin ja auch eine echte Alleinerziehende, schreibt Leia. *Ich habe einen anderen Lebensinhalt, als mein schönes Heim sauber zu halten und auf meinen Mann zu warten.*

Sie schickt den Text sofort ab, ehe sie es bereut.

Lasst uns einfach mal aktiv sein, denkt sie. Wo auf den Seiten von Tähtimö offenbar so lebhaft über ihr Projekt diskutiert wird, dass sie jetzt total abgestürzt sind.

Dort wird immer noch diskutiert, stellt sie fest, denn die Seiten öffnen sich nach wie vor nicht.

Ist ja ein Ding.

Die Zehnuhrnachrichten sind beim Wetterbericht angelangt. Wieder wird den Leuten mit dem Wetter von morgen und glatten Straßen gedroht. Es interessiert Leia auch jetzt nicht.

Der Nachrichtenbeitrag von kurz zuvor nagt an ihr. Warum haben sie keinen längeren Ausschnitt aus der Talkshow gebracht, dann wäre sie wenigstens zu Wort gekommen. Oder konnten sie das aus Kosten- oder urheberrechtlichen Gründen nicht tun, weil es sich um die Produktion eines konkurrierenden Senders handelt? Aber sie hätten anrufen und nachfragen können. Bei ihr, der Geschäftsführerin. Warum haben sie Markku gefragt?

Falls sie nicht ... Vielleicht haben sie es ja sogar versucht.

Leia schaut auf ihr Handy auf dem Couchtisch. Seit über einer Stunde liegt es zum Schweigen gebracht und mit dem Display nach unten da.

Als sie es in die Hand nimmt, blinkt es wie wild.

15

Die Rippen zeichnen sich ab wie Eisenbahnschwellen, als Annu ihren Bademantel im Saunavorraum an den Haken hängt. Schmal sind auch ihre nackten Pobacken, für gewöhnlich eine Augenweide für ihren ständig reisenden Mann.

Hat sie vorhin zum Abendtee selbst einen von den Hefewecken gegessen, die sie für ihn gebacken hat? Er hat gar nicht darauf geachtet.

Er spürt ein Stechen in der Brust. Ob das Sodbrennen ist? Oder die Laktose?

»War da Milch in den Wecken?«

Annu dreht sich überrascht zu ihm um.

»Natürlich ist da Milch drin.«

»Aber war es herkömmliche oder diese hydrolisierte? Weil es hier ein bisschen brennt ...«

»Das war ganz normale Milch.«

Annu betrachtet ihn mit erhobenem Kinn. Er wagt es nicht, den Blick von ihren Augen abzuwenden, darunter steht die Nacktheit wie ein Ausrufezeichen vor ihm. Die blanken Brüste, die rasierte Scham, der holprige Bauch mit dem Muster aus Schwangerschaftsstreifen.

»Ich hab nicht dran gedacht, entschuldige. Ich hatte so viel um die Ohren. Lempi hat Fieber und eine Ohrenentzündung und ...«

»Macht nichts«, sagt Tarmo schnell. »Dann beim nächsten Mal. Diese hydrolisierte.«

In Annus Augen blitzt es auf, sie will noch etwas sagen. Tarmo schlingt den Bademantel fester um sich.

»Fang schon mal an. Bei mir rumort es ein bisschen im Magen, ich geh noch eben ...«

Als das Handy in der Bademanteltasche klingelt, ist die

Erleichterung so groß, dass man es ihm wahrscheinlich ansehen kann. Wer um diese Zeit anruft, muss einen guten Grund haben.

Annus Blick meidend, schlüpft Tarmo aus dem Saunavorraum.

»Bei dir hallt es so komisch«, sagt Valtti Nyman.

Tarmo starrt auf die in Augenhöhe angebrachte Zierkachel. Annu wollte hier und da einzelne Kacheln im portugiesischen Stil haben, mit handgemalten Meerespanoramen samt stilisierten Fischerbooten. Die nachlässig hingeschmierte, wacklige Schaluppe geht ihm jedes Mal auf die Nerven, wenn er hier beim Scheißen sitzt.

Auf dem Kallavesi-See würde sich das Ding nicht über Wasser halten.

Die Akustik der Toilette ist überdeutlich, aber was will man machen. Das hier ist der einzige Raum im ganzen Haus mit abschließbarer Tür.

Tarmo überhört Nymans Bemerkung.

»Gibt es Neuigkeiten?«

»Ziemliche Klette, dieser Moderator. Aber du hast es gut hingekriegt.«

Hat der Referent seine Frage absichtlich falsch verstanden?

»Der hat mich überrascht, verflixt noch mal«, sagt Tarmo.

»Das mit der Sauna war gut. Das gibt Sympathiepunkte, so etwas spricht das Volk an. Gute Idee.«

»Eigentlich hab ich schon den Bademantel an«, sagt Tarmo. »Wenn es sonst nichts gibt ...«

»Mein Kontakt hat Zwischenergebnisse geliefert.«

Nyman macht eine Pause, die reinste Kunstpause.

»Gute Nachrichten.«

»Raus damit!«

»Das Video ist nicht gefunden worden. Jedenfalls noch nicht.«

Jedenfalls noch nicht. Und das soll eine gute Nachricht sein, denkt Tarmo, doch da redet Nyman auch schon weiter.

»Niemand findet das Video im Netz, jedenfalls nicht so leicht – falls es überhaupt drin ist. Laut meinem Kontakt ist das ein gutes Zeichen und meiner Meinung nach ebenfalls. Auf YouTube hätte es sofort einen Rekord an Klicks aufgestellt und morgen wäre es die Schlagzeile in den Wochenendausgaben der Abendzeitungen gewesen.«

»Ach ja. Und weiter?«

»Mein Kontakt sagt, er setzt seine gründliche Suche als Nächstes bei Myriam Navoko fort. Er sagt, dabei müsse er möglicherweise ein paar, wie soll ich sagen, *außergewöhnliche Mittel* einsetzen.«

»Soll mir recht sein.«

»Das kostet angeblich mehr.«

»Dann kostet es halt. Das Video muss weg. Es muss vernichtet werden.«

»Wir bekommen es, Tarmo. Wir werden es bekommen.«

Das Konto für schlechte Zeiten, überlegt Tarmo, das ihm und Annu gemeinsam gehört. Von dort könnte er sofort abzweigen, was nötig ist, und in einigen Tagen auf irgendeinem Weg wieder zurücküberweisen. Annu wird nicht einmal merken, dass er an dem Konto gewesen ist.

Ein bisschen enttäuscht ist er dennoch, trotz Nymans Beteuerungen. Der persönliche Referent hat mit seinem Anruf die Hoffnung geweckt, dass der Fall schon von der Tagesordnung ist. Aber gerade als er den Mund aufmacht, um ihm zu sagen, dass die Sauna samt Gesellschaft auf ihn wartet, sagt Nyman noch etwas.

»Das Video. Es wäre äußerst hilfreich, wenn du mir zur schnellen Krisenbewältigung und zur Vermeidung der Eskalation, die eine mögliche unerwünschte Veröffentlichung des Videos mit sich bringen würde, Genaueres über den wirklichen Inhalt sagen würdest.«

»Drück dich so aus, dass ich es auch verstehe!«

»Was hast du mit dieser Myriam genau geredet und welche, äh, Handlungen werden darauf zu sehen sein?«

Tarmo spürt seine Stirnader anschwellen.

»Ich kann mich nicht an den genauen Wortlaut erinnern. Normales, lockeres Geplauder eben. Sie hat von ihrer Familie erzählt.«

»Von ihrer Familie?«

»Ja, von ihrer Familie. Wo sie wohnt und so. War sehr ... einsam hier in Finnland. Kalte Menschen und schlechtes Wetter, solche Sachen hat sie gesagt.«

»Aha.« Nyman klingt ungläubig. »Und sonst nichts? Ich meine, was ist daran so ...?«

»Na, weil ...« Er räuspert sich. »Ich hab sie dann ein bisschen getröstet, aus reiner Freundlichkeit. Dabei kann es vielleicht zu einem kleinen Missverständnis gekommen sein. Sie hat angefangen, sich auszuziehen, meine ich. Das sind die Kulturunterschiede, äh ...«

»Sich auszuziehen?«

»Nicht viel, hat nur ein bisschen ihre Titten gezeigt, unterm Pulli bloß. Mit BH. Ich hab ihr gesagt, versteck sie sofort wieder, ich hab Familie. Das hat sie mir übel genommen und, äh ...«

»Und?«

»Das war es eigentlich schon. Ja, im Prinzip war es das.«

Nyman schweigt. Tarmo hat das unschöne Gefühl, dass sein Referent die Geschichte nicht ohne Weiteres schluckt.

»Habt ihr Englisch miteinander geredet?«, fragt er nach.

»Englisch. Und Finnisch. Sie studiert ja in Helsinki – hat sie jedenfalls behauptet. Man weiß ja nicht mehr, was wahr ist und was nicht. Wer weiß, ob der Name überhaupt stimmt. Myriam.«

»Wie sieht diese sogenannte Myriam denn aus?«

»Schön ist sie«, sagt Tarmo. »Jung und hübsch. So wie die manchmal sein können.«

»Wer?«

»Die Neger.«

Ein, zwei Sekunden lang ist es am anderen Ende der Leitung still. Dann meldet sich Nymans Stimme wieder.

»Mein Kontakt hält mich auf dem Laufenden und ich informiere dich. Mach dir keine Sorgen. Das wird schon.«

Nach dem Gespräch dreht Tarmo das kalte Wasser auf und beugt sich zum Trinken unter den Hahn. Er schluckt literweise Wasser und spritzt es sich auch ins Gesicht.

»Kommst du nicht in die Sauna? Du hast doch nicht etwa ... einen Mageninfekt?«

Tarmo dreht den Hahn zu. Annu steht direkt vor der Tür.

Wie lange schon?

»Nein«, sagt Tarmo hastig. »Ich komme gleich, geh nur wieder rein.«

Es kommt ihm vor, als ginge ihm in der engen Toilette die Luft aus.

16

Er muss es mehrmals überprüfen, bevor er es glaubt.

Ja, die IP-Adresse, von der aus Myriam Navokos Nachrichten letzte Nacht abgeschickt wurden, gehört Leia Laine.

Das wirft sofort eine Menge Fragen auf, vor allem eine: Was soll der Scheiß? Was treibt diese Frau für ein Spiel?

Leias lächerliches Rettungsprojekt für gefallene Männer wird gerade von den Ministerien überprüft. Offenbar sind eigenhändige Unterschriften der Minister erforderlich, damit das Projekt starten kann. Warum sollte sich Leia Laine, dieser Ausbund an Korrektheit, in einer derart kritischen Phase in dunkle Machenschaften verstricken und mit einem Video, auf dem nackte Haut aufblitzt, einen Minister – und auch noch den Justizminister! – erpressen, der die Macht besitzt, das ganze Vorhaben zu kippen? Klingt gegen jede Vernunft.

Möglicherweise liegt hier eine Inszenierung vor, überlegt er. Eine Falle, die jemand gestellt hat, der mit Tarmo Häkkilä oder dessen Partei noch eine Rechnung offen hat. Oder mit Leia Laine und ProMen. Oder ganz allgemein mit Leuten, die Sexkäufern helfen.

Wahrscheinlich weiß Leia selbst nicht, dass jemand ihren Datenverkehr manipuliert. So etwas ist nicht schwer für jemanden, der das beherrscht.

Aber wenn es jemand weiß, dann er, Land-0.

Es gibt noch eine weitere mögliche Erklärung. Nämlich dass die blauäugige Weltverbesserin Leia Laine letzte Nacht Skype-Sex mit Tarmo Häkkilä hatte, dem strammen, trinkfreudigen populistischen Politiker. Und was der da von einem afrikanischen Mädel redet, ist reines Geschwätz, der Mann war stockbesoffen und triebgesteuert, da irrt man sich schon mal, was die Nationalität und sogar die Hautfarbe der eigenen Cybersexpartnerin betrifft ...

Wer bist du wirklich, Leia Laine, du aristokratisch kühle Weltraumprinzessin? So etwas wie Catwoman? Spielst tagsüber die strenge Sozialtante, kauerst auf deinem unbequemen Sessel und antwortest supersachlich und ruhig auf heikle Fragen. Und nachts setzt du dir die Maske auf, ziehst deine Fetisch-Stiefel an und kratzt mit deinen Krallen jeden, der sich dir in den Weg stellt, dir und deinem perversen Projekt.

Besser noch ein wenig weitergraben, beschließt er. In seinem Zwischenbericht an Valtti Nyman, die Nummer zwei des Ministers, erwähnt er Leia Laine nicht, sondern behauptet nur, dass die Suche fortgeschritten sei und weitergehe. Das Video muss in den tiefsten Schichten stecken, im Bodenschlamm des Internets. Auch die sonst so zuverlässige Mustererkennungssoftware hat lediglich Ausschnitte aus den Nachrichten der vergangenen Woche herausgepickt, dem Zeitraum also, in dem Häkkilä als Minister tätig war.

No problem, quittiert Nyman. *Geld ist kein Problem. Alle Mittel einsetzen, Liquidität ist da.*

Geld. Was für ein glänzender Vorwand!

Dabei ist es eine gute Gelegenheit, Leia besser kennenzulernen, *seine* Leia, das zuverlässigste und treuste seiner Dauertargets, der nützlichste seiner Gebrauchsartikel, das amüsanteste seiner Spielzeuge. Die Frau mit den sexy Stiefeln, die ihn zugegebenermaßen mehr und mehr fasziniert, und zwar ohne dass es sich dabei um einen latenten Lederstiefelfetischismus handeln würde, der plötzlich bei ihm ausgebrochen ist.

Catwoman hat neun Leben, aber irgendwann enden auch die. Jeder hat einen wunden Punkt, und auf der Website der Tähtimö, die er wegen des großen Publikumsandrangs dichtmachen musste – nicht nötig, Danke zu sagen! –, präsentiert Leia Laine ihren wunden Punkt ausführlich.

Finger an den Rocksaum, zupf, zupf. Schenkel auf, Schenkel zu. Er spult ein paarmal hin und her, einfach zum Spaß.

Haben Sie zufällig Kinder? ... Treffer, versenkt.

Danke, dass du mich daran erinnert hast, Sanni Tähtimö: Man muss die Mutterkarte ausspielen.

Das funktioniert immer, verdammt noch mal.

Er reibt sich die Hände. Dann legt er sie betont ruhig auf die Tasten, wie ein weltberühmter Pianist zu Beginn eines

Konzerts, vor einem Publikum, das ihn verehrt. Oder betont sachlich wie ein Topchirurg, der zum Skalpell greift und den ersten Schnitt in die Bauchdecke des Patienten setzt, während sein Team im OP die Luft anhält.

Sehen wir doch einmal nach, was dieser Patient gegessen hat.

Das finnische Bevölkerungsregister ist, was den Umfang und die genaue Erfassung betrifft, weltweit einzigartig. Seine bahnbrechende Neuschöpfung und zentrale Waffe ist das elfstellige Personenkennzeichen, das PK, auch unter dem Namen SoK wie Sozialversicherungskennzeichen bekannt, erfunden vom Mathematiker und Versicherungsmakler Erkki Pale. Auch sonst kein Nichtsnutz, der Mann, war er im Krieg doch als Experte für Geheimschriften bei der finnischen Funkaufklärung tätig.

Jedem finnischen Staatsbürger wird dieses Personenkennzeichen in die Haut und in die Daten eingebrannt, und zwar schon kurz nachdem er den Kreißsaal verlassen hat. Danach gibt es kein Entkommen mehr, nicht vor den Behörden, nicht vor den Werbeunternehmen. Immigranten können das finnische Personenkennzeichen erhalten, wenn sie sich ein Jahr im Land aufgehalten haben, und die meisten nehmen es freudig entgegen, weil es so viele Türen öffnet.

Türen, über denen eine Überwachungskamera surrt.

Das PK ist der Schlüssel zu dir, mit seiner Hilfe erfährt die Sozialversicherungsanstalt alles über dich. Auch die Polizei und die Bank kennen dich ganz genau. Im Gesetz ist festgelegt, welche Daten die Behörden von Bürgern sammeln dürfen, sie können über das Personenkennzeichen zusammengeführt und spezifiziert werden.

Mit dem PK kann man sämtliche Informationskrümel, die du im Lauf der Jahre fallen lässt, später mit dir in Verbindung bringen und so ein Gesamtbild rekonstruieren, das dir ziemlich ähnlich sieht.

Ein solches Bild konstruiert zum Beispiel die ehemals staatliche Post, die inzwischen zu einem Logistikunternehmen geworden ist, und diverse Telefongesellschaften, und bald schon sind deine Daten – Einkommen, Besitz, Familienverhältnisse, Interessen, Konsumgewohnheiten und sonstige Vorlieben – eine gefragte Ware geworden. Du wirst in allen Einzelheiten als Marketingtarget an denjenigen verkauft, der für dich zahlt.

Und dabei gehst du billig über die Ladentheke. Das Bevölkerungsregister – der primäre Produzent – verkauft dich nämlich für einen einzigen Cent weiter. Einen Cent für dich und deine Adresse. Das hättest du vielleicht lieber nicht gewusst.

Nach dem PK wird gefragt, wenn du dir beim Privatarzt den Termin für eine Darmspiegelung geben lässt, wenn du über eine dubiose Internetseite billiges Viagra bestellst und wenn du mit deiner heimlichen Geliebten zur Wochenendbalz in einem Hotel eincheckst. Jeder gottverdammte Telefonverkäufer, jeder Dialoger, der sich auf der Straße bei dir anwanzt, möchte dein PK wissen, obwohl das eigentlich zu gar nichts nütze ist und er die Genehmigung dafür nicht besitzt. Er fragt nur sicherheitshalber, weil es dazugehört und weil er die entsprechende Anweisung erhalten hat.

Und du sagst gehorsam die Ziffernfolge auf. Wie zweifellos auch Leia. Leia Katriina Laine, 161277.

Fanfare und volle Punktzahl für Leias Eltern! Es ist wirklich ihr offizieller Name, kein Kosename, keine spätere Abwandlung von Leila oder Leena.

Eine echte Prinzessin von Geburt an. Jetzt muss aber schnell das Datum überprüft werden ...

Yes! Wikipedia bestätigt, was er schon geahnt hat. Das war kein gewöhnlicher Freitag, sondern der, an dem *Star Wars* in Helsinki Premiere hatte.

Scheint ein wahres cineastisches Erlebnis gewesen zu sein. Vielleicht sind sie ja mit heulender Sirene vom Kino ins Krankenhaus gefahren.

Ein interessanter Seitenpfad, doch jetzt *back to business.* Zurück zu den Bevölkerungsdaten. Zurück zu Leia, deren Familienstand bescheiden, ja geradezu provinziell anmutet: unverheiratet.

Keine früheren Nachnamen. Kein Ehemann in der Biografie, auch keine registrierte Frau. Man ist also auch nicht am anderen Ufer daheim.

Leia ist nach wie vor Fräulein, auch mit fast fünfunddreißig Jahren noch. Oder Single. Das klingt besser.

Aber auch Leia hat erfahren dürfen, was leibliche Freuden sind. Das beweist ihre Tochter. Viivi Emilia Laine stieß am 25. März 1996 ihren ersten Schrei aus. Schnelle Kopfrechnung ... Oho!

Als die kleine Viivi auf die Welt kam, war Mama Leia gerade mal 18 Jahre alt. Fast selbst noch ein Kind.

Eine Teenie-Mutter.

Vorausgesetzt, dass eine Schwangerschaft schon im letzten Jahrtausend und sogar in königlichen Kreisen neun Monate dauerte, wurde das Kind in der Hitze des Juli 1995 gezeugt, als Leia noch minderjährig war. Entweder ist es bei einem Open Air im Kuppelzelt zur Sache gegangen oder am Badestrand, im hohen Gras hinter der Umkleidekabine.

Auf so eine wilde Vergangenheit blickt seine ach so beherrschte Prinzessin also zurück.

Unter dem Dashboard findet sich gegen den schlimmsten Durst noch eine halb volle Dose mit abgestandenem Kraftgetränk. Er leert sie und schmeißt sie weg, ohne die Augen, geschweige denn die Gedanken vom Bildschirm abzuwenden.

Und jetzt, denkt er, das Wichtigste. Aber ...

Was soll der Scheiß?

Über Leias Bettgefährten, über Viivis Vater gibt es keine Daten!

Keine Sorgerechtserklärung. Kein Fünkchen Information darüber, ob der Macker das Kind damals anerkannt und die Unterhaltszahlungen übernommen hat.

Es ist nichts da.

Einmal hat ihm jemand in den Magen geschlagen. Ganz klassisch, in den frühen Morgenstunden, vor einer Imbissbude, die die ganze Nacht geöffnet war – er hatte protestiert, weil sich einer mit Glatze vorgedrängelt hat.

Das ist zwanzig Jahre her, aber es fühlte sich ungefähr genauso an wie das hier.

Der Schmerz kommt vollkommen überraschend. Er zwingt ihn dazu, sich zusammenzukrümmen, während die Luft aus seinem Solarplexus entweicht und in den Augen Sterne explodieren. Er ist völlig wehrlos. Dem anderen ausgeliefert. Kann sich unmöglich verteidigen oder fliehen. Und wenn dem Schlag ein zweiter folgt und ein dritter und er zu Boden fällt, kann er seinen Körper nicht mehr vor den Tritten der mit Metallkappen verstärkten Schuhe schützen. Eine äußerst lehrreiche Erfahrung für einen Nerd mit Pferdeschwanz, man lernt, wie man sich in dieser Welt durchschlagen kann und wie nicht. Ein zweites Mal wird er nicht auf die Idee kommen, im betrunkenen Zustand vor Leuten das Maul aufzureißen, die nur mit Fäusten und Fußtritten kommunizieren können.

Das hier wird er nicht so leicht überstehen. Dieser Schmerz lässt nicht nach.

Wieder so eine schweinische Jungfrauenmadonna, die dem Vater sein Kind entfremdet hat. Die den Vater komplett aus dem Leben des Kindes aussperrt.

Setzt sich angeblich für Männer ein. Ist aber genau die gleiche *bitch* wie die anderen.

Eine Betrügerin.

Männerhasserin.

Eine wie Marjukka.

Auf den Seiten von *Die Woche mit Tähtimö* geht die Diskussion in der vorhersehbaren Richtung weiter.

Leia Laine, warum verfolgst du Menschen, die Nähe wollen oder auch Sex – auch wenn sie dafür bezahlen müssen? Ist doch für einen guten Zweck. Verfolg nicht die, die du verachtest, auch wenn du eine Hardcorefeministin bist und eine Männerhasserin und alte Jungfer.

*Man darf Leia nicht versch***ern. Eine, die noch nie einen **** reingeschoben bekommen hat, weiß nicht, was sie verpasst hat.*

Ihr Deppen, denkt er. Gebt Kommentare ab, obwohl ihr keine Ahnung habt. Von meiner Frau, würde er am liebsten hinzufügen. Aber er hat ja auch selbst keine Ahnung.

Das finnische Bevölkerungsregister und die von Erkki Pale erfundene Systematik der Ziffernfolge ist für den Anfang behilflich, den Rest klärt ein Besuch in Mark Zuckerbergs globaler Auskunftei.

Leia Laine hat ein Facebook-Profil, natürlich. Leia Laine ist erfahren im Netz, sie nimmt es mit ihrer Privateinstellung genau. Leia Laine »teilt Informationen nur mit ihren Freunden«.

Und Freunde hat sie genügend. Vor zwei Stunden noch 189, jetzt schon 247. Er ist einer der neuesten. Natürlich nicht mit dem Alias »Land-0« und auch nicht mit seinem eigenen Namen. Seinen Namen, wie er im Pass und im Führerschein steht, lässt er nirgendwo im Netz fallen.

Wenn jemand im Netz versiert ist, dann er.

Eine von Leias besten Freundinnen ist offensichtlich Ripsa Laine-Forssa, dem Nachnamen nach zu schließen Leias Schwester IRL, *in real life*. Als Letztes hat Ripsa ihr an diesem

Morgen einen Link zu einer Online-Nachricht über die Entführung eines kleinen Mädchens geschickt.

Er grinst schief. Wenn man solche Freundinnen hat, braucht man keine Feinde mehr.

Auf der Freunde-Liste steht eine weitere Person mit dem Namen Laine. Hallo, Viivi »Mamas wunder Punkt« Laine!

Hat die Mama schon damit angefangen, ihre Sechzehnjährige zu beobachten, ihr Open Airs und Jungs zu verbieten und an ihren Kleidern und am Atem nach Anzeichen von Gefahr zu schnuppern? Du musst Verständnis für deine Mutter haben, Viivi. Sie macht sich Sorgen um dich. Mami hat Angst.

Glänzende Ausgangssituation eigentlich für ihn. Beim Geschäft mit der Angst ist das große Geld zu holen, dort fließt es und vermehrt sich. Die Sorge der Mutter um ihren Nachwuchs hat ihm in dieser harten, bösen Welt in den letzten zweieinhalb Jahren reichlich Gewinn beschert. Was würde ein unruhiges Muttertier nicht alles für ihr Junges tun? Wie viele noch bessere Sicherheitsschnuller, Krabbelhelme, Treppenschutzgitter, Unfall- und Krankenzusatzversicherungen und Telefontrackingprogramme wäre sie nicht bereit anzuschaffen, damit ihr Kind nicht ins Verderben stürzt und dem Tod anheimfällt.

An diesem Wochenende ruft Stockholm die kleine Viivi. Das kann man mühelos an Viivis Pinnwand lesen.

Die Mami ist im Netz doch nicht so clever, wie sie glaubt. Sonst hätte sie nämlich dafür gesorgt, dass auch die Facebook-Seite ihrer Tochter vor den Augen des Pöbels dieser Welt geschützt ist.

Er legt die Hände auf die Tastatur. Höchste Zeit, dass er seinen Beitrag zur allgemeinen Diskussion leistet.

Nur ein paar genau überlegte Sätze. Ein bisschen Holz nachlegen.

Sein Kommentar erhält die Ordnungsnummer 590.

17

Innerhalb der letzten Stunde hat der *Unbekannte Anrufer* dreizehn Mal versucht, sie anzurufen. Dreizehn Mal!

Leia vergewissert sich, dass der Ton eingeschaltet ist, und legt das Handy mit dem Display nach oben auf den Tisch. Sie lehnt sich auf der Couch zurück, faltet die Hände im Schoß.

Dann bitte. Ruf an.

Es ist ganz still. Oder nicht ganz. Nebenan wird laut gelacht. Die junge Theologin hat Besuch.

Das silberne, täuschend ungefährlich wirkende Plastikding auf dem Tisch muckst sich nicht.

In den Heizkörpern gurgelt das Wasser, die Fernwärme ist endlich eingeschaltet worden. Die Verglasung des Balkons, die in Wirklichkeit aus Kunststoff besteht, scheppert im Wind. Aus der Küche dringt das Ticken der Wanduhr.

Der Kühlschrank oder der Gefrierschrank gibt ein seltsames sirrendes Geräusch von sich, das ihr bislang noch nicht aufgefallen ist.

Das Handy klingelt nicht.

Lächerlich, denkt Leia und nimmt es vom Tisch. Ich werde mich nicht damit quälen. Ich schalte es wieder auf lautlos und ...

Als der Apparat in ihrer Hand vibriert und blinkt, kann sie den Schreck nicht verhindern. Die ersten Trommelrhythmen von Boléro, dem großartigen Orchesterstück von Ravel, verursachen bei ihr eine Gänsehaut.

Unbekannter Anrufer, steht auf dem Display.

Leia meldet sich.

»Ja?«

Sie sagt es vorsichtig, es rauscht so sehr in den Ohren, dass sie nichts hört. Die Hand ist bereit, das Telefon mit einem Ruck vom Ohr zu nehmen.

»Anjuska Saneri von der *Abendzeitung*, hallo!«

Eine Abonnementverkäuferin? Um diese Zeit?

»Hallo?«

»Fantastisch, dass ich Sie erreiche. Ich hab auch schon eine Mail geschickt.«

»I-ich hatte das Telefon auf lautlos gestellt.«

Die Frau bricht in Gelächter aus, als hätte Leia einen guten Witz gerissen.

»Ich wollte Sie auch nur schnell um ein paar kurze Kommentare bitten. Also, wie fühlen Sie sich jetzt so?«

Eine Reporterin. Eine Reporterin der *Abendzeitung.* Leia streckt den Rücken durch. Jetzt muss man aufpassen, was man sagt.

»Wie ich mich fühle?«

»Na, wo ihr jetzt mit eurem Projekt anfangt.«

»Ganz ... ganz gut fühle ich mich.«

»Okay. Verraten Sie mir, was Sie eigentlich auf die Idee gebracht hat, bei so was mitzumachen?«

»Wie ich schon in Tähtimös Sendung sagte – es gibt in Schweden schon seit Ende der Neunzigerjahre vergleichbare Aktivitäten. Auch wenn die Ergebnisse dort noch nicht ganz zufriedenstellend sind, glauben wir, dass unter den finnischen Voraussetzungen und bei einem entsprechenden Internetumfeld ...«

»Nein, *Sie* ...«, unterbricht sie die Reporterin. »Haben Sie selbst zett Be irgendeine persönliche Geschichte, warum Sie daran interessiert sind, ausgerechnet solchen ... Männern zu helfen? Und nicht zett Be kranken Kindern oder meinetwegen Tieren. Oder *Amnesty* oder *Greenpeace* und solchen Sachen.«

Leia überlegt. Wo soll sie anfangen?

»Ich bin da irgendwie hineingeraten, so geht es ja den

meisten. Ich hab Sozialpolitik studiert und als Nebenfach Frauenforschung belegt, die sich Anfang der Nullerjahre gerade in einer interessanten Phase befand – später wurde das Fach ja in Geschlechterforschung umbenannt. Dann habe ich über Klientenkontakte bei KELA promoviert, über den Genderspielraum, und war danach bei Forschungsprojekten an der Uni und in einigen Wissenschaftsinstituten befristet beschäftigt. Beim Institut für Gesundheit und Wohlbefinden haben wir eine groß angelegte Evaluation der versteckten Geschlechterspezifizierung im Sozialhilfeprozess durchgeführt. Darüber ist ein populärwissenschaftlicher Bericht in der Reihe *Forschungen und Bestandsaufnahmen aus dem Arbeitsleben* erschienen. Es lohnt sich, diese Reihe zu abonnieren, wenn man sich für das Thema interessiert.«

»Okay …«

»Bei der Sexpo war ich ein halbes Jahr lang Projektverantwortliche, als dort Sexsucht eines der Schwerpunktthemen war, und dadurch bin ich in einem Expertengremium des Sozial- und Gesundheitsministeriums gelandet, das die Arbeit für männliche Gleichberechtigung fördert und begleitet. Dort wurde dann die Möglichkeit zur Sprache gebracht, bei uns in Finnland eine Art Unterstützung nach schwedischem Vorbild zu initiieren, zunächst in Form eines einjährigen Projekts. Ich wurde gebeten, das Ganze etwas genauer zu prüfen, und wie es dann so ist – eins ergibt das andere … Ich hab mich für die Stelle der Geschäftsführerin beworben und sie auch bekommen.«

»Okay.«

Jetzt klingt das Okay eher nach einem Gähnen.

»War es das?«, fragt Leia, leicht beleidigt. Warum stellt die Frau Fragen, wenn sie gar nicht interessiert ist?

»Eine kleine Frage hätte ich noch. Sind Sie lesbisch?«

»Entschuldigung, wie bitte?«

Einen Moment lang hofft Leia, sich verhört zu haben. »Nein, bin ich nicht, aber selbst wenn, was hat das damit zu tun?«

»Ich dachte nur. Diese Geschlechterforschung, von der Sie gesprochen haben, und diese Sexgeschichte da, die Sie, also ... Sie sind doch alleinerziehend, oder?«

Auf einmal scheinen sich alle für ihre Familienverhältnisse zu interessieren.

»Das ist doch völlig irrelevant.«

»Ich frage nur aus Interesse«, sagt die Journalistin flink. »Unsere Leser interessieren sich für Ihre Tochter.«

Meine Tochter. Die hat sich schlau gemacht, begreift Leia. Bei Sanni Tähtimö war ganz sicher nur von einem Kind die Rede gewesen, geschlechtsneutral.

Das hat nichts Gutes zu bedeuten.

»Weil Sie bei Tähtimö in der Sendung gefragt wurden, ob Sie Ihrer Tochter diesen Beruf empfehlen würden, also, das mit der Prostitution.«

»Das bin ich bestimmt nicht gefragt worden«, fährt Leia auf. »Oder vielleicht doch, aber ich empfehle es ihr nicht. Beziehungsweise ...« Leia ächzt. Wie soll sie das sagen? »Ich bin selbst mit dieser ... Branche ja nun nicht wirklich in Berührung gekommen.«

»Nicht?«

Die Reporterin klingt ehrlich erstaunt. Kann jemand so dumm sein, denkt Leia noch, als auch schon die nächste Frage kommt.

»Wie eng ist denn Ihr Verhältnis zu Ihrer Tochter – wie heißt sie noch, Viivi?«

Leia beendet das Gespräch. Sie keucht vor Wut.

Das wird sie nicht auf sich beruhen lassen! Wie hieß die Frau? Anja, Anneli, nein, etwas Selteneres, aber was? Sie wird ihren Vorgesetzten anrufen und Klartext reden. Oder ihre Vorgesetzte? Egal.

Für welche der beiden Boulevardzeitungen hat die Frau angerufen? Leia kann sich auch daran nicht erinnern, so außer sich ist sie. Aber dann fällt ihr etwas ein: Die Frau hat ihr eine E-Mail geschickt.

Los, ins E-Mail-Programm, und zwar sofort!

Wieder sind jede Menge Gesundheitsprodukte und Aktualisierungen der persönlichen Versicherungsverträge im Angebot, Ostseekreuzfahrten zum halben Preis und irgendwas Wirres mit ... Star Wars? Das ist die reinste Müllkippe heutzutage. Kochend vor Zorn watet Leia durch die Absenderliste im Eingangsordner und wirft sämtliche überflüssigen Mails in den Papierkorb – »sexy Begleitung für echte Männer«, was glaubt dieser Absender eigentlich, mit wem er es zu tun hat?

Im Papierkorb befinden sich 58 Nachrichten. Sie leert ihn und kehrt zum Eingangsordner zurück.

Jetzt sieht es schon besser aus. Es sind neun neue, ungeöffnete, vernünftige Nachrichten übrig geblieben.

Zwei, nein, drei Mitteilungen von Viivis Lehrern, über das Lehrer-Eltern-Infonetz namens *Wilma* geschickt, vor allem von Viivis Tutorin kommt manchmal täglich etwas. Die Bibliothek meldet die Ankunft eines vorbestellten Buchs. Zwei Nachrichten von Markku, eine von Ripsa, eine vom Finanzamt. Eine E-Rechnung, die bei der Bank eingetroffen ist.

Eine Mail von der *Abendzeitung* ist nicht darunter.

Leia schlägt sich mit der flachen Hand an die Stirn. Das darf doch nicht wahr sein! Sie hat die Mail der Journalistin eben versehentlich gelöscht!

Soll sie nun bei beiden Zeitungen anrufen und fragen, ob irgendjemand aus ihrer Redaktion sie gerade interviewt hat? Leia stöhnt auf. Das macht einen richtig intelligenten Eindruck, wenn sie sagt, dass sie sich den Namen der Redakteurin und der Zeitung nicht eingeprägt hat und dann auch noch die Mail gelöscht hat ... Hat sie die wirklich gelöscht?

Auf einmal ist sie sich sicher. Diese Mail wäre ihr aufgefallen. Die Reporterin hat ihr gar nichts geschickt, sie hat es nur behauptet.

Dieser Gedanke ist auf eine neue Art besorgniserregend, denn er führt unweigerlich zum nächsten: War das überhaupt eine Reporterin?

Welche Berufsjournalistin würde am Freitagabend um kurz vor elf wegen eines Interviews anrufen? Sie wollte wissen, ob sie lesbisch sei, so etwas fragt eine echte Journalistin doch nicht. Und was sie ihr alles erzählt hat. Ihre ganze berufliche Laufbahn ...

Leia schwirrt der Kopf. Sie massiert sich die Schläfen. Beruhige dich, beruhige dich. Bald bist du so paranoid wie diese Taxifahrerin.

Sie atmet ein paarmal tief durch und überprüft den Ordner mit den gelöschten Mails, aber der ist leer. Sie scrollt die Seite mit den eingegangenen Nachrichten von oben nach unten und wieder zurück. Nein, nirgendwo eine Mail, die sie übersehen hat.

Aber jetzt kommt oben eine neue Nachricht herein.

Die Absenderin ist Mari Markkala. Viivis Tutorin. Offenbar ist sie auch zu außergewöhnlichen Tageszeiten aktiv. In der Betreffzeile steht: *Wichtige Information für die Eltern der Teilnehmer am Schiffsausflug.* Die Mail ist als dringend gekennzeichnet.

Sofort ist die falsche Reporterin vergessen. O nein, denkt Leia, auf dem Schiff ist irgendwas passiert.

Hallo, liebe Eltern der Stockholm-Fahrenden! Bitte tragen Sie dringend auf der unten angehängten Liste ein, wie Sie zum Alkoholkonsum Ihres minderjährigen Kindes während der Schiffsfahrt stehen! Mit freundlichen Grüßen, Mari Markkala.

Wie ich dazu stehe?, schnaubt Leia. Negativ natürlich. Falls das überhaupt zählt. Minderjährige müssen auf dem Schiff einen Erwachsenen als Aufsichtsperson dabeihaben. In Viivis Fall ist das eine gewisse Sarleena, die große Schwester einer der Teilnehmerinnen, sie hat die Altersgrenze haarscharf überschritten, wird mit Sicherheit im Nachtclub auf dem Schiff abfeiern und auf ihre Aufsichtspflicht pfeifen.

Unten steht der Link. Leia klickt ihn an.

Nichts tut sich.

Leia klickt noch einmal.

So ist das doch immer. Der Link funktioniert nicht.

18

Manchmal geht es schon fast zu einfach.

Wilma ist löchrig wie ein Sieb. Man kann direkt hineinstechen und nachsehen, wer die Tutorin von Viivi Laine ist – früher hieß das Klassenlehrerin –, und sich dann unter ihrem Namen mit einer kleinen Mahnung an Viivis Mami wenden. An die Mami, die sich nicht nur heute, sondern die ganze Woche schon auf Facebook über den Stockholm-Ausflug ihres Kindes beklagt hat, hauptsächlich bei ihrer Schwester.

Timer an. Es dauert nur eine Minute und fünfundvierzig Sekunden, bis Leia anbeißt. Das kleine Programm, das über den Link in ihren Computer eingeschleust wurde, fängt an, seinen Inhalt auf ein besseres Speichermedium zu überführen.

Die Seiten von *Die Woche mit Tähtimö* liegen weiterhin danieder, sodass er schon wieder seine helfende Hand ausstrecken muss. Als namen- und gesichtsloser Wohltäter natürlich. Der einzige Dank für ihn ist die Verblüffung der syphilitischen kleinen Betreiberfirma, als die Seite unerklärlicherweise plötzlich wieder läuft.

Es dauert nur ein, zwei Sekunden, bis der nächste Schwall von Kommentaren auf den Bildschirm stürzt.

Wasn das fürn scheiß wieso funzt eure seite nich ... son bettelarmer scheißsender und überhaupt die ganze sendung

Ich möchte mal sagen, was ich von solchen Pornoprojekten halte. Da genügt ein Wort: SCHEISSE.

Sanni Tähtimös Themenwahl war wieder einmal so einäugig und eindimensional wie ihr Studiogast. Wer Sex kauft, braucht keine Leia Laine, die ihm den Kopf streichelt.

Leia Laine ist eine verbitterte, alte, verkrampfte, knauserige Hure. Gespreizt, aber nicht ihre Beine.

Solche Sachen.

Banausen, denkt er. Meine Worte an euch waren Perlen vor die Säue. Aber das hier sieht schon verheißungsvoller aus:

Leia laine wenn dein kind in der schule gemobbt wird geschieht ihm das recht!! Hättest auch mal an was anderes denken können als an deinen eigenen nabel bevor du mit dem hurenzeug angefangen hast. Kinder leiden am meisten.

Und dann:

Du nutte wenn sie dir dein kind wegnehmen lach ich laut HAHAHAHAHA.

Frodo?, denkt er.

Im nächsten Moment verkrampft sich sein Magen.

Hunger. Nur Hunger. Aber großer. Er hat seit dem Morgen nichts Vernünftiges gegessen. Hat er überhaupt etwas zu sich genommen?

Keine Erinnerung.

Die Hand greift nach dem Büchsenvorrat, greift, aber greift nur ins Leere. Es sind keine mehr da. Außerdem reicht auch Flüssigkeitszufuhr jetzt nicht mehr aus. Er muss etwas zu Beißen zwischen die Kiemen kriegen, und zwar bald.

Er steht auf und stolpert in Richtung Küche. Der Blutzuckerspiegel ist ganz unten, aber keine Panik. Gleich wird es besser.

Im Kühlschrank sind zwei schwarz gewordene Karotten, eine Tube Senf und ein Glas Zitronenpesto. Und helles Licht. Im Küchenschrank steht eine Packung Würfelzucker. Damit setzt er sich auf den Fußboden, lehnt sich an die Wand, nimmt eine Handvoll Zuckerwürfel, schiebt sie sich in den Mund und fängt an zu kauen. Der Körper braucht nun mal seinen Teil, denkt er, gleich geht es besser. Er nimmt eine zweite Handvoll.

Als er wieder aufsteht, ist ihm noch schlechter als zuvor.

Es hilft nichts. Er muss sich zum zweiten Mal an diesem Tag in die Welt hinausbegeben.

Als er schwankend in die Sandalen schlüpft, die noch immer feucht sind vom Ausflug zur Mülltonne, fällt ihm ein, dass auch sein Kleidungsproblem weiterhin akut ist. Bei der Vorstellung, sich ein versifftes Shirt aus dem Kleiderberg im Bad überzuziehen, richten sich die spärlichen Brusthaare auf. Wie ungerecht, dass man dieses Chaos ertragen muss, weil keine kompetenten Hilfskräfte zu bekommen sind und weil er selbst keine Zeit hat, sich haushaltstechnischen Routinemaßnahmen zu widmen.

Er taumelt in die Kommandozentrale zurück und lässt sich auf den Stuhl fallen.

Not kennt kein Gebot, beschließt er. Erst recht keine Hungersnot. Futter muss her.

Google bietet eine lange Liste von Pizzerien in der näheren Umgebung an. Alle haben einen Lieferservice, aber nur bei einigen davon kann man übers Internet bestellen. Er wählt blindlings eine aus. Eine Familienpizza mit Salami, Peperoni, doppelt Käse ... das ist jetzt das Mindeste. Er kreuzt die Stelle an, die das Ganze eilig macht, was in Form eines Zehners mehr unter dem Strich sichtbar wird. Egal.

Whatever is needed now, wie er auch zu Nummer zwei gesagt hat.

Die Adresse muss angegeben werden. Zähneknirschend schreibt er sie hin. Auch nach dem Namen wird gefragt. An dieser Stelle trägt er ein x ein. Und seine Telefonnummer brauchen die auch nicht. Er wird unten an der Tür stehen, wenn das Auto der Pizzeria vorfährt.

Zahlungsweise? Kreditkarte, Online-Bank, bar?

Die Visa-Karte kommt bei ihm nur bei Lebensgefahr zum Einsatz, und der Online-Bank vertraut er nicht. Aber hat er denn Bargeld im Haus, und wo hat er es diesmal versteckt? Sein Gehirn ist vom Hunger dermaßen vernebelt, dass er sich nicht erinnern kann. Zum Glück fällt sein Blick auf das Kuvert mit der gehässigen Nachricht seiner Exfrau.

Er reißt es auf. In der Glückwunschkarte zum zehnten Geburtstag liegt noch immer der Hunderteuroschein.

Danke, Marjukka. Damit komme ich aus.

19

»Was für eine Respektlosigkeit. Totale Geringschätzung, was unseren Beruf betrifft, und auch noch von einer Journalistin, unfassbar. Was wir tun, interessiert sie nicht, nur mein Familienleben. Und mein Sexualleben. Absolut unerträglicher Chauvinismus.«

Am anderen Ende der Leitung wird gehustet. »Na ja, nicht wirklich.«

»Und ob. Männer kommen bei solchen Sachen viel besser davon. Die hätte besser mal dich interviewt.«

Markku Lappo putzt sich die Nase. »Die von den Nachrichten haben angerufen, als ich gerade mit Pirja beim Abendessen saß. Ich hab gesagt, dass ich erkältet bin und dass sie die Geschäftsführerin fragen sollen, aber sie haben gesagt, sie hätten es bei dir schon versucht. Mehrmals.«

Leia beißt sich auf die Lippe.

»Ich hatte das Handy auf lautlos gestellt«, sagt sie. »Gut, dass du eine Stellungnahme abgegeben hast. Wenn sie dich darum gebeten haben. Du hast sachlich argumentiert.«

»Und du warst geschickt bei der Tähtimö«, beeilt sich Markku zu sagen. »Pirja und ich haben mitgefiebert, ob du es schaffst, sie bis zum Schluss zu kontern. Und du hast es geschafft.«

Wir klopfen uns hier um die Wette auf die Schultern, denkt Leia.

Angeblich hatte sich auch Markku um den Geschäftsführerposten beworben. Er verfügt über langjährige Erfahrung und hat mit unterschiedlichen Gruppen gearbeitet, zum Beispiel beim Männerbande e.V. und beim Verein Unschlagbar, aber mit seiner Ausbildung als Sozialarbeiter war er ihr wegen der Promotion unterlegen. Endlich war ihr der Forschungsschwerpunkt einmal nützlich gewesen. Nicht einmal die Tatsache, dass sie eine Frau war, hatte man als allzu großes Manko betrachtet.

Leia lacht gezwungen.

»Da habt ihr wohl richtig mitgefiebert. Schönen Gruß an Pirja.«

»Ich richte es aus«, sagt Markku und niest. »So was. Entschuldigung. Ein bisschen läuft mir noch die Nase. Aber jetzt höre ich mal auf, ich werde langsam ins Bett gehen. Und du solltest nicht vergessen, dass wir beide einen guten Tag hatten. Das Geschwätz auf der Website von Tähtimö musst du nicht ernst nehmen.«

»Geschwätz?«

»Äh. Falls du die Kommentare noch nicht gesehen hast, dann …«

»Warte.«

Die Seite geht nach wie vor extrem langsam auf, aber diesmal lässt sie sich immerhin öffnen. Sofort fällt ihr Blick auf ihren eigenen Namen.

Leia Laine fordert: Unterstützung und Hilfe für Sexkäufer.

Ziemlich provokative Wortwahl, das mit dem Fordern, denkt Leia.

Sie überfliegt den ersten Teaser.

Was sind das für Männer, die Sex kaufen? Und warum tun sie es? Obliegt es dem finnischen Steuerzahler, den Kauf von Sex zu finanzieren und Männern bei ihrem »Problem« zu helfen? Schauen Sie sich Die Woche mit Tähtimö *an und sagen Sie uns Ihre Meinung!*

Verdammt! Was für eine Verdrehung der Tatsachen. Da bekommt man ja glatt den Eindruck, dass ProMen diesen Männern Steuergelder zukommen lässt, empört sich Leia.

Und warum ist das Wort Problem so abwertend in Anführungszeichen gesetzt worden?

Unter dem Text steht ein Videolink zur Sendung. Auf dem Standbild mit dem Startpfeil sitzt sie, Leia, steif, aufrecht und ausdruckslos auf ihrem Stuhl, die Beine zusammengepresst wie am Marterpfahl, während Sanni Tähtimö sich mit gespitzten Lippen zu ihr nach vorn beugt, das Kinn hochgereckt, die Hand vom Gelenk bis zu den Fingerspitzen unscharf, wahrscheinlich weil sie ihr gerade eine hinterhältige Frage hingeschleudert hat. Der Link zur Sendung wurde laut Zähler 437-mal angeklickt. Leia fragt sich, ob das viel ist. Es sieht jedenfalls nach viel aus.

Sie selbst wird den Zählerstand um mindestens eine Stelle erhöhen. Aber nicht jetzt, noch nicht. Denn unter dem Link fangen die Kommentare an, und das sind mehr als genug … huh. 43 Seiten. Das sieht nun wirklich nach einer Menge aus.

Der neueste Kommentar steht ganz oben. Er ist um 23:01 Uhr geschickt worden, genau in dieser Minute, und er trägt die Nummer 788.

Die Tähtimö hat ausnahmsweise mal Recht. Schluss mit der Verhätschelung. Und Kinderschändern die Eier ab.

Leia sieht sich die Kommentare darunter an, in dieser Minute sind drei weitere eingegangen. Und es kommen permanent neue dazu.

Es ist idiotisch, ständig solche Leia Laines ins Fernsehen zu lassen, die keine Ahnung davon haben, was sie da reden. Ich weiß zufällig, dass diese sogenannte Expertin nicht einmal im Sozialamt gearbeitet hat und auch sonst bloß eine Hochstaplerin ist.

Leia Laine unterliegt Sanni Tähtimö im Brustumfang mit 6:0.

Leia hebt das Handy ans Ohr. »Bist du noch dran?«

»Ich bin da«, sagt Markku.

»Entschuldige, dass es etwas gedauert hat. Hör zu. Ich beschäftige mich ein bisschen mit den Kommentaren und ruf dich später zurück.«

»Die sollte man gar nicht so genau lesen. Da sind ein paar ziemlich harte Sachen dabei. Die gehen ans Eingemachte. Das beweist aber nur, dass es diesen Menschen nicht gut geht, das ist eine Art virtuelles Auskotzen …«

»Ich ruf dich zurück«, sagt Leia noch einmal und legt auf.

Kaum jemand redet über die Sache selbst, über das, worüber sie im Einvernehmen mit Sanni Tähtimö eine Diskussion herbeiführen wollte. Stattdessen wird sie selbst von vorne bis hinten durchgehechelt. Ihre Art zu reden, ihre Figur, ihre garantiert irgendwie hinterhältigen, böswilligen Absichten, ihr Komplott gegen Männer, Frauen und Kinder. Gegen anständige Steuerzahler, Feministinnen und Nicht-Feministinnen und vor allem gegen den normalen, ehrlichen finnischen Mann.

Als ob die Kommentare darum konkurrieren würden, welcher am gemeinsten und vulgärsten ist.

Diese Leia Laine, dieses feministische Sozialweib, sollte selber als Hure gehen, dann würde sie wenigstens zehn Prozent von dem kapieren, was sie daherredet. Wenn man fünfzehn Mal die Nacht einen in Fotze & Arsch gesteckt bekommt, redet man keine Scheiße mehr.

Leia Laine steht seit fünfzehn Jahren in Amsterdam zum öffentlichen Gebrauch zur Verfügung.

Leia laine ist eine arrogante nutte die bettelt um nen schwanz aber die würd ich nich mal mit tüte überm kopf bumsen.

Wie obszön. Wie ... widerwärtig. Die Zehnerzahlen flimmern vor ihren Augen, während sie einen Kommentar nach dem anderen aufklickt. Die Hunderterzahlen wechseln, sie verschlingt zwanghaft alles, was ihr vorgesetzt und ins Gesicht geschmiert wird, obwohl ihr dabei immer schlechter wird.

Diese Leute kennen sie nicht einmal. Das ist für die bloß Unterhaltung, oder sie lassen ihren eigenen Frust heraus, wie Markku gesagt hat. Das sind zornige Außenseiter, nichts anderes. Die haben am Freitagabend nichts Besseres zu tun, als sie zu beschimpfen.

In ihrer Wohnung ist sie in Sicherheit, hinter der abgeschlossenen Tür. Ins Treppenhaus gelangt man nur mit Code. Trotzdem kommt es ihr so vor, als hätte es jemand geschafft, bei ihr einzubrechen, als würden alle diese Leute in ihre Privatsphäre eindringen.

Panzerkettenfeministin, *Männerhasserin* und *alte Jungfer* ... Die glauben wohl, alles über sie zu wissen. Über ihre Gefühle, ihre Vergangenheit. Sogar über ihr Sexualleben.

Gehen die davon aus, dass sie diese Mitteilungen liest? Dass sie ihr wehtun? Ja, sie tun weh. Obwohl sie weiß, dass so was üblich ist, dass diese Menschen nicht unbedingt persönlich etwas gegen sie haben. Natürlich nicht ...

Und dann kommt das Schlimmste.

20

Er kratzt einen Streifen Salami-Peperoni-Doppel-Käse-Pizza von der fettigen Pappe, zermahlt ihn zwischen den Zähnen zu einer salzigen Masse und schluckt ihn. Die Reste spült er mit einem Mundvoll Cola Zero hinunter. Mieser Ersatz, aber ein edleres Getränk gab der Lieferservice der Pizzeria nicht her.

Noch ein letzter *bite*, dann ist die Pizza vernichtet. Er schleudert die leere Schachtel zur Seite und nuckelt an der Cola, ohne den Blick auch nur für einen Moment von Monitor vier zu nehmen. Jetzt nicht.

Auf diesem Bildschirm bewegen sich nämlich Leia Laines Augen von einer Seite zur anderen. Leia Laine liest.

Zeile für Zeile wird ihr Gesichtsausdruck erbärmlicher. Trotzdem liest sie weiter, was auch Monitor fünf bestätigt. Er liefert in Echtzeit den Screenshot von Leias Computer. Ihre Augen zucken von links nach rechts und Zeile für Zeile nach unten, während sie sich immer weiter durch die Kommentare scrollt.

Er kann sie nur bewundern. Sie will sie alle lesen.

Was für eine Masochistin.

Die Seiten der Tähtimö sind die letzten ihrer Art, einer inzwischen bedrohten Art. Dort dürfen die Besucher noch loslegen, wie sie wollen. Man muss sich nicht mit dem eigenen Namen einloggen und seine E-Mail-Adresse auch nicht angeben. Es gibt keinen, der die Kommentare vorab überprüft, und der Moderator scheint aufgegeben zu haben und in die nächste Kneipe gegangen zu sein.

Jede Scheiße geht durch.

Aufgestauter Hass und Neid, das Geschrei der Denkfaulen und Verbitterten.

Und hier und da kann man Frodos Handschrift erkennen, wie er fröhlich den Pöbel zur immer freieren Selbstdarstellung aufpeitscht, zur gesellschaftlichen Stellungnahme und zur Schändung der noblen Idee der Meinungsfreiheit.

Danke für die Hilfe beim Anschieben, schreibt er an Frodo.

Du hast es gemerkt. Schnief, bin gerührt.

Da zuckt er plötzlich zusammen. Was ist los? Das Scrollen auf Monitor fünf hat aufgehört. Auf Bildschirm Nummer vier sehen ihm die schönen, müden, rot umränderten Augen von Leia Laine direkt entgegen.

Instinktiv weicht er ein Stück zurück. Hat Leia bemerkt, dass die Webcam aktiv ist? Nein, sie ist lediglich bei Kommentar 590 erstarrt.

Bei seinem Kommentar.

Er wartet mit angehaltenem Atem. Und da – etwas quillt aus Leia Laines Augenwinkel: eine Träne. Ergriffen, stolz und mit demütiger Dankbarkeit verfolgt er ihren Weg über Leias Wange. Dieser salzige Tropfen ist ein vollkommenes kleines Kunstwerk. Seine erste Errungenschaft in dieser Nacht.

Doch nicht die letzte.

21

Ein vaterloses Mädchen ist eine leichte Beute, weil es immer auf der Suche ist. Bist du dir sicher, dass Viivi zu dir zurückkehrt, Leia?

Markku hat mich gewarnt, denkt Leia.

Das tröstet sie aber kein bisschen.

Diese grauenhafte Klatschreporterin hat das gelesen, bevor sie anrief, begreift Leia. Bald werden es alle gelesen haben. Auch Viivi.

Ich bin überhaupt nicht in der Lage, Viivi zu beschützen.

Leia friert, als stünde sie noch immer draußen im Schneeregen, allein in der Kälte und Dunkelheit.

Ich bin nicht die Richtige, denkt sie. Ich kann das nicht. Bin nicht gut genug.

Es war ein Fehler, diese Stelle anzunehmen.

Markku ist der bessere Geschäftsführer. Immer superpositiv. Absolut ruhig. Markku bändigt die Aggressionen ihrer Klienten allein durch seine freundliche, robuste Anwesenheit.

»Markku ist der richtige Mann am richtigen Ort.«

Leia schmeckt den Worten nach. Erst nachdem sie es gehört hat, glaubt sie, dass sie das gerade gesagt hat. Dass sie tatsächlich so gedacht hat, wenn auch nur für einen Moment.

Sie wischt sich das feuchte Rinnsal von der Wange.

»Aber ich gebe nicht auf«, sagt sie. »Ich bin eine Kämpferin.«

Das klingt ein bisschen ulkig, wenn es in der leeren Wohnung laut ausgesprochen wird, aber was soll's. Es hilft. Wenn man es hört, glaubt man ein kleines bisschen mehr daran.

Soll sie etwa aufgeben? Nein, so leicht nicht. Schon allein wegen Viivi nicht. Vor allem wegen Viivi nicht. Sie wird ihrer Tochter zeigen, dass sie sich nicht einschüchtern lässt.

Sie hatte einen schwachen Moment. Das kommt vor.

Jetzt ist er wieder weg.

»Du hattest recht. Ich hätte die Kommentare nicht lesen sollen.«

Markku seufzt. »Das sind zum größten Teil bestimmt Menschen, die mies drauf sind. Die suchen überall nach Gründen für ihren schlechten Zustand. Und damit war ja auch zu rechnen, bei unserem Betätigungsfeld. Da sieht so mancher den Wald vor lauter Bäumen nicht. Die hören das Wort Sex und ...«

Im Hintergrund hört man einen Knall.

»Was ist da los?«, fragt Leia.

»Die Tür ist zugefallen«, sagt Markku. »Durchzug.« Er senkt die Stimme. »Ich muss mal aufhören. Meine Chefin und ich gehen jetzt langsam ins Bett, es ist schon halb zwölf.«

»So spät! Entschuldigung, das war mir nicht klar.«

»Macht nichts. Gute Nacht, wir sehen uns morgen. Und denk nicht mehr über diesen Blödsinn nach.«

»Gute Nacht«, sagt Leia. Und fügt hinzu: »Auch an die Chefin.«

»Richte ich aus.«

Kopfschüttelnd beendet Leia das Gespräch. Chefin. Ist doch verblüffend, dass Markku, ein in Geschlechterfragen äußerst sensibler Mann, nicht kapiert, wie plump das klingt. Aber woher soll sie wissen, was es damit auf sich hat, vielleicht sieht so der Humor von Ehepartnern aus. *Insider joke*, wie Viivi sagen würde, womöglich sogar ein Kosename.

Ich weiß überhaupt nichts, denkt Leia und fühlt sich todmüde.

Es ist ein langer Abend gewesen. Lang und anstrengend. Intensiv.

Offen gesagt: entsetzlich. Die Augen und der Kopf schmerzen. Bleibt keine andere Wahl, als eine Tablette zu nehmen, bevor sie ins Bett fällt.

Als Leia sich vom Bad wieder ins Wohnzimmer schleppt, surrt der Computer noch immer. Offensichtlich wird gerade ein automatisches Update vorgenommen. Das schadet bestimmt nicht, so langsam, wie er heute war.

Am oberen Rand, über dem Bildschirm, brennt ein blauer Lichtpunkt. Irgendein Signallämpchen oder so. Geht sicher aus, wenn das Update durch ist.

Leia stellt das Handy auf lautlos und den Wecker auf sieben, damit sie es bis halb neun ins Büro schafft, eine gute Weile vor Markku. Aber als sie das Nachthemd angezogen und das Licht gelöscht hat und versucht, auf dem ausgeklappten Schlafsofa zur Ruhe zu kommen, fällt ihr ein, dass sie Viivi versprochen hat, die ganze Nacht erreichbar zu sein.

Also muss sie den Ton am Handy wieder einschalten.

Dabei wird ihr unangenehm bewusst, dass sie nun jederzeit von einer neuen Schmähnachricht geweckt werden kann. Sofort sind die mühsam zusammengerafften Reste von innerer Ruhe wieder dahin.

Das blaue Licht am Computer leuchtet noch immer geisterhaft im ansonsten dunklen Zimmer.

»Von mir aus kannst du die ganze Nacht vor dich hin updaten«, murmelt Leia. »Mich hältst du nicht wach.«

Sie dreht sich auf die Seite und schließt die Augen. Das gleichmäßige Brummen des Kühlschranks wirkt jedenfalls beruhigend, beschließt sie. Es ist fast wie bei der Fahrt in den Urlaub als Kind. Auf der Rückbank im Auto schlief sie bei so einem Brummen und Vibrieren immer ein.

Herrlich, jetzt hier zu sein, in der eigenen Wohnung. Im eigenen Bett, unter der warmen Decke. Es kommt ihr vor, als schaukelte sie, so müde ist sie.

Fast als wäre sie selbst auf einem Schiff, auf einem schaukelnden Kahn auf der Ostsee ...

Das ging voll daneben. Prompt hat sie die Augen wieder sperrangelweit offen.

Der Wind pfeift durch die Birken vor dem Haus, er dringt mit Gewalt durch die Ritzen der Balkonverglasung, rüttelt wie in böser Absicht an den Scheiben, dass es scheppert.

Die *Estonia* ist im Herbst 1994 gesunken, fällt Leia ein. Im September.

Jetzt im November ist das Meer noch eisiger.

22

Leia. Die Kämpferin.

Es war bewegend, ihre Ansage mit eigenen Ohren zu hören und ihr beim Sprechen zuzusehen.

Und es war eine Freude, die abendlichen Verrichtungen einer schönen Frau in Echtzeit zu beobachten. Allerdings hat sie das Nachthemd ganz rasch über ihren sinnlichen und schlanken nackten Körper gestreift. Und offenbar ist das Fräulein nie darüber aufgeklärt worden, dass ein bis zu den Knöcheln reichendes, langärmeliges geringeltes Nachthemd von Marimekko nicht gerade vorteilhaft ist.

Es ist nach wie vor nur schwer zu glauben, dass diese anständige, ehrliche Kämpferprinzessin nebenbei ein Flittchen sein soll, das einem internationalen Popstar täuschend ähnlich sieht und sich damit amüsiert, zahlungsfähige hohe Tiere zu erpressen. Man würde die züchtig vom Hals bis zu den Knöcheln quergestreifte Leia nicht für Catwoman halten, die sich in der Dunkelheit der Nacht in schwarzes Leder wirft – wie Anne Hathaway in der neuesten Batman-Verfilmung – oder in Latex – wie Michelle Pfeiffer, seine Favoritin in dieser Rolle –, um die korrumpierte Chefetage von Helsinki-Gotham zu jagen.

Was treibt diese Dame? Oder ist es die Dame, die getrieben wird? Aber von wem und warum? Das Rätsel wird noch in dieser Nacht gelöst werden, das ist sicher, so sicher, wie er Land-0 heißt.

Weil Leia nicht am Computer sitzt, kann er den Abzapfprozess beschleunigen. Nach dem Abschluss des Ladevorgangs wird er eine perfekte Kopie des Inhalts von Leias Rechner besitzen. Logdateien, Texte, Bilder, Videos, alles. Das Breitband ist die Datenautobahn für alle, die wissen, wie man sie benutzt. Und die mit den Verkehrsregeln nicht so pingelig sind.

Von nun an läuft der Verkehr zu und von Leias Computer über ihn, genau wie Leias Telefonverbindungen. Jeder Kontakt auf der Route Leia-Welt-Leia stoppt in seinem Maschinenraum, um zu warten, ob er die Erlaubnis zum Fortfahren erteilt und wenn ja, in welcher Form.

Es ist nur eine Frage der Zeit, wann das Video auftaucht. Auf jeden Fall in dieser Nacht, er braucht nur gut aufzupassen. Und wenn es nicht auftaucht, dann kriegt jemand weiche Knie. Denn auf zwei Dinge hat er zu achten gelernt.

Erstens: Er vergewissert sich immer, dass die vereinbarte Summe auch eintrifft.

Und zweitens: Er sichert sich ab. In jede Richtung.

Wenn man etwas tut, dann gründlich – auch das ist ein Motto für erfolgreiche Geschäfte. Wollen wir doch gleich mal auf die Suche nach den anderen relevanten IP-Adressen gehen. Von denen hat der viel beschäftigte Minister nämlich mehr als genug: eine für den fest installierten Computer im Ministerium, eine fürs Parlament, eine dritte daheim in Kuopio und eine vierte in der Stadtwohnung in Töölö – genau dort, wo das fatale nächtliche Skypen stattfand. Es gibt sogar noch eine fünfte, funkelnagelneu, erst am Montagmorgen in Gebrauch genommen, möglicherweise für ein iPad oder sonst ein praktisches Tablet gedacht. Die sechste für den Mobilfunkanschluss, den er geschäftlich bekommen hat, und die siebte für den privaten.

Da brummt der Sauger.

23

»Morgen geht der Papa mit dir Schlittenfahren«, flüstert Tarmo.

Das gleichmäßige Säuseln verrät, dass Sisu schläft. Im Licht der Nachttischlampe sieht man von dem Jungen nur die Ferse, seine Sohle und fünf Zehen, die unter der Bettdecke mit den Automotiven herausragen.

Der Fuß ist viel größer, als Tarmo es in Erinnerung hat.

Auf dem Boden neben dem Kopfende liegt Jussikka, Sisus Schmusepuppe, ein hasenähnliches Kuscheltier, ohne das der Junge nicht einschlafen will. Das Vieh ist auf den Rücken gefallen, liegt mit schlaffen Ohren da, sein verbliebenes Auge über dem Kaninchennäschen glänzt im Lichtschein.

Annu fuhr ihm neulich zackig in die Parade, als er sagte, es wäre Zeit, den Jungen von seinem Plüschtier zu entwöhnen. In weniger als einem Jahr kommt Sisu in die Schule, und Tarmo will nicht, dass sein Sohn dort als Weichling gehänselt wird.

Wenn man jetzt keinen Punkt setzt, wird er sein Stofftier noch mit in die Armee schleppen.

»Jussikka darf so lange bei Sisu schlafen, wie Sisu das möchte. Du bist ja nicht hier und hörst nicht, wenn Sisu vor Sehnsucht weint. Wenn Jussikka ihm Sicherheit gibt und ihm hilft, im eigenen Bett einzuschlafen, dann wirst du ihm diesen Trost nicht wegnehmen.«

Annus Stimme war wie aus Stahl gewesen. Er hatte nachgegeben, einfach genickt, denn er hatte begriffen: Es gab keinen Verhandlungsspielraum.

Dabei war es vermutlich um etwas ganz anderes gegangen als um ein verstaubtes Plüschvieh. Sein letzter Besuch zu Hause lag damals bereits drei Wochen zurück.

Jussikka darf auf dem Boden liegen und dort auf den Morgen warten. Tarmo schaltet das Nachtlicht aus und schließt leise die Zimmertür.

Auch bei den Mädchen ist es ruhig. Lempi und Rauha schlummern brav in ihren Prinzessinnenbetten. Annu meint, Lempi habe am Abend Fieber gehabt, aber als Tarmo die Stirn des Mädchens berührt, fällt ihm nichts auf. Auch die Mädchen haben ihre Schlaftiere, Lempis Händchen hält ein Spielzeugpony umfasst, von denen es in der Ecke eine ganze Kiste voll gibt. Rauha hat ein abgewetztes Kissen aus der gar nicht lange vergangenen Baby-Zeit, das Annu in regelmäßigen Abständen stopfen muss. Das Kind saugt im Schlaf an einer Ecke des Kissens, seit sie im Sommer seinen Schnuller in den See geworfen haben, für die Babyfische.

Als Tarmo über die zarten Locken streicht, wacht das Mädchen auf.

»Hallo, Papa.«

»Hallo, mein Schatz«, flüstert Tarmo. »Schlaf nur. Papa ist morgen daheim.«

Rauha nimmt seine Hand und drückt einen rührenden Kuss darauf. Dann fallen ihr wieder die Augen zu.

Auch Annu schläft schon, als Tarmo ins Schlafzimmer schleicht. Zumindest tut sie so, im Dunkeln erkennt man nur, dass sie das Gesicht dem Fenster zugewandt hat. Tarmo hängt den Bademantel über den Stuhl und sucht blind tastend und mit möglichst wenig Bewegungen im Kleiderschrank nach einem Pyjama.

Annu rührt sich nicht, gibt auch keinen Laut von sich, als er neben sie ins Bett kriecht. Wie kann sie nur so fest schlafen? Wahrscheinlich mit Ohropax. Denn Voima ächzt und quengelt im Gitterbettchen zwischen Annus Betthälfte und dem Fenster. Man sollte nicht glauben, dass ein kleines Ding von einem Meter Länge so viele Laute von sich geben kann.

Auch so eine demonstrative Maßnahme von Annu: Angeblich kann Voimas Gitterbett nicht in ein anderes Zimmer gestellt werden. Dabei herrscht an Kinderzimmern kein Mangel. Wenigstens in den Nächten, in denen ich zu Hause bin, hat Tarmo vorsichtig vorgeschlagen. Aber Annu sagt Nein. Strikt Nein. Solange sie stillt, wird sie nicht mitten in der Nacht von einem Zimmer zum anderen rennen. Tarmo wagt es inzwischen nicht mehr, auf das Thema zurückzukommen. Und er stellt erst recht nicht infrage, ob es vernünftig ist, einem Kind von einem Jahr und zwei Monaten noch die Brust zu geben.

Geschweige denn ganz normal. Das kam ihm unweigerlich in den Sinn, als er am vergangenen Wochenende von lautstarken Sauggeräuschen aufwachte. Er schlug die Augen auf und sah seine Frau neben sich liegen, eine nackte Brust zur Hälfte im Mund des gierigen Jungen.

Beide richteten gleichzeitig den Blick auf ihn. Voimas Mund verzog sich zu einem Lächeln, und Annus beängstigend lang gezogene Brustwarze flutschte heraus. Der Junge lächelte wie schadenfroh, wobei ihm Milch vom Mundwinkel übers Kinn rann.

Tarmo dreht sich auf die linke Seite. Gleich darauf wieder auf den Rücken. Dann auf die rechte Seite.

Der Schlaf will nicht kommen. Obwohl die letzte Nacht so kurz war.

Alles wird geregelt werden, denkt Tarmo. Nyman und sein Nerd kümmern sich darum.

Die Probleme sind lösbar.

Er wälzt sich wieder auf den Rücken und starrt an die Decke.

Zu viel Stress, viel zu viel. Zwischen seinem Arbeitsplatz und dem Zuhause liegen vierhundert Kilometer, aber auch das ist anscheinend noch nicht genug. Die vergangene Woche mit ihren Ereignissen rumort in seinem müden Kopf. Die wortreichen Gratulationen anlässlich seiner Ernennung zum Minister, das Schulterklopfen und Händeschütteln auf den Gängen im Parlament, in der Cafeteria, im Plenarsaal. Das neue Büro, die neuen Arbeitsbereiche, die neuen Mitarbeiter, und dann auch schon die ersten Kabinettssitzungen.

Die Beamten im Ministerium, von denen einige sich nicht einmal die Mühe machten, ihre Verachtung zu verbergen, als er sich vorstellte.

Die ersten Kontaktaufnahmen von Wählern: »Grüß Gott aus der tiefsten Provinz Savo, Teuvo Paakkalainen hier, erinnern Sie sich? Ich wollte mit dem Herrn Minister mal über die Straßenausbesserungen reden ...« Der neue Status in den Sitzungen des Gesetzesausschusses – »von jetzt an müssen wir ernster nehmen, was der Tarmo sagt, he he.« Die hastig gedruckten Visitenkarten, der Justizministertitel edel goldgeprägt. Die neuen technischen Spielereien und Apparate. »Mit dem Tablet kannst du deinen Ministerblog jederzeit und überall aktualisieren.«

Die erste Fragestunde im Parlament, bei der er mit den anderen Kabinettsmitgliedern den normalen Abgeordneten gegenübersaß und sich zu Tode davor fürchtete, dass die Lästermäuler der Opposition sich sofort auf ihn stürzen würden, den frischen Braten. Die Journalisten, die ihn mit ausgestreckten Mikrofonen nach seiner Meinung zu allem Möglichen befragten, worüber er sich noch nicht hat schlau machen können und wozu er, wenn es nach Nyman ginge, am besten gar nichts sagen soll.

In dieser Woche konnte er wirklich keine verflixte Leia Laine gebrauchen. Seiner Meinung nach sollte das Frauenzimmer rausfliegen wie ein Speer aus Erlenholz. Verdammt.

Und dann noch Myriam.

Anscheinend kann man niemandem mehr vertrauen. Na

gut, er wusste, dass Myriam nicht war, was sie behauptet hat, ein unschuldiges Naturkind weit weg von zu Hause, das sich in den dunklen Herbst von Helsinki verirrt hat und bloß auf der Suche nach jemandem ist, mit dem es reden kann.

Aber wer ist sie dann und warum hat sie es auf ihn abgesehen?

Könnte seine Ex die Finger im Spiel gehabt haben? Jaana ist noch immer verbittert, obwohl die Scheidung eine Ewigkeit zurückliegt. Obwohl sie es war, die die Scheidung wollte, und nicht er.

Das Sodbrennen macht sich bemerkbar. Auch im Magen kollert es ihm. Verdammtes Hefegebäck. Er muss wieder die Stellung wechseln.

In Voimas Bett tut es einen Schlag. Eine Hand oder ein Fuß hat den Bettrand getroffen. Dort wälzt sich jemand hin und her, der genauso unruhig ist wie sein Vater.

Annu liegt weiterhin wie tot da. Nicht einmal atmen hört man sie.

Sie ist geschickt, denkt Tarmo. Macht mir sogar dann noch Schuldgefühle, wenn sie fest schläft. Er fragt sich, ob sie das absichtlich getan hat, ob sie mit ihrem Gebäck Magenkrämpfe bei ihm auslösen wollte. Hat angeblich einfach nicht an die Laktose gedacht.

Annu sollte stolz auf ihn sein, immerhin hat er sie zur Ministergattin gemacht. Aber hat sie ihm wenigstens anständig gratuliert? Nein.

Sex haben sie seit dem Sommer kein einziges Mal gehabt.

Wieder füllt Voimas Ächzen das Zimmer. Es endet mit einem weiteren Schlag. Das bringt Annu dazu, etwas zu brummen.

Sie schläft. Immerhin ist sie nicht tot.

24

Was ist hier faul? Wo könnte das Video stecken?

Lässt er langsam nach?

Er hat bereits mehrere Dutzend Videoclips durchgesehen, in denen Tarmo Häkkilä auftritt – oder jemand, den die Mustererkennung für Tarmo Häkkilä hält. Er selbst findet es übertrieben, diesen Mann mit dem jungen Sean Connery zu vergleichen. Na, in gewisser Weise wirkt es belebend, sich zwischen all den Nachrichtenausschnitten, in denen Häkkilä mit dem Rücken zur Wand nach dem politischen Jargon sucht, die erste »Mein-Name-ist-Bond«-James-Bond-Szene aus *007 jagt Dr. No* von 1962 anzuschauen. Die meisten Videos stammen aus dieser Woche, die jüngste Szene aus den Zehnuhrnachrichten von vor ein paar Stunden. Darin tritt der Minister allerdings nur mit einem Foto und seiner Stimme auf.

»Ich gehe jetzt in die Sauna.«

In Leias Computer ist die Skype-Aufnahme nicht versteckt. Auch nicht in dem von Tarmo Häkkilä.

Die Pizza stößt ihm auf, weil sich der Käse im Magen verklumpt hat. Er steht auf und geht ein paarmal im Kreis, wie ein Wachhund auf seiner abendlichen Runde, zuerst fünf Mal im Uhrzeigersinn und dann fünf Mal in die entgegengesetzte Richtung. Zum Schluss macht er einen Abstecher ins Bad, um nachzusehen, wie dort die Lage ist – vielleicht könnte er die Waschmaschine einfach auf den Balkon zerren und im Schutz der Dunkelheit übers Geländer wuchten. Auch was die Küchenschränke betrifft, gibt es nichts Neues. Sobald der Morgen anbricht, muss er sich in den Supermarkt schleppen. Aber wie es schon in der Grundschule hieß: Bewegung ist nie verkehrt.

Oder wie in seinem früheren Leben, wenn eine lange Joggingrunde für einen klaren Kopf sorgte und die Antwort für jedes Problem brachte, ob groß oder klein. Auch jetzt kristallisiert sich eine Antwort heraus, sobald er ein bisschen Abstand gewinnt.

Nur fällt sie nicht so aus, wie er es sich gewünscht hätte. Er erinnert sich dunkel an etwas und muss es verifizieren.

Dafür kehrt er zum Dashboard zurück. Manchmal muss sich auch ein Guru dazu herablassen, eine Gebrauchsanweisung zu lesen.

25

Gerade als er ins Bett zurückgekehrt ist. Gerade als das Mittel gegen Sodbrennen anfängt, seinen Magen zu beruhigen, und ein Schluck vom versteckten Whisky den Kopf, und gerade als er endlich dabei ist, in den Schlaf zu sinken.

Das Privathandy. Dessen Nummer kennen nur Annu, die neben ihm liegt, und seine über Nacht garantiert mit Medikamenten ruhig gestellte Mutter im Altersheim *Silberperle*.

Außerdem Valtti Nyman, der persönliche Referent des Ministers.

Annu brummt etwas Unverständliches, aber eindeutig Zorniges und zieht sich die Decke über den Kopf, während Tarmo die Füße auf den Boden stellt und mit dem Telefon in der Hand zur Toilette schleicht.

»Es hallt schon wieder so komisch bei dir …«

Nyman. Wer sonst?

»Es ist zwei Uhr in der Nacht. Komm zur Sache!«

»Mein Kontakt hat sich gemeldet. Er sagt, er hat die ganze Zeit im Netz gesiebt, nein, gegraben und ist den kompletten

Inhalt von Myriam Navokos Computer durchgegangen, plus den Datenverkehr ihres Telefons aus den letzten sechsunddreißig Stunden. Keine Spur von dem Video …«

»Er soll weitersuchen.«

»Nein, hör zu. Der Punkt ist der – ein direkt über Skype geführtes Videogespräch kann jeder abspeichern. Aber nicht wenn über Facebook geskypt wurde. Das ist technisch nicht möglich.«

Darum also hat Valtti Nyman ihn mitten in der Nacht geweckt. Um mit seinen Kenntnissen von irgendwelchen technischen Details zu glänzen. Der Typ klingt nicht mal müde. Braucht der keinen Schlaf? Was ist das für ein verdammter RoboCop?

»Ach ja«, knurrt Tarmo.

»So ist es. Das steht sogar in der Gebrauchsanweisung.«

»Die hab ich zufälligerweise nicht gelesen.«

Erst ganz allmählich nimmt die Bedeutung der von Nyman übermittelten Botschaft in seinem tauben Gehirn Gestalt an. Nyman meint, dass das Video gar nicht existiert. Dass man es aus technischen Gründen nicht aufnehmen konnte. Dass er ganz umsonst nervös geworden ist.

Mit schmerzenden Augen starrt Tarmo auf die Kachel mit dem Schiff. Wenn man es lange genug ansieht, fängt es an, auf seiner Welle zu schaukeln.

Bloß eine optische Täuschung, natürlich.

»Über die Luft«, sagt Tarmo.

»Hä?«

»Über die Luft. Mit Kamera und Mikrofon. Kapierst du das nicht?«

Nyman fängt an, langsam und deutlich und beschwichtigend zu reden, so wie man mit zu klein Geratenen und Unmündigen spricht.

»Tarmo. Es gibt dieses Video nicht. Ich habe es selbst überprüft. Über das Skype von Facebook ist eine Aufnahme technisch nicht möglich. Mein Kontakt meint …«

»Früher hat man über die Luft Dinge aufgenommen, wenn es kein Kabel gab.«

Nyman schweigt.

»CCR und Hurriganes, wenn die mal im Radio kamen, auf Kassette aufgenommen. Wie hieß die Sendung noch, *Junge Musiktalente* oder so, in den Siebzigern.«

Nyman sagt weiterhin nichts. Hält ihn wahrscheinlich für senil.

»Der Nerd soll das Video suchen, dafür wird er schließlich bezahlt. Wenn er das nicht kann, besorgst du einen anderen, der es kann. Dafür wirst *du* bezahlt.«

»Okay«, sagt Nyman. Kein bisschen frisch mehr. »Dann noch was anderes …«

»Und stör mich, verdammt noch mal, nicht mehr vor zehn Uhr morgens!«

26

Du böses Mädchen. Das Spiel ist aus. Wo ist das Video?

Dieser Mensch wird mir noch einen Herzinfarkt verursachen, denkt Leia.

Die SMS stammt nicht von Viivi, zum Glück. Auch nicht vom Punktlosen, stellt sie fest. Dieser Schreiber beherrscht die Zeichensetzung.

Dabei wirkt die Nachricht eher dubios als bedrohlich. Oder man härtet allmählich ab. Da will einer irgendein bescheuertes Video. Glaubt er etwa, sie besäße eine Aufnahme von der Talkshow?

Es gibt tausend Arten von Spinnern.

Leia sieht auf die Uhr. 02:07. *Noch 4 Stunden und 53 Minuten bis zum Wecken*, klärt das Samsung sie auf.

Sie legt das Handy weg und lässt den Kopf wieder aufs Kissen sinken.

Beim Schreck von eben hat sich jeder einzelne Muskel gespannt. Die wieder locker zu kriegen, geht nicht im Handumdrehen. Und der Wind ist auch nicht zu überhören. Er hat zugenommen. Er heult in den Bäumen, und die Balkonverglasung scheppert.

Schall ist eine Wellenbewegung, die sich in einem elastischen Medium vorwärtsbewegt, indem sie es zum Schwingen bringt.

Wo kommt das jetzt her? Leia verliert die Geduld. Vielleicht hat Viivi in letzter Zeit von so was geredet. Sie hat gerade ihren einzigen Pflichtkurs in Physik in der Oberstufe.

Jetzt geht eine Bö über das Haus hinweg, die sogar an den Fenstern rüttelt. Es fühlt sich an, als ob die Federn der Bettcouch unter ihrem Rücken mitschwingen würden.

Ein ausgewachsener Sturm, denkt Leia. Ein Herbststurm. Und Viivi ist auf dem Meer.

Wieder greift sie zum Handy, geht ins Internet und sucht den Wetterbericht. Weiterhin Schneeregen, der möglicherweise in Schnee übergeht, entziffert sie auf dem kleinen Display, im Süden ist die Temperatur unter null gefallen, und durch den starken Wind wirkt es noch kälter. Windstärke – was steht da, der Text ist so winzig – an der Küste vierzehn Meter pro Sekunde, auf dem Meer sechzehn, sogar bis achtzehn. Diese Seiten sind wirklich nicht für mobile Endgeräte geeignet.

Sie muss sich nur im Bett aufsetzen und nach dem Laptop auf dem Couchtisch greifen. Er ist immer noch nicht ausgeschaltet. Als sie ihn auf den Schoß nimmt und öffnet, leuchtet das blaue Licht wieder.

Besser man vertieft sich sofort in die Fakten, als eine Million Horrorszenarien zu entwerfen, die einen bis zum Morgen wachhalten, philosophiert Leia. Das geht ganz schnell.

Und es dauert wirklich nicht lange. Bis die Suchergebnisse kommen, vergehen 0,15 Sekunden, und es sind ungefähr anderthalb Millionen.

Sie klickt das erste an.

Als Sturm werden Winde mit Geschwindigkeiten von mindestens 20,8 Meter pro Sekunde oder 9 Beaufort bezeichnet, erklärt Wikipedia. Achtzehn Meter pro Sekunde ist nur stürmischer Wind.

Leia sagt es halblaut vor sich hin.

»Nur stürmischer Wind.«

Die finnische Wikipedia ist relativ zuverlässig, denkt sie. Gerade in Dingen, bei denen es keinen Interpretationsspielraum oder persönliche Leidenschaften gibt, ist sie äußerst zuverlässig. Also kein Grund zur Sorge. Notebook zu und schlafen.

Die Finger gehorchen ihr nicht. Sie tippen bereits das nächste Wort ins Wikipedia-Suchfeld. Und als der Artikel erscheint, überfliegen die Augen den Text auf der Suche nach der richtigen Stelle.

Als die Estonia *die geschützte Küste hinter sich ließ, drehte der Wind auf Südwest und die Windgeschwindigkeit stieg auf* – o nein! – *fünfzehn bis zwanzig Meter pro Sekunde.*

Wieder nimmt Leia das Telefon in die Hand.

Wenn sie schon schläft, antwortet sie nicht, denkt sie. Aber um zwei wird sie sicher noch nicht schlafen, auch wenn das klug wäre. Außerdem schaukelt es bestimmt.

Während sie wartet, bis sich die Verbindung aufbaut, liest sie im Artikel weiter.

Beim *Estonia*-Unglück von 1994 verloren prozentual mehr Menschen ihr Leben als beim Untergang der *Titanic* im Jahr

1912. Der Anteil der Ertrunkenen bei der *Estonia* betrug 86,1 Prozent und bei der *Titanic* 68,2.

Deprimierende Zahlen, stellt Leia trübselig fest. Und bei der Leitung tut sich nichts.

Jetzt hört man etwas.

»Kein Anschluss unter dieser Nummer. *The number you have dialed cannot be reached.*«

Leia legt das Handy neben sich aufs Kopfkissen. Ihr Blick bleibt an dem kleinen Foto auf der Wikipedia-Seite hängen. Diese orangefarbenen Kringel, diese flachen Dinger aus Plastik, deren trostloses Auf und Ab in den grauen, haushohen Wellen sie in der Direktübertragung des Fernsehens verfolgt hatte, die leeren, falsch herum auf dem Meer treibenden Rettungsflöße, von denen die Leute ins Meer gespült worden waren, falls sie es je dort hinaufgeschafft hatten.

Von der *Estonia* hat man einiges gelernt, denkt Leia. Die Verriegelung der Bugklappe wird heute genau geprüft, und es wird auch nicht mehr zu schnell gefahren. Und die Schweden-Fähren verkehren immer paarweise, zwei Schiffe konkurrierender Linien in Sichtweite voneinander, bereit, sich sofort gegenseitig zu helfen.

Aus irgendeinem Grund brachte ausgerechnet diese Information sie zum hemmungslosen Weinen, als sie mit siebzehn Jahren zum ersten Mal davon hörte. Die Gefahr, dass sie deswegen weinen muss, besteht noch immer, obwohl sie inzwischen doppelt so alt ist.

Eins hat sich geändert, denkt sie. 1994 gab es noch kein Internet. Handybenutzer leiden darunter, dass es immer noch Bereiche ohne Empfang gibt, aber Profis haben auch auf dem Meer ihre Mittel zur Nachrichtenübertragung. Mit Sicherheit. Ständig fließen die Informationen in Echtzeit, sogar von der anderen Hälfte der Erde her. Falls etwas passiert ist, steht es garantiert schon im Netz.

Leia kehrt zum Suchfeld von Google zurück. Sie schreibt den Namen der Schiffsgesellschaft und das Wort Unglück hinein und drückt auf Enter.

Und holt voller Entsetzen Luft.

27

Eine Frau gibt in den frühen Morgenstunden nicht gerade das schönste Bild ab. Auch eine Prinzessin nicht. Man möchte Leia auf die Schulter klopfen: Zieh wenigstens diesen Sexkiller von Kleidungsstück aus. Die Streifen kleiden dich so gut wie einen KZ-Häftling.

Der Vergleich ist nicht weit hergeholt, denn Leia durchlebt gerade eine Nacht voller Schrecken. Vor allem weil er als kleiner, flinker Assistent der Suchmaschine ständig ein bisschen nachhilft und die krassesten, auf Leia zugeschnittenen Treffer ganz nach oben hievt.

Sämtliche Meldungen über Personen, die im Lauf der Jahre von Schiffen auf der Ostsee verschwanden, über die Reling fielen oder gestoßen wurden. Das Gerichtsprotokoll einer Schlägerei in einem Schiffspub, bei der auch Unbeteiligte durch zerbrochene Biergläser verletzt wurden. Eine hitzige Diskussion über eine mutmaßliche Massenvergewaltigung auf der Tallinn-Fähre. Nachrichten über eine Abiturientenkreuzfahrt, die voller Vorwürfe waren: Das Personal sei mürrisch und sprachunkundig gewesen, Essen und Getränke seien ausgegangen, die Band sei scheiße gewesen, und in der Bettwäsche habe es Wanzen gegeben – oder auch nicht.

Und als Zuckerguss auf der Torte noch die verwackelte, aus der Hand gefilmte Sex-Session von ein paar ganz normalen

Schülern, samt besoffenem Gestöhne und Fehlversuchen. Alter und Aussehen, ja nicht einmal das Geschlecht derjenigen, die sich da zu schaffen machen, kann man erkennen, so mies ist die Qualität des Clips. Unstrittig ist lediglich der Drehort: das untere Bett einer Schiffskabine.

Ob jetzt endlich was passiert?

Leias Reaktion auf seine strenge, aber freundliche Aufforderung, war eine Enttäuschung. Vollkommen anders, als er erwartet hat.

Sie las die Nachricht, schnaubte, legte das Handy weg.

Leia, die Eiskalte.

Leia, die Sture.

Sie weiß nicht, was gut für sie ist. Selbst wenn sie von der ganzen Sache nichts weiß, selbst wenn alles nur so inszeniert worden ist, dass sie als Schuldige dasteht, wie er es immer noch vermutet, dann hätte sie auf die Nachricht antworten oder anrufen müssen, um sich zu erkundigen, worum es geht.

Taffe Tussi.

Und das ist noch nicht alles. Sie hat seinen ersten freundlichen Gruß aus dem Briefkasten entfernt, ohne ihn auch nur zu öffnen. *Obi-Wan Kenobi, you're my only hope ...*

Mit dir muss man kein Mitleid haben, Leia. Du verdienst, was du bekommst.

Wärst du von Anfang an lieb gewesen, müsstest du das jetzt nicht durchmachen. Sag Bescheid, wenn du reif dafür bist, demütig zu werden und zu antworten, wenn man dich anspricht.

Sie ist nun wieder mit Google beschäftigt. Die Wörter, mit denen sie sucht, sind nicht von der leichtesten Sorte: Kreuzfahrt, Verbrechen, Vergewaltigung.

Allmählich ist sie so weit. Zeit, ihr Post zu schicken.

Jedes Jahr verlieren durchschnittlich 3 % aller finnischen Frauen in einer Schiffskabine ihre Jungfräulichkeit. PS Das Video

28

Die SMS kommt wieder von einer neuen Nummer. Und als Leia bei der Auskunft anruft, weiß sie schon, was sie zu hören bekommen wird. Auch diese Nummer ist geheim oder gehört zu einem nicht registrierten Prepaid-Anschluss. Sie sagen ihr nicht, wer der Besitzer ist.

Die SMS hat keinen Punkt am Ende.

Ihr Herz hämmert so stark, dass man es bestimmt bis in die Wohnung der Theologin hört. Wer quält und verfolgt sie da? Drei Prozent verlieren ihre Jungfräulichkeit auf einem Schiff. Der Punktlose ist jemand, der weiß, dass Viivi sich in diesem Moment auf dem Meer befindet.

Jemand von Leias Facebook-Freunden? Oder von Viivis?

Leia öffnet Viivis Seite – und kann auf der Timeline mitverfolgen, was dort passiert.

Viivi Laine und Sebastian Nyberg sind jetzt Freunde.

Sebastian Nyberg? Auf dem briefmarkengroßen Foto lässt sich kaum etwas erkennen. Nicht einmal das Alter des Jungen. Sie kann nur hoffen, dass es sich wirklich um einen Jungen handelt und nicht um einen … Mann.

Vor allem wenn Sebastian Nyberg sich gerade auf demselben Schiff aufhält.

Mit pochendem Herzen liest Leia die früheren Posts auf Viivis Seite, Nachrichten von ihr und ihren Freunden, aber ihr fällt nichts über einen Sebastian ins Auge. Ihr Blick bleibt an einer Nachricht hängen, die Ripsa heute Nachmittag an ihre Nichte geschickt hat.

Viel Glück für die Reise. Richte Grüße von mir aus.

Etwas an diesen beiden kurzen Sätzen stößt ihr sofort auf. So sagt man nicht, wenn jemand irgendwo hinfährt. Man wünscht eine gute Reise. Viel Glück *wofür?* Und wem soll

Viivi Grüße bestellen? Jemandem, den sie auf dem Schiff trifft? Den vielleicht auch Ripsa kennt ...?

Sie haben ihr etwas verschwiegen! Das wird sie nicht einfach hinnehmen! Sie tastet bereits nach dem Telefon, denkt aber zum Glück daran, auf die Uhr zu schauen.

Es ist 04:10. Um diese Zeit kann sie niemanden anrufen, nicht einmal ihre Schwester. Aber ...

Wenn Viivis Facebook-Status aktualisiert wird, bedeutet das doch, dass die Verbindung zum Schiff wieder funktioniert, zumindest für eine gewisse Zeit. Vielleicht wendet das Schiff gerade im Hafen von Mariehamn. Und Viivi ist wach.

Anruf bei der Tochter? Oder eine SMS? Ist noch alles in Ordnung bei dir? Und *wer ist Sebastian Nyberg ...?*

Aber sie kommt nicht dazu. Ein *Pling!* ertönt, zum Zeichen einer eingetroffenen Facebook-Nachricht.

Helena Somelo. Die flüchtige Bekannte, die sie vor dem Fernsehgebäude frierend als Freundin akzeptiert hat.

Wenn ich du wäre, würde ich schnell mal einen Blick auf die Seiten der Abendzeitung *werfen*, empfiehlt Helena Somelo.

29

Seitarinjas Augen sind wie zwei große Fragezeichen, zwei graue Teiche, die dazu einladen, tief darin einzutauchen. Die Lippen glänzen feucht, aber das Kinn ist züchtig nach unten geneigt.

Nichts als Bluff. Sie wusste sofort, was sie tun soll, als er ein bisschen Druck machte. Das hatte er schon bei dem Foto geahnt, auf dem sich die eben erst ausgereiften Brüste im Ausschnitt der Bluse abzeichneten.

Seitarinja ist neunzehn Jahre alt.

Bei Virginia, Alter zwanzig, sind Gesichtsausdruck und Haltung in etwa gleich, aber die Brüste üppiger und die Augen dicker umrandet. Und nicht so schön, denkt Tarmo und erschrickt sofort über seinen Gedanken.

Er will hier keine Miss-Wahl veranstalten, sondern die Frauen auf seiner Freundschaftsliste durchgehen, mit denen er in den letzten anderthalb Jahren, seit er im Parlament sitzt ... sagen wir, zu tun gehabt hat. Ihm ist eingefallen, dass Myriam sich möglicherweise mit einem anderen Namen unter ihnen versteckt.

Noch hat er keinen Treffer gelandet.

Aus den Kinderzimmern drang kein Mucks, als er vorbeiging, sich die Aktentasche im Arbeitszimmer schnappte und sich wieder auf dem Klo einschloss, wo er das Tablet hervorholte.

Dank Nymans Kontakt wurde sein komplettes Facebook-Profil seit dem letzten Besuch durch irgendeinen Kniff privat gemacht, nur für ihn selbst einsehbar. Er wusste nicht einmal, dass so etwas möglich ist. Sinnvoll ist es in dieser Situation zweifellos. So kommen die Hyänen von der Sensationspresse nicht dran.

Myriam Navoko ist unter den Freunden nicht zu finden. Ihr Bild und der kurze Wortwechsel vor dem Videokontakt sind weg, ebenso seine einseitig gebliebene Gesprächseröffnung von diesem Morgen. Und das ist noch nicht alles. Als er eine Suchanfrage mit dem Namen vornimmt, stellt er fest, dass Myriam Navoko sich im gesamten Facebook in Luft aufgelöst hat. Verflogen wie ein Furz in der Sahara.

Ist vielleicht gut so. Das hat wahrscheinlich auch dieser Nerd hingekriegt.

Allein ist er auf der Seite trotzdem nicht. Verlockungen sind im Überfluss vorhanden, in Form von Reklame neben der Timeline. Auf den Bildern von gleich zwei Dating-Anbietern posiert ein reizvolles Sortiment von Vertreterinnen des schönen Geschlechts. *Hunderte finnische Frauen warten auf Deine Nachricht!*

Wie sie sich ihm auch immer aufdrängen!

Ein Verdacht beschleicht ihn. Hat ihn Myriam von hier aus in die Krallen gekriegt oder aus einem entsprechenden Angebot, wie er es sich zur Aufmunterung an einsamen Strohwitwerabenden manchmal ein bisschen ansieht?

Tarmo klickt die oberste Werbung an. Der Bildschirm füllt sich mit Fotos. Er scrollt nach unten. Dutzende und Aberdutzende von Frauen, die meisten auch noch unglaublich schön. Zurechtgemacht, präzisiert Tarmo innerlich.

Eine Pose nach der anderen. Bikinis, Abendkleider mit weitem Ausschnitt, Rocksäume mit extremem Hochwasser, und äußerst kurze Shorts. Die Hände in den Haaren, die Hände in der Taille, auf den Oberschenkeln, unter den Brüsten, bei der einen oder anderen ziemlich unverhohlen ein Finger im Mund.

Tarmo klickt willkürlich ein Bild an und erhält weitere Informationen.

Sirje aus Espoo. Hobbys: Spinning und Feiern.

Sirje ist achtzehn Jahre alt.

Tarmo wischt sich den Schweiß von der Stirn. Immerhin volljährig.

Die anderen scheinen im Großen und Ganzen der gleichen Altersklasse anzugehören. Eher Mädchen als Frauen. Sie tragen Namen wie Siiri, Yasmin, Emmi, Bettina, Natalia oder Fatima. Heutzutage werden ja auch Migranten als Finnen bezeichnet, denkt Tarmo. Falls die überhaupt dauerhaft in Finnland wohnen, diese Natalias und Fatimas. Die sind nur wegen der Kohle hier.

Er ist ja nicht von gestern. Bei solchen Angeboten werden

unerfahrene Nutzer leicht übers Ohr gehauen, das weiß er bereits.

Er schließt die Werbung, aber es öffnet sich sofort eine neue. Sie bietet *nur Dir und nur heute die Gesellschaft von heißen finnischen Frauen zum halben Preis.*

Er ist nicht interessiert. Verdammt. Ihm genügen seine Facebook-Freundinnen. Auch diese hier ... Layla.

Oioi, Layla. Das Mädchen konnte so schön reden, dass ...

Seiner Rechnung nach sind es fünfundzwanzig Frauen gewesen. Mindestens. Eine ganz schöne Summe, denkt er, nicht ohne Stolz. Ich bin ein viriler Mann.

Dennoch hat er verdammtes Glück gehabt, dass bislang keine auf die Idee gekommen ist, ihre Gespräche auf Band aufzunehmen. Wahrscheinlich haben sie nicht kapiert, mit wem sie es zu tun haben. Als Hinterbänkler im Parlament stand er im Schatten der hitzigeren Figuren der Partei. Und sein Name ist so gewöhnlich, dass er Frauen, die in diesem Alter sind und so aussehen, kaum etwas sagen dürfte. Für Politik interessieren die sich sowieso nicht.

Auch diese Virginia. Hui. Als die erst mal in Fahrt war, redete sie so vulgär, dass es ihm sogar ein bisschen zu viel wurde, erinnert sich Tarmo. Das zu Virginia. Er geht zur nächsten über. Ethnischer Name, ethnisches Aussehen. Cara, zwanzig. Auf dem Foto ist ihr Alter schwer zu schätzen, weil ihre Haut dunkler ist als die der vorigen, und die Haarfarbe auch. Solche tragen normalerweise ein Kopftuch, das alles bedeckt, aber bei der waren sogar die Titten gleich halb entblößt.

Tarmo stöhnt. Ohne Hilfstruppen wird das nichts. Sobald dieses Tohuwabohu geklärt ist, wird er Nyman belohnen. Irgendwie. Er war zu hart zu ihm, als er anrief.

Und bei Annu wird er alles wiedergutmachen. Alles. Irgendwie.

30

Heute Nacht sind alle wach. Auch Tarmo-Boy sieht im Home-Office mit heruntergelassenen Hosen seine ehemaligen Freundinnen durch.

Gute Arbeitshaltung, könnte er ihm schreiben. Aber wasch dir anschließend die Hände. Und rasier dich, bitte. Der Apparat liegt im Regal oberhalb von deiner linken Schulter, neben der Zahnpasta.

Leia wiederum studiert ganz fleißig und sehr, sehr deprimiert einen Artikel, der auf der Homepage der *Abendzeitung* aufgetaucht ist. Ganz klar eine journalistische Meisterleistung, angefangen bei der Überschrift:

Frauenforscherin erregt mit Engagement für Männersex

Leia Laine: »Ich bin nicht lesbisch.«

Die gestrige Ausgabe von Sanni Tähtimös äußerst beliebter Talkshow löste auf der Homepage der Sendung ein nie da gewesenes Chaos aus. Die Seite tahtimo.fi *brach wegen der Flut von Stellungnahmen empörter Bürger mehrmals zusammen.*

Grund für die Aufregung war Tähtimös Studiogast, die Frauenforscherin und bekennende Feministin Leia Laine, 35. Laine setzt sich für das mit finnischen Steuermitteln finanzierte Projekt ProMen ein, das Männern Hilfe anbietet, die sich mit Prostituierten einlassen. Laine zufolge besteht ein entsprechender Dienst bereits in Schweden. Die meisten wütenden Diskussionsteilnehmer reklamierten, dass es bei der schwachen Wirtschaftslage in unserem Land viele andere Einrichtungen gibt, die dringend finanzielle Unterstützung benötigen, u. a. Kinderkliniken und Schulen mit Schimmelschäden.

»Die Kinder zuerst, Männer, die herumhuren, zuallerletzt – wenn überhaupt«, forderte eine Zuschauerin unter dem Kennwort »Mutter«.

Leia Laine, selbst Mutter, akzeptiert die Kritik nicht. In der Sen-

dung verlangte sie Verständnis und »menschliches Mitgefühl« für die Käufer von Sex.

Laine räumt nicht ein, dass sie oder ihre Tochter jemals als Prostituierte gearbeitet hätten, obwohl sie eine bunte, ja sogar chaotische Vergangenheit in Sachen Sex hinter sich hat.

»So ein Hin- und Hertreiben«, gibt sie zu. »Ich bin nicht lesbisch.«

Inwieweit ProMen legal ist, wird derzeit in gleich zwei Ministerien untersucht. Justizminister Tarmo Häkkilä wird am Ende entscheiden, ob die Einrichtung ihre Arbeit aufnehmen darf.

Zwei Fotos begleiten den Artikel. Das eine ist ein Screenshot von der Sendung. Die Bildunterschrift lautet: *Die Sexdiskussion in* Die Woche mit Tähtimö *schlug alle Rekorde.*

Das zweite zeigt ein Porträt der breit lächelnden Sanni Tähtimö:

»Natürlich wollten wir eine Diskussion auslösen. Ich bin mehr als zufrieden«, meint Sanni Tähtimö, die Moderatorin der Skandalsendung.

Leias Gesichtsausdruck ist sehenswert.

Im Ernst, Leia. Rück das Video raus, falls du es hast. Überschätze dich und deine Kräfte nicht. In diesem Zustand bist du keine Augenweide mehr.

Oder geh wenigstens schlafen. Es ist halb fünf, manche abartigen Leute bezeichnen das schon als Morgen. Du wirst für den neuen Tag deine ganze Energie brauchen, das verspreche ich dir.

Einer scheint immerhin zu schlafen. Oder er leckt in einem Winkel leise seine Wunden, nachdem er eins auf die Nase bekommen hat. Valtti Nyman, die Nummer zwei des Ministers, hat trotz der »asap«-Bitte noch immer nicht auf die kurze Nachricht reagiert, mit der er ihm einen saftigen Leckerbissen hingeworfen hat:

Myriam Navokos Nachrichten sind by the way von Leia Laines Rechner gekommen. Vielleicht keine Überraschung?

31

Ich bin ein normaler Hetero, 49, ich habe eine Frau, die ich liebe, und Kinder im schulpflichtigen Alter, einen interessanten Job, alles in jeder Hinsicht positiv, aber meine Frau interessiert sich nicht dafür, dass im Bett was läuft. Ich habe keine Lust mehr zu betteln, es ist hart fürs Selbstwertgefühl, und in so einem Fall ist käuflicher Sex das Beste, was man für sich tun kann. Diese Frauen wollen ihre Arbeit gut machen, und das tun sie auch, und ich gehe jedes Mal guter Dinge und befriedigt weg. Ich kann das nur empfehlen, es ist das Geld wert.

Endlich ein ernsthafter Kommentar auf der Seite von *Die Woche mit Tähtimö*. Allerdings fällt es Leia schwer, den Inhalt zu verdauen.

Wie auch beim Folgenden:

Es nervt, dass wir Sexarbeiterinnen immer für Menschen zweiter Klasse gehalten werden, die man bemitleiden und verurteilen muss. Ich habe in den letzten zwei Jahren Sex verkauft, um mein Studium zu finanzieren, und habe vor, es bis zum Abschluss zu tun. Meine Kunden sind normale, vernünftige finnische und ausländische Männer. Mit dem Verkauf von Sex verdiene ich besser als an der Supermarktkasse o.Ä. Ich finde es schlimm, wenn ProMen anfängt, mir die Kunden wegzunehmen und sie von ihrer »Sucht heilt«. Die nehmen mir die Gelegenheit, meinen Lebensunterhalt so zu verdienen, wie ich es will.

Als Leia den nächsten Kommentar liest, freut sie sich geradezu.

»Normaler Hetero, 49« bringt die seltsame vorherrschende Meinung voll auf den Punkt, nämlich dass ein Mann, der aus dem einen oder anderen Grund zu Hause keinen Sex bekommt, das volle Recht besitzt, ihn sich anderswo zu kaufen. Die Aufgabe und Pflicht der Frauen besteht demnach darin, Sex für die Männer im Angebot zu

halten, wenn nicht umsonst, dann gegen Geld. Ich kann das nicht verstehen. Sex ist kein Grundrecht, das jedem Mann zusteht. Was ist das für eine Gesellschaft, die ihren männlichen Mitgliedern um jeden Preis Sex organisiert und gleichzeitig das Recht der Frauen auf ein sicheres Leben ohne Missbrauch und Androhung von Gewalt mit Füßen tritt. Eine Frau ist keine Handelsware.

Eine sachliche Argumentation! Wird jetzt endlich mal über das geredet, was das eigentliche Thema sein sollte?

Die Männer werden pauschal und völlig kritiklos als schweinische Sexkäufer abqualifiziert. Fangt nicht wieder damit an, uns Männer zu dämonisieren, ihr Feministinnen, so wie man ja auch bei Frauen nicht mehr nur »an das Eine« denken darf! Viele Grüße, Kennwort »Bisschen Vernunft bitte«.

Die nächste Äußerung ist wieder niveaulos.

Was ein echter mannmitglied ist der pflügt jede furche kennwort dunkle schokolade ist die beste.

Und dann:

Lesbenporno!!!! Macht die Beine breit, lechz, lechz! Sanni Tähtimö du bist so heiß, du könntest dir mal ein bisschen die feuchte Muschi massieren …

Mit glühendem Gesicht schließt Leia die Homepage der Talkshow.

Sie geht auf Facebook, denn ihr ist etwas eingefallen.

Saanamarika Miettu, eine ehemalige Kollegin vom Institut für Geschlechterforschung, inzwischen im Sozialministerium, hat ihr nach der Sendung eine Freundschaftsanfrage geschickt.

Wie es aussieht, ist sie auch gerade eingeloggt.

Würde sie ihr wirklich antworten?

Mit pochendem Herzen schreibt sie eine kurze Nachricht in den Chat.

Noch bevor sie dazu kommt, an den Fingerknöcheln zu knabbern, reagiert Saanamarika auch schon.

Ich schlafe nicht, ich bin eine echte Nachteule. Was willst du wissen?

Eigentlich seltsam, denkt Leia, wie genau ich mich noch an ihr Gespräch erinnere. Sogar an den Ort, wo sie es geführt haben: die Frauentoilette im Porthania-Gebäude der Universität.

Die Sektkorken bei der alljährlichen Weihnachtsfeier des Instituts haben bereits geknallt, wegen des Sparprogramms der Regierung natürlich aus selbst finanzierten Flaschen. Man richtet sich die Haare, überprüft sein Make-up, bevor es gemeinsam zum Essen geht. Während sie noch etwas Lippenstift aufträgt, schaut Leia aus dem Augenwinkel zu Päivi, deren Magisterarbeit über »Geschlechtliche Pluralität als Inszenierung von Begehren und Scham« sie halboffiziell betreut hat, weil die Professorin damit beschäftigt war, sich um die Finanzierung für ihre eigenen Projekte zu kümmern. Päivis Wimpern sehen unnatürlich lang und dicht aus. Leia ist der Sekt schon in den Kopf gestiegen und sie will sich gerade leichtherzig erkundigen, ob Päivi ihren Style jetzt in trendy Glam-Feministin geändert hat, als Saanamarika, die stets in ihrem Naturzustand auftritt, was ihr selbst und den anderen aber genügt, schmettert:

»Wisst ihr, was? Ich hab angefangen, mich selbst zu zensieren.«

Sie drehen sich zu ihr um.

»Was meinst du damit?«, fragt Leia.

»Ich habe gerade ein interessantes internationales Forschungsprojekt liegen lassen, das weibliche Migranten und Diskriminierung im Arbeitsleben in Zusammenhang gebracht hätte. Nachdem ich im Oktober beim Gleichberechtigungsforum über dieses Thema gesprochen habe, war mein Briefkasten anschließend mit echt widerlichen Mails voll. Ich hab mich mit der Polizei in Verbindung gesetzt, aber die konnten angeblich nichts tun. Ich musste sogar meine E-Mail-Adresse ändern.«

Saanamarika breitet die Arme aus, als wollte sie sich kreuzigen lassen.

»Ist so was nicht erbärmlich? Aus mir ist ein Feigling geworden.«

Leia erinnert sich jetzt fast zu gut daran, wie sie auf Saanamarikas Worte reagiert haben.

Päivi wird geradezu wütend.

»Was? Du hast ein Angebot in deinem Fach nicht angenommen, bloß weil du ein bisschen unangemessenes Feedback bekommen hast?«

»Genau.«

»Also, huh. Das ist schon ... na ja.«

Auch Leia fällt es schwer, zu glauben, dass ausgerechnet Saanamarika, die immer so fest in ihren Ansichten war, so mutig, wegen ein paar komischen Mails nervös geworden ist.

»Waren die Reaktionen wirklich so schlimm, dass du jetzt einlenken musst?«

»Man darf sich in der Freiheit der wissenschaftlichen Arbeit nicht gleich einschränken lassen, wenn jemand ein bisschen protestiert«, springt Päivi ihr bei. »Wenn wir schon mit Steuergeldern Forschung betreiben, haben die Bürger und Bürgerinnen auch das Recht, zu sagen, was sie von unseren Forschungsergebnissen halten. Auch wenn uns das nicht immer gefällt.«

»Kannst du diese blöden Nachrichten nicht auf sich beruhen lassen?«, fragt Leia.

Der Curser im Chatfenster blinkt. Schon seit Minuten. Leia ist schon kurz davor, aufzugeben.

Sie war nie besonders geschickt in solchen Dingen, vielleicht war es nicht richtig, Saanamarika direkt zu fragen, wie sie über den Vorfall damals hinweggekommen ist.

Da erscheint Saanamarikas Antwort auf dem Bildschirm.

Das war echt eine ungute Erfahrung. Als sich das Ganze zugespitzt hat, warst du wohl schon nicht mehr da und hast es deshalb nicht mehr mitbekommen.

Ja, meine Vertretung ging zu Ende. Was meinst du mit zugespitzt?, fragt Leia.

Ich war bis zum Jahresende arbeitsunfähig. Das Herz. Damit haben auch meine Schlafschwierigkeiten zu tun.

Wie furchtbar. Entschuldige, das wusste ich wirklich nicht, antwortet Leia. *Du hast Herzprobleme bekommen?*

Eines Nachts wurde ein Plastikbeutel mit einem blutigen Organ in meinen Briefkasten gesteckt. Auf dem Beutel standen mein Name und mein PK. Komplett.

Es folgt noch eine Ergänzung.

Ich nehme an, dass es ein Herz war. Vielleicht von einem Schwein.

32

Der Kopf zuckt nach hinten, es gibt einen Stich im Nacken, die Augen gehen schlagartig auf. Dem Mund entfährt ein Wimmern. Es ist zu viel auf einmal zu ertragen, ohne Vorwarnung: Auf allen sieben Bildschirmen derselbe blonde Junge, der Viertklässler. Lacht direkt in die Kamera, die Augen zusammengekniffen, der Mund weit geöffnet, die beiden oberen Eckzähne fröhlich schief.

Zehn Jahre wird er heute. Ein großer Kerl.

Er hat das im September aufgenommene Schulfoto direkt vom File des Fotografen heruntergeholt. Marjukka hätte es ihm nicht geschickt, selbst wenn er sie darum gebeten hätte. Das letzte Mal, dass er Jesse anders als heimlich, aus der

Ferne und flüchtig *in real life* gesehen hat, liegt 1196 Tage zurück, also 3 Jahre, 3 Monate, 1 Woche, 1 Tag, 14 Stunden, 39 Minuten und 17,08 Sekunden. Das teilt der Timer mit, der auf jedem Bildschirm am unteren Rand mitläuft.

Er würde sich an den Tag aber auch so erinnern, bis in jedes Detail.

Ein Samstag im August, leicht bewölkt, Temperatur 23,3 Grad, schwacher Westwind. Das beste Wetter zum Laufen. An diesem Tag sollte der neunundzwanzigste Helsinki City Marathon stattfinden. Ihr fünfter gemeinsamer. Seit Marjukka ihn für das Laufen begeistert hat – »auch dich muss man manchmal vom Computer wegholen« –, trainiert er in seiner Freizeit sogar fleißiger als sie.

Er macht meistens alles voll Stoff. Man könnte es durchaus als fanatisch bezeichnen.

Marjukkas Mutter hat versprochen, als Babysitter zu kommen, aber sie verspätet sich. Sie haben schon die Laufklamotten an, während die Schwiegermutter noch im Stau steht.

Er sagt etwas Unbedachtes über Marjukkas Mutter. Damit fängt es an.

Sie streiten sich, und zwar schlimm. Sie werden laut. Sie beschimpfen sich gegenseitig mit hässlichen Worten. Mit solchen, die im Gedächtnis bleiben. Sie sagen Dinge, die man nicht mehr ungesagt machen kann.

Dann erklärt Marjukka, dass sie nicht laufen wird. Diesmal nicht, nie mehr, nicht mit ihm. Sie hat vom Laufen ein für alle Mal genug. Und von ihm auch. So sagt sie es. Von seiner Einäugigkeit, von seinem Fachidiotismus, von seiner insgesamt uninteressanten Art und Untauglichkeit.

»Ich ersticke neben dir«, schreit sie. »Du bist langweilig. Langweilig!«

»Ich hasse dich«, schreit sie. »Ich verachte dich!«

»Ich hab einen anderen«, schreit sie. »Schon den ganzen

Sommer, und du hast nichts gemerkt. Du fickst nur deine scheiß Bits, das ist dein ganzes Leben.«

Sie stößt ihn gegen die Brust, schlägt ihm rechts und links auf die Wange.

»Und? Und! Sag etwas! Warum sagst du nichts?«

Seine Hände wiegen eine Tonne, er schafft es nicht, Marjukka von sich zu schubsen, er schafft es nicht einmal, die Hände zum Schutz zu heben. Er schaut Jesse an, der in einer Ecke der Küche kauert.

Die Augen des Jungen sind dunkelblau und voller Entsetzen.

»Schlag mich!«, sagt Marjukka plötzlich.

»Hör auf. Ich durchschaue dich.«

»Schlag mich!«

»Nein.«

»Schlag zu!«

Er hätte es nicht tun sollen, obwohl er dazu aufgefordert wurde. Gerade deswegen hätte er es nicht tun sollen.

Und er hätte danach auch nicht laufen gehen sollen.

Das zweite Drittel der Strecke führt fast am Haus vorbei, in dem sie wohnen. Als er durch die vertrauten Straßen rennt, hält er in der Menschenmenge nach einem blau-grün gestreiften T-Shirt und einer giftgrünen Monstermütze in einem Meter Höhe Ausschau. Vergebens. Marjukka scheißt nicht nur auf ihn, sondern auch auf den ganzen Marathon und geht natürlich nicht mit Jesse nach draußen, damit er seinen Vater anfeuern kann.

Zwei Kilometer vor dem Ziel gehen ihm die Kräfte aus. Er übergibt sich. Er bekommt Durchfall. Zum ersten Mal bricht er einen Lauf ab.

Als er taumelnd nach Hause kommt, ist das Schloss ausgewechselt worden.

Das wird sein letzter Marathon sein. Innerhalb von sechs

Monaten nimmt er zwanzig Kilo zu. Die Antidepressiva tragen mit dazu bei. Und der Suff. Und die Kündigung im Zuge der ersten Entlassungen, die in seiner Firma durchgeführt werden.

Die Besserung, wenn man so sagen kann, setzt erst ein, als er seine Schwäche zur Stärke macht. Seinen Fachidiotismus, wie Marjukka es nennt, und seine Bitfickerei in eine Geschäftsidee verwandelt, für die mehr Nachfrage besteht, als Marjukka glauben würde. Im hintersten Espoo hat er eine Halle voller leistungsstarker Rechner stehen. Er könnte sich fünf Falcons leisten.

Ich durchschaue dich. Verdammt!

Das Sausen setzt ein. Die Pumpe läuft auf hundertachtzig. Er kennt diesen Zustand. Er darf nicht vergeudet werden.

Er nimmt die Telefonnummer zur Hand, die neueste.

Heute ist ein wichtiger Tag. Heute ist ein äußerst wichtiger Tag. Geburtstag. Der Kerl wird zehn. Er muss ihn sofort anrufen, ihn wecken, ihm gratulieren. Ihm sagen, wie wichtig er ihm ist, wie lieb.

Er setzt den Kopfhörer auf. Marjukka glaubt, sie kann ihn abschütteln, indem sie ihre Nummern ändert. Keine Chance, er angelt sich immer gleich die neue. Er legt die Hand auf die Maus und bewegt sie, führt den Cursor auf den Telefonhörer. Eine Marjukka wird ihn nicht aufhalten.

Schlag mich! Schlag zu! Oder bringst du das auch nicht fertig, du verdammter Schlappschwanz? Schlag zu!

Du bist wahnsinnig. Du bist gefährlich. Ich werde dafür sorgen, dass du Jesse nie wiedersiehst.

Ich werde ein Kontaktverbot für dich beantragen, du scheiß Gewaltpsychopath.

Mit einem Ruck nimmt er die Hände von der Tastatur und drückt sie auf die Ohren.

Ihm bricht der Schweiß aus, aber der Puls sinkt allmählich wieder auf Normalniveau. Das Übelkeitsgefühl legt sich.

Das war schlimm, denkt er. Ein schlimmer Riss. Zu viel Koffein und Taurin und die ganzen anderen E-sonst-was. Er muss es reduzieren. Er muss es reduzieren. Er kann sich das nicht leisten. Er muss sich um seine Firma kümmern. Er hat einen Auftrag laufen.

»Fokus«, murmelt er. »Fokus.«

Der Falcon braucht Treibstoff. Er ebenfalls.

Er wird nicht durchdrehen. Er wird nicht aufgeben. Sie werden ihn nicht besiegen.

»Kämpfer!«

Er holt Luft und sagt es erneut.

»Kämpfer!«

33

»Du Spinner. Komm da runter!«

»Sebu, nein! Du fällst.«

Es geht mindestens zehn, eher sogar zwanzig Meter nach unten. Das schwarze Wasser tobt und schäumt im Kielwasser über die gesamte Schiffsbreite. Auf der falschen Seite der Reling ist eine halbe Fußlänge Platz für Sebastian Nybergs Chucks. Der Wind wirft das Schiff hin und her, wie er es schon die ganze Nacht tut, Wasser und Schneematsch laufen von einer Seite des Decks zur anderen.

Sebu hört nicht auf die Rufe der Mädchen, sondern lacht sie aus. Die beiden klammern sich an die Reling und aneinander und schlottern im Wind, obwohl sie die Reißverschlüsse bis obenhin zugezogen und die Schals mehrfach um den Hals gewickelt haben. Aber Sebu hat nicht einmal eine Jacke an, sein Hemd ist klatschnass, es klebt an seiner Haut, und plötzlich stößt Mia einen Schrei aus, der auch Viivi aufkreischen lässt. Sebu hat die rechte Hand von der Reling gelöst. Er hängt über dem Nichts, hält sich nur noch mit einer Hand fest, mit der anderen greift er nach der Battery-Dose, die er abgestellt hat, bevor er über die Reling geklettert ist.

Sie handeln so gleichzeitig, dass sie sich im Nachhinein darüber wundern. Mia kickt die Dose ins Meer. Viivi steigt auf Sebus Handgelenk, geht sofort in die Hocke und packt mit beiden Händen seinen Arm. Sie drückt ihn mit einem derart eisernen Griff auf das kalte Deck, dass es sie selbst verblüfft. Sebu heult vor Schmerz auf, das Grinsen ist von seinem schmalen Gesicht verschwunden.

Endlich ist er gezwungen, ihr aus nächster Nähe direkt in die Augen zu schauen, ohne Witzeleien und Macho-Getue, nur die Reling zwischen ihnen, auf deren beiden Seiten sie kauern.

Er muss kapieren, dass sie es ernst meint.

»Du kommst jetzt wieder zurück. Sofort. Ich werde nicht mitansehen, wie du stirbst.«

Sebu nickt. Viivi lässt seine Hand los, und er steht auf, hält sich wieder mit beiden Händen an der Reling fest, klettert hinauf und schwingt ein Bein hinüber, doch da kippt das Schiff plötzlich nach links, er gerät ins Schlingern, und die gerade malträtierte Hand löst sich. Er kann nur noch kurz aufheulen, als Viivi und Mia ihn auch schon am Hemd, an der Hand und am Bein packen, wo sie gerade Halt finden, und ihn über die Reling ziehen und zerren und reißen und sie alle drei zu einem keuchenden zitternden Haufen aufs Deck fallen.

Mia stößt ein hysterisches Lachen aus. »Ich war schon sicher, dass du ...«

»Da kommt jemand«, zischt Viivi.

Tatsächlich geht jemand breitbeinig über das Deck, ein großer Mann in dunklem Overall, er schwankt beim Gehen wie ein Betrunkener, was aber natürlich nur mit dem Seegang zu tun hat. Als die Taschenlampe aufleuchtet, blendet er sie.

»Was läuft hier für ein Blödsinn?«

Sie rappeln sich auf. Viivi und Mia versuchen Sebu hinter ihrem Rücken zu verstecken. Doch das erweist sich als hoffnungslos, denn er ist anderthalb Kopf größer als sie und ist auch nicht bereit, stillzuhalten.

»Wir haben das Recht, hier zu sein!«

»Habt ihr nicht«, sagt der Mann. Er steht jetzt unmittelbar vor ihnen, mit gespreizten Beinen, die eine Hand hält die Lampe, die andere liegt auf dem Gürtel, an dem etwas Waffenartiges hängt. Ein Gummiknüppel? Pfefferspray?

»Bei einem solchen Seegang hat niemand etwas auf dem Außendeck verloren. An der Tür hängt ein Zettel.«

»Dann buchte uns halt ein!«, ruft Sebu. »Immerhin sind wir zahlende Kunden.«

»Lass gut sein, Sebu. Wir gehen. Wir gehen rein«, nuscheln die Mädchen und zerren den widerspenstigen Sebu hinter sich her. Die Tür zu Deck 8 geht bei dem Wind nur schwer auf, Viivi stemmt sich dagegen, während Mia Sebu hineinschiebt. Der Wachmann verfolgt ihren Abgang aus wenigen Schritten Entfernung. Viivi schlüpft als Letzte hinein. Kurz bevor die Tür zufällt, schiebt sie ihre Hand mit gestrecktem Mittelfinger durch den Spalt.

Die Dunkelheit und die Kälte sind weg, da sind nur helles Licht, Wärme und Teppichboden, glänzende Spiegel und Reklametafeln, *Die ganze Nacht Weihnachtsfeier auf dem Meer*, aber der Nachtclub hat schon geschlossen.

Sie stürzen zur Treppe, und während sie vom achten Deck aufs siebte, sechste und fünfte rennen, sprühen die Stufen Funken. Gänge, immer mehr Gänge, alle gleich, zum Verirren gemacht, wie im Labyrinth eines Vergnügungsparks, rufend und kreischend laufen sie hindurch, aus lauter Freude über die Rettung und vor Lebenslust. Sie schreien beim Laufen so laut sie können, um das ganze Schiff zu wecken, das, nachdem die Restaurants geschlossen haben, in tiefen Schlaf gesunken ist. Endlich finden sie die richtige Kabine, öffnen die Tür und schließen sie hinter sich ab.

Sie werfen sich alle drei aufs untere Bett und lachen, völlig außer Atem.

»Sebu«, keucht Mia. »Sebu, du bist verrückt!«

Sebu stößt einen Tarzan-Schrei aus und trommelt sich mit beiden Fäusten auf die nasse Hemdbrust. Es sieht ... bescheuert aus.

Viivi schaut den Jungen an, der sich in ihre Kabine gedrängt hat und nun zwischen ihr und Mia auf dem Bett liegt.

»Das war saudumm«, sagt sie. »Echt.«

»Schnüff, schnüff.«

Sebu zieht eine Grimasse und stößt mit dem Gesicht gegen ihren Nabel wie ein Schwein, das in der Erde wühlt. Viivi muss ihn von sich stoßen.

»Echt jetzt. Versprich mir, dass du so was nicht mehr tust.«

»Hättest du geheult, wenn ich abgestürzt wäre?«

»Nee. Ich hätte gelacht«, fährt ihn Viivi an. Und fügt gedämpft hinzu: »Denk doch mal ein bisschen nach. Was hätten wir gemacht, wenn du runtergefallen wärst?«

»Denk doch mal nach«, parodiert Sebu sie. Er zieht den Ärmel hoch und streckt Mia die Hand hin, um sein Handgelenk und den Arm zu zeigen.

»Guck mal, was die da gemacht hat. Hab Mitleid mit mir. Die da hat keins.«

Zwei gewaltige blaue Flecken haben sich auf Sebus Arm gebildet.

»Mit dir hab ich kein Mitleid«, sagt Mia. »Du bist selbst schuld. Von mir aus hättest du ruhig runterfallen können.«

»Ach ja? Na, danke.«

Die ausgelassene Stimmung ist wie weggewischt. Sebu zieht den Ärmel herunter und schaut die Mädchen beinahe vorwurfsvoll an. Viivi starrt düster zu Boden.

Vor der Episode auf dem Außendeck war sie sicher gewesen, dass aus ihnen beiden etwas werden könnte, jetzt ist sie sich nicht einmal mehr sicher, ob sie den Typen überhaupt mag.

»Ich glaub, wir schlafen jetzt mal«, sagt Mia.

»Nur zu.« Sebu kippt in liegende Position, drückt Mia den Kopf in den Schoß und legt seine Beine auf Viivis Oberschenkel. Viivi schaut angewidert auf die nassen Schuhe und stößt sie herunter.

»Au«, sagt Sebu.

Mia steht auf, zerrt Sebu hoch und zeigt auf die Tür. »Du gehst in deine Kabine.«

»Wie langweilig.« Sebu schaut sie mürrisch an. »Ich bin noch nicht müde.«

»Aber wir sind müde.«

»Ich wusste es doch. Ihr seid typische Einserschülerinnen, die nie was Spannendes machen.«

»Ach ja?«

Mia wird laut. Viivi wirft einen vorsichtigen Blick auf sie, doch es gelingt ihr nicht, die Freundin zum Schweigen zu bringen.

»Ich kann dir was erzählen, da wirst du zurücknehmen, was du eben gesagt hast.«

»Mia«, bittet Viivi.

»Viivi ist so ein Feger …«

»Sei still!«, ruft Viivi. »Hör auf! Erzähl dem nichts.«

Mia hält tatsächlich den Mund. Aber Sebus Interesse ist geweckt. Er geht vor ihr in die Hocke, drückt das Kinn auf ihr Knie und neigt den Kopf. Die Wimpern über den braunen

Augen klimpern wie beim gestiefelten Kater aus den *Shrek*-Filmen.

»Was, was, was? Da will ich doch mehr hören. Was hast du angestellt, du Sexmieze?«

Viivi lacht gequält.

»So was war das nicht.«

»War es doch«, ruft Mia dazwischen.

»Nein! Es war nicht der Grund für die ganze Geschichte.«

»Sondern ...?«

»Hört auf, alle beide. Ich will nicht darüber reden, kapiert?« Viivi stößt Sebus Kopf von ihrem Knie, springt vom Bett auf, ist mit einem Sprung in der Toilettenkabine und schließt die Tür ab. Erst da begreifen sie offenbar, dass sie es ernst meint.

Die Tür zittert, als von außen angeklopft wird.

»Sorry«, sagt Mia. »Ich hab's nicht so gemeint.«

Viivi starrt auf ihr Spiegelbild. Sie antwortet nicht.

Eine zweite Klopfserie bringt die Tür zum Vibrieren, aber Viivi lässt sie demonstrativ vorübergehen. Sie hört Mias Stimme, noch kleinlauter als zuvor.

»Vielleicht gehst du jetzt wirklich mal in deine Kabine.«

»Okay, na gut. Wir sehn uns morgen«, erwidert Sebu.

Es raschelt, wahrscheinlich umarmen sie sich, dann wird die Kabinentür geöffnet und geschlossen. Sebu ist weg, endlich.

Viivi schlingt die Arme um sich und drückt, dass es wehtut. Dem Spiegel entkommt sie nicht, der ist so breit wie die Wand.

34

»Du Perversling. Du rassistischer Perversling.«

Es ist doch nicht zu glauben, dass man eine solche Antwort bekommt, wenn man jemandem in freundlicher Absicht eine faire Entschädigung für seine Dienste anbietet. Und eine kleine Wiedergutmachung, falls die etwas unbedachte Wortwahl kurz zuvor in ihren Ohren unschön geklungen haben sollte. Am liebsten würde man sie aufklären: *Als Finnischstudentin solltest du wissen, dass Neger ein altes finnisches Wort ist und an sich vollkommen neutral.* Und eine Hure ist eine Hure, da muss man nichts schönreden. Wie man sich bettet, so liegt man. Aber mit Haarspalterei ist die Lage nicht mehr zu retten.

Denn schlimmer ist, dass Myriam jetzt keinen Akzent mehr hat. Ihre Artikulation ist so klar wie bei einer gebürtigen Finnin.

Fehler. Fehler, hämmert es in Tarmos Kopf. Er kann sich nicht einmal bewegen. Die Frau starrt ihn mit ihren schwarzen, vor Hass lodernden Augen an. Und sagt nichts.

Worauf wartet sie? Hängt etwa alles an ihm? Er wischt sich den Schweiß von der Stirn.

»Was willst du?«

»Jedenfalls nicht das, was du denkst.«

Tarmo muss gleich noch einmal husten. »Ich meine ... wie viel? Ich meine, was kostet es, dass ... wir es darauf beruhen lassen?«

Myriam runzelt die Stirn, antwortet nicht.

»Sag eine Summe. Man kann über alles verhandeln.«

»Man kann eben nicht über alles verhandeln!« Myriam sieht ihn mit geweiteten Nasenlöchern an, das Weiß ihrer Augen leuchtet im Licht. »Wie kannst du nur so denken?«

Tarmo verlagert das Gewicht von einer Gesäßbacke auf die andere. Die Hand sucht den Ausschalter des Computers.

»Na, wenn da nichts zu machen ist ...«

Myriams Gesicht kommt ganz dicht an ihn heran, ihre Augen lassen nicht los.

»Nein, ich sag dir, was ich tun werde. Ich werde dich ins Netz stellen.« Ihre Zähne kommen zum Vorschein. Lächelt sie? »Genau. Das werde ich tun. Tschüssi.«

ZWEI

Du glaubst vorsichtig zu sein. Du glaubst, du bist sicher. An der Supermarktkasse hältst du hübsch die Hand darüber, wenn du deine PIN ins Bezahlterminal eingibst.

Im Netz achtest du auf deine Digi-Sicherheit. Deine Virenabwehr ist auf dem neuesten Stand, und die Firewall funktioniert. Zumindest weißt du, was eine Firewall ist, na ja, so ungefähr. Oder? Bist du dir sicher?

Wann hast du zum letzten Mal die Allgemeinen Geschäftsbedingungen gelesen?

Die Geschäftsbedingungen. Das ist der lange, lange Text, den du durchgehen musst, bis du dein Kreuzchen in dem netten Viereck machen darfst, mit dem du allem zustimmst, was der Vertragstext von dir verlangt.

Wann war das? Denk mal genau darüber nach. So schwer kann das doch nicht sein. Erinnerst du dich denn nicht?

Zeig mir einen, der die Geduld hatte, nach dem Jahr neunundneunzig auch nur einen einzigen dieser Texte durchzulesen, und du hast dir eine Fanfare und Energydrinks für ein ganzes Jahr gratis verdient.

Ach, und wo soll das Problem sein?, willst du wissen. Ist doch bloß ein Kreuzchen, was soll's? Niemand hat Geld von deinem Konto abgehoben, der Schuldeneintreiber läutet nicht an der Tür, und der Gerichtsvollzieher auch nur selten.

Eben. Am Anfang tut es nicht weh. Man merkt es kaum. Und wenn man einmal das erste Stück verkauft hat, wird es schnell zur

Routine. Immer nur eins auf einmal. Bis du dann eines Tages zu dir kommst: Ist aber komisch. Als hättest du den Zugriff auf dein eigenes Leben verloren.

Der erste Vertrag im Jahr neunundneunzig – erinnerst du dich? Natürlich nicht. Mit dem hast du das erste Stückchen deiner Privatsphäre weggegeben. Deines Namens. Deiner Seele.

Sie haben es gekauft, und du hast es verkauft. Und zwar billig.

Wie viel ist noch übrig?

Mach dir nichts vor. Du hast kein bisschen mehr als die anderen.

1

Mit Steuergeld ins Freudenhaus? Ganz Finnland ist wütend über einen Plan, schreit die Schlagzeile auf der Händlerschürze am Kiosk.

Ist sie eine Prinzessin?, brüllt die Schlagzeile des konkurrierenden Blattes.

Leia gerät aus dem Tritt, ehe sie kapiert, worauf die Überschrift anspielt, auf Herzogin Catherine, die Frau des englischen Kronprinzen, deren unfassbar schmale Taille auf dem Foto eingekringelt ist.

Unter der Schlagzeile steht wesentlich kleiner: *Projekt zur Unterstützung von Sexkäufern lässt Internetseite zusammenbrechen.*

Leia blickt über die Schulter, bevor sie die Kiosktür öffnet. Nein, es folgt ihr niemand. Um diese Zeit ist ohnehin kaum jemand auf den Beinen, um acht Uhr am Samstagmorgen. Sie ist die einzige Kundin im Kiosk, wahrscheinlich auch die erste.

Die Zeitungen warten im Ständer neben der Theke, Gott sei Dank zeigt keines der beiden Boulevardblätter ein Foto von ihr auf der Titelseite. Beide ziert, wie jedes Wochenende, eine junge Frau im Bikini. Daneben befinden sich Ankündigungen von Artikeln im Innenteil – über Schlagersänger, Skispringer, Promi-Köche, über die Teilnehmer an einem TV-Tanzwettbewerb und über die Babybäuche in den Königshäusern. Leia nickt der jungen Verkäuferin zu und legt beide Zeitungen auf die Theke. Sie nimmt sich rasch eine Schachtel Halsbonbons mit Zitronengeschmack aus dem Regal und legt sie obenauf.

Während die Verkäuferin die Einkäufe ans Lesegerät der Kasse hält, schaut Leia auf ihr Handy. Vom Punktlosen ist keine SMS mehr gekommen. Ist er etwa Langschläfer? Macht er sich womöglich einen freien Tag? Oder sollte man schon die Hoffnung wagen, dass er ganz von ihr abgelassen und sich eine andere gesucht hat, die er verfolgt?

Auch von Viivi ist keine Mitteilung gekommen. Gut so. Bei Viivi ist alles gut. Das Schiff ist über Wasser geblieben, trotz des vielen Windes, und falls jemandem schlecht geworden sein sollte, lernt der Betreffende vielleicht, bis zur Volljährigkeit die Finger vom Cider zu lassen.

Das Schiff wird Stockholm um neun Uhr schwedischer Zeit erreichen, also erst in zwei Stunden. Wenn Viivi sich bis halb elf nicht meldet, rufe ich sie an, beschließt Leia. Und frage sie, ob es schön ist mit ihren Freundinnen.

Ob sie … neue Freunde gefunden hat.

Sie muss gähnen. Sie hat nicht mehr als zwei Stunden geschlafen.

»Ihre Karte funktioniert nicht«, sagt die Verkäuferin.

Leia blickt auf.

»Wie bitte?«

»Vielleicht ist das Konto nicht gedeckt?«

»Das ist es.«

Seltsam, wie einem kalt ums Herz wird bei so einer Behauptung, obwohl man ganz genau weiß, dass alles in Ordnung ist. Sie erinnert sich sogar an die genaue Summe, 386 Euro und 10 Cent. Vorgestern, als sie die Stromrechnung und die Umlage für die Wohnung online bezahlt hat, hat sie sich extra noch mal vergewissert, dass das Geld bis zum Monatsende reicht. Sie würde nicht ans Sparkonto gehen müssen, bis das erste Gehalt von ProMen da ist.

»Das sind neue Geräte. Manchmal gibt es Verbindungsprobleme mit der Bank«, bedauert die Verkäuferin. Immerhin hat sie Leia nicht im Verdacht, eine Betrügerin zu sein. »Soll ich es statt über Debit über Credit abbuchen?«

»Tun Sie das«, sagt Leia.

Sie benutzt die Kreditfunktion ihrer Karte nicht besonders gern, sondern zahlt per Debit alles direkt von ihrem Konto. Für sie ist es Ehrensache, nur das zu verbrauchen, was sie verdient hat. Sie hat noch nie über ihre Verhältnisse gelebt, auch wenn sie noch so bescheiden waren. Und das waren sie bei einer alleinerziehenden Mutter, die mit befristeten Arbeitsverträgen im sozialen Bereich tätig ist, manchmal tatsächlich.

Als die junge Frau die Karte erneut in das Terminal steckt, öffnet Leia auf ihrem Handy den Routenplaner. Der Bus fährt in vier Minuten von der Haltestelle ab, der nächste erst in einer halben Stunde. Hoffentlich beeilt sich das Mädchen. Eigentlich hätte der Abstecher zum Kiosk nicht länger als ein, zwei Minuten dauern sollen.

Was wieder einmal beweist, dass moderne Technik die einfachsten Dinge durcheinanderbringen kann, denkt Leia und schmunzelt. Man müsste mal untersuchen, wie viel kostbare Zeit eine Person oder sogar die gesamte Menschheit seit den Achtzigerjahren im Kampf mit unausgereiften Computersystemen und allen möglichen Updates verloren hat.

»Also, äh. Credit klappt auch nicht.«

Die Verkäuferin hält Leias Karte im Zangengriff ihrer Fingerspitzen.

»Auch nicht?«

»Der Computer sagt, dass diese Karte gestohlen ist und dass man sie einziehen und in der Mitte durchschneiden soll«, sagt die junge Frau.

Und dann holt sie tatsächlich, vor Leias Augen, eine Schere mit orangefarbenem Griff unter der Theke hervor und schneidet die Karte mitten entzwei.

Sie nimmt einen mit dem Kiosk-Logo versehenen Umschlag, schiebt die beiden Kartenhälften hinein und klebt ihn zu.

»D-die war nicht gestohlen«, stottert Leia.

»Der Computer sagt das aber.«

»War sie nicht! Das war meine Karte.«

»Hier steht, dass sie gestohlen war. Und ich hab sie durchgeschnitten, genau wie es verlangt wurde.«

»Und was mache ich jetzt?«, regt sich Leia auf. »Sagt Ihnen Ihr Computer das auch? Womit soll ich die Zeitungen und die Bonbons bezahlen?«

Inzwischen ist die Kiosktür schon mehrmals gegangen, hinter Leias Rücken bildet sich eine Schlange. Eine angespannt wirkende, nach Rauch stinkende Frau drängt sich neben sie und trommelt mit ihrer eigenen Bankkarte auf den Thekenrand.

Die junge Verkäuferin lächelt bedauernd, nach wie vor unerschütterlich freundlich.

»Tja ... haben Sie vielleicht Bargeld?«

Zum Glück ist der Bus noch nicht weg, an der Haltestelle steht ein junges Paar aus dem Nachbareingang mit Kinderwagen. Mit den Zeitungen unter dem Arm schlittert Leia auf die Haltestelle zu. Sie hat in ihren Taschen gerade genug Kleingeld für beide Zeitungen gefunden, die Bonbons musste sie auf der Theke liegen lassen.

Der November zeigt sich von seiner übelsten Seite. Es ist glatt wie verrückt, in der Nacht war es schon unter null Grad, aber jetzt regnet es wieder. Der Bürgersteig ist mit Blitzeis überzogen. Die Stadt spart beim Streuen oder ist wieder einmal vom Winter überrascht worden. Es wäre besser gewesen, nicht die hochhackigen Stiefel von gestern anzuziehen, sondern sich mit den alten, flachen Winterschuhen zu begnügen.

Und warum um Himmels willen hat ihre Karte solche Zicken gemacht? Gestern im Supermarkt funktionierte sie doch noch ganz normal. Der Fehler steckte bestimmt in dem miserablen Terminal dieses Kiosks. Oder bei der Bank. Die haben es wahrscheinlich mal wieder mit einer DDoS-Attacke zu tun, und ein paar Cyberhacker sitzen ihnen im Nacken.

Sobald sie im Büro ist, wird sie dort anrufen und um eine neue Karte bitten, denkt Leia. Da sitzt sicher auch samstags jemand am Telefon. Und dann darf ich nicht zu brav sein, sondern muss eine Erklärung verlangen. Und eine Entschädigung. So etwas darf einfach nicht passieren.

Ärgerlich, wenn Firmen sich nicht darum kümmern, dass mit der Datensicherheit alles in Ordnung ist. Der Kunde muss es dann ausbaden.

Und ein unschuldiger Mensch steht vor aller Augen als Dieb da. Die anderen Kunden haben sie hundertprozentig missbilligend angesehen, als sie den Kiosk verließ. Hoffentlich hat sie niemand erkannt.

Leia erreicht die Haltestelle genau in dem Moment, als der Bus um die Kurve kommt. Atemlos nickt sie dem jungen Paar zu, die beiden erkennen sie und grüßen zurück.

Gleich darauf stößt die Frau dem Mann in die Seite und sagt ihm leise etwas ins Ohr.

Leia merkt, wie ihr Lächeln gefriert, und wendet sich ab.

Der Bus bremst rechtzeitig vor der Haltestelle, rutscht aber so unkontrolliert übers Eis, dass Leia zwei hastige Schritte nach hinten macht. Die Frau reißt den Kinderwagen mit einem Ruck bis zur Rückwand des Wartehäuschens zurück, das Kind erschrickt, wird wach und fängt an zu schreien. Als der Bus endlich steht, schiebt die Frau den Wagen zur mittleren Tür, begleitet vom zornigen Geschrei ihres Kindes, während der Mann die Vordertür ansteuert.

Leia schämt sich. Die beiden haben nur vereinbart, wer

mit dem Kind hinten einsteigt und wer vorn bezahlt, begreift sie.

Sie malt den Teufel schon an jede Wand. Es wird eine Erleichterung sein, ins Büro zu kommen und sich wieder auf die Arbeit zu konzentrieren.

Während sie einsteigt, begrüßt Leia den Fahrer, einen estnisch aussehenden Mann mittleren Alters, mit einem herzhaften Hallo. Sie hat die Angewohnheit, zu Migranten, die in Finnland einen Job gefunden haben, besonders freundlich zu sein. Es hilft nichts, sich zu integrieren, wenn einen die Finnen ständig von oben herab behandeln.

Der Fahrer erwidert den Gruß nicht.

Leia hält ihre Zeitkarte ans Lesegerät. Das rote Licht leuchtet auf, ein grelles Geräusch ertönt.

Was soll das jetzt? Sie hat bis Weihnachten bezahlt.

Leia nimmt die Karte weg und hält sie dann erneut an das Gerät. Wieder blinkt und schrillt es.

»Das funktioniert nicht.«

Der Fahrer schaut ausdruckslos vor sich hin.

An diesem Morgen scheint sich die Technik gegen sie verschworen zu haben. Leia hält die Karte zum dritten Mal ans Lesegerät und drückt die Eins. Dann zahlt sie eben eine Einzelfahrt, auch wenn es unfair ist, dass man deshalb den doppelten Preis zahlen muss. Zum Glück hat sie sicherheitshalber noch für ein paar Zehner Wertguthaben auf die Karte geladen.

Es trötet und blinkt. Auf dem Lesegerät erscheint ein neuer Text: *Kein Guthaben.*

Leia schaut entsetzt auf die Zeitkarte. Ist das ihre? Natürlich. Sie wendet sich an den Fahrer.

»Ich verstehe das nicht. Ist das Gerät auch wirklich in Ordnung?«

»'tschuldigung.«

Rasierwasserduft in Morgenstärke weht von hinten zu ihr heran. Ein Mann, den Leia nicht kennt, hat es in letzter Minute zum Bus geschafft. Er trägt Outdoor-Kleidung und eine tief ins Gesicht gezogene Wollmütze. Er drängt sich an ihr vorbei und hält seine Karte ans Lesegerät. Es blinkt grün, so wie es sich gehört, und der Mann setzt sich in die erste Reihe.

»Was dauert da so lange«, ruft eine gereizte Frauenstimme von hinten. »Los, weiterfahren!«

»Einen Einzelfahrschein«, sagt Leia.

Sie spürt ihren Pulsschlag bis in die Wangen. Die Hände sind ungeschickt und vor Aufregung steif, sie wirft die Zeitungen auf den freien Sitz neben dem Mann mit der Mütze, um in ihrer Handtasche nach der Geldbörse zu kramen.

»Fahren Sie ruhig los, ich kann inzwischen ...«

»Die Haltestelle wird nicht verlassen, bevor die Fahrt bezahlt ist«, erklärt der Fahrer. Ohne den geringsten ausländischen Akzent.

»Was kostet das?«

»Innenraum drei, Gesamtbereich fünf.«

Leia kippt den kompletten Inhalt des Kleingeldfachs auf ihre Hand. Fünfundvierzig Cent. In einer Tasche findet sie noch weitere zwanzig Cent, was zusammen fünfundsechzig macht.

»Ich hab nicht den ganzen Tag Zeit«, ruft die gereizte Frau jetzt. Als Leia in die Richtung blickt, aus der gerufen wurde, schaut sie in ein Dutzend neugierige, schadenfrohe, zornige Augenpaare. Manche sind vielleicht auch nur morgenmüde.

Die Wollmütze in der ersten Bank richtet den Blick aufs Fenster.

Leias Rücken wird schweißnass unter dem Mantel. Es hat keinen Zweck, nach Hause zu gehen und Kleingeld zu holen, denn dort ist keines. In letzter Zeit hat sie fast alles mit der Girokarte bezahlt. Und sie kann auch kein Geld am Automaten ziehen, weil die Karte in zwei Teile geschnitten in einem verschlossenen Kuvert im Kiosk wartet. Worauf eigentlich? Auf die Polizei?

Dann hat Leia eine Idee. Sie nimmt ihr Handy und schwenkt es triumphierend.

»Ein Handyticket! Innenraum Helsinki. Ich hab noch nie so eins gekauft – können Sie mir sagen, wie man ...?«

»Das gibt es auf dieser Linie nicht.«

»Gibt es nicht?«

»Nur in der U-Bahn, in der Tram und bei ein paar U-Bahn-Anschlusslinien. Ist das hier etwa eine Zubringerlinie zur U-Bahn? Nein. Auf der Fähre nach Suomenlinna gilt es auch. Ist das hier die Fähre nach Suomenlinna? Nein.«

»Schwarzfahrer raus!«, ruft die vertraute Stimme.

Leia schaut den Fahrer an. Er sieht aus, als könnte er bis zum Abend hier sitzen, voller Hass auf sie und das Leben. Dann betrachtet sie die Fahrgäste, von denen einige inzwischen ebenso wütend aussehen wie die Agitatorin. Auch der mit der Wollmütze starrt sie ungeniert an.

»Ich zahl deine Fahrkarte«, sagt er und steht auf, aber Leia hat ihre Entscheidung bereits getroffen.

Einige klatschen in die Hände, als sie sich umdreht und aussteigt. Kurz bevor die Tür zugeht, hört sie von drinnen:

»He, ist das nicht die, die gestern ...?«

Ohne sich umzublicken, schlittert Leia, so schnell es mit dem unbrauchbaren Schuhwerk geht, nach Hause zurück. Bei etwa jedem dritten Schritt rutscht einer ihrer Füße in eine ungeahnte Richtung.

Es rauscht im Kopf. Schon die zweite öffentliche Blamage an diesem Tag. Und es ist noch nicht einmal hell.

Wie kann man so viel Pech haben, dass Girokarte und Zeitkarte gleichzeitig spinnen? Wie kommt sie jetzt zur Arbeit, ohne Geld, ohne Karten, ohne alles? Markku braucht sie nicht anzurufen, dass er sie abholt, denn der hat keinen Führerschein.

Aber Ripsa hat einen.

Huh, das ist die Lösung. Vor zwei Wochen hat sie auf Samuli und Silja aufgepasst, jetzt ist ihre Schwester an der Reihe, ihr zu helfen. Sobald sie den Samstagmorgenzirkus in ihrer Familie hinter sich hat, kann sie Leia zur Arbeit fahren und ihr Geld fürs Wochenende leihen. Zwanzig Euro reichen. Am Montag wird sie sich dann Bargeld in der Bank holen.

Falls ihr Konto gedeckt ist.

Natürlich ist es gedeckt! Das ist alles nur ein Missverständnis, eine Reihe unglücklicher Zufälle, das lässt sich sicher klären. Sie wird ihre Schwester anrufen und sich einen Kaffee kochen, während sie wartet. Wenigstens hat sie ihr Handy noch. Und wenn sie sich etwas beruhigt hat, wird sie ein paar geharnischte Telefonate führen. Zuerst mit der Bank. Danach mit den Verkehrsbetrieben.

Leia holt Atem. Eine der SMS vom Vortag ist ihr in den Sinn gekommen. Ich werd dir dein Leben zur Hölle machen, oder so ähnlich.

Ist es das jetzt? Fängt es so an?

Was wird noch alles kommen?

Plötzlich hört sie ein Geräusch hinter sich, das sie endgültig in Panik versetzt. Zielstrebige, knirschende Männerschritte auf vereistem Boden. Es klingt, als kämen sie näher und holten sie ein. Nur ein Jogger, denkt Leia. Jemand, der seinen Hund ausführt. Trotzdem geht sie instinktiv schneller.

Sie ist gleich daheim, das Haus steht da drüben, Eingang C ist schon zu erkennen. Sie kürzt über den Parkplatz ab. Der ist nur schwach beleuchtet und wie am Vorabend nicht gestreut. Durch den Regen ist der gefrorene Asphalt auch hier tödlich glatt geworden.

»Warte!«

Eine Männerstimme. Leia verringert das Tempo nicht, dreht aber den Kopf so weit, dass sie den Mann sieht. Es ist der mit der Wollmütze. Er ist aus dem Bus gesprungen und ihr gefolgt. Und jetzt kommt er jeden Augenblick näher.

Leia geht schneller. Wenn wenigstens ein Nachbar, den sie kennt, entgegenkäme, aber es ist keine Menschenseele zu sehen. Immer schlimmer schlitternd, schlängelt sich Leia zwischen den geparkten Autos hindurch und stützt sich an den Kühlerhauben und dem Heckblech ab, sie beschleunigt die Schritte, so gut es geht, während sie den Reißverschluss ihrer Handtasche aufzieht und nach dem Handy sucht. Sie hat Viivi geraten, in entsprechenden Situationen genauso zu handeln. Jetzt ist der richtige Moment, um die Notrufnummer zu wählen, eins, eins, zwei, ich werde von einem Angreifer verfolgt! Der Mann hechelt ihr bereits in den Nacken, sein Rasierwassergeruch erreicht sie ... und dann spürt sie einen Ruck an der Handtasche.

Leia schreit auf. Sie versucht zur Seite zu springen und sich hinter einen weißen Hiace zu flüchten. Das erweist sich als Fehler. Die Bewegung bleibt unvollendet, weil ihr der Absatz des linken Stiefels wegrutscht und sie umknickt. Die Hand des Mannes packt ihre Schulter und ...

Im selben Moment liegt sie bereits seitlich in einer vereisten Pfütze, das linke Bein unter sich. Der Schmerz zuckt in Form von Blitzen in ihren Augen.

Der Mann greift nach ihrem Arm, um sie hochzuziehen.

2

Ihm läuft der Schweiß. Er dringt aus allen Poren seines Körpers, als er sieht, was da vor ihm schaukelt, den ganzen Bildschirm ausfüllt, schließlich den ganzen Raum, es schaukelt, schwabbelt, dunkel, jung, prall, und sie haben nichts dagegen, dass er danach greift und fest zudrückt. Er reibt sein Gesicht an ihnen, leckt und saugt daran, schmatzt mit vollem Mund wie als Kind an einer Eiskugel, oder er ist wieder ein Baby, denn diese Kugeln sind warm und nicht kalt, voll süßer Milch, sie sind lebendig und pulsieren und sie gehören *ihm* und er macht den Mund auf und beißt *zu*. Ein Wimmern ertönt, doch kein Laut des Schmerzes, sondern der Wollust. Kommt er aus dem Mund der Frau oder aus seinem eigenen? Oder ist es doch die Angst?

Ja, es ist die Angst, jemand kommt, er weiß es, jemand *sieht* ihn, packt ihn an den Haaren, zerrt daran ...

»Tarmo. Wach auf. Du hast einen Albtraum.«

Tarmo streckt die Hand aus und zieht das Gesicht seiner Frau zu sich heran, aber ihr Mund hat trockene Lippen und ist zugekniffen, und als Annu ins Schwanken gerät und Halt sucht, trifft ihre Hand auf seinen steifen Schwanz.

»Uh«, sagt sie und zieht sich sogleich zurück. »Du hättest dir die Zähne putzen sollen.«

Sie rollt sich in ihre Betthälfte, setzt sich auf, schiebt die Füße in die Pantoffeln und zieht den Bademantel über ihr Seidennachthemd mit dem Rosenmuster. Dann reckt sie den Hals in Richtung Gitterbett, aus dem bereits Voimas Babybrabbeln zu hören ist.

»Guten Morgen, mein Goldschatz, Mamis Liebling, hast du gut geschlafen? Sagt dein Bauch schon Hunger, Hunger, Hunger ...?«

»Wie spät ist es?«, murmelt Tarmo. Es ist noch nicht einmal hell.

»Fast halb neun. Mamis Liebling war die ganze Nacht so brav und hat die Mami heute Morgen gaaanz lang schlafen lassen«, gurrt Annu. Sie streckt die Arme aus und hebt Voima aus dem Bett.

»Wechseln wir zuerst die Windeln oder haben wir schon ganz, ganz schrecklichen Hunger? Na, Hunger!«

Als Annu die von der Milch pralle Brust, die in ihrer runden Form an eine Silikontitte erinnert, aus dem Rosengarten holt, flieht Tarmo aufs Klo.

Jetzt sitze ich schon wieder hier, denkt er, während er sich auf der Schüssel niederlässt. Er hat in dieser Nacht nicht mehr geschlafen als in der Nacht zuvor.

Auch sein Magen macht Theater. Schon seltsam, dass man in diesem Haus nichts Laktosefreies bekommt! Außer aus Annus Titten. Die Vorstellung erregt ihn. Widerlich, denkt er.

Die Ellbogen sind auf die Oberschenkel gestützt, die Stirn auf die Fäuste, die brennenden Augen verbergen sich unter den Lidern.

Als könnte man beim Scheißen die letzten sechsunddreißig Stunden wegwischen und beispielsweise zum Donnerstag zurückkehren. Da war noch keine Not in Sicht. Im Gegenteil. Er war gerade frisch zum Minister ernannt worden, ein Mann, der alle Karten in der Hand hielt, einschließlich Trümpfen.

Einer, der die Unterstützung seiner Umgebung genießt, dem zunehmend Respekt auch von anderer Seite entgegengebracht wird, der zum Ausgleich für seinen anspruchsvollen Posten eine liebende Familie hat, die ihm bei all seinen Bestrebungen zur Seite steht. Die sich gemeinsam mit ihm über seinen Erfolg freut. Die ihn tröstet und ihm hilft, wenn es mal nicht so gut läuft. Die versteht, dass auch ein erfolgreicher Mann seine Schwächen hat.

»Papi, Papi ...«

Im Flur trampeln nackte Füße übers Parkett. Gleich darauf trommeln auch schon vier kleine Fäuste an die Klotür. Tarmo hebt den Kopf und wischt sich über die Augen.

Rasch erledigt er den Papierkram und spült herunter. Beim Händewaschen überprüft er seinen Gesichtsausdruck. Er fährt sich mit den Fingern durch die Mähne, die im Lauf der Woche deutlich dünner geworden ist, haucht auf die Scheibe, gurgelt etwas Wasser. Annu hatte recht mit dem Zähneputzen. So wie mit allem anderen auch, wie immer.

Er macht die Tür auf und bückt sich, und Rauha und Lempi in ihren identischen rosa Schlafanzügen springen ihm an den Hals. Zwanzig kleine Zehen fahren ihm in den Bauch und in die Seiten, weiche Haare kitzeln ihn an der Nase, und der Huf eines Spielzeugponys sticht ihm in den Nacken.

»Papi, bei mir wackelt ein Zahn ... Papi, gucken wir zusammen die Mumins an ...? Papi, ich kann eine Apfelsine schälen!«

Durch Sisus Zimmertür schiebt sich der Kopf eines verschlafenen Jungen.

»Die Mama hat gesagt, wir gehen Schlitten fahren. Kann ich den Stiga nehmen?«

3

Der Mann mit der Strickmütze umklammert ihren Arm und zieht sie hoch. Lässt sie aber nicht los, als sie steht. Er ist beklemmend nah, der Geruch seines Rasierwassers hüllt sie ein, erstickt sie fast, doch als sie versucht, einen Schritt zurückzutreten, lodert es in ihren Augen auf, und ihr entfährt ein Laut.

Sie kann das linke Bein nicht belasten.

»Ist es schlimm?«

Der Mann mustert sie eher besorgt als bedrohlich. Mittelgroß, schlank, ungefähr in ihrem Alter, jedenfalls nicht viel drüber. Freundliche Augen. Braun?

»N-nein, ich glaub nicht«, sagt Leia. »Meine Handtasche, wo ...?«

Sie halten beide gleichzeitig nach der Handtasche Ausschau. Schließlich sieht Leia den Schulterriemen unter einem dunkelblauen Kombi hervorschimmern, zwei Stellplätze weiter. Bis dorthin ist die Tasche bei ihrem Sturz geflogen. Ist auf der Erde weitergerutscht und hat auf dem Eis eine ziemliche Strecke zurückgelegt.

Auf einem Bein balancierend und sich am weißen Hiace abstützend, wartet Leia, während der Mann mit der Mütze zum Kombi geht und sich nach der Handtasche bückt. Es dauert eine Weile, bis er sie in den Fingern hat.

Auf dem Rückweg wischt er mit dem Handschuh den schlimmsten Schmutz ab, bevor er sie Leia reicht.

Leia drückt die Tasche an sich und bedankt sich verlegen. Und sie hat geglaubt, der Mann habe vor, sie auszurauben. Aber als sie den linken Stiefel erneut vorsichtig auf dem Asphalt aufsetzt, schießen ihr die Tränen in die Augen.

Sie muss nichts sagen, der Mann hat schon das Telefon am Ohr, um ein Taxi zu rufen. Sie müsse sofort in die Notaufnahme, erklärt er. Leia fängt gar nicht erst an, sich zu wehren. Sie muss an die Strafpredigt denken, die ihr der Arzt im Gesundheitszentrum gehalten hat, als die zehnjährige Viivi beim Wettlauf in der Schule gestürzt war und einen geschwollenen Knöchel hatte und Leia sie erst am nächsten Tag zur Untersuchung brachte. Eisbeutel, Verband und Paracetamol helfen nicht, wenn der Knochen gebrochen ist, hat der Arzt sie geschimpft. Wenn man nicht auftreten kann, handelt es sich nicht bloß um eine Zerrung. Dann muss man sofort zur Ersten Hilfe und zum Röntgen.

»Das Taxi kommt«, sagt der Mann mit der Mütze und steckt das Handy weg.

»Danke«, sagt Leia. »Und Entschuldigung.«

»Ich muss um Verzeihung bitten«, erwidert der Mann. »Ich wollte dich nicht erschrecken. Ich wollte dich nur aufhalten.«

Er macht die Jacke auf, zieht die zusammengerollten Zeitungen heraus und gibt sie Leia.

»Die hast du im Bus liegen lassen.«

»Danke«, sagt Leia erneut.

Während sie die Zeitungen nimmt, versucht sie, ihr wieder erwachtes Misstrauen nicht zu zeigen. Niemand springt aus dem Bus und läuft einer Unbekannten wegen ein paar Zeitungen hinterher.

Hat er das eben doch absichtlich getan? Ist mir gefolgt und hat mich umgerissen? Hat er mich als Talkshowgast von gestern erkannt?

Wenn er nicht ... Was, wenn ...?

Wenn *er* das ist, der Punktlose ...

Man muss ihr die Gedankensprünge ansehen, denn der Mann grinst.

»Ich gebe es zu. Ich bin dir nicht bloß wegen der Zeitungen gefolgt.«

Wenn sie könnte, würde Leia einen Schritt zurück machen.

»Sondern weil, na ja ... Es sieht irgendwie so aus, als wäre bei dir im Moment nicht unbedingt alles im Lot.«

»Ach ja? Wieso?«, fährt Leia ihn an. Ihre Stimme zittert vor Zorn, aber soll sie doch. »Entschuldige, aber bildest du dir etwa ein, mich so gut zu kennen? Aufgrund einer Fernsehsendung?«

»Ich kenne dich nicht besonders gut. Noch nicht. Aber es wäre schön, dich kennenzulernen.«

Er reicht ihr die Hand. »Jari Virtanen. Eingang D. Wir sind schon mal zusammen im selben Bus gefahren. Welche Fernsehsendung meinst du?«

Auch Leia lächelt. Das Gefühl der Erleichterung ist so stark, dass sie sich fast schämt.

Nicht die ganze Welt dreht sich um sie.

»Leia Laine, Eingang C.«

Jari Virtanens Händedruck ist angenehm, nicht zu fest, wie so oft bei Männern. Beim Lächeln entstehen kleine, nette Falten in seinen Augenwinkeln.

Diesmal kommt das Taxi zum Glück in wenigen Minuten, der pochende Schmerz wird ständig stärker. Leia bedankt sich bei Jari, der ihr die Tür aufhält und ihr auf die Rückbank hilft, ohne dass das Bein anstößt.

»Diesmal also ganz anders.«

Leia schaut nach vorn. Das darf nicht wahr sein. Dieselbe Frau wie gestern.

Es muss in der Hauptstadtregion Hunderte von Taxifahrern geben, warum wird sie von dieser einen hier verfolgt?

»Zur nächsten Notaufnahme, bitte«, stößt Leia durch zusammengebissene Zähne hervor.

Erst als sie sich zurücklehnt und anschnallt, merkt sie, wie nass ihr Mantel am Rücken, am Po und an der linken Seite vom Sturz auf den glitschigen Asphalt ist.

Wieder mustert die Fahrerin sie im Spiegel. Sie sagt nichts Geschmackloses, denkt sich aber mit Sicherheit ihren Teil. Oder sie ärgert sich wegen des Ledersitzes, der unweigerlich schmutzig wird. Hoffentlich so richtig schmutzig, denkt Leia, als die hintere Tür auf der anderen Seite aufgeht. Jari ist um den Wagen herumgegangen und setzt sich kurzerhand neben sie.

»Ich muss doch sichergehen, dass du gut ankommst.«

Es fühlt sich ziemlich intim an, die Rückbank des Taxis mit einem flüchtig bekannten Mann zu teilen. Vor allem wenn die übrige Welt hinter dem trommelnden Regen der Morgendämmerung verschwindet und die Fahrerin garantiert mit gespitzten Ohren auf jeden Laut von hinten lauscht.

Jaris starker Rasierwassergeruch hat sich zum Glück ein wenig abgeschwächt, oder ihre Nase hat sich daran gewöhnt. Als der Mann sie anschaut, fallen Leia die schokoladenbraunen Augen auf, die fast ins Bronzefarbene übergehen. Sein Gesichtsausdruck ist aufmunternd und leicht besorgt. Leia versucht zu lächeln, aber das Bein tut zu sehr weh. Aus dem Lächeln wird eine dürftige Grimasse.

»Hoffentlich kommst du nicht wegen mir zu spät zur Arbeit oder so.«

»Freies Wochenende«, gibt Jari zurück. »Und haben wir uns nicht darauf geeinigt, dass das gerade meine Schuld war? Wenn nicht ganz, dann zumindest teilweise. Der Parkplatz war kriminell glatt, kein bisschen gestreut. Es hätte noch schlimmer ausgehen können. Hast du eine Unfallversicherung?«

»Ja.«

»Gut. Ich werde mich bei nächster Gelegenheit mit der Hausverwaltung in Verbindung setzen. Ich bin Jurist. Die werden den Vorfall garantiert ernst nehmen. Ich rufe gleich am Montagmorgen an.«

»Danke, aber das ist nicht nötig, ich rufe da schon selbst an«, sagt Leia.

Und dann fällt ihr etwas ein.

Das Telefon. Es war in ihrer Hand, als sie gestürzt ist.

Es *war*.

In der Handtasche danach zu wühlen ist sinnlos, denn es ist dort nicht. Es ist ihr aus der Hand gefallen und auf dem eisigen, dunklen Asphalt irgendwohin geschleudert worden.

Sie muss die Taxifahrerin bitten umzukehren. Und noch mehr Dankesschulden bei dem freundlichen Nachbarn anhäufen, der sich hilfsbereit – »aber sicher, *no problem*« – erbietet, durch den Regen zu stiefeln, diesmal auf der Suche nach dem Handy.

Die Taxifahrerin bietet ihre Hilfe nicht an. Warum auch? Sie hat eine Kundin auf der Rückbank sitzen, die ihrer Tirade jetzt nicht entkommen kann, in der es darum geht, wie gerade dieses tödliche Eis mal wieder beweist, dass der finnische Wohlfahrtsstaat an seinem Ende angekommen ist. Bei allem wird gespart, besonders an der Infra – aber was kosten denn die ganzen gebrochenen Knochen und gespaltenen Schädel ...? Es ist fürchterlich ... das Haushaltsdefizit ... Gesundheitszentren werden geschlossen ... das ist echt ärgerlich ...

Leia hat keine Lust, Kommentare abzugeben oder auch nur zuzuhören. Der Schmerz im Bein nimmt ständig zu, es pocht und wird so heiß, dass ihr die Augen tränen.

Kann es noch schlimmer werden? Was, wenn das Bein gebrochen ist? Dann wird es eingegipst. Und ich werde krankgeschrieben. Für wie lange? Ich habe keine Zeit, krank zu sein.

Der Taxameter fügt der ohnehin schon unangenehm hohen Summe in regelmäßigen Abständen zwanzig Cent hinzu. Das Seitenfenster beschlägt, während Leia beobachtet, wie Jari Virtanen langsam und suchend kreuz und quer über den Parkplatz geht, immer und immer wieder. Ein paar Mal bückt er sich, um etwas aufzuheben, aber offenbar findet er nur vom Wind verwehte und vom Regen durchweichte Zigarettenschachteln und sonstigen Abfall.

Er kommt mit ausgebreiteten Armen zurück.

»Warum ruft ihr es nicht einfach an?«

Die Frage der Taxifahrerin überrascht durch ihre Vernunft. Leia diktiert ihm ihre Nummer, und Jari begibt sich mit dem

Handy am Ohr noch einmal in den Regen hinaus. Man kann nur hoffen, dass das Samsung beim Herunterfallen nicht kaputtgegangen ist.

Die Hoffnung erweist sich als vergeblich. Auf dem Parkplatz ertönt keine Boléro-Melodie.

Jari kriecht wieder auf die Rückbank.

»Es gibt zwei Möglichkeiten: Entweder ein Langfinger hat sich dein Telefon geschnappt, während wir weg waren. Oder es liegt so unter einem Auto, dass man es nicht sieht, und ist kaputt. Oder einfach ausgegangen.«

Leia schluchzt kurz auf. Beide Möglichkeiten kommen ihr trostlos vor.

»Ich kann nachher zurückkommen und weitersuchen«, sagt Jari schnell. »Wenn ich dich zur Notaufnahme gebracht habe.«

»Am besten gleich den Anschluss sperren lassen«, heißt es jetzt am Steuer. »Du hast in Nullkommanix eine Rechnung von zigtausend Euro, wenn der Schuft auf die Idee kommt, eine Stöhn-Nummer anzurufen, oder auf deine Rechnung irgendwelche Sachen bestellt.«

Jari sieht Leia fragend an. Leia nickt und nennt ihren Anbieter.

Während sie zum zweiten Mal in Richtung Notaufnahme losfahren, ruft Jari die Auskunft an und bittet, direkt verbunden zu werden. Dann reicht er Leia das Handy. Es ist ein neues iPhone, wie Viivi es hat, nur in einer anderen Farbe.

Die Frau vom Kundentelefon des Providers hat eine geschulte, frische Servicestimme. Leia bittet sie, den Anschluss zu sperren und ihr eine neue SIM-Karte zu schicken.

»Das wird Ende nächster Woche werden.«

O nein, denkt Leia. Schon ein Wochenende ohne Telefon erscheint ihr unmöglich.

»Schnelllieferung kostet extra«, sagt die Frau dann.

»Die nehme ich. Wann kommt die an?«

»Am Montag.«

Erst übermorgen.

Leia beendet das Gespräch und gibt Jari das Smartphone zurück. Sie wird das alte Nokia wieder hervorholen und sich eine von diesen Prepaid-Karten besorgen müssen. Sie seufzt. Die kann man an jedem Kiosk kaufen. Man muss nur allen Bekannten die vorübergehende neue Nummer mitteilen. Zumindest Markku und Ripsa. Und Viivi.

O nein. Wenn Viivi ihr gleich eine SMS schickt und sie nicht antwortet ... Was für Sorgen sich das Mädchen dann machen wird.

Leia wischt sich verstohlen den Augenwinkel. Liebe kleine Viivi. Auch als sie sich mit zehn den Knöchel gebrochen hatte, war sie so tapfer, so voller Vertrauen darauf gewesen, dass Leia als Mutter und kluge Erwachsene wusste, was sie tat. »Ruhe hilft, und eine Schmerztablette, und eine Tüte Tiefkühlgemüse als Eisbeutel.« Viivi trug ihr den einen Tag nicht nach, der die Heilung unnötig verlängert hatte und – wie sie jetzt erst voll und ganz versteht – äußerst schmerzhaft gewesen war.

Als Viivi im Alter von zwölf Jahren nach der Frühlingsvorstellung mit klassischem Ballett aufhörte, ohne einen Grund dafür zu nennen, wollte Leia wissen, ob der womöglich unter den Bändern ihres rosa Ballettschuhs steckte. Denn als Erinnerung an den Unfall war ein kleiner Knubbel am Knöchel zurückgeblieben, und das Fußgelenk lässt sich selbst heute noch nicht so weit strecken wie das andere. Aber Viivi behauptete steif und fest, der Knöchel tue ihr nicht mehr weh. Leia musste aufhören zu bohren, weil ihre Tochter in wütendes pubertäres Geschrei ausbrach.

»Ich will mir meine Hobbys selbst aussuchen!«

Zum Glück kam sie dann auf Hip-Hop. Da wurde lässig in Schlabberhosen und Turnschuhen getanzt. Man musste nicht zierlich das Füßchen strecken und auf den Zehen balancieren. Man musste kein rosa Rüschenkleid mehr anziehen und mit anderen spindeldürren Mädchen militärisch in Reih und Glied trippeln. Alle mit Flachshaar, alle noch blasser, weil sie in den Wintermonaten so viel zu Hause herumgegammelt hatten. Und man hob sich auf der Bühne der Ballettschule nicht mehr so krass von den anderen ab, dass sogar die Erwachsenen im Publikum es für berechtigt hielten, zu kichern und miteinander zu tuscheln.

Leia tastet nach dem kleinen Päckchen Papiertaschentücher in ihrer Handtasche und schnäuzt sich. Sie hat ihr Kind nicht beschützen können, als noch alle Möglichkeiten vorhanden waren. Wie soll sie Viivi jetzt beschützen, da sie so weit weg ist und Jahr für Jahr immer weiter wegrückt. Den ganzen kichernden und tuschelnden Mädchen dieser Welt ausgeliefert, den ganzen Sebastian Nybergs ...

Sämtliche Muskeln in ihrem Körper spannen sich, als sich die fremde Hand unterhalb des Mantelsaums auf ihr Knie legt und es tätschelt.

»Wird schon wieder«, sagt Jari Virtanen mit warmer Stimme. »Versprochen.«

Leia richtet den Blick auf das Fenster. Schmuddelig und regennass huscht die Stadt vorbei.

4

Dem Samstag zu Ehren drängen sich die Leute zwischen den Regalen. Es läuft Weihnachtsmusik, obwohl erst in einem Monat Heiligabend ist. An schreienden Kindern herrscht kein Mangel. Tatkräftige Mütter betasten Mandarinen und Birnen und lassen zwischendurch mit einer schnellen Drehung neue Beute in den Einkaufswagen fallen, die von kastrierten Familienvätern mit gekrümmten Schultern geschoben werden. Der Mann muss ja schließlich auch beschäftigt werden.

Er hat nicht vor, auch nur eine Minute länger als nötig in dieser Family-Market-Hölle zu verbringen. Es ist halb zehn. Hätte er nicht verschlafen, säße er schon längst wieder am Dashboard in seinem Kommandoraum, mit aufgefüllten Vorräten. Solche Sachen wären so einfach übers Netz zu regeln, flucht er innerlich. Die täglichen Einkäufe. Man klickt auf einer Liste an, was man haben will, gibt seine Kontaktdaten durch und wartet daheim, bis es an der Tür läutet.

Immer mehr Leute machen das auch.

Aber er fällt nicht darauf herein, nicht so leicht. Soll er einem Lebensmittelkonzern erlauben, in Echtzeit zu verfolgen und ins Kundenregister aufzunehmen, was für Wurst er sich reindrückt und mit welchem Papier er sich den Arsch abwischt? *No way.*

Die Quittung von der Pizzeria letzte Nacht brennt schon genug in seiner Jeanstasche. Obwohl er für die Cyberpizza ausreichend Cash parat hatte, funktionierte die Risikoanalyse in der Hungersnotsituation nicht perfekt.

Und auch die Selbstbeherrschung nicht.

Was Grünes in den Wagen. Eine Gurke. Dazu Tomaten. Es soll bei dieser Jeansgröße bleiben.

Als Nächstes landen zwei Brote im Wagen, Milch, Schinkenaufschnitt und vierhundert Gramm Hackfleisch. Die Ziellinie ist schon in Sicht. Nur noch ein kurzer Abstecher zwischen die Getränkeregale. Seine Lieblingsflüssigkeit wird hier in praktischen, eingeschweißten Blöcken von jeweils vierundzwanzig Dosen verkauft. Nimmt man das untere Fach des Einkaufswagens in Gebrauch, kann man drei Blöcke zur Kasse transportieren, insgesamt ... zweiundsiebzig Dosen.

Sechsunddreißig Liter Lebenselixier, damit kommt man eine Woche aus, schätzt er. Oder wenigstens fünf Tage.

Gerade als er den dritten Block auflädt, drängt sich ein Mann mit Schildmütze und glänzend roter Daunenjacke neben ihn. Verstohlen weicht er zurück. Der Mann streckt sich nach einem Sixpack giftgrüner Schlumpf-Limonade im obersten Regal.

Ist bei dem der Getränkegeschmack auf dem Niveau eines Fünfjährigen stecken geblieben? Er wirft einen Blick auf den Mann, aber der hat sich bereits abgewandt, das Telefon aus der Tasche gezogen und den Kopf geneigt. Verstopft mit seinem voll geladenen Wagen den Gang, während er auf seine Chefin wartet, die zweifellos jeden Moment zwischen den Regalen hervorgeschossen kommt, um wieder das Kommando zu übernehmen.

Der wird von seiner Frau plattgemacht. Bei den Einkäufen liegt der Schwerpunkt nämlich auf Milchprodukten und Ballaststoffen. Er kann sich vorstellen, was der Finger da gerade tippt. *Ich bin in Gang F2 und weiß ohne dich nicht, wo ich hinsoll, komm schnell und rette mich ...*

Kurz bevor er sich davonmacht, passiert etwas Interessantes. Der Mann blickt auf und dann wie ein ABC-Schütze im Straßenverkehr nach links und rechts, er macht einen Satz zum Bierregal und greift sich zwei Flaschen ausländisches helles Bier. Die kann er gerade noch zwischen den übrigen Einkäufen verstecken und mit einer Schachtel Gesundknusper abdecken, als seine Frau in exakt der gleichen roten Daunenjacke zwischen den Regalen hervorgeraschelt kommt.

Sie wirft eine Packung Damenbinden und eine Stange Watte in den Wagen. Dann bemerkt sie die Schlumpf-Ladung. Der sorgfältig angemalte Mund verzieht sich, öffnet sich – aber die Rückmeldung bleibt aus, als sie merkt, wer sich da hinter ihrem neuen Mann verbirgt.

»Du?«, sagt Marjukka.

Auch der Mann dreht sich zu ihm um. Ville heißt er.

Sie stellen sich nicht gegenseitig vor. Es ist nicht nötig. Das Paar starrt ihn als rote Weichdaunenfront an. Bei beiden beben die Nüstern.

»Du darfst mir nicht näher als fünfhundert Meter kommen«, sagt Marjukka.

»Das ist auch für mich der nächste Supermarkt«, ruft er ihr ins Gedächtnis. »Immer noch. Und diesmal warst du es, die sich mir genähert hat.«

»Wieso?«

»Na, eben – da, durch den Gang.«

»Hör auf.«

»Hör selber auf. Ich war zuerst hier.«

Die Daunenfront schmunzelt ihn doppelt höhnisch an. Er begreift, dass er sich wie ein Kind in der Trotzphase benimmt.

»Ich glaub, wir werden dann mal.«

Ville greift nach dem Einkaufswagen und schiebt in Richtung Kasse los. Erst nach mehreren Schritten merkt er, dass Marjukka zurückgeblieben ist.

»Kommst du, Marru?«

Marru kommt nicht. Marru hat noch die Bremse drin. Ihr Blick wandert von seinem Kopf bis zu den Füßen und wieder zurück.

»Du hast abgenommen. Spritzt du dir neuerdings was?«

»Ha ha. Auf dem Parkplatz steht ein weißer Lamborghini Aventador. Rate mal, wem der gehört.«

Marjukkas Zunge erzeugt ein mitleidiges Schnalzen an ihrem Gaumen. Sie glaubt, dass er deliriert.

Er ballt die Fäuste. Nur mit Mühe gelingt es ihm, sich zu beherrschen.

»Wie geht es Jesse?«

Marjukka hat inzwischen den Inhalt seines Einkaufswagens

ins Visier genommen. Unter ihrem Blick schrumpft die Gurke vor Entsetzen zusammen, die spanischen Tomaten schämen sich in ihrer Tüte für ihre Farblosigkeit, die Wurst versteckt sich hinterm Hackfleisch. Die Augen bohren ein Loch in jede Büchse und alle Kraft fließt unter den Regalen davon.

»Ist die Schlumpf-Limo für Jesse? Feiert er heute mit seinen Freunden? Hat er viele Freunde?«

Marjukka schaut ihm direkt in die Augen. Und sie schnaubt so giftig, wie nur sie es kann. Sie dreht sich um und düst ab, auch an Ville vorbei, der mit dem Einkaufswagen auf sie wartet.

Ville wirft ihm über die Schulter einen kurzen Blick zu, dann folgt er seiner Frau.

»Die kannst du gern behalten«, ruft er ihm hinterher. Und dann halblaut: »Scheiße!«

Eine kleine Entschädigung fällt wenig später für ihn ab, als er seine Einkäufe aufs Band legt. Hinter der Kasse stehen zwei Flaschen Importbier der etwas besseren Sorte.

Marjukkas Blick entgeht nichts.

»Ich nehm die«, sagt er und deutet auf die Flaschen.

Das Mädchen an der Kasse ist perplex.

»Die hat der vorige Kunde stehen lassen.«

»Kommt er die noch holen?«

»Nein. Ich denk, nicht.«

»Ich nehm sie. Ich kaufe sie«, präzisiert er.

Das Mädchen zögert immer noch, begreift aber anscheinend endlich, dass es da an nichts Unerlaubtem beteiligt ist.

»Siebenundfünfzig fünfunddreißig. Bonuskarte?«

»Hab ich nicht. Will ich auch nicht.«

Die Strecke zum Parkhaus und zu dem Wagen, der entgegen Marjukkas Annahme nicht nur in seiner Fantasie existiert, verlangt noch einen Zwischenstopp in einem weiteren Laden.

Er stößt den Einkaufswagen durch die Warensicherung und überblickt rasch die Kundschaft hier. Keine roten Daunen, also weiter.

In der Fernsehwerbung des internationalen Herrenausstatters hüpfen normalerweise drei bis zehn gut aussehende Kerle um ein oder zwei Mädchen herum, die sie sich offenbar teilen, um die Unschuldigen unter den Zuschauern von der sexuellen Orientierung der männlichen Models zu überzeugen. Am Samstagvormittag besteht in dieser Filiale jedenfalls kein Zweifel über die Orientierung der Kundschaft. Wenn es einen Ort gibt, an dem man als Paar auftaucht, dann dieser. Das Verhältnis von Männern und Frauen fällt sogar leicht zugunsten der Frauen aus. Vier zu fünf, auf die Schnelle geschätzt.

Auf Plakaten an den Wänden und zwischen den Regalen sind weitere Verhältniszahlen aufgelistet. Zwei Hosen zum Preis von einer, drei Pullover zum Preis von zwei. Kauf einen Blazer, dann bekommst du eine Hemd-und-Krawatten-Kombination zum halben Preis.

Bald flimmert es in seinen Augen vor lauter Zahlen und Verknüpfungen. Es spielt keine Rolle für ihn, ob ein Kubikmeter Kleidung die Summe x oder x hoch zwei kostet. Er will nur *asap* seinen Kleiderschrank auffüllen und dann wieder an die Werkbank zurück – ebenfalls *asap*. Wenn nicht *asap* hoch zwei.

Pullover, Hemden, Hoodies, T-Shirts. Er klappert die Regale und Tische systematisch ab. Lange Hosen, Jeans. Er vermutet, dass er seit seinem letzten Einkauf auf Größe M oder sogar auf S geschrumpft ist, aber um die Wahrscheinlichkeit zu maximieren, wirft er von jedem Stück zwei oder drei Exemplare in unterschiedlichen Größen in den Wagen. Ein paar Trainingsanzüge für den Arbeits- wie für den Nachtgebrauch. Unterhosen, Socken in verschiedenen Farben, damit er Auswahl hat.

Er geht entschlossen vor, ohne seine Schritte zu verlangsamen. Eine Mütze. Noch ein paar Mützen. Zwei, drei Paar Handschuhe. Einen Armvoll Schals.

Die letzten Reste der Winterjackenkollektion hängen nur noch in einzelnen Größen an der Stange, dafür sind weiter hinten bereits jede Menge Bermudashorts zu erkennen. Er lacht so trocken, wie es geht. Wer will im November in Finnland schon eine Winterjacke haben, jetzt muss man sich auf den Sommer 2013 vorbereiten. Er wählt ein tailliertes James-Dean-Lederimitat und einen langen schwarzen Wollmantel à la Alan Ladd oder Humphrey Bogart. Dazu noch zwei Daunenjacken. Bloß nicht in Rot.

Obwohl er Anzüge, Anzughosen und Sakkos - diese Schwuchtelblazer - beiseitelässt und sich in diesem Leben auch keine Krawatte mehr um den Hals binden wird, ist der Stapel der Einkäufe so gewachsen, dass er bei anderen Kunden Interesse weckt. Vor allem bei einem Glatzkopf, der ihn seit dem Unterhosenwühltisch in exakt drei Schritten Abstand verfolgt. Glatzköpfe widern ihn an.

Er steuert auf die Kasse zu. Der junge Verkäufer hinter dem Tresen schielt zur Seite, als suchte er nach Hilfe. Ein zweiter, älterer hat sich längst ins Hinterzimmer verzogen.

Er rammt seinen Wagen gegen die Theke.

»Hallo!«

»Ha-hallo.«

Er greift einen Armvoll Kleider aus dem Wagen und knallt ihn auf die Theke. Dann einen zweiten. Von dem jungen Verkäufer sieht man nur noch die Tintin-Tolle, während er nach den Preisschildern sucht und die Sicherungsetiketten entfernt.

»Könntest du dich ein bisschen beeilen?«, sagt er.

Die Tolle hinter dem Berg nickt.

Er dreht sich um. Der Glatzkopf steht drei Schritte hinter ihm, die Hände in die Hüften gestemmt.

»Sorry. Das dauert jetzt ein bisschen. Aber, hey, die Blazer sind im Angebot, vielleicht schaust du dir die in der Zwischenzeit ein bisschen an.«

Der Kerl verzieht keine Miene.

Dumpfes Nazi-Arschloch, denkt er. Männliche Marjukka.

Spritzt du dir neuerdings was? – Danke, du mich auch.

Er hat alles versucht. Den offiziellen Weg: Formulare, Anträge, Begründungen – ohne Erfolg. Marjukka ist die Mutter in Großbuchstaben, und die Mutter ist heilig, der Mutter hört man zu, die Mutter kann gar nicht unrecht haben oder so verdammt hinterhältig und gemein sein. Wenn die Mutter sagt, dass der Vater nichts taugt und eine Gefahr für das Kind darstellt, dann ist das so und wird von der Sozialtante, die für Sorgerechtsangelegenheiten zuständig und selbst Frau und Mutter ist, auch so bestätigt.

Und den inoffiziellen Weg: zwei Anzeigen wegen Kindeswohlgefährdung von anonymer und äußerst besorgter Seite, wobei der Gesamteindruck für eine eilige Inobhutnahme eigentlich hätte reichen müssen. Aber irgendwie gewinnt die MUTTER auch hier. Marjukka redete sich heraus und schaffte es zusammen mit der Sozialtante, aus ihren und Villes Angaben die Gewürze zu entfernen, die er hinzugefügt hatte.

»Zweitausendneunhundertfünfundachtzig Euro«, sagt der Verkäuferjüngling und verschluckt beinahe den Rest: »Und fünf... fünfzig Cent.«

Als er den Geldbeutel aus der Gesäßtasche zieht, tritt die Glatze hinter ihm näher. Er spürt den Atem im Nacken, während er die Hunderter auf die Theke blättert. Eins, zwei, drei ... Nach dreißig Hunnis faltet er den Rest des Bündels zusammen und schiebt es in den Geldbeutel zurück.

»Kundenkarte?«

»Selbst wenn ich eine hätte, würde ich sie nicht benutzen.«

Er sieht auf dem Handy nach, wie spät es ist. Bald zehn.

Das Timing ist vollständig abgekackt. Und der Zeitablauf ebenfalls. Er war davon ausgegangen, schon längst wieder an der Werkbank zu sitzen. Wenn die Targets jetzt anfangen, Mitteilungen zu schicken, kann er nichts unternehmen. Schließlich konnte er ja keinen anständigen mobilen Stützpunkt mit zum Einkaufen nehmen.

Immerhin wird alles gespeichert, das ist das Wichtigste.

Als der Verkäufer mit dem Zusammenlegen und Einpacken der Kleidungsstücke fertig ist, haben sich zwölf Tüten im Einkaufswagen angesammelt. Amüsiertes Tuscheln dringt an sein Ohr, während er den überladenen Wagen zum Ausgang schiebt, und mindestens zwanzig Augenpaare folgen ihm. Außerdem die Glatze, wohl eine Art Wachmann oder Ladendetektiv. Scheiße. Er kann nur hoffen, dass Tintin gerade auch wirklich alle Alarmteufel abgeknipst hat. Er will sich nämlich nicht von diesem Spitzelarschloch betatschen und durchsuchen lassen.

Während er sich der Sicherheitsschranke nähert, zwingt er sich, einen gleichmäßigen Fortbewegungsrhythmus beizubehalten. Links, rechts, links, rechts ... Und dann ist der Einkaufswagen auch schon durch.

In dem Moment, als er selbst das Tor durchschreitet, fängt es an zu piepsen.

Er nimmt das Handy aus der Tasche. *Wir sind jetzt da, alles immer noch ok.*

Es ist Punkt zehn Uhr, in Schweden eine Stunde weniger. Viivi hat ihrer Mutter in der Sekunde, in der das Schiff in Stockholm angekommen ist, eine SMS geschickt. Braves Mädchen.

»Stopp!«

Er dreht sich um. Der Glatzkopf sieht hässlich aus.

»Vergebliche Hoffnung«, sagt er zu ihm. »Das war mein Handy, das da gepiepst hat.«

Die Glatze kommt mit ihrem Gesicht auf fünf Zentimeter heran und schwenkt eine Art Wächterausweis. Außerdem greift er nach seinem Jackenkragen.

»Gehen wir mal ins Hinterzimmer.«

»Nein, das tun wir nicht.«

Er reißt sich los.

Inzwischen haben sie Publikum. Die Leute auf dem Gang verlangsamen interessiert die Schritte, und etwas weiter entfernt werden sie auch von der Kundschaft des benachbarten Supermarkts beäugt, die an den Kassen 1 bis 8 Schlange steht.

»Gehen wir mal ins Hinterzimmer«, sagt der Glatzenwächter erneut.

Wenn man einen Satz mit so vielen Wörtern einmal gelernt hat, kann man wahrscheinlich nicht anders, als ihn ständig zu wiederholen.

»Ich habe dafür keine Zeit. Ich werde anderswo gebraucht, verstehst du das, du Idiot? Und es macht mir auch sonst keinen besonderen Spaß, wie ein Verbrecher behandelt zu werden.«

Mit ausgebreiteten Armen tritt er zwischen die Alarmschranken.

»Piepst hier irgendwas?«

Er springt von einer Seite auf die andere.

»Es piepst nicht. Verstehst du?«

Die Glatze sieht sich die Vorführung stumm an. Ihr Gesicht hat tatsächlich einen Ausdruck angenommen: Abscheu.

Aber sie schreitet nicht ein, als er kochend vor Wut den Griff des Einkaufswagens fasst. Er müsste längst in der Kommandozentrale sitzen, anstatt Zeit damit zu vergeuden, Gehirntoten und diensteifrigen Schwachköpfen etwas vorzuhüpfen.

Zu seinem Unglück piepst das Handy nun erneut. Mit zwei Sätzen ist der Wachmann bei ihm und packt ihn an der Jacke.

»Stopp! Jacke auf!«

»*Fucking idiot!*«, brüllt er. »Kapierst du nicht, dass ich schon meterweit von der Alarmanlage weg bin? Du wirst doch wohl wissen, wie sich euer Alarm anhört!«

»Jacke auf! Sofort! Was ist da drunter?«

Der Mann wartet nicht ab, ob er die Jacke aufmacht oder nicht. Noch ehe er dazu kommt, Widerstand zu leisten, greift der andere auch schon nach dem Reißverschluss und zieht ihn auf. Die Kinnlade fällt fünf Zentimeter herunter, als er sieht, was unter der Jacke steckt.

Nur eine nackte, unbehaarte Brust und ein Bauch.

5

»Papi, dein Telefon klingelt.«

Sisus Atem dampft. Der Fausthandschuh deutet auf die Tasche von Tarmos Steppjacke, die Stimme klingt bereits resigniert. Am liebsten möchte man sagen, soll es doch klingeln, verflixt und zugenäht, wir Männer fahren jetzt Schlitten, und wer da anruft, kann es später noch mal versuchen. Nichts ist wichtiger, als den Stiga ordentlich in Fahrt zu bringen.

Aber leider ist doch etwas wichtiger. Geradezu lebensnotwendig.

Er gibt Sisu die Schnur, und der Junge macht sich ohne ein weiteres Wort auf den Weg, um den Schlitten den Hang hinaufzuziehen. Als er mit hängenden Schultern davonstapft, in dem Schneeanzug, in den er noch hineinwachsen muss, sieht der Sechsjährige viel jünger aus, als er in Wirklichkeit ist.

Die Uhr am Handy zeigt zwei nach zehn. Tarmo ahnt, wer

der Anrufer ist, auch wenn man aus irgendeinem Grund statt der Nummer nur den Text »Unbekannter Anrufer« sieht.

»Anjuska Saneri hier, hallo, hätten Sie einen Augenblick Zeit, Herr Minister?«

Was soll das jetzt? Diese Nummer dürften eigentlich nur Familienmitglieder kennen. Und Nyman.

Könnte jedoch eine Wählerin sein. Die darf man nicht brüskieren.

»Ich verbringe das Wochenende mit meiner Familie hier in Kuopio. Falls es sich um etwas Berufliches handelt, bin ich am Montag wieder über die Zentrale des Parlaments zu erreichen ...«

»Ist ja super, dass ich Sie erwische. Guten Morgen ins fröhliche Ostfinnland! Ich halte Sie auch gar nicht lange auf, ich bräuchte nur ein paar kurze Kommentare für einen Artikel in der *Abendzeitung*, das ist doch bestimmt in Ordnung für Sie.«

»Eigentlich ...«

»Es geht um dieses Internetsexprojekt. Sind Sie pro oder anti-pro, Herr Minister?«

»Äh. Was?«

Er klingt wahrscheinlich erschrocken, weil die Journalistin in lautes Gelächter ausbricht. Bei ihrem Gackern stellen sich ihm die Nackenhaare auf.

»Ich meine ProMen, wo Sexkäufern geholfen werden soll. Was ist Ihre Meinung? Dafür oder dagegen? Wie sehr liegt Ihnen das auch persönlich am Herzen?«

»Ich nehme nicht zu laufenden Untersuchungen Stellung.«

Tarmo ist mit seiner donnernden Antwort zufrieden. Bestimmt wäre auch Nyman damit zufrieden, dessen Ratschläge er gerade befolgt. Auch wenn er große Lust hätte, direkt und ohne Umschweife zu sagen, was er von einem solchen Idiotenprojekt hält.

»Wenn nicht offiziell, dann halt als Privatperson«, lockt die Journalistin.

Hält sie ihn für dumm? Tarmo beendet das Gespräch, ohne sich groß zu verabschieden.

Sofort klingelt das Telefon wieder. Jetzt sieht man die Nummer, sie kommt ihm allerdings nicht bekannt vor.

»Hallo«, sagt Tarmo vorsichtig.

»Esapekka Jaakkima, guten Tag, ich bin Redakteur bei *Die Woche mit Tähtimö* und für unsere Homepage verantwortlich. In der gestrigen Sendung ging es um ProMen, was die Anzahl der Reaktionen extrem gesteigert hat. Bis jetzt sind eintausendsiebenhundertdrei Kommentare eingegangen. Bei unserer Zuschauerabstimmung sind achtundneunzig Prozent gegen ProMen und nur zwei dafür. Sie sind sicher auch dagegen?«

»Na klar bin ich dagegen.«

Mist. Das wird Nyman nicht gefallen, denkt Tarmo.

»Streichen Sie das. Ich habe mir noch keine Meinung gebildet. Sobald die Ergebnisse der Untersuchungen vorliegen, werde ich mich zunächst gründlich damit vertraut machen.«

»Was macht Sie bei diesem Projekt besonders skeptisch?«, fragt der Redakteur.

Wieder muss Tarmo das Gespräch abbrechen.

Ihm dreht sich der Magen um, auch in der Brust zwickt und drückt es irgendwie. Beim Frühstück hat er aufgepasst, dass er nichts Unverträgliches in den Mund gesteckt hat, aber er weiß, dass die Übelkeit diesmal nichts mit der Milchqualität zu tun hat.

»Papa. Papa! Guck mal, ich komme!«

Sisus Ruf erschallt oben auf dem Hügel. Tarmo winkt und sieht zu, wie der Junge auf dem Schlitten den Hang herabrodelt.

Die Sonne ist hinter den Wolken hervorgekommen, und ihr Licht, das vielfach vom Schnee reflektiert wird, blendet.

Hier fällt kein Schneeregen, nein. Der Schnee stiebt von den Schlittenkufen auf wie Puderzucker, er ist so weich, dass die Fahrt nicht übermäßig schnell wird, und der Junge weicht geschickt den Bäumen aus. Unten lässt er sich vom Schlitten kippen, liegt im leuchtenden Schnee unter dem blauen Himmel und freut sich seines Lebens.

In der knackigen Kälte, im Glitzern des Schnees liegt die Zukunft plötzlich klar und deutlich vor Tarmo. Mit allen wirklich wichtigen Dingen.

Familie. Zuhause. Das einfache Leben.

Warum trifft er nicht auf der Stelle eine Entscheidung und bittet um seine Entlassung aus dem Ministerposten? Und warum nicht gleich auch aus dem Parlament, dann wäre auf einen Schlag Schluss mit dem ganzen Stress?

Er ist bereits achtundfünfzig. Noch ein paar Jahre, und er bezieht eine durchaus anständige Rente. Und die Konten für schlechte Tage, das eine, das er mit Annu gemeinsam hat, sowie die paar anderen, bleiben auch noch gedeckt, nachdem der Nerd sein Geld bekommen hat.

Wenn man weiß, dass man seinen Seelenfrieden und die Liebe seiner Familie zurückbekommt, kann man auch für gewisse Zeit wie ein Mann die Gerüchte ertragen, die über die Gründe seines plötzlichen Rücktritts kursieren – die wahren und die vorgetäuschten. Denn natürlich wird er sich auf familiäre Gründe berufen. Vier kleine Kinder, eine erschöpfte junge Frau ... So etwas weckt heutzutage Empathie.

»Rodeln wir nicht mehr weiter?«

Sisu ist durch den Schnee zu ihm gestapft, steht mit dem Schlitten vor ihm, die Wangen rot von der Kälte, aber mit traurigem Blick. Papas Telefon klingelt schon wieder.

Tarmo schaltet es aus, lässt es in die Tasche gleiten und zieht den Reißverschluss zu. Er ergreift die Schnur des Schlittens.

»Spring auf und red keinen Quatsch, jetzt zieh ich dich bis nach oben. Und dann probieren wir mal, ob wir zusammen auf den Stiga passen.«

6

Eine Tüte mit Lebensmitteln, zwölf dicke Taschen mit Klamotten und jede Menge Kraftgetränke auf den Beifahrersitz und in den aktentaschengroßen Kofferraum eines zweisitzigen Sportwagens zu quetschen, ist die Herausforderung Nummer eins. Herausforderung Nummer zwei besteht darin, die Tüten von der Tiefgarage in den zwölften Stock zu verfrachten. Dazu sind drei Fahrstuhlfuhren nötig.

Währenddessen ist Zeit genug, über diverse Methoden nachzudenken, wie er dem Arsch von Wachmann und der gesamten Ladenkette die Zukunft zur Hölle machen kann.

Der Kerl wollte seinen Ausweis sehen, obwohl er kein Recht dazu hatte. Die kurzzeitige mentale und physische Übermacht reichte aus. Er schrieb den Namen vom Führerschein ab, den richtigen Namen, und natürlich auch das Personenkennzeichen, um es in wer weiß welche Datenbanken einzuspeichern. Vielleicht steht er jetzt ja auf der Schwarzen Liste des Bekleidungsunternehmens, und die Alarmschranke verpasst ihm einen elektrischen Schlag, wenn er noch mal versucht hineinzukommen. Allerdings hat er nicht die geringste Absicht, das zu tun.

Hätte er nicht bar, sondern mit Kreditkarte bezahlt, dann hätte er die Zahlung im Nachhinein rückgängig machen können. Aber jetzt nimmt er sich vor, die Kette anzuschwärzen, indem er sie überall, wo sie erwähnt wird, trollt. Und er will weiteres Chaos anrichten, zum Beispiel in der Lagerhaltung und bei den Gehaltszahlungen der Bosse.

Niska. Mit diesem Namen hat sich der Wachmann ins Computerprogramm eingeloggt, als er im Hinterzimmer seine Daten aufnahm. Auch dafür wird ihm in nächster Zeit eine Verwendung einfallen.

Er wird Niska zehn Kubikmeter Jauche vor die Haustür liefern lassen. Er wird Niskas E-Mail-Programm mit Hardcore-Schwulenpornos vollstopfen, die sich von dort aus in die Briefkästen von Niskas Freunden verbreiten werden. Er wird Feineinstellungen im Polizeiregister vornehmen und Niska wegen Ladendiebstahl, Unterschlagung und sexueller Nötigung von Kunden anzeigen. Von Männern wie Frauen.

Als schließlich auch die letzten Tüten in der Diele stehen und den Weg versperren, reicht seine Motivation gerade noch aus, um die Lebensmittel im Kühlschrank zu verstauen. Der Kommandoraum ruft.

Büchse in die Hand und dann in die Logdatei.

Nyman hat eine Minute nach zehn versucht, Tarmo Häkkilä anzurufen. Aber er ist nicht durchgekommen. Es war besetzt. Häkkilä hat von verschiedenen Medien Anrufe auf sein Privathandy erhalten und zwei davon sogar angenommen, bevor er das Ding ausgeschaltet hat.

Gut so, für ihn. Er weiß jetzt, dass die Nummer zwei wieder wach ist. Bestimmt wird sie es bald noch einmal versuchen. Immerhin hat sie ihrem Chef etwas Interessantes über Myriam Navoko zu berichten.

Myriam Navoko alias Leia Laine.

Einen Moment lang starrt er ins Leere und spült sein Zahnfleisch mit Energie-Elixier. Ziemlich heftig, was er da getan hat. Vielleicht hätte er sich noch gedulden sollen, bevor er Leia verriet.

Die Frau kann sich nicht einmal vor sich selbst schützen.

Es mag brutal sein, sie auf diese Weise den Löwen zum Fraß vorzuwerfen, nackt und mit verbundenen Augen. Aber – jeder ist für seine Taten selbst verantwortlich. Was Leia letztlich getrieben hat und warum, das geht ihn nichts an. Seine Aufgabe besteht nur darin, das Video zu suchen.

Jetzt ist sie auf sich allein gestellt.

Es kann sogar sein – und es sieht ganz danach aus –, dass die anderen sowieso schon von Leia wussten und ihn nur für ihre Intrige eingespannt haben. Auch wenn sie das natürlich nie zugeben würden.

Warum dann das irgendwie ... unangenehme Gefühl?

»Du hast die letzte Mitteilung nicht bestätigt.«

Er muss seinen Codenamen nicht nennen, der andere erkennt ihn auch so, trotz des Stimmenverzerrers.

»Nein.«

Oho. Der Junge hat wohl vergessen, dass man bei ihm immer geschmeidig bleiben muss.

»Ich habe darauf gewartet. Ich meine, das war doch eine ziemlich wichtige Information.«

Darauf sagt Nyman nichts.

»Die Lage ist die«, fährt er fort. »Im Netz existiert das Video nicht. Es ist nie drin gewesen.«

»*Okay. Thanks.* Wir machen von jetzt an selbst weiter.«

»Wie wollt ihr weitermachen? Verstehst du nicht, was ich sage? Das Video ...«

»Schick mir deine Kontonummer. Die Summe war ...?«

»Fünfzigtausend.«

»Wir zahlen zehn.«

Hat er sich verhört?

»Fünfzigtausend waren ausgemacht.«

»Du hast das Video nicht gefunden.«

»Es existiert nicht!«

»Vielleicht hast du nicht an der richtigen Stelle gesucht.«

Nymans Stimme trieft vor Hohn. Jetzt müsste man einen kühlen Kopf bewahren.

Aber es gelingt nicht.

»Ich bin das Netz mit einem feineren Kamm durchgegangen als der, mit dem deine Mutter dich gekämmt hat, als du als Rotznase noch Spielkameraden gesucht hast. Wäre das Video im Netz, hättest du es jetzt. Was Leia Laine betrifft ...«

»Zehntausend. Das hält der Minister für angemessen. Und wie gesagt, wir machen selbst weiter.«

Nyman klingt fast heiter.

»Ich habe nicht die Angewohnheit zu feilschen.«

»Und der Minister hat nicht die Angewohnheit, für etwas zu bezahlen, was er nicht bekommt.«

»Ich kann es nicht herbeizaubern. Das Wichsvideo existiert nicht. Basta.«

»Okay. Schick mir deine Kontonummer. Wir zahlen zehn. Als Schmerzensgeld.«

»Sind bei dir die Ohren oder die Gehirnadern verstopft? Wenn die vereinbarten fünfzig Riesen nicht innerhalb von vierundzwanzig Stunden auf meinem Konto auftauchen, wird dem einen oder anderen von euch bald der Arsch auf Grundeis gehen.«

»Hui, da kriegt man es ja direkt mit der Angst zu tun«, sagt Nyman. »Weißt du, was? Wir lassen keinen einzigen Euro springen. Wir haben nie miteinander geredet. Und du brauchst auch nicht mehr anzurufen.«

»Ich hab alles auf Band.«

Die Reaktion war zu erwarten: Er knallt ihm den Hörer aufs Ohr.

Zehntausend, als Schmerzensgeld. Gut, wenigstens nicht als Taschengeld.

Der Versuch dieses Hosenscheißers, mit ihm zu feilschen, ist so lächerlich, dass er darüber nur lachen kann.

»Ha! Ha!«

Mit Land-0 macht man keine Mätzchen. Der Herr Minister wird brav die ganze Summe bezahlen, sonst kann er was erleben. Und wenn nötig, darfst du in deine eigene Tasche greifen, du kleiner Fiesling.

Trotzdem bringt erst die dritte Kraftkonserve das Zittern seiner Hände zum Stillstand.

Genau genommen geht ihn das Ganze ja nichts mehr an, aber ...

»Hallo, wer ist da?«

Der PC im Büro von ProMen hat keine Kamera, sodass man nicht unmittelbar und hundertprozentig feststellen kann, wer ihn gerade benutzt und seine Lebenszeit damit vergeudet. Doch mit achtundneunzigprozentiger Wahrscheinlichkeit ist es Leia Laine oder Markku Lappo – oder beide, denn es war ja von einer Morgenbesprechung die Rede.

Offensichtlich wird der Computer für vermeintlich legale und sogar anständige, von der EU finanzierte Zwecke benutzt, obwohl damit ja die gleichen Internetpfade betreten werden, die auch der Herr Minister bei seinen nächtlichen Ausflügen aufsucht. Über den Bildschirm flimmern nackte Haut, Bitten um Kontaktaufnahme, Einladungen zu Massagesessions und Aufforderungen zum Amüsement.

So hat jeder seinen Spaß. Manche kommen sogar auf die Idee, einen Beruf daraus zu machen. Auf die eine oder andere Art.

Jetzt geht es auf dem ProMen-PC ins E-Mail-Programm. Er verfolgt, wer der Absender der Mail ist. Markku Lappo.

NKMWI, denkt er zunächst, nichts könnte mich weniger interessieren. Aber die Mail geht an eine überraschende Adresse.

Guten Morgen. Ist dir was dazwischengekommen? Ich habe gerade versucht dich anzurufen, aber mit deinem Handy stimmt anscheinend etwas nicht. Ich bin noch bis Mittag im Büro, ruf mich an, ob du noch kommst. LG Markku.

Mit dem Handy stimmt tatsächlich etwas nicht, begreift auch er. Als er versucht, Kontakt mit Leias Gerät aufzunehmen, stößt er auf taube Ohren. Das Smartphone ist wie tot. Es kommt keine Verbindung zustande, die Kamera liefert kein Bild. Nicht einmal die Standortdaten werden aktualisiert.

WTF, Leia. *What the fuck?*

Als er ihr eine SMS schickt, klopft diese nicht bei ihr an. Als er versucht anzurufen, meldet sich eine fremde Frauenstimme.

»Kein Anschluss unter dieser Nummer.«

Leias Handy erwacht einfach nicht zum Leben. Kein Kontakt möglich. Nicht einmal Funksignale gibt das Gerät ab. Als wäre es kaputt. Wären Leias Logdaten nicht auf seinem Rechner gespeichert, würde er jetzt wirklich dumm dastehen.

Um 7:00 Uhr ist Leia von ihrem Handy aus dem Bett geholt worden. Um 7:20 hat sie nach den SMS geschaut – keine neuen Mitteilungen – und nach den Mails – nur Spam – und ist kurz auf die Nachrichtenseite von *Helsingin Sanomat*, auf ihre Facebook-Seite und auf die ihrer Tochter gegangen. Um 7:31 hat sie der *Abendzeitung* einen Kurzbesuch im Netz abgestattet und einen noch kürzeren der Homepage *tahtimo.fi*. Und wie es aussieht, hatte sie auch noch Zeit, in das Forum einer Frauenzeitschrift zu gehen.

Um 7:51 Uhr hat sie sich auf dem städtischen Routenplaner den Busfahrplan angesehen. Um 8:04 noch einmal. Um 8:10 hat sie zum dritten Mal innerhalb kurzer Zeit den Routenplaner geöffnet und als Startadresse die sinnlose Buchstabenkombination *knnykkälppi* ins Suchfeld getippt. Den letzten Standortangaben zufolge ist das noch in der Nähe ihrer Wohnung geschehen.

Aber danach war nichts mehr. Keine einzige Aktivität, keine Standortveränderung.

Verdammt.

Das sollte eigentlich nicht möglich sein, aber so ist es jetzt gekommen. Er hat Leia verloren.

Was ist passiert? Wo steckt Leia? Muss man sich ... Sorgen machen?

Die Informationen des Anbieters helfen ihm nur ein kleines Stück weiter. Leias Anschluss ist um 8:42 Uhr gesperrt worden, und gleichzeitig wurde eine neue SIM-Karte bestellt. Das Gerät ist nicht nur kaputt, es ist auch verschwunden. Gestohlen? Aber in den Dateien der Polizei findet er nichts. Es ist kein gestohlenes Smartphone gemeldet worden, jedenfalls noch nicht.

Wo versteckt sich diese Frau? Würde sie in der Innenstadt wohnen, könnte er mithilfe der Überwachungskameras nach ihr Ausschau halten. Aber dort, wo Leia wohnt, neben dem Autobahnring 3, an der Wolfsgrenze sozusagen, lebt man außerhalb jeglicher Überwachung.

Bleibt einem nichts anderes übrig, als sich wieder an die Staatsgewalt zu wenden und die Einsätze der Helsinkier Polizei von diesem Morgen auszugraben. Vielleicht hat Leia aufgrund seiner Maßnahmen einen Nervenzusammenbruch erlitten, zu Hause herumgetobt, falsch geschriebene Wörter in den Routenplaner eingegeben und die Nachbarn so lange gestört, bis sie hinter Gitter kam, um sich zu beruhigen. Oder es ist ein Unfall passiert.

Ein Missgeschick oder ...

7

Mitten auf die kotzgrüne Wand des Wartebereichs wurde vor zehn, vielleicht auch zwanzig oder fünfzig Jahren ein laminiertes A3-Poster geklebt, mit einem Mobiltelefon im Briefkastenformat und dicken, über Kreuz laufenden Hosenträgern. Es springt Leia zwangsläufig jedes Mal ins Auge, wenn sie von ihren beiden Boulevardzeitungen aufblickt, die sie während der letzten Stunde und vierzig Minuten hartnäckig nach allem Lesenswerten durchforstet hat – unterstützt von einem Eisbeutel und einem Ibuprofen der kommunalen Gesundheitsfürsorge. Nicht einmal mit spitzen Fingern würde sie die Illustrierten anfassen, die das Krankenhaus in seinem Wartebereich bereithält: die meisten durch die Lektüre über Monate, ja sogar Jahre hinweg zerfleddert und vollgehustet.

Immer wieder kommt sie auf dieselben Artikel zurück.

Der in den Abendnachrichten umfasst eine halbe Seite und stellt das ProMen-Projekt und die entsprechende Einrichtung in Schweden relativ sachlich dar. Daneben steht zur Auflockerung eine kleine Kolumne des Verfassers, dem Foto nach ein fünfundzwanzigjähriger Schlaumeier, der aufzählt, welche bislang vernachlässigten gesellschaftlichen Gruppen dringend Hilfe bräuchten, zum Beispiel Männer, die ihre Frauen schlagen und neue Schlagtechniken erlernen wollen, oder Leute, die sich betrunken ans Steuer setzen und es schon länger nicht mehr geschafft haben, jemanden totzufahren.

Die *Abendzeitung* wiederum opfert ProMen eine ganze Doppelseite mit dem schon aus ihrer Online-Ausgabe bekannten Artikel. Allerdings wird eine der beiden Seiten von einem Stripteasefoto eingenommen, das wie das Bild in den Zehnuhrnachrichten die niederen Instinkte anspricht. Dazu gibt es noch ein paar kleinere Fotos: ein Porträt von Sanni

Tähtimö und einen Screenshot aus der Sendung. Durch die Nähe zu dem Stripteasefoto wirkt Leia in ihren Stiefeln und dem kurzen Rock beinahe selbst wie eine Dame aus der Halbwelt. Daneben gibt es noch ein drittes, älteres Foto in Schwarz-Weiß, auf dem sie mehr nach sich selbst aussieht. Gequält lächelnd steht sie in Jeans und Bluse mitten im Bild. Hinter ihr guckt Viivi in einem viel zu großen Kapuzenpulli und mit ins Gesicht gezogener Mütze griesgrämig drein. Als Bildquelle wird die Gratiszeitung ihres Stadtteils angegeben, die seit Jahren schon nicht mehr erscheint.

Das Bild ist drei Jahre alt. Damals gewann Viivi überlegen den Tanzwettbewerb des örtlichen Jugendclubs. Der Schnappschuss wurde nach der Preisverleihung in der Turnhalle der Grundschule gemacht. Man würde Viivi nicht wiedererkennen, wenn es die Bildunterschrift nicht gäbe:

»Zwanghafter Konsum von sexuellen Dienstleistungen macht Beziehungen kaputt, sagt die alleinerziehende Leia Laine. Mit im Bild ihre sportliche Tochter Viivi Laine.«

Der Mann, der schwankend auf der Bank gegenüber hockt und sich angesichts des frühen Zeitpunkts in einem Zustand verblüffend massiver Betrunkenheit befindet, versucht erneut, Kontakt mit ihr aufzunehmen. Er stützt sich auf die Knie und reckt Leia das Gesicht entgegen.

»S-S-S…«

Leia blättert hastig eine andere Seite auf, eine, auf der man ihr Bild nicht sieht, und versucht so zu tun, als würde ihr das Interesse des Mannes gar nicht auffallen. Aber der beugt sich immer weiter nach vorn – und schlägt plötzlich mit der Hand auf die Zeitung, dass es nur so klatscht.

»S-S-Sudoku. Machen wir zusammen das S-S-S-Sudoku!«

»Danke für das Angebot, aber lieber nicht.«

Leia faltet die Zeitung zusammen. Mit verschränkten Armen drückt sie beide Boulevardblätter an sich.

Die fünfzigjährige Frau, die etwas am Handgelenk hat und wie eine Mathematiklehrerin aussieht, ist bis jetzt still gewesen. Nun macht sie eine Kopfbewegung in Leias Richtung.

»Dürften zwischendurch vielleicht auch mal andere die Zeitungen lesen? Die gehören nicht Ihnen.«

»Ehrlich gesagt, gehören sie mir«, erwidert Leia.

Sie faltet die Zeitungen noch ein paarmal und schiebt sie in ihre Handtasche. Die Handgelenkpatientin und der Mann beobachten sie mit großen Augen.

»Unglaublich egoistisch«, sagt die mit dem Handgelenk.

»Sie sind nicht allein hier«, sagt ein anderer.

Etwas Ähnliches hat ihr auch die Krankenschwester am Empfang entgegengeschleudert, als Leia bei der Anmeldung den Fehler beging, zu fragen, ob sie mit ihrem Bein gleich zum Röntgen dürfe.

Genau genommen verlor die Krankenschwester schon ihr gesamtes Mitgefühl, als Leia ihre Gesundheitskarte an das Lesegerät hielt.

Auch diese Karte machte Zicken. Auf dem Computer der Krankenschwester erschien die Nachricht, dass die Inhaberin der Karte verstorben sei.

»Verstorben?«

Leia wurde schwindlig. »Aber hier bin ich doch. Wann soll ich denn gestorben sein?«

»Heute.«

Jari war schon weg, er wollte den Parkplatz noch einmal gründlich absuchen. Daher gab es niemanden, der bezeugen konnte, dass sie diejenige war, die sie war, und vor allem dass diejenige, die sie war, garantiert noch lebte! Mit schweißnassen Händen kramte Leia Impfausweis, Bibliotheksausweis, Blutspendeausweis und Organspendeausweis aus ihrem Portemonnaie. Nichts davon wurde anerkannt. Auch nicht die Kundenkarten der drei konkurrierenden Lebensmittelketten oder die Strumpfhosen-Bonus-Karte aus dem Wäscheladen. Schließlich fand sich ganz unten im Stapel ein echter Schatz: der amtliche Personalausweis mit Lichtbild.

Quälend lange verglich die Krankenschwester Leias schmerverzerrtes, tränenüberströmtes Gesicht mit dem Foto, für das sie eigens beim Friseur gewesen war und sich sorgfältig geschminkt hatte. Als die Frau den Text weiterlas, der auf ihrem Computer erschienen war, musste sie losprusten.

»Was steht da?«, fragte Leia argwöhnisch. Sie versuchte vergebens, auf den Bildschirm zu spähen. »Lebe ich jetzt etwa wieder?«

»Ja. Ich habe Sie unter die Lebenden zurückgeholt. Es scheint da ein technisches Problem gegeben zu haben, tut mir leid. Aber lassen Sie uns die Angaben hier noch einmal überprüfen. Die Adresse ...«

»Ist seit zehn Jahren dieselbe. Und die Telefonnummer ist auch die alte, sobald sie wieder funktioniert.«

»Und Ihr Beruf? Ist der auch noch derselbe?«

Die Schwester sah ihr nicht in die Augen, sondern stierte auf den Bildschirm und biss sich dabei auf die Lippe.

»Was steht da?«, flüsterte Leia.

»Weltraumprinzessin.«

Sie ist in der Tat nicht die Einzige an diesem Tag. Obwohl es noch nicht einmal elf Uhr morgens ist, sitzen schon an die zwanzig Leute im Warteraum, vom Blitzeis überrascht und zu Fall gebracht, Leute, die umgeknickt sind und auf einem Bein hüpfen, Leute, die ein Handgelenk hängen lassen oder sich den Kopf halten, und in gleichmäßigen Intervallen bringen Taxis und Krankenwagen Nachschub. Dazu schreiende Kleinkinder, die auf dem Schoß ihrer Zombie-Eltern strampeln und wegen Ohrenschmerzen heulen und ihre Bazillen hemmungslos in alle Richtungen versprühen. Und natürlich die Stammkunden der Ambulanz, deren Merkmale man sofort und mit mehreren Sinnesorganen gleichzeitig wahrnimmt: Blut, Geruch, Gemurmel.

Es liegt eine gewisse Ironie darin, dass sie, nachdem sie im Geist so heftig an Viivis wilder Schiffstour Anteil genommen hat, nun selbst ihren Vormittag und womöglich den ganzen Tag in einer vergleichbaren Hölle verbringt.

Dabei kommt es ihr sogar vor, als würde der ganze Wartebereich schwanken. Ist ja auch kein Wunder. Schließlich ist ihr ganzes Leben aus den Angeln gehoben worden.

Irgendjemand quält sie, indem er ihre Daten manipuliert und ihre Karten sperrt – aber wer? Und warum? Und wie ist das möglich?

Dass die Girokarte spinnt, hätte noch Pech sein können. Das ist ihr früher auch schon mal passiert. Aber noch nie wurde behauptet, dass die Karte gestohlen sei. Und dass ihre Zeitkarte am selben Morgen leer war, kann nun wirklich kein Zufall sein. Auch dass sie angeblich das Zeitliche gesegnet habe und nach ihrer Auferstehung von ihrem schwachsinnigen »Beruf« erfahren musste ...

Weltraumprinzessin. Ein uralter Witz, haha. Ratet mal, wie oft ich den schon gehört habe. Ist überhaupt nicht lustig.

Ich mach dir das Leben zur Hölle, hat der Punktlose in seiner Nachricht geschrieben. Das ist sie also, die Hölle. Anders als sie es sich vorgestellt hat. Alles ist teuflisch verzerrt. Vollkommen unvorhersehbar.

Wer ist dieser Punktlose? Was wird als Nächstes geschehen?

»Hör mal, Minni. Was soll ich als Mann davon halten, dass jetzt die Feministinnen anfangen, sich um uns Männer zu kümmern? Habt ihr Frauen eure eigenen Angelegenheiten denn schon alle in Ordnung gebracht?«

»Keineswegs, Erkka. Und ich bin auch nicht sicher, ob du

zur Zielgruppe des geplanten Projektes gehörst. Aber Kale gehört dazu. Mal sehen, was er dazu sagt.«

Der Wortwechsel lässt Leia aufhorchen. Sie schnappt sich die Fernbedienung von dem aufgeschlitzten Kunstledersitz, wo sie unter dem Popeline-Mantel eines vor sich hin brabbelnden alten Mannes hervorlugt. Sie fragt sich nicht, was für einen Infektionsherd das Ding wohl darstellen mag, und vergisst für einen Moment sogar die Schmerzen in ihrem Bein. Sie stellt den Ton am Fernseher etwas lauter. Der Apparat hängt oben an der Wand und speist von dort aus das Morgenmagazin in den Wartebereich ein, ohne dass ihm große Aufmerksamkeit geschenkt würde.

Der launigen Unterhaltung des Moderatorenpaars folgt das Interview eines Mannes, der anonym bleiben will. Man sieht nur einen schwarzen Fleck auf dem Bildschirm. Die Stimme ist zu einem tiefen Lallen verlangsamt worden.

»Also, ich bin Kale, und ich hab da ein Problem. Ich hab 'ne tolle Frau und zwei kleine Kinder, aber meine Frau ist ständig müde und interessiert sich nicht mehr für Sex. Wir haben es schon mit allen Mitteln versucht. Sogar mit ein bisschen radikaleren.«

»Würdest du uns etwas mehr über diese Mittel erzählen?«

Die Stimme des Interviewers kommt so munter und eifrig von außerhalb des Bildes, dass der Zuschauer spätestens jetzt begreift, dass das Gespräch mit »Kale« fiktiv ist und lustig sein soll.

»Ich weiß nicht, ob ich mich das traue. Ich hab ihr die Schultern massiert und so. Und ... nein, verdammt, jetzt sage ich es einfach. Einmal hab ich sogar abgespült. Ja, jetzt ist es heraus. Ich habe wirklich abgespült.«

»Ziemlich radikal, in der Tat«, meint der Journalist. »Aber wie ging es dann weiter? Hat sich die Lage gebessert?«

Kale seufzt. »Sie hat mich auch danach nicht rangelassen.«

Im Hintergrund hört man nun rhythmisches Klatschen und Stöhnen, offenbar aus einem Pornofilm. Als Kale fortfährt, hat er plötzlich eine schrille Eichhörnchenstimme.

»Käuflichen Sex finde ich in meiner Lebenssituation echt okay. Kann ich nur empfehlen. Dann kriegt auch die Frau keine schlechte Laune, weil man ihr dauernd in den Ohren liegt. Wenn ich regelmäßig fremdgehe, hat meine Frau ihre Zeit mit den Kindern, und wenn ich zurückkomme, kann ich ein guter Ehemann und Vater sein. Dabei hilft mir ProMen.«

»ProMen?«, erkundigt sich der Journalist.

»ProMen. Das Hilfsteam für echte Männer wie mich.«

Kalte Schauer laufen Leia über den Rücken. Die machen die ganze Sache zur Farce, verfälschen ihre Idee total.

Der Säufer gegenüber grummelt lauter. Leia passt die Lautstärke des Fernsehers an – und erschrickt. Auf dem Bildschirm sieht sie sich selbst.

»Sexsucht ist eine Abhängigkeit wie viele andere, und oft führt sie zum wiederholten oder sogar regelmäßigen Kauf von Sex.«

Autsch, wie blödsinnig die aus dem Zusammenhang gerissene Äußerung klingt, nach dem, was vorher gesagt wurde – sie wirkt beinahe grotesk.

»Selbsthilfegruppen werden sowohl für die Käufer von Sex als auch für ihre Partnerinnen gegründet, falls Nachfrage besteht. Es lohnt sich – trau dich und nimm Kontakt mit uns auf.«

Jetzt sind wieder die Moderatoren auf dem Bildschirm zu sehen.

»Wie steht's, Erkka? Traust du dich, in dieser Selbsthilfeangelegenheit Kontakt mit Leia Laine aufzunehmen?«

»Na, na, Minni. Ich glaube, dass eher Kale ein Problem in dieser Richtung hat. Bei uns zu Hause wird regelmäßig – abgespült.«

Das Moderatorenpaar bricht in ein Gelächter aus, das in den Ohren schmerzt.

»Laine.«

Leia rappelt sich auf und verzieht das Gesicht, als ihr kranker Fuß versehentlich den Boden berührt. Sie greift nach ihrer Handtasche, dem Kühlpack und dem Stiefel, den sie von dem verletzten Fuß gezogen hat, und hüpft auf einem Bein zu der im Gang wartenden Röntgenschwester, was mit einem zehn Zentimeter hohen Absatz gar nicht leicht ist.

Als ihr etwas Hartes gegen den Rücken prallt und von dort auf den Fußboden fällt, bleibt sie überrascht stehen.

Sie dreht sich um. Auf den Bodenfliesen liegt die Fernbedienung.

Jemand hat mit der Fernbedienung nach ihr geworfen!

Erst da bemerkt sie, wie störend laut der Fernseher immer noch eingestellt ist.

Sie starrt auf die drei Reihen Menschen, deren Ächzen und Weinen und Schniefen sie sich den ganzen Morgen lang angehört hat. Alle warten, was sie als Nächstes tut. Bückt sie sich, um die Fernbedienung vom schmutzigen Boden aufzuheben, um beschämt um Verzeihung zu bitten und den Ton leiser zu stellen? Oder lässt sie es bleiben? Tut wieder einmal so, als hätte es nicht wehgetan? Auch diesmal nicht?

Keiner hat das Recht mit irgendetwas nach ihr zu werfen!

»Wer war das?«

Niemand antwortet. Das zwanzigjährige Mädchen, das sich blutige Watte unter die Nase hält, kichert. Der betrunkene Sudoku-Typ schaut, als würde er nicht kapieren, was gerade vor sich geht. Der nach eingetrocknetem Schweiß und Pisse stinkende Alte mit der gegerbten Haut legt seinen Kopf wieder in die Hände. Die Mathematiklehrerin zieht eine Grimasse und spuckt in ihre Richtung.

»Pfui Teufel.«

Zuerst wird die Hose ohne Erlaubnis unten aufgeschnitten und das Bein in den richtigen Winkel für die Aufnahme gedreht. Leia beißt sich auf die Lippe und ballt die Fäuste. Wieder zu den Toten zurückzukehren, kommt ihr allmählich wie eine ernstzunehmende Alternative vor. Dann stellt sich anhand der Aufnahmen heraus, dass der Winkel schlecht war und das Bein wird noch mehr verdreht.

Da kommt der Schrei.

Die Schmerzmitteldosis im Tropf wird erhöht.

Bisher war sie zwei Schwestern ausgeliefert gewesen. Jetzt rauscht ein Mann im weißen Kittel herein, offenbar ein Arzt. Er gibt Leia nicht die Hand und nennt auch nicht seinen Namen.

»Nicht dislozierte und nicht gesplitterte Fraktur«, sagt er. »Keine Fehlstellung, keine Verkürzung, keine Verdrehung. Konservative Behandlung.«

Der Arzt spricht zu einem Computerbildschirm, auf dem ihr Bein zu sehen ist, ins Gesicht schaut er ihr kein einziges Mal. Dann verschwindet er wieder. Mit ihm huscht eine der Schwestern hinaus. Offenbar ist Leia ein äußerst uninteressanter Fall.

Ich bin eine konservative Behandlung. Aus irgendeinem Grund bringt sie das irrsinnig zum Lachen. Es kommt wahrscheinlich von dem Schmerzmittel. Die Schwester stimmt nicht mit ein, sondern zieht ihr einen langen Strumpf über das Bein und umwickelt es energisch von der Ferse an nach oben mit feuchten Gipsbinden.

Erst als der Verband fast bis zur Leiste reicht und anfängt, hart zu werden, kommt Leia auf die Idee zu protestieren. Warum wird das ganze Bein eingegipst, wenn nur der Unterschenkel gebrochen ist?

»So wird das nun mal gemacht«, sagt die Schwester überdrüssig.

Man will sich gar nicht mehr richtig darüber aufregen. Durch das Medikament fühlt sich Leia herrlich entspannt, es nimmt nicht nur den Schmerz, sondern auch jegliches Zeitgefühl und alle bedrängenden Gedanken.

Vielleicht schläft sie sogar kurz ein, denn sie fährt zusammen, als ihr der Tropf aus dem Handrücken gezogen wird. Da ist der Gips fertig, innen noch ein bisschen feucht, aber außen bereits hart.

Sie bewegt die Zehen. Dort unten am anderen Ende des Gipses sehen sie ganz klein und entfernt aus, irgendwie verloren, schutzlos und rosa.

»Wird in nächster Zeit eine Herausforderung sein, die Zehennägel zu lackieren«, sagt sie zur Schwester.

»Es könnten wohl auch viele wichtige alltägliche Verrichtungen zur Herausforderung werden«, gibt die Schwester zurück.

Leia begreift, dass sie auf eine gestoßen ist, die noch weniger Humor hat als sie selbst.

Der Gips ist überraschend schwer, merkt sie, als man ihr hilft, sich hinzustellen. Sie erhält Krücken und kurze Anweisungen, wie man sich damit vorwärtsbewegt. Ein Zettel mit Gymnastikübungen und Hinweisen zur sonstigen Versorgung des Beins drückt man ihr zum Lesen daheim in die Hand. Und man hilft ihr in einen schwarzen Schuh, der wie für ein Elefantenbaby aussieht.

»Hat Sie jemand hergebracht?«, fragt die Schwester dann.

»Nein. Ich bin mit dem Taxi gekommen.«

»Sie wohnen aber nicht allein?«

»Ich wohne mit meiner Tochter zusammen. Sie ist sechzehn.«

Wieder kommt ihr die ganze fürchterliche Ereigniskette in den Sinn, die sie auseinanderdröseln muss, sobald sie zu Hause ist. Die Zeitkarte, die unfassbarerweise nicht aufgeladen ist, die durchgeschnittene Girokarte, das angeblich ungedeckte Bankkonto und dann noch das mit dem Telefon ... Am liebsten würde sie fragen, ob sie nicht doch hierbleiben darf. Wieder ins Krankenhausbett klettern, wieder um den Tropf bitten.

»Meine Tochter kommt erst morgen von einer Reise zurück. Könnte ich von irgendwo meine Schwester anrufen, damit sie mich abholt? Ich habe mein Handy nicht dabei.«

»In der Eingangshalle gibt es einen Münzfernsprecher.«

»Äh, ich habe auch kein Geld dabei.«

Ohne etwas zu sagen, holt die Schwester ein Handy hervor.

Glück im Unglück, dass Ripsas Nummer seit ewigen Zeiten dieselbe ist. Eine der wenigen Nummern, die sie einmal auswendig gelernt hat.

Und sie meldet sich tatsächlich. Wie immer, wenn der Anruf von einer unbekannten Nummer kommt, bereit, sofort aufzulegen.

»Ich kaufe nichts.«

8

Ein Unfall. Er hat es geahnt. Irgendetwas in der Art ist Leia tatsächlich passiert.

Denn natürlich findet er die Nadel im Heuhaufen, wenn er nur gründlich genug sucht. Wie ein Angler die Rute wirft er Leia Laines Sozialversicherungsnummer in jede Stromschnelle, und in der Datenbank der Kliniken rund um Helsinki zuckt die Schnur.

Leia hat sich um 8:59 wegen einer Beschwerde am Bein in der Ambulanz angemeldet, so viel bekommt er aus dem

Klinikkauderwelsch heraus. Gleichzeitig sind kleine Veränderungen an Leias Patientendaten vorgenommen worden.

Sie schätzt seinen Humor nicht, denn als Beruf steht da jetzt wieder Geschäftsführerin.

Sieh an. Leia leidet unter anderem an allergischem Schnupfen. Auch beginnendes Asthma ist hier verzeichnet. So weit er sich erinnern kann, wird das in den Angaben zu ihrer Gesundheit, die für die Versicherungsgesellschaft gemacht worden sind, nicht erwähnt. Aber keine Sorge, dein alter Freund Land-0 schweigt wie ein Grab. Jeder hat eine Leiche im Keller, wenn man etwas genauer nachsieht. Er kann es kaum erwarten, bis der Tag kommt, an dem die Patientendaten aller fünfeinhalb Millionen Finnen mit der Superdatenbank verbunden werden, an der so lange gearbeitet wurde und die bald jede Praktikantin in jedem kommunalen Gesundheitszentrum auf ihrem PC öffnen kann. Was wird das für einen Rummel geben. Ein Sommerschlussverkauf der Gesundheitsdaten.

Er kann sich jedoch nicht mehr länger über seine Entdeckung freuen, denn in Kuopio klingelt schon wieder das Privathandy des Ministers.

Damit ist zu rechnen gewesen. Er jedenfalls hat damit gerechnet.

Valtti Nyman kommt direkt zur Sache.

9

»Hast du deine E-Mails gelesen?«

»Ich hatte was anderes zu tun. Wann hast du mir was geschickt?«

»Kurz nach zehn. Weil du nicht ans Telefon gegangen bist.«

»Hast du das Diensthandy angerufen? Ich war mit meinem Sohn … ein bisschen draußen und hab nur das private eingesteckt.«

»Genau das habe ich angerufen. Zuerst war besetzt und dann hat es nicht mal angeläutet.«

Durch Valtti Nymans Worte klingt der Tadel durch.

»Tja«, sagt Tarmo und wirft einen Blick auf Sisu. »Was wird das wohl gewesen sein, vielleicht eine schlechte Verbindung. Jedenfalls hat es kein einziges Mal geklingelt …«

»Lange wart ihr aber nicht draußen. Und jetzt hängst du schon wieder am Telefon.«

Annu kommt mit Voima auf dem Arm an die Tür, um dabei zuzusehen, wie er und Sisu mit roten Backen den Vorraum betreten und den Schnee von den Schuhen trampeln. Prompt verdirbt dieser Nyman den vielversprechenden Anfang dieses Tages, kaum dass man das Handy wieder einschaltet.

»Warte«, sagt Tarmo ins Telefon und dann zu Annu: »Wir waren immerhin über eine Stunde unterwegs.«

»Der Stiga ist echt superschnell«, erklärt Sisu seiner Mutter. »Papa hat's auch ausprobiert und ist ins Gebüsch gefahren, hihi …«

»Prima, dass du mit Papa beim Rodeln warst«, unterbricht ihn Annu. »Aber zieh jetzt den nassen Schneeanzug aus und häng ihn bitte selbst an den Haken.«

Sisu schält sich aus dem Overall, hängt ihn unter Annus wachsamem Blick auf und rennt ins Wohnzimmer, von wo man die grellen Stimmen des Kinderprogramms hört.

Annu richtet den Blick auf Tarmo. Voima ebenso. Zwei Augenpaare nebeneinander, bereit zum Urteil.

»Hier hat das Telefon jedenfalls mehr als genug geklingelt. Ich hab deine Aktentasche ins Arbeitszimmer gebracht, weil ich keine Lust mehr hatte, mir den Lärm anzuhören.«

»Äh. Danke.«

»Wen hast du jetzt schon wieder wütend gemacht?«

»Ich hab niemanden wütend gemacht.«

»Wenn du dich schon mal hierher bemühst, solltest du nicht die ganze Zeit am Telefon verbringen. Du könntest etwas von deiner kostbaren Zeit auch deinen Töchtern widmen. Rauha hat schon die ganze Woche gefragt, wann kommt Papi, wann kommt Papi, und Lempi hat gestern eine Karte für dich gebastelt.«

»Herr...schaftszeiten, ich widme ihnen Zeit! Ich *will* ihnen Zeit widmen! Aber das hier ist wichtig, das muss erledigt werden.«

Annu zischt halblaut etwas Giftiges, wendet sich mit Voima ab und kehrt in die Küche zurück, um dort weiterzumachen, womit auch immer, mit dem Kochen des Mittagessens wahrscheinlich.

Tarmo flucht leise vor sich hin, als er das Handy wieder ans Ohr drückt.

»Was ist mit der E-Mail?«, fragt er Nyman.

»Schau sie dir an.«

»Das ist aber geheimnisvoll. Wie wär's, wenn du es mir einfach sagst?«

»Ich warte.«

Ach, er wartet. So lassen ihn neuerdings seine Frau und sein Referent springen. Tarmo marschiert ins Arbeitszimmer und knallt die Tür so heftig zu, dass man es sicher auch in der Küche hört. Und in Helsinki.

Die Aktentasche hat Annu auf den Schreibtischstuhl gestellt. Er legt sie auf den Tisch und setzt sich auf den alten, nach Leder duftenden, in einem Antiquitätenladen gekauften Stuhl. Und er flucht, diesmal laut.

Soweit er sich erinnern kann, haben Annu und er vereinbart, dass das Arbeitszimmer sein privater Bereich im Haus ist, dem Vertiefen in wichtige Unterlagen und dem Nachdenken über nationale Angelegenheiten vorbehalten. Das würde er nämlich auch an den Wochenenden zu Hause kaum ganz vermeiden können. Aber am Computer, der auf dem Eichenholztisch aus dem gleichen Antiquitätenladen steht, brennt das Lämpchen, er ist eingeschaltet, und der Stapel mit dem Entwurf zu den Erneuerungen im Gesundheitswesen ist seit seinem letzten Besuch verschoben worden.

Auf dem Stapel thront ein blauer Schnuller. Einer von denen, an denen Voima nuckelt, wenn er nicht an der Brust seiner Mutter hängt.

Er hätte ein Schloss für die Tür zum Arbeitszimmer verlangen sollen. Dann könnte er von außen abschließen und den Schlüssel mit nach Helsinki nehmen.

Er schnappt sich die Maus. Ein Klick, und der Rechner springt an.

»Ist eingeschaltet«, sagt er ins Telefon. »Hast du sie an die Parlamentsadresse geschickt?«

»An die private. Selbstverständlich.«

Selbstverständlich. Wieder mal eine Gelegenheit für ihn, das zu sagen.

Das private E-Mail-Postfach wird nicht von Mitteilungen aus Parlament und Kabinett, von Mails der Fraktion und Parteiführung und auch nicht von den direkten Zuschriften der Bürger und Lobbyisten aller Art belastet, die Nyman abzuarbeiten versprochen hatte, bevor sie den E-Mail-Eingang seines Dienstaccounts endgültig verstopfen würden. Hierher gelangen nur Mails vom Jagdverein und von den Elchjägern sowie von Perttu und Make, den Kumpeln, mit denen er nach Lappland fährt, um im Teno Lachse zu angeln.

Ab und zu sammeln sich dort auch Nachrichten von Lolitas und Fatimas an, die ihn auf immer neue Seiten mit Mädchen locken. Die löscht er sofort.

Jetzt steht ganz oben im Eingangsordner die Mail, die Nyman heute um 10:03 Uhr geschickt hat, mit der Betreffzeile: Lies das sofort und ruf mich an.

Die Mail enthält lediglich einen Link. Sie führt Tarmo auf die Seiten der *Abendzeitung*, zu einem Artikel über ProMen und Leia Laine. *»Ich bin nicht lesbisch.«*

Tarmo schnaubt.

Während er den Artikel überfliegt, wächst seine Erleichterung darüber, nicht in die gestrige Sendung gegangen zu sein, obwohl sie ihn angebettelt hatten. Nicht einmal zu einem Kommentar war er bereit gewesen. Trotzdem wird am Schluss des Artikels sein Name genannt, immerhin in neutralem Ton.

Justizminister Tarmo Häkkilä wird letzten Endes entscheiden, ob der Dienst seine Arbeit aufnehmen kann.

Kein Wunder, dass sie ihm heute auflauern. Aber wo haben sie seine Privatnummer her?

»Na? Und? Hast du es gelesen?«, ruft Nymans Stimme aus dem Telefon. Er will seine Meinung hören. Tarmo hält sich das Handy ans Ohr.

»Die lügt. Wenn sie so viel Aufhebens davon macht, dann ist sie bestimmt lesbisch.«

»Tarmo. Ich stelle dir jetzt eine Frage und bitte dich, absolut ehrlich zu antworten.«

»Ich bin doch immer, äh ...«

»Euer ... Gespräch da. Zwischen dir und dieser, hm, Myriam. Ging es dabei auch um – Geld?«

Tarmo atmet tief durch. Aus, ein, aus.

»Ja«, muss er notgedrungen antworten.

»Ist womöglich welches ... in Aussicht gestellt worden? Als eine Art ... Gegenleistung?«

»Ja.«

Es folgt eine Pause, in der ihm ziemlich viele verschiedene

Varianten durch den Kopf schießen, wie schlimm alles den Bach hinuntergehen kann. Schließlich redet Nyman weiter.

»Tarmo. Hör mir jetzt genau zu. Deine sogenannte Myriam …«

»Ja?«

»Der Nerd hat sie ausfindig gemacht.«

»Endlich! Wo?«

»Die Nachrichten, euer Gespräch – es kam alles von Leia Laines Computer.«

»Verdammt noch mal, was?«

Plötzlich fällt ihm das Atmen schwer. Tarmo greift mit der freien Hand nach dem Hemdkragen und zieht daran.

Und dann bleibt sein Herz fast stehen.

Irgendwann während des Telefonats ist die Tür unbemerkt einen Spaltbreit aufgegangen. Er begegnet dem blauäugigen Blick eines kleinen Mädchens.

Unter den blonden Locken leuchtet eine Reihe Milchzähne auf. Die Hand hält eine Barbie in die Höhe.

»Papi, Babi spielen.«

Tarmo springt auf.

»Raus!«

Rauha wimmert und rennt davon.

Tarmo befühlt durch das Hemd hindurch sein Herz. Es schlägt lebensgefährlich schnell. Zwangsläufig kommt ihm der Gedanke, dass sein Vater damals in seinem Alter starb. Allerdings hatten Spirituosen einen starken Anteil daran.

Sobald ihn seine Beine tragen, geht er zur Tür, um sie zu schließen. Der Stuhl jammert wie ein gebrechlicher Greis, als Tarmo sich wieder auf seinem Schoß niederlässt.

Vorhin, als er draußen die Freude seines Sohnes sah, der den Schlitten unentwegt den Hang hinaufzog und wieder hinuntersauste, ließ die Panik, die in der durchwachten Nacht von Stunde zu Stunde schlimmer geworden war, ein wenig nach. Das Video war nicht gefunden worden, Myriam Navoko war nicht gefunden worden. Vielleicht ist er doch noch einmal davongekommen, wenn auch ohne eigenes Verdienst.

Dieses Mal noch. Das allerletzte Mal.

Und nun fällt dieses Luftschloss in sich zusammen.

Wieder ruft Nyman ins Telefon, er wundert sich, wohin Tarmo verschwunden ist.

»Was ist bei dir los?«

»Diese Lesbe«, sagt Tarmo mit gedämpfter Stimme. »Leia Laine. Was weiß die? Und *wie* kann sie etwas wissen?«

»Das wird gerade geklärt. Aber hör zu«, sagt Nyman und fängt offenbar an, etwas vorzulesen: *»Ein vaterloses Mädchen ist eine leichte Beute, weil es immer auf der Suche ist. Bist du dir sicher, dass ...«*

»Wie kannst du es wagen!«

Wieder ist die Tür zum Arbeitszimmer aufgeflogen. Diesmal steht Annu auf der Schwelle, die bitterlich weinende Rauha an der Hand.

»Da kommt dein Kind zu dir und du behandelst es so! Zuerst bist du wochenlang nicht da, und dann schreist du herum und führst dich auf wie ... wie ...«

Tarmo saugt an seiner brottrockenen Unterlippe.

»Annu, mein Schatz, nicht jetzt, ich ...«

»Tag und Nacht hängst du am Computer. Ich weiß schon, was du da treibst.«

Der Schnuller auf dem Papierstapel hüpft in die Luft, als Annu die Tür zuschlägt.

»He, hallo! Was ist denn los bei dir?«

Nymans Stimme kommt gedämpft aus dem Telefon. Tarmo bricht das Gespräch ab.

Ihm ist flau.

Ich weiß schon, was du da treibst.

Er muss eine Weile suchen, bis er die richtige Stelle findet.

Browser-Menüleiste, Sicherheitseinstellungen, Verlauf speichern.

Die Alternative *Verlauf automatisch löschen* ist nicht angekreuzt.

Jede Seite, die er von diesem Computer aus besucht hat, ist gespeichert. Annu war gestern auf der Seite einer Frauenzeitschrift, wo das im August erstellte Porträt noch einmal erschienen ist, offenbar wegen seiner Ernennung zum Minister. Annu hat sogar eine Antwort auf einen Kommentar geschrieben, in dem eine unter dem Kennwort »Alleinerziehende« das Maul aufriss.

Danke für deinen Kommentar, Alleinerziehende! Ich wünschte, die Dinge wären so schwarz-weiß, wie du sagst. Sie sind es aber nicht. Und ein Artikel in einer Zeitschrift beleuchtet die Wirklichkeit nur aus einem schmalen Blickwinkel. Mit freundlichen Grüßen, Annastiina Häkkilä.

Früher wurden Seiten von Online-Shops besucht, die Kinderkleider verkaufen, ein Spitzenkleid Größe 116 wurde gesucht, Preis 149,90. Oder es wurden auf verschiedenen Seiten Rezepte recherchiert – *Jetzt frisch auf den Tisch: kräftige Herbstaromen aus dem Wald* – und ein Forumsgespräch über Mittelohrentzündung auf *baby.fi* verfolgt.

Es wurden auch Seiten angeklickt, die man als Erwachsenenunterhaltung bezeichnen könnte. Zahlreiche Seiten dieser Art.

Das sind die Adressen, die er selbst aufgesucht hat. An seinem letzten Heimatwochenende.

Und an denen davor.

Man könnte es einen Albtraum nennen, aber es ist die Wahrheit. Und es wird immer schlimmer.

Am häufigsten sind in letzter Zeit nämlich Seiten angeklickt worden, deren Titel sich aus der Kombination verschiedener Nachnamen zusammensetzen.

Raninen & Kokkola.

Lund, Forsiums und Saarinen.

Hier und da steht auch ein spezifizierendes Wort dabei: Anwaltskanzlei.

Als er willkürlich eine dieser Homepages öffnet, ahnt Tarmo schon, was er finden wird. *Eine Scheidung einzureichen, ist ziemlich einfach ...*

Das Telefon auf dem Tisch läutet. Es ist wieder Valtti Nyman.

Jetzt kann er nicht antworten. Seine Augen brennen. Er blinzelt das Salzwasser weg, aber es kommt immer mehr davon nach. Er wischt es mit der Hand ab. Was ist nur los mit ihm?

Im Sichtfeld ist ein Stern aufgegangen. Ein kleiner, heller Stern, dessen Zacken zittern, als er den Kopf zur Seite neigt, und der erst verschwindet, als er die Tränen wegwischt.

Warum brennt da ein Lämpchen?

10

»Spionierst du mir nach?«

»Wieso?«

»Die Kamera ist an. Am PC.«

»Dann deck sie ab!«

Vielleicht wird ein Buch vor die Linse gestellt oder ein gefaltetes Blatt Papier, vielleicht wird nur der Daumen daraufgelegt. Das Ergebnis ist in jedem Fall das gleiche. Monitor drei wird dunkel.

Shit. Von nun an ist er allein auf den Ton angewiesen. Und auch der ist gedämpft worden.

»Wer bespitzelt mich?«

Tarmo Häkkiläs Stimme klingt ziemlich fremd, da ihr die übliche Aufgeblasenheit abhandengekommen ist.

»Das kann man nicht wissen«, sagt Nyman.

»Myriam? Also Leia Laine?«

»Man könnte es vermuten«, sagt Nyman.

»Ist es möglich, dass ... auch jetzt mitgehört wird?«

»Ja.« Nyman räuspert sich. »Ich schlage eine Krisensitzung vor, unter vier Augen. Und zwar sofort. Finnair fliegt um fünf vor zwölf. Das schaffst du.«

»Das schaffe ich?«

»In zehn Minuten steht das Taxi vor deinem Haus. Du sitzt in der Maschine auf Platz 2A, mit reichlich Beinfreiheit. Das Ticket bekommst du auf dein Diensthandy ... in dieser Sekunde.«

»Äh, danke. Ziemlich effektiv.«

»Es nützt nichts, es auf die lange Bank zu schieben ... Ich hol dich ab, und dann reden wir. Auch über das Honorar für meinen Kontakt, wir haben gerade verhandelt, ich habe seine Kontonummer. Und kauf dir am Flughafen als Reiselektüre beide Boulevardblätter.«

»Mir ist nicht nach Lesen zumute ...«

»Kauf sie.«

Damit ist das Gespräch zu Ende.

Er nimmt den Kopfhörer ab. Ausgerechnet seinen Kommentar hat Valtti Nyman aus all den Reaktionen auf der Horrorhomepage von Tähtimö herausgepickt und seinem Chef vorgelesen. Was hat das zu bedeuten? Was verspricht sich Nyman davon?

War das Vorlesen etwa eine Botschaft an ihn, Land-0? Wollte Nyman ihm damit sagen, dass er weiß, dass er zuhört? Aber Nyman kann nicht wissen, wer den Kommentar geschrieben hat. Unmöglich – und doch ist es beunruhigend.

Etwas ist hier faul. Valtti Nyman scheint endlich begriffen zu haben, dass seine Honorarforderung nicht zu den Ausgaben gehört, auf die sich die Sparmaßnahmen der Regierung in dieser Legislaturperiode beziehen sollten. Aber warum hat er seinem Chef nicht erzählt, was er von Land-0 gehört und genau verstanden hat? Dass er, Land-0, Telefonate abhört und aufnimmt, und nicht Myriam »Non-existent« Beyoncé, geschweige denn Leia Laine.

Der Mann führt irgendetwas im Schilde.

11

»Herrgott hilf!«, entfährt es Ripsa in der Eingangshalle der Klinik, als sie Leia mit Gips und Krücken sieht.

»Ganz genau«, sagt Leia. »Und das ist noch nicht alles.«

Sie lässt kurz unter dem Mantelschoß sehen, wie weit der Gips nach oben reicht. Ripsa ist entsetzt.

»Wieso ist das Bein so weit eingegipst? Damit kannst du ja überhaupt nichts tun.«

»Das ist eine konservative Behandlung.«

»Nee. Wie jetzt?« Ripsa ist sich offenbar nicht sicher, ob das ein Witz sein soll. »Tut es weh?«

»Ich hab ein gutes Mittelchen bekommen.«

»Mein Punto steht gleich da vorne.«

Ripsa nimmt die Handtasche und die Plastiktüte mit dem tückischen Stiefel und den schriftlichen Anweisungen der Klinik und geht neben ihr, bereit, sie zu stützen, falls sie ein weiteres Mal zu fallen droht.

Ihr Auto hat sie im Halteverbot geparkt. Leia sagt nichts dazu, weil sie dankbar ist, nicht die zweihundert Meter bis zum Gästeparkplatz humpeln zu müssen. Zwanzig Meter genügen auf dem schlecht gestreuten Fußweg. Die Gummienden der Krücken rutschen, die Krücken zittern, obwohl Leia sie umklammert, als ginge es um ihr Leben.

Als sie Ripsas roten Wagen erreichen, läuft Leia der Schweiß über den Rücken, und sie befinden sich beide in einem Zustand leichter Hysterie.

Sie überlegen verschiedene Verladungsvarianten. Der Beifahrersitz ist ausgeschlossen, man kann ihn nicht weit genug zurückschieben, sodass der Gips hineinpasst. Eine Möglichkeit wäre es, das Fenster herunterzukurbeln, damit Leia das Bein hinausstrecken kann, allerdings müsste sie sich dann seitlich auf den Sitz legen, mit dem Gesicht zur Rückenlehne, weil ja das linke Bein eingegipst ist. Ein Dachgepäckträger wäre vorhanden, und im Kofferraum gäbe es eine Schnur ...

Schließlich kriecht Leia mit Ripsas Unterstützung auf die Rückbank. Wenn man sich seitlich platziert, mit dem Rücken zur Tür, passt das Gipsbein gerade so auf die Bank. Nachdem Ripsa sie noch irgendwie angeschnallt hat, ist Leia so erschöpft und dankbar, dass ihr die Tränen kommen.

»Es wird alles gut«, sagt Ripsa. »Fang jetzt bloß nicht an zu heulen.«

»Ich bin dir echt dankbar, dass du gleich gekommen bist.«

»*No problem.* Ich dachte, bei uns daheim wäre der Teufel los, aber in Wahrheit war er bei dir los. Hier hast du ein Tempo. Putz dir die Nase. Und zwar richtig, das hilft. So.«

Ripsa wischt Leia die Nase ab, wie sie es bei ihren Kindern tut, dann schließt sie die Tür und öffnet den Kofferraum, um die Krücken zu verstauen.

»Weißt du, was?«, sagt sie von hinten. »Diese Gummidinger kann man abnehmen. Darunter sind Metallspitzen, mit denen hättest du zum Auto tanzen können.«

»Echt?«, schnieft Leia.

Ripsa schlägt den Kofferraum zu und setzt sich ans Steuer.

»Ich bring dich nach Hause und helf dir rein, aber ich kann nicht besonders lange bleiben, weil Santeri um zwei Training in der Halle hat und Sakke ihn nicht bringen kann, weil er selbst zu einem Herren-Turnier muss. Außerdem habe ich versprochen, für den Aktionstag der Elternvertreter in Siljas Kindergarten Waffeln zu backen. Der fängt um zwei an, und ich muss noch den Teig und tausend andere Sachen machen. Aber zuerst machen wir es dir bequem, damit du klarkommst, bis Viivi wieder da ist. Kommt sie nicht morgen, gegen Mittag? Bis dahin lässt du es am besten ruhig angehen.«

»Ja«, haucht Leia.

Sie muss sich mit einer Hand an der hinteren Rückenlehne und mit der anderen an der vorderen festhalten, damit sie bei plötzlichen Beschleunigungen, in Kurven und beim Bremsen nicht wie verrückt hin- und hergeschleudert wird. Ihre kleine Schwester ist schon immer die Temperamentvollere von ihnen beiden gewesen, kein Wunder, dass sie einen Fahrstil pflegt, den sie selbst als *südeuropäisch* bezeichnet.

Kurze Pause, abrupter Spurwechsel, und schon wird weitergeredet.

»Ich bin neidisch auf dich, weil Viivi schon so groß ist. Geht mit ihren Freundinnen aufs Schiff und du musst nicht ständig auf sie aufpassen. Du kannst dich wahrscheinlich schon gar nicht mehr daran erinnern, was für ein Zirkus das mit kleinen Kindern ist ...«

»Du, hör mal«, unterbricht Leia sie. »Könnten wir einen kleinen Umweg machen? Es dauert nicht lange.«

»Wohin denn?«

»Zum Polizeipräsidium.«

Rote Ampel. Ripsa tritt auf die Bremse und schafft es, knapp vor der Kreuzung zum Stehen zu kommen. Sie dreht sich nach hinten um. »Was willst du bei der Polizei?«

»Ich möchte die in ein paar Dingen um Rat fragen. Und ein bisschen Feedback geben.«

»In welchem Jahrtausend lebst du eigentlich? Frag im Internet, dort wird heute alles geregelt. Am Wochenende haben die Polizeipräsidien nicht geöffnet. Heutzutage muss man sogar die Verbrechen zur Dienstzeit von Montag bis Freitag begehen«, sagt Ripsa und lacht. »Den Diebstahl von Sakkes Rennrad haben wir auch im Internet angezeigt, das ging ruckzuck. Das Rad haben wir natürlich nicht wiedergekriegt, aber die Versicherung hat diese Anzeige verlangt und dann auch einigermaßen bezahlt. Das mit der Versicherung lief auch übers Internet.«

»Internet, Internet«, murmelt Leia. »Alles muss man im Internet machen.«

»Was nuschelst du dahinten? Bist du etwa zur Digitalverweigerin geworden, oder was? Dein Job spielt sich immerhin auch bald im Netz ab. Viivi kann dir helfen, wenn sie kommt, Viivi ist gewieft in solchen Sachen. Aber am Montag kann man bei der Polizei auch anrufen.«

Ripsa grinst erneut spöttisch.

»Denk nur, wie altmodisch. Anrufen. Mit dem Telefon.«

Die Ampel springt auf Grün, Ripsa tritt aufs Gaspedal. Leia greift wieder nach den Rückenlehnen.

»Dann lass uns wenigstens an einem Kiosk anhalten. Ich muss mir eine Prepaid-Karte für mein altes Handy kaufen.«

»Was ist denn mit deinem neuen passiert?«

»Uhhuh. Ich erzähl es dir gleich.«

Da fällt ihr etwas anderes ein.

»Könntest du mir übrigens das Geld für die Prepaid-Karte leihen?«

»Ich hab dir heute Morgen eine SMS geschickt, aber du hast nicht geantwortet.«

Viivis Stimme von der anderen Seite der Ostsee klingt beleidigt.

»Und von welchem Handy rufst du eigentlich an? Ich wollte zuerst gar nicht rangehen.«

»Das ist ein Prepaid«, sagt Leia. »Speicher dir die Nummer, damit du mich heute und morgen früh erreichst, falls nötig. Wenn du wieder zu Hause bist, erzähl ich dir alles.«

Viivi weiß noch nicht, was passiert ist. Dass sie in Finnland in die Zeitung gekommen ist und im Internet durchgehechelt wurde. Zum Glück weiß sie es nicht. Leia hat nicht vor, es ihr im Einzelnen zu erzählen.

Sie blickt auf ihren Gips. Und sie wird ihrer Tochter mit ihren Sorgen auch nicht die Reise verderben.

»Okay«, sagt Viivi. »Ich mach jetzt Schluss, wir stehen gerade vor dem ABBA-Museum, die anderen gehen schon rein.«

»War's schön bis jetzt?«, beeilt sich Leia zu fragen.

»Ja, war es.«

»Und ist es ... ich meine, habt ihr neue Freunde gefunden?« Leia schielt auf Ripsa, die die Augen verdreht.

»Ja, ja, ich bin immer mit Freunden unterwegs. Aber ich muss jetzt ...«

»Sag noch schnell, wie die Freunde heißen«, versucht es Leia.

Und Viivi legt auf.

Ripsa verfolgt amüsiert, wie Leia das alte Nokia, mit dem sie über das Wochenende auskommen muss, auf den Küchentisch legt.

»Wolltest du sie gerade nach einem Jungen aushorchen, so ganz feinfühlig?«

»Sei du nur glücklich, dass deine Kinder noch klein sind«, schnaubt Leia.

Sie ist immer noch vollkommen verschwitzt von der Kraftanstrengung. Auf einem Bein in den zweiten Stock, wenn auch von Ripsa gestützt – das Wohnen in einem Haus ohne Lift zeigt nun auch ihr seine Schattenseiten, obwohl sie noch keinen Rollator braucht.

Sie hat sich eingebildet, besser in Form zu sein als Ripsa, die schon immer leicht zur Molligkeit neigte, aber die Schwester scheint nicht einmal außer Atem zu sein.

Jetzt fängt sie erst richtig an zu verstehen, wie sie in den nächsten Tagen zu Hause festsitzen wird. Sie kann nicht einmal mit dem Taxi kurz ins Büro fahren. Bis sie gelernt hat, geschickt die Krücken zu benutzen, ist sie vollkommen auf das Wohlwollen ihrer Mitmenschen angewiesen. Heute auf das von Ripsa, morgen auf das von Viivi. Wie kommen nur all die Leute zurecht, die niemanden haben?

Ohne Ripsa wäre sie nicht einmal nach Hause gekommen – ohne Geld, ohne Karten, ohne Telefon. Und Ripsa macht keine große Sache aus ihrer Hilfe. Natürlich besorgen sie am Kiosk eine Prepaid-Karte für Leia. Selbstverständlich zieht Ripsa einen Hunderter und leiht ihn ihr übers Wochenende.

All das tritt in den Hintergrund, als Leia ihre Schwester anschaut, die über sie und ihre Sorgen lacht.

»Kennst du Sebastian Nyberg?«

»Nein. Wer soll das sein?«

Leia mustert Ripsa genau. Sie hat, ohne nachzudenken, geantwortet. Aber im nächsten Moment ist Ripsas Miene so deutlich zu lesen, dass kein Missverständnis aufkommen kann. Ripsa prustet los.

»Haha, da wird wohl ein Freund gejagt.«

Leia ist nicht zum Lachen zumute.

»Was hat Viivi dir erzählt?«

»Genau wie die Väter in den alten Witzen. Warten mit der Schrotflinte, wen die Tochter mit nach Hause bringt. Das ist so typisch für dich. Stehst selbst mit dem Kopf unterm Arm da, aber ...«

»Warum hast du Viivi viel Glück für die Reise gewünscht?«

Das war ein Treffer, merkt Leia. Ripsa hört auf zu lachen.

»Auf Facebook«, erklärt Leia. »Was hast du damit gemeint? Was hat dir Viivi vor der Reise über diesen Sebastian erzählt?«

Ripsa schüttelt den Kopf.

»Du bist echt komisch drauf, ist dir das überhaupt klar? Viivi ist sechzehn. Du kannst nicht mehr jede Regung von ihr überwachen.«

»Ich habe das Recht, es zu wissen«, insistiert Leia. »Ich bin Viivis Mutter.«

Ripsa lehnt sich auf ihrem Stuhl zurück und verschränkt die Arme vor der Brust.

»Für Viivi ist es schwer, mit dir über solche Dinge zu reden, wenn du dich gleich so aufregst.«

»Über welche Dinge? Außerdem rege ich mich nicht auf! Und selbst wenn. Ich hab auch das Recht, mich aufzuregen.«

»Viivi hat Sebastian ganz nebenbei erwähnt, als wir uns mal unterhalten haben. Das ist bloß ein Junge, in den sie wohl ein bisschen verknallt ist. Mehr nicht.«

Ripsa schaut sie mit einem ätzenden »Ich-kenn-dich-doch«-Grinsen an.

»Klang so, als wäre es ein netter Junge.«

Leia antwortet nicht. Ripsa versucht vergebens, ihren Blick einzufangen.

»Hör auf zu schmollen, Leia. Vielleicht werde ich auch so wie du, wenn Silja mal so alt ist wie Viivi.«

Leia wendet den Kopf ab.

»Dir geht's bestimmt mies genug wegen dem Bein«, versucht es Ripsa. »Tut es weh?«

»Es tut nicht weh«, brummt Leia. »Noch nicht.«

»Juckt es? Unter dem Gips.«

»Es juckt nicht.«

»Das ist sicher ein netter Junge«, sagt Ripsa erneut. »Im Ernst. Ich würde mir um Viivi keine Sorgen machen. Sie ist keine, die sich blind auf den Ersten stürzt, der ihr über den Weg läuft.«

»Das stimmt. Viivi ist ein kluges Mädchen.«

»Genau. Viel klüger als wir in ihrem Alter.«

Leia schluchzt kurz auf. »Du hast recht. Echt blöd von mir. Vielleicht bin ich ein bisschen schizo, weil da ja noch das Thema Schiff im Spiel ist. Obwohl es extrem ... unwahrscheinlich wäre.«

»Es ist nichts mit dem Schiff, keine Angst.«

»Woher willst du das wissen?«, murmelt Leia. »Das kann man nicht wissen.«

Ripsa sagt nichts.

»Oder weißt du etwas? Hast du was gehört?«

»Hab ich nicht.«

Ripsa steht auf, schiebt den Stuhl unter den Tisch und schlägt die Hände zusammen. »Es ist halb eins. Willst du ein Mittagessen oder machen wir einen späten Brunch?«

»Hast du es nicht eilig?«, fragt Leia skeptisch. Ist das jetzt noch echte Hilfsbereitschaft oder der Versuch, das Thema zu wechseln?

»Ich hab's nie so eilig, dass ich keine Zeit zum Essen hätte.«

Ripsa macht den Kühlschrank auf und begutachtet Leias Vorräte.

»Brunch«, erklärt sie. »Wir machen es so: Ich stelle das Essen auf den Tisch, und du erzählst mir deine ganzen Missgeschicke. Wie du dermaßen ausgerutscht bist und auch noch dein neues Handy verloren hast. Und vor allem wie es im Fernsehen war.«

»Einverstanden«, stimmt Leia zu.

Ripsa hantiert in der Küche wie in ihrer eigenen. Sie nimmt das Toastbrot aus dem Brotkasten und steckt zwei Scheiben in den Toaster. Stellt Milch, Putenaufschnitt und Käse auf den Tisch. Die Margarinepackung dreht sie in der Hand hin und her.

»Hast du einen erhöhten Cholesterinspiegel?«

»Margarine schadet nie.«

»Die ist doppelt so teuer wie eine normale Butter.«

Leia presst die Lippen zusammen. Sie wird nicht wieder damit anfangen.

»Und die Milch hier. Was ist das überhaupt? *45 Prozent mehr Kalzium.* Wir können uns solche Extras nicht leisten. Silja und Santeri schütten sich jeden Tag literweise Milch rein.«

Jedes Mal das Gleiche, denkt Leia. Ich lasse mich nicht provozieren. Ich rege mich nicht auf. Ich bin heute schon als Hure beschimpft und bedroht worden, man hat mich bespuckt und mit einer Fernbedienung nach mir geworfen. Man hat mich als Diebin bezeichnet, Weltraumprinzessin genannt und für tot erklärt. Dagegen ist das hier eine Kleinigkeit. Halte durch. Halte durch!

»Außerdem bist du nur drei Jahre älter als ich, mein Gott, du hast doch nicht etwa Osteoporose ...«

Ripsa kommt erst auf die Idee, den Mund zu halten, als Leia sich nach vorn beugt und auf den Gips klopft.

Nachdem das Kaffeewasser in der Maschine sein letztes Schnaufen von sich gegeben hat, gießt Ripsa ihnen beiden ordentlich ein und setzt sich dann auch an den Tisch. Mit gespitztem Mund sieht sie zu, wie Leia sich die übergesunde, überteure Margarine aufs Brot schmiert und eine Scheibe fünfprozentigen Käse darauf legt, der probiotische Milchsäurebakterien enthält. Diesmal erklärt sie nicht, dass er wie eine Schuhsohle aussieht und bestimmt auch so schmeckt.

»Okay«, sagt sie und faltet die Hände auf dem Tisch. »Erzähl! Wie war es? War sie ganz schlimm, diese Person?«

»Nein«, wundert sich Leia. »Er war richtig nett, echt hilfsbereit und freundlich. Er ist Jurist.«

Ripsas Lippen verziehen sich zu einem diebischen Lächeln.

»Wir scheinen nicht über Sanni Tähtimö zu sprechen.«

Leia braucht nichts zu sagen. Eine leichte Röte überzieht ihre Wangen. Das genügt. Ripsa droht ihr mit dem Zeigefinger.

»Der hat dir geholfen? Ein Jurist? Jetzt musst du mir wirklich alles erzählen. Vor allem die schmutzigen Einzelheiten.«

»Wieso schmutzig?« Nun muss auch Leia lachen. »Er heißt Jari Virtanen und wohnt im Nachbarhaus.«

Ripsa neigt den Kopf.

»Sieht er gut aus?«

12

Viivis Handy bewegt sich ruckweise, hält immer wieder inne und beschleunigt dann auf durchschnittlich dreißig Stundenkilometer vom Schiffsterminal aus nach Norden. Sie fährt mit der U-Bahn oder mit dem Bus – nein, nicht mit dem Bus, der die Schiffspassagiere praktischerweise direkt vom Hafen Stadsgården nach Djurgården bringt, wo das Museum liegt, das schlagartig zu einer der Top-Sehenswürdigkeiten von Stockholm wurde. Jetzt befindet sie sich bereits achtzehn Kilometer vom ABBA-Museum und Djurgården entfernt, in einem Vorort namens Husby.

Die Geschwindigkeit verringert sich auf zwei Kilometer pro Stunde. Auf Schrittgeschwindigkeit.

Wie hieß der Junge noch, der die Mami so nervös gemacht hat? Sebastian?

Ist das junge Paar schon auf der Flucht?

Weil das Telefon der Mutter weiterhin stumm bleibt, ist der nächste logische Schritt, das Handy der Tochter ins Visier zu nehmen. Wie nützlich das ist, zeigt sich fast auf der Stelle.

Ein Teenager auf der Flucht weiß es vielleicht nicht zu schätzen, dass er eine besorgte Mutter hat, die ihr Kindchen sofort anruft, um ihre vorübergehende Telefonnummer durchzugeben. Doch er, Land-0, schon, denn er bekommt die Nummer auf diese Weise auch.

Ohne diesen Anruf wäre Leias neues Handy – und damit auch Leia – unmöglich zu orten gewesen.

Dabei kann von einem neuen Handy nicht die Rede sein. Dem Knistern und Rauschen nach zu schließen ist die Prepaid-Karte in irgendeinen Klapperkasten aus der Ollila-Ära geschoben worden, der so smart ist wie ein Birkenscheit. Der hat nicht mal eine Kamera.

Das Telefonat zwischen Mutter und Tochter von Helsinki nach Stockholm wirft endlich Licht auf die letzten dunklen Stunden. Obwohl es Leia ihrer Tochter nicht verrät, wird klar, dass nicht nur ihr, sondern auch ihrem Smartphone ein Unglück widerfahren ist, sonst würde sie keine Prepaid-Karte benutzen, gerade erst gekauft und in Gebrauch genommen, im Netz auf niemanden registriert.

So hat Leia wenigstens für kurze Zeit Ruhe vor ihren allzu vertraulich gewordenen Bewunderern, weil niemand weiß, wie man sie erreicht.

Niemand außer ihm.

Viivi wiederum entkommt den Nachrichten auch im Ausland nicht. Ihr Telefon, ein funkelnagelneues iPhone, quillt am Vormittag über von SMS, Facebook- und WhatsApp-Meldungen, die alle von Mia Federoff stammen.

Wo bist du hin????!!

Wie kannst du mir das antun? Ich ertrage diese Hipster nicht allein!!

Bist du sauer auf mich?

Wo bist du? Antworte!

Du kommst doch zurück, bevor das Schiff wieder abfährt?

Schreib wenigstens irgendwas!

Und ich dachte, ich kenne dich.

Er schüttelt den Kopf. Die Freundin ist über Viivis Absichten ebenso im Unklaren wie er. Die Laine-Frauen sind für Überraschungen gut, und nicht immer für positive.

Hoffentlich weiß Viivi, was sie tut.

Das Schiff legt um halb fünf schwedischer Zeit ab. Man darf gespannt sein, ob Viivi es bis dahin zurückschafft. Und auch wenn es ihn nichts angeht, kann er es sich nicht verkneifen, dem Mädchen ein blaues Briefchen in Form einer SMS zukommen zu lassen.

Auf Abwegen? Wenn das deine Mutter erfährt

Die Antwort kommt unverzüglich als Gegenfrage.

Wer bist du

Viivi braucht nicht zu glauben, dass er auf so eine dämliche Frage antwortet. Und sie wartet auch nicht lange darauf. Als er auf Monitor drei die Perspektive von Viivis Handy-Kamera einschaltet, kann er gerade noch ein Stück grauen Beton hinter einer gelben Mütze erkennen, dann wackelt das Bild und verschwindet im Dunkeln. Das Handy ist in die Hand- oder Hosentasche gesteckt worden.

Die Kamera sieht nicht mehr, was auf der anderen Seite der Ostsee passiert, aber das Mikrofon überträgt auch durch den raschelnden Stoff hindurch ein Geräusch.

Das Läuten einer Türglocke.

13

Der Brunch ist verzehrt und der Tisch abgeräumt. Küche und Bad sind so hergerichtet, dass sich Leia bis zu Viivis Rückkehr am nächsten Tag nicht mehr darum kümmern muss. Die Lebensmittel, die sie möglicherweise braucht, sind in die unteren Fächer, das Geschirr in die Spülmaschine geräumt worden. Das Bettsofa ist aufgeklappt, sogar die Blumen sind gegossen. Leia kann das Organisationstalent ihrer kleinen Schwester nur bewundern. Und wie großartig ist es, Ripsa alles erzählen zu können. Von den Prüfungen im heißen Studio, auf dem vereisten Parkplatz und im Wartebereich des Krankenhauses, von paranoiden Taxifahrerinnen, aufdringlichen Journalisten und humorlosen Krankenschwestern. Und von dem Horror, als alle Karten gleichzeitig aufhörten zu funktionieren.

»Jemand muss sie manipuliert haben.«

Aber Ripsa sagt: »Red keinen Blödsinn. Das liegt am Karma.«

»Am *Karma?*«

»Das gleiche Phänomen wie bei Haushaltsgeräten. Alle gehen gleichzeitig kaputt, sobald die Garantie abgelaufen ist.«

»Aber das ist noch nicht alles«, sagt Leia. Und als sie erzählt, dass sie an diesem Tag schon gestorben und wieder von den Toten auferstanden ist, diesmal als Weltraumprinzessin, ha, ha, da spielt Ripsa nichts mehr herunter, sondern meint, dass sich wirklich jemand an ihren Daten vergriffen hat.

Leia erzählt von den gemeinen SMS vom Vorabend, sie erzählt von der ehemaligen Kollegin, die Innenorgane mit der Post bekommen hat, und an dieser Stelle schaudert es auch Ripsa.

»Widerlich! Natürlich meldest du das der Polizei.«

Leia redet so viel, dass sie heiser wird, und offenbar lässt die Wirkung der Schmerzmittel nach, denn unter dem Gips fängt ihr Bein an wehzutun. Die Zehen sind dunkelrot geworden, und sie erschrickt. Davor hat die Krankenschwester sie gewarnt, das Bein schwillt leicht an, wenn sich Flüssigkeit im Gewebe sammelt, sie muss sich hinlegen und das Bein in Hochlage bringen.

Sie bringt sich mit Ripsas Hilfe in eine bequeme halb sitzende Position auf dem Bett, den Gips auf mehreren Kissen gelagert, das Gesicht zum Fernseher. Die Krücken lehnen am Bettrand, und auf dem Couchtisch wartet in Reichweite das Nötige: Wasserglas, Medikamente, Fernbedienung. Laptop. Sowie das Weihnachtsgeschenk vom Vorjahr, ein Roman, für den Finlandia-Preis nominiert, den sie noch nicht gelesen hat.

Ripsa schaut auf ihr Handy. »Schon halb zwei! Ich muss los.«

»Vielen Dank, du«, sagt Leia aus vollem Herzen und streckt die Arme zur Umarmung aus.

Von ihrer Schwester gedrückt zu werden, fühlt sich fast so gut an wie eine Umarmung von Viivi. Sie möchte gar nicht mehr loslassen. Leia überkommt die irrwitzige Gewissheit, dass die Gespenster, die in den Ecken lauern, in der Sekunde hervortreten werden, wenn Ripsa die Tür hinter sich zumacht.

»Was ist?«, fragt Rispa und streichelt ihren Arm. »Dieser Störenfried, oder was?«

Leia nickt. Ripsa seufzt.

»Hoffentlich hat er kapiert, dass es besser ist, damit aufzuhören. Aber wenn nicht, dann mach wirklich eine Anzeige. Im Internet oder per Telefon, wie es am besten für dich ist.«

»Das werde ich tun.«

»Wenn du willst, kannst du über Nacht zu uns kommen.«

»Einen Abend und eine Nacht werde ich schon allein klarkommen. Wirklich. In meiner eigenen Wohnung.«

Ripsa umarmt Leia noch einmal kurz.

»Sei tapfer. Aber nicht zu sehr. Wenn irgendwas ist, ruf sofort an!«

Sie grinst.

»Wenn du zum Beispiel Schokolade willst. Ich versteh nicht, warum du überhaupt keine Schokolade im Haus hast.«

»Ich simse Viivi, dass sie mir zehn Kilo vom Schiff mitbringen soll.«

»Ja, klar.«

Leia lächelt über Ripsas übertrieben mürrischen Ton. Ihre Schwester versteht einfach nicht, wie man nicht scharf auf Süßes sein kann.

Ripsa tätschelt Leia den Arm und geht dann in den Flur, um Mantel und Schuhe anzuziehen.

Das Nokia gibt ein Piepsen von sich. Leia greift nach dem alten Handy, es fühlt sich unglaublich klobig und altmodisch an, aber immerhin funktioniert es: Die erste SMS ist darauf eingegangen.

Der Name des Absenders wird nicht angezeigt, aber die Nummer kommt ihr bekannt vor.

Hallo Leia, alles ok? Schau dir asap die Seite von ProMen an

O nein, denkt Leia. Markku.

Der wundert sich natürlich, dass sie am Morgen nicht, wie besprochen, ins Büro gekommen ist und sich danach auch nicht gemeldet hat. Womöglich macht er sich sogar Sorgen, dass ihr etwas passiert sein könnte.

Und ihr ist ja auch was passiert.

Sie muss ihn anrufen und ihm alles erklären. Ihn um Entschuldigung bitten.

Aus dem Flur kommt ein Prusten.

Leia dreht sich um. Ripsa schaut sie von der Tür aus an, schon in Mantel und Schuhen und mit schelmischem Gesichtsausdruck.

»Weißt du, wie du aussiehst, ganz allein im Zimmer mit deinem Gipsbein, so bemitleidenswert und missmutig? Wie der Kerl in dem einen Film. Dem mit der Blondine, die dann später Prinzessin wurde.«

»Grace Kelly«, sagt Leia. »Und James Stewart. Der Film heißt ›Fenster zum Hof‹. Ein Thriller von Hitchcock.«

»Genau! Die beobachten vom Fenster aus den Nachbarn gegenüber, der sich als Mörder entpuppt. Hui. James Stewart hat eine Kamera, er ist Fotograf.«

»Ich hab nur das Handy hier«, erwidert Leia mit einer Handbewegung.

Ripsa betritt noch einmal das Zimmer, geht neben Leia in die Hocke und richtet den Blick aufs Fenster.

»Ich dachte, du hättest es eilig«, sagt Leia.

»Ich kontrolliere nur, ob dir hier Stalker gefährlich werden könnten.« Ripsa steht auf. »Aber man sieht nur Himmel und Baumkronen. Du hast deine Ruhe. Falls nicht einer auf den Baum da drüben klettert, um nach dir Ausschau zu halten.«

Leia schüttelt vorsichtig den Kopf.

»Weißt du, das ist kein besonders beruhigendes Gesprächsthema.«

»Zum Beispiel ein gut aussehender Jurist aus der Nachbarschaft ...«

Ripsa grinst erneut.

»Geh jetzt endlich«, befiehlt ihr Leia. »Nimm deine schmutzigen Schuhe von meinem Parkett, oder ich lass dich hier gleich auch noch fegen.«

»Du mit deinem Bein lässt mich hier gar nichts machen. Und auch sonst niemanden. Außer natürlich gut aussehende Juristen.«

Ripsas Lachen hallt noch draußen im Flur wider, als die Wohnungstür sich schon hinter ihr geschlossen hat.

Markku geht nicht ans Telefon. Leia schickt ihm eine kurze Nachricht und bedauert, dass sie ihn hat warten lassen, verspricht aber, ihn später anzurufen und es ihm zu erklären.

Sie greift nach dem Laptop auf dem Tisch und legt ihn sich auf den Schoß. Am besten, sie wirft gleich einen Blick auf die Seite von ProMen, um nachzusehen, ob sich dort auch etwas Seltsames tut. Allerdings ist die Seite noch gar nicht freigeschaltet.

Wieder fährt der Rechner unglaublich langsam hoch. Ganz allmählich wird er warm, während er träge schnurrt wie eine alte, faule Katze. Die Krallen hat er noch nicht ausgefahren.

Die Randale auf der Homepage von *Die Woche mit Tähtimö* will sich Leia nicht noch einmal antun. Die ganze Gemeinheit. Die Verleumdungen. Die Beschimpfungen zum Spaß. Dafür ist sie viel zu krank, verletzt und erschöpft. Sie muss sich schützen.

Eigentlich müsste sie auf den Seiten der Boulevardzeitungen und anderer Medien nachsehen, ob es neue Stellungnahmen von Politikern und anderen einflussreichen Personen zu ProMen gibt. Aber nach den Artikeln, die sie bisher in diesen Blättern gelesen hat, ist dort garantiert keine sachliche Analyse zu erwarten.

Nicht einmal auf Facebook hat sie Lust. Dort muss man immer so energisch und munter und positiv auftreten. Nein. Sie will jetzt nur das Nötigste erledigen und schaut kurz nach, was auf der ProMen-Homepage los ist.

Und dann wird sie ein Mittagsschläfchen machen. Nur ein kleines.

14

Die Landung macht sich diesmal nicht nur in den Ohren bemerkbar, sondern auch zwischen den Augen, was immer da für Höhlen sind. Ein stechender Schmerz, als ob jemand eine Nadel durch die Stirn drücken würde, der sofort nachlässt, als die Räder auf dem Asphalt der Landebahn aufsetzen, aber anschließend noch nachwirkt. Und die Ohren bleiben zu.

Während Tarmo durchs Terminal geht, drehen sich die Leute nach ihm um. Man kennt ihn bereits. Der Unterton des Getuschels ist größtenteils positiv, doch als eine Frau im knöchellangen Mantel und mit karottenrotem Filzhut angerannt kommt und das Handy auf sich selbst und ihn richtet, zieht er den Kopf ein und beschleunigt seine Schritte. Er lässt sich, verdammt noch mal, nicht zu einem Selfie mit einem Karottenkopf zwingen. Zum Glück muss er auf keinen Koffer warten.

Vor dem Flughafengebäude von Helsinki-Vantaa ist keine Spur von Schnee. Dafür gießt es wie aus Eimern. Der Mercedes steht direkt vor dem Ausgang im Taxi-Bereich. Ein Mann, den er kennt, steigt aus, um ihm die Tür aufzuhalten, und er nimmt erleichtert auf dem Rücksitz Platz, durch die getönten Scheiben vor Blicken geschützt. Auch Kuljunen muss an diesem Wochenende arbeiten.

Oder hieß er Koljonen? Koponen?

Nyman wartet auf der Rückbank. Statt seines Totengräberanzugs trägt er Jeans und eine Freizeitjacke mit dem Logo einer teuren Marke auf der Brust.

»Willkommen zurück«, sagt er.

Tarmo nickt.

»Würdest du bitte noch mal kurz aussteigen, Kuusela?«, sagt der Referent dann.

Kuusela, denkt Tarmo, Kuusela. Und der Chauffeur, der gerade seinen langen Körper hinter dem Steuer untergebracht hat, steigt ruhig wieder aus und schließt die Tür hinter sich.

Valtti Nyman wendet sich Tarmo zu.

»Dein Handy. Ist es ausgeschaltet?«

»Ist noch im Flugmodus. Warum ...?«

»Zeig her!«

Tarmo zieht sein Privathandy aus der Tasche, und Nyman schnappt es sich kurzerhand. Er öffnet das Gehäuse und entfernt die SIM-Karte und den Akku. Dann gibt er Tarmo die Einzelteile zurück.

Der Minister blickt auf das zerlegte Telefon in seiner Hand. Ihm steht der Mund offen.

»Und jetzt das Diensthandy«, sagt Nyman und streckt die Hand aus. »Und das Tablet.«

»Ist das nicht ein bisschen übertrieben?«

»Man kann nicht vorsichtig genug sein.«

Schweigend reicht Tarmo seinem Referenten auch die übrigen Geräte und verfolgt, wie er sie auseinandernimmt. Am Ende hat er den Schoß voller Mobilelektronikteile.

»Dann wollen wir mit unserer kleinen inoffiziellen Krisensitzung mal anfangen«, sagt Valtti Nyman. Er zieht einen Zettel aus der Tasche, auf dem er in seiner Miniaturhandschrift eine Liste von Ziffernfolgen notiert hat.

»Die *MS Gabriella* der *Viking Line* wird Stockholm um 16:30 Uhr schwedischer Zeit in Richtung Helsinki verlassen. Jetzt ist es 13:17 Uhr, in Stockholm eine Stunde weniger. Der nächste Flug von Helsinki nach Stockholm geht erst um 15:15 Uhr und ist genau eine Stunde später am Flughafen Arlanda. Selbst wenn der Flug auf die Minute pünktlich wäre, würde es zu knapp werden, denn von Arlanda bis zum Hafen Stadsgården sind es vierundvierzig Kilometer und man kann nie wissen, wie stark der Verkehr ist.«

In Tarmos Ohren rauscht es. Am liebsten würde er den Kopf schütteln.

»Wer von uns fliegt nach Stockholm? Und warum?«

Nyman schaut ihn über die Brille hinweg an.

»Keiner. Ich will nur erläutern, warum mein Kontakt schon in der Luft ist, und zwar in der Maschine, die um 13:00 Uhr gestartet ist. Er dürfte jetzt schon über Åland sein.«

»Dein Kontakt? Dieser Nerd?«

Nyman hebt das Kinn und starrt auf die Deckenverkleidung des Wagens, als würde seine Geduld gerade auf die Probe gestellt.

»Nein, Tarmo. Ein anderer Kontakt. Ein Profi in seinem Fach, der weiß, was er tut. Mehr sage ich nicht. Je weniger du weißt, desto besser. Es genügt, dass du mir jetzt vertraust. Und die Rechnungen begleichst.«

»Aber ...«

»Du verstehst sicher, dass ich mir erlauben musste, unverzüglich zu handeln. Die Uhr tickt, und während deines Fluges konnte ich dich telefonisch nicht erreichen.«

Tarmo sieht wortlos zu, wie Nyman den Zettel zwei Mal faltet und dann in kleine Stücke zerreißt. Immerhin isst er sie nicht auf, sondern öffnet kurz das Fenster und lässt sie vom Wind verwehen.

Dann setzt er die Brille ab und schiebt sie in seine Tasche.

»A-aber«, stottert Tarmo. »Wieso Stockholm? Und was redest du da von Schiffen und Häfen?«

»Viivi kommt mit dem Schiff zurück. Viivi Laine.«

»Wer?«

Valtti Nymans Augenbrauen heben sich.

»Du hast doch deine Hausaufgaben gemacht, oder?«

»Hä?«

»Die Boulevardblätter. Hast du sie dir angesehen, wie ich es gesagt habe?«

»Ich hab sie durchgeblättert und in der Maschine liegen lassen …«

Nyman nimmt die dicken Wochenendausgaben der Abendzeitungen, die hinter ihm auf dem Sitz liegen, und knallt Tarmo eine davon auf den Schoß.

»Die Seiten 10 und 11.«

Tarmo schlägt die Zeitung auf. Schon als er den Namen Leia Laine sieht, dreht sich ihm der Magen um.

»Diese verdammte Kuh«, sagt er. »Die gehen mir dermaßen auf den Sack – diese Feministinnen, die überall ihre Nase hineinstecken.«

»Sieh dir auch die Bilder an.«

Es wäre schwer, diese Bilder nicht zu betrachten, denn die Augen wandern automatisch zu dem nackten Hintern einer Frau, der die gesamte linke Seite einnimmt und in dessen Arschfalte der dünne Faden einer Unterhose verschwindet. Falls man einen solchen Fetzen überhaupt noch als Hose bezeichnen kann. Aber dieses Bild dürfte Nyman kaum gemeint haben. Tarmo richtet den Blick auf die andere Seite mit den drei kleineren Fotos. Er sucht vergebens nach einem Fixpunkt darauf, bis Nymans Zeigefinger sich auf das unterste Foto legt.

Leia Laine unter einem Basketballkorb. Offenbar in der Turnhalle einer Schule aufgenommen. Im Hintergrund fläzt eine andere Person, ein Junge in Ami-Klamotten. Die Hosen auf Halbmast, die Mütze tief im Gesicht.

Nymans Zeigefinger tippt auf den Jungen.

»Lies die Bildunterschrift!«

»Zwanghafter Konsum von sexuellen Dienstleistungen«, entziffert Tarmo. Die Lesebrille ist in seiner Aktentasche, und er hat keine Lust, sie hervorzukramen. *»Die alleinerziehende Leia Laine …«* Was sonst, wer würde es mit so einer lange aushalten? *»… ihre sportliche Tochter Viivi Laine.«*

Ach, das ist ein Mädchen! Würde man auf den ersten Blick nicht glauben.

»Na?«

Tarmo blickt auf. Nyman glotzt ihn mit eimergroßen Augen an und nickt wie wild mit dem Kopf, als wartete er darauf, dass Tarmo etwas sagt.

»Was, na?«

Allmählich geht ihm dieses Quiz auf die Nerven.

»Das ist Myriam! Deine Myriam.«

Chauffeur Kuusela wird wieder einmal im Novemberregen nass. In regelmäßigen Abständen gerät er in Wortgefechte mit Taxifahrern, die auf ihre Rechte bestehen. Irgendwann erschrickt Tarmo, weil ein Polizist an die Scheibe klopft, doch als er das Fenster so weit herunterlässt, dass der Polizist ihn erkennen kann, macht dieser nur eine Handbewegung und nickt, sagt etwas zu Kuusela und verschwindet.

Es ist nicht einfach, den ganzen Zusammenhang nachzuvollziehen, den Nyman ihm so gut es geht darzulegen versucht. Noch schwerer ist es, ihn zu akzeptieren.

Die Situation ist nicht schlimm, versteht Tarmo ziemlich bald. Sie ist noch viel schlimmer.

Myriam Navoko, die dreiundzwanzigjährige Studentin und Teilzeitnutte aus Sambia, ist in Wirklichkeit Viivi Laine. Finnische Staatsbürgerin und Tochter von Leia Laine.

»Und das ist noch nicht alles«, sagt Nyman. »Viivi Laine ist sechzehn.«

»Se-sechzehn?«

»Minderjährig. Verdammt minderjährig. Strafbares Fleisch.«

Nyman mustert Tarmo forschend und schnalzt mit der Zunge.

»Nicht schön, Tarmo. Überhaupt nicht schön.«

Der Minister wendet sich abrupt ab, die Ohren rauschen,

die Lungenpumpe setzt aus. Seine Hände greifen ins Leere, scharren über die Lederverkleidung, finden aber nichts. Vor den Augen flimmern immer neue, immer schlimmere Horrorbilder von dem, was auf ihn zukommen wird – Schlagzeilen, Fernsehkameras, Gerichtsverhandlungen ... Gefängnis, Scheidung, Strick ... Valtti Nymans ausgestreckte Hand sucht die richtige Stelle an der Armstütze und drückt einen Knopf. Das Seitenfenster senkt sich surrend um zehn Zentimeter und lässt Sauerstoff für Tarmos Lungen hereinströmen.

Dann legt sich Valtti Nymans Hand auf seine Schulter und drückt zu.

»Du sitzt in der Scheiße, Tarmo«, sagt Nymans Stimme. »In der Scheiße. Aber weißt du, was? Ich bin dein rettender Engel, Tarmo. Ich werde dich retten, und ich sage dir auch, wie.«

Die nüchterne Effektivität des Referenten hat etwas Niederschmetterndes.

Tarmo kann lange nichts sagen, keine Fragen stellen, nicht widersprechen. Er ist nicht einmal in der Lage, sein Kreuz gerade zu richten. Mit krummem Rücken hört er zu, wie Nyman ihm erklärt, wie sie ab sofort vorgehen werden. Wie er, Tarmo, vorzugehen hat.

Er wird seinen Samstag »ganz normal« fortsetzen. Seine Stadtwohnung in der Hesperiankatu aufsuchen, etwas essen, sich ausruhen, sich beruhigen. Er wird die »freie Zeit« möglichst sinnvoll nutzen, indem er sich gründlich mit den ProMen-Unterlagen befasst, darin nach jedem Schwachpunkt und den kleinsten Bruchstellen sucht, damit sie eine Kerbe haben, in die sie schlagen können, falls das am Anfang der Woche notwendig werden sollte.

Vor allem soll er den Ball flach halten. Keine Interviews, falls die Medien anrufen, nicht einmal ein kurzer Kommentar, betont Valtti Nyman. Er wird sich morgen früh nach zehn bei Tarmo melden, sobald die *MS Gabriella* in Helsinki angelegt und sein Kontakt einen Lagebericht geliefert hat. Bis dahin ist es besser, wenn sie eine Kommunikationspause einlegen.

»Verstehst du?«, vergewissert sich Nyman. »Eine absolute Pause. Aus Sicherheitsgründen.«

Tarmo brummt, er habe es verstanden.

»Du meldest dich, wenn das Telefon klingelt, du erledigst die Anrufe, die zu erledigen sind. Vergiss nicht, dass jedes Gespräch möglicherweise abgehört wird. Alles, was du sagst, kann gegen dich verwendet werden. Und das Lämpchen an der Kamera deines Computers lässt vermuten, dass du auch gefilmt wirst.«

Es ist schwer, da mitzukommen. Nur langsam entsteht ein Bild der veränderten Situation, die ganze Konstellation scheint sich geändert zu haben, und zwar schnell und total. Wie in dem Kaleidoskop, das er als Kind besessen hat.

»Irgendwie ... unglaublich, das alles. Leia Laine und diese Viivi ... kann das sein? Kann das Miststück so hinterhältig sein, dass sie ihre Tochter für ... so etwas einspannt? Nur weil sie ihr krankes Projekt durchsetzen will?«

»Wir wissen ja noch nicht ganz genau, worum es hier geht«, ruft Valtti Nyman ihm in Erinnerung.

»Um Erpressung! Um Drohung und Erpressung! Diese Nutten wollen meinen Kopf, verdammt noch mal! Wir müssen das Video finden.«

»Das werden wir auch, Tarmo. Das werden wir.«

»Wie pervers kann eine Frau eigentlich sein? Und dann auch noch lesbisch, garantiert. Hat es mit einem Neger getrieben. Ihre Tochter ist eine Mulattin, verdammt.«

»Dunkelhäutig dürfte wohl das passende Attribut sein, wenn man auf politische Korrektheit bedacht ist. Oder besser *ethnisch anspruchsvoll.*«

Tarmo starrt seinen Referenten an. Will der ihn verarschen?

Er hat seine ehrliche Gebrauchtwagenhändlermiene aufgesetzt, die Maske, hinter die man nicht blicken kann.

Nachdem Tarmo die Lesebrille aus der Aktentasche geholt hat, studiert er das Foto in der *Abendzeitung* sowie ein zweites Bild, das Nyman ihm hinhält, ein neueres, im Netz entdeckt und ausgedruckt. Darauf umarmen sich zwei Mädchen, das eine weiß und blond, das andere dunkel. Wange an Wange, die Lippen gespitzt, posieren sie vor der Kamera. Ihr Alter zu schätzen ist unmöglich, so üppig geschminkt, wie sie sind.

Wenn man sie so nebeneinander sieht, die vom Urlaub im Süden, vom Solarium oder von irgendeiner Gesichtscreme gebräunte Haut und die andere, ureigene, dann ist der Unterschied gar nicht so groß. Der Mund der einen ist jedoch stärker ausgeprägt und die Nase ist einen Hauch breiter. Oder doch nicht?

Diesmal kein grauer Pulli, sondern was Grünes, Kurzärmeliges mit der Aufschrift *Meat is murd…* Der Rest verschwindet unter ihrer Brust und wird zusätzlich von der Brust der Freundin, die sich an sie drückt, verdeckt.

Tarmo schluckt. Unter diesem Kleidungsstück verbirgt sich der junge Körper, dessen Bewegungen ihn dazu gebracht haben, die Kontrolle über sich zu verlieren. Diese vollen Lippen haben ihm Lügen eingeflüstert. Diese dunklen Augen haben ihn verächtlich angesehen.

Leia Laines Tochter.

»Wann hat er das herausgefunden?«, hört sich Tarmo fragen. »Der Nerd.«

»Letzte Nacht.«

»Hä?«

»Ich hab dir doch gesagt: Mein Kontakt hat erzählt, dass er bei der Suche nach dem Video nicht weiterkommt. Angeblich existiert es nicht. Technische Probleme et cetera, et cetera, du erinnerst dich bestimmt.«

»Aber von Leia Laine hast du mir erst heute Morgen erzählt.«

»In der Nacht hast du aufgelegt, bevor ich dazu kam.«

»Hättest du eben noch mal angerufen!«

»Du wolltest ausdrücklich nicht vor heute Morgen gestört werden.«

Stimmt, verdammt. Tarmo erinnert sich. Und wie er es gesagt hatte.

»Aber schon gut. Ich hatte die Nacht über Zeit für ein paar weitere Nachforschungen in Sachen Leia Laine, weil es ja ziemlich schwierig war, sie mit einer afrikanischen Studentin in Verbindung zu bringen ... Unter anderem bin ich die Kommentare auf der Homepage von Sanni Tähtimö durchgegangen. Erinnerst du dich an den, den ich dir am Telefon vorgelesen habe? *Ein vaterloses Mädchen ist leichte Beute* ... Finnland ist ein kleines Land, jeder kennt jeden. Jemand wusste etwas über Viivi und ein anderer wusste etwas anderes über sie, und dann haben sie angefangen, die, hm, ethnischen Voraussetzungen des Mädchens ziemlich – sagen wir, heiter zu diskutieren. Eins plus eins macht zwei, habe ich ausgerechnet. Leia Laine und ihre Tochter wohnen unter einem Dach und benutzen vielleicht auch denselben Computer ... Außerdem wusste der Verfasser des Kommentars eindeutig etwas, was nützlich für uns sein konnte, nämlich dass Viivi gerade irgendwo unterwegs ist. Dem bin ich ein wenig nachgegangen. Und jetzt kommt die Stockholm-Connection, Tarmo. Ich fand heraus, dass es sich um eine Minikreuzfahrt nach Schweden und zurück handelt, Rückfahrt kommende Nacht. Aus unserer Sicht eigentlich die beste Option.«

Nyman verdreht die Augen.

»Ziemliches Leseerlebnis übrigens, die Zuschauerreaktionen auf der Homepage. Es gibt ja so einiges Volk auf der Welt, aber ...«

»Ich würde mich nicht beschweren«, schnauzt Tarmo ihn an. »Da können viele von meinen Wählern dabei gewesen sein.«

»Mit Sicherheit.«

Valtti Nymans Gesichtsausdruck ist mehrdeutig.

»Willst du mich verscheißern?«

»Das würde ich nie tun, Tarmo«, sagt Nyman, wobei es in seinem Augenwinkel zuckt. »Wir werden das mit einem Schlag über die Bühne bringen, das verspreche ich dir. Wir holen uns das Video. Und wenn wir das Video haben, werden Leia Laine und ihre Tochter nichts mehr gegen uns in der Hand haben. Das Wichtigste ist, sie möglichst bald zu entwaffnen.«

»Sie müssen zum Schweigen gebracht werden.«

»Klar, Tarmo. Die Frage ist nur, wie ...« Nyman blickt auf die Uhr am Armaturenbrett des Mercedes. »Außerdem sollte man ihn jetzt bezahlen. Den Nerd.«

»Jetzt schon? Die Arbeit ist doch noch gar nicht getan.«

»Er ist ein habgieriges Arschloch, wenn du mich fragst. Hart im Handeln. Ich würde ihn trotzdem nicht wütend machen, nicht in dieser Phase. Ich hab seine Kontonummer, irgendeine Bank im Ausland. Wenn ich von dir die nötigen Angaben bekomme, kann ich die Überweisung für dich übernehmen.«

Tarmo schaut Nyman von unten herauf an. Doch, der meint es ernst.

Aber alles hat seine Grenzen. Auch wenn er Nyman die Vollmacht über sein Aufwands- und Arbeitskonto gegeben hat, damit er sich um die laufenden Kosten kümmern kann, wird er seinem Referenten doch nicht seine persönlichen Bankdaten aushändigen.

Es sieht aus, als hätte Nyman seine Gedanken gelesen.

»Du erledigst das lieber selbst? Das kann ich verstehen. Ich dachte nur, ich würde das Honorar über mein Konto laufen lassen. Nur für den Fall, dass du trotz aller Vorsichtsmaßnahmen in die Fänge der Presse oder der Polizei gerätst. Dann ist es nämlich besser, wenn von deinem Konto aus kein Geld an eine ausländische Bank überwiesen worden ist.«

»Na ja. Dann überweise ich das Geld eben auf dein Konto und du führst das Ganze zu Ende.«

Nyman sucht in seiner Brieftasche nach einem Zettel und reicht ihn Tarmo. »Hier, meine Kontonummer.«

Tarmo steckt den Zettel ein.

»Fünfzigtausend?«

»Er will Geld für zusätzlichen Aufwand, dieser habgierige Scheißkerl. Hat alle möglichen Zuschläge aufgelistet. Aber ich sage trotzdem: Es handelt sich um Gold, das sein Gewicht wert ist. Der Mann verplappert sich nicht. Dafür lohnt es sich, zu zahlen.«

Tarmo runzelt die Stirn.

»Wie viel?«

»Hundert.«

15

Auf der ersten Seite scheint alles in Ordnung zu sein. Die Texte stehen sauber auf ihrem Platz, jedes Wort und jede Formulierung stimmt. Leia hat sie zusammen mit Markku zu Diamanten geschliffen, ohne an Arbeitszeit zu sparen, teils bis in die Nacht hinein.

Noch ist die Homepage von ProMen nicht fertig und sie steht dem Publikum auf keinen Fall offen. Nur Leia und Markku haben Zugang. Und natürlich Markkus Verwandter

Sampo Lappo, genannt Zaipe, der die Seiten für sie gebaut hat, quasi umsonst, als praktische Arbeit während seines Studiums.

Sie und Markku wirken auf ihren Fotos so ernst wie immer, mehr oder weniger locker, und Leia firmiert nach wie vor als Geschäftsführerin und nicht als Weltraumprinzessin.

Sie atmet wieder etwas freier. Im Bauch drückte sie schon der Verdacht, der Punktlose hätte auch hier sein Unwesen getrieben.

Was hat Markku mit seiner Nachricht nur gemeint? Könnte es um das gehen, worüber sie an diesem Morgen reden wollten? Leia massiert sich die Schläfen. Auf der Tagesordnung stand zumindest ein Werbetext. Das Ziel des Projektes in ein, zwei Sätzen. Zaipe muss dafür auf der schon vollgepackten ersten Seite Platz schaffen. Oder der Text kommt auf die FAQ-Seite. Bis dahin ist es nur ein einziger Klick.

Klick.

Kann ich mich anonym an ProMen wenden?

Ja, das können Sie. Unsere Klienten müssen keinen Namen, keine Adresse, keine Telefonnummer und keine E-Mail-Adresse angeben. Der Kontakt findet anonym im Netz statt.

Melden Sie heikle Dinge, die Sie von Ihren Klienten erfahren, der Polizei oder anderen Behörden?

Nein. Die Mitarbeiter von ProMen unterliegen der Schweigepflicht. Unsere Homepage ist sicher, die Intimsphäre unserer Klienten vollkommen geschützt.

Bislang standen erst zwei Fragen da, aber nun ist eine dritte hinzugekommen. Aha, ärgert sich Leia, die bisherige Medienpräsenz war Markku wohl noch nicht genug. Er operiert jetzt auch hier selbstständig. Sobald sie einen Tag aus dem Spiel ist, macht er sich die Situation zunutze.

Immerhin hat er sie wenigstens im Nachhinein um ihre Meinung gebeten. Wenigstens das.

Schon auf den ersten Blick könnte sie sagen, dass es wesentlich sachlicher und klarer aussehen würde, wenn die Antworten wenigstens ungefähr gleich lang wären. Markkus Text ist ein ziemlicher Brocken.

Leia fängt an zu lesen. Schon bei der zweiten Zeile muss sie sich die Augen reiben.

Hast du ein reines Gewissen?

Die Entfremdung eines Kindes von einem Elternteil ist ein Verbrechen gegen das Kind. Wer so etwas tut, raubt dem Kind die Hälfte seiner Identität, indem er den Kontakt zu einem Elternteil erschwert. Von dem anderen Elternteil, bei dem das Kind wohnt, sollte man ein besonderes Verantwortungsbewusstsein verlangen. In der Praxis befinden sich der Besuchselternteil und das Kind in einer äußerst schwachen Position, wenn der andere Elternteil, bei dem das Kind lebt, die Besuche verhindert. Trotz des vereinbarten oder gerichtlich festgelegten Besuchsrechts kann es passieren, dass diese Besuche nicht stattfinden. Bemerkenswert ist, dass ein entsprechendes Vorgehen dagegen als eigenmächtige Inobhutnahme des Besuchselternteils kriminalisiert wird. In der Praxis gibt es keine wirksamen rechtlichen Mittel, gegen verhinderte Besuche vorzugehen. Tatsache ist, dass meistens dem Vater die Rolle des Besuchselternteils zufällt. Viele Väter verspüren zumindest mental Hindernisse und beantragen lieber nicht, dass das Kind bei ihnen wohnen darf, weil die Mütter bei Sorgerechtskonflikten in unserer Gesellschaft de facto im Vorteil sind. (Quelle: ›Väter kämpfen für ihre Kinder‹)

Da hast du was, worüber du nachdenken kannst, Leia. Was wirst du sagen, wenn Viivi dich das nächste Mal nach ihrem Vater fragt? Dieser Tag kann überraschend schnell kommen.

16

»Peter Dixon wohnt hier nicht«, zischt die Blondine mit der ausladenden Frisur im Türspalt.

»Wo ... wo wohnt er dann?«

»Wenn du das herausfindest, sag mir Bescheid.«

Bestimmt sieht sie erbärmlich aus. Niedergeschlagen. Geknickt. Denn die mit der großen Frisur lacht. Kalt und unverhohlen feindselig.

»Brauchst nicht Bescheid zu sagen. Es spielt keine Rolle.«

Dann geht die Tür vor ihrer Nase zu. Die Tür, auf deren Namensschild zwei Namen stehen. Laasosenpaltio und Dixon.

Viivi kämpft gegen die Übelkeit an. Es ist bereits Mittag, aber das Schaukeln von letzter Nacht scheint auch an Land nicht aufzuhören. Sie hat das Frühstücksbüfett sausen lassen, um nicht mit Sebu zusammenzutreffen, und ihr flaues Gefühl wird dadurch nicht besser, dass in diesem Treppenhaus ein dicker Geruchsnebel liegt: in der Pfanne verbrutzelte Bratwürste, in Butter gebratener Fisch, unbekannte exotische Gewürze und Qualm. Außerdem eine Prise von etwas Verbotenem, Illegalem.

Es war idiotisch, hierherzukommen. Es war idiotisch, sich blind darauf zu verlassen, dass ein dunkelhäutiger Mann die Tür aufmachen und ihr sofort bekannt vorkommen würde. Ein Mann, der aussehen würde wie sie.

Bist du Peter Dixon?, hätte Viivi sich vergewissert, *are you Peter Dixon?*, und sie hatte sich sogar darauf eingestellt, Schwedisch zu sprechen, wenn es nicht anders ginge, denn sie weiß ja nicht, was für Sprachen ein Jamaikaner spricht. Und nachdem er es bestätigt hätte, ja, *jeah, javisst*, er ist es, hätte Viivi die Worte ausgesprochen, von denen sie seit ihrem fünften oder sechsten Lebensjahr geträumt hat: Ich bin Viivi, deine Tochter.

Was immer sie sich vom ersten Besuch bei ihrem Vater auch erwartet hat, das jedenfalls nicht. Auf eine zornige weißblonde Amazone mittleren Alters war sie nicht vorbereitet gewesen, die in klarem Finnisch behauptet, Peter Dixon wohne nicht hier. Obwohl es an der Tür steht. Obwohl Ripsa es eigens für sie aus irgendeinem schwedischen Adressverzeichnisdingsbums herausgesucht hat. Husby, Stockholm und die genaue Adresse. Ripsa hat ihr sogar geholfen, die richtige U-Bahn-Linie zu finden, und einen Stadtplan aus dem Internet für sie ausgedruckt.

Die lügt, denkt Viivi.

Sie streckt den Finger aus und läutet erneut an der Tür.

Vorhin hat es eine Minute oder zwei gedauert, ehe die mit der ausladenden Frisur aufgemacht hat. Jetzt fliegt die Tür fast sofort und ganz weit auf, und die Blonde ist noch schlechter gelaunt, falls das überhaupt möglich ist.

»Hast du nicht kapiert?«, sagt sie. »Verschwinde!«

Die Frau trägt einen Morgenmantel, einen grell geblümten aus Frottee, ihre Beine sind nackt, die Haare ungekämmt. Vielleicht hat Viivi sie aufgeweckt.

»Aber man hat mir gesagt, dass er hier wohnt.«

»Wer hat das gesagt?«, will die Frau wissen.

»Ripsa.«

»Welche Ripsa? Ich kenne keine Ripsa.«

»Das ist meine Tante.«

»Hast du mit Peter gesprochen?«

»Nein. Ich bin einfach gekommen. Direkt vom Schiff.«

Die mit der ausladenden Frisur verschränkt die Arme vor der Brust. Sie betrachtet Viivi abschätzig. Ihre Augen sind eisblau.

»Im wievielten Monat?«

Viivi schaut die Frau verwundert an. Was hat das jetzt zu bedeuten? Die Frau macht eine Kopfbewegung in Richtung Viivis Bauch. »Wann kommt es auf die Welt?«

Auch Viivi schaut auf ihren Bauch. Und dann kapiert sie es.

»Ich bin nicht schwanger! Peter ist mein Vater.«

Die Blonde wiehert vor Lachen.

»Das ist mal was Neues. Bis jetzt haben immer nur seine Freundinnen vor der Tür gestanden. Die Kinder hatten sie im Kinderwagen oder in der Babytrage dabei.«

Neugierig mustert sie Viivi nun mit anderen Augen. »Wie alt bist du?«

»Sechzehn.«

»Ach so. Peter war wohl auch vor mir schon aktiv. Und wer ist deine Mutter?«

»Leia Laine.«

»Leia? So wie in dem Film – *Star Wars*? Die hat jedenfalls noch nicht vor meiner Tür gestanden, an einen so bescheuerten Namen würde ich mich erinnern.«

»Das ist kein bescheuerter Name«, sagt Viivi. Sie ist hungrig und ihr ist so flau, dass ihr allmählich alles auf die Nerven geht.

Oben öffnet sich eine Tür, und man hört gelallte Verwünschungen. So viel Schwedisch versteht selbst Viivi. Die Frau tritt im Türrahmen zur Seite.

»Komm rein«, zischt sie.

»Was?«

Als Antwort packt die Frau sie am Ärmel, zieht sie in die Wohnung und macht die Tür hinter sich zu.

Die Diele sieht überhaupt nicht schwedisch aus, kein bisschen nach IKEA. Die Wand ist mit einem dunkellila Stoff bespannt, auf dem mit Goldfaden umrandete Blumenmuster zu sehen sind, einen halben Meter hoch und breit. An der Decke hängt eine Lampe mit drei Armen, deren Glasschirme in gelben, orangefarbenen und roten Tönen glitzern und einen bunten Sternenregen mit einem ständig wechselnden Muster an Wände und Decke werfen. Ohne etwas zu sagen, deutet die Frau auf Viivis Füße, und die bückt sich schnell, um ihre Schuhe auszuziehen. Der Teppich ist dick und hat ein Orientmuster, Viivi sinkt darin ein wie in Moos, während sie der Frau in die Küche folgt.

Dort deutet die Blonde auf den Wasserkocher.

»Koch uns einen Kaffee!«

»Ich?«

»Ja, du. Ich hätte noch zwei Stunden länger schlafen können. Dafür, dass du mich geweckt hast, kochst du uns jetzt Kaffee, kapiert? Starken Kaffee. Für mich schwarz. Du trinkst doch Kaffee?«

»Ja, ja«, sagt Viivi.

Natürlich trinkt sie keinen Kaffee. Sie würde es wohl auch nicht tun, wenn ihre Mutter es erlauben würde. In dem Alter muss man noch nicht koffeinabhängig werden, sagt die.

Die Frau deutet auf den Kühlschrank.

»Eier. Speck. Saft. Pfannen und alles findest du da drüben. Und das Brot bitte toasten. Ich mache mich inzwischen so weit zurecht, dass ich wieder wie ein Mensch aussehe. Ohne Dusche wird das nichts.«

Sie schaut Viivi an wie Dreck, den man eigentlich auf der Stelle wegkehren müsste.

»Und steck in der Zwischenzeit nichts ein! Hier gibt es nichts Wertvolles.«

»Natürlich stecke ich nichts ein.«

Nachdem die Frau gegangen ist, steht Viivi da und weiß nicht, wo sie anfangen soll, so verwirrt ist sie.

Die Küche sieht ganz anders aus als die Diele. Sie ist – finnisch.

Ihr fällt das Sommerhaus von Ripsas Familie ein, wo sie oft

gewesen sind. Diese Küche hier in Stockholm-Husby ist wie eine Mietshausversion des kleinen Hauses am See in Suomussalmi. Kiefernholztisch, klein karierte Vorhänge, an der Wand ein ... Teppich oder so was. Und als Dekoration im Regal die gleiche Kaffeedose aus Blech mit einer lächelnden Frau in Tracht darauf: Paula aus der Kaffeereklame, erinnert sich Viivi. Sie kann nicht anders, als die Dose aufmachen und hineinschauen.

Kein Kaffee, sondern Bonbons. Fuchsbonbons von *Fazer*.

Ihr Magen knurrt so laut, dass man es hört, am liebsten würde sie sich einen Bonbon nehmen, aber sie traut sich nicht. Die Frau soll nicht denken, dass sie doch etwas stiehlt.

Alles hier ist anders, als sie es sich vorgestellt hat. Nichts Jamaikanisches. Keine Spur von Peter Dixon.

Hätte sie nicht ganz bestimmt den Namen an der Tür gelesen, und wäre sie vorhin nicht förmlich hereingezerrt worden, dann wäre sie jetzt überzeugt davon, in der falschen Wohnung gelandet zu sein.

Sie muss die Kaffeemaschine eine Weile untersuchen, bevor sie erkennt, wo das Wasser hineinkommt. Zu Hause hat sie vielleicht ein Mal Kaffee gekocht, der ganze Vorgang ist ihr noch ein bisschen unklar. Zum Glück findet sie schnell die Filter und die Kaffeepackung samt Messlöffel. Beim Abmessen von Kaffeepulver und Wasser kann sie nur hoffen, dass das Verhältnis ungefähr stimmt.

Um ein Haar fällt ihr der Löffel aus der Hand, als aus einem anderen Zimmer ein Ruf ertönt.

»Klappt alles?«

»Ja, klappt.«

»Okay. Ich geh jetzt unter die Dusche.«

Viivi macht den Kühlschrank auf. Im oberen Fach befinden sich Margarine und Eier und etwas weiter hinten eine flache Plastikpackung. Bacon, steht darauf, und ihr läuft ein Schauder über den Rücken, als sie die platt gedrückten Schweinespeckscheiben in der Kunststoffhülle sieht.

Die Frau hat nicht gesagt, ob sie die Eier gekocht oder gebraten haben will, darum beschließt Viivi, sie mit dem Speck in der Pfanne zu braten. Sie verzieht das Gesicht, als sie die Fleischscheiben aus der Packung flutschen lässt und zwei Eier aufschlägt. Dann schaltet sie den Herd an.

Dabei fällt ihr ein, dass man auch die Kaffeemaschine einschalten muss. Sie findet das Knöpfchen und drückt es. Kurz darauf hört man es brodeln.

Zu Hause mault ihre Mutter immer herum, dass sie nie in der Küche hilft. Sie sollte mich jetzt mal sehen, denkt Viivi.

Als die Frau in Jeans und heller Bluse und mit einem Handtuch als Turban zurückkommt, beobachtet Viivi gespannt ihre Reaktion. Die Frau sagt nichts, als sie auf dem Tisch zwei Teller, zwei Gläser und zwei Kaffeebecher sieht.

Sie setzt sich, nimmt das Messer und streicht Margarine auf das Brot, das Viivi kurz zuvor mit der Gabel aus dem Toaster gefischt hat. Das kratzende Geräusch, das dabei entsteht, lässt Viivi das Wasser im Mund zusammenlaufen.

Sie will sich gerade der Frau gegenüber hinsetzen, als diese sie aufhält.

»Stopp!«

Sie schaut Viivi streng an. »Was fehlt?«

Für einen Moment denkt Viivi, dass sie jetzt zum Händewaschen geschickt oder zum Tischgebet gezwungen wird. Im schlimmsten Fall kriegt sie nichts zu essen. Aber die Frau deutet nur auf die Kaffeemaschine.

»Du kommst nicht an den Tisch, bevor du uns Kaffee eingeschenkt hast.«

Viivi gießt Kaffee in die beiden henkellosen Becher. Sie kann nicht einschätzen, ob die Frau immer noch wütend ist oder nicht.

Sie schnaubt leise vor sich hin, während sie Stücke von ihrem Speck abschneidet und mit der Gabel in den Mund schiebt, und ihre blauen Augen mustern Viivi unverhohlen. Die Gabel in Viivis Hand zittert. Ihr Hunger ist gewaltig, aber es fällt ihr schwer, zu schlucken, weil jeder Bissen aus nächster Nähe überwacht wird.

Sie nimmt einen Schluck Kaffee. Er verbrennt ihr die Zunge und schmeckt entsetzlich, so wie jeder Kaffee, sie glaubt nicht, dass sie mehr davon herunterbekommt. Hastig trinkt sie Orangensaft hinterher, er prickelt auf der verbrannten Zunge. Die Frau probiert den Kaffee, gießt Milch dazu und trinkt in großen Schlucken.

Dann schabt sie mit dem hölzernen Pfannenwender das angebrannte Ei aus der Pfanne.

»Du bist wohl nicht auf die Idee gekommen, Öl in die Pfanne zu geben?«

»N-nein ...«

Die Frau schmunzelt. Sie legt den Pfannenwender hin und streckt über den Tisch hinweg die Hand aus.

»Merja Laasosenpaltio. Wieder unter den Lebenden.«

»Viivi Laine.«

Sie reichen sich die Hand.

Merja gießt ihnen beiden Orangensaft nach. Dann verschränkt sie die Finger auf dem Tisch. Ihre blauen Augen suchen Viivis Blick.

»Okay. Jetzt raus mit der Sprache. Was willst du? Geld?«

»Ich will kein Geld.«

»Mit Geld brauchst du bei Peter auch nicht zu rechnen. Er hat nämlich keins.«

»Ich will kein Geld«, sagt Viivi noch einmal. »Ich wollte ihn bloß sehen. Ein Mal wenigstens. Mehr nicht.«

Sie senkt den Blick.

»Meine Mutter will nicht über ihn reden. Ripsa ist die Einzige, der Mama wenigstens etwas erzählt hat. Ripsa weiß, dass das ... wichtig für mich ist.«

Merja reagiert mit keinem Wort. Als Viivi aufblickt, sieht sie, dass die andere sich abgewendet hat.

»Vielleicht weiß er gar nicht, dass es mich gibt«, fährt Viivi fort. »Ich glaube, dass meine Mutter es ihm nie erzählt hat. Sie haben sich wohl nur einmal ganz kurz getroffen, auf dem Schiff. Peter spielte in einer Band. Bass, glaube ich.«

Dann versagt die Stimme.

Merjas Finger haben sich voneinander gelöst, sie trommeln auf dem Tisch, als würden sie den Takt zu einem Stück liefern, das nur in Merjas Ohren spielt. Viivi ist entmutigt. Die Frau hört ihr nicht einmal richtig zu. Sie will schon aufstehen, um zu gehen. Wenigstens muss sie sich jetzt nicht beeilen, um rechtzeitig zum Schiff zu kommen, denkt sie. Aber da wendet sich Merja ihr zu.

»Offiziell wohnt Peter immer noch hier, das stimmt. Aber das kommt nur daher, dass er mir nicht mitteilen wollte, wo er hingezogen ist. Zu wem. So einer ist dein Vater.«

Sie nimmt das Handtuch vom Kopf und bauscht heftig ihre feuchten Haare, sodass sich die Küche mit dem süßen Vanilleduft eines Shampoos oder einer Spülung füllt.

»Wie viel Zeit hast du?«

Viivi nimmt das Handy aus der Seitentasche ihres Rucksacks und sieht auf die Uhr.

»Zwei Stunden vielleicht. Um zwanzig nach vier muss man auf dem Schiff sein.«

»Okay. Auch ich habe nicht endlos Zeit. Meine Spätschicht beginnt um fünf. Ich bin nämlich Stationsschwester im Karolinska, innere Abteilung.«

»Ach.«

»Die Bezahlung ist nicht besonders, aber das Geld kommt regelmäßig und der Job ist sicher. Damit konnte ich uns beide ernähren, mich und den Penner. Und sogar noch ein paar von seinen Bastarden.«

Bastard. Klingt mittelalterlich, denkt Viivi.

»Ich war zehn Jahre mit Peter zusammen. Nicht verheiratet, sondern bloß als ... *sambo*, wie man auf Schwedisch sagt.«

»Äh ... ohne Trauschein?«

»Genau. Und andauernd haben diese Frauen vor der Tür gestanden, aber trotzdem hab ich immer geglaubt, dass ... dass mit denen alles nur rein körperlich war. Wenn du verstehst, was ich meine.«

Viivi nickt, obwohl sie nicht sicher ist, ob sie es versteht. Oder verstehen will.

»Alle sagen, dass Männer aus Jamaika sofort eine Familie haben wollen, und zwar eine große. Aber Peter ist nicht so. Er war zehn Jahre mit mir zusammen. Das ist nicht gerade wenig. Oder?«

»Nein. Das ist viel.«

»Aber wir haben keine Kinder.«

Was soll man dazu jetzt sagen, fragt sich Viivi. Am besten man versucht, möglichst sachlich und interessiert zu wirken.

»Okay.«

»Das lag an mir.«

»Okay ...«

»Nicht, dass ich es nicht gekonnt hätte. Kinder kriegen. Aber sagen wir mal, ich wollte es nicht. Ich hab mich nicht getraut. Mit ihm.«

»Verstehe.«

Das macht Merja beinahe wütend.

»Es ist nicht bloß, weil Peter so ist, wie er ist. Instabil. Nein, das ist das falsche Wort. Unruhig. Abenteuer...süchtig.«

Viivi wagt es nicht, etwas zu erwidern.

»Ich meine, dass es hier in Schweden noch immer Vorurteile gibt. Rassismus. Ich weiß nicht, ob ich es geschafft hätte … ob ich es gewollt hätte, dass meine Kinder das erleben müssen.«

Merja schaut Viivi so fest an, dass es fast beängstigend wirkt. »Versteh mich nicht falsch. Ich habe ihn geliebt. So sehr, wie man ihn lieben kann, und das ist viel.«

»Ja, schon gut«, nuschelt Viivi.

Das hier ist etwas anderes, als sie sich erhofft hat. Sie wollte etwas über ihren Vater hören, aber die Frau redet nur von sich selbst, von ihrem Kummer und ihren Traumata.

Viivi greift zum Glas und trinkt es aus. Als sie es wieder auf den Tisch stellt, sieht sie, dass Merja sie erneut mustert. Es kommt ihr vor, als befände sie sich schon eine Ewigkeit unter diesen blauen Lupen.

»Ihr seht euch ähnlich«, sagt Merja schließlich erstaunlich ruhig, im Vergleich zu vorher.

Das Wärmegefühl, das in ihr aufsteigt, überrascht Viivi.

»Hast du schon mal ein Bild von ihm gesehen? Natürlich nicht. Warte.«

Viivis Herz hämmert wie wild, als Merja nach nebenan verschwindet. Dort wird hörbar eine Schublade geöffnet und wieder geschlossen, dann kommt Merja mit zwei Fotoalben und einem Bild in einem goldenen Rahmen zurück. Sie reicht es Viivi.

Auf dem Foto sieht man einen etwa dreißigjährigen, großen, schmalen Mann mit Dreadlocks und kaffeebrauner Haut, auf dem Gesicht ein selbstbewusstes Lächeln. Ein Arm liegt auf der Schulter der kokett posierenden Rothaarigen neben ihm, die ein weit ausgeschnittenes Flitterkleid trägt. Trotz der Haarfarbe ist sie eindeutig als Merja Laasosenpaltio zu erkennen, zehn Jahre jünger und ein paar Kilo schlanker als heute.

Mein Vater, denkt Viivi. Mein Vater.

Aber sosehr sie auch versucht, an dem Mann auf dem Foto

die gleichen Züge wie an ihrem Spiegelbild zu erkennen, in ihm mehr zu sehen als einen Unbekannten mit Dreadlocks – es gelingt ihr nicht, obwohl Merja behauptet, es gebe Ähnlichkeiten.

Sie betrachtet die Frau auf dem Bild und versucht Hass zu spüren. Oder Groll. Ihre Mutter müsste da stehen, denkt sie. Aber auch dieser Gedanke kommt ihr künstlich vor.

Ihre Mutter würde nie so ein Kleid anziehen.

Sie versucht sich Leia vorzustellen, wie sie auf alten Fotos aussieht. Zum Beispiel auf dem Abifoto: blaues, gerade geschnittenes Kleid, Spaghettiträger, wie sie in den Neunzigern Mode waren; als junge Frau war ihre Mutter ganz okay, auf ihre eigene, ruhige Art. In Gedanken schneidet Viivi sie aus wie eine Anziehpuppe aus Papier und versucht, die glitzernde, kichernde, falsche Frau damit zu ersetzen, die zehn Jahre lang mit ihrem Vater zusammengelebt hat, ohne dass seine Tochter davon wusste.

Auch das gelingt ihr nicht.

»Minikreuzfahrt am 1. Mai 2002. Das ist das erste Foto, auf dem wir zusammen drauf sind«, sagt Merja.

»Ach, ihr habt euch auch auf dem Schiff kennengelernt?«

Merja schmunzelt, Viivi kommt es ziemlich verächtlich vor.

»Es war nicht so wie mit den anderen. Entschuldige. Wir waren Kollegen, Peter und ich. Wir haben in derselben Band gespielt. Peter Gitarre – nicht Bass, pah. Und ich habe gesungen.«

»Du hast in einer Band gesungen? Bevor du ... Stationsschwester wurdest?«

»In Stockholm zu wohnen ist teuer. Sogar hier in Husby.«

Merjas Blick richtet sich auf das Küchenfenster, aber es hat den Anschein, als wäre sie in Gedanken viel weiter weg. Schließlich streicht sie sich die blonden Haare hinters Ohr und wendet sich wieder Viivi zu.

»Einen Rat habe ich für dich. Kostenlos. Lass dich nie auf einen Gitarristen aus Jamaika ein.«

Viivi muss lachen.

»Das ist kein Witz«, sagt Merja.

17

»Viivis Vaterschaftsangelegenheiten gehen dich überhaupt nichts an, und auch sonst niemanden!«

Am anderen Ende der Leitung hört man nichts. Oder doch, ein diffuses Rauschen.

»Hallo? Markku?«

Leia spricht nun wesentlich leiser als zuvor.

Natürlich hat sie Markku noch einmal angerufen, so wütend wie sie ist. Ihr Kollege und Freund, aber auch ihr Untergebener kritisiert sie und ihre persönlichen Lebensentscheidungen auf unverschämte Weise und dazu noch auf der Homepage des Projekts. Als die Verbindung da ist, lässt sie eine volle Breitseite los.

Aber dann begreift sie, dass sie einen Fehler gemacht hat.

Ist unter dem Rauschen nicht doch etwas zu hören? Ein Atmen? Von jemandem, der nicht vorhat, mit ihr zu reden?

Leise wimmernd nimmt Leia das Handy vom Ohr und unterbricht die Verbindung. Sie sieht sich noch einmal die Nachricht an, die gerade gekommen ist. Darin steht *asap*, die Abkürzung für *as soon as possible*, so bald wie möglich.

Und kein Punkt am Ende.

Die Auskunft nennt bereitwillig Markku Lappos Telefonnummer. Es ist natürlich nicht die, von der die SMS gekommen ist und die Leia gerade angerufen hat. Und es überrascht sie auch nicht, als sie hört, dass der Besitzer der Nummer von eben nicht aufzufinden ist.

»Vielleicht ein Prepaid-Anschluss«, vermutet der Mann bei der Auskunft. »Wenn sie nicht auf den Benutzer registriert ist …«

»Danke, ich verstehe«, sagt Leia steif und legt auf.

Es war dumm, auch nur anzunehmen, dass Markku irgendwie ihre neue Prepaid-Nummer herausgefunden haben könnte. Er ist schließlich kein Hellseher.

Sie liest die SMS noch einmal.

Hallo Leia, alles ok? Schau dir asap die Seite von ProMen an

Der Ton ist ganz anders als bei denen, die sie am Abend und in der Nacht von verschiedenen Seiten erhalten hat. Nicht beleidigend, nicht aggressiv, nicht drohend. Sondern geradezu freundlich. Kein Wunder, dass sie sich geirrt hat.

Markku, der richtige Markku unter der richtigen Telefonnummer, klingt natürlich schockiert, als er erfährt, warum sie nicht ins Büro gekommen ist.

Leia unterbricht ihn in seinen Mitleidsbekundungen.

»Das Bein ist gebrochen, aber der Kopf funktioniert«, sagt sie. »Ich habe Krücken. Wenn ich mit denen ein bisschen übe, schaffe ich es bestimmt nächste Woche problemlos ins Büro. Und es macht dir bestimmt nichts aus, wenn ich einen Teil der Arbeit von zu Hause aus mache. Ich hab wirklich nicht vor, krankzufeiern und nutzlos im Bett herumzuliegen.«

Zunächst kommt keine Antwort. Hat das mit Erleichterung oder mit Bedauern zu tun?

»Ich übernehme gern einen Teil deiner Aufgaben. Wenn du das möchtest«, sagt Markku dann.

Hast du ja schon, du kamerasüchtiger Kerl. Und zwar ohne mich zu fragen, denkt Leia.

»Ja, klar. Wir besprechen am Montag, welche Sachen wir vielleicht vorübergehend aufteilen und welche nicht.«

Leia merkt, dass sie sich wie wild am Oberschenkel kratzt, am Rand des Gipses. Sie zwingt sich, damit aufzuhören.

Soll sie es ansprechen oder nicht? Ist es ein Zeichen von Schwäche, wenn sie ihre Sorge zum Ausdruck bringt, oder ist es einfach nur vernünftig ...

Am anderen Ende der Leitung hört man Geschirr klappern. Eine Frau sagt etwas, Markkus Frau wahrscheinlich.

»Ich muss langsam aufhören«, sagt Markku. »Es gibt gleich Mittagessen. Lachs auf Spinat. Pirja verwöhnt mich. Und wir beide machen am Montag weiter, aber nur wenn du wirklich das Gefühl hast, dass du es auch kannst und schaffst.«

»Das habe ich doch gerade gesagt«, gibt Leia zurück und holt tief Luft.

»Zaipe muss unsere Seiten sicherer machen. Und zwar sofort.«

»Aha. Aber die sind doch noch gar nicht offen. Und Zaipe weiß schon selbst, was das Beste ...«

»Hör zu! Jemand ist auf der Seite gewesen. Und ich habe mehrere SMS bekommen.«

»SMS?«

»Anonyme Nachrichten. Nach der Sendung von gestern. Jemand hat mich als Hure beschimpft und so. Auch Drohungen. Ich weiß, wo du wohnst. Solche Sachen.«

»An deiner Stelle würde ich die Polizei anrufen«, sagt Markku. »Wenn die Mitteilungen bedrohlich sind, nimmt die Polizei das sicher ernst.«

»Genau«, sagt Leia.

»Besser, sich nicht provozieren zu lassen. Denn genau das wollen solche Störenfriede. Das Dümmste, was man tun kann, ist, sie merken zu lassen, dass es ihnen gelungen ist, Angst zu schüren. Man darf sich nicht mit ihnen auf ein Wettsingen einlassen, und nicht versuchen, ihnen etwas zu erklären, oder von ihnen verlangen, dass sie aufhören. So etwas stachelt sie nur noch mehr an.«

Da Leia nichts sagt, spricht Markku weiter.

»Kann außerdem sein, dass die Polizei schon Angaben von früheren Opfern in ihren Akten hat. Oft terrorisieren die ja jeden, von dem sie sich aus irgendeinem Grund gereizt fühlen. Als Erstes könnte man natürlich bei der Auskunft nachfragen.«

»Das habe ich schon getan. Die Nummer ist geheim. Oder eine Prepaid.«

»Oder falls die Nachrichten irgendetwas Besonderes enthalten, etwas, was sich wiederholt, der Schreibstil ...«

»Keinen Punkt.«

»Keinen was?«

»Die Nachrichten haben nie einen Punkt am Ende. Ich weiß nicht. Irgendwie ist das ... ach. Irgendwie ist das besonders widerwärtig. Blödsinn.«

Markku schweigt am anderen Ende der Leitung. Sogar das Klappern des Geschirrs ist verstummt. Vielleicht hat er die Küchentür zugemacht.

»Ruf noch nicht die Polizei an. Ich komme vorbei.«

Oho, denkt Leia. Das ist aber mal was. Heute schwirren die tatkräftigen und hilfsbereiten Männer nur so um mich herum. Vor allem welche, die es auf meinen Job abgesehen haben.

»Ich kümmere mich selbst darum, danke für das Angebot.«

Markku gibt einen versöhnlichen Laut von sich.

»Ich wollte dich nicht bevormunden. Aber es wäre gut, noch ein bisschen darüber zu reden. Und über andere Dinge. Ruf die Polizei noch nicht an. Ich bitte dich darum. Ich esse jetzt, und dann komme ich.«

Leia kann den köstlichen Duft des Spinatlachses fast riechen. Markkus Frau ist eine hervorragende Köchin, das konnte Leia feststellen, als sie mal zum Erntedank-Abendessen bei den beiden eingeladen war, zu dem sie angeblich jedes Jahr alte und neue Freunde bekochen. Beneidenswerte Gastfreundschaft, bewundernswerte Geselligkeit. Das hatte sie gedacht, während sie an der langen Tafel saß, peinlicherweise als Einzige ohne Begleitung. Sie hatte die beruflichen und familiären Hintergründe ihrer Tischnachbarn und die zahlreichen Leckerbissen auf ihrem Teller hinter sich gebracht, die marinierte Rote Bete, den gratinierten Blumenkohl, die flambierten und karamellisierten Chilis und weiß der Himmel was sonst noch für Wurzel- und sonstiges Gemüse, im eigenen Beet und Treibhaus mit Liebe gezogen und auf alle möglichen Arten zubereitet – bis endlich die Hauptspeise kam. Und die war ganz anders, als sie erwartet hatte, nichts aus der heimischen Erde, sondern Peking-Ente, saftig und aromatisch, ein überirdisches gastronomisches Erlebnis. Während ihr die Ente in den Mund schwamm – oder watschelte, flatterte! – und auf der Zunge zerging, spürte sie ihren Körper entflammen, wie man es nur spürt, wenn man sich verliebt.

Sie ist sich allerdings noch immer nicht sicher, ob die Gastgeberin sie auch richtig verstanden hat, als sie versuchte, diese Erfahrung nach dem Dessert, dem Kaffee und dem Kognak zu verbalisieren. Zumal während des ganzen Abends großzügig Wein eingeschenkt worden war.

»Also gut«, sagt Leia. »Dann komm, wenn du unbedingt willst. Aber geh zuerst zu deinem Lachs, damit Pirja nicht sauer wird.«

»Unsere Chefin doch nicht.«

Leia bemüht sich um ein Lachen.

Lachs auf Spinat. Peking-Ente. Solche Höhepunkte im gemeinsamen Alltag von Ehepaaren fehlen ihr. Das versetzt ihr immer mal wieder einen Stich, zum Beispiel jetzt, als sie das Telefonat beendet.

Vielleicht bräuchte sie einen Ehemann, so wie Markku seine praktisch veranlagte Pirja hat? Der sie – wie sagte es Markku doch gleich? – verwöhnen würde.

Andererseits nennt mich auch niemand Chefin, denkt Leia.

Gott sei Dank.

Und sie kann auch dankbar sein, dass der Kommentar über Vaterschaft, der auf der Homepage aufgetaucht ist, nicht von Markku stammt. Dass Markku nicht so gemein über sie denkt.

Leia richtet den Blick aufs Fenster. Der im Winter kahle Balkon scheint in der Kälte zu frieren. Vor der grauen Wand des Nachbarhauses reckt sich eine blätterlose Birke wie eine gezeichnete Figur. Oder wie eine tragische. Würde Ripsa sagen.

Es ist noch nicht einmal drei, aber schon dämmrig. Bevor die Dunkelheit kommt, was an diesem Tag überraschend schnell passieren kann, muss sie die Vorhänge zuziehen. Nicht damit niemand hereinschauen kann, sondern weil die Aussicht sonst so unwahrscheinlich trostlos ist.

Das Fenster zum Hof. Da hat Ripsa mal wieder was gesagt. In dem Film sitzt James Stewart mit gebrochenem Bein im Rollstuhl und beobachtet mit dem Fernglas seine Nachbarn. Er glaubt, in seiner Wohnung sicher zu sein, doch am Ende bemerkt der Mörder ihn. Blitzt die Linse des Fernglases auf oder ist versehentlich das Licht angeblieben? Leia erinnert sich nicht, und auch nicht daran, wie es ausgeht, aber an die Spannung erinnert sie sich und wie gefesselt sie war. Und das obwohl es Jahre her sein muss, dass sie den Film zum letzten Mal gesehen hat.

Als sie klein war, haben sie sich oft mit der ganzen Familie Filme angesehen. Das war ihre Lieblingsbeschäftigung, freitagabends und am Wochenende nebeneinander auf dem Sofa zu hocken und Filme zu verschlingen, im Fernsehen und von VHS-Kassetten aus der Videothek, Popcorn zu futtern und endlos über Regisseure und Schauspieler zu quatschen, über Schnitt und Erzählweise, aber vor allem über die Figuren in den Filmen, über ihre Ängste und Hoffnungen und heimlichen Motive. Als gehörten sie zu einer Art erweiterten Familie.

Heute verbringen ihre Eltern die Winter wie Zugvögel in ihrer Wohnung an der Costa del Sol und interessieren sich nicht mehr für Filme, sondern spielen Golf. Ripsa hat ihre eigene Familie, mit der sie Harry Potter anschaut und was es sonst noch so gibt, Glücksbärchis, und Viivi zeigt ebenfalls kein besonderes Interesse für die Welt des Films. Nur fürs Internet.

Das Internet. Nichts als das Internet. Allmählich hat sie vom Internet die Nase gestrichen voll.

Ein Licht blinkt im Zimmer auf. Das blaue Auge des Computers leuchtet wieder. Oder hat es auch vorher schon geleuchtet? Sie weiß es nicht.

Sie nimmt den Laptop auf den Schoß. Eine Mitteilung ist auf dem Bildschirm erschienen: *Wichtige Sicherheitsupdates können jetzt heruntergeladen werden. Updates herunterladen?*

Leia drückt auf Enter. *Updates werden geladen*, verkündet eine neue Mitteilung, und daneben dreht sich ein kleiner Ring. *Warten Sie, ohne das Gerät auszuschalten.*

Ja, ich warte. Was soll sie auch sonst tun.

Das Gerät schnurrt auf ihrem Schoß, schnurrt und surrt.

Hier liege ich und kann nicht anders. Leia schmunzelt freudlos. Ich bin in meiner eigenen Wohnung gefangen, genau wie James Stewart in seinem Rollstuhl. Nur dass ich keinen Rollstuhl habe. Und kein Fernglas. Mein einziger Kontakt zur Außenwelt ist ein altes, klobiges Handy.

Und das Internet. Das ist mein Fenster zum Hof. Und auch das geht nicht nur in eine Richtung. Leider.

Updates werden geladen, sagt der Computer weiterhin. Der

Ring im Mitteilungsfenster dreht sich, also tut sich wohl auch etwas.

Leia kann es sich nicht verkneifen, sich wieder am Oberschenkel zu kratzen, obwohl es nichts hilft. Es juckt jetzt weiter unten, unter dem Gips. Nein, das scheint etwas anderes zu sein.

Der Schmerz kehrt zurück. Er kündigt sich als dumpfes Pochen an, als Vorahnung, wird aber zweifellos bald schlimmer werden.

Dieser Abend wird der schwerste, hat die Krankenschwester sie gewarnt. Immerhin hat sie Leia so viele Pillen mitgegeben, dass sie damit übers Wochenende kommt. Die Verschreibungspflicht ist eine Garantie dafür, dass sie auch helfen.

Auf dem Bildschirm hat sich ein neues Fenster geöffnet: *Updatepaket 1/7 wird installiert. Schalten Sie das Gerät nicht aus.* Dem Zeitbalken nach dauert der Vorgang drei Minuten.

Leia nimmt das Medikamentenröhrchen vom Tisch. *1–2 Tabl. bei Bedarf, höchstens drei Mal am Tag,* steht darauf. Am besten, sie nimmt gleich eine, damit sie wirken kann, bevor der Schmerz unerträglich wird. Obwohl sie sonst solche Blocker prinzipiell scheut. Die Vorstellung, freiwillig eine chemische Zusammensetzung einzunehmen, die auf das zentrale Nervensystem einwirkt, ist irgendwie unangenehm.

Sie schluckt die Tablette mit etwas Wasser.

Sie hat immer gedacht, dass sie eine hohe Schmerzschwelle hat. Sie ist sogar ein bisschen stolz darauf gewesen. Sie brauchte nicht einmal bei der Geburt Schmerzlinderung.

Aber jetzt tut es weh. Und zwar höllisch.

Sie nimmt eine zweite Tablette und verschließt danach das Röhrchen.

Updatepaket 2/7 wird installiert.

Leia schließt die Augen, legt den Hinterkopf aufs Kissen, versucht sich zu entspannen. Mehr kann man nicht tun, wenn man darauf wartet, dass ein Medikament anfängt zu wirken und Updates gemacht sind.

Sie muss gähnen. Offensichtlich hat sich der Adrenalinstoß gelegt, denn langsam kriecht die Entspannung in ihren Körper, sorgt für schwere Arme, Beine und Kopf, es fühlt sich an, als wären sogar die Ohren schwer. Es ist wie in einem Schaukelstuhl, der langsam nach hinten kippt.

Sobald das Update fertig ist, lege ich mich richtig hin und schlafe ein wenig. Mache ein kleines Nickerchen, bevor Markku kommt. Ein ganz kurzes nur, damit ich auch in der Nacht noch schlafen kann.

Die Update-Installation ist inzwischen bei Paket 3/7 angelangt, doch die verbleibende Zeit aus irgendeinem Grund von drei Minuten auf viereinhalb angewachsen. Leia seufzt, und das Seufzen geht in ein Gähnen über. Sie muss aufpassen, dass sie jetzt nicht einschläft und ihr der Laptop vom Schoß rutscht, auf den Boden fällt und kaputtgeht. So wie das Samsung. Ihr schönes, teures, geliebtes Smartphone.

Wie unheimlich, denkt Leia. Mein Gefühlsleben verdichtet sich in einem kleinen koreanischen Plastikgegenstand.

Nein, das ist nicht die ganze Wahrheit.

Es ist überhaupt nicht wahr.

Die Augenlider werden angenehm schwer, fallen zu.

Jari Virtanen. Was für ein sympathischer Name. Sein Rasierwasser roch nach Meer und Nadelwald, und dann die ulkige Mütze ... Er muss sich für sie interessiert haben. Sonst wäre er ihr nicht gefolgt.

Er hat ihr mehr geholfen, als nötig gewesen wäre. Viel mehr.

Er hat sie getröstet.

Berührt.

Seine Hand auf ihrem Knie, so selbstverständlich. Besitzergreifend. Ganz natürlich. Er konnte nicht wissen, dass es für sie in dieser Situation zu viel war, dass sie kein Mensch ist, der Überraschungen mag. Dass sie Zeit braucht, um sich an etwas Neues zu gewöhnen ...

Vielleicht könnte es diesmal etwas werden?

Ripsas maßlose Begeisterung angesichts des Mannes war einerseits schmeichelhaft, andererseits peinlich. Ripsa kennt ihr Liebesleben, sie weiß, dass es sich in den letzten Jahren, na ja, eher in einer latenten Phase befand.

In den letzten zehn Jahren, um genau zu sein. Als Viivi noch klein war, noch nicht einmal in der Schule, lief zwei Mal etwas. Da war zuerst Jan-Erik. Mit seinem Bedürfnis, sich immer zeigen zu müssen, mit seiner Überheblichkeit. Großer Gott. Und erst seine Verwandtschaft! Puh.

Wenn sie allein an das Krebsessen denkt, an dem sie teilgenommen hat. Natürlich gab es nichts Geeignetes für eine Dreijährige auf dem Tisch. Als Viivi dann vor Hunger quengelte, schlugen alle die Hände über dem Kopf zusammen: So was aber auch! Sie hätten ja nicht wissen können, dass die Kleine *so eine* ist. Und deshalb natürlich eine *besondere Ernährung* braucht.

Leia hätte daran denken müssen, Viivi eine Wurst zum Grillen mitzubringen. Damals schmeckte ihr so was noch.

Und dann Lauri. Ach, Lauri. Wäre er nur ein bisschen älter gewesen. Ein bisschen erwachsener. Sie konnte kein zweites Kind in ihre Obhut nehmen. Mit achtundzwanzig sollte man aus dem Knabenalter heraus sein, fand sie, und mit Viivi hatte sie mehr als genug zu tun. Und mit dem Haushalt. Und mit ihrer Arbeit. Und mit der Dissertation. Die Männer kommen, wenn die Zeiten günstiger sind, hatte sie gedacht. Aber nein. Immerhin hat sie ihre Dissertation hingekriegt und ... eine Arbeit hat sie auch. Sie ist jetzt Geschäftsführerin. Sogar mit einem Mitarbeiter, der ihr unterstellt ist. Es hat also Fortschritte gegeben. Ist doch so? Oder?

»Ist dein Gewissen rein, Leia? Ist es blütenweiß, Prinzessin?«

Es rauscht in den Ohren, sie hört bereits Stimmen, jemand spricht. Hallo, wer spricht da? Der Computer. Was denkt sie nur, der Computer spricht doch nicht. Hat sie Selbstgespräche geführt?

Offenbar fängt das Medikament an zu wirken. Sie fühlt sich ein bisschen ... schwimmend.

Die Augen fest geschlossen, zieht Leia die überflüssigen Kissen unter Kopf und Rücken heraus und versucht sich richtig hinzulegen. Was musste Ripsa auch die ganzen ... das reinste Kissenbad, Bällebad ...

»Leia. Leia! Schau hierher!«

Leia öffnet die Augen einen Spaltbreit und hebt mühsam den Kopf. Der Laptop ist verrutscht und liegt schief auf dem Schoß. Sie richtet ihn gerade. Endlich sind alle sieben Pakete installiert, die Mitteilung ist vom Bildschirm verschwunden. Stattdessen ist da Viivi zu sehen.

Beziehungsweise ein Teil von Viivis Gesicht, Viivis Kinn, Viivis Nasenlöcher, Viivis seitliche Haarsträhnen, ganz ulkig, wie von unten aufgenommen, und jetzt nickt Viivi mit dem Kopf und kratzt sich am Hals, wie Viivi es immer macht, wenn sie aus dem einen oder anderen Grund verlegen ist, und Viivi spricht. Sieht sie nicht an, spricht, jedoch nicht mit ihr, sondern mit jemand anderem.

»Das ist echt unglaublich. Dass ich was von meinem Vater erfahre und jetzt auch weiß, wie er aussieht. Vor einer Woche kannte ich nicht mal seinen Namen.«

Und dann nickt Viivi erneut und kratzt sich, auf die gleiche Weise, und sagt das Gleiche wie eben.

»Das ist echt unglaublich ...«

Sagt es wieder. Und noch einmal.

Viivi, was redest du da, was tust du da im Computer, versucht Leia zu rufen, komm da raus, aber ihr fällt der Kopf nach vorn und sie bringt die Worte nicht über die Lippen.

»Leia«, kommt stattdessen heraus. »Leia, hallo, hör zu! Schau her!«

Nein, das ist nicht ihr Mund, sondern wieder der Computer.

»Hast du gehört, Leia? Verheimlichen ist keine Lösung. Ein Kind hat ein Recht auf seinen Vater. Auch Viivi. Verstehst du das, Leia?«

Der Computer spricht zu ihr, und er hat die Stimme eines Mannes. Hier ist etwas echt ... echt ...

»Konzentrier dich, Leia. Ich will dir nichts Böses. Ich weiß nicht, warum du es ihr nicht erzählt hast, aber ... Hallo, Prinzessin, aufwachen, nicht einschlafen! So müde kannst du nicht sein, mitten am Tag. Hör zu, Leia. Lass die idiotischen Minister ihre eigenen Sachen machen, die gehen dich nichts an. Konzentrier dich auf das Wesentliche, Leia. Du musst mit deiner Tochter reden. Erzähl es ihr, erzähle Viivi gleich morgen ...«

Es ist die Stimme eines Mannes, aber Viivi nickt, Viivi kratzt sich auf die vertraute Art mit dem Fingernagel am Hals, Viivi ist weit weg, jenseits der Ostsee, aber Viivi ist da, auf dem Bildschirm, und das blaue Licht über Viivi schaut unverwandt, streng.

Leia blinzelt. Das blaue Auge zuckt nicht.

18

Leia, Leia. Was bist du doch für ein Sorgenkind.

Statt dass sie ihm wenigstens zuhören, dass sie über seine vernünftigen Begründungen und gut gemeinten Ratschläge nachdenken würde, holt sie Luft wie eine Ertrinkende, streckt die Hand nach der Kamera aus – um Gnade flehend, will er schon denken, oder eher um eine Umarmung bittend – und knallt den Laptop zu.

Das Bild wird schwarz. Damit ist auch diese Verbindung dahin.

Shit.

Am liebsten würde er ihr wieder Feedback geben. Du Supermami mit deinen Allmachtsfantasien, du pseudotolerante Männerversteherin, kapier doch endlich: Viivis Überraschungsbesuch in der Stockholmer Wohnsiedlung ist der beste Beweis dafür, dass man den Vater aus dem Leben eines Kindes nicht ausradieren kann.

Wie deutlich muss man dir das noch sagen? Du allein bist nicht genug. Das gilt für jeden.

Das Feedback-Geben wird maßgeblich dadurch erschwert, dass Leia den Laptop zugeklappt hat – nachdem sie schon ihr nagelneues Smartphone verloren und kaputt gemacht hat. Stattdessen hat sie ein strunzdummes steinzeitliches Brikett in Betrieb genommen, in dem keine Spur Intelligenz steckt. Weshalb man auch nicht aus der Distanz mit ihm operieren kann.

Man müsste etwas unternehmen, aber was?

Die Aktion von Laine junior in Stockholm hat sein verkrustetes Herz mehr erwärmt, als er gedacht hätte. Und auch von der Mutter kommt er nur schwer los. Seit Jahren ist er außerhalb der Arbeit nicht mehr so an einem lebenden Wesen interessiert gewesen, abgesehen von seinem Sohn.

Allerdings ist ja auch Leia ein Target. Beziehungsweise sie war es.

In Stockholm äußert die ältere der beiden Frauen eine Forderung.

»Jetzt bist du dran.«

»Ich?«, wundert sich Viivi.

»Ja. Erzähl mir von dir. Wie sieht dein Leben aus?«

Es wäre ein Vergnügen, sich das anzuhören, aber es geht einfach nicht. Er muss raus, zum zweiten Mal innerhalb eines Tages unter Menschen gehen. In gewisser Weise fühlt er sich für das Wohlergehen seiner Prinzessin verantwortlich. Auch deshalb darf er sie nicht von der Leine lassen.

Den Stick in den Rechner, das Wichtigste darauf ziehen, das Notebook unter den Arm und als Proviant ein paar Dosen. Lederjacke über und los, mit dem Falcon in unerforschte Galaxien des Hyperuniversums.

Ziemlich übertriebene Bezeichnung für einen Elektromarkt, denkt er schmunzelnd, während er die Dreifachverriegelung an der Sicherheitstür des Kommandoraums abschließt. Aber der liegt auf dem Weg. Und dort kriegt man das, was er jetzt braucht, am schmerzlosesten.

19

In seiner Wohnung ist alles so, wie er es gestern, am Freitagmorgen, zurückgelassen hat, als er zum Parlament ging. Das Bett ist nicht gemacht und schon gar nicht frisch bezogen, die Schmutzwäsche nicht eingesammelt, das Geschirr nicht gespült.

Auf dem Schreibtisch neben dem Computer steht wie ein Ausrufezeichen die Kognakflasche, die er vorletzte Nacht geleert hat. Alles ist gleich. Und doch wieder nicht.

Annu geht nicht ans Telefon.

Natürlich nicht, weil sie sieht, wer anruft.

Wenn man sich das Tuten mehrere Minuten lang angehört hat, kann man nicht anders als aufgeben, das Handy weglegen, sich den Schal vom Hals reißen, die Handschuhe und die Aktentasche auf den Boden werfen.

Kraftlos aufs Bett sinken. Den Kopf in die Hände legen.

»Ich bringe dann mal weiter unser schönes Heim auf Hochglanz. Das ist für mich Lebensinhalt genug.«

Mit diesen Worten hat Annu die Mitteilung aufgenommen, dass er umgehend wieder nach Helsinki zurückkehren würde. Es kam so giftig heraus, dass er gar nicht erst gefragt hat, ob sie, bis das Taxi kommt, nicht trotzdem zusammen einen Teller von der Elchsuppe, die auf dem Herd brodelte und duftete, essen könnten. Geschweige denn, dass er kleinlaut sondiert hätte, ob Annu sich nicht etwas voreilig die Internetseiten von Scheidungsanwälten angesehen hatte.

Es war besser, den Mantel anzuziehen und draußen auf das Taxi zu warten.

Die Minuten, die er in der Kälte schlotterte und seine Aufmerksamkeit vollständig auf den Schlitten neben der Treppe richtete, um den Blicken der Kinder am Fenster auszuweichen, die sich über die plötzliche Abreise ihres Vaters wunderten, waren vermutlich die längsten seines Lebens. Das Elend wurde wenig später von dem Binnenflugimbiss in der Finski-Maschine komplettiert, von dem Brötchen, das in der Folie schwitzte und in seinem Inneren eine briefmarkengroße Scheibe Käse barg.

Der Magen knurrte der Elchsuppe hinterher. Das Herz rief nach Annu.

Tarmo lässt sich der Länge nach aufs Bett fallen. Er muss schniefen.

So hätte es nicht laufen sollen. Am allerwenigsten möchte er Annu wehtun. Er liebt seine Frau doch.

»Ich sage euch, wie es ist, Jungs, die Ehefrau wird mit jedem Wechsel besser, und aller guten Dinge sind drei.«

Es versetzt ihm einen Stich ins Herz, als er sich daran erinnert, wie er sich seinen Angelkameraden gegenüber ausgedrückt hat, auch wenn er einen kleinen Schwips dabei hatte. Und als die Kameraden Anspielungen auf den Altersunterschied machten und seine Kondition infrage stellten, lachte er nur: Eine junge Frau macht jung.

Die Bewunderung der hübschen, schlagfertigen Buchhaltungspraktikantin hatte dem Selbstwertgefühl des fünfzigjährigen Amtsanwalts, der schon zwei Mal vor die Tür gesetzt worden war, äußerst geschmeichelt. Bei der Weihnachtsfeier in der Behörde hatte Annu seinen Flirtversuch erwidert, und im folgenden Sommer waren sie schon verheiratet und Sisu wuchs in Annus Bauch heran. Kein Zweifel also hinsichtlich seiner Kondition. Kein Bedarf für die kleinen blauen Helfer, für die er sich beim Arzt in der Nachbargemeinde ein Rezept geholt hatte.

Im Amt wurde viel getuschelt, das ist klar. Man sah sich in den öffentlich zugänglichen Steuerdaten an, was er im Jahr verdiente, und im Katasteramt, was er an Grund besaß. Dennoch wagte es nur Jaana, die erste seiner Frauen, ihm etwas Übles ins Gesicht zu sagen.

»Und ein Kind! Wie kannst du es nur wagen. Die ist ja jünger als unser Touko!«

Die Spucke flog, als sie ihn über die Fleischtheke des Supermarkts hinweg anschrie. Er ließ den teuren Lammbraten liegen und die vor Wut triefende Jaana mit dem Fleischerbeil in der Hand stehen, weil er sich nicht vor irgendwelchen Wurstverkäuferinnen öffentlich zur Sau machen lassen wollte. Bei der Gelegenheit stieß er auch gleich seine Kundenanteile an der Lebensmittelkette ab. Und Touko zu erwähnen, war völlig sinnlos. Er hat seinen ältesten Sohn sowieso nie verstanden. Der studiert Gartenbautechnik und geht mit Blumen um wie ein Schwuler.

Tarmo schnäuzt sich die Nase.

Ich werde mich bessern, denkt er. Ich werde keine anderen Frauen mehr anschauen. Nicht die aus Fleisch und Blut und auch nicht die virtuellen.

Von nun an werde ich leben wie ein Mönch. Genau, wie Annu es will. Und wenn Annu will, fliege ich jedes Wochenende zum Beichten nach Hause, gestehe meine Sünden und absolviere sämtliche Bußübungen. Was auch immer Annu verlangt.

Dann wird sie schon glauben, dass ich es ernst meine.

Draußen braust der Wind, wieder klatscht Schneeregen gegen das Fenster. Das Dachblech knirscht und scheppert. Tarmo blickt sich um. Die Jalousie ist offen, im grauen, schon nachlassenden Licht sieht man die ganze Trostlosigkeit der Junggesellenbude immer noch viel zu gut.

Als *trendy Loft* mit hervorragender Lage wurde sie ihm angeboten, und wegen der Lage hat er sie auch genommen – in einer Viertelstunde ist man zu Fuß im Parlament. Auch wenn ihn jeder der vier Buchstaben des großspurigen Wortes *Loft* zweifellos ein, zwei Hunderter im Monat mehr kostet. Es ist nichts anderes als ein ehemaliger Dachboden, den man wohntauglich gemacht hat, indem man Wände eingezogen und einen Teil der alten Konstruktion hinter neuem, rauem Putz versteckt hat. Immerhin gibt es eine mit allem Schnickschnack ausgerüstete Kochinsel und eine Saunaabteilung im Haus – ein *Spa*, hatte die Maklerin neckisch gesagt und dazu mit den Wimpern geklimpert, als wartete sie auf eine Einladung zum Rückenwaschen. Zimmer im eigentlichen Sinn gibt es nur dieses eine, aber dafür ist es groß, ein siebzig Quadratmeter kombiniertes Wohn-, Schlaf- und Arbeitszimmer. Durch das Eichenparkett laufen in zwei Metern Abstand breite Balken. Sisu würde es Spaß machen, mit dem Fahrrad oder dem Skatebord darauf Slalom zu fahren. Aber wie die anderen Kinder ist auch Sisu nie hier gewesen. Und Annu nur einmal, anlässlich des Präsidentenempfangs am Unabhängigkeitstag vor fast einem Jahr.

Annu konnte sich nicht weigern zu kommen, es wäre als Beleidigung der Präsidentin und ihres Partners aufgefasst worden. Bestimmt war sie auch neugierig gewesen, und eitel, obwohl sie das nie zugeben würde. Sie wollte beweisen, ihm, aber vor allem sich selbst, dass ihr das Abendkleid drei Monate nach Voimas Geburt schon wieder passte. Gut passte es ihr, und hübsch sah sie aus. Sie war dann trotzdem enttäuscht, weil sie in den Frauenzeitschriften nicht ausdrücklich erwähnt wurde. In denen ging es nur um die Jaana Pelkonens und Leena Harkimos, wie immer die »Stars des Präsidentenempfangs«.

Sie wollte am nächsten Tag mit der ersten Morgenmaschine schon wieder zurückfliegen. Hatte Sehnsucht nach den Kindern, behauptete sie.

Dabei war sie keine vierundzwanzig Stunden ohne die Kleinen gewesen.

Wer wird dieses Jahr am Unabhängigkeitstag siegen – Annus Neugier auf das neue Präsidentenpaar oder der Hass auf mich, fragt sich Tarmo.

Wann hat ihre Bewunderung aufgehört? Wann fing Annu an, ihn zu behandeln wie einen aus ihrer schnell wachsenden Kinderschar, ihn zu rügen und anzufahren und ihm den Rücken zuzukehren? Gleich nach Sisus Geburt? Oder erst nach Voimas?

Man hätte meinen sollen, dass sie sich über seine Wahl ins Parlament freuen würde, gleich beim ersten Versuch und ohne anstrengende Jahre im Gemeinderat. Nachdem seine Arbeitsstelle bei der Eingemeindung seiner Kommune in die Stadt Kuopio einfach gestrichen worden war, konnte man seinen schnellen Wechsel in die Flure der Demokratie durchaus mit einem Lottogewinn vergleichen.

Wenn ich als Abgeordneter nach Helsinki gehe, bin ich Annu aus den Füßen, hatte er Perttu und Make gegenüber salopp erklärt. Die Angelkameraden standen in ihren schlecht sitzenden Anzügen und mit Sektgläsern in der Hand in seinem Wohnzimmer, das mit Glückwunschblumensträußen übersät war, und grinsten mit ihm, obwohl sie jedes Mal, wenn er nicht hinguckte, in Annus Richtung schielten. Seine Frau schwitzte. Sie wurde von Mitgliedern des Marthabundes angesprochen und hatte ihr Repräsentationslächeln aufgesetzt, sie wiegte Rauha auf dem Arm und ihr Kleid spannte an der Taille bereits wegen der neuen Schwangerschaft.

Ganz so simpel war es nicht gewesen, oder unkompliziert. Überhaupt nicht. Alles ging so schnell, dass grundlegende Entscheidungen aufgeschoben werden mussten, auf einen späteren, unbestimmten Zeitpunkt. Zum Beispiel, wie das mit dem Wohnen auf Dauer gelöst werden soll. Sie wollten die Kinder nicht ihrer Wurzeln berauben. In zwei Jahren käme Sisu in die Schule, und beim Sommerfest der regionalen mittelständischen Unternehmen war Tarmo herausgerutscht, dass er selbstverständlich vorhabe, die Dorfschule, die Jahr um Jahr auf der Streichliste stand, mit vier kleinen Schülern zu unterstützen. Er werde seine Kinder nicht in die Großstadt zerren, in irgendeine multiproblematische Schule aus von Schimmel befallenen Fertigbauelementen und voller ADS-Bälger von Hanfzüchtern und Ausländern.

Man hatte sich auf eine Art Fernbeziehung geeinigt. Die allwöchentlichen Besuche zu Hause waren nach und nach weniger geworden, nach dem Motto »einmal im Monat genügt«. Auch wenn der Flug nur eine Stunde dauerte, gingen mit Fahrt zum Flughafen und allen Wartezeiten fast drei Stunden in jede Richtung drauf. Und je kühler der Empfang am Zielort wurde, desto stärker hatte er das Gefühl, dass die Reise die Mühe nicht wert war.

»Den Grünen wird es gefallen, wenn ich weniger fliege, da wächst der berühmte Kohlendioxidabdruck nicht weiter. Bald locken sie mich noch zu einem ihrer Spinnertreffen«, versuchte er zu witzeln, als Annu das Thema zuletzt ansprach. »Und Steuergelder werden dabei auch gespart.«

Annu musste darüber nicht lachen.

In der Wohnung wird es jeden Moment dunkler, dann geht die Straßenbeleuchtung an. Das Licht fällt auf etwas Glänzendes in einer der oberen Ecken. Ein Spinnennetz mit zwei vertrockneten Fliegen.

Ich sitze genauso in der Falle, denkt Tarmo. Sie werden mich aussaugen.

Sie werden lachen, wenn sie ihn zerfleischen können, diese Hyänen. Das ganze Volk wird am Frühstückstisch über ihn und seine Fehltritte staunen und sich amüsieren, durch sämtliche Kommentarspalten und Fernsehshows wird man ihn schleifen, tage-, wenn nicht wochenlang. Von Schlagzeile zu Schlagzeile werden seine Vergehen noch anwachsen und damit auch die Auflagen der Sensationspresse. Heutzutage braucht es viel weniger als früher, dass man sein Amt verliert, schon beim kleinsten Verstoß muss man gehen.

Von außen könnte man die Geschehnisse mit bösem Willen auf viele Arten interpretieren. Vor allem weil ... Erst sechzehn. Keine Chance, sich darauf zu berufen, dass die andere Seite die Initiative ergriffen hat. Das geht vor Gericht nicht durch.

Und noch weniger bei Annu. Auf keinen Fall.

Man weiß bei denen eben nie. Wenn die wollen, wissen die, wie man einen wie ihn, der immer nur Gutes von seinen Mitmenschen denkt, austrickst. Hat man ja gesehen. Mit Schminke und Kleidern machen sie sich älter, und mit dem, was sie sagen und wie sie es sagen.

Wozu sie einen Mann provozieren.

Das N-Wort hätte er nicht benutzen dürfen. Aber was soll er tun, es ist ihm nun mal herausgerutscht. Weil sie eben eine ist. Diese Myriam. Nein, Viivi.

Dabei ist es ein neutrales finnisches Wort, das sich hier eingebürgert hat. Ein Neger ist ein Neger, wie ein Russki ein Russki ist. Und wenn man ihn in Butter brät.

Wäre sie gewesen, was sie zu sein behauptet hat, nämlich eine Studentin aus Afrika, hätte sie es ihm wahrscheinlich nicht einmal übel genommen. Oder, na ja, was heißt »Studentin«. Eine echte Professionelle. Die hätte nicht mit der Wimper gezuckt. Dieser Berufsstand weiß die Fassung zu bewahren und hübsch zu lächeln, ganz gleich, was kommt, die haben die erste und wichtigste Regel verinnerlicht: Der Kunde hat immer recht.

Aber die ... Sechzehn, minderjährig. Und – eine Finnin.

Wie hätte man das ahnen sollen! Und ihr Vater natürlich irgendein Kanake, der wegen der Sozialleistungen nach Skandinavien gekommen ist. Hat sich ins Fäustchen gelacht, als man ihn einschmeichelnd willkommen hieß, damit er an den nordischen Fleischtöpfen fett wird, sich mit dem Geld finnischer Steuerzahler integriert und ärztlich behandeln lässt. Außerdem im Angebot: Arbeitslosengeld und großzügige Sozialhilfe und nicht zuletzt die Zuwendung einer weißen Frau. Das nennt man praktische Integration, verdammt.

Er ist in seiner Migrationskritik keineswegs so strikt wie die bekanntesten Gesichter aus der Partei. Er will sich nicht als Hinterwäldler abstempeln lassen. Schon am Wahlkampfstand auf dem Markt von Kuopio hat er auf Fragen geantwortet, dass er mehrere Sprachen spricht. Und mit Leenamarja, Ehefrau Nummer zwei, ist er tüchtig gereist, auch an Urlaubsorte, wo man nicht in jeder Gaststätte gleich eine Speisekarte mit der finnischen Fahne rechts oben in die Hand gedrückt bekommt.

Dennoch sind manche Dinge nun mal so, wie der Schöpfer sie gemeint hat: Exotik passt in den Urlaub, aber als Gefährten für den Alltag braucht der Finne einen anderen Finnen. So wie ein Mann eine Frau braucht und keinen anderen Mann.

Tarmo dreht den Kopf. Auf dem Schreibtisch wartet noch immer der Stapel mit den wichtigsten Ministerialunterlagen darauf, abgearbeitet zu werden. Der Stapel ist höher als das, was sich bei ihm in anderthalb Jahren Abgeordnetenzeit angesammelt hat.

Irgendwo dort, zwischen Ordnern und zusammengehefteten DIN-A4-Blättern, im oberen Drittel, wartet auch das Hintergrundpapier mit den Richtlinien für Leia Laines ProMen-Projekt.

Das wird er nicht einmal mit spitzen Fingern anfassen. Er weiß auch so, welchen Kommentar er zur Untersuchung der Legalität und Angemessenheit des Projektes abgeben wird. Egal wie das Ergebnis der Kommission ausfallen wird.

Leia Laine muss zum Schweigen gebracht werden, wie Nyman gesagt hat. Sie muss entwaffnet werden. Und das Mädchen ebenfalls.

In diesen Dingen muss man Gewalt gegen Gewalt setzen.

Laschheit ist keine Lösung. Kein weiches Getue, kein Geflenne.

»Ein Mann weint nicht.«

Das sagte sein Vater, als er mit verbundenem Daumen vom Werkunterricht nach Hause kam. Beim Basteln eines Vogelhäuschens war ihm der Hammer ausgerutscht. Weiber flennen, ein Mann flucht und hält es aus. Das sagte sein Vater, als er ihn durch die Klotür wegen Reija schluchzen hörte, die ihm beim Schultanz einen Korb gegeben und sich auf den Gepäckträger von Marttis Mofa geschwungen hatte. Das war eine gute Lehre gewesen, die hat er an Sisu weitergegeben, als der Junge im Sommer auf dem Markt wie ein kleines Kind geschrien hatte, weil ihm sein Eis auf den Boden gefallen war. Und sein Vater hatte recht gehabt. Kurze Zeit tat es höllisch weh, dann ließ es nach. Der Daumen heilte und Reija wurde in der elften Klasse schwanger. Nicht von Martti, sondern von einem Zigeuner, der einen Ami-Schlitten mit breiten Sitzen fuhr. Sie brachte Zwillinge zur Welt, schob sie an ihre Mutter ab, verließ die Schule und ging nach Norwegen, um in einer Fischfabrik Seelachs zu filetieren.

Da war er schon mit Jaana zusammen. Ein Mann braucht eine Frau, ein viriler Mann wie er erst recht.

In gewisser Weise war die jetzige Situation zu erwarten gewesen, denkt Tarmo. Der eine ist spielsüchtig, der andere trinkt oder nimmt noch stärkere Sachen. Er hat bei Frauen schon immer einen Stein im Brett gehabt.

Annu müsste es wissen, als dritte Ehefrau.

Sie hätte ihn nicht allein hierher lassen sollen. Wäre sie halt mitgekommen, notfalls gegen seinen Willen. Als Aufpasserin. Wenn sie ihm schon nicht vertraut. Dabei ist er ihr immer treu geblieben, da kommt man nicht drum herum. Kein einziges Mal hat er sich an fremdem Fleisch vergriffen, obwohl ihn manch eine geködert hat. Schauen darf man, aber nicht anfassen. An dieses Motto hat er sich gehalten. Mehr kann ihm niemand vorwerfen. Nicht einmal Annu.

Außerdem verbringt er seine Zeit hier nicht zum Spaß. Weit weg von Annu und den Kindern. Mutterseelenallein, sogar jetzt, am Samstagabend, mit zwei stummen toten Fliegen als einzige Gesellschaft.

»Verdammt und zugenäht!«

Tarmo dreht sich auf die Seite, setzt sich auf und greift nach der Aktentasche. Im Diensthandy ist die Nummer der Reinigungsfirma gespeichert. Soweit er sich erinnert, steht als Arbeitszeit der Freitagvormittag im Vertrag, wenn Plenarsitzung ist, da stört die zweistündige Grundreinigung am wenigsten. Man muss nicht einmal daran denken, dass jemand kommt.

Er verliert fast die Nerven, als er mit seinen viel zu großen Fingern die Akkus und SIM-Karten und Miniaturspeicherkarten wieder ins Gehäuse fummelt, um das Ding in Betrieb zu setzen. Dieser verflixte Nyman mit seinen Agententricks hat einfach zu viele Filme gesehen.

Als ihm das daumennagelgroße Plättchen zum zweiten Mal auf den Boden fällt, kommt ihm der Verdacht, dass der Referent ihm aus lauter Fuchshaftigkeit das Leben schwer macht.

Bei der Reinigungsfirma meldet sich eine Frau, die gebrochen Finnisch spricht.

»Keine schene Sache, aber chaben wir viel Wechsel bei Mitarbeiter.«

Eine Russin, denkt Tarmo. Ist auch nur hier, weil sie hier besser verdient.

Sie verspricht, die Sache zu klären und eine »Notreinigerin« zu schicken, »glaich wenn geht«.

»Chaben viel zu tun, chaben akute Mangel ...«

»Natürlich«, schnaubt Tarmo. »Wie wär's, wenn Sie mir diesmal keine Ausländerin schicken würden, die ihre Arbeit in einer Sprache gelernt hat, die sie selbst nicht versteht. Das ist ein Staubsauger. So benutzt man ein Staubtuch. Zur Arbeit geht man, wie es vereinbart wurde.«

»Danke für Feedback und noch schenen Abend«, sagt die Frau und legt auf.

Inzwischen kocht er dermaßen, dass er am liebsten das Handy an die Wand werfen würde. Doch im selben Moment klingelt es. *Unbekannter Anrufer.*

»Häkkilä«, knurrt Tarmo.

»Fantastisch, dass ich Sie antreffe, war Ihr Handy ausgeschaltet? Hier noch einmal Anjuska Saneri von der *Abendzeitung*, hallo, ich bräuchte bloß zwei kurze O-Töne.

Ich schreibe gerade einen Artikel über ProMen, und Sie als Justizminister haben sich mit käuflichem Sex ja besonders gründlich befasst. Sie haben da bestimmt auch eine persönliche Meinung.«

»Und ob ich die habe, verdammt!«

Das rutscht ihm heraus, obwohl ihm natürlich sofort sämtliche Warnungen von Valtti Nyman einfallen. Er spürt förmlich, wie die Adern an der Stirn und an den Wangen anschwellen, weil er so hart arbeiten muss, um sich zu beherrschen.

»Aber die Zeit dafür ist noch nicht gekommen«, fährt er fort.

»Nicht wenigstens irgendetwas?«, piepst die Journalistin mit Kleinmädchenstimme. »Zum Beispiel nur ganz kurz, was Sie über Leia Laine denken ...«

»Später«, sagt Tarmo. »Wir kommen später auf das Thema zurück.«

Und damit legt er auf.

Ein Piepton meldet den Eingang einer SMS.

Hallo, ich möchte Sie, Herr Minister Häkkilä, gern heute in den Abendnachrichten von TV1 interviewen, live hier im Studio in Pasila. Thema: das Hilfsprojekt ProMen für Männer, die Sex kaufen. Sind Sie in Helsinki? Könnten Sie um 19:45 hier sein? Geben Sie bitte telefonisch Bescheid ...

Der Finger zittert so sehr, dass Tarmo mehrmals damit stochern muss, bis es ihm gelingt, das Diensthandy auszuschalten.

Den Akku nimmt er allerdings nicht heraus.

Er legt sein Tablet verkehrt herum aufs Bett und setzt auch hier den Akku und alles übrige Zubehör wieder ein. Sobald das Gerät läuft, sucht er den Blogtext, den er gestern vor der Abreise geschrieben hat und dessen Veröffentlichung man laut Valtti Nyman bis übers Wochenende und noch zwei Tage länger aufschieben sollte.

Die Tatsache, dass ein Projekt möglicherweise legal ist, bedeu-

tet nicht automatisch, dass es auch moralisch tragbar ist. In diesen schwierigen Zeiten müssen wir genau überlegen, wer unsere Unterstützung verdient ... Tarmo nickt. Er kann noch immer jedes Wort unterschreiben.

Nyman lag richtig damit, dass man auf der Hut sein muss und sich von Journalisten nicht erpressen lassen soll.

Angriff ist die beste Verteidigung. Hat sein Vater gesagt.

Und damit recht gehabt.

20

»Du bist ein mutiges Mädchen.«

Merja hat sicher nicht geahnt, was für einen Damm sie gebrochen hat, denn sobald Viivi stammelnd den Anfang gefunden hat, kann sie nicht mehr aufhören. Merja Laasosenpaltio, Stationsschwester am Karolinska, ehemalige Sängerin und zehn Jahre lang die Lebensgefährtin von Viivis Vater, ist fremd und unparteiisch und gleichzeitig auch nicht, auf jeden Fall aber weit genug von zu Hause weg – sie ist genau die Richtige, und so kommt alles heraus.

Alles.

Die Wangen glühen.

»Ich bin nicht mutig. Ich hab Angst. Schau mal.«

Viivi hält Merja ihr Handy hin. »Das ist auf dem Weg hierher gekommen.«

»*Auf Abwegen?*«, liest Merja. »*Wenn das deine Mutter erfährt.*«

»Im Ernst, was soll ich tun?«

Merja ergreift über den Tisch hinweg Viivis Hand. »Du tust das, was richtig ist. Du sagst es der Polizei. Aber zuerst sagst du es deiner Mutter.«

»Meine Mutter bringt mich um, wenn sie das hört. Oder tickt zumindest aus wie die Sau.«

»Tickt aus?«

»Rastet aus, regt sich auf.«

»Deine Mutter sollte stolz auf dich sein. Ich bin es jedenfalls.«

»Echt?«

»Dein Vater wäre auch stolz. Der musste sich auch ständig mit anderen ... reiben.«

Merjas Gesicht verzieht sich.

»Was ist?«, fragt Viivi erschrocken. Merja schließt die Augen.

»Manchmal vermisse ich Peter so sehr, dass ... Und dann bin ich wieder zufrieden und erleichtert, dass ich ihn los bin. Dass ich mein Geld für mich habe. Dass ich keine fremden Frauen aus dem Haus jagen muss und nicht befürchten muss, dass jeden Moment die Polizei vor der Tür steht und nachsehen will, ob wir auf dem Balkon was angebaut haben ... Und dass ich jeden Morgen Speck und Eier essen darf, wenn ich will.«

»Speck und Eier?«, fragt Viivi verdutzt.

»Peter ist Vegetarier. Wie alle Rastafaris.«

»Ich bin Veganerin.«

Merja macht ein ernstes Gesicht. Sie richtet den Blick auf die leeren Teller, auf denen das Fett vom Speck zu weißem Matsch geworden ist.

»Hättest du was gesagt.«

»Ich hab mich nicht getraut.«

»Du hättest es ruhig sagen können. Wir hätten schon was für dich gefunden ... Mein Gott.«

Merja muss lachen.

»Dabei hab ich mich schon gefragt, wie du das hingekriegt hast. Der Speck war innen zäh und außen steinhart und trotzdem halb roh. Ich dachte, das soll eine Art Statement sein.« Merja wischt sich die Lachtränen aus den Augen.

»Gut, dass die Eier nicht in der Pfanne Feuer gefangen haben, die waren unten ganz verkohlt.«

Auch Viivi muss jetzt kichern. »Der Kaffee hat dir aber geschmeckt?«

»Der war am schlimmsten.«

Merja nimmt für Viivi ein Foto aus dem Album, auf dem man Peter mit seiner Gitarre sieht, beim Jammen mit Freunden. Dann kramt sie zwei Plektren aus dem Schrank und gibt sie ebenfalls Viivi.

»Die hat Peter verloren wie andere Leute ihre Haare. Spielst du eigentlich irgendwas? Bist du musikalisch?«

»Ich tanze«, sagt Viivi. »Hip-Hop und Street. Und ein bisschen Breakdance.«

»Das ist toll«, sagt Merja. Es klingt, als meinte sie es auch so. Dann blickt sie auf die Uhr.

»Herrgott! Schon nach drei. Zieh schnell die Jacke an, sonst setzt es was.«

Sonst setzt es was. Viivi lächelt über die ulkige altmodische Formulierung, aber Merja ist es offenbar Ernst damit. Sie treibt Viivi an, *lass das Geschirr stehen*, nicht mal für einen Gang zur Toilette ist mehr Zeit, *geh auf das Schiff.* Sie ziehen beide ihre Jacken an, Viivi nimmt Handy und Rucksack, und Merja schnappt sich einen Schirm von der Garderobe und rennt mit Viivi im Schlepptau zur U-Bahn. Beziehungsweise zur *Tunnelbana*, wie es hier heißt.

Es ist gut, dass sie rennen, denn offenbar ist etwas Außergewöhnliches passiert. Der Bahnsteig ist voller Leute, obwohl die Hauptverkehrszeit noch nicht angefangen hat, und die meisten wirken, als ob sie schon lange warten würden. Alle starren nach oben.

Auch Viivi und Merja schauen auf die Infotafel. Dort erscheint ein Text, der Merja veranlasst, ein paar nach Schwefel riechende Wörter in zwei verschiedenen Sprachen auszustoßen. Sie packt Viivi wieder am Ärmel und hastet zur Rolltreppe zurück und nach oben, an verwirrten und sich verärgert hin und her drehenden Wartenden vorbei.

»Die Züge fahren nicht«, erklärt ihr Merja beim Laufen. »Ersatzverkehr ... schnell zur Bushaltestelle, bevor es Gedränge gibt.«

»Was stand da?«, fragt Viivi. »Warum fahren die Züge nicht?«

»Jemand ist vor die U-Bahn geraten«, antwortet Merja. »Das kommt immer wieder mal vor.«

Sie schaffen es gerade an die Haltestelle, als ein Bus kommt. Kein neuer, sauberer wie der, mit dem Viivi vom Schiff ins Zentrum gefahren ist, sondern ein verbeulter alter. Und was für Geräusche der von sich gibt. Als wäre am Motor ein Teil locker.

»Wo haben sie diese Schrottkiste denn aufgetrieben?«, sagt Merja. »Hoffentlich hält die durch.«

Und dann überrascht sie Viivi, indem sie sie kurz, aber fest umarmt.

»Schön, dass du da warst. Komm mal wieder vorbei.«

»Echt?«

»Es war ein bisschen so, als wäre Peter zu Besuch da gewesen. Allerdings in einer hübscheren und wesentlich klügeren Ausgabe.«

Merja legt Viivi kurz die Hand an die Wange.

»Sei stark. In allem. Zeig es ihnen.«

Merjas Augen sind ernst, obwohl die Lippen lächeln. Viivi nickt.

Der Bus hält und hüllt sie in Dieselgestank ein. Als Viivi einsteigt, sagt der Fahrer, der einen buschigen Schnurrbart trägt und türkisch aussieht, etwas in schnellem, singendem Schwedisch. Sie kapiert kein Wort.

Zum Hafen? Ihr Gedächtnis fängt an zu suchen. Zum Hafen ... Warum hat sie das Pflichtfach Schwedisch in der Mittelstufe bloß so strikt abgelehnt ...? Zum Glück findet sie doch noch das richtige Wort. *Till hamnen.*

Der Fahrer nickt. Viivi hält ihm eine Handvoll Münzen hin und hofft das Beste. Mehr hat sie nicht übrig von den Kronen, die Mia ihr geliehen hat. Irgendwie war ihr nicht klar gewesen, dass man in Schweden nicht mit Euros zahlt. Mit schiefem Mund rafft der Fahrer das Geld für die Fahrkarte zusammen. Es bleiben nur drei Münzen übrig.

Der Bus ist fast leer. Als Viivi mit der Fahrkarte in der Hand nach hinten durchgeht, klopft draußen jemand ans Fenster. Merja macht ihr Zeichen, deutet mit dem Finger abwechselnd auf sie und auf sich, und ihr Mund formt ausdrücklich das Wort FACEBOOK. Viivi lächelt und winkt. Sie kann noch Merjas hoch gereckten Daumen sehen, bevor die Tür zugeht und der Bus losfährt. An der Haltestelle bleibt eine Schar winkender Menschen zurück, die gerade aus der U-Bahn-Station gekommen sind.

Ein Wolke aus blauem Qualm dringt herein.

21

Tarmo Häkkilä, du trittst für die richtige Sache ein. Unseren Veteranen und Alten werden die Windeln weggenommen, und sie dürfen nur einmal die Woche aufs Klo. Ist es das, was wir wollen?, frage ich. Stell dir vor, du bist neunzig und im Altersheim und darfst nur dienstags aufs Klo und es ist erst Donnerstag.

Der Kommentar unter dem Kennwort *Für würdiges Altern* erscheint nur sieben Minuten nach seinem Posting im Ministerblog.

Auf den nächsten muss er sogar weniger lange warten.

Genau so, haargenau so!, schreibt einer und fährt fort: *Hervorragend gemacht von Häkkilä. Wir warten in diesem Land schon lange darauf, einen richtigen Kerl auf die Ministerebene zu bekommen. Häkkilä kriecht den Toleranzideologen nicht in den Arsch, sondern redet offen und TUT WAS.*

»Stimmt«, sagt Tarmo.

Wer nicht wagt, der nicht gewinnt. Das hat sein Vater oft gesagt. Die Hälfte von dem, was sein Vater von sich gab, stammte aus dem Volksmund. Wo gehobelt wird, da fallen Späne. Das war eine seiner Lieblingsredensarten, schließlich war er Bauarbeiter gewesen. Genauer gesagt: Wo gehobelt wird, da fallen S-Schpäne. Zwischen seinen künstlichen Zähnen klangen viele Laute immer weicher, je tiefer der Pegel in der Flasche neben dem Tischbein sank. Aber sein Vater hatte sich den Fusel bis zum letzten Tropfen verdient, denn er war in zwei Kriegen gewesen. *Aufs Vaterland, auf Kekkonen und auf die finnich-s-schowjetich-sche Freundch-schaft, verdammt!*

Es fallen Späne, so ist das, denkt Tarmo. Herumpusseln war noch nie meine Sache. Brust raus!

Die Leute glauben an mich. Man hört mir zu und hat Respekt vor mir.

Es ist zu Fehlern gekommen, aber die passieren jedem. Der größte Fehler war, sich von Nyman, diesem Bengel, Angst einjagen zu lassen. Was weiß einer in dem Alter schon vom Leben?

Damit ist jetzt Schluss. Von nun an wird er sich nur nach der Parteilinie und seinem eigenen Urteilsvermögen richten. Er ist für die Politik verantwortlich, und sein Referent für die Zuarbeit. Dafür wird er bezahlt, nicht dafür, dass er Befehle erteilt. Sein, Tarmo Häkkiläs, Spielfeld sind die großen Dinge, die groben Linien. Visionen, Missionen, Strategien, und was es da alles gibt. Nyman soll sich um seinen eigenen Kram kümmern. Zum Beispiel endlich mal das verflixte Video ausgraben.

Wieso dauert das so lang? Das sollte doch eigentlich nicht so schwer sein, wenn man weiß, wo man suchen muss. Aber es geht einfach nicht voran, trotz der Kontakte: in Finnland der Nerd und in Schweden ... na, irgendein Profi eben.

Ein Profi. Das Wort hat etwas an sich, das die Kopfhaut zum Jucken bringt.

Tarmo fährt sich durchs Haar, bürstet die Zweifel mit den Fingern aus. Je weniger er weiß, desto besser. Da hat Nyman allerdings recht. Notfalls kann er seine Hände in Unschuld waschen, was die Maßnahmen seines Gehilfen betrifft, falls dessen Sololäufe ... Polemik zu wecken drohen.

Die Zahlung an den Nerd, fällt Tarmo ein. Er sucht in seiner Brieftasche nach dem Zettel, den ihm Valtti Nyman gegeben hat, geht auf die Homepage seiner Bank und loggt sich ein. Ein bisschen wurmt es ihn schon, dass er ans Fondskonto muss, auf das er jahrelang jeden Monat eine ordentliche Summe für seine, aber auch für Annus Rente überwiesen hat. Wenn man bei den Kindern daheimbleibt, sammelt sich nicht viel für schlechte Zeiten an.

Aber wenn schlechte Zeiten herrschen, dann jetzt. Und sobald er kann, wird er das Geld wieder einzahlen.

Hundert Riesen weg. Es wird teuer, der Nerd ist gierig. Aber Gold, das sein Gewicht wert ist, hat Nyman gesagt.

Wo hat Nyman eigentlich seine Kontakte aufgetrieben, diesen und den anderen?

Besser, wenn ich es nicht weiß.

Wieder geht im Ministerblog ein Kommentar ein.

Das riecht kilometerweit nach Populismus, sorry. Wäre außer-

gewöhnlich, wenn irgendjemand für *dieses Blödsinnssexprojekt wäre.*

Mit etwas stumpfem Geschmack im Mund kaut Tarmo an dem Beitrag unter dem Kennwort *Leicht verdiente Punkte*. Aber schon kommt der nächste mit dem Pseudonym *Eki.*

Ich habe bis jetzt noch nie Tarmo Häkkiläs Partei gewählt, aber was er hier schreibt, hat mir die Augen geöffnet. Ich wünsche Ihnen, Tarmo Häkkilä, den besten Erfolg bei Ihrer wichtigen Tätigkeit. Was Sie schreiben, stammt von einem echten Staatsmann.

Tarmo schwellt die Brust. Na so was.

Dabei hat er schon über die Möglichkeit einer plötzlichen Flucht nachgedacht, über seinen Rücktritt als Minister und Abgeordneter, über die Rückkehr in die Provinz Savo! Er lacht laut. Es besteht nicht der geringste Grund, in Verzweiflung zu versinken.

Auch Kekkonen hatte bekanntlich seine Schwächen, unter anderem, was Frauen betraf. Dennoch stehen sie beide jetzt als Staatsmänner da.

Und große Anführer besitzen Attraktivität, das gehört praktisch dazu. Kennedy hatte Marylin, Bill Clinton hatte Monica Lewinsky. Es ist noch nichts verloren.

Auch nicht im Hinblick auf Annu.

Annastiina Häkkilä, Frau eines Staatsmanns, wie klingt das? Liebst du deinen Staatsmann noch, Annu?

Dass sie nach wie vor nicht ans Telefon geht, kann ihn jetzt nicht entmutigen.

Natürlich ist sie außer sich. Das ist mehr als verständlich. Sie glaubt, im Computer Spuren von anderen Frauen entdeckt zu haben, sie hat überreagiert. Die liebe Frau hat Angst, dass er ihr weggeschnappt wird.

Annu ist nicht mehr ganz jung, sie wird im Sommer dreißig, und sie achtet nicht mehr so auf sich wie früher. Natürlich nicht. Mit den vier Kleinen hat sie alle Hände voll zu tun.

Und den Haushalt noch dazu. Läuft im Jogginganzug herum, die Haare zusammengebunden, Flecken von Babynahrung auf dem Pulli.

Das wird schon wieder. Er wird ihr Blumen schicken. Zehn rote Rosen. Zwanzig. Er besorgt ihr eine Haushaltshilfe, auch wenn sie sich dagegen wehrt, dann hat sie ab und zu mal *Zeit für sich.*

Er nimmt sie zum Aufwärmen mit in den Urlaub, auf die Kanaren oder nach Spanien, das wird ihr gefallen. Nur wir beide, sagt er, dann holen wir endlich die Hochzeitsreise nach, die Schwiegermutter passt gern mal eine Woche auf die Kinder auf. Und wenn nicht gern, dann zumindest gegen Bezahlung.

Oder sie fliegen nach Lappland und wandern durch die Fjells. Folgen dem Ruf der Wildnis ... Das wirst du sicher mögen. Wir waten durch Flüsse, fangen Lachse, übernachten in Unterständen, grillen Würstchen.

Und bumsen, dass die Rentierfelle nur so stauben.

Das wird schon wieder. Er gibt ihr ein paar Küsschen und drückt sie schön, sagt, dass er sie liebt, und schon kehrt das Lächeln auf Annus Lippen zurück und die Wärme in ihre Augen. So wird er es machen. Sobald die Zeit reif dafür ist. Doch zuerst lässt er sie etwas zur Ruhe kommen und eine Nacht darüber schlafen.

Staatsmann! Das klingt einfach prächtig.

Der Magen knurrt. Schon Zeit fürs Abendessen? Es ist erst halb fünf. Andererseits wurde das Mittagessen heute von der staatlichen Flug- und Diätgesellschaft kredenzt.

Nach langer Zeit würde ihm mal ein ordentliches Steak schmecken. Ein Pfeffersteak, medium gebraten, ohne dabei an Butter zu sparen. Der Mund wird feucht, wenn er daran denkt, an das dicke, saftige Stück Fleisch. Dazu Sahnekartoffeln und natürlich der traditionelle Salat: ein Zweig Petersilie, den man mit dem kleinen Finger an den Tellerrand schieben kann. Zum Runterspülen eine Flasche argentinischen Rotwein.

Ungeduldig, den Fleischgeschmack schon auf der Zunge, stopft sich Tarmo wieder das Hemd in die Hose. Die Lage der Wohnung ist tatsächlich perfekt, denn in dem Traditionslokal im nächsten Häuserblock werden die größten Steaks der Stadt gebraten. Aber gerade als er die Seite mit dem Blog schließen und das Internet verlassen will, passiert etwas Entsetzliches.

Der veröffentlichte Text verschwindet samt Kommentaren aus dem Ministerblog. Einfach so. Als hätte es ihn nie gegeben.

22

Der schwarze SUV in der Tiefgarage springt ihm sofort ins Auge. Er steht auf Parkplatz Nummer sieben. Auf seinem Platz. Auf seinem besonders breiten Platz, für den er die doppelte Miete bezahlt.

Er parkt den Lamborghini Aventador auf dem einzigen freien Gästeparkplatz, direkt neben der Ausfahrtrampe. Er lässt den Motor laufen und dreht den Außenspiegel, damit er sofort sieht, wenn sich bei dem SUV etwas tut. Man kann nicht vorsichtig genug sein ...

Er duckt sich. Zu spät, die Fahrertür des SUV ist aufgegangen. Ein Mann mit Mütze steigt aus. Er kommt auf ihn zu, die eine Hand betont lässig herabhängend, die andere tief in der Tasche.

Der scheint zu wissen, was er tut.

Er legt die Hand auf den Schaltknüppel. Rückwärtsgang rein und Gummi geben. Er muss nur das Steuer heftig drehen und mit quietschenden Reifen auf den Mann zufahren. Im Spiegel kann er dann sehen, wie der andere in die Luft geschleudert wird und am Boden landet. Blutend bleibt der Typ auf dem Beton liegen, und er vollendet sein Werk, indem er den Verletzten rückwärts überfährt. Ein Mal oder mehrmals, falls nötig ...

Doch die Rache wäre reine Sublimierung. Denn die Knochen und das Gewebe, die unter den roten Daunen zermalmt würden, wären nicht diejenigen, die diese Behandlung verdient haben. Und er – diese Lektion hat er bitter lernen müssen – greift nicht mehr zur Gewalt, außer in seinen Rachefantasien, die nur noch zeitweise und nicht aktualisiert an die Oberfläche kommen. Gut so. Denn jetzt geht auch die Beifahrertür des SUV auf, und eine kleinere Gestalt steigt aus.

Er stellt den Motor ab, lässt die Tür auffliegen und springt so rasant aus dem Wagen, dass er mit der Schulter gegen den Rahmen stößt.

»Schönes Spielzeug.«

»Danke.«

»Baujahr?«

»Dieses Jahr.«

»Dürfte ziemlich wertvoll sein.«

»Einigermaßen.«

»Darf man sich mal reinsetzen?«

»Bitte sehr.«

So verläuft das Gespräch, das er nie für möglich gehalten hätte.

Ohne einen Hehl aus seiner Begeisterung zu machen, schlüpft Ville in den Wagen des Exmannes seiner Frau. Es wäre auch gar nicht möglich, einen Hehl daraus zu machen. Das vor Kraft strotzende Erscheinungsbild des weißen Sportwagens schlägt den düsterschwarzen Kopfsteinpflaster-Quad in Niveau und Stil mit zehn zu null. Villes Hände streichen so verdächtig genießerisch über das mit Leder überzogene Armaturenbrett und die frauenhautweichen Sitzbezüge aus Alcantara, dass man fast eifersüchtig werden könnte.

Du kannst Marjukka schöne Grüße ausrichten, Ville: Ihr Ex ist immerhin nicht ganz in der Gosse gelandet.

So viel dazu. Doch das Wichtigere ist noch auf dem Weg zu ihm. Kommt zögernd auf ihn zu, schlurf, schlurf, schlurf, auf dem Beton. Eine neue Angewohnheit, die Marjukka wahnsinnig macht? Hoffentlich.

»Hallo«, sagt er.

Ein kurzes Wort, trotzdem zu lang. Lang genug, dass die Stimme bricht.

»Hi.«

Sie bricht auch bei dem Kleinen. Er schaut ihm eine Zehntelsekunde in die Augen, dann weg. Versucht so zu klingen, als wäre er schon im Stimmbruch.

Es geht einem durch und durch. Der Junge ist noch immer ein kleiner Kerl.

»Herzlichen Glückwunsch. Du hast heute Geburtstag.«

Jesse zuckt mit den Schultern.

»Gibt's ne große Party? Für deine Freunde?«

Wieder ein Schulterzucken.

Er muss näher herangehen, den Jungen an sich drücken. Seine Schultern sind wie Vogelknochen. Die Arme hängen wie überflüssige, leblose Auswüchse herunter.

»Ich hatte auch ein Geschenk für dich, aber deine Mutter, äh …«

Er kapiert selbst, dass er den Satz besser nicht zu Ende bringt. Dazu hätte es Jesses zuckende Schultern und den Körper, der sich in der linkischen Umarmung noch mehr anspannt, nicht gebraucht.

Als er loslässt, steht Jesse da und guckt auf seine Schuhe.

Ein Pfiff durchschneidet die Tiefgarage. Ville klettert aus dem Lamborghini, seine Augen leuchten wie bei einem kleinen Jungen an Weihnachten.

»Du hast ihn bestimmt schon mal ausgefahren. Was läuft der so? Zweihundertachtzig? Dreihundert?«

Er wirft einen Blick auf Jesse.

»Man müsste nach Deutschland fahren und es dort auf der Autobahn ausprobieren. Weißt du, Jesse, hier in Finnland darf man da nur hundertzwanzig fahren, maximal. Aber stimmt, der fährt sicher dreihundert. Laut Werk liegt die Höchstgeschwindigkeit bei dreihundertfünfzig. Von null auf hundert in zweieinhalb Sekunden.«

Sie stehen in Dreiecksformation hinter dem Lamborghini, in einem gemeinsamen Zustand von Vorsicht, Ungewissheit und Unentschlossenheit. Alles in allem, fasst er zusammen, ist die Situation trotzdem weniger tödlich, als sie sein könnte. Es fehlt nicht viel, und sie kicken gegen die Reifen und quatschen über Weiber und den Benzinpreis. Man könnte Bier aus dem Kühlschrank holen, das Helle wäre vermutlich nach Villes Geschmack.

»Du stehst auf meinem Platz«, stößt er dann hervor, vor allem, um das Schweigen zu brechen.

»Sorry«, sagt Ville. »Wir fahren gleich weiter. Jesse feiert heute mit seinen Freunden. Wir sind auch eigentlich gerade dabei, Tane in Tapiola abzuholen, einen Freund von Jesse aus dem Karate.«

»Du machst Karate?« Er wendet sich Jesse zu. »Das ist, äh, ein toller Sport.«

Jesse nuschelt als Antwort etwas Undeutliches.

»Hast du schon den schwarzen Gürtel?«

»Den gelben«, klärt Jesse ihn auf. »Erst macht man den weißen und dann den gelben.«

»Aha. So, so.«

»Und dann kommt orange und dann grün und blau und braun. Erst dann kommen die schwarzen Gürtel, und von denen gibt es viele verschiedene.«

Beim Sprechen hat Jesse angefangen nach dem Lamborghini zu schielen. Die Augen wandern von ihm zum Auto, vom Auto zu ihm, von ihm zum Auto.

»Darf ich auch mal?«

Er nickt. Wie eine Rakete schießt der Junge zur Fahrertür und schlüpft hinein.

Beide Männer lachen. Ein bisschen steif, aber immerhin. Sie sehen zu, wie im Auto alles mit Hingabe betastet wird.

»Fahr nicht gleich auf die Autobahn«, ruft er Jesse zu.

»In Ordnung«, kommt es zurück.

»Und nicht rasen. Oder wenn du rast, dann lass dich wenigstens nicht erwischen. Denk dran, dass dir die Strafe vom Taschengeld abgezogen wird.«

Jetzt wird im Auto laut gelacht.

»Der kleine Kerl hat Humor«, sagt er. Und begreift, dass er seit drei Jahren nicht mehr so glücklich gewesen ist.

Und gleichzeitig so unglücklich.

Er wirft einen Blick auf Ville.

»Danke. Ich weiß das zu schätzen.«

»Keine Ursache«, erwidert Ville ebenso verlegen. »Marjukka ist manchmal ein bisschen, wie soll ich sagen ...«

»Übertrieben?«

»So könnte man es formulieren.«

Ein Knattern ertönt in der Tiefgarage. Ein kleiner weißer Honda kommt herein, offenbar der Zweitwagen der Lehrerfamilie über ihm, und schiebt sich auf Parkplatz 22. Die Mutter mit zwei Kindern im Windelalter steigt aus, mit zwei fast ebenso großen Einkaufstüten.

Die Frau schaut argwöhnisch herüber, auf die Männer und das schöne Auto, während sie den Zwillingswagen aus dem Kofferraum hebt, aufklappt und routiniert Kinder wie Einkäufe einlädt.

Sobald die Karawane davongezogen ist, wendet er sich Ville zu.

»Also, äh. Wenn nichts zu machen ist, ich meine …«

»Ich kann mal ein bisschen vorfühlen.«

»Danke.«

»Ich verspreche nichts. Du stehst bei uns zu Hause nicht besonders hoch im Kurs.«

»Ich weiß. Und wie gesagt: *I appreciate.*«

»*Yeah.*«

Villes Miene verrät, dass es um ein Tauschgeschäft geht, dessen Gegenwert als Nächstes bestimmt wird.

»Sorry, wenn ich frage, aber es wäre mal interessant zu wissen, was für einen Job du neuerdings so machst. Also, beruflich.«

»Ich bin selbstständig.«

»Und es rentiert sich?«

»Eine gute Buchführung ist das A und O. Und für eine anständige Steuerplanung lohnt es sich, ein bisschen was zu investieren.«

»Stimmt.«

Ville bückt sich, um sich die beeindruckende Auspuffreihe des Aventador anzusehen.

Wo arbeitet der eigentlich?, fällt ihm plötzlich ein. Bei der Gemeinde, beim Staat? Im sozialen Bereich? Bei der Polizei? Hat der Zugang zu Steuerdaten oder zum Kfz-Register? Verflucht! Freiwillig werde ich dem nicht die praktischen Regeln der Fahrzeughaltung über eine Investmentgesellschaft auf den Cayman Islands auseinandersetzen.

»Den Unterhalt habe ich immer bezahlt«, sagt er. »Außerdem ist der Falcon heute mein einziges Laster. Ansonsten lebe ich wie ein Asket.«

»Der Falcon?«

»Der Millennium Falcon, das krasseste Raumschiff in der Galaxie.«

Ville steht auf und sieht ihn misstrauisch an.

»*Star Wars*«, erklärt er. »Hast du vielleicht gesehen.«

»Ah, ja.«

Villes Gesichtsausdruck ist mehrdeutig.

»Spitzengeschwindigkeit tausendfünfzig innerhalb der Atmosphäre. Rein äußerlich hat der da ähnliche Züge, wenn man es sich mal vor Augen führt.«

»Zum Beispiel?«

»Na, beides weiße, platte Dinger.«

Ville schmunzelt. Dann ruft er: »Jesse. Wir fahren.«

»Müssen wir jetzt schon?«

»Ja. Tane wartet auf uns.«

Jesse steigt mit genuscheltem Protest aus dem Wagen, aber es gelingt ihm nicht, sonderlich trotzig auszusehen, mit seinen glänzenden Augen und dem breiten Lächeln, das die offenbar vor Kurzem erst eingesetzte Spange an den oberen Zähnen freilegt. Man lässt sich unweigerlich von diesem Lächeln anstecken.

Die Hybris ist perfekt, sie trübt die Stimme der Vernunft.

»Wann machen wir eine Probefahrt?«

»Wir?«

Die Art, wie Jesse automatisch den Blick auf Ville richtet, könnte einem das Herz brechen, wenn dieses Organ nicht sowieso schon verbeult wäre. Dieser fremde Mann ist seinem Sohn in den letzten drei Jahren, drei Monaten, zwei Tagen und ein paar Stunden jeden Tag nah gewesen, im Gegensatz zu ihm selbst. Aber der Daunenmann mit seinem SUV hat ihm heute einen Gefallen getan, der einiges wettmacht.

»Na ja. Schauen wir mal.« Villes Antwort fällt möglichst ausweichend aus.

Als würde das Licht mit dem Dimmer schwächer gedreht, so erlischt die Begeisterung auf Jesses Gesicht.

»Die Mama lässt mich nicht«, nuschelt der Junge.

»Und wenn ... wenn wir es ihr nicht verraten?«

Die Frage beziehungsweise der Vorschlag soll nur scheinbar ein Scherz sein. In Wirklichkeit meint er es todernst, und alle verstehen das.

Ville schaut sie abwechselnd an, den Größeren und den Kleineren, beide mit einer Bettelmiene im Gesicht. Er sagt nichts.

»Was meinst du, Jesse?«, spricht er, von der Verzweiflung getrieben, weiter. »Und anschließend darf Ville die Kiste dann mal ausfahren.«

Es dauert zu lang, begreift er. Ich bin zu weit gegangen, zu schnell gewesen.

In seinem Kopf hämmert es.

Und er hört auch ein Piepsen. Es kommt aus seiner Tasche.

23

»Ich hoffe, es ist wichtig.«

Valtti Nymans Antwort ist unverschämt. Jedenfalls ist es keine Antwort, die man von einer Person erwartet, die einem unterstellt ist und für einen arbeitet. *Für ihn.*

»Hör auf, mich zu zensieren!«, zischt Tarmo.

»Verzeihung, wie bitte?«

»Du wirst meinen Text und die Kommentare, die du rausgenommen hast, unverzüglich wieder in den Ministerblog stellen.«

Am anderen Ende der Leitung ist es still. Tarmo denkt

schon fast, dass sein Referent vielleicht gar nichts mit der Sache zu tun hat. Dann seufzt Nyman.

»Tarmo, Tarmo. Was haben wir bezüglich der Spielregeln einer Veröffentlichung ausgemacht?«

»Du Teufelsbrut.« Tarmo hört förmlich das Pochen seiner Stirnadern. »Ich lasse mich nicht weiter von dir bevormunden! Von jetzt an tanzt du nach meiner Pfeife. Oder ...« – er holt Luft – »... du tanzt bald woanders.«

Nyman sagt nichts. Ist immer noch aufmüpfig, der Mistkerl.

»Du zensierst, was ich schreibe, und holst mich aus Kuopio zurück, nur damit ich hier dumm rumsitze. Bei mir daheim ist der Teufel los, verdammt! Ich werde dort gebraucht, und du Weichtier verlangst, dass ich hierher ...«

Tarmo verstummt mitten im Satz. Ihm ist etwas eingefallen.

»Du hast mich doch nicht deshalb zurückgeschickt, damit ich zur passenden Zeit in der Luft bin? Hast mit dem Flugplan rumgespielt. Damit du deine eigenen Sachen machen konntest, solange ich telefonisch nicht erreichbar war.«

»Tarmo. Darf ich dich an das erinnern, worüber wir zuletzt geredet haben?«

Treffer, versenkt. Tarmo hat es kapiert.

»Glaub bloß nicht, dass ich keine Ahnung habe«, sagt er durch die Zähne hindurch. »Du führst was im Schilde. Du verfolgst deine eigenen Interessen.«

Die Antwort ist ein kurzes, trockenes Lachen.

»Bist du fertig?«

»Ich bin noch nicht fertig«, donnert Tarmo. »Jetzt reden wir mal Klartext, wie es sich für Männer gehört!«

»Tarmo, die Wände haben Ohren.«

»Hör auf, ständig Tarmo zu sagen!«

»Ich empfehle dir in deinem eigenen Interesse, dieses Gespräch zu beenden und erst auf das Thema zurückzukommen, wenn es sicher ist.«

»Du antwortest, wenn ich dich was frage, du Kleinfisch! Direkte Frage, direkte Antwort. Was hast du vor? Hinter meinem Rücken machst du nicht mehr herum. Wenn hier auch nur die geringsten ... Unklarheiten auftreten, wasche ich meine Hände in Unschuld. Und du hältst den Kopf hin. Du.«

Wieder kommt ein kurzes Lachen, so trocken, dass es im Ohr kratzt.

»Mein lieber Tarmo, Händewaschen ist prinzipiell eine brauchbare Idee. Sauberkeit ist das halbe Essen, und Hygiene schadet nie. Das dürfte jetzt wohl kein Sprichwort aus Savo sein, aber an deiner Stelle würde ich trotzdem in Erwägung ziehen, dass es für den Gebrauch von Handdesinfektionsmitteln jetzt bereits zu spät ist. Also für dich, meine ich.«

»Was soll der Scheiß?«

»Lieber Tarmo – oder *Herr Minister Häkkilä*, ich weiß wirklich nicht, was du gerade mit dem Flugplan und dem Ganzen gemeint hast und worauf du hinauswillst. Die Teufelsbrut von Kleinfisch, die dein Referent ist, macht hier nur ihre Arbeit, so wie es sich gehört, und erledigt alles genau so, wie es im Arbeitsvertrag steht und mündlich abgesprochen wurde. Und natürlich werde ich bei der nächsten Gelegenheit das von dir genannte Posting wieder in den Ministerblog stellen, da musst du – müssen *Sie* sich keine Sorgen machen, *Herr Minister*, wie auch über andere Dinge nicht. Wenn Sie mir aber noch einen Ratschlag erlauben, dann empfehle ich Ihnen, endlich etwas von Ihrer kostbaren Zeit darauf zu verwenden, sich mit dem Hintergrundmaterial zum Projekt ProMen zu befassen und ausnahmsweise sonstige Freizeitvergnügungen hintanzustellen, denn in den nächsten Tagen wird Bedarf für einschlägige Kenntnisse entstehen. Leider verfüge ich nicht über die Möglichkeiten, unsere Plauderei nun weiter fortzusetzen. Ich habe an diesem Wochenende noch viel zu tun, und zwar im Bereich niveauvolle Videounterhaltung, denn dafür könnte bei den Medienvertretern bald größeres Interesse aufkommen. Möglicherweise auch bei den internationalen Nachrichtenagenturen.«

Tarmo holt tief Luft. Erst nach und nach erschließt sich ihm der tiefere Gehalt des Ergusses in seiner ganzen Grausamkeit.

»Was ... was hast du da eben gesagt, du Ratte? Hast du mich angelogen? Hast du mit deinem Nerd das Video doch gefunden? Soll das ein Scherz sein? Ich habe bezahlt, und zwar keine kleine Summe, und du rückst das Video nicht raus! Du bist entlassen. Hast du gehört? Du bist entlassen!«

»Ratte auch noch. Danke. Ist immer schön, wenn man Feedback bekommt. Aber weil sich gerade die großartige Gelegenheit ergibt, das Thema zur Sprache zu bringen, möchte ich hiermit sagen, dass auch ich selbst froh und dankbar bin, die Chance erhalten zu haben, unter Herrn Minister Häkkilä zu arbeiten. Ich für meinen Teil wünsche dem Herrn Minister ein schönes Wochenende. Bis am Montag im Staatsrat, Sie finden mich um acht-null-null am Schreibtisch, und wenn Sie ein bisschen weiterdenken, werden Sie verstehen, warum ich auch am Donnerstag noch dort sitze. Vielleicht sogar bis ans Ende der Tage, wenn ich das für richtig halte. Auf jeden Fall länger als der Herr Justizminister selbst.«

Tarmo nimmt verdattert das Telefon vom Ohr. Sein Referent hat aufgelegt.

24

Beschleunigung von null auf hundert in 2,9 Sekunden, Höchstgeschwindigkeit 350 km/h. Der Puls nach dem Treppenhausspurt über zwölf Etagen nähert sich ähnlichen Werten. Von dem knapp vermiedenen Zusammenprall mit der Oma von unten wurde er noch ein wenig erhöht.

Trotzdem ist das Telefonat zu Ende, als er die Wohnungstür hinter sich schließt und das dreifache Sicherheitsschloss zur Kommandozentrale aufdröselt. Genau wegen solcher Situationen sollte man sich nur im äußersten Notfall in die Welt hinausbegeben.

Die Notlagen, die es heute gab, reichen für eine ganze Woche, wenn nicht für einen Monat.

Immerhin ist die Tonwiedergabe erstklassig, stellt er fest, als er das Telefon ins Dock gerammt und sich die Kopfhörer aufgesetzt hat. Und nachdem er den Wortwechsel des Ministers mit der Nummer zwei in voller Länge gehört hat – Dauer nur eine Minute fünfzehn –, weiß er, dass das Gespräch alle nötigen Informationen enthält.

Ich habe bezahlt, und zwar keine kleine Summe. Ja. Genau das wollte er hören. Er reißt die Kopfhörer herunter. So weit alles klar.

Warum kommt es ihm dann so vor, als wäre ihm literweise flüssige Scheiße in die Ohren gedrückt worden?

Der Blick wandert zum Kopfhörer. Er hängt am Kabel und streift den Fußboden. Nach und nach wird das Hin- und Herschaukeln weniger, bis es ganz aufhört.

Er streckt die Beine aus, rutscht auf dem Stuhl nach unten und lässt den Hinterkopf gegen die Nackenstütze fallen. Er hebt den Kopf und schlägt ihn erneut an die Stütze. Und noch einmal. Immer wieder.

Es hilft nichts, die Nackenstütze ist zu weich. Völlig schmerzlos.

Was für eine Gelegenheit. Was für ein Angebot von Ville. *I appreciate.* Und er verbockt es. Drängt zu sehr, verliert das Augenmaß und die Kontrolle über die Situation, versucht viel zu eifrig, die beiden für sich zu gewinnen.

Ungeschickt. Durchsichtig. Erbärmlich.

Und als er merkt, dass er das Spiel verliert, klammert er sich ans Telefon wie ein Ertrinkender an ein Stück Holz: *Sorry, ich muss. Was Berufliches!* Rafft seine Sachen aus dem Falcon und geht. Er *flüchtet*, verdammt noch mal, mit eingezogenem Schwanz, damit er sich Villes Antwort auf seinen Vorschlag nicht anhören muss. Die höflich ist, unbestreitbar, aber mit Sicherheit negativ.

Hat es sich gelohnt?

Deswegen? Damit er hört, dass die Rechnung bezahlt ist?

Natürlich nicht.

Und das ist noch nicht alles. Auch beruflich hat er eins auf die Schnauze bekommen. Denn irgendwo hat Valtti Nyman, der persönliche Referent des Ministers, sie doch aufgetrieben, die begehrte Datei. Den Videobeweis, der bares Geld wert ist und sogar internationale Aufmerksamkeit verdient, nach dem er vergeblich eine Nacht und einen Tag lang gefischt hat. An dessen Existenz er schon nicht mehr geglaubt hat.

Niveauvolle Videounterhaltung ... bei den Medienvertretern bald größeres Interesse ...

Valtti Nyman hat das Video, und jetzt ist es Valtti Nyman, der den Takt angibt.

Der Kerl hat tatsächlich die Fronten gewechselt, im Handumdrehen. Eine Ratte, wie sein Chef gesagt hat.

Man könnte glatt zu einem Fan von ihm werden, wenn man nicht so angefressen wäre.

Er öffnet die Bildverbindung auf Monitor Nummer sechs,

und Tarmo Häkkilä kommt beachtlich scharf zum Vorschein, nur leicht verzerrt von der Kamera des Qualitätsgeräts, das die Bürger ihm finanziert haben. An den Händen des Ministers ist eine ziemliche Instabilität wahrzunehmen, der Mann schaukelt im Bildschirm von einer Seite zur anderen, dass der Zuschauer seekrank zu werden droht. Außergewöhnlich blass sieht Häkkilä aus, als ginge es ihm sehr schlecht, während er mit glasigen Augen auf sein mobiles Endgerät glotzt. Obwohl er auf Fotos und in den Fernsehnachrichten immer so energisch auftritt.

Es scheint guten Grund zu geben, auf Monitor sieben die aktuelle Ansicht des iPads in Häkkiläs Händen zu öffnen. Dort wechseln die Bilder immer schneller. Entgegen seinen Erwartungen haben die Aufnahmen aber nichts mit der Lieblingsbeschäftigung des Ministers zu tun, mit Mädchen aller Couleur und Gestalt, sondern – sieh an!

Mit noch jüngeren Kinderchen.

Er sieht sich Babybilder an. Fotos von Kleinkindern. Bilder, auf denen Kerzen auf einem Kuchen ausgeblasen werden, Bilder, auf denen im Schneeanzug stocksteif vor einem Holzhaus gestanden wird, Bilder, auf denen ein Christbaum geschmückt wird – hier scheint es nicht um Vorlieben zu gehen, sondern um viel mehr. Immer neue Fotos, auf denen dieselben Kinder in verschiedenen Formationen auftreten, bis das Blättern schließlich aufhört. Ein Bild bleibt stehen, auf dem eine Blondine mit glatten Haaren lächelt. Kein Teenager mehr. Vermutlich um die dreißig. Trotz des strengen Blicks und der schwarzen Ränder um die Augen wird auch dem zufälligen Betrachter sofort klar, dass diese Frau nicht nur bemerkenswert schön, sondern Tarmo Häkkilä auch ziemlich lieb ist. Dementsprechend glänzen auf Monitor sechs die Augen und die Nase wird rot.

Der arme Mann, könnte jemand sagen, der nicht alle Umstände kennt. Hättest du vorher mal nachgedacht, würde derjenige sagen, der mehr weiß. Von denen wiederum wird es nach der Medieninvasion, die Valtti Nyman angekündigt hat, bald jede Menge geben.

Das Signallämpchen am Dashboard blinkt. Valtti Nymans Telefon klingelt. Schnell den Kopfhörer auf.

Der Anrufer ist nicht Minister Häkkilä, der gerade so gründlich eins auf die Finger bekommen hat.

»Hallo, ich bin's«, sagt eine unbekannte Männerstimme.

»Und?«

»Alles okay.«

»Okay.«

So ein Telefonat also. Kurz, kryptisch und eindeutig erwartet. Danach schaltet Valtti Nyman sein Handy aus.

Komplett.

Damit wäre auch diese Verbindung dahin. Der muss ahnen, dass jemand mithört. Eventuell. Falls dieser Jemand gerade Lust dazu hat.

Wäre er schneller gewesen, hätte er checken können, wie Valtti Nyman aussieht. Ob er auch äußerlich einem Fuchs ähnelt. Oder einer Ratte. Was er nun einmal ist.

»Scheiße.«

Das Leben ist unvollkommen, so manche in die Luft geworfene Frage bleibt zwangsläufig ohne Antwort bei diesem tragikomischen Auftrag, mit dem auch er sich die Finger nicht hätte schmutzig machen sollen. Hauptsache, das Honorar ist bezahlt worden.

Auch das war ein Kampf.

Er muss den ganzen Scheißfall schleunigst loswerden, Mund abputzen und weitergehen. An der Kasse vorbei nach Hause.

Adieu, Leia. Wir sehen uns zweifellos bald wieder. Überleg dir in Zukunft ein bisschen genauer, in welche Suppe du den

Löffel steckst. Ich drücke deinem komischen Gutmenschprojekt die Daumen, auch wenn es sein mag, dass du das nicht verdienst.

Deiner Tochter drücke ich die Daumen noch mehr. Das tüchtige Hip-Hop-Mädchen ist in jeder Hinsicht auf der richtigen Fährte. Verpass das Schiff nicht, Viivi.

Fast bereut er es schon, gestern die Seiten von Sanni Tähtimö getrollt zu haben. Vielleicht war er damit unnötig erfolgreich.

Auf der Seite *tahtimo.fi* sind 2027 Kommentare eingegangen. Eine ansehnliche Menge, bestimmt ein Rekord für diese Homepage.

Er sucht nach dem Kommentar Nummer 590.

Ziemlich unsachlich, könnte man sagen. Benzin in die Flammen. Man könnte sogar sagen: herzlos.

Er entfernt den Kommentar und überlegt kurz.

»Wenn ich schon mal dabei bin.«

Wenn er schon mal dabei ist, können auch die anderen 2026 verschwinden.

Die Leere, die sich nun zeigt, tut dem Auge gut. Jetzt weht auch auf dieser Seite ein frischer Wind.

»Für dich, Viivi.«

Die gute Tat des Tages. Wenn nicht des Jahres.

Beim Verlassen von Tähtimös Seite fühlt er sich wie einer, der alles gesehen und sich ziemlich besudelt hat, aber trotzdem erhaben ist. Wie der Fremde, der am Schluss eines Westerns dem Sonnenuntergang entgegenreitet. Der einsame Reiter, verschwiegen und namenlos, der aus dem Nichts in einer Stadt aufgetaucht ist, die von Schurken beherrscht wird, der die Schurken abschlachtet, eine Frau flachlegt und sich nach getaner Arbeit, ohne das Gesicht zu verziehen, wieder davonmacht. *The End.* Finito.

Vielleicht noch ein kurzer Blick in den Banktresor, dann wäscht er sich endgültig den Staub dieses Dorfs von den Händen.

Case closed. Game over.

Aber es kommt anders.

»Verdammte Scheiße.«

Das Honorar ist nach dem Kampf mit Valtti Nyman tatsächlich auf dem Konto erschienen.

Fünftausend Euro. So viel ist Minister Tarmo Häkkilä seine Hilfe wert.

25

Die Polizei. Die Kriminalpolizei. Die Schutzpolizei. Die Netzpolizei?

Innerhalb weniger Sekunden kann einem eine Menge durch den Kopf gehen, wenn unter »Anrufer« nur *Unbekannter Teilnehmer* steht.

»Hallo?«

Man hört keinen Mucks.

Helsingin Sanomat? *Savon Sanomat*? Ein Boulevardblatt? *Sieben Tage*? Die Fernsehnachrichten? Wenn nicht noch schlimmer. Die Anwaltskanzlei, die von Annu bevollmächtigt wurde, sich um die Scheidung zu kümmern.

»Hallo«, sagt Tarmo ein weiteres Mal. Die Stimme, die aus seinem Mund kommt, ist nur ein jämmerliches Piepsen. Und endlich hört man etwas: ein Klacken, wie früher bei Anrufen von einem Münzfernsprecher aus.

Ein Mann fängt an zu reden. Ein unbekannter Mann. Nennt seinen Namen nicht. Spricht trotzdem so, als ginge er davon aus, dass sie sich kennen, redet von *Außenständen.* Tarmo runzelt die Stirn. In der Leitung hallt es sonderbar metallisch, als würde aus einem riesigen Behälter herausgerufen. Auch sonst spricht der Mann undeutlich brummend und unnatürlich langsam.

Hat er einen Sprachfehler? Vielleicht so einen Sprechapparat wie dieser Physiker, der ausländische, der im Rollstuhl sitzt und kluge Weltraumsachen von sich gibt. Aber wahrscheinlich ist es nur ein Fehler in der Leitung oder der Mann hat einen sitzen. Und zwar schwer. Hatte mit seinen Kumpels den Geistesblitz des Jahrhunderts: Wer wäre besser geeignet, die alten Geldstreitigkeiten in ihrem Säuferkreis zu schlichten, als der neue Justizminister? Höhöhöhö, glänzende Idee, rufen wir den Minister doch einfach an. Schon in den Monaten als Abgeordneter haben ihn entsprechende, vom Alkohol befeuerte Kontaktanfragen von unbefangenen Männern und sonstigen Wählern, die sich unnötig vertraulich gaben, erreicht.

Es ist schwer, sich auf das zu konzentrieren, was am anderen Ende der Leitung dargelegt wird, so groß ist die Erleichterung. Das Anliegen des Anrufers hat nichts mit den Ereignissen der letzten Tage zu tun. In all seiner Zufälligkeit und Gleichgültigkeit ist der Anruf eine Erinnerung an das normale Alltagsleben, wo alles ist, wie es sich gehört, und eine launische Alte und ein knurrender Magen die größten Plagen des Mannes darstellen.

Der Daumen bewegt sich auf den roten Hörer zu.

»Danke für Ihren Anruf. Am besten wenden Sie sich am Montag an meinen persönlichen Referenten im Parlament. Oder Sie schicken eine E-Mail, tarmo Punkt hakkila ät parlament Punkt fi. Weiter kann ich Ihnen nicht helfen, weil ich nicht genau weiß, worum es geht.«

»Um Viivi Laine.«

Der Daumen löst sich von der Taste mit dem Hörer, die Knie geben nach. Tarmo sinkt auf den Bettrand.

»Was willst du?«

»Wie gesagt. Nur das, was mir zusteht.«

»Wie ... zusteht?«

»Die Außenstände. Die Au-ßen-stän-de.«

Die möglicherweise technische Verzerrung entfernt den Ärger in der Stimme des Mannes nicht, sondern verstärkt ihn womöglich noch.

»Das Honorar war ein Festpreis inklusive Überstundenzulage, Eilzulage, Wochenendzulage, alles. Das habe ich gleich am Anfang gesagt, und Valtti Nyman, dein Befehlsempfänger, hat es akzeptiert. Ich erwarte, dass die mir zustehende Summe unverzüglich auf meinem Konto landet.«

Das hat der Mann gerade wohl schon mal erklärt, begreift Tarmo.

Und er begreift noch mehr.

»Du bist der Nerd von Nyman. Dieser ... Wühler.«

»Data-Miner ist die Berufsbezeichnung.«

»Nyman kümmert sich ...«

»Nyman kümmert sich jetzt um gar nichts. Her mit dem Geld! Das Honorar überweisen, und zwar sofort!«

»Du hast dein Honorar erhalten.«

»Es ist zu wenig.«

»Willst du mich erpressen?«

»Ich will nur, was mir zusteht.«

»Ein habgieriger Scheißkerl bist du. Fünfzig waren ausgemacht, dasselbe noch mal war zu viel.«

Immerhin wird es jetzt still.

»Scheiße, was?«, sagt der Nerd.

»Hundert Riesen – und dann hältst du auch noch das Video zurück. Fang bloß nicht an ...«

»Es sind fünf.«

»Was?«

»Fünftausend. So viel hast du mir gezahlt.«

Als würde man am Rubik's Cube drehen. An einem, der leicht kaputt ist und klemmt. Beinahe hört man, wie es im Schädel knackt und kracht, während das Gehirn versucht, Klarheit darüber zu gewinnen, was eigentlich passiert ist, und das Gesamtbild zu erfassen, das sich schon wieder verändert hat.

Verdammt.

Wenn der Nerd die Wahrheit sagt, und wie es scheint, tut er das, ist er übel übers Ohr gehauen worden. Valtti Nyman hat ihm in seiner Hinterhältigkeit und Falschheit fünfundneunzigtausend Euro gestohlen.

Die er selbst auf das Konto seines Gehilfen überwiesen hat.

»Da hast du ja einen interessanten Fall auf dem Lohnzettel stehen«, stellt der Nerd fest. Er ist sofort im Bilde. »Herzlichen Glückwunsch. Großartige Rekrutierung. Ich rechne auf jeden Fall damit, den Rest zu bekommen, wie ausgemacht. Fünfundvierzig, das reicht. Wenn das Geld nicht bis Mitternacht auf meinem Konto ist, kommst du in die Vollstreckung. Und glaub mir, meine Art der Vollstreckung willst du nicht wirklich.«

»Ich zahle keinen Cent, bevor du das Video rausgerückt hast.«

»Darum kannst du deinen Handlanger anbetteln. Ich habe es nicht.«

»Was?«

Und wieder ändert sich das Bild, begreift Tarmo.

Der hat das Video nicht. Keiner von ihnen beiden hat es. Sondern Nyman.

Was ist zu tun? Zumindest muss er sich verdammt beeilen. Und sich genau überlegen, was er sagt.

»Das Video. Hol es mir.«

Der Nerd schweigt. Als hätte er ihn nicht verstanden.

Vielleicht hat er es wirklich nicht verstanden.

»Hol es mir. Ist doch kein Problem, wenn du weißt, wo es ist. Bei wem. Man muss es Nyman nur abnehmen und eliminieren. Bevor er es falsch einsetzt. Du verstehst, was ich meine.«

»Du meinst, *richtig* einsetzt.«

»Jede Art, es für irgendwas einzusetzen, ist falsch!« Tarmo knirscht mit den Zähnen. Soll er etwa auf die Knie fallen? »Es hängt nicht am Geld.«

»Nicht mehr?«

»Es geht hier ums Prinzip. Der Fuchs muss in die Wildgrube.«

Lacht der Mistkerl etwa? Er lacht. Über ihn.

»In die Wildgrube?«

»Der Mann ist gefährlich, verstehst du? Er muss gestoppt werden.«

»Das ist dein Problem, nicht meins. Ruf die eins-eins-zwei an, da bekommst du Hilfe.«

»Ist dir mein Geld nicht gut genug? Übernimmst du den Auftrag oder nicht?«

»Warum sollte ich?«

»Warum solltest du nicht!«

»Das sage ich dir besser nicht. Sonst bekommst du nur unnötig schlechte Laune.«

»Glaubst du, mich plagt hier die schlechte Laune? Versuch bloß nicht, dich über mich lustig zu machen, du Strolch!« Tarmo denkt fieberhaft nach. »Und wenn ... wenn ich nicht zahle? Ich zahle die fehlenden fünfundvierzigtausend nicht, wenn du mir nicht versprichst, weiterzumachen.«

Etwas Besseres bietet sein Gehirn auf die Schnelle nicht an, und auch diese Variante funktioniert nicht wie erhofft.

»Natürlich zahlst du«, sagt der Nerd höhnisch. »Aber gut,

wenn du es unbedingt hören willst. Es gibt zwei Gründe, warum mich das nicht im Geringsten interessiert. Erstens gefällt es mir nicht, wie ich hier abgespeist werde. Dass man mir einfach ein paar Kröten hinterherschmeißt.«

»Das war nicht ich«, beeilt sich Tarmo zu sagen. »Nyman hat eigenmächtig gehandelt, der hat in die eigene Tasche gewirtschaftet. Eine Schlange ist das.«

»Der zweite Grund ist, dass ich dich nicht mag. Ich mag deine Partei nicht, ich mag nicht, wofür du dich einsetzt. Vor allem mag ich nicht, was du tust. Schiebst die Verantwortung für deine Ferkeleien auf deinen Mitarbeiter ab, auch wenn er eine Schlange oder ein Fuchs oder ein Schlitzohr ist.«

Tarmo holt Luft.

»Eins ist klar. Ich bin nicht stolz auf das, was ich getan habe. Ich hab schon ... daraus gelernt.«

Er muss jetzt alle Mittel einsetzen, um diesen widerspenstigen Internetzauberer auf seine Seite zu bekommen. Jede Sekunde ist kostbar, jetzt, da Nyman sich als vollkommen wertlos erwiesen hat.

Er senkt die Stimme.

»Ich kann dir ganz im Vertrauen sagen, dass die Zusammenarbeit zwischen mir und Nyman so bald wie möglich beendet sein wird. Und wenn Nyman rausfliegt, wird bei mir ein Platz für jemanden frei, der sich mit dem Internet auskennt ...«

»Nichts könnte mich weniger interessieren.«

»Du bist ein Spieler, was? Pass auf. Ich verdopple das Honorar. Hunderttausend Euro dafür, dass du das verflixte Video suchst und vernichtest. Wie hört sich das an?«

Der Nerd schweigt.

»Reicht dir das nicht? Dann verdreifache ich es. Hundertfünfzig. Hörst du? Hundertfünfzigtausend Euro. Vielleicht kompensieren die deine Probleme mit der Sympathie. Oder wir legen noch mal fünfzigtausend drauf, dann haben wir eine schöne runde Summe, auch wenn damit die letzten Saatkartoffeln weg sind. Zweihundert Riesen. Eine runde Zwei. Wie hört sich das an?«

Nach dem Billigen Jakob hört sich das an, aber Tarmo spürt heftige Hoffnung in den Adern rauschen. Noch ist es möglich, mithilfe von Geld aus der Sache rauszukommen.

Wenn die Summe hoch genug ist, kann niemand widerstehen, stellt er fest, als der Nerd endlich mit etwas anderem als mit Stummheit antwortet.

»Schön hört sich das an. Schön und rund.«

»So, so«, entschlüpft es Tarmo. »Anscheinend haben wir den Preis für dein Gewissen gefunden.«

Am anderen Ende der Leitung wird kurz aufgelacht.

»Falsch. Das war nur das Preisschild für deine Verzweiflung.«

Und zum zweiten Mal hintereinander bekommt Tarmo den Hörer aufs Ohr geknallt.

26

Das weiße, farblose Licht, das unter den Hängeschränken brennt, ist das Gegenteil von den Geräuschen, die das Mikrofon in der 8,2 Kilometer Luftlinie entfernten Küche einsammelt und die das Lautsprechersystem der Kommandozentrale so authentisch nuancenreich wiedergibt: Geschirr klimpert und klappert, Gläser werden auf den Tisch gestellt, ein sprudelndes Getränk wird eingegossen, es wird geprustet und gelacht, ein Chor von Jungen im Zuckerrausch gibt schrille Töne von sich, und Jesses Stimme übertönt die anderen im Falsett:

»Ich hab heut in einem Lamborghini gesessen!«

»Du lügst. Wo denn?«

»Das darf ich nicht sagen.«

»Du lügst«, wiederholt der andere, doch in seiner Stimme liegt widerspenstige, vorsichtige Bewunderung.

»Der fährt dreihundertfünfzig in der Stunde, und die Türen gehen nach oben auf ...«

Jesses Schilderung wird von einem dumpfen Geräusch und allgemeinem Auflachen unterbrochen, offenbar ist etwas auf dem Tisch umgekippt, und jetzt nähern sich Schritte, die keinen Irrtum zulassen.

»Was für eine Schweinerei!«

Die Jungen sind leise. Eine Hand und etwas Hellrotes wischt über den Bildschirm, vielleicht ein Spüllappen. In dem nasalen Ton, der ihn schon damals genervt hat und inzwischen gleich doppelt, fährt Marjukka fort:

»Muss das sein? Die Tischdecke ist frisch gewaschen.«

»*No problem.* Ich mach das sauber.«

Das ist Ville. Im Gegensatz zu seiner Frau ist er ohne Vorankündigung in der Geräuschkulisse der Küche aufgetaucht. Er spricht mit ruhiger, kräftiger Stimme.

Der hat Nerven wie eine Kuh. Vielleicht braucht man das, wenn man mit Marjukka zusammen ist.

Ihm selbst haben die immer gefehlt.

Und nach ein paarmal wütend schnaufen entfernen sich Schritte. Sie verlassen die Küche.

»'tschuldigung.«

Wieder Jesse.

»War keine Absicht.«

»Macht nichts«, antwortet Ville. »Kommt vor.«

»Lügt Jesse?«, fragt ein anderer. »Oder hat er heute wirklich in einem Lamborghini gesessen?«

Der Frage folgt gespannte Erwartung, sowohl in 8,2 Kilometer Entfernung als auch in der Kommandozentrale.

»Ja, hat er«, antwortet Ville schließlich. Er spricht so leise, dass man es außerhalb der Küche nicht hört.

»Cool.«

»Saucool.«

»Na also, ich hab nicht gelogen.«

»Welches Modell? Lamborghini Murciélago oder Aventador?«

»Wem gehört der? Jemandem, den du kennst?«

»Also, äh ...«, sagt Ville. »Mehr dürfen wir nicht verraten. Oder, Jesse?«

»Darf ich nächstes Mal mit?«

»Ich auch!«

»Und ich auch.«

Die Jungenstimmen werden wieder lauter, Villes Beschwichtigungsversuche bleiben erfolglos. Die Hoffnung und vorsichtige Freude, die beim Zuhörer aufgekeimt sind, werden von Sehnsucht abgelöst. Die Kameraperspektive auf Monitor drei bietet wieder bloß weißes Licht, aber unter den Augenlidern haben sich Jesses lachender Mund und die zusammengekniffenen Augen eingebrannt.

Es war ein billiger Trick. Er hat sich nicht viel besser als ein Schokoladenonkel benommen, als er Jesse mit einem Spielzeug anlockte, dem, wie zu sehen war, weder kleine noch große Jungen widerstehen können.

Er war ehrlich, als er zu Ville sagte, dass er wie ein Asket lebt. Er braucht wirklich nicht viel. Was er braucht, ist Jesse als Beifahrer. Jesse zurück in seinem Leben.

Es war leicht, zu Tarmo Häkkilä Nein zu sagen. Die Verblüffung und den Unglauben zu genießen, die das Ausschlagen der Zweihunderttausend auslöste.

Er tut das nicht wegen des Geldes. Sondern weil er es kann.

Oder zumindest gekonnt hat.

Das Zischen einer neuen Dose direkt nach der vorigen kann den schlechten Geschmack in seinem Mund nicht vertreiben. Er stellt die Dose weg und massiert sich die Schläfen.

Der Rechnung ist gestellt und reklamiert worden. Es ist vorbei, *förbi*, wie die Ureinwohner des Landes, wo sich die tapfere kleine Viivi gerade aufhält, sagen. Aber was will man machen.

Er kann die Finger nicht davon lassen.

Er hätte diesen Typen nichts von Leia sagen dürfen.

Noch immer besteht kein Kontakt zu Leia. Aber sie ist zu Hause.

Vielleicht schläft sie. Wäre kein Wunder, nachdem sie sich letzte Nacht so lange miteinander vergnügt haben.

Schlaf schön, meine Prinzessin. Aber nicht gleich hundert Jahre. Oder wartest du darauf, dass Prinz Land-0 herbeigeeilt kommt, um dich mit einem Kuss zu wecken?

»Und sie lebten glücklich zusammen bis zum Ende ihres Lebens …« Oder wenigstens bis zur Scheidung und zur Gütertrennung.

Wenn das hier ein Märchen ist, dann hat sich der Laufbursche des Ministers überraschend als Bösewicht entpuppt. Der Mann ist so falsch wie nur was. Neben Valtti Nyman kommt sich sogar ein Land-0 wie ein Sonntagsschüler vor.

»Vielleicht hast du nicht an der richtigen Stelle gesucht …« Was für ein schnippisches Stinktier. Überall hat er nach dem verdammten Fickfilmchen gesucht, jeden Stein umgedreht. Stundenlang!

Wie, verdammt noch mal, hat Nyman es finden können, und wo?

Was kann der Typ, was er nicht kann?

Game over, denkt er. Aber was will man machen. Die Niederlage ist noch immer schwer zu schlucken. So heftig hat ihn seit Jahren keiner mehr geschlagen, wenn man Marjukka nicht mitzählt.

Was ist dieser Nyman eigentlich für ein Wonder Man?

Aber das lässt sich schnell klären.

Valtti Erik Nyman. Das Bevölkerungsregister bietet auch in diesem Fall die wichtigsten Fakten für den Anfang. Alter 33, Geburtsort Helsinki, derzeitiger Wohnort ebenfalls Helsinki. Und das PK. Danke sehr. Damit findet man, ohne sich groß anzustrengen, weitere Informationen in anderen Registern.

Die Adresse liegt im angesagten Stadtteil Punavuori. Dort ist Nyman vor vier Jahren hingezogen. Wohnt zur Miete und allein. Keine Kinder. Betriebswirt und Diplom-Sozialwissenschaftler, Hauptfach Kommunikation, Abschluss an der Universität Helsinki mit mittelmäßigen Noten.

Die kurze berufliche Laufbahn ist heterogen und zerstückelt, mit zwei Phasen der Arbeitslosigkeit – in der heutigen Zeit ganz normal. Zuletzt beschäftigt bei der *Casual Solutions AG*.

Casual Solutions? Praktische Lösungen? Das bringt zunächst kein Glöckchen zum Klingeln.

Ein Abstecher ins Handelsregister verrät, dass es sich um eine Ein-Mann-Firma handelt, in der Valtti Nyman mit dem großartigen Titel des Geschäftsführers arbeitet. Chef des Aufsichtsrats ist ein zweiter Nyman: Valdo Einar, dem Namen und dem PK nach zu schließen Valttis älterer Bruder. Die Firma wurde vor fünf Jahren gegründet, aber bald schon in der Schublade begraben. Zu Beginn war der Umsatz spärlich, in den letzten drei Jahren gar nicht mehr vorhanden, obwohl das Tätigkeitsfeld weit gefasst ist und sich je nach Marktgegebenheiten flexibel gestaltet: von Immobilienverwaltung bis Buchhaltung, von Wellnessdienstleistungen bis zur Netzwerkkommunikation.

Die Firma verfügt nicht einmal über eine Homepage.

Auch sonst ist Geschäftsführer Nyman überraschend dürftig vernetzt. So hat er zum Beispiel sein LinkedIn-Profil schon vor fünf Jahren gelöscht, auf den ersten Blick völlig unlogisch, weil zeitgleich mit der Firmengründung, und man findet ihn auch nicht auf anderen Tummelplätzen von Businessleuten. Er twittert nicht, er ist nicht auf Facebook. Die wenigen Fotos, die man mit laienhaftem Googeln von ihm aufspüren kann, sind unscharfe Aufnahmen von Saufgelagen aus der Studentenzeit. Nicht einmal im parteieigenen Newsletter ist in Bild und Text von Valtti Nymans Dienstantritt als Laufbursche des Ministers berichtet worden.

Der Mann ist dem Kameraauge außergewöhnlich effektiv ausgewichen und hat auch sonst dafür gesorgt, nur bescheidene digitale Spuren zu hinterlassen. Denn klar ist, dass hinter dieser Abwesenheit Absicht steckt. Heutzutage muss man sich für eine derartige Internetabstinenz richtig ins Zeug legen.

Als schließlich ein frisches Foto auf dem Bildschirm erscheint, wird der Grund für das gezielt geringe Aufsehen schlagartig klar.

Die Begegnung von Angesicht zu Angesicht ist nicht gerade erfreulich, auch wenn Valtti ein gut gebauter Bursche ist. So, wie er einen anschaut, merkt man förmlich, wie dem Fotografen die Knie geschlottert haben müssen. Oder auch nicht. Der betreffende Fotograf dürfte Blicke dieser Art nämlich gewohnt gewesen sein.

Das Foto trägt das digitale Wasserzeichen der Polizei. Es befindet sich in der zum Personenregister gehörenden halb offiziellen Datenbank mit Verdächtigen. Innerhalb der letzten zwei Jahre ist Geschäftsführer Valtti Nyman entweder als Privatperson oder als Vertreter seiner Firma drei Mal darin verzeichnet worden, im Zusammenhang mit drei verschiedenen Kriminalfällen. Das Foto stammt vom November des

Vorjahres, als Nyman von der Polizei vernommen wurde – vollkommen inoffiziell selbstverständlich – und offenbar unangenehm vom Polizeifotografen überrascht wurde.

Die Hand greift blind nach der offenen Dose auf dem Fußboden, aber die Suche bleibt unabgeschlossen und gerät in Vergessenheit, weil nun so viele heiße Infos aus der Tüte kommen.

Es gab keinen Tatverdacht, der zur Einleitung eines Verfahrens gegen Nyman geführt hätte, nicht einmal zu Voruntersuchungen. Den meisten anderen, die an denselben Vergehen beteiligt gewesen waren, erging es da übler. Eines der Verfahren führte sogar zur Verurteilung.

Im Januar dieses Jahres sprach das Amtsgericht Vantaa Haftstrafen von beeindruckenden sechs, sieben und zwölf Jahren aus. Es wurde Berufung eingelegt.

Ein hässlicher Fall. Richtig hässlich. Zwangsläufig kommen einem die Einzelheiten wieder in den Sinn, wenn man sich das Material zu dem Fall ansieht, die Ermittlungs- und Gerichtsakten. Der *Hobelbankmord.* Unter diesem Namen, mit Sicherheit von den Boulevardblättern lanciert, wurde dem Fall die fragwürdige Ehre zuteil, in die jüngste finnische Kriminalgeschichte einzugehen.

Der Name ist zweifellos gut verkäuflich und benutzerfreundlich. Er bleibt auf Anhieb im Gedächtnis und weckt konkrete Assoziationen. Aber er führt auch in die Irre. Denn blättert man die Informationen etwas länger durch, bis in die verschiedenen Ermittlungsstränge hinein, so stellt sich heraus, dass es sich nicht um eine private, im Alkohol- oder sonstigen Rausch und bei akutem Kassendefizit durchgeführte spontane Mordtat handelte. Ein Geschäftsmann, der ein erfolgreiches Business in mehreren Branchen und in allen Abstufungen von Grau und Schwarz betrieben hatte, von Spekulationen bis hin zu Hotelbeteiligungen und Zuhälterei, war im schallisolierten Hobbyraum im Keller seines Hauses totgeschlagen worden.

Hinter der Tat kamen jahrelange Erpressung, Bedrohung und Bestechung zum Vorschein. Sowie ein raffiniertes Geldwäscheprojekt, das auf den letzten Metern jedoch in sich zusammengefallen war.

Die längste Strafe traf einen Beteiligten aus dem ausführenden Bereich, einen, der die Drecksarbeit machte. Er war in flagranti ertappt worden. Aufgrund der Brutalität und Vorsätzlichkeit der Tat wurde auf Mord und nicht auf Totschlag entschieden, außerdem hatte der Täter bereits ähnliche Jobs auf dem Konto.

Valtti Nyman stand unter dem Verdacht, eine Art Mittelsmann auf der mittleren Ebene gewesen zu sein, in der langen und verflochtenen Subunternehmerkette des Falls, die beinahe undurchschaubar war.

An der Hinrichtung waren allem Anschein nach so viele Leute beteiligt gewesen, wie eine stillgelegte Papierfabrik Mitarbeiter entlässt, aber nur ein Bruchteil von ihnen wurde geschnappt. Auch wer den Mord in Auftrag gegeben hatte, blieb unklar.

Schriftliche Dokumente über Abmachungen und Organisation wurden natürlich keine gefunden. Vereinbarungen über Wesentliches und Belastendes waren nicht auf elektronischem Weg getroffen worden.

Keiner knickte beim Verhör ein. Keiner wusste etwas. Im Gerichtsprotokoll sagt einer sogar: *Ich wollte nicht mehr als nötig wissen.*

Ziemlich klug, ziemlich logisch.

Casual Solutions. Praktische Lösungen.

Der Geschmack im Mund ist widerlich. Wie von faulendem Fleisch.

Er springt auf. Muss ein paar Runden im Zimmer drehen.

Was habe ich getan, denkt er. In was für einen Wolfsrachen habe ich Leia da laufen lassen.

Wie kann es sein, dass ein Typ, der möglicherweise in einen solchen Fall verwickelt ist, sich als Referent bei einem Minister eingeschlichen hat? Hat da je irgendeine Sicherheitsüberprüfung stattgefunden?

Auch wenn Studium und berufliche Laufbahn eher so lala waren, ist Valtti Nyman intelligent und schlau. Man hätte ahnen können, dass sich so einer nicht ohne Grund als Vertrauensmann an einen Grünschnabel von Minister anwanzt, denn letztlich ist das nicht unbedingt eine zukunftsträchtige Geschäftsidee.

Er lässt sich wieder auf den Stuhl fallen. Am besten mal die Konten des Ministers checken. Dort könnte es zu interessanten Vorgängen gekommen sein.

Vom gemeinsamen Konto des Ministers und seiner Frau Annastiina sind heute um 16:21 Uhr hunderttausend Euro auf das Konto von Valtti Erik Nyman überwiesen worden. Trotzdem sieht man in der Schatztruhe den Boden noch nicht. Es ist nach wie vor genug da, aus dem Nyman mit beiden Händen schöpfen kann.

Auf der Kreditkartenabrechnung des Kontos für die Aufwandsentschädigung sind zwei Taxifahrten aufgetaucht. Die jüngste hat erst vor wenigen Stunden stattgefunden. Der Rechnungssteller ist die *Fahrdienst Kaasinen GmbH*, Kuopio. Und *Finnair* stellt auch etwas in Rechnung.

Zwei Binnenflüge. Gestern Abend von Helsinki nach Kuopio und heute Mittag zurück, verrät ein Besuch im Platzreservierungssystem der finnischen Fluggesellschaft. Verbrennung von Steuergeldern zu Kohlendioxid im Luftraum unseres Vaterlandes. Der Steuerzahler dankt.

Etwas, was vielleicht interessant sein könnte, ist auf Häkkiläs privater Kreditkarte passiert, heute um 12:21 Uhr und um

12:35 Uhr. Geld ist an die panskandinavische Fluggesellschaft *SAS* sowie an eine Reederei, die ihren Sitz auf den Åland-Inseln hat, überwiesen worden. Nicht viel allerdings – *SAS* hat 249 Euro erhalten und *Viking Line* 134 Euro.

Der Name Tarmo Häkkilä steht nicht auf den Passagierlisten der Fluggesellschaft aus der letzten Zeit.

Auch der von Valtti Nyman nicht.

Zum Glück gibt es eine Menge Tricks. Man kann einen Überkreuzvergleich vornehmen von allen Personen, die innerhalb der nächsten drei Monate sowohl *SAS* fliegen als auch mit einem der rot-weißen Schiffe fahren. Dabei ergeben sich 239 Treffer. Kombinierte Schiffs- und Flugreisen ins westliche Nachbarland scheinen beliebt zu sein.

Listet man die Treffer chronologisch nach dem Zeitpunkt der Buchung auf, funkt es sofort. Heute um 12:30 Uhr ist auf der Passagierliste für den Flug Helsinki-Stockholm, Abflug 13:00, der Name Tero Rämättö hinzugefügt worden. Zwei Minuten vorher ist demselben Rämättö ein Ticket für die Schiffsreise Stockholm-Helsinki ausgestellt worden. Ebenfalls ein Last-minute-Ticket. Einfache Fahrt.

Bei dem Schiff handelt es sich um dasselbe, auf dem sich auch Viivi Laine befindet.

27

Zwanzig vor vier. Man soll spätestens um 16:20 Uhr im Hafen sein, also in vierzig Minuten, rechnet Viivi aus. Wäre Merja nicht mit ihr zur U-Bahn-Station und von dort zur Bushaltestelle gerannt, hätte Viivi garantiert Bus und Schiff verpasst.

Aber auch so wird es knapp.

Der Bus nimmt die gleiche Route, die sonst die *Tunnelbana* fährt, wenn gerade niemand daruntergeraten ist – oder gesprungen, was für eine grauenhafte Vorstellung –, und er hält permanent. Offenbar gibt es oben mehr Haltestellen als unter der Erde, aber vielleicht kommt einem das auch nur so vor, wenn man es eilig hat und nicht weiß, wie lang die Fahrt dauert, und natürlich kommt man auf der Straße langsamer voran als auf Schienen, es gibt Ampeln und Geschwindigkeitsbegrenzungen. Und obwohl der türkische Fahrer mit dem Schnurrbart von jeder Haltestelle so schnell wie möglich losbraust und alle, die langsam und alt sind und sich nur langsam fortbewegen, stehen lässt, ist der Bus rammelvoll.

Neben Viivi zwängt sich ein Mann, vielleicht ein Inder, dessen Turban mit Schneeregenmatsch dekoriert ist wie eine Torte mit Schlagsahne, und als das Ganze schmilzt, tropft es auf sie beide, weil die Temperatur in dem schlecht klimatisierten Bus allmählich an die einer türkischen Dampfsauna erinnert.

Auch die sonstigen Fahrgäste sehen ziemlich exotisch aus. Multikulturell. Wie im Ostzentrum in Helsinki, wo Viivi in der neunten Klasse zwei Wochen lang ein Praktikum bei McDonald's gemacht hat. Dort hörte man genauso viele Sprachen wie in diesem Bus, und keiner hat einen angeglotzt.

Erzähl mir von deinem Leben, hat Merja gesagt. Und Viivi hat erzählt.

Sie hat von dem Getuschel und den Blicken erzählt, denen sie fast täglich ausgesetzt ist. Vor allem ältere Leute nehmen sich oft das Recht heraus, lautstark über ihre Herkunft und ihren familiären Hintergrund zu spekulieren.

Sie hat erzählt, wie manche nichts sagen, aber gucken.

»So richtig *saugemein*. Da kannst du nichts machen. Du kannst nicht sagen, was glotzt du so. Dann sagen die nämlich, sie glotzen gar nicht. Also, natürlich sagen sie es nicht genau so. *Anyway.* Ich hab versucht, nicht darauf zu achten. Das hat mir meine Mutter geraten. Achte nicht auf sie. Die sind dumm. Du bist mir lieb und teuer, so wie du bist, bla, bla, niemand hat das Recht, über andere herzuziehen und sie schlecht zu behandeln, und so weiter, bla, bla. Meine Mutter ist einfach so, sie will glauben, dass die Menschen lernen und sich entwickeln, und ich hab versucht, auch so über diese Leute zu denken, von wegen Danke für deine Meinung und du mich auch und schönen Tag noch.«

»Das ist gut«, kann Merja dazwischen sagen. »Lass dich nicht von denen daran hindern, so zu sein, wie du bist, und das zu tun, was du willst.«

»Natürlich nicht«, antwortet Viivi und redet weiter.

»Vor gut einem Jahr ist es dann damit losgegangen, dass sie einem hinterherrufen. Sogar in der Zeitung hat was darüber gestanden. Es hatte irgendwie mit den Wahlen zu tun, mit dieser Partei, die ›migrationskritisch‹ ist. Sprich rassistisch. Auf einmal haben auch Leute, die sich früher dafür zu fein waren, angefangen, Sachen zu rufen, ganz offen. Als hätte ihnen jemand die Erlaubnis dafür gegeben. Eben diese Partei. Total bescheuert.«

»Bescheuert. Und traurig.«

»Geh zurück nach Afrika und so. Ich bin noch nie in Afrika gewesen. Ich bin in Helsinki geboren und mein Vater stammt aus Jamaika. Ist das vielleicht Afrika? Nein. In der U-Bahn hat eine Frau zu mir gemeint, wieso ich 'ne Mütze aufhab und Jeans trage, und wo mein Kopftuch und meine Burka sind. Gleich kommt dein Muslimbruder und begeht einen Ehrenmord. Ich so, *what?*, und sie plärrt bloß weiter, glaubt, ich kann kein Finnisch. Ich hätte sagen müssen, *shut up, bitch*, ich bin Einzelkind und außerdem ev.-luth., vorletzten Sommer konfirmiert; bloß dass ich demnächst auf die Seite *kirchenaustritt.fi* gehen werde, weil ich inzwischen Atheistin geworden bin. Aber natürlich hab ich in dem Moment gar nix gesagt.«

»Es fällt einem nie dann ein, wenn man es braucht.«

»Meine beste Freundin spricht in der Öffentlichkeit kein Russisch mehr mit ihrer Schwester und ihrer Mutter. Und ein Junge, den ich kenne, ist verprügelt worden. Er ist Somalier. Ein Besoffener ist auf der Straße auf ihn losgegangen, hat ihn geschlagen und getreten.«

»Wie furchtbar.«

»Er war zwei Tage im Krankenhaus. Ich war so wütend. Ich dachte, jetzt ist Schluss. Ich wollte die zur Rechenschaft ziehen. Zur Verantwortung! Es ist voll fies, dass sie sagen, nein, wir sind keine rassistische Partei, wir sind nur migrationskritisch, wählt uns! Und wenn jemand auf der Straße verprügelt wird, dann hat das nix mit Hasskriminalität zu tun. Hasskriminalität ist es, wenn du uns kritisierst. Geht dahin zurück, wo ihr herkommt, ihr Flüchtlinge, voll egal, auch wenn ihr dort umgebracht werdet. Und dieser Minister da, der zurücktreten musste. In einem Memo war alles gesammelt, was er über Ausländer und so gesagt hat, über Schwule und Frauen, voll die saugemeinen Sachen. Wenn die Homo-Ehe erlaubt wird, dann wollen als Nächstes die Sodomisten ihre Schafe heiraten. Und Familienzusammenführung heißt in Wirklichkeit, dass zehnjährige Mädchen als dritte Frauen von alten Kerlen aus Flüchtlingslagern geholt werden. Lauter solches Zeug. Ich weiß gerade nicht, wie er heißt, aber das war der Justizminister! Wenigstens der Justizminister müsste unparteiisch sein. Aber er musste nicht mal deswegen zurücktreten. Es hatte irgendwas mit Geld zu tun, er war in irgendeinem Striplokal. Und dann wurde ein neuer gewählt – aus derselben Partei!«

Viivi schaut Merja mit glühenden Wangen an.

»Geht das nicht immer so?«, sagt Merja. »Dass der Nachfolger aus derselben Partei kommt?«

»Ich weiß nicht, aber warum? Na, *anyway*, ich hab mir angeguckt, was der Neue für einer ist. Tarmo Häkkilä. Kennst du den?«

»Ehrlich gesagt, habe ich in den letzten Jahren die Politik in Finnland nicht so verfolgt. Tarmo ...?«

»Häkkilä. Ich hab ihn gegoogelt, und das ist wieder so ein Typ. Hat in irgendeinem Blog gesagt, dass die traditionellen finnischen Werte zu den richtigen Lösungen führen und dass alle gleichwertig von Gott erschaffen worden sind, aber hier, im eigenen Land, sind die Stammfinnen natürlich in einer Sonderposition. Er respektiert fremde Kulturen, wenn sie uns respektieren, andere Länder, andere Sitten, und wer sich nicht anpasst, fliegt raus. Er versucht aber, wenn's geht, mit sämtlichen Menschen aller Hautfarben ins Gespräch zu kommen, weil er davon neue ... Anregungen oder so was bekommt.«

Sie ist vor Erregung ganz außer Atem.

»Da hatten meine Freundin und ich eine Idee. Testen wir ihn mal ein bisschen und schauen, was passiert.«

»Testen?«

»Dieser Häkkilä hat ein Facebook-Profil und voll viele Freunde, über dreitausend. Ich hab ihm 'ne Freundschaftsanfrage geschickt, und er hat sie angenommen. Da hab ich ihn gefragt, ob wir skypen und er war einverstanden. Und dann ...«

Sie holt Luft.

»Dann ist was passiert.«

Viertel vor vier. Jetzt vierzehn vor. Dreizehn. Viivi muss ständig auf ihrem Handy nach der Zeit schauen, obwohl das den Stress keinesfalls verringert.

Noch hat sie mehr als eine halbe Stunde Zeit. Der Busfahrer hat genickt, als sie was vom Hafen sagte, also fährt der Bus wohl bis dorthin. Die Haltestelle ist direkt am Ufer. Wenn nötig wird sie von dort bis ins Terminal rennen und zum Gate.

Mia ist bestimmt schon mit den anderen aufs Schiff gegangen. Den ganzen Vormittag sind von ihr so viele *ragemessages* gekommen, dass sie bestimmt keine Freundinnen mehr sind. Auf der Rückfahrt könnte es eisig werden in der gemeinsamen Kabine.

Viivi beißt sich auf die Lippe. Es hat sich trotzdem gelohnt.

Sei stark, denkt sie und spürt wieder die warme Hand auf ihrer Wange. *Zeig es ihnen.*

Es ist ein unglaublich gutes Gefühl, dass sie das alles jemandem erzählen konnte. Und Merja hat ihr keine Vorwürfe gemacht. Sie hatte Verständnis.

Mein Vater hält auch nicht den Mund, denkt Viivi. Mein Vater hat ständig *Reibereien.*

Erzähl es deiner Mutter, hat Merja ihr geraten, und danach der Polizei. Sie sagte es so überzeugend, dass es ganz einfach klang. Soll sie es tun? Sofort anrufen, bevor sie Schiss bekommt? Viivi blickt sich um. Von den Leuten hier können bestimmt die wenigsten Finnisch.

Sie sucht die Nummer, von der aus ihre Mutter sie heute angerufen hat. Eine vorläufige Nummer, weil sie irgendwie mit ihrem neuen Smartphone Mist gebaut hat. Na, kein Wunder. Bei technischen Dingen steht ihre Mutter voll auf dem Schlauch.

Der Bus macht einen Höllenlärm, sie muss das Telefon fest ans Ohr drücken und sich extrem konzentrieren.

Tuut, tuut. Aber ihre Mutter meldet sich nicht.

Sie gibt auf, im Grunde sogar erleichtert. Besser, sie erzählt es ihr erst morgen zu Hause.

Als Nächstes wählt sie eine andere Nummer.

Wieder tutet es. Eigentlich ist sie jetzt noch aufgeregter. Kann sein, dass niemand rangeht. Sie hätte es verdient.

»Du Bitch!«

»Hi. Sorry.«

»Ich hab dir bestimmt hundert Messages geschickt. Wo bist du? Wann kommst du? Du kommst doch, oder?«

Der Inder neben ihr bewegt sich unruhig. Mias Stimme dringt sogar durch den Lärm im Bus.

»Ich komme«, versucht Viivi sie zu beschwichtigen. »Bin schon unterwegs.«

»Was war das eigentlich für eine Aktion? Du hast eine Menge verpasst, das mit ABBA war echt saugeil, Sebu und ich haben zusammen in der Kabine *Money, Money, Money* gesungen. Die andern sind schon auf dem Schiff, ich bin noch hier im Terminal, oben bei den Gates, ich warte auf dich. Wann bist du da?«

Vorn sieht man ein kompliziertes Brückengeflecht, auf das der Bus zufährt. Es kommt Viivi bekannt vor, es kann nicht mehr weit sein. Ein Schild huscht vorbei, *Sluss... Slussen*?

»Noch zwei Minuten. Falls der Bus nicht auseinanderfällt. Ist 'ne üble Schrottkiste.«

Offenbar ist sie, ohne es zu bemerken, laut geworden, denn zwei Frauen mittleren Alters, die zwei Reihen vor ihr sitzen, drehen sich gleichzeitig zu ihr um.

»Und geh nur schon aufs Schiff«, tuschelt sie.

»Nein, ich warte auf dich. Aber komm so schnell du kannst. Die Wächter starren mich schon an. Und eben hat ein *creepy* Typ mich um eine Zigarette angeschnorrt. Und dann gemeint, ob ich *dunkle Mädchen* kennen würde, igitt ... Der stalkt mich immer noch, der perverse alte Sack. Komm bald, *please*!«

»Bin gleich da. *Kiss you.*«

»*Kiss you.*«

Viivi lässt das Telefon sinken.

Mit Sebu in der Kabine ABBA.

Na gut. Dann eben Mia und Sebu. Auch wenn es wehtut,

das geht vorbei. Mia ist eine echte Freundin. Großartig, dass sie sich gemeldet hat. Und dass sie wartet.

Der Bus taucht in einen Tunnel ein und fährt in einer engen Spirale nach oben, wobei er fast den grauen Beton schrammt. Der grelle Motorenlärm hallt von den Wänden wider, es erinnert sie an die *neue Musik*, die ihr Musiklehrer einmal aus Rache gespielt hat, weil Vili und Taavi etwas vorbereiten sollten und dann nicht aufgetaucht sind.

Zehn vor. Noch eine halbe Stunde. Sie wird es gut schaffen. Vor dem Hafen dürfte nur noch eine Haltestelle kommen, wieder leuchtet ein rotes Stopplicht auf, und darunter das Wort »*Slussen*«. Die meisten Fahrgäste stehen auf, streichen ihre Mäntel glatt und begeben sich auf den Gang und zu den Türen, und endlich fährt der Bus aus dem Tunnel. Die letzten Meter bis zur Haltestelle sind eine einzige Qual, es geht ruckweise vorwärts, und dann kreischen die Bremsen dermaßen, dass es in den Ohren wehtut. Als die Türen aufgehen, bringt die hereindringende bläulich-graue Abgaswolke alle zum Husten.

Viivi hält sich die Hand vor Nase und Mund, während sie zusieht, wie die Fahrgäste sich beim Hinausdrängen gegenseitig anstoßen und zur Eile antreiben. Auch der Fahrer ist aufgestanden. Sobald der Gang frei ist, steigt er ohne ein Wort zu sagen aus. Die Türen bleiben offen, der Fahrer steht neben der Vordertür und plärrt in sein Handy.

Wir bleiben doch hier nicht etwa stehen? Viivi blickt hinter sich. Da sitzt niemand mehr.

Aber der Motor läuft, und die Frauen, die misstrauisch nach ihr geschielt haben, sitzen auch noch auf ihren Plätzen.

Wieder drehen sie sich genau gleichzeitig um, wie an der Schnur gezogen. Die eine hält sich ein Papiertaschentuch vor die Nase, die andere bloß die behandschuhte Hand. Als sie Viivi bemerken, wenden sie sich wieder ab. *Bestimmt geht's gleich weiter*, hört Viivi sie sagen, *wenn er nicht innerhalb von fünf Minuten …*

Finninnen. Sicher auch auf dem Weg zum Hafen.

Viivi späht aus dem Fenster. Es ist bereits dunkel, und es fällt Schneeregen. Wenn man wüsste, in welche Richtung, könnte man zu Fuß zum Hafen gehen, aber ob man es dann noch schaffen würde … vielleicht wenn man rennt … Sie nimmt die Karte zur Hand, die Ripsa für sie ausgedruckt hat, und versucht etwas darauf zu erkennen, aber es gelingt ihr nicht, herauszufinden, wo sie sich in diesem Moment befindet.

Ich kann nur hoffen, dass es wirklich gleich weitergeht. Mama bringt mich um, wenn ich das Schiff verpasse, denkt sie.

Oder sie lässt mich nie mehr irgendwohin – und Mia bringt mich um.

Immer stürzen sich alle Perverslinge und Stalker auf sie.

Und jetzt auch noch Sebu.

28

Es ist, als würde man in einem Ameisenhaufen sitzen, so schwer fällt es einem, stillzuhalten. Man möchte so laut schreien, dass man es bis auf die andere Seite des Bottnischen Meerbusens hört.

Setz dich wieder auf deinen Arsch, Land-O, muss er sich selbst befehlen. Fang an zu suchen! Du hast keine Zeit zu vergeuden.

Tero Rämättö, fünfundvierzig, wohnhaft in Espoo. Geschieden, zwei Exfrauen. Insgesamt fünf Kinder mit vier verschiedenen Müttern.

Kein Beruf, kein Arbeitsplatz, keine Ausbildung. Kein Abitur. Keine Lehre. Kein Hochschulabschluss. Den Frühling, in dem sich sogar die faulsten Kerle zumindest so sehr anstrengen, dass sie ihre erste Anstalt mit Hauptschulabschluss hinter sich lassen können, hat Klein Tero bereits in der nächstbesten Anstalt verbracht. Und zwar in der für Jugendstrafvollzug, in Kerava.

Aber das war noch gar nichts. Das war erst der Anfang. Tero Rämättö ist einer von den Leuten, die unterbezahlte und überarbeitete Berufsgruppen in unserem Land beschäftigt, zum Beispiel Sozialarbeitstiere wie Leia Laine, und zwar oft über mehrere Jahrzehnte hinweg.

Rämättö ist kein angenehmer Mensch, das wird sofort deutlich. Er hat bereits ein Drittel seines Lebens hinter Gittern verbracht. Auf der Liste seiner Vergehen stehen Sachbeschädigung, Unterschlagung, unerlaubte Inbesitznahme, Trunkenheit am Steuer, Verstöße gegen das Rauschmittelgesetz sowie Körperverletzung, dreimal leicht und einmal schwer. Und je länger die Liste wird, desto hässlicher werden die Delikte und desto länger die abgesessenen Haftstrafen.

Hilfeleistung bei Freiheitsberaubung. Versuchter Totschlag. Vergewaltigung. Schwere Vergewaltigung. Schwere Körperverletzung mit Todesfolge.

Und es wird noch schlimmer:

Tero Rämättö gehört zu der Bande, die sich so kreativ der Hobelbank bedient hat.

Wie spät ist es? 17:02 Uhr, in Schweden 16:02. Viivi wird bald auf dem Schiff sein, falls sie es nicht längst ist. Und wenn er sich einer Sache verdammt sicher ist, schon rein gefühlsmäßig, ohne die genaueren Hintergründe zu kennen, dann der: Die beiden darf man nicht gleichzeitig aufs Schiff lassen.

Unter dem Namen Tero Rämättö gibt es eine Telefonnummer. Der Ortsangabe zufolge befindet sich das Telefon in Helsinki, Ortsteil Suutarila, in einer Sozialwohnung, die unter dem Namen Tero Rämättö angemietet worden ist. Aber das Telefon klingelt nicht. Es wartet ausgeschaltet auf die Rückkehr seines Besitzers.

Verdammt. Das ist bestimmt kein Zufall. Er schlägt sich mit beiden Händen auf die Backen. Denk nach. Denk nach! Dabei kann er es nicht belassen. Es kann damit nicht getan sein.

Hallo, ich bin's, fällt ihm ein. Der kurze Anruf, auf den Nyman gewartet hatte. Von wem kam der?

Seine Finger hacken so heftig auf die Tastatur, dass es im Kunststoff knackt. Der Anruf, der in Nymans Log gespeichert wurde, kam aus Schweden, von einem schwedischen Prepaid-Anschluss. Die nicht registrierte SIM-Karte wurde erst eine Minute zuvor in Gebrauch genommen.

Kein Hindernis, denkt er. Nur eine Verzögerung. Er hat die Nummer und die IP-Daten von Tero Rämättös Zweittelefon. Das reicht, das muss reichen.

Auch ein noch so ausgefuchster Frontenwechsler kann sich nicht auf alle Eventualitäten einstellen.

Flugs holt er sich die Standortdaten von Viivis Handy. Noch vor Kurzem hat sie sich dem Verkehrsknotenpunkt namens Slussen genähert. Jetzt steht das Signal still.

Es hat sich schon seit Minuten nicht mehr bewegt. Vielleicht steckt das Mädchen im Labyrinth von Slussen fest?

Vielleicht schafft sie es nicht aufs Schiff. Das wäre das Beste. Denn als er Tero Rämättös Zweithandy ortet, befindet es sich genau dort, wo er befürchtet hat. Die Koordinaten lauten N/lat 59° 18' 54,2'', E/lon 18° 5' 45,37'', Stadsgården, Tegelvikshamn. Das Terminal der Fährschiffe nach Finnland.

Und es bewegt sich nicht. Es wartet.

29

Eine Minute vergeht. Und eine zweite. Der Fahrer plärrt vor dem Bus ins Telefon, bückt sich, um unter das Fahrzeug zu gucken, plärrt weiter.

Noch fünfzehn Minuten. Viivi wird nervös. Was ist, wenn ich zu spät komme und hierbleiben muss? Wo schlafe ich dann? Ein Hotel kostet sauviel, Mama wird wütend werden ...

Wie als Fortsetzung ihrer Gedanken fängt ihr Handy an zu klingeln. Aber der Anruf kommt nicht von ihrer Mutter. »Unbekannte Nummer«, steht auf dem Display des iPhones.

Sie muss sich melden. Sie wagt es nicht, sich nicht zu melden.

»Anjuska Saneri von der *Abendzeitung*, hallo, passt es gerade?«

Viivi atmet aus.

»Ich kaufe nichts.«

Den Satz hat sie von Ripsa gelernt. Ihre Mutter ist gegenüber Telefonverkäufern völlig machtlos, vor allem wenn etwas anderes als Zeitschriften verkauft wird, sie ist jedes Mal dabei, wenn Ziegen für Timbuktu gebraucht werden oder Zelte für Erdbebengebiete oder Schulkleidung für arme Kinder in Kerala oder Kerava. Aber wenn sie, Viivi, mal eine Jeans oder sonst was braucht, mault sie.

Telefonverkäufer dürften sie nicht einmal anrufen, denn sie ist minderjährig.

»Ich verkaufe ja nichts«, wird am anderen Ende der Leitung gesagt. »Ich hätte bloß ein paar kurze Fragen. Kannst du antworten?«

»Ist das jetzt irgendein – Interview?«

»Ich wollte dich nur nach deiner Meinung fragen.«

»Nach meiner – Meinung?«

»Was ProMen betrifft. Das Projekt deiner Mutter, das in die Schlagzeilen geraten ist.«

In die Schlagzeilen. Oho. Ihre Mutter ist daheim wahrscheinlich völlig *nuts*. Wo sie solche Angst vor dem Fernsehauftritt hatte. Aber anscheinend lief der gut.

»Ich weiß nicht.«

Viivi windet sich auf ihrem Sitz. Warum ruft die bei ihr an?

Die Frauen vorn haben ihr Gespräch unterbrochen, merkt sie. Sie rühren sich nicht, hören aber bestimmt mit gespitzten Ohren zu. Jemand will sie interviewen, als wäre sie ein Promi. Die zerbrechen sich jetzt den Kopf, ob sie Sängerin, Schauspielerin oder sonst wer ist, auf jeden Fall jemand Berühmtes.

»Hey, zwei kleine Fragen nur«, beschwört sie die Anruferin. »Nichts Schwieriges. Bloß was du von dem hältst, was deine Mutter macht. Sagst du: Klasse, hey, echt cool, dass Mama diesen Männern hilft, die Sex kaufen. Oder ...«

Klasse, hey?

»Na ja, es ist schon ein bisschen *awkward*«, sagt Viivi. »Wenn die eigene Mutter ... Ehrlich gesagt, verstehe ich es nicht wirklich. Aber, hey, ich muss Schluss machen, ich bin nämlich in Schweden und ...«

»O, wie interessant«, fällt ihr die Journalistin ins Wort. »Und auch überraschend. Da bist du ja der gleichen Meinung wie Tarmo Häkkilä.«

Viivi schluckt. Hat sie richtig gehört?

»Wie wer?«

»Tarmo Häkkilä. Unser neuer Justizminister. Bei uns haben nämlich die Minister gewechselt. Hat ziemlich viel darüber in der Zeitung gestanden. Lest ihr jungen Leute überhaupt noch Zeitung? Es stand aber auch im Netz.«

»Ich weiß, wer das ist. Aber warum er ...?«

»Weil Häkkilä bei dem Projekt deiner Mutter so was Ähnliches wie ein Gegenpol ist. Er hat seine Meinung zu der

Sache mit dem käuflichen Sex in einem neuen Blogbeitrag ziemlich deutlich zum Ausdruck gebracht. Es wäre übrigens interessant zu hören, was du davon hältst.«

»Wovon?«

»Von den Werten, für die sich seine Partei einsetzt. Die traditionellen familiären Werte, finnischer Patriotismus ... solche Sachen. Typisch für seine Partei. Bist du da auch auf der gleichen Linie, bist du pro Tarmo, flapsig formuliert? Sag es einfach ganz mutig.«

»Mutig?«, flüstert Viivi. Es ist wie ein Albtraum.

»Du solltest die Chance nutzen. Das wäre jetzt die Gelegenheit, ein bisschen was zurückzugeben, falls ...«

Anjuska Saneris honigsüße Worte werden von einem Klopfsignal unterbrochen.

Gerettet!

»Sorry, ich kriege gerade einen anderen Anruf«, ruft Viivi und bricht das Gespräch ab.

Ihr ist zum Heulen zumute, sie ist wütend, sie hat Angst, sie ärgert sich – alles gleichzeitig. Am liebsten würde sie laut schreien.

»Viivi?«

Jemand ruft nach ihr. Viivi blickt sich um, bis sie kapiert: der andere Anruf. Sie hält sich das Handy wieder ans Ohr.

»Zum Glück erreiche ich dich!«

Ein Mann. Klingt nach niemandem, den sie kennt. Tarmo Häkkilä ist es jedenfalls nicht.

»Geh nicht auf das Schiff. Geh nicht einmal in den Hafen!«

Viivi umklammert das Telefon.

»Wer spricht da?«

»Geh dahin zurück, wo du herkommst, zu dieser Krankenschwester.«

Viivi blickt sich erneut um. Außer ihr und den finnischen Frauen ist niemand mehr im Bus.

»Hast du mir heute diese *strangen* Nachrichten geschickt?«

»Bitte sie, dich zu verstecken. Warte dort! Ich sag dir Bescheid, wenn die Sache vorbei ist.«

»W-was für eine Sache?«

Am anderen Ende ist aufgelegt worden.

Mit zitternden Händen nimmt Viivi die Wasserflasche aus ihrem Rucksack und trinkt, trinkt und trinkt. Als sie die Flasche zuschraubt und aufblickt, wenden sich die Frauen vorn rasch ab.

»Sieht so aus, als ginge es endlich weiter«, sagt eine von ihnen laut.

»Vielleicht schaffen wir es sogar noch aufs Schiff«, meint die Zweite.

Der Fahrer ist wieder in den Bus gesprungen. Der Motor jault auf, die Türen schließen sich, und es geht weiter.

Viivi blickt auf dem Handy nach der Uhrzeit. Zehn nach. Noch zehn Minuten. Es ist vielleicht immer noch möglich, dass sie es aufs Schiff schafft. Zumindest theoretisch. Wenn keine Überraschungen mehr kommen.

Sie starrt ihr Gesicht an, das sich im Busfenster spiegelt, und versucht an nichts mehr zu denken.

Es schaudert sie noch immer.

30

Mitten beim Essen ans Handy zu gehen, wirkt in diesem traditionellen Restaurant, wo die Tische weiß gedeckt sind, mit Silberbesteck und gestärkten Servietten, und wo die Bedienungen Schürzen tragen und sich respektvoll korrekt ausdrücken, nicht ganz passend. Die Oberkellnerin, eine resolute

Frau über fünfzig, hat ihn sofort erkannt und an den besten Tisch geführt. Augenblicklich wurde eine Flasche vom besten Rotwein des Hauses angeschleppt, und dann dauerte es auch nicht mehr lang, bis er sich über sein Steak hermachen durfte, das so schön zart war, dass sämtliche Sorgen in Vergessenheit gerieten. Oder zumindest in den Hintergrund.

Melden muss er sich trotzdem. Es könnte alles sein, weil der Anruf an sein Privathandy von einer unbekannten Nummer kommt.

»Warum ist Tero Rämättö in Schweden?«

Der Nerd, schon wieder.

»Ich bin beim Essen.«

Tarmo spricht mit gesenkter Stimme, in der Hoffnung, dass es im allgemeinen Stimmengewirr untergeht. Dieses eine Mal hätte er am liebsten laute Hintergrundmusik im Lokal.

»Warum ist Tero Rämättö in Schweden?«, wiederholt der Nerd.

»Ich kann nicht sagen, dass ich den Mann kenne.«

»Und ich kann nicht sagen, dass ich deinen Bullshit glaube! Du rufst jetzt diesen Nyman an und sagst ihm, was immer Tero Rämättö vorhat, was immer Nyman ihm aufgetragen hat, oder du und Nyman zusammen – es muss auf der Stelle gestoppt werden. Ist das klar?«

Das Stück Fleisch, das Tarmo gerade mit der Gabel aufgespießt hat, bleibt auf dem Teller liegen. Die Gabel löst sich aus der Hand und fällt so geräuschvoll auf den Tellerrand, dass die Leute am Nebentisch herschauen.

Der schwedische Kontakt, denkt Tarmo. Über den Nyman nicht reden wollte.

»Ich weiß davon nichts.«

»Du lügst.«

»Ich weiß nichts. Nyman hat das organisiert. Er hat gesagt ...« – Tarmo blickt sich um und hält sich das Telefon unmittelbar an den Mund –, »... es wäre besser, wenn ich nichts weiß.«

»Du rufst jetzt Nyman an, und zwar sofort. Oder du wirst es bereuen.«

»Glaubst du, der hört auf mich? Ruf ihn selber an.«

»Als ob ich das nicht versucht hätte. Die Zeit wird knapp. Ich weiß nicht, was ihr euch alle zusammen und jeder für sich ausgedacht habt, in was für illegale Machenschaften ihr verstrickt seid und ich will es auch gar nicht wissen. Aber hier ist die Grenze. Tero Rämättö einer unschuldigen Sechzehnjährigen auf den Hals zu hetzen, geht bei mir nicht durch.«

»Unschuldig? Ha.«

»Viivi Laine hat mit dem Chaos rund um ihre Mutter nichts zu tun. Vielleicht nicht einmal Leia selbst.«

Zuerst steht Tarmo auf dem Schlauch, dann hat er verstanden: Der Nerd weiß nichts.

Er weiß nichts. Er hat es nicht kapiert.

Der Nerd steht voll im Wald.

Tarmo schaut auf das Ochsensteak, das auf seinem Teller kalt wird, nachdem er gerade mal ein Drittel vertilgt hat. Blut sickert heraus, wodurch eine traurige Pfütze entsteht.

»Sie ist Myriam«, murmelt er.

Weil er einen Moment lang nichts hört, will er schon bezweifeln, ob der Nerd ihn verstanden hat.

»Viivi?«, fragt der Nerd.

Er hat ihn verstanden.

»Bist du dir sicher?«, fragt der Nerd. Und begreift dann offenbar selbst, wie überflüssig die Frage war. »Verdammt noch mal. Das Mädchen ist sechzehn. Sechzehn!«

»Ähm.«

Tarmo scheucht die Bedienung, die sich nähert, um ihm nachzuschenken, mit einer Handbewegung davon.

»So ein Onkel bist du mir also«, sagt der Nerd.

Die Plomben in den Backenzähnen knirschen. Am liebsten würde er hier Schluss machen, aber es geht nicht.

»Du weißt nichts? Dann will ich dir mal was erzählen. Der gute Tero war auch früher schon emsig. In seinem Lebenslauf stehen Raub, Totschlag und Vergewaltigung … und zwar jeweils schwer. Da hat einer die Sammlung komplett.«

»Nyman hat ihn ohne meine Erlaubnis engagiert! Was hätte ich denn …?«

»Halt die Fresse!«, fällt ihm der Nerd ins Wort. »Mir ist es scheißegal, was mit dir passiert. Ob du nächste Woche oder erst in einem Jahr hinter Gitter kommst. Meine Außenstände hole ich mir von dir auf jeden Fall. Aber in ein paar Minuten betritt in Schweden ein Riesenverbrecher die Fähre, und zwar mit deinem Geld und in deinem Auftrag, und ich will wissen, wie sehr wir uns um Viivi Laine Sorgen machen müssen. Rufen wir gleich auf dem Schiff und bei der schwedischen Polizei an, oder erst wenn du dein Steak aufgegessen und dir den Wein in den Rachen gekippt hast?«

Tarmo holt tief Luft. Woher kann der wissen, was ich gerade esse und trinke?

Prompt passiert, was ihm noch nie in der Öffentlichkeit passiert ist. Er verschluckt sich und bekommt einen schrecklichen Hustenanfall. Hellrote Steakbröckchen fliegen in einer Wolke auf die weiße Stofftischdecke, bevor er sich die Serviette vor den Mund halten kann.

Von den Tischen ringsum treffen ihn besorgte wie missbilligende Blicke. Tarmo keucht und prustet und muss die Hand heben, um die Oberkellnerin zu beruhigen, die dienstbeflissen herbeigeeilt kommt: Alles in bester Ordnung.

»Bist du noch am Leben?«, dringt es an sein Ohr. »Dann fang endlich an zu singen. Irgendwas stimmt hier nicht. Nyman hat deinen Wichs-Clip doch schon, warum also ist Rämättö zu Viivi aufs Schiff geschickt worden? Das ist für dich jetzt die letzte Gelegenheit, mir alles zu sagen, was du weißt, wenn du nicht das Leben einer Sechzehnjährigen auf dem Gewissen haben willst.«

Tarmo sieht sich im Restaurant um. Die zwei Bedienungen, die an der einen Wand stehen, betrachten ihn aus den Augenwinkeln und besprechen etwas untereinander.

Schweiß rinnt ihm über die Stirn. Er tupft sie mit der Serviette trocken und versucht sich in Erinnerung zu rufen, was auf dem Rücksitz des Minister-Mercedes am Flughafen gesprochen wurde. Als sogar die Telefone zerlegt werden mussten.

»Und letzte Nacht ...«

»Über die Luft.«

»Hä?«

»Nyman hat mich angerufen und geweckt. Er sagt, du hättest das Video immer noch nicht gefunden. Obwohl du so ein genialer Guru und Netzkobold bist. Es existiert angeblich nicht, kann es wohl auch gar nicht, weil es nicht auf einem Computer gespeichert wurde.«

»Komm zur Sache!«

»Ich hab ihm gesagt, dass auch früher schon Töne über die Luft aufgenommen wurden, warum dann nicht auch Bilder? Früher hat man dafür schließlich auch keine Computer gebraucht. Man hat auf Kassetten aufgenommen, CCR und die Hurriganes und wie die alle hießen. War kein Kabel da, dann hieß es eben Radio und Rekorder nebeneinander auf den Tisch. Da waren dann zwar Hintergrundgeräusche mit drauf, aber ...«

»Komm zur Sache!«

»Das war's schon. Bist du blöd, weil du das nicht kapierst? Heutzutage haben alle dauernd ihre Geräte dabei, mit jedem verflixten Handy werden Bilder gemacht. Nirgendwo hat man seine Ruhe, alles wird ins Netz gestellt.«

»Verd…«

Endlich scheint der Nerd zu verstehen.

Es ist still im Telefon.

»Rämättö soll Viivi das Handy abnehmen und damit auch das Video«, sagt er dann. »Aber warum die Mühe, wenn Nyman das Video sowieso schon hat …?«

Nun scheinen sie beide gleichzeitig die Lage zu erfassen. Der Nerd sagt es laut: »Nyman hat das Video noch gar nicht.«

»Eben.«

Der Nerd schweigt einen Moment.

»Eine Frage: Warum hat Viivi das Video nicht gleich vorletzte Nacht ins Netz gestellt? Sie wird wohl kaum Mitleid mit dir gehabt haben.«

»Sie hat sich wahrscheinlich geschämt, als sie kapiert hat, was sie getan hat.«

»Wenn sich jemand schämen muss, dann du! Eine Sechzehnjährige, verdammt!«

»Woher hätte ich wissen sollen, wie alt die ist …?«

»Ist etwas nicht in Ordnung?«

Tarmo blickt auf. Die Oberkellnerin ist an seinen Tisch getreten.

»Nein, überhaupt nicht«, sagt Tarmo. »Alles ist, wie es sein soll, he, he.«

Die Frau entfernt sich, Tarmo nimmt einen Schluck aus dem Weinglas und greift wieder nach dem Handy.

»Wo waren wir stehen geblieben?«

»Leia Laine«, sagt der Nerd. »Weiß Leia Laine von dem Video? Oder überhaupt von dem ganzen Krach?«

»Woher soll ich das wissen?«

»Woher du, genau. Du hast ein höllisches Chaos ausgelöst, Tarmo. Du und deine Ratte. Ist übrigens eine schlaue Ratte. Hat kapiert, wann man am besten das sinkende Schiff verlässt.«

»Eine halbe Mille.«

»Halbe Mille was?«

»So viel bekommst du, wenn du mich hier raushaust. Kriegst du das hin?«

31

Ein schrilles Knirschen, wie wenn Metall sich an Metall reibt. Unwillkürlich hält man sich die Ohren zu. Der Bus bremst und stoppt wie vor einer Wand, und Viivi fällt fast vom Sitz.

Die Türen gehen auf. Wieder stinkt es, noch giftiger als zuvor. Die Frauen vorn stehen auf und pressen die Handtaschen an den Körper. Der Fahrer ist in den Gang gekommen und erklärt ihnen mit sprühendem Speichel etwas, das Viivi nicht versteht, er hält einen Feuerlöscher in der Hand. Als die Frauen zur Vordertür eilen, wendet sich der Fahrer Viivi zu und ruft etwas, offensichtlich wütend, weil sie immer noch auf ihrem Platz sitzt.

Viivi springt auf. Im nächsten Augenblick steht sie bereits mit Rucksack und Handy draußen auf dem Asphalt, und die Bustüren gehen jammernd vor ihrer Nase zu.

Nein! Es ist fünfzehn nach. In fünf Minuten muss sie am Hafen sein.

Panisch blickt sie sich um. Sie sind nicht mehr als zwanzig Meter aus den Verschlingungen des Slussen hinausgekommen, und die Frauen rennen dorthin zurück, zur Treppe, die auf die höhere Ebene führt. Der Bus qualmt, der Fahrer geht mit dem Feuerlöscher unterm Arm um ihn herum und spricht dabei pausenlos ins Telefon.

Ich komme zu spät, begreift Viivi. Keine Chance mehr, das

Schiff zu erreichen. Der Typ, der mir Angst gemacht hat, kann zufrieden sein.

Ich muss in Schweden bleiben, genau wie er es befohlen hat. Zu Merja zurückgehen.

Außer dass es nicht geht. Merja arbeitet.

Und ich habe kein Geld für den Bus. Keine einzige Krone mehr.

Mama wird ausrasten. Mia glaubt, dass ich sie absichtlich *gefadet* und verstoßen habe, diesmal endgültig. Und Sebu auch.

Sebu ...

Viivi sucht wie wild in ihrem Gedächtnis nach schwedischen Wörtern, während sie auf den Busfahrer zugeht. Hilfe heißt *hjälp* und Hafen heißt *hamnen*, aber was heißt schnell? Sie kommt aber gerade mal dazu, *hej* zu sagen, als der Fahrer sich schon zu ihr umdreht und ein Wort in einer Sprache ausstößt, die nicht Schwedisch und nicht Englisch ist, sondern etwas, das im Lehrplan finnischer Gesamtschulen und Gymnasien hundertpro nicht vorkommt, und das ist auch gut so, denn etwas Schmeichelndes wird es kaum sein. Der Mann streckt den Arm aus und richtet ihn schräg nach oben, und Viivi rechnet schon fest damit, dass sie gleich eine türkische Version des Hitlergrußes vors Gesicht bekommt, aber aus der Faust löst sich lediglich ein Finger, der Zeigefinger, und er deutet auf die Treppe, auf der die Frauen eben verschwunden sind.

»Taxi.«

»*Tack*«, ruft Viivi und rennt zur Treppe. Sie eilt hinauf und findet sich auf der nächsten, obersten Ebene wieder, da ist tatsächlich ein Taxistand, wo ein Auto mit laufendem Motor steht, die hintere Tür schließt sich gerade. Noch ein paar Meter, dann erreicht Viivi den Griff der Beifahrertür, reißt sie auf und springt in den Wagen, schleudert dem Fahrer die

Wörter *hamnen tack Viking Line hurry please* hin und schlägt die Tür zu.

Sie atmet erst durch, als das Taxi losfährt, schleudert den Rucksack in den Fußraum, schnallt sich an und dreht sich nach hinten um. Und begegnet den weit aufgerissenen Augen der finnischen Frauen.

32

Äußerst aufmerksam kommt die Oberkellnerin erst zurück, als er das Telefonat beendet hat. Sie spitzt die Lippen, schaut ihm bedeutungsvoll in die Augen und nickt, flüstert etwas, das in der Geräuschkulisse untergeht.

Die versucht mich anzumachen, denkt Tarmo zunächst.

»Würden Sie das bitte noch mal etwas lauter sagen? Meine Ohren sind zu, ich höre ein bisschen schlecht.«

»Blut«, sagt die Oberkellnerin. »Da.«

Tarmo betastet seine Stirn, da ist etwas, direkt oberhalb der Augenbraue. Er reibt mit dem Finger. Wo kommt das her? Von der Serviette eben.

»Darf ich?«, sagt die Oberkellnerin. Ohne eine Antwort abzuwarten, nimmt sie die saubere Ecke der Serviette, befeuchtet sie im Wasserglas und reibt den Fleck weg. »So«, sagt sie dann, zufrieden mit dem Ergebnis, und legt die zusammengefaltete Serviette auf den Tisch.

»Kann ich sonst noch etwas für Sie tun?«

»Bringen Sie mir bitte die Rechnung«, sagt Tarmo, auf einmal vollkommen niedergeschlagen. Der Appetit ist dahin, obwohl er sein Steak nicht einmal zur Hälfte vernichtet hat. Die Knoblauchkartoffeln, die er ganz besonders liebt, sind fast unangetastet auf dem Teller kalt geworden. Die Oberkellnerin nickt. Sie nimmt beiläufig das Geschirr vom Tisch und geht davon. Wäre die Situation eine andere, könnte Tarmo ein Weile das geschwungene, anspielungsreich wackelnde Heck bewundern, das von der schwarzen Dienstkleidung noch betont wird, obwohl die Frau älter ist als die, die sonst sein Interesse wecken.

Sie kehrt mit einer dicken Ledermappe zurück, in die sie die Rechnung geschoben hat. Tarmo reicht ihr seine Kreditkarte. Während die Oberkellnerin auf dem Terminal herumtippt, gießt er so viel Wein ins Glas, wie hineinpasst.

»Bringen Sie mir doch noch ein Konjäckchen. Als Nachtisch«, sagt Tarmo. »Falls es noch auf die Rechnung passt.«

»Das geht schon«, sagt die Frau, schaut ihm in die Augen und lächelt.

Nachdem sie gegangen ist, um das Edelgetränk zu holen, trinkt Tarmo mit großen Schlucken den Wein und gießt sich den Rest aus der Flasche ein, bis zum letzten Tropfen.

Zu Hause trinkt er nicht. Nicht einmal sonntags beim Abendessen gönnen Annu und er sich ein Glas Wein, es gibt nur Milch und Buttermilch, wie sonst auch, und das hat nicht nur mit seiner Frau zu tun, die in einem fort stillen muss. Er will nicht, dass seine Kinder das Gleiche sehen und erleben müssen wie er als Kind. Dabei hatte sein Vater keine Ahnung von argentinischen Qualitätsweinen gehabt. Den Kopf kann man sich auch mit Selbstgebranntem durcheinanderbringen.

In seiner Junggesellenbude in der Hauptstadt kippt er dafür umso öfter einen. Wenn er zu Hause anruft, behauptet Annu, sie könne an seiner Stimme hören, ob er getrunken hat. Macht auch darüber ihre Bemerkungen. Obwohl er sich nur zur Entspannung hin und wieder was genehmigt, um an einsamen Abenden den Stress abzubauen.

Damit hat auch alles angefangen, denkt Tarmo, das ganze Tohuwabohu. Mit der Einsamkeit.

Ich bin ein Opfer der Umstände. Weil ich nun mal nicht allein sein kann.

Ich bin kein schlechter Mensch. Ich wollte nichts Böses tun. Und habe es auch nicht getan, obwohl es von allen Seiten Vorwürfe hagelt.

Der Mensch ist unvollkommen, wer ohne Sünde ist, werfe den ersten Stein. Alle tun so, als wären sie besser als ich, dabei heucheln sie bloß und nutzen mich aus.

Auch dem Nerd war am Ende das Geld recht. Alles hat seinen Preis, so ist das.

Immerhin hat er kapiert, dass sie ein gemeinsames Interesse haben.

Die Oberkellnerin kommt mit seinem Getränk zurück. Auch eine frische Serviette bringt sie ihm. Beugt sich ganz dicht zu ihm und flüstert mit vieldeutigem Lächeln, als verriete sie ein Geheimnis:

»Möchten Sie vielleicht einen Blick auf unsere landesweit bekannte Dessertkarte werfen, Herr Minister?«

Ihre Nähe wärmt, sie berührt ihn fast, der Duft ihres Parfums ist mild, aber unglaublich angenehm, Veilchen und andere Blumen, und als Tarmo den Kopf dreht, blickt er tief in den Ausschnitt der Oberkellnerin. Die Titten bieten sich üppig dar, wahrscheinlich von einer modernen Büstenhaltererfindung hochgetrimmt, aber die Haut darüber ist runzlig.

»Vielleicht ein andermal«, sagt Tarmo und tätschelt seinen Bauch. »Meine liebe Frau hat mir eine strenge Diät verordnet. Keine Helsinkier Köstlichkeiten, auch wenn sie noch so süß sind. Aber vielleicht bringen Sie mir noch ein zweites Gläschen, zum Wärmen. Diese Stadt ist so kalt und hart für einen allein lebenden Halbwilden ...«

Die Oberkellnerin kichert, streicht ihren Rock glatt und

dankt diskret, respektvoll und doch freundlich, wie es sich an so einem niveauvollen Ort gehört. Dann geht sie veilchenduftend davon, um ein weiteres Getränk zu holen. Und für einen flüchtigen Moment streift Tarmo die Gewissheit, dass ihm doch nicht der Untergang droht.

Niemand weiß etwas und niemand wird etwas erfahren. Nichts Entsetzliches und Unwiderrufliches ist passiert oder wird passieren. Mithilfe seines Geldbeutels wird er alles überstehen, und der Blutstropfen auf der Stirn kann mit der Serviette weggewischt werden.

33

Das Taxi fährt direkt vor den Eingang. Eine Minute noch bis zur allerletzten Möglichkeit. Wird sie es schaffen? Viivi stößt die Tür auf, schnappt ihren Fjällräven-Rucksack und stürzt ins Terminal. Das Bezahlen überlässt sie den Frauen. Während sie die Rolltreppe hinaufrennt, beruhigt sie ihr schlechtes Gewissen damit, dass die Frauen ohne sie genauso viel für die Fahrt hätten zahlen müssen, und wenn sie vom Fahrer nicht verlangt hätten anzuhalten, um sich über den zusätzlichen Fahrgast zu beschweren – der dasselbe Ziel hatte wie sie –, dann hätten sie eine weitere kostbare Minute gespart.

Die Rolltreppe hoch, zwischen den Geschäften hindurch, eine Biegung nach rechts und – ha! Vor ihr liegen die Türen zu der Röhre, die zum Schiff führt. Sie werden gerade geschlossen, zwei Männer in Uniform stellen Ständer davor, die mit Tauen verbunden sind.

»Ich komme noch mit!«, ruft Viivi, schwenkt die Bordkarte, die sie in vollem Lauf aus der Gesäßtasche ihrer Jeans gezogen hat, und die Männer drehen die Köpfe, um nachzusehen, wer da mit quietschenden Chucks und rumpelndem Rucksack angerannt kommt, wer da sprintet und sich ins Zeug legt wie auf dem Sportplatz.

Vierhundertmeterrennen bei den alljährlichen »Frühlingsspielen« der Schule. In der letzten Kurve geht Viivi Emilia, die Viertklässlerin, jünger als alle anderen Teilnehmer, einen Kopf kleiner und außerdem das einzige Mädchen, in Führung, schiebt sich an dem bis dahin vorn liegenden Mikko aus der Sechsten vorbei, an dem vielversprechenden Fußballer, der inzwischen nicht nur angefangen hat, vor den Lehrern Kraftausdrücke zu benutzen, sondern auch offen in der Pause raucht und vielleicht deshalb nicht mehr in bester Form ist. Die ganze Schule raunt. Am lautesten ertönen die Anfeuerungen von Sportlehrerin Siiri. Siiri glaubt an sie, und die Freude beflügelt sie, es sticht in der Lunge und es brennt in den Muskeln, aber der Schmerz gibt ihr nur noch mehr Kraft, und dann, auf der Hälfte der Zielgeraden, wird ihr ein Knüppel zwischen die Beine geworfen, *geh Scheiße fressen, Negerin*, ruft jemand. Das war Aapo aus der Sechsten, der umringt von seiner Gang am Rand der Laufbahn steht.

Viivi gerät ins Straucheln, taumelt noch ein paar Meter weiter, stolpert dann aber über ihre eigenen Füße, fällt der Länge nach hin und verletzt sich den Knöchel.

Aapo, der sich die Haare abrasiert und Army-Klamotten und Stiefel trägt wie seine großen Brüder, muss nachsitzen und bekommt eine schlechtere Note in Betragen. Außerdem muss er sich bei ihr entschuldigen, als sie mit geschientem Bein in die Schule kommt. Jedenfalls tut er so, weil der Rektor danebensteht. Er tut so, als würde er sich entschuldigen. Man nennt das Schlichtung.

Was für ein Theater. Aapo ist einen Kopf größer als sie und stinkt nach Zigaretten, und sie stirbt fast vor Angst.

Der Knöchel heilt und Aapo wechselt nach den Ferien die Schule, um dort drei Jahre lang andere zu quälen. Viivi läuft bei den nächsten Frühlingsspielen nicht mehr mit. Und bei den übernächsten auch nicht.

Die Sportnote kackt innerhalb von zwei Jahren von zehn auf sechs ab, sie wirkt wie ein Ausrufezeichen zwischen all den Zehnern und Neunern und verleiht ihr eine Art düstere Zufriedenheit. Ihre Mutter wundert sich, wie so etwas möglich ist. Wo sie doch so gut in Form ist und sogar Ballett gemacht hat, bis sie auch das nicht mehr wollte.

Nur im Traum läuft sie noch immer. Dabei hat sie schon den Blutgeschmack im Mund, denn sie weiß, dass gleich ... Gleich ...

Aber da ist Mia! Sie hat tatsächlich auf sie gewartet, »mach schnell!«, ruft sie an der letzten Tür, die noch offen ist, die Männer von der Reederei stehen bereits ungeduldig neben ihrer Absperrung mit dem Tau, und Mia schiebt ihre Karte in das Gerät an der automatischen Sperre, es macht *piep,* und Mia ist auf der anderen Seite. Aber als Viivi ihre Bordkarte in das Gerät schiebt, hört man nichts.

Die Sperre geht nicht auf.

O nein! Sie blickt auf ihre Karte, sie hat einen leichten Knick, denn sie hat den ganzen Tag in der Hosentasche gesteckt, aber es kann nicht sein, dass sie nach allem ausgerechnet hier aussetzt! Es darf einfach nicht sein.

Bekümmert schaut sie auf die Männer der Reederei, und einer von ihnen nimmt die Karte, liest, was darauf steht, mustert daraufhin Viivi streng, und öffnet ihr wortlos die Sperre. Viivi haucht ein Danke und gelangt auf die andere Seite.

Die Männer schließen den letzten Eingang und stellen die Ständer mit dem Tau davor.

Die Erleichterung spült ihr Milchsäure in die Muskeln. Sie hat es geschafft. Sie haben es geschafft!

»Danke«, keucht Viivi. »Dass du gewartet hast.«

»Eine Freundin lässt man nicht im Stich.«

Mia hebt die Hand. *Friends forever! Girl power!* Und sie geben sich einen *High five* und umarmen sich. Das *Lady Gaga Fame,* das sich Mia gestern auf dem Schiff gekauft hat, kitzelt Viivi in der Nase, dass sie niesen muss.

Am besten sagt sie es gleich.

»Und ich bin auch nicht sauer, falls du was mit Sebu hast.«

Mia schaut sie stumm an, die verdattert aufgerissenen Augen von dickem Kajal und künstlichen Wimpern eingerahmt, es ist nicht leicht, vor diesem Blick die Ruhe zu bewahren.

»Ich meine es ernst«, sagt Viivi trotzdem. »Ich will nicht, dass es sich irgendwie auf uns auswirkt, auf dich und mich.«

Mias Antwort bleibt aus, da entsetzliches Geschrei an ihre Ohren dringt. Sie drehen sich um. Die zwei finnischen Frauen, die nicht mehr durch die Absperrung gekommen sind, lassen ihre Wut an dem Angestellten aus, der ihnen den Zugang verwehrt. Als eine von ihnen, und zwar die, die den Taxifahrer aufgefordert hatte anzuhalten und den zusätzlichen Fahrgast rauszuschmeißen, Viivi bemerkt, greift Viivi nach Mias Hand und läuft los.

Ausgelassen vor Freude über ihr Glück, rennen sie durch die Röhre zum Schiff. Sie haben es geschafft und die da nicht!

»Wir machen ein Freundschaftsfoto«, keucht Mia, als sie sich dem Pappgestell nähern, wo sie bei der Hinfahrt fotografiert wurden, aber das Gestell ist bereits zur Seite geräumt worden und der supereifrige Typ mit der Kamera ist nirgendwo zu sehen, nur so ein buckliger Kerl mit Zigarette, der ihnen den Rücken zukehrt, als sie näher kommen.

»Und wir machen trotzdem ein Freundschaftsfoto«, sagt Mia.

Sie packt Viivi an den Schultern und bringt sie in die beste Position, energisch und mit einer bestimmten Vorstellung, wie eine Berufsfotografin, dann drückt sie ihre Wange an Viivis Wange und streckt die Hand mit dem Handy aus.

»Duckface?«

»Duckface!«

Sie spitzen die Lippen und Mia knipst mehrere Bilder. Dann rennen sie weiter.

»Das war übrigens der *creepy* Typ«, keucht Mia.

»Was für ein *creepy* Typ? Wo?«

»Der Mann eben. Der geraucht hat. Der hat mich am Eingang gestalkt. Hoffentlich kommt der nicht an Bord. Sicherheitshalber hab ich ihn gerade mit aufs Bild genommen. Man weiß nie.«

Viivi blickt über die Schulter zurück. Keine Spur von den Frauen aus dem Taxi, man hört sie auch nicht mehr, aber der Mann, den Mia *creepy* nennt, trabt ihnen hinterher.

Sie findet, dass er ganz normal aussieht. Zumindest von hier aus. Groß ist er allerdings.

»Genau und ... so ein Quatsch«, bringt Mia atemlos heraus, während sie sich dem Eingang zu Deck sieben nähern. »Was du da gerade gesagt hast ... über Sebu. Zwischen uns ... läuft nichts ... Auch da bei ABBA ... hat er die ganze Zeit nur ... von dir geredet.«

Jetzt sind sie wohl auf dem Schiff, denn sie sind umgeben von weihnachtlicher Dudelmusik und vielen Leuten und glitzernder Dekoration. Ein menschliches Wesen, das sich als Plüschtier mit großen Augen verkleidet hat, drängt ihnen einen Zettel auf, vielleicht das Bordprogramm, erklärt ihnen etwas von Schinken-Bingo oder Ähnlichem, doch das geht alles an Viivi vorbei. Sie strahlt. Sie strahlt einfach nur.

»Hat er das?«

Mia lacht ihr ins Gesicht. »Und ob!«

Dann schaut Mia an Viivi vorbei und flüstert: »Guck mal. Da geht er.«

»Wer?«

»Schnell. Aber so, dass er es nicht merkt.«

Viivi dreht den Kopf, aber zu spät, der Mann ist schon weiter, verschwindet in einem Gang.

»Ist der nicht *creepy?*«, fragt Mia. »Allein die Tattoos.«

»Doch, ist er«, sagt Viivi. Und strahlt wieder.

Mia schaut sie an und schüttelt den Kopf.

»Man könnte fast neidisch werden ... Du klingelst übrigens.«

»Ich klingle?«

»Dein Handy. Gehst du nicht ran?«

Die ganze Freude ist weg. Viivis Glieder werden bleischwer.

»Nein.«

»Wie, nein?«

Weil Viivi nur den Kopf schüttelt, schnaubt Mia und zieht das Handy aus der Seitentasche von Viivis Rucksack.

»Hier steht nicht, wer das ist, nur die Nummer«, sagt Mia und liest sie vor. »Und wenn es Sebu ist?«

»Sebu hat meine Nummer nicht.«

»Du solltest rangehen. Das kann alles Mögliche sein. Zum Beispiel ein Preisausschreiben, herzlichen Glückwunsch, Sie haben eine Reise nach Miami gewonnen.«

Und bevor Viivi es verhindern kann, hält sich Mia das Handy ans Ohr.

»Hier ist Mia, an Viivis Telefon, wer ist da?«

Viivi schaut Mia entsetzt an. An Mias Gesichtsausdruck erkennt sie sofort, dass keine gewonnene Reise auf sie wartet.

»Die steht neben mir. Aber ich geb sie dir nicht, bevor du mir nicht deinen Namen sagst ... Was heißt hier, ich muss? Ich muss gar nichts ... So brauchst du mir nicht zu kommen. Wenn du mir nicht deinen Namen sagst, redest du mit meiner Freundin kein Wort. Du scheiß Loser, hol dir doch einen runter!«

Mia gibt Viivi das Telefon zurück.

»Gehen wir in die Kabine.«

Viivi traut ihren Ohren nicht.

»Wer war das?«

»Keine Peilung. Irgendein Mann. Los, gehen wir. Wir ziehen uns um und dann suchen wir uns was zu essen. Ich hab Hunger.«

»Was hat er gesagt? Warum hast du ...? Hat er dir gedroht?«

»Er hat nicht gedroht, sondern nur ständig gesagt, gib mir Viivi, gib mir Viivi, geht runter vom Schiff!«

Viivi packt Mia am Arm und hält sie fest. »Er hat gesagt, dass er nicht für die Folgen haftet, wenn er ... *you know.*

»Freak nicht rum. Das war nicht der, sondern bloß irgend so ein Hippie. Vielleicht ein Joke von Taavi und Vili, keine Ahnung. Ein schlechter Joke, vergiss es.«

»Nee, hör zu. Ich hab heute ganz komische SMS und Anrufe gekriegt. Irgendein Mann, wahrscheinlich derselbe wie eben. Und dann eine Journalistin. Die wusste auch davon ... Mensch, Mia! Ich hab Angst. Im Ernst. Was soll ich tun? Was soll ich nur tun!«

»Gib mir mal dein Telefon. Gib's schon her!«

Da Viivi nicht gehorcht, packt Mia sie am Handgelenk und nimmt ihr das Handy ab.

»Als Erstes machen wir mal so.«

Sie schaltet das Gerät aus und gibt es Viivi zurück.

»*Problem solved, part one.* Jetzt rufen keine anonymen Wichser mehr an und auch sonst niemand. Das Schiff läuft morgen früh um zehn in den Hafen ein, bis dahin haben wir Zeit, uns zu überlegen, was wir machen. Komm, wir gehen. Ich hab Schokolade, du kriegst was ab. Und, hey – lass uns Sebu suchen. Und ihm erzählen, wie die Lage ist.«

»Bestimmt nicht.«

»Bestimmt.«

»Nein!«

»Dann eben nicht.«

Mia schaut sie an, als wollte sie eigentlich was anderes sagen, sagt aber nichts. Viivi schluchzt. »Alles ist verkackt.«

»Wenn du die Schokolade gegessen hast, geht's dir besser. Toblerone, mjam. Meine Mama sagt, dass Toblerone immer gegen Kummer hilft. Ist eine alte russische Volksweisheit.«

Viivi kann nicht einmal lächeln.

»Ich esse keine Schokolade. Ich trainiere.«

Mia sieht aus, als würde sie ihre Freundin am liebsten schütteln. »Jesus, hör auf so rumzuangsten. Du bist nicht allein.«

Als Mia weitergeht, folgt Viivi ihr möglichst widerspenstig.

»Wohin bist du überhaupt abgehauen? Ich hab dir *so* hinterhergeweint.«

Im engen Gang auf Deck fünf müssen sie sich dicht an den vertrauten Gesichtern vorbeidrängen, und das geht diesmal nicht ohne eine kühle Bemerkung von Mari ab, die Überflüssigste der Welt. Sippe und Ella, die anderen Mitglieder des Trios, lauern gierig daneben.

»Besorg dir ein eigenes Leben«, sagt Mia. »Heute im Angebot, drei zum Preis für zwei.«

»*Oh my god*«, miaut Mari. »Die meint uns.«

Als sie um die Ecke sind, hält Viivi Mia an und umarmt sie noch einmal.

»Danke. Dass du meine Freundin bist.«

»Schon gut, du.«

34

Das war eine Bombe. Myriam Navoko – Viivi Laine.

Wie gesagt, die Laine-Frauen sind immer für Überraschungen gut.

Ärger bringt einen nicht um, zehrt aber an den Nerven. Valtti Nyman ist ihm schon zum zweiten Mal einen Schritt voraus.

Am meisten ist er aber von sich selbst enttäuscht. Er hat den primitivsten aller Fehler begangen, hat mit Scheuklappen den erstbesten Weg genommen, der sich vor ihm auftat, und war auf Leia fixiert gewesen, auf seine Leia, und ihren Spuren gefolgt wie ein lechzender Köter.

Er hielt die Sechzehnjährige bloß für eine Mittelsperson, die man benutzen kann, um Druck auf ihre Mutter auszuüben, nicht für eine aktive Spielerin. Für eine vollwertige, mit eigenem Willen, die ihre eigenen Interessen, Mittel und Fähigkeiten besitzt.

Und die natürlich Zugang zum Computer ihrer Mutter hat.

Aber warum hat sich Viivi, das handfeste Hip-Hop-Mädchen mit Grips, auf so etwas eingelassen? Warum hat sie gezielt den intimen digitalen Kontakt mit dem Minister gesucht? Aus finanziellen Gründen? Um sich mit Internetsex Geld für Make-up und Markenjeans zu verdienen, weil das mickrige Taschengeld von ihrer alleinerziehenden Mutter dafür nicht reicht?

Oder will sie Öffentlichkeit? Träumt sie von einer Karriere in der Boulevardpresse als heimliche Geliebte des Ministers? Und wenn es mit der Karriere aus irgendeinem Grund nicht klappt, erpresst sie den armen Mann, indem sie ihm droht, das Video publik zu machen?

Es könnte auch sein, dass es sich bei dem Videochat, der

die ganze Ereigniskette in Gang gesetzt hat, bloß um einen Teenagerstreich gehandelt hat, der aus dem Ruder geraten ist. Beyoncé als Profilfoto einer Studentin aus Sambia – zumindest das könnte eine Art ironischer Scherz sein, der zum Erstaunen der Sechzehnjährigen bei dem dreimal so alten, von der aktuellen Popkultur um Lichtjahre entfernten Provinzminister voll durchgeht.

Und es gibt eine weitere Möglichkeit. Indem sie sich genau unter diesen Umständen und genau in der aktuellen Situation gerade mit diesem Mann abgibt, dessen Wort von Gewicht sein wird, wenn es um die Genehmigung von ProMen geht, kann Viivi vielleicht versuchen, etwas für das Projekt ihrer Mutter zu tun.

Oder es zu sabotieren. Schwer zu sagen. Sicher ist nur, dass auch er hier völlig die Kontrolle über die Lage verloren hat, obwohl er sich die Finger auf der Tastatur weich gehackt hat.

Er hat getan, was er konnte.

Sicherheitsmaßnahme eins: verhindern, dass Tero Rämättö auf die *MS Gabriella* kommt.

Zu diesem Zweck hat er Rämättö von der Passagierliste genommen – zu spät, denn der Mann war bereits an Bord gegangen oder hatte zumindest den Punkt passiert, wo die Tickets kontrolliert wurden.

Sicherheitsmaßnahme zwei: verhindern, dass Viivi Laine das Schiff betritt.

Auch ihr Ticket hat er annulliert, und zwar definitiv in der Phase, als sie laut Standortinformation noch auf dem Weg zum Hafen war, fast einen Kilometer davon entfernt. Viivi hätte auf keinen Fall aufs Schiff kommen dürfen. Aber dort ist sie jetzt. Denn als *Sicherheitsmaßnahme drei* an der Reihe war: anrufen und sich vergewissern, dass Viivi in Sicherheit ist, meldete sich eine junge Tussi mit strenger Stimme, die Viivi das Handy nicht geben wollte, obwohl er es verlangt hat, obwohl er sie anfuhr: Es ist ernst, kapier das endlich! Wenn du deine Freundin schützen willst, tust du jetzt, was ich sage.

Sie tat es nicht. *Scheiß Loser,* hat sie gesagt, und kurz bevor sie das Telefon abgeschaltet hat, hörte er im Hintergrund die Ansage: *Verehrte Passagiere, herzlich willkommen zur Fahrt nach Helsinki ...*

Das Schiff hat abgelegt. Und als er es erneut versucht, kommt die Antwort: *Der Teilnehmer ist derzeit nicht erreichbar.*

Viivis und Tero Rämättös gemeinsame, sechzehneinhalbstündige Fahrt übers finstere Meer hat begonnen.

Was könnte er noch versuchen? Viivi eine warnende SMS schicken. Sie muss verstehen, dass das hier alles andere als ein Spiel ist. Der Reederei im Namen der Polizei Post zukommen lassen, sie darüber unterrichten, dass auf der *MS Gabriella* ein als gefährlich eingestufter Verbrecher ohne Ticket mitfährt, nach dem gefahndet wird und der bis zur Ankunft im Hafen in eine Schiffszelle gesperrt werden muss.

Rämättö anrufen, ihn immer wieder anrufen, auch wenn er nicht weiß, was er dem Vergewaltiger, Freiheitsberauber und Körperverletzer mit Todesfolge letztlich eigentlich sagen soll, falls er sich meldet. Aber Rämättö reagiert nicht, auf keinen einzigen seiner zig Anrufe, und er ahnt auch den Grund: Das Telefon ist einzig und allein zur Kontaktaufnahme mit Valtti Nyman bestimmt.

Und dann tutet es nicht einmal mehr. Kein Empfang. Das Schiff ist zu weit draußen. Von jetzt an läuft der Nachrichtenverkehr über Satellit.

Von jetzt an kann man nur noch abwarten.

Der Bug schneidet mit gewaltiger, unaufhaltsamer Kraft in die Wasseroberfläche. Zwar beträgt die Höchstgeschwindigkeit des Schiffes nur 21,5 Knoten, also 39 km/h, doch es verfügt über 35 285 Bruttoregistertonnen und eine Maschinenleistung von 23 780 kW. In vollkommener Dunkelheit stampft die *MS Gabriella* voran. Der Wind ist böig, aber nicht so stark wie letzte Nacht, die durchschnittliche Windgeschwindigkeit liegt bei 14 m/s. Als Wellenhöhe sind heute 1,5 bis 2,0 Meter zu verzeichnen, einzelne Wellen maximal 6,5 Meter, die Oberflächentemperatur des Wassers beträgt 3,5 Grad Celsius. Die *MS Gabriella* hat einen Tiefgang von 6,25 Metern, die Heckwelle schließt sich erst nach Hunderten von Metern, während das Schiff unaufhaltsam dem Abend, der Nacht und dem in weiter Ferne wartenden neuen Morgen entgegenfährt.

An Land scheint alles stillzustehen.

Es ist bereits acht Uhr am Abend, aber Leia befindet sich in einem nördlichen Wohnviertel von Helsinki weiterhin in ihrem persönlichen Funkloch. Kein Lebenszeichen von ihr, seit Stunden. Er muss sie mit seinen Buh!-Effekten letzte Nacht und mit seinen kleinen Streichen von heute gründlich ermüdet haben – was er jetzt bereut.

Auch Valtti Nyman hält still. In einer Zeit, in der es unmöglich ist, sich vor jemandem zu verstecken, der einen wirklich erreichen will, ist es Valtti Nyman gelungen, den technischen Fühlern komplett zu entkommen. Alle Maßnahmen, die das Verbergen erschweren und eine mögliche Flucht behindern könnten, sind ausgeschöpft. Von der Girokarte bis zu den Kreditkarten, vom Führerschein bis zum Pass hat er alles, was an Karten da ist, eingefroren. Er hat die neunzehn Euro fünfzig, die auf der Zeitkarte geladen waren, entfernt und im Anmerkungsbereich der Kundenkarten verschiedener Handelsketten die Begriffe »Zahlungsstörung« und »schlechte Kreditauskunft« eingetragen. Außerdem hat er in den offiziellen Registern das Geschlecht geändert und aus dem Macker eine Mackerin gemacht, indem er sich am Heiligsten vergriffen hat, am vierstelligen letzten Teil des Personenkennzeichens. Nur um die Wahrscheinlichkeit zu maximieren, hat er auch die Zugangserlaubnis des Mannes zu Parlament und Ministerium annulliert. Und obwohl der Wagen der Firma, die unterm Ladentisch mit praktischen Lösungen handelt, ein ganz braver Toyota Avensis, Baujahr 2005, laut Navidaten heute noch gar nicht von der Adresse bei Bruder Valdo wegbewegt wurde – einer Reihenhausgegend im Stadtteil Puotila –, hat er ihn als gestohlen gemeldet. Er zieht in Erwägung, der Polizei eine Fahndung nach Valtti und einen dringenden Haftbefehl unterzujubeln, doch es erweist sich als überraschend schwierig, eine passende Deliktbezeichnung zu finden.

Außerdem wäre der Minister bei Nymans Festnahme verschwunden – und für ihn gleichzeitig eine halbe Million.

Fünfhunderttausend Euro. Für den Preis würde er auch seine Großmutter verkaufen, falls er noch eine hätte. Es wäre interessant gewesen, auszutesten, ob Häkkilä auch diesen Jackpot noch einmal verdoppelt hätte.

Auf welcher Seite steht er letztendlich? Ist er bereit, seine hehren Prinzipien zu verkaufen, nachdem er sie gerade erst gefunden hat, auch wenn das Honorar eine ganz andere Kategorie ist als zu Beginn? Er weiß es nicht. Er weiß nur, worauf er hinauswill: Valtti Nyman muss gestoppt werden. Tero Rämättö muss gestoppt werden. Die Verbrecher dürfen nicht an Viivi und an Viivis Telefon herankommen.

Er wird sich das Video holen. Er, Land-0. Was er damit anfängt, entscheidet er später. Wenn es so weit ist. Wenn er das Video in seinem Besitz hat.

35

Eine Trommel. Gedämpft, zurückhaltend, mit vertrautem Rhythmus. Die Augen sehen in der Dunkelheit nichts, aber die Ohren erkennen es und erwarten ihn bereits: den kleinen dahinplätschernden Bach der Querflöte.

Bald gesellt sich ein drittes Instrument hinzu. Eine Klarinette.

Leia öffnet die Augen, aber sie sind voller Sand. Das Bett schaukelt. Sie schließt die Augen und versucht wieder einzuschlafen, aber die Musik läuft weiter, ihr Volumen nimmt zu und sie wird immer intensiver und pompöser in der Wiederholung, wie es für den Boléro typisch ist. Weitere Instrumente kommen hinzu. Eine Oboe und eins, das gezupft wird, eine Gitarre oder vielleicht doch eine Harfe, und jetzt auch – eine Trompete?

Und dann bricht es ab.

Die Augen gehen auf.

Das Samsung. Aber es ist doch heruntergefallen, es ging verloren.

Es wurde gesucht und nicht gefunden.

Leia liegt regungslos da, eine Ecke der Bettdecke an die Brust gedrückt. Es ist dunkel, man hört nichts mehr, nur das Heulen des Windes draußen.

Es ist, als würden die Wände langsam auf sie zukommen, um sie zu erdrücken.

»I-ist da ... jemand?«

Niemand antwortet.

Es rauscht in den Ohren. Hier ist niemand, denkt Leia.

Ich bin allein zu Hause. Viivi ist in Schweden. Der Boléro hat nur in meinem Kopf gespielt.

Ich werde verrückt.

Die eine Hälfte des Körpers ist von den Zehen bis fast zur Hüfte hinauf taub. Die linke Hälfte. Das Bein lässt sich nicht anwinkeln, nicht bewegen. Sie ist gelähmt. Oder hat einen Anfall gehabt. Die Vorstellung löst keine so große Beklemmung aus, wie man glauben könnte.

Immerhin gehorcht die linke Hand. Sie streckt sich nach dem Couchtisch aus, die Finger tasten auf der Tischplatte herum, bis sie einen kleinen, eckigen Gegenstand aus Plastik zu fassen bekommen.

Das Nokia.

Was hatte sie eigentlich erwartet?

Die Uhr zeigt die Ziffern 20:15. Kann das stimmen? Viertel nach acht? Es ist bereits Abend. Das erklärt wenigstens etwas: die Dunkelheit.

Leia sucht an der Rückenlehne der Couch Halt und bringt sich steif und mit viel Mühe in eine Sitzposition, erreicht den Schalter an der Wand und knipst die Deckenlampe an.

Sie schlägt die Decke zurück. Das linke Bein, weiß eingegipst von den Zehen bis zur Leiste, liegt gerade und nutzlos da, auf einem Kissen hochgelegt.

Sie blickt bestürzt darauf. Auf den Gips.

Das Eingipsen. Der Schmerz. Der Sturz.

Das Kreuzverhör bei Sanni Tähtimö. Die Zunge des Pförtners. Die Beschimpfungen als Hure per SMS. Die Karten, die nicht funktionierten, die Karte die durchgeschnitten wurde – ein Erinnerungsbild nach dem anderen kommt ihr in den Sinn.

Dazwischen dennoch Lücken so groß wie Pferde. Oder wie Elefanten. Sie weiß nicht einmal mehr, wie sie ins Bett gekrochen ist. Aber gut, dass sie es getan hat. Sie hat sogar mehrere Stunden geschlafen. Und auch wenn sich der Körper anfühlt, als wäre er unter eine Dampfwalze geraten, ist ihr Zustand eigentlich nicht unerträglich. Sie sieht es eher objektiv, konstatierend. Die Medikamente scheinen weiterhin zu wirken. Gut so.

Auf dem Tisch ein Wasserglas. Ein Buch. Die Fernbedienung. Der Laptop.

Wieder fällt ihr ein Erinnerungsbild ein, seltsam, verzerrt. Licht. Blaues Licht. Und Viivi.

Sie redete mit ihr, sagte: Leia. War das der Computer, der da sprach? Nein, so etwas gibt es nicht. Jemand anders hat zu ihr gesprochen, über den Computer.

Das Fenster zum Hof, erinnert sich Leia. Sie richtet den Blick aufs Fenster. Die Vorhänge sind nicht zugezogen.

Ein Windstoß bringt das Balkonglas zum Zittern. Zuerst macht es wouw, wouw, wouw, dann scheppert es wie bei einem Gewitter.

Plötzlich kehrt Stille ein, überraschend abrupt und tief und nur kurz.

Man hört ein Geräusch im Flur. Dann ein zweites.

Auch in dieser Gegend wird eingebrochen, hat die Sicherheitsfirma sie gewarnt, auf deren E-Mail-Verteiler sie geraten ist. Die Einbrecher sind dreist, dringen sogar am helllichten Tag in die Wohnungen ein. O ja, an diese Reklamemail kann sich Leia noch sehr gut erinnern.

Mit einem herkömmlichen Brecheisen aus dem Baumarkt macht ein Profi eine Tür innerhalb weniger Sekunden auf, auch wenn sie abgeschlossen ist. Danach dauert es keine fünf Minuten, bis alles zusammengerafft ist, was wertvoll ist und sich leicht zu Geld machen lässt: technische Geräte, Medikamente und Spirituosen für den Straßenverkauf und natürlich Bargeld, Schmuck und Edelmetalle – was ein Einbrecher bei ihr allerdings vergeblich suchen würde. So etwas besitzt sie nicht.

Weder Türspion noch eine massive Kette an der Tür reichen

aus, um einen Einbruch zu vereiteln. Sie behindern ihn nicht einmal unbedingt, hatte die Sicherheitsfirma erklärt, die zwei Wochen zuvor genau solche Türketten angeboten hatte. Man soll sein Eigentum, seine Angehörigen und sich selbst zusätzlich durch sachgerechte Kameraüberwachung schützen. Das 24-Stunden-Dienst-Paket enthält Installation, Updates, die Möglichkeit zur Selbstüberwachung aus der Ferne übers Internet und einen monatlichen Kontrollbesuch durch einen Wachmann. Der Preis wird in der Reklamemail nicht genannt.

Man hätte sich vielleicht danach erkundigen sollen.

Kalte Schauer laufen ihr über den Rücken wie eine Reihe von Mäusen. Manchmal schlagen die Diebe zu, ohne zu wissen oder ohne sich darum zu scheren, ob jemand zu Hause ist oder nicht, erinnert sich Leia. Am Morgen wacht der Bewohner dann von einem Luftzug auf und findet seine Wohnungstür sperrangelweit offen vor.

Es ist sogar schon vorgekommen, dass die Schurken zu ihrem Räumungsbesuch kamen, während die Bewohner im Nebenzimmer friedlich fernsahen …

Die Krücken warten neben dem Bett.

Ripsa hat die Zwischentür offen gelassen, als sie ging, darum sieht man es schon vom anderen Ende des Ganges aus: Direkt vor der Haustür, unter der Briefklappe, liegt ein kleines Bündel. Kaum größer als eine Faust.

Etwas – Totes. Eine tote Maus? Oder gar eine Ratte?

Sofort macht sich ein Brechreiz bemerkbar. Der Atem stockt, die Kehle schnürt sich zusammen, die Luftröhre schließt sich.

Ein Herz in einem Tiefkühlbeutel, mit dem eigenen Namen beschriftet. *Vielleicht von einem Schwein.*

Zum Erbrechen kommt es dann doch nicht, es steigt nicht einmal Magensäure in den Mund. Nachdem sie kurz durchgeatmet hat, humpelt Leia weiter zur Tür. Falls davor ein

Einbrecher steht, hört er sie mit Sicherheit, ihr Ächzen und Schnaufen, das Pochen der Krücken, das dumpfe Auftreten des gesunden Fußes.

Noch nie ist ihr der sieben oder höchstens acht Meter lange Flur so lang vorgekommen.

Als sie die Tür erreicht hat, steht sie vor einem neuen Problem: wie das Bündel, auf einem Bein balancierend, vom Fußboden aufheben? Wenn sie dabei hinfällt, weiß sie nicht, wie sie wieder hochkommen soll.

Leia nimmt beide Krücken in die linke Hand, holt Atem, spannt die Bauchmuskeln an und neigt sich nach vorn, während sie mit dem nach hinten ausgestreckten Gipsbein das Gleichgewicht hält, als würde sie in der Pilates-Stunde die Waage machen. Aber ob es nun von den Medikamenten kommt, die für weiche Knie und schwächere Muskelkoordination sorgen, oder daher, dass ihr Bein mehrere Kilo Zusatzgewicht hat, jedenfalls kann sie die Balance nicht halten. Die Krücken fallen scheppernd zu Boden, und als sie versucht, sich an der Wand abzustützen, rutscht der Teppich unter ihr weg. Wie in Zeitlupe sinkt sie nieder, schafft es aber, den Gips vor einem harten Aufprall zu bewahren.

Nachdem sich der Schmerz gelegt hat, versucht sie sich hinzusetzen. Sie lehnt sich mit dem Rücken an die Wand, streckt das rechte Bein neben dem Gipsbein aus und atmet mehrmals tief durch.

Dann nimmt sie das Bündel in die Hand.

Es ist in mehreren Plastikschichten eingepackt, in Luftpolsterfolie, die Viivi als kleines Kind Plop-Plastik nannte, und darum herum ist braunes Klebeband gewickelt worden.

Obwohl auf dem Päckchen kein Name steht, weiß sie, dass es für sie bestimmt ist.

Und plötzlich weiß sie auch, was es enthält.

Sie reißt Klebeband und Plastik herunter, nimmt in ihrer

Aufregung die Fingernägel zu Hilfe, auch die Zähne – und da ist es. Es ruht so funkelnagelneu auf ihrer Handfläche wie zuvor. Unbefleckt und silbern glänzend und, was am erstaunlichsten ist – unversehrt. Und allem Anschein nach funktionstüchtig, denn an der unteren Ecke blinkt das Lämpchen.

Sie ist also nicht verrückt. Der Boléro wurde vorhin tatsächlich gespielt.

Leia drückt einen Kuss aufs Display. Ihr Samsung ist heimgekehrt! Und wie durch ein Wunder hat es die Landung auf dem Asphalt ohne Verletzung überlebt, im Gegensatz zu ihr.

Jari hat tatsächlich getan, was er versprochen hat, und die Suche fortgesetzt, nachdem er sie ins Krankenhaus gebracht hatte. Dass es solche Menschen noch gibt, denkt Leia. So freundlich, hilfsbereit, uneigennützig. Er hätte wenigstens läuten können, als er das Telefon gebracht hat, dann hätte ich mich bei ihm bedanken können.

Oder wer weiß, vielleicht hat er ja geläutet. So fest, wie ich geschlafen habe. Diese Medikamente, huh ...

Ich werde ihn für alles entschädigen, beschließt Leia. Ich lade ihn zum Kaffee ein. Und biete ihm natürlich auch Geld an, als Lohn für seine Mühe. Obwohl er es kaum annehmen wird, er als Jurist mit gutem Einkommen. Aber Kaffee und – ich könnte einen Apfelkuchen backen.

Das Display des Samsung spiegelt ein Lächeln wider, das zum Glück niemand sieht. Vor allem Ripsa nicht. Oder Jari. Der durchaus der Anrufer von eben gewesen sein kann, begreift Leia und tippt hastig den Code ein.

Schade, die Daten des Anrufers sind nicht gespeichert worden. Aber neue SMS sind eingegangen, ganze elf Stück.

Leia öffnet die erste. Sie ist gleich um neun Uhr am Morgen geschickt worden.

Guten Morgen, Leia!! Wir haben einen ganz schönen Medienrummel ausgelöst, was? Unsere Website ist zum ersten Mal wegen zu vieler Besucher zusammengestürzt (kann die Besucherzahl tatsächlich zu groß sein?!), und in beiden Bullis stehen Scoops. Good job! Genieße es!!! Sanni Tähtimö

Bullis? Sie meint wahrscheinlich die Boulevardblätter.

Hallöchen! Ich hab versucht anzurufen, wegen eines Artikels. Ist Ihr Telefon wieder mal ausgeschaltet? Ich versuche es in Bälde wieder, LG AS/AZ.

Anjuska Saneris Nachricht – an diesen Namen kann sie sich nur zu gut erinnern! – ist vor zehn Uhr eingegangen, ebenso die folgende Bitte um ein Interview, um einiges sachlicher: *Teilnahme am Themenabend »Käuflicher Sex« des TV-Magazins »A-Studio« in zwei Wochen.*

Danke für die Einladung, ich werde kommen.

Genau um zehn Uhr finnischer Zeit ist eine Nachricht aus Schweden eingetroffen.

Wir sind jetzt da, alles immer noch ok.

Die nächste Nachricht ist eine halbe Stunde später geschickt worden: *Wär schon schön, wenn du bestätigen würdest, dass du meine SMS gekriegt hast, wo du so darauf bestanden hast.*

Und wenig später die dritte: *Ist alles ok? Warum gehst du nicht ans Telefon?*

Viivi hat sich tatsächlich Sorgen um sie gemacht. Kein Wunder, dass das Mädchen unwirsch reagierte, als sie am Ende sogar anrief.

Auch Markku hat sich offensichtlich nach zehn vom Büro aus gemeldet. Eine SMS hat er um 10:41 Uhr geschickt. Er weiß, wie außergewöhnlich es ist, dass sie zu spät kommt. Normalerweise ist sie immer zu früh da.

Ist was passiert?

Markku wollte doch herkommen, fällt Leia plötzlich ein. Es war aber nichts von ihm zu sehen und zu hören gewesen. Vielleicht bin ich in Wirklichkeit von der Türglocke aufgewacht.

Oder seine Chefin hat ihn nicht gelassen.

Die nächste Nachricht ist dann wieder kurz, dafür um so prägnanter.

Hure

Sie ist um 20:10 Uhr eingegangen, erst vor einer Viertelstunde. Jetzt habe ich eine mehr, die ich Markku zeigen kann, denkt Leia. Falls er es je hierher schafft. Die nächsten drei SMS gehören zur gleichen Serie: absolut punktlos und im Abstand von wenigen Minuten gesendet. In mittlerweile schon bekannten Formulierungen wird der Hure vorgeworfen, einerseits mit ihrer Gunst zu geizen und es andererseits mit jedem Dahergelaufenen zu treiben. Außerdem wird geschildert, mit welchen sadistisch-pornografischen Methoden die Hure diesmal in die Zucht und Vermahnung des Herrn genommen wird.

Die *ambivalente Imbezilität und innere Widersprüchlichkeit* der Nachrichten – Leia ist zufrieden über das von ihr erfundene Begriffspaar – könnte psychologisch und soziologisch gesehen interessant sein. *Klarer Ausdruck für eine noch immer vorherrschende frauenfeindliche Mentalität, auch im sprachlichen Geschlechterparadigma, das die gesellschaftlichen Werte auf Mikroebene in Form von Texten spiegelt.* Die Distanzierung funktioniert jedoch nicht besonders gut, wenn man im kalten Flur allein auf dem Fußboden hockt, bloß in T-Shirt, Unterhose und einem meterlangen Gips. In dieser Lage, unfähig, aufzuspringen und die Faust zu schütteln oder notfalls zu fliehen, ist man sich extrem der Tatsache bewusst, dass sich alle diese Schmähungen, Vorwürfe und Drohungen tatsächlich auf einen selbst richten, auch wenn sie unbegründet und ohne Sinn und Verstand daherkommen.

Außerdem drückt die Blase.

Die nächste Frage lautet daher: Wie komme ich hoch? Und die Antwort: nicht so leicht. Leia muss über das rechte Bein hinweg auf alle viere gehen, sich mit beiden Händen am Boden abstützen und sich dann langsam nach oben drücken. Das Telefon lässt sie lieber auf dem Boden liegen, damit sie sich konzentrieren kann, vor allem auf den linken Fuß, dessen Zehen so schnell dunkel werden wie reifende Pflaumen. Als sie schließlich den Slip ausgezogen und sich auf die Kloschüssel gehievt hat, wobei es ihr sogar gelungen ist, das abstehende Bein komplett ins Bad hereinzuziehen, damit das Geschäft nicht bei offener Tür erledigt werden muss, fließt der Schweiß bereits in Strömen.

Wenn man sich physisch erleichtert hat, funktioniert auch das Denken wieder. Ein kleines Detail lässt ihr keine Ruhe: Als sie auf dem Parkplatz mit Jaris iPhone ihre eigene Nummer angerufen hat, klingelte es nicht. Und dann wurde der Anschluss ja auch gesperrt.

Der Kundenservice des Anbieters hat versprochen, eine neue SIM-Karte zu schicken. Als Eilsendung und trotzdem erst am Montag.

Obwohl ihr viele Einzelheiten der jüngsten Ereignisse noch immer etwas unklar sind, ist sie sich dieser Tatsache so sicher, wie man sich einer Sache eben noch sicher sein kann.

Es gibt dafür nur eine Erklärung, denkt Leia: Jari.

Jari muss für sie beim Anbieter angerufen und darum gebeten haben, den Anschluss wieder freizuschalten und das Sperren der alten sowie die Bestellung der neuen SIM-Karte rückgängig zu machen.

Jari kennt ihren Operator, weil die Daten natürlich in seinem Log gespeichert wurden, als sie dort anrief.

Aber etwas stört sie an der Erklärung. Der Umstand, dass ... na ja. Vielleicht hätte Jari warten und sie zuerst um Erlaubnis bitten können. Sie ist ein selbstständiger Mensch, gewohnt, ihre Angelegenheiten selbst zu regeln. Und das eigene Handy ist doch etwas sehr – Persönliches.

Vielleicht haben sie einfach unterschiedliche Auffassungen über die Grenzen der Privatsphäre. Ihr Telefon enthält zwar keine Geheimnisse, trotzdem ist die Vorstellung, dass Jari es sich vor der Rückgabe genauer angesehen haben könnte, unangenehm. Denn er hat es entsperrt. Er hat den richtigen PIN-Code eingetippt, also irgendwie ihr Geburtsdatum herausgefunden. Und was ist mit dem Sicherheitscode? Vier Nullen, die Werkseinstellung. Viivi hat sie gewarnt und gesagt, den müsse sie ändern. Jari muss auch den erraten haben.

Das Handy ist so neu, dass zum Beispiel keine irrsinnigen Mengen Fotos darauf sind, ein paar Selfies aber doch. Nicht auf allen sieht sie vernünftig aus. Und die unscharfen Bilder vom Nudelauflauf, vom Papierstapel auf dem Schreibtisch und von den Regenwolken vorm Balkon, die sie für die Fotos-aus-dem-Alltag-Challenge gemacht hat, zu der sie von Ripsa auf Facebook herausgefordert wurde ... Was für ein ödes Bild ihres Lebens diese Fotos wohl vermitteln? Was für eine Seite von ihr zeigen sie? Bestimmt eine erschütternd uninteressante. Eine allzu wahrheitsgemäße.

Vielleicht hat Jari die Bilder durchgesehen und sie deswegen nicht antreffen wollen, als er das Handy zurückbrachte? Und dem Päckchen auch keine Nachricht beigelegt. Nicht das kleinste Zettelchen. Eigentlich schon ein bisschen unhöflich, wenn man es genau bedenkt.

Was enthält das Handy außer Fotos noch? Leia versucht sich zu erinnern. Textmitteilungen auf jeden Fall. Die mit der Arbeit zu tun haben, mit Viivi. Welche von Markku, welche von Ripsa. Vor allem von Ripsa, von Sanni Tähtimö und –

Vom Punktlosen.

»O nein.«

Was denkt er jetzt von ihr! Leia stöhnt laut auf. Es ist so gemein, so gemein ... Auch wenn sie sich über so etwas nicht grämen sollte, gerade sie, die demnächst mit Kunden genau dieses … Berufsstandes arbeiten wird. Was soll das werden, wenn sie so leicht die Fassung verliert? Zumindest sollte sie in der Lage sein, auf derartige Beschimpfungen besonnen zu reagieren …

Sie horcht auf. Die Haustür unten schließt sich, man hört Schritte, jemand kommt die Treppe herauf.

Die Theologin ist das nicht, auch nicht Fridas Enkeltochter. Es ist ein Mann. Markku?

Nein. Markku ist kräftig gebaut, richtig schwer. Wenn man den Kollegen in seiner lebendigen Art vor sich sieht, nimmt man es nicht wahr, aber wenn man ihn nur hört, fällt es einem auf.

Einer, der Reklame austrägt? Ein Staubsaugervertreter? Vor zwei Jahren waren die Zeugen Jehovas mit ihren paradiesischen Zeitschriften eine Plage gewesen, und im Sommer verkaufte ein Mann, der taubstumm war oder so tat, Tier- und Landschaftszeichnungen, wie Viivi sie schon in der Grundschule besser hinbekam. Leia kaufte eine Kohlezeichnung, die ein Reh darstellte, und zahlte dafür mehr, als der Mann verlangt hatte. Und warf sie wenig später in kleinen Schnipseln in den Müll, bevor Viivi nach Hause kam. Bei näherer Betrachtung hatte sie sich als Fotokopie erwiesen.

Leia wartet mucksmäuschenstill ab. Bestimmt klappert gleich die Briefklappe, und es flattert wieder einmal Reklame für ein Auto- oder Möbelhaus herein, oder die Speisekarte einer Pizzeria im Einkaufszentrum. Oder aber der Ankömmling steckt den Schlüssel ins Schloss des leer stehenden Apartments nebenan.

Beide Vermutungen sind falsch. Leia schreit beinahe auf vor Schreck, als die Türklingel losschmettert. Ihre Türklingel.

Das ist er, denkt sie. Der Punktlose. Jetzt ist er da.

Sie stemmt sich hoch und humpelt so leise wie möglich vom Bad in den Flur. O nein. Die Sicherheitskette hängt herunter. Nachdem Ripsa gegangen ist, ist sie nicht mehr vorgelegt worden.

Handy und Krücken liegen auf dem Boden.

Unter dem Gummi befindet sich ein Dorn, fällt Leia ein. Notfalls kann ich ... damit zustechen.

Ihr graut allein bei dem Gedanken.

Sie sucht Halt an der Wand und bückt sich. Das Handy ist wieder in den gesperrten Zustand zurückgekehrt. Sie tippt den Code ein. Die Finger sind verschwitzt, rutschen aus. Erst der dritte Versuch gelingt, doch da geht mit einem Knall die Briefklappe auf und Leia kreischt laut.

»Leia«, ruft eine Männerstimme. »Mach auf. Ich bin's.«

36

Um ein Haar wäre er ausgerutscht. Ein leichter Fluch kommt ihm über die Lippen. Es ist glatt.

Wieder einmal ist es ausgeartet, obwohl es nicht beabsichtigt war, der eine Kurze wuchs sich zu einer Serie von sieben Brüdern aus. Die dann auch noch Schwestern bekamen. Bekannte und vage Bekannte und neue Bekannte kamen von der Bar herüber an seinen Tisch, klopften ihm auf die Schulter, redeten über Politik und gaben neue Runden aus. Dabei dürfte auch die Lautstärke über das übliche Maß hinausgegangen sein, denn ringsum leerten sich nach und nach die Tische. Und dann kam der Augenblick der Wahrheit: Die Oberkellnerin tippte ihn an, nach Veilchen duftend, aber mit gerunzelter Stirn, redete flüsternd auf ihn ein, half ihm auf die Beine und führte ihn freundlich, aber bestimmt zur Garderobe, und an der Garderobe half man ihm in den Mantel, öffnete die Tür und wünschte dem Herrn Minister einen sicheren Heimweg und noch einen angenehmen Abend.

Vor der Hofeinfahrt seines Hauses kniet eine dunkel gekleidete Gestalt auf einem Stück Pappe, die Haare mit einem Kopftuch bedeckt. Als sie ihn erblickt, fängt sie erbärmlich an zu wimmern und hält ihm einen Pappbecher aus einem Hamburger-Restaurant hin. Eine bettelnde Roma, erkennt Tarmo. Die nachhaltige Mobilität der Bürger in allen Ländern der Europäischen Union ist das Ergebnis des Maastrichter Abkommens von 1992. Annu sagt, die kämen inzwischen sogar bis Kuopio. Denen darfst du kein Geld geben, das sind Schwindler und Diebe, sagt Annu, das landet alles bei der Mafia.

Die mit dem Kopftuch wimmert, *helfen Herr, please, helfen Herr, please*, immerhin kann sie Finnisch und sogar ein bisschen Englisch, und schüttelt den Becher, in dem ein paar läppische Münzen klimpern. Tarmo schiebt eine Hand in die Manteltasche. Die da ist noch übler dran als er. Schlottert in der Kälte, auf der harten Erde eines fremden Landes, bloß mit einem Stück Pappe als Unterlage. Die eigenen Knie tun einem weh, wenn man das sieht.

Er hat keine Münzen in der Tasche.

»Au, au, au, helfen Herr ...«

Tarmo nimmt den Geldbeutel aus der Innentasche seiner Jacke, dabei fällt sein Blick auf das Gesicht der Frau. Denn es ist eine Frau, mit dunklen Augen und dunklen Brauen, Furchen auf Stirn und Wangen, vom Alter her irgendwas zwischen dreißig und sechzig, und der Blick gierig auf seine Finger gerichtet.

Er steckt den Geldbeutel wieder ein.

»Steh auf.«

Sie schaut ihn an, versteht ihn nicht.

»*Up!*«, befiehlt Tarmo. Er packt die Frau am Ärmel und zieht sie hoch. Ihre schmutzige Steppjacke hat sich mit Feuchtigkeit vollgesogen wie ein Schwamm und wird wohl kaum noch warmhalten.

Sie rappelt sich steif auf, mustert ihn dabei misstrauisch.

»*Work*«, sagt Tarmo und sticht der Frau mit dem Finger gegen die Brust. »Arbeit.«

»*No work*«, sagt die Frau und lächelt schmeichlerisch. »*No work*. Helfen, Herr, *please*.«

Tarmo nimmt den Schlüssel aus der Tasche und wendet sich der Haustür zu.

»Wer nicht arbeitet, der s-soll auch nicht essen.«

Das ist ihm aus Versehen über die Lippen gekommen. Wieder so eine Redensart von seinem Vater. Aber was will man machen? Diese Lehren haben sich ihm in der Kindheit und Jugend eben tief eingeprägt. Lehren wie Gerechtigkeitsgefühl, hohe Moral, Fleiß ... und dass man anderen Menschen hilft ... Hilf dem Mann bergauf ... und der Frau.

Er packt die Frau am Oberarm und treibt sie an hineinzugehen, bevor jemand etwas sieht.

Schon im Fahrstuhl kommen ihm Bedenken. Als sie sich zu zweit in dem altmodischen Käfiglift drängen, dicht nebeneinander stehen, merkt er, dass die Frau tatsächlich riecht, die feuchten Kleider und der Zigarettengestank, der sich in ihrem Atem festgesetzt hat, und obwohl sie nicht einmal so alt wie Annu zu sein scheint, fehlen ihr mindestens zwei Vorderzähne. Je weiter der Fahrstuhl nach oben fährt, desto unruhiger wird auch die Frau, sie schielt an ihm vorbei nach der Tür, als überlegte sie, wie sie an ihm vorbeischlüpfen und flüchten könnte, sobald der Lift hält. Mit größter Mühe verzieht Tarmo die Lippen zu einem Lächeln, zu einem, mit dem er sonst jede Frau betört und beruhigt.

»*Twenty Euro*«, sagt er. »*Very nice work*.«

Obwohl er ihr mit dem Auge zuzwinkert, ist die Wirkung das Gegenteil von der erwünschten. Die Frau sieht nun plötzlich scheu aus. Und als der Fahrstuhl mit einem Ruck anhält und Tarmo die Tür öffnet und wieder nach dem feuchten Steppärmel greift, widerwillig diesmal, in der Erwartung, sich gleich die Hände waschen zu können, ist das Gesicht der Zigeunerin kreidebleich und ohne jedes Lächeln. Sie stammelt leise etwas in ihrer Sprache, was nach einem Gebet klingt.

»Hör auf!«, fährt Tarmo sie an und schüttelt sie ein bisschen. »Stopp. *Shut up! Work!*«

Es ist schwer, die Wohnungstür zu öffnen, wenn man versuchen muss, ein Weibsstück dabei festzuhalten, das sich windet wie verrückt und ihn mit der freien Hand wegstoßen will. Sie tritt sogar nach ihm, trifft ihn am Knie, Scheibenkleister, das tut weh.

Die kapiert nicht, was sie da für ein Angebot kriegt, verdammt, was für ein gutes Werk er an ihr tut.

»*Work*«, fährt er sie an und hält sie fest, als er sie endlich in der Wohnung hat. Sie will ihn nicht ansehen, obwohl er mit ihr spricht, sie heult nur und wimmert wieder und wiegt sich hin und her. »Jetzt kapier doch endlich! Geld umsonst gibt es nicht. Betteln und Huren sind keine Lösung. Du musst arbeiten wie alle anderen auch, mit schweißnassem Hemd, mit klitschnassem Nacken, verdammt. *Work!*«

Ein feuchter Klumpen trifft ihn neben der Nase. Tarmo langt mit der Hand hin. Die Hure hat ihm ins Gesicht gerotzt!

Die Frau tritt und zappelt und schreit, als er sie mit beiden Händen packt und tiefer in die Wohnung schleift, zum Putzschrank in der hinteren Ecke des Lofts, ihre Füße schlagen auf den Fußboden, ihr Kopf trifft ihn an Kinn und Nase, das Kopftuch ist heruntergerutscht, und das grobe, schwarze Haar reibt an seinen Bartstoppeln, bleibt daran haften wie am Klettverschluss von Kinderschuhen. Als sie das Ziel erreichen, ist Tarmo vollkommen fertig. Der Schweiß rinnt ihm in die Augen. Auch der Rücken ist schweißnass.

Er lässt die Frau los und öffnet den Schrank.

»Staubsauger«, sagt er keuchend und zeigt auf das Gerät, dann greift er zum Mopp und drückt ihn der Frau in die Hand. »Mopp. Fang damit an. Der Eimer ist …«

Der Moppstiel knallt ihm aufs Ohr, und Tarmo landet auf dem Hintern. Er hört die Schritte der davonlaufenden Frau an der Tür, dann im Treppenhaus, und dann nicht mehr.

37

»So schlimm ist es? Das tut mir leid.«

»Schon gut. Es ist ja nicht deine Schuld.«

»Doch. Mindestens zur Hälfte.«

Jari Virtanens Blick wandert vom Gips zum Saum des Wintermantels, den sich Leia hastig übergezogen hat, um ihren nackten Unterkörper und das verschwitzte T-Shirt ohne BH darunter zu verdecken, bevor sie die Tür aufgemacht hat.

Jari Virtanens Nase und Wangen sind rot, als wäre er tüchtig an der frischen Luft gewesen, und er trägt wieder die ulkige Mütze von heute Morgen. Seine Augen sind genauso schokoladenbraun, wie Leia es in Erinnerung hat, mit bronzenen Sprenkeln neben der Pupille.

Sie balanciert auf einem Bein, stützt sich mit der linken Hand am Türrahmen ab und hält mit der rechten die Tür einen schmalen Spaltbreit offen, gerade so weit, wie sie sich traut.

Der Flurspiegel kannte keine Gnade. Sie ist nicht einmal mit dem Fingerkamm durch die wirren Haare gekommen, die Pandaflecken um die Augen beweisen, dass man auch mit vier oder fünf Stunden Mittagsschlaf nicht mehrere durchwachte Nächte ausgleichen kann, und die Zähne schreien danach, geputzt zu werden.

»Danke noch mal«, sagt Leia und versucht, nicht in die Richtung des Mannes zu atmen. »Du hast mir so viel geholfen. Das war echt nett.«

»Ich helfe gern noch mehr. Immerhin hatte dein Purzelbaum schmerzhafte Folgen. Und kostspielige.«

Als Jari den Reißverschluss seines Anoraks öffnet und die Hand in die Innentasche schiebt, gibt Leia einen abwehrenden Laut von sich. Sie nimmt kein Geld an, nicht einmal von einem Juristen mit gutem Einkommen.

»O nein, nicht doch. Das ist wirklich nicht nötig!«

Jari nimmt erstaunt, fast enttäuscht die Hand aus der Tasche. »Dann nicht.«

Über Leias Schulter hinweg späht er in die Wohnung.

»Wie kommst du klar, mit deinem Bein? Bist du allein zu Hause?«

»Viivi kommt morgen zurück«, sagt Leia. »Meine Tochter, sechzehn Jahre alt. Sie ist mit der Schule auf einer Schiffstour.«

»Und so lange bist du hier allein? Bis morgen ... Vormittag?«

»Das macht nichts«, sagt Leia hastig. Sie klopft auf die Manteltasche, in die sie vor dem Öffnen der Tür das Samsung geschoben hat. »Ich hab das hier ja wieder. Alles funktioniert, es ist fast unglaublich. Danke noch mal.«

Jaris Augenbrauen runzeln sich. Glaubt er ihr etwa nicht?

Leia holt Atem. Jetzt oder nie.

»Ich könnte dich zum Kaffee einladen. Falls du möchtest.«

»Ich möchte!« Ein Lächeln breitet sich auf Jaris Gesicht aus. »Ich hab schon befürchtet, dass die Einladung gar nicht mehr kommt.«

Nun lächelt auch Leia.

»Wie wäre es nächste Woche an irgendeinem Abend, zum Beispiel am Donnerstag oder Freitag?«

»Nicht jetzt?«

»Jetzt? Es ist ziemlich ... spät.«

»Noch nicht mal neun.«

»Ja, aber ... Ich bin nicht gerade in einem Zustand, in dem man sich sehen lassen kann.«

»Das macht nichts.« Jari deutet auf seine Mütze und grinst. »Ich erfülle auch nicht gerade den Dresscode.«

Als Leia weiter zögert, fangen die schokoladenbraunen Augen ihren Blick ein. Jari macht eine Kopfbewegung in Richtung Gips.

»Du musst dich auch nicht ums Kaffeekochen kümmern. Das mache ich. Du setzt dich einfach bequem hin und sagst mir, wie viele Zuckerwürfel du in deinem Kaffee haben willst.«

»Ich habe auch nichts anzubieten. Wenn du nächste Woche kommst, könnte ich einen Schokoladen..., ich meine, einen Apfelkuchen backen. Die Kaffeemaschine ist auch nur eine ganz gewöhnliche. Eine Melitta. Keine so tolle Espressomaschine.«

»Ich kenn mich ziemlich gut aus mit Kaffeemaschinen«, meint Jari. »Ein Meister des Fachs, auch wenn ich das selbst sage. So jemand wie ich zaubert dir mit der Melitta einen solchen Genuss, dass dir noch eine Woche später die Socken an den Füßen rotieren.«

Mein Gott, was ist der Mann hartnäckig! Leia lacht nervös.

Ein Luftzug geht durchs Treppenhaus. Jemand ist von draußen hereingekommen, stampft energisch den Schneematsch von den Schuhen und steigt dann die Treppe herauf.

Jari tritt einen Schritt näher, er berührt sie fast, eine Mischung aus waldigem Rasierwasserduft und Testosteron weht Leia entgegen, und sie umfasst die Türklinke fester.

»Jetzt komm schon. Ich bleib auch nicht lange«, redet ihr

die angenehm weiche Stimme zu. »Ich hab nicht gezählt, wie oft ich heute Abend schon bei dir angeklopft habe, aber oft. Bin jedes Mal hinter einem Nachbarn zur Haustür hineingeschlüpft, bald ruft bestimmt jemand die Polizei. Als ich eben sah, dass bei dir Licht brennt, musste ich einfach nachsehen kommen, ob alles in Ordnung ist. Du kannst mich jetzt nicht einfach wegschicken.«

Kaum merklich ist seine Hand auf Leias Hand an der Tür gelandet, die Finger umfassen ihr Handgelenk und drücken auf die Ader an der Innenseite, wie um den Puls zu fühlen. Plötzlich fühlen sich ihre Knie ganz schwach an, das eingegipste wie das andere. Jaris Finger müssten sich nur ein kleines Stück bewegen, und ihre Beine würden zum zweiten Mal an diesem Tag versagen.

Man hört ein Husten. Hinter Jaris Schulter taucht ein bekanntes Gesicht auf.

»Guten Tag.«

»Hallo«, haucht Leia.

Markku kommt doch noch. Und zwar wie gerufen.

»Markku ist mein Kollege«, stellt Leia ihn vor. »Und Jari ist, äh, ein Nachbar.«

Wenn sie geglaubt hat, die Männer würden sich die Hand geben, hat sie sich geirrt. Sie sehen sich nur kurz an, und das geradezu feindselig. Jari zieht die Mütze tiefer in die Stirn.

»Ein andermal?«

»Unbedingt«, sagt Leia. »Nächste Woche vielleicht ...«

»Mach's gut«, sagt der Mann.

Leia kann nur nicken, erbärmlich. Es wird kein anderes Mal geben, das weiß sie. Aber Jari beugt sich dicht zu ihr und flüstert ihr ins Ohr:

»In einer Stunde?«

Leia nickt, einmal, zweimal. Das dritte Mal ist schon zu viel, sie kann anscheinend nicht rechtzeitig aufhören.

»Zwei, null, null, eins«, sagt Leia und spürt, wie ihre Wangen glühen.

»Was?«

»2001. So wie der Film *Odyssee im Weltraum*. Der Code für die Haustür.«

Jari lächelt wieder, die Zähne leuchten im Licht des Treppenhauses, als er winkt und geht.

Leia wendet sich Markku zu.

»Jari wohnt im Eingang D und hat mich nach meinem Sturz ins Krankenhaus gebracht. Jari Virtanen. Jurist. Er hat mir echt viel geholfen.«

Markku hüstelt.

»Ich wäre schon früher gekommen, aber Pirja, na ja. Für Pirja war es wichtig, dass ...«

»Nur gut, dass du dich nicht unnötig beeilt hast. Hoffentlich war der Lachs lecker.«

»War er.«

Das kam aber schroff. Was soll das jetzt, denkt Leia, bist du sauer auf mich? Du wolltest doch selbst unbedingt herkommen. Ich hab dich nicht darum gebeten.

Markku mustert den Gips und kratzt sich dabei hinterm Ohr. Wie Jari und Ripsa scheint auch er das Ausmaß der schrecklichen Lage erst zu begreifen, als er es mit eigenen Augen sieht. Immerhin lamentiert er nicht laut. Zum Glück, denn sonst würde Leia auf der Stelle die Tür zumachen. Markku braucht nicht zu glauben, dass er sie jetzt bevormunden kann. Sie ist die Geschäftsführerin, nach wie vor.

»Komm rein.«

»Danke«, sagt er und bietet ihr den Arm an.

Auf ihn gestützt, hüpft Leia ins Wohnzimmer zurück. Markku holt ihr den Morgenmantel aus dem Bad, schaut diskret weg, während sie den Wintermantel gegen das leichtere Modell tauscht, und bringt den Mantel dann zur Garderobe.

Als er wieder zurück ist, parkt er sein Hinterteil auf der Bettcouch neben Leia, bevor diese abwehren kann.

Er legt die Hand auf die Matratze, seine Finger streichen kurz über das blassblaue Laken, das vor mehreren Tagen zum letzten Mal gewechselt worden ist. Leia presst den Mund zu einem Schlitz zusammen. Ihr kommt ein entsetzlicher Gedanke. Hat sie ihren Slip im Bad auf dem Fußboden liegen lassen? Hat Markku ihn da gerade gesehen?

»Oder brauchst du Platz für dein Bein?«, fragt Markku unvermittelt. »Ich meine, willst du dich ein bisschen langmachen?«

Ein bisschen langmachen? Leia schüttelt heftig den Kopf. Solange man noch Reste von Würde im Leib hat, muss man an ihnen festhalten.

»Nein. So ist es gut. Und schau mal: alles in Reichweite. Unterhaltung, Kultur, Medizin, Datenverkehr.«

Sie präsentiert, was auf dem Tisch liegt: Buch, Wasserglas und -kanne, Fernbedienung und das übrige Survival-Zubehör, dabei ist sie sich schmerzlich bewusst, wie plump dieser Witz war. Markku lacht nicht einmal aus Höflichkeit kurz auf. Eisiger Gag, denkt Leia. So würde Viivi ihren verzweifelten Versuch beschreiben. *Bleib auf der Sachebene, Mama, du kannst das einfach nicht.*

»Diese Nachrichten«, sagt Markku. »Zeigst du sie mir mal?«

38

Das hätte er von Leia nicht gedacht.

Auch die makelloseste Prinzessin kann heimtückisch sein.

Der erste Mann blieb bloß eine Stimme, die im Treppenhaus widerhallte. Was da geredet wurde, war nicht zu verstehen.

Das funkelnagelneue Smartphone wird unsachgerecht benutzt. Dabei hat er es mit Feuer unterm Arsch und unterm Lamborghini im Laden mit dem G besorgt und unter Feldbedingungen, aber mit großer Hingabe getunt, damit es Leias individuellen, ja sogar den geheimsten Vorlieben und Bedürfnissen entspricht.

Er hat kaum Zeit, sich an dem kurzen Anblick zu erfreuen, der ihn aus dem Koma nach der Ereignislosigkeit der letzten Stunden und der Ergebnislosigkeit seines Tuns gerissen hat: an dem Mund, der ein Küsschen mitten aufs Samsung-Display und damit auf Monitor vier drückt. Dieser Körperteil, etwa um das Fünfundzwanzigfache vergrößert, hat dafür gesorgt, dass ihm innerhalb einer Sekunde alle Glieder erschlafften, abgesehen von einem.

Gleich danach wird das Bild schwarz.

Anscheinend ist das Telefon in einer Tasche begraben worden. Das Rascheln von grobem Stoff filtert tiefe Männerstimmen effektiv aus. Bloß Leia kann man verstehen, und auch das nur, wenn man sich anstrengt.

Man hört sie mit dem Mann reden, der bei ihr geläutet und angeklopft hat. Sie bezeichnet ihn als Nachbarn, als den hilfsbereiten Jari von Eingang D. Derselbe Typ hat ihr offenbar am Morgen nach der kleinen Havarie in die Klinik geholfen. Das macht sie so dankbar, dass sie dem Kerl sogar den Türcode diktiert.

Hilfsbereiter Nachbar, denkt er, pfui Teufel. Am liebsten möchte er Leia vor solchen Männern aus Eingang D warnen.

Bald hört man Ächzen, dumpfes Auftreten und ein Gepolter, das sich entfernt. Da es kein Bild gibt, bleiben die Geräuschquellen im Dunkeln. Zum Glück erwacht jetzt das Auge des Laptops.

Bei dieser Brille ist kein Irrtum möglich, denkt er, als Monitor drei den Blick auf Geschäftsführerin Laine und den neben ihr sitzenden Kollegen freigibt, auf Markku Lappo, den leitenden – und einzigen – Sozialarbeiter bei ProMen.

Der ist immerhin bekannt und garantiert ungefährlich.

Aber Leia ist nicht mehr dieselbe. Die Haare, die bei der letzten Begegnung gerade und glatt auf die Schultern fielen, sind völlig zerzaust und stehen in alle Richtungen ab. Es sieht aus, als wäre sie gerade aufgestanden, und wahrscheinlich ist es auch so. *Bed hair*, fällt ihm ein, wohl aus einer Shampoo-Werbung. Die Haare sind sexy wie nur was, man möchte die Finger hineinstecken und sie noch mehr verstrubbeln.

Markku Lappo scheint etwas Ähnliches zu denken. Er ist vielleicht doch kein so geschlechtsloses Wesen, wie man glauben könnte. Leia öffnet betont emsig die Homepage von ProMen und merkt nicht, wie ihr Kollege sie anschaut, vor allem die Haarsträhne, die sich um ihr linkes Ohr schlingt, scheint es ihm angetan zu haben.

Leider fällt Leia das Lichtauge der Kamera auf. Sie blickt kurz direkt in den Kommandoraum, zum Kommandostuhl, in seine Augen. Dann werden ihre Pupillen kleiner, sie kneift die Augen zusammen und es bildet sich eine Falte dazwischen.

»Markku«, sagt Leia. »Du hast nicht zufällig Kaugummis dabei?«

39

Markku hat keine Kaugummis.

»Willst du, dass ich welche kaufen gehe?«, fragt er überrascht, aber hilfsbereit.

Leia überlegt.

»Nicht nötig. Gibst du mir mal meine Handtasche rüber?«

In der Tasche findet sich die angebrochene Packung Heftpflaster, an die sie sich gerade erinnert hat. Sie wählt ein mittelgroßes für Blasen an der Ferse und Schrammen am Knie, zupft das Schutzpapier ab und drückt das Pflaster auf die Kameralinse am Computer.

Schon ist das blaue Licht gedämpft.

Markku sagt nichts dazu, aber sein Zeigefinger reibt die Nasenwurzel, wie immer, wenn er versucht, seine Verwunderung zu überspielen.

»Gleich wirst du es sehen.«

Sie beißt schon mal die Zähne zusammen, während sie die Seite mit den oft gestellten Fragen öffnet.

Eigentlich möchte sie Markku den Sermon über die Rechte von Scheidungsvätern, den das Pseudonym Land-0 der Homepage untergejubelt hat, gar nicht zeigen. Vor allem nicht wegen der ins Persönliche gehenden, namentlich an sie gerichteten Fragen. Aber sie muss es tun. Sie muss Markku deutlich machen, dass die Datensicherung, die Zaipe für die Seite vorgesehen hat, nicht ausreicht.

Aber was ist das?

Die dritte Frage ist verschwunden. Leia scrollt auf und ab. Sie ist nicht mehr da.

Sie ist weg. Komplett weg.

»Also, äh, was ...?«, fängt Markku hinter ihr an.

»Warte.«

Leia greift nach dem Ersatzhandy auf dem Tisch. Doch sie ahnt schon, was sie finden wird. Oder nicht finden wird.

Die Nachricht, die sie am Nachmittag ins Netz gelockt hat, auf die Seite von ProMen – *asap* –, ist verschwunden. Ebenso alle anderen intelligenzfreien Nachrichten, die an diesem Tag eingegangen sind.

Sie legt das Telefon wieder auf den Tisch.

Es hat keinen Sinn, zu beteuern, dass sie wirklich da waren, diese obskuren SMS, die sie mit ihrem Namen angeredet haben, und die Fragen auf der ProMen-Homepage, ganz bestimmt sind sie da gewesen! Genauso wenig Sinn hat es, von Viivi auf dem Bildschirm zu erzählen und von dem Mann, der ihr Befehle erteilt hat und sie gerügt hat, der nach ihrem Gewissen fragte und nach Videos und sich Land-0 nannte.

Der sie über alle Computer und elektronischen Geräte belauert und gequält hat. Markku würde sie für verrückt erklären.

Es fehlt nicht viel, und sie gelangt zur gleichen Diagnose. Ich höre Stimmen. Ein Grundsymptom der paranoiden Schizophrenie.

Das ist alles ein Traum, denkt sie. Ein Traum im Medikamentendelirium. Ihr ist innerhalb kürzester Zeit viel widerfahren, zu viel. Unschöne Dinge. Widerliche Dinge. Wirklich beängstigende Dinge. Kein Wunder, dass sie vom Unterbewusstsein verarbeitet werden, wenn das Vernunft-Ich von Medikamenten getrübt wird, die das zentrale Nervensystem durcheinanderbringen.

Und dennoch regt sich innerer Widerstand: Ich habe mir das nicht alles eingebildet.

Es ist geschehen. Es ist wirklich geschehen.

»Also, äh«, sagt Markku. »Ich weiß jetzt nicht so genau ...«

Leia dreht sich zu ihrem Kollegen um.

»Das Samsung. Das müsste noch in der Manteltasche stecken. Würdest du es mir bitte holen?«

Das Samsung hat ihre Nachrichten nicht verloren. Alle gestern und heute eingegangenen SMS sind immer noch da.

Leia atmet tief durch. Sie ist doch nicht völlig durchgedreht. Und steht vor der Polizei nicht mit leeren Händen da. Erleichterung verspürt sie trotzdem nicht, als sie Markku das Telefon hinhält. Sie fühlt sich genau so, wie es der Absender der Nachrichten haben will. Unsicher. Ertappt. Schmutzig.

»Ich hab bei der Auskunft gefragt, wem die Nummer gehört, aber sie ist angeblich geheim. Ich hab gestern selbst dort angerufen, obwohl das sicher nicht klug war. Es hat sich niemand gemeldet, aber für eine Weile sind keine Nachrichten mehr gekommen. Bis eben.«

Sie zwingt sich zu scheinbarer Ruhe, während sie Markkus Reaktion abwartet.

Lange muss sie nicht darauf warten. Er wird schon beim Lesen der ersten SMS dunkelrot, und bei der zweiten schwellen ihm die Stirnadern an. Nach der letzten reißt er sich die Brille herunter und wischt sich mit dem Ärmel den Schweiß ab.

Er drückt ihr das Telefon in die Hand und setzt die Brille wieder auf, ohne zu merken, dass sie schief sitzt. Er starrt ins Leere und keucht derart, dass Leia befürchtet, er bekomme einen Anfall.

»Markku? Was ist? Willst du ein Glas Wasser?«

»Ruf nicht die Polizei an.«

Er springt auf und streckt sich zu voller Größe, das sind beeindruckende ein Meter neunzig und bestimmt gut hundert Kilo, er scheint das kleine Wohnzimmer von Wand zu Wand und vom Boden bis zur Decke auszufüllen.

»Nun sag doch was«, versucht es Leia, aber Markku ist bereits im Flur.

»Ruf nicht die Polizei an«, kommt es von da, und das ist kein Wunsch. »Ich erledige das.«

Die Tür schlägt zu und das große Fenster am Balkon scheppert im Rahmen.

Leia liest noch einmal die Nachrichten des Punktlosen, die im Samsung eingegangen sind.

Sie versteht immer noch nicht, warum Markku so außer Fassung geraten ist.

Sie sieht sich auch die Homepage von ProMen noch einmal an, liest die Texte Wort für Wort durch, betrachtet jedes Bild genau und stellt fest: Die Seite enthält nichts Überflüssiges, nichts, was nicht dort hingehört. Nicht mehr.

Alles ist gut.

Nein. Sie weiß, dass jemand auf ihre Website vorgedrungen ist. Was bedeutet, dass er es wieder tun kann. Als sie das blaue Licht angehen sieht, beschleicht sie erneut das gespenstische Gefühl, dass sie jemand beobachtet. Der Mann, der sich Land-0 nennt.

Sie verliert den Verstand. Land-0. Was soll das überhaupt bedeuten? Land-Null.

Sie muss sich beruhigen. Sich auf das Wesentliche konzentrieren.

Auf die Datensicherheit. Auf die Seiten von ProMen. Auf die Anweisungen für Zaipe. Das ganze Projekt beruht auf Vertraulichkeit. Wenn die Daten der Klienten in falsche Hände geraten, bricht ProMen das Fundament weg.

Und wie sie und Markku diese Seite aufgebaut haben! Stunde um Stunde haben sie darauf verwendet, jede Überschrift abzuwägen, an jedem Satz endlos zu feilen – jemand anders würde es wohl Haarspalterei nennen. Sie haben ihre Arbeit aus Liebe und aus Begeisterung gemacht, um etwas Neues zu schaffen, wie Eltern, die ihr erstes Kind erwarten, die nicht müde werden, darüber nachzudenken, wie das Kind wohl sein wird, wie seine Geburt nicht nur ihr Leben, sondern die ganze Welt verändern wird. Zuletzt haben sie am Donnerstag bis in die Nacht hinein gearbeitet, mit der Kraft von Kaffee und Domino-Keksen, und die Familie daheim warten lassen. Allerdings hat Viivi nicht auf ihre Mutter gewartet und sie auch nicht vermisst, denn Viivi hatte Gesellschaft.

Mia war über Nacht bei ihnen, schon zum dritten Mal innerhalb eines Monats, Viivis neue beste Freundin.

Zeit ins Bett zu gehen, anstatt weiter im Internet zu hängen, morgen ist Schule. Gute Nacht, hatte sie Viivi um zehn Uhr gesimst und sogar eine Antwort erhalten: *ok*. Auch Markku hatte ein paarmal zu Hause angerufen, *geh nur schlafen, Schatz, ich wecke dich nicht, wenn ich heimkomme*.

Als es dann drei Uhr vorbei ist und ihnen klar wird, dass längst keine Busse mehr fahren, muss eine Entscheidung getroffen werden: Was nun? Nach Hause – aber wie? Oder woher einen Schlafplatz nehmen?

Leia ruft sich ein Taxi, obwohl sie über den Preis entsetzt ist. Normalerweise fährt sie nicht auf eigene Kosten mit dem Taxi. Aber auch wenn Viivi diese Nacht eine Freundin bei sich hat, muss sie sich vergewissern, dass die Mädchen die Herdplatte nicht an- oder die Wohnungstür offen gelassen haben. Die rastet nämlich nicht immer richtig ein, wenn man vergisst, noch einmal kurz daran zu ziehen.

Markku schmunzelt nicht einmal über ihre Erklärung, schließlich kennt er sie und ihre, na ja, leichte Neigung zu übertriebener Sorge. Er beschließt, auf der Couch im Büro zu »pofen«.

Das ist keine gute Entscheidung. Am nächsten Morgen trifft sie im Büro auf einen fürchterlich aussehenden Kollegen mit roten Augen.

»Ich konnte nicht einschlafen«, antwortet Markku, als sie ihn danach fragt. »Scheint eine Grippe im Anzug zu sein.«

Leia liest noch einmal die Huren- und Schmähnachrichten. Trotz des ordinären Stils scheint der Punktlose das eine oder andere über sie zu wissen, auch wenn er den Rest offenbar geraten hat und die Tatsachen so deutet, wie es seinen Vorurteilen entspricht. Doch er weiß nicht alles über sie. Zum Beispiel kennt er die Nummer ihres provisorischen Prepaid-

Handys nicht. Die im Nokia eingegangenen SMS, die inzwischen verschwunden sind, stammen womöglich von einem anderen. Von dem, der den Namen Land-0 benutzt.

Was kann sie sonst noch aufgrund der Nachrichten annehmen? Die gestrige SMS-Flut setzte kurz nach ihrem Fernsehauftritt ein. Etwas an ihrem Auftreten oder an ihren Ansichten oder an ihr selbst hat den Punktlosen wohl geärgert.

Vor einer Stunde ging es dann wieder los. Vielleicht war der Punktlose nun allein. Und niemand konnte sehen, wie er die Nachrichten schrieb.

»Pirja«, flüstert Leia.

Was weiß sie von Pirja? Dass sie großartige Abendessen gibt und himmlischen Entenbraten serviert. Mehr nicht. Nicht einmal, was sie beruflich macht. Das hat Markku nie zur Sprache gebracht, er zählt immer nur die guten Eigenschaften und Tugenden der Mutter und Ehefrau auf.

Chefin. Was für eine chauvinistische Herabsetzung.

Pirja. Die ganze Zeit Pirja. Alles ist so klar wie Kloßbrühe. Sie war schon bei ihrer ersten Begegnung unfreundlich zu ihr gewesen, als sie nach der üppigen Ente, dem Nachtisch und dem Wein Leias Dank entgegennahm. So unfreundlich, dass sich Leia wunderte, warum man sie überhaupt eingeladen hatte.

Die ist pathologisch eifersüchtig, denkt Leia. Paranoid. Krank. Vor Pirja muss man sich nicht fürchten, man muss Mitleid mit ihr haben. Du solltest deinem Mann glauben, Pirja, es besteht nicht der geringste Grund zur Eifersucht. Du hast deinen, und ich vielleicht bald ... meinen.

Leia blickt auf die Uhr. Fast zehn.

Jetzt aber schnell!

Es klingelt mindestens fünf Minuten zu früh.

Der ist aber eifrig, denkt Leia.

»Ich komme«, ruft sie und versucht das Herz, das ihr in den Hals gesprungen ist, wieder an seinen angestammten Platz zu schlucken. »Einen Moment.«

Sie wird sich in der nächsten Zeit ernsthaft mit Logistik befassen müssen. Die Krücken nutzen nichts, wenn sie am anderen Ende der Wohnung stehen, im Flur, wo sie geblieben sind, als Markku kam.

Auch das Zurückklappen der Bettcouch erweist sich für eine Gehbehinderte als unmöglich. Leia kann nur das Laken und die Bettdecke so gut es geht glatt streichen und eine Wolldecke darüberwerfen. Sie hüpft ans Fenster, um endlich die Vorhänge zuzuziehen und schnell Morgenmantel und T-Shirt gegen ein schlichtes schwarzes Kleid zu tauschen, das halblange Ärmel hat und einen Glockenrock und keinen zu großen Ausschnitt. Jetzt ist nicht der richtige Moment, um wie eine Patientin auszusehen.

»Einen Moment noch!«, ruft sie und manövriert sich in einen frischen Slip, einen mit schwarzer Spitze.

Nun muss sie sich noch die Handtasche und das Samsung schnappen und einen Abstecher ins Bad machen, ganz schnell die Zähne putzen und die Haare kämmen und ein bisschen Deo unter die Arme sprühen. Der ausgezogene Slip ist nirgendwo zu sehen. Vielleicht hat sie ihn selbst in den Wäschekorb geworfen.

Zum Schluss noch ein bisschen Nervenrot! Leia sucht in der Tasche nach ihrem Lieblingslippenstift, schminkt sich keineswegs mit ruhiger Hand und malt abschließend einen Bogen auf die Oberlippe. Was an Rot zu viel ist, küsst sie sich auf den Handrücken, dann lässt sie den Lippenstift in die Handtasche fallen.

Als sie endlich die Tür erreicht, pocht ihr Puls bis in die Ohren. Sie muss noch einmal das Samsung aus der Tasche nehmen und ihre Miene im spiegelnden Display überprüfen.

Das Gesicht verkündet dreist alle aufwallenden Hoffnungen und Ängste.

Sie öffnet den Mund einen Spaltbreit, hebt die Oberlippe. Hat sie Lippenstift an den Vorderzähnen? Nein.

Was ist das?

Die obere Ecke des Smartphone-Displays steht irgendwie ... ab.

Leia fasst sie an und zieht die dünne Schutzfolie ab. Und weiß nicht, was sie denken soll. Sie hat die Folie schon vor Tagen entfernt. Ganz bestimmt. Und in den Müll geworfen.

Sie starrt auf das Handy. Etwas ist damit, etwas, das sie bemerken müsste, aber was?

Das Telefon entgleitet ihr fast, als die Türglocke unmittelbar neben ihrem Ohr schrillt. Jari ist sehr ungeduldig.

Jari Virtanen hat sich für diesen Termin sichtlich Mühe gemacht – elegantes Sakko, einwandfrei gebügeltes Hemd, saubere Jeans. Und auch sonst ist er bestens ausgerüstet.

»Kuchen.« Er nimmt die Mitbringsel aus der Tüte und stellt sie auf den Küchentisch. »Trauben. Knoblauchbaguette.«

»O nein, das ist viel zu viel«, stammelt Leia. »Ich wäre diejenige gewesen ... ich dachte, ich könnte was backen, aber ...«

»Nichts da. Bei dir herrscht *Force majeure*. Das ist alles von der 24-Stunden-Tankstelle, war kein großer Aufwand«, gibt Jari zurück.

Dann nimmt er zwei Flaschen Wein aus der Tüte. »Die hatte ich noch zu Hause.«

Einmal rot, einmal weiß, erkennt Leia. Italienisch. Und nicht ganz billig.

»Ich wusste nicht, was du lieber magst. Also habe ich beides mitgebracht.«

»Also, äh, danke. Ich glaube, ich trau mich nicht, auch nur einen davon zu probieren, weil ich starke Schmerzmittel nehme. Die allein haben mich schon total durcheinandergebracht.«

»Durcheinandergebracht? Das wäre lustig zu sehen.«

»Das ist nicht lustig.« Leia erzittert bei dem Gedanken. »Aber trink du was. Welchen machen wir auf?«

Jari lehnt ab.

»Dann bleiben wir eben beide beim Kaffee, ist schöner so. Die kannst du ein andermal aufmachen. Später.«

Neben dem rechten Mundwinkel des Mannes entsteht ein Lachgrübchen.

»Falls du dann noch meine Gesellschaft wünschst, hätte ich nichts dagegen.«

Zum Glück kehrt ihr Jari den Rücken zu und macht sich heiter pfeifend ans Kaffeekochen. Leias Wangen glühen. Sie betastet sie verstohlen mit den Handrücken.

»Das ist also deine berühmte Melitta«, sagt Jari. »Die hättest du nicht schlechtmachen müssen, die ist doch hübsch. Wie ihre Besitzerin. Kaffee und Filter sind in dem Schrank hier?«

»Genau«, sagt Leia.

Ein Mann in ihrer Küche. Das ist wirklich lange her, wenn man Markku und Ripsas Mann Sakke nicht mitzählt. Oder den Klempner, der hier war, um den Abfluss der Spülmaschine, der sich gelockert hatte, wieder zu befestigen. Zehn Minuten, siebenundachtzig Euro plus Mehrwertsteuer.

»Hoffentlich verlangst du für deine Hilfe nicht so viel wie der Klempner«, sagt Leia.

Jari dreht sich um, den Messlöffel für den Kaffee noch in der Hand.

»Ich verlange selbstverständlich gar nichts.«

Ist er beleidigt? Ihr Versuch, die Stimmung zu lockern, ist jedenfalls gründlich gescheitert. Wieder mal so ein eisiger Gag.

»Das war ein Witz«, muss Leia erklären. »Ein schlechter Witz. Weil ihr bekanntermaßen gesalzene Preise habt.«

»Wir?«

»Ihr Juristen.«

Jari nickt langsam.

»So hatte ich es verstanden. Dass du Jurist bist«, sagt Leia, auf einmal unsicher.

»Ja, das bin ich. Natürlich.«

»Rechtsanwalt oder ...?«

»Etwas in der Richtung, ja.«

»Entschuldigung, vielleicht willst du nicht über deine Arbeit reden«, sagt Leia und wird noch verlegener. »Oder kannst nicht. Wegen der Vertraulichkeit. Es gibt bestimmt eine Menge, was man bei den Klienten, äh, geheim halten muss.«

»Stimmt. Und da in der Woche die Arbeitstage lang sind, hab ich in meiner Freizeit keine Lust, über berufliche Dinge nachzudenken. Ich dachte sogar, dass ich dich gar nicht frage, was du beruflich so machst. Falls du mir das nicht übel nimmst.«

»Ich nehme es dir nicht übel«, seufzt Leia erleichtert.

Dieser Mann weiß wirklich nicht, wer sie ist. Er hat heute die Zeitung nicht gelesen und gestern nicht ferngesehen. Jari Virtanen ist der letzte Mensch in Finnland, der keine Meinung über sie hat.

Wie himmlisch. Dabei hätte nicht viel gefehlt, und sie hätte ihn gar nicht hereingelassen. Und aus welchem Grund! Wegen einer Plastikfolie. Wegen der Schutzfolie, deren unerklärliches Wiederauftauchen auf dem Display ihres Smartphones ihr so ... sie weiß selbst nicht, wie es ihr vorgekommen ist.

Ohne weiter nachzudenken, ohne recht zu wissen, warum, hat sie Telefon und Folie in der Handtasche versteckt, den Reißverschluss zugezogen und die Tasche auf die Kommode im Flur gestellt. Und erst dann die Tür aufgemacht.

Wie Jari sie an der Tür begrüßt hat, mit einer Umarmung, wie er ihr ein Kompliment für ihr Kleid gemacht und erst dann umstandslos ihre Wohnung betreten hat, ihre Küche, ihr Leben, und entspannt plaudernd seine Mitbringsel ausgepackt hat, war ihr fast schon zu selbstverständlich vorgekommen. Zu richtig.

Aber habe ich nicht allen Grund zur Paranoia, nach all dem, was in den letzten vierundzwanzig Stunden passiert ist?, denkt Leia. Weniger hätte auch gereicht.

»Die kleinen Teller hier? Und diese, äh, Mumin-Tassen?«

Leia blickt auf und nickt. Jari hat den Geschirrschrank entdeckt.

»Du scheinst gerade ganz woanders gewesen zu sein.« Jari lacht.

»Macht nichts«, sagt Leia und bereut ihre blödsinnige Antwort sofort. »Zucker ist im Schrank daneben. Falls du welchen brauchst. Ich nehme keinen. Und Milch steht im Kühlschrank, laktosefreie.«

Die Kaffeemaschine brodelt bereits. Jari stellt Tassen und Teller hin und legt kleine Löffel daneben, Milch und Zucker bleiben im Schrank. Das Baguette und den Kuchen gibt er auf größere Teller, die Trauben nimmt er nur aus dem Plastikbeutel. Obwohl sie es gerne täte, sagt Leia nicht, dass man die besser wäscht, mit warmem Wasser und gründlich.

Ohne zu reden, warten sie, bis der Kaffee fertig ist, Jari neben der Kaffeemaschine stehend und aus dem Fenster in die Dunkelheit spähend, Leia auf ihr Gipsbein starrend, das sie auf den Stuhl neben sich gelegt hat und das wie ein Ausrufezeichen unter dem Kleid hervorragt. Ab und zu wirft sie einen Blick auf Jari. Als er schließlich Kaffee eingießt, greift sie mit beiden Händen nach ihrer Tasse und führt sie zum Mund.

»Der schmeckt jetzt«, seufzt sie. »Das war ein ziemlicher Tag.«

Jari grinst, als er sich ihr gegenüber an den Tisch setzt.

»Hier wird man fürs Kaffeekochen ja nicht gerade mit Lob überschüttet.«

Leia lacht. »Größter Barista aller Zeiten?«

»Hauptsache, der Humor stimmt«, sagt Jari.

Seine Hand ist in die Tasche des Sakkos gewandert. Er zieht etwas heraus, das in ein sauberes Papiertaschentuch gewickelt ist und legt es feierlich zwischen ihnen auf den Tisch.

»Möge die Macht mit dir sein.«

Leia wird von einem plötzlichen Übelkeitsschub erschüttert. Der Kaffee schwappt in der Tasse, als sie sie absetzt.

»Warum sagst du das?«

»Das ist aus *Star Wars*.«

»Ich weiß, dass das aus *Star Wars* ist«, fährt Leia ihn an.

»Na, dein Name, Prinzessin Leia ...«

»Land-0«, sagt Leia.

Trotzig schaut sie dem Mann direkt in die Augen. Jari schaut irgendwie sonderbar zurück.

Wie man eine anschaut – die verrückt geworden ist.

»Du ...«, sagt Leia, wesentlich unsicherer als zuvor.

Die Augen brauner als braun, in der Iris eine Spur Bronze, und jetzt heben sich die Brauen.

»Ist das irgendein Spiel?«, fragt Jari. »Erklär mir die Regeln, damit ich mitspielen kann.«

»Nein ... aah«, macht Leia. »Vergiss es.«

Jari schaut sie an, als wollte er noch etwas sagen, aber er sagt nichts.

Leia richtet den Blick auf seine Hände. Sie schieben ihr das Taschentuchbündel zu.

Leia nimmt es. Faltet das Taschentuch auf, enthüllt den Gegenstand darin.

Ein silbernes Samsung mit zersplittertem Display. Sie starrt es an, als wäre es ein vom Himmel gefallenes fremdes Ding unbestimmter Herkunft.

»Ich verstehe das nicht. Das verstehe ich jetzt wirklich nicht.«

»Ja, da ist man sprachlos. Als wäre es unter eine Dampfwalze geraten.«

»Du hast das … gefunden?«

»War übrigens gar nicht so einfach. Es ist unter dem grauen Hiace durchgeschlittert bis unter das nächste Auto auf dem Parkplatz. Wahrscheinlich hätte ich es nicht gefunden, wenn der andere Wagen nicht weggefahren wäre. Man hat den Reifenabdruck darauf gesehen. Ich hab den schlimmsten Schmutz abgewischt und zum Spaß ausprobiert, ob es angeht. Na ja, es ist natürlich nicht angegangen.«

Leia greift nach ihrem Handy, das so viel mitgemacht hat, und fährt mit dem linken Zeigefinger leicht an der Seite des Geräts entlang. Auf der Hälfte spürt sie eine kaum wahrnehmbare Erhebung, einen Gussfehler, wegen dem sie dieses spezielle Exemplar mit fünfzehn Prozent Rabatt bekam.

Das ist ihr Handy, kein Zweifel.

»Ich … verstehe das nicht.«

»Wird sich kaum lohnen, es reparieren zu lassen. Hast du noch ein zweites?«

»Ja, ein altes Nokia.«

»Hoffentlich ist dir nichts Wertvolles verloren gegangen. Ich meine, Dateien. Fotos. Videos. Solche Sachen.«

»Es ist nichts Besonderes drauf. Nichts furchtbar … Persönliches. Ich habe es erst knapp eine Woche.«

Jari mustert sie mit leicht zur Seite geneigtem Kopf und verengten Augen. Als wüsste er, was sich in dem Telefon befindet, mit welchen alles andere als schmeichelnden Formulierungen sie in den Textmitteilungen darin angeredet wird.

Jari kann es nicht wissen, denkt Leia. Das Telefon war schon kaputt, als er es fand. Es ist nicht angegangen, hat er gesagt.

Außerdem ist die SIM-Karte gesperrt worden. Sie hat selbst darum gebeten. Jari kann also keinen Zugriff auf ihre Daten gehabt haben, es sei denn …

»Der Speicher«, kommt es Leia laut über die Lippen. »Wo die SMS und das Telefonbuch und alles andere gespeichert wird. Auch die Fotos. Ist der in Ordnung? Und noch da?«

»Schauen wir mal.«

Jari nimmt das Handy, dreht es eine Weile suchend hin und her und zeigt Leia schließlich ein kleines Loch an der Seite.

»Hier steckt man den Zusatzspeicher rein. Wenn man einen benutzt. Aber wenn du keinen reingesteckt hast …«

»Habe ich nicht«, sagt Leia. »Glaube ich.«

»Dann ist alles im Gerät selbst gespeichert. Und ist genauso Schrott.«

Schrott. Das klingt deprimierend endgültig.

»Man sollte immer von allem Wichtigen eine Kopie machen, dann kann man die Dateien wiederherstellen, wenn so was passiert. Außerdem kann man sie in der Cloud speichern.«

»In der Cloud«, wiederholt Leia.

»Falls du wichtiges Material auf dem Computer hast, Bilder, Videos, Mailwechsel, die du aufheben willst, solltest du auch davon Back-ups machen, für den Anfang vielleicht auf einer Memory Card.«

Jari gräbt in seiner Tasche.

»Ich habe sicherheitshalber ein paar mitgebracht, weil ich zufällig welche zu Hause hatte. Sollen wir gleich mal schauen?«

Leia nimmt das Angebot mit gemischten Gefühlen zur Kenntnis. Ihr ist ein Begriff eingefallen, den sie und Viivi für einen Typ von Mann eingeführt haben, der ihnen beiden unsagbar auf den Keks geht: *der Ratgeber*. Einer, der sich berechtigt fühlt, eine Frau oder ein Mädchen ständig über irgendwas aufzuklären und anzuleiten, auch wenn er sie gar nicht kennt, und zwar ohne um Erlaubnis zu fragen, und dabei vor allem seinem eigenen Ego huldigt.

»Vielleicht trinken wir erst mal Kaffee«, schlägt Leia kurz und bündig vor. Und mildert ihren barschen Tonfall mit einem kurzen Lachen ab.

Zum Glück lacht Jari mit.

»Ich bin wohl ein bisschen übereifrig gewesen. Ich habe da so eine Neigung.«

»Schon gut«, sagt Leia. »Würdest du das Baguette bitte schneiden? Und den Kuchen?«

Als Jari aufsteht, um ein Messer aus der Schublade zu holen, nimmt Leia das Telefon wieder in die Hand.

Irritierend. Ihr Handy, kein Zweifel. Aber was ist dann das andere, das in der Handtasche auf der Kommode im Flur steckt? Das neue, das sauber in Plastik eingewickelt durch den Briefschlitz gefallen ist? Noch mit der Schutzfolie versehen. Und wie ist es zu erklären, dass auf diesem Handy alles drauf ist? Die Textmitteilungen. Die Adressen. Die Fotos. Der Boléro. Etwa über diese ... Cloud?

Oder hat Jari die Sachen über den Operator zurückgeholt?

»Eins verstehe ich immer noch nicht«, sagt Leia. »Wie hast du es geschafft, mir das andere zu besorgen?«

»Das andere?«

Leia blickt auf. Das Messer, das Jari in der Hand hält, ist eine ungewöhnliche Wahl, wenn man Brot und Kuchen schneiden will: ein kurzes Küchenmesser, gerade erst geschliffen, deutlich besser zum Schneiden von Gemüse geeignet. Auch für rohes Fleisch ist es brauchbar, beziehungsweise war es, als Viivi ihr noch erlaubte, welches zu kaufen.

»Es gibt auch ein Brotmesser«, sagt Leia. »Mit gezackter ...«

Sie verstummt mitten im Satz. Jaris Blick ist so forschend, dass fast etwas Feindseliges darin liegt.

»Was meinst du mit dem anderen?«, fragt er noch einmal.

»Das neue. Mit allen ... Nachrichten und so.«

Plötzlich wird Leia kalt, ohne dass sie weiß, warum.

In Jaris Gesicht regt sich kein Muskel, es ist wachsam und sieht weiterhin so aus, als würde er auf etwas warten. Leia begreift: Jari hat nichts mit dem Handy zu tun, das durch den Briefschlitz geworfen wurde. Er weiß nicht einmal davon.

»Vergiss es«, sagt sie erneut. »Bei mir hat es im Kopf kurz ausgesetzt, ich bin ein bisschen müde. Es war nichts Wichtiges.«

Jari schmunzelt, im Prinzip wohl freundlich, aber Leia meint, auch etwas Überhebliches dabei wahrzunehmen. Dumme Frau. Versteht nichts von Technik.

Das tue ich auch nicht, denkt Leia. Du wiederum scheinst dich in der Küche nicht gerade zu Hause zu fühlen. Denn trotz aller Schärfe erweist sich Jaris Messer als falsche Waffe, vor allem für das Schneiden des Kuchens. Der Teig weicht der Klinge aus, und die Ränder werden rissig. Aber Leia sagt nichts, als sie den Teller mit dem unförmigen Stück, das Jari abgeschnitten hat, entgegennimmt.

Während sie sich wieder auf Kaffee und Kuchen konzentrieren, freut sich Leia über die kurze Pause, weil sie ihr die Gelegenheit gibt, sich zu sammeln.

Was für ein Nervenwrack sie geworden ist! Sieht schon überall Gespenster. Es ist wirklich viel zu lange her, dass sie zuletzt einen Mann zu Besuch hatte.

Manchmal klappt es aber auch bei ihr, nicht nur bei der jungen Theologin von nebenan ... Sie ist nicht bereit, sich für ihre Gedanken zu schämen. Viivi ist nicht da, heute ist sie nur für sich selbst verantwortlich. Sie muss nicht einmal morgen früh aufstehen, um zur Arbeit zu gehen.

Es ist nichts falsch daran. Es ist nicht schlecht und nicht gefährlich. Auch wenn sie Alleinerziehende ist, darf sie ... Gefühle haben.

Was für eine Ironie des Schicksals. Kaum begegnet sie einem interessanten Mann, bringt sie sich selbst in krankenhausreifen Zustand. Andererseits: Wäre es nicht so gekommen, hätten sie sich nicht kennengelernt.

Jari hat mit Sicherheit seine Schwächen und Eigenheiten – zu viele Ratschläge, falsche Messerwahl –, aber das gilt schließlich für alle. Er ist eine nette, hilfsbereite Person, geradezu ritterlich, ein Mann, mit dem sie in ihrer Nachbarschaft nicht gerechnet hätte. Klug und offenbar beruflich erfolgreich, außerdem gut aussehend.

»Was denkst du gerade?«, fragt Jari. »Dein Teller ist leer, soll ich dir noch ein Stück abschneiden?«

Leias Antwort wird von einem Geräusch aus dem Flur unterbrochen. *Tock, tock.*

»Was zum Teufel war das?«, fragt Jari.

Sein Blick heftet sich auf die Küchentür, aber Leia schaut auf seine rechte Hand, die wieder das Messer auf dem Tisch gefunden hat. Die Fingerspitzen ruhen auf dem Griff, wie zur Vorsicht, abwartend.

40

»Autsch!«

Mia stößt mit dem Ellenbogen zu, dass es wehtut, und macht *psst!*.

»Da ist er wieder. Bei den Zigaretten. Schau nicht hin.«

»Wer?«, fragt Sebu.

»Niemand«, sagt Viivi.

»So ein *creepy* Stalker«, erklärt Mia. »Der verfolgt uns schon seit dem Hafen. Gerade hat er hergeschaut, ganz bestimmt.«

»Der da drüben?« Sebu reckt den Hals.

Viivi stellt den Einkaufskorb vor dem Süßigkeitenregal im Duty-free-Shop ab und geht davon. Die anderen sehen ihr verdutzt hinterher und blicken auf den verlassenen Inhalt des gut gefüllten Korbs: auf die Batterie *Cola light,* auf die Cashewnüsse, die kleine Blechdose mit Salmiak als Mitbringsel für ihre Mutter und auf die Jumbopackung *After Eight* für Tante Ripsa und ihre Familie.

Mia läuft ihr mit ihrem eigenen Einkaufskorb hinterher, holt sie vor der Kasse ein, packt sie am Arm und kapiert, dass Viivi mit den Tränen kämpft.

»Wartet auf mich!«, ruft Sebu. »Was ist das für ein Typ?«, fragt er, während er sich nach dem Mann umblickt, der sich ihnen eindeutig mit Absicht genähert hat und jetzt bei den Wodkaflaschen steht, die durch die Vibration der Schiffsmotoren rhythmisch klimpern. »Hat der euch irgendwie belästigt?«

»Ja«, antwortet Mia. Viivi sagt im selben Moment: »Nein!«

Sie schlängelt sich an der Kasse vorbei nach draußen, die beiden anderen bleiben irritiert zurück. Sie hört Mias Bitte, zu bleiben, und winkt ihr zu, um zu signalisieren, dass sie es verstanden hat.

Unmittelbar vor dem Shop drückt sie sich in eine Nische mit einer Reklamevitrine. Von hier aus kann sie alle, die herauskommen, sehen, bevor sie von ihnen gesehen wird.

»Hey, Viivi!«

O nein, denkt Viivi und wischt sich die Augen. Das kann sie jetzt überhaupt nicht gebrauchen. Auf dem Gang kommen Sippe, Mari und Ella auf sie zu. Sie torkeln ziemlich übertrieben, obwohl der Wind das Schiff schon den ganzen Abend schaukeln lässt. Aber jetzt befinden sie sich schon wieder in den Schären, wo nicht so starker Seegang herrscht. Gerade ist durchgesagt worden, dass das Schiff bald Mariehamn erreichen wird und die Autofahrer sich unverzüglich zum Autodeck begeben sollen.

Hoffentlich gehen sie einfach vorbei und lassen mich in Ruhe, denkt Viivi, aber natürlich kommen sie zu ihr. Doch sobald sie bei ihr sind, passiert etwas Neues. Sie wollen sie umarmen. Alle drei, gleichzeitig, und sie kreischen dabei.

»Iih! Viivi! Unser Promi.«

Sie stößt sie von sich, und sie beruhigen sich endlich. Sie bleiben schwankend vor ihr stehen und sehen sie mit absichtlich getrübtem Blick an.

»Wir gehen in den *Night Club*«, sagt Sippe. »Kommst du mit?«

Etwas Umwälzendes muss passiert sein, wenn die drei mit ihr abhängen wollen.

»Nee, ich warte auf Mia und Sebu, die sind im Duty-free«, erwidert Viivi.

»Ja, ja, schon okay.«

Sippe verzieht beleidigt das Gesicht, offenbar stellvertretend für alle drei, weil ihre Gesellschaft nicht erwünscht ist.

»Es ist ihr zu Kopf gestiegen«, sagt Ella.

»Was ist mir zu Kopf gestiegen?«, will Viivi wissen. Normalerweise macht sie sich nicht die Mühe, auf Bemerkungen dieser drei zu reagieren.

»Ich reise und tanze gern«, sagt Ella mit gedehnter Stimme.

»Sex interessiert mich nicht«, sagt Mari. »Fuck, glaubst du, es interessiert irgendjemanden, ob er dich interessiert? Echt jetzt.«

Die drei kehren ihr den Rücken zu und hauen ab, entfernen sich mehrere forsche Schritte von ihr, bevor es ihnen wieder einfällt, zu torkeln und zu kichern.

Viivi zieht das Handy aus der Tasche. Sie schaltet es ein und hat tatsächlich ein Signal. Es funktioniert wieder, wenigstens für kurze Zeit.

Schnell ins Netz, weil man nicht weiß, wie lange es möglich ist.

Der Artikel von der ersten Seite der *Abendzeitung* ist ihr schon drei Mal gelinkt worden.

Sex-Leias Tochter: Ich verstehe die Arbeit meiner Mutter nicht.

Sex-Leia. Viivi hält beim Lesen der Überschrift den Atem an. Der Name ihrer Mutter in einem solchen Wortpaar – schrecklich. Noch schrecklicher ist es, ihre eigene »Stellungnahme« zu lesen, verdichtet in sieben Wörtern. Es klingt total strikt. Engstirnig und intolerant.

Unter der Überschrift ist ein uraltes Foto von ihr zu sehen, aufgenommen bei irgendeinem Tanzwettbewerb. Da war sie vielleicht dreizehn oder vierzehn. Darauf erkennt mich niemand, denkt sie noch, muss aber nur bis zum Anfang des Artikels scrollen, um auf ihren Namen zu stoßen.

»›Ich verstehe nicht, dass meine Mutter im Bereich Prostitution arbeiten will‹, sagt Viivi Laine, 16, die gern tanzt und reist. Sie ist die Tochter von Leia Laine, 35, der Frau hinter dem Projekt zur Unterstützung von Sexkäufern, das für Aufregung gesorgt hat. Viivi, die wir in Stockholm erreicht haben, distanziert sich strikt von dem Projekt und von der Wertewelt ihrer Mutter.

›Es ist awkward (seltsam, peinlich, Anm. d. Red.), wenn die eigene Mutter so was macht‹, erklärt Viivi.

Entgegen den Spekulationen, die unter anderem in den sozialen Medien aufgetaucht sind, war keine der beiden Frauen vorher in der Sexbranche tätig …«

Viivi sinkt in die Hocke. Entsetzlich. Das lesen alle, und die glauben dann wer weiß was. Ihre Freundinnen. Sebu.

Ihre Mutter.

Die bekommt einen Herzinfarkt, wenn sie das sieht. Falls sie es nicht schon gesehen hat.

Viivi muss sie sofort anrufen und es ihr erklären, das und …

alles. Sie muss es ihr selbst erzählen, wie Merja gesagt hat. Und jetzt funktioniert ja auch das Telefon.

Aber bevor sie die Nummer ihrer Mutter wählen kann, erhält sie einen Anruf.

Man sieht nur die Nummer. Eine normale finnische Nummer mit der Ländervorwahl +358. Das Ersatzhandy ihrer Mutter?

»Mama?«

Die Verbindung ist sehr schlecht, man hört bloß ein Kratzen und Rauschen, und wenn man ganz genau hinhört …

»'tschuldigung. Schulli…gung …«

Ein Mann mit belegter Stimme – total besoffen. Viivi zieht eine Grimasse. Der lallt wie ein Baby. Voll ätzend.

»Ich leg jetzt auf.«

Sie sagt es so energisch, wie sie kann. Genau so, wie ihre Mutter es ihr für solche Situationen raten würde. Oder etwa nicht? Vielleicht würde die dem Lallenden neuerdings kühl und ruhig zuhören, ohne sich etwas anmerken zu lassen. Das nennt man Empathie, Verständnis. Vor allem schmutzige, ekelhafte Männer versteht sie neuerdings besser als nötig.

»Nein. Hör zu!«, ruft der Mann. »Hör mir, ver-dammochmal zu. Dir geht's bald annen Kragen. Annen Kragen!«

Eine Welle der Übelkeit befällt sie. Das ist er. Hundertprozentig. Ihr Herz pocht so heftig, dass sie nichts anderes hört. Nur …

Weint er?

»Entschulligung. Schulli…gung. Ich bin kein schlechter Mensch! 'tschulligung …«

Und damit bricht das Gespräch ab.

Es kommt eine Durchsage, dass der Duty-free-Shop gleich schließt, aber am Morgen wieder öffnen wird, herzlich willkommen zum Einkauf. Auch für die Mitternachtsshow, die gleich im Nachtclub beginnt, wird geworben, heute steht der

Auftritt einer Tanzformation auf dem Programm, nimmt Viivi wahr, aber nur mit einem Ohr, denn jetzt dringt Lärm aus dem Duty-free, jemand schreit, und man hört dumpfe Geräusche und das Klirren von zerspringendem Glas.

Gleich darauf stürzt vor Viivi ein breitschultriger Mann heraus und ballt die Fäuste. Auf seinen kahl geschorenen, vor Wut roten Kopf ist in altmodischen Buchstaben ein Text tätowiert, und auch der dicke Hals ist bis zum Kinn tintenblau verziert. Viivi drückt sich an die Wand. Das ist der Mann, den Mia als *creepy* bezeichnet. Vielleicht stößt sie ungewollt einen Laut aus, denn der Mann dreht sich zu ihr um. Seine Augen verengen sich, während er einen Schritt auf sie zumacht.

In dem Moment kommen Mia und Sebu aus dem Shop gestürmt.

»Da!«, sagt Sebu, und schon ergreift Mia Viivis Handgelenk und zieht sie mit sich. Sie rennen, und kurz bevor sie in einen Seitengang einbiegen, schaut Viivi über die Schulter zurück.

Der Mann läuft ihnen nach, mit rotem Kopf und schlenkernden Armen.

»Er folgt uns«, haucht sie.

»Echt?«

»Ja!«

Sie rennen schneller, erreichen die Treppe, laufen ein Stockwerk nach unten und noch eines, ist das ihr Deck, Viivi weiß es nicht, sie ist beim Zählen durcheinandergeraten, sie laufen nach rechts und nach links im Labyrinth der Gänge, weichen anderen Passagieren, Kinderwagen, Karren mit Bierkästen, Leuten, die aus ihren Kabinen kommen, aus, und als Viivi sich umdreht, sieht sie den Mann immer noch, er ist leicht zurückgefallen, erwidert aber ihren Blick. Zum Glück ist sie nicht allein! Mias Hand umfasst fest ihr Handgelenk, ihre Freunde führen sie und wissen wohl, wo sie sind, sie selbst hat längst die Orientierung verloren, aber vielleicht sind sie schon gleich bei ihrer Kabine, denn Taavi und Vili kommen ihnen entgegengetrottet und schauen sie verwundert an, Taavi mit offenem Mund, er will etwas sagen, kommt aber nicht dazu, denn sie sind da, Kabine 5442, ihre Kabine, sie kommen diesmal aus einer anderen Richtung als sonst, und Mia kramt die Schlüsselkarte aus der Handtasche, lässt sie fallen, hebt sie auf, schafft es beim dritten Mal, sie richtig herum in den Schlitz zu schieben, und als Viivi sich umblickt, kann sie gerade noch sehen, wie der Verfolger am Ende des Gangs auftaucht und beinahe Vili und Taavi umrennt.

Viivi, Mia und Sebu schlüpfen zur Tür hinein.

Sebu flucht hingebungsvoll. Mia lässt sich keuchend aufs Bett fallen. Viivi bleibt zitternd an der Tür stehen.

Erst als sie lange verschnauft und sich beruhigt haben, glauben sie allmählich an ihre Rettung. Mia erzählt Viivi, was im Duty-free passiert ist. Nachdem Viivi den Shop verlassen hat, zögerte der Typ zunächst, ging dann aber mit seinen Einkäufen zur Kasse. Er hatte zwei Stangen Zigaretten und eine Box mit Süßigkeiten im Korb, wie Mia und Sebu von der Kassenschlange nebenan aus erkennen konnten.

Während er wartete, dass er an die Reihe kam, blickte der Mann immer wieder auf sein Handy und auf den Ausgang und schnauzte den zappeligen kleinen Jungen hinter sich an, der daraufhin sofort Ruhe gab.

Als der Typ zahlen wollte und seine Bordkarte vorzeigen musste, auf der vermerkt wurde, was er an Alkohol und Zigaretten eingekauft hatte, funktionierte die Karte offenbar nicht. Er fing an zu brüllen und Sachen durch die Gegend zu schmeißen, seine Zigaretten und irgendwelche Dosen und Spielkarten mit dem Werbeaufdruck der Reederei – was er gerade greifen konnte. Eine Frau bekam eine Getränkedose um die Ohren, jemand rief nach dem Sicherheitspersonal, und als der Mann schließlich aus dem Shop stürzte, ließen Mia und Sebu ihre Einkäufe auf dem Band liegen und liefen ihm hinterher.

»Er hat uns verfolgt«, sagt Viivi. »Bis in den Gang hier. Er wird uns finden.«

Mia packt Viivi mit beiden Händen, ihre Finger umklammern Viivis Arme, dass es wehtut, die Nägel krallen sich in ihre Haut.

»Ich wusste es. Von Anfang an habe ich es geahnt, schon im Hafen, als ich auf dich gewartet habe. Ich war sicher, dass es etwas mit dem zu tun hat, was ...« Mia verstummt mit Blick auf Sebu.

»Ich hab gerade einen Anruf gekriegt. Während ich auf euch gewartet habe«, sagt Viivi, blickt ebenfalls kurz auf Sebu und flüstert: »Von *ihm*.«

»Von *ihm*?«

»Von ihm.«

Sie starren einander an und fangen an zu zittern, sie zittern beide immer schlimmer.

Da piepst es. Auf Viivis Handy ist eine SMS eingegangen.

Sie liest sie den anderen mit trockenem Mund vor.

Bleib bis zur Ankunft in der Kabine, schließ die Tür ab. Mach niemandem auf. Ich wiederhole: niemandem! Pass auf dein Handy auf, das Video ist deine Lebensversicherung. Gruß, ein Freund

»Was ist das, hey?«, will Sebu wissen. »Und wer ist der Typ? Informiert mich mal, wenn ihr schon wisst, was hier abgeht.«

Mia schaut Viivi an.

»Erzähl es ihm.«

»Nein«, sagt Viivi schwach.

»Doch. Du erzählst es ihm jetzt, oder ich tue es.«

41

»Die alte Frau von nebenan klopft an die Wände, wenn sie Lärm hört. Oder zu hören glaubt. Ein furchtbar entzückender Mensch, fünfundneunzig Jahre alt …«

Sie schämt sich, so böse über Frida zu reden, aber Jari und Frida werden sich wohl kaum vor dem Haus begegnen. Frida geht mit ihrem Rollator nur noch auf den Balkon.

Leia stützt sich mit beiden Händen am Küchentisch ab und drückt sich hoch, ächzend vor Anstrengung, sie sagt, sie gehe, äh, sich nur mal kurz die Nase pudern. Nein, nein, natürlich schafft sie die paar Meter ins Bad ohne Hilfe, Begleitung ist nicht nötig, sie hat ja auch die Stöcke, die Krücken, sie ist damit schon ganz geschickt – und so bleibt Jari sitzen, trinkt Kaffee und knabbert an seinem Kuchen und blättert in den Zeitschriften, die sie ihm hinschiebt, als sie mit ihren Krücken zum Bad humpelt.

Unterwegs vergewissert sie sich, dass Jari nicht um die Ecke schaut. Dann schnappt sie sich die Handtasche von der Kommode und hängt sie sich an den Arm.

Im Bad achtet sie darauf, dass die Tür auch wirklich abgeschlossen ist.

Sie klappt den Klodeckel herunter, lässt sich möglichst kontrolliert darauf niedersinken und hebt mit beiden Händen das Bein auf den Wäschekorb. Nimmt die Handtasche auf den Schoß und sucht nach dem Handy, das wegen der eingegangenen Mitteilung blinkt.

Ein Random JV als Bettwärmer der alleinerziehenden Mutter? Du enttäuschst mich, Prinzessin. Ich bin auf deiner Seite. Pass bloß auf.

Zuerst kommt die Bestürzung. Dann die Wut.

Sie lässt sie einfach nicht in Ruhe!

JV. Damit muss Jari Virtanen gemeint sein. Markku hat

seiner Frau natürlich brühwarm von Jari erzählt, um seine eigene Haut zu retten. »Pirja, mein Schatz, du brauchst nicht eifersüchtig zu sein, ich interessiere mich nicht für Leia, und Leia interessiert sich nicht für mich. Sie bekommt heute Männerbesuch aus der Nachbarschaft, ein gewisser Jari Virtanen …«

Wieso kann Markku seiner Frau keine Vernunft beibringen? Ihre Angelegenheiten, ihre Männerangelegenheiten gehen ihn nichts an. Sie gehen beide nichts an. Punkt.

Punkt?

Die Mitteilung hat einen Punkt am Ende. Sie kommt von einer anderen Nummer als die, über die Markku wütend wurde. Auch der Stil ist anders als in Pirjas Hurenbeschimpfungen, das mit der Prinzessin …

»Land-0«, flüstert Leia.

Land-0, Land-Null. Der Unruhestifter, der sie und ihren Datenverkehr terrorisiert. Der ihr Angst macht. Der sie stört und piesackt, zu viel weiß und alles über sie zu wissen glaubt. Er war an ihrer Tür.

Während sie schlief, hat er eine perfekte Zweitausgabe ihres kaputten Smartphones durch den Briefschlitz fallen lassen, eine viel zu perfekte. Mit allen Inhalten, die er in der Cloud oder sonst wo gefunden hat. Warum?

Was will er von ihr?

»Leia?«

Sie zuckt zusammen. Wo kommt das jetzt her?

»Alles in Ordnung?«

Die Stimme kommt von ganz, ganz nahe. Steht Jari schon die ganze Zeit vor der Tür?

»Es ist nichts. Alles okay. Ich komme gleich.«

»Gut.«

Leia starrt auf die Badezimmertür. Sie hört keine Schritte, die sich entfernen, obwohl sie die Ohren spitzt.

Plötzlich sieht sie die Situation, in der sie sich befindet, von außen. Wie sie als Nervenbündel eingeschlossen im Bad hockt. Als Einbeinige, die ohne die Hilfe freundlicher Nachbarn nirgendwohin kann.

Einer dieser Nachbarn wartet vor der Tür: ein Mann, von dem sie kaum mehr als den Namen und den Beruf weiß.

Hat sich die Warnung von eben auf Jari bezogen? Ungewollt kommt ihr wieder das Messer in den Sinn und ... sie wagt es nicht, weiterzudenken.

Das Schweigen, das auf ihren erbärmlichen Klempner-Juristen-Witz folgte, war das vielleicht aus einem ganz anderen Grund so lang, als sie dachte?

Mein Gott, mein Gott, mein Gott. Sie ist den ganzen Abend und die ganze Nacht allein zu Hause und praktisch bewegungsunfähig. Sie kann nicht fliehen, wenn ...

Heute wird sie niemand mehr vermissen. Niemand wartet auf ihren Anruf ...

Leia reißt Klopapier von der Rolle ab und schnäuzt sich.

Das hilft ein bisschen.

Beruhige dich jetzt, schärft sie sich ein. Panik hilft nicht.

Nervenrot. Das hilft.

Leia tastet nach dem Lippenstift in der Handtasche und atmet tief durch, dann hält sie sich das Samsung als Spiegel vors Gesicht. Aber wie sehr sie sich auch konzentriert, sie bekommt den Amorbogen nicht hin, beim besten Willen nicht. Als folgte das Spiegelbild ihren Bewegungen mit einer kleinen, kaum wahrnehmbaren Verzögerung, eine Zehntelsekunde zu spät.

Was für ein irreales Gefühl. Als wollte ihr das Bild nicht gehorchen, als hätte es einen eigenen Willen, als verzögerte und verzerrte es absichtlich.

Und dann stößt der gekrümmte Zeigefinger der Hand, die den Lippenstift hält, überraschend, au!, gegen die Nase.

Der Stift fällt auf den Fußboden und rollt gegen die Wand.

Leia hält sich das Smartphone dichter ans Gesicht, das Smartphone, das sie in der linken Hand hat.

Im Spiegelbild hält die andere Hand das Telefon. Nicht die Hand auf derselben Seite, so, wie es sein müsste, nicht die linke, sondern die rechte.

Und als sie kurz die Augen zusammenkneift, wieder aufmacht und sich konzentriert und den Kopf nach links neigt, neigt sich der Kopf im Spiegelbild zur anderen Seite. In die andere Richtung. Nach rechts. Nein, nach links, von ihm aus betrachtet. Und da begreift sie es.

Sie betrachtet nicht ihr Spiegelbild. Sie sieht sich so, wie die anderen sie sehen. Sie hat das Bild einer Kamera vor sich.

Jemand filmt sie in diesem Augenblick mit der Kamera ihres eigenen Smartphones und zeigt es ihr. Jemand. Er. Land-0. Er will ihr zeigen, dass er sie filmt, er will, dass sie es weiß – warum? Worauf will er hinaus?

Nun blinkt das Telefon, und der Klopfton hallt von den Kacheln im Bad wider.

You look absolutely beautiful. You truly belong here with us among the clouds.

Ein zweites Klopfen ertönt, es kommt von der Tür, und Leia nimmt das Gipsbein vom Wäschekorb, aber nicht ganz kontrolliert, die Ferse schlägt auf den Boden, und der Schmerz schießt ihr bis in die Stirn. Sie weiß nicht, was sie tun soll, sie weiß gar nichts mehr, offenbar erreicht dieser Land-0, worauf er hinauswill, so entsetzt ist sie. Sie ist nirgendwo mehr in Sicherheit, nicht einmal auf der Toilette ihrer eigenen Wohnung. Sie hat keine Zeit zum Nachdenken, in ihrem Kopf herrscht reines Durcheinander. Der Wäschekorb – sie hebt den Deckel an und begräbt ihr trügerisches Samsung zwischen Unterwäsche, Handtüchern, Blusen und Jeans, die darauf warten, gewaschen zu werden. Sie legt den Deckel wieder auf den Korb, stolpert mit Gips und Krücken zur Tür, entriegelt sie, stößt sie auf und – fällt dem davorstehenden Jari förmlich in die Arme.

»Nanu«, sagt er überrascht und verhilft ihr wieder ins Gleichgewicht. »Was ist passiert?«

Ein warmer, fester Griff um ihren Körper, und die schon vertrauten freundlichen Augen, die ihren Blick suchen, die besorgte Miene, die zu einem Lächeln schmilzt. Der nach Kaffee duftende Atem, die kaum sichtbaren Bartstoppeln am Kinn und über den Lippen. Die Finger, die zärtlich tastenden Finger unter den Haaren in Leias Nacken. Von dort aus sprühen die Funken überallhin, überall.

Aber als die Lippen sich nähern, versteift sich Leia. Nur mit größter Anstrengung gelingt es ihr, den Kopf nicht abzuwenden.

Der Kuss kommt jedoch nicht. Jaris Hand bewegt sich vom Nacken zum Hals, hebt ihr Kinn an, zwingt sie, ihn anzuschauen.

»Was ist los?«, fragt er noch einmal. Überhaupt nicht mehr freundlich.

»Könnten wir ...?« Leia muss husten, um weitersprechen zu können. »Könnten wir uns setzen? Mein Bein, das Stehen geht an die Kräfte, könntest du mir helfen ...?«

»Allzeit bereit.«

Jaris forsche Pfadfindersprüche bringen sie jetzt nicht zum Lachen. Er nimmt ihr die Krücken weg, schiebt den freien Arm unter ihre Achseln, und halb trägt er sie, halb zerrt er sie zur Küche zurück. Leia wagt es nicht, einen Laut von sich zu geben, obwohl jedes Aufsetzen des Fußes sie wahnsinnig zu machen droht. Packt er sie absichtlich so hart an? Kapiert er denn nichts?

»Lieber ... dorthin«, bringt sie heraus, und Jari schleift sie statt in die Küche ins Wohnzimmer, zieht und schiebt sie vor die Bettcouch und wirft sie – so kommt es Leia vor – hin.

Er stellt die Krücken an die Wand. Bleibt vor ihr stehen und verfolgt höchst interessiert, wie Leia versucht, sich wieder in eine einigermaßen erträgliche Haltung zu bringen, indem sie ein Kissen unter das Gipsbein stopft.

»Ei, ei«, sagt er. »Scheint wehzutun.«

Leia zwingt sich, Jari direkt in die braunen, großen und superempathischen Augen zu schauen. In ihren eigenen Augen brennen Tränen des Schmerzes, der Angst und des unterdrückten Zorns.

»Ja. Es tut weh.«

»Wie wäre es mit einem schmerzlindernden Glas Wein?«

»Wirklich nicht«, fährt Leia ihn an. Und mildert sogleich ab: »Ich meine, nein danke. Ein andermal.«

Sie holt tief Luft.

»Ich bin furchtbar unhöflich, aber vielleicht bedanke ich mich jetzt einfach bei dir und sage gute Nacht.«

»Was? Willst du mich hinauswerfen? Gerade jetzt, wo wir es so gemütlich haben?«

»Du hast mir echt viel geholfen, aber es geht mir ziemlich schlecht, und ich bin keine gute Gesellschaft. Und du hast am Samstagabend sicher auch was anderes ...«

»Lass das. Ich hab doch versprochen, dir datentechnisch zu helfen, weißt du das nicht mehr?«

Jaris Mund lächelt breit.

Leia nickt, versucht ebenfalls zu lächeln. Der kann nicht so blöd sein. Niemand kann so blöd sein. Der macht das absichtlich. Ist nicht bereit zu gehen, obwohl sie ihn mit deutlichen Worten darum gebeten hat.

Jari bemerkt den Laptop auf dem Tisch, dann sieht er sich im Wohnzimmer um. Sucht er nach einem Sitzplatz? Sie könnte ihn auffordern, sich einen Stuhl aus der Küche zu holen, aber das will sie nicht. Sie will ihn aus der Wohnung haben, sofort.

Die Federn der Bettcouch knarren, und das schmerzende Bein bewegt sich unangenehm, als Jari sich neben ihr niederlässt, fast exakt an der Stelle, wo Markku vorhin gesessen hat. Jari nimmt den Laptop auf den Schoß und klappt ihn auf.

»Schauen wir uns zuerst mal den an ... oho. Ein Heftpflaster.«

»Da brannte so ein ... störendes Licht«, erklärt Leia und spürt, wie ihr Röte ins Gesicht steigt. »Ich weiß nicht, was für eins, und wusste nicht, wie ich es sonst wegbekomme.«

Jari dreht den Kopf und grinst sie an, dass die Eckzähne hervortreten.

»Gute Lösung, das Pflaster. Lassen wir es drauf.«

Jari nimmt eine Brille mit Metallbügeln aus der Innentasche seines Jacketts, setzt sie auf und schaltet den Computer ein. Er wendet sich wieder Leia zu und schaut sie über die Brille hinweg an.

»Das Passwort.«

Leia schluckt. Meint er das ernst?

»Viivi sechzehn«, sagt sie, weil sie sich nicht traut, es nicht zu sagen. »Alles klein und zusammen.«

»Nicht gerade das stärkste Passwort der Welt«, tadelt Jari. »Das hätte ich fast erraten. Beim nächsten Mal solltest du kreativer sein.«

Dazu sagt Leia nichts.

Wie gelähmt verfolgt sie, wie Jari Virtanen mit ihrem Passwort in ihre Dateien und dann in den Cloud-Service ihres Samsung geht – und genau, Bild für Bild, Nachricht für Nachricht alles vorhandene Material durchschaut. Das Telefonnummernverzeichnis liest er besonders sorgfältig. Er wirkt enttäuscht, sagt aber nichts, erklärt mit keinem Wort, was er sucht. Denn er sucht eindeutig etwas.

Er hat sein eigenes Smartphone aus der Tasche genommen, es eingeschaltet und vor sich auf den Tisch gelegt. Es ist nicht das iPhone, mit dem Leia auf dem Rücksitz des Taxis ihren Telefonanbieter anrief, sondern ein älteres und einfacheres Modell. Leia wagt nicht zu fragen, was mit dem anderen passiert ist, ob es auch kaputtgegangen ist. Jari blickt zwischendurch immer wieder auf sein Telefon, als erwartete er eine SMS oder einen Anruf, und wirkt dabei immer unzufriedener.

Über den Explorer geht Jari alle Dateien durch, die in den letzten zwei, drei Tagen gespeichert wurden. Die meisten haben mit ProMen zu tun. Aber was er sucht, findet er nicht. Dann fragt er Leia nach dem Passwort für Facebook, loggt sich unter ihrem Namen ein und sieht sich die Ereignisse auf ihrer Timeline an, alle Unterhaltungen der letzten Zeit, alle Fotoalben.

»Ist das deine Tochter, diese ...?«

»Das ist Viivi. Ja.«

»Und sie treibt sich gerade auf dem Schiff herum, im Scheinwerferlicht der Öffentlichkeit.«

»Was?«

»Ein Interview mit der *Abendzeitung.* Ist dir auch schon gelinkt worden, von einer Freundin, einer gewissen ... Helena Somelo.«

Jari liest vor: *»Viivi, die wir in Stockholm erreicht haben, distanziert sich strikt von dem Projekt und von der Wertewelt ihrer Mutter ... Es ist seltsam, wenn die eigene Mutter so was macht ... Entgegen den Spekulationen, die aufgetaucht sind, war keine der beiden Frauen vorher in der Sexbranche tätig ...«*

Jari lacht laut los. Und gerade als Leia denkt, dass nichts schlimmer sein kann, hört man ein Knarren. Zuerst ein einzelnes, dann ein zweites und drittes, eine ganze Serie verheißend.

Jenseits der Wand fängt es rhythmisch an zu rumpeln, weil die Theologin und ihr Freund sich am Samstagabend amüsieren.

Leia weiß nicht, wohin sie schauen soll.

»Samstagabend-Ekstase«, sagt Jari belustigt. »Ziemlich fitte Neunzigjährige, da kann sich mancher eine Scheibe abschneiden. Oder war sie fünfundneunzig?«

Leia sagt nichts, sondern starrt nur vor sich hin.

»Da scheint jemand alles für sein Geld zu kriegen. Kleiner berufsbezogener Witz, haha.«

Leia fährt zusammen, als sich Jaris Hand auf ihren Oberschenkel legt, auf den, der nicht vom Gips geschützt ist. Die Hand schiebt den Saum des Kleids nach oben, findet nackte Haut, drückt neckend zu. Rückt auf die Innenseite des Schenkels zu, höher, höher, Zentimeter für Zentimeter weiter nach oben, jeden neuen eroberten Zentimeter und das lautlose Entsetzen genießend, das in Leias Augen wächst ...

Bis Jaris Handy klingelt.

Er lässt los und springt auf, nimmt das Handy ans Ohr und droht Leia mit dem Zeigefinger, wie um sie zu warnen, nichts Überstürztes zu tun. Dann tritt er einige Schritte zurück und kehrt ihr den Rücken zu.

»Immer noch nicht? Scheiße. Jetzt aber mal ein bisschen Action«, hört Leia ihn knurren. »Lass dir was einfallen, brich meinetwegen die scheiß Tür auf. An Land ist es zu spät.«

Die Erleichterung über die plötzliche Rettung hält nicht lange an. Leia spürt, wie sich an ihrem ganzen Körper die Härchen aufstellen.

Wer hat Jari angerufen? Jemand ... vom Schiff? Dieser ... Sebastian Nyberg?

Sie wusste, dass mit diesem Jungen etwas nicht stimmt. Wer ist das eigentlich, hat er ihrer Viivi etwas getan? Oder hat er vor, ihr was anzutun? Die Krücken lehnen dienstbereit an der Wand, aber an der falschen Seite, am Fußende des Bettes. Es ist nicht leicht, sie in die Hände zu bekommen. Würde es klappen, wenn ich mich auf sie stürze, versucht Leia mit Blick auf Jaris Rücken zu berechnen. Wenn ich den Gips auf den Boden fallen lasse, mich schnell auf die rechte Seite drehe, dann komme ich vielleicht an sie heran ... Aber was nützt es, wenn ich mich aufrapple? Bis zur Tür komme ich nicht, ohne dass Jari es merkt. Und ohne dass er mich aufhält, wenn er es will.

Aber ... wenn ich den Gummischutz abnehme ...

Zu spät.

Jari flucht, als er das Gespräch beendet. Er schaltet das Handy aus, und dann tut er wieder etwas völlig Unfassbares, etwas auf sonderbare Art Unheil Verkündendes. Er nimmt Akku und SIM-Karte aus dem Handy und steckt alles in die Tasche.

Als er Leia danach anschaut, hat sie das Gefühl, in sich zusammenzuschrumpfen.

Und dieses Gefühl wird nicht nur von Jaris Blick verursacht.

Das Rumpeln und Knarren jenseits der Wand hat aufgehört. Das junge Paar ist bis ins Finale vorgedrungen.

Und dann kommt etwas, das man nicht überhören kann. Zuerst nur eine leise Trommel, dann eine Flöte und eine Klarinette.

42

Auf der nächtlichen Seekarte ist das Schiff nur ein Punkt unter anderen. Die Karte wird jede Minute auf Monitor eins im Kommandoraum aktualisiert. Um 23:41 Uhr hat die *MS Gabriella* im Hafen der Hauptstadt einer mitten in der Ostsee gelegenen Inselgruppe festgemacht, von wo aus sie – einige

Aktualisierungen und Minuten später – ihren Weg aufs offene Meer hinaus fortsetzen und wieder ein, zwei Millimeter auf der Karte vorrücken wird.

Die auf Monitor zwei erkennbare schwarz-weiße Ansicht zweier Überwachungskameras im Kabinengang auf Deck fünf der *MS Gabriella* ist nicht wesentlich dynamischer. Keine Menschenseele bewegt sich auf dem Gang, und das ist auch gut so. Hauptsache, die Tür von Kabine 5442, die dritte von rechts, ist und bleibt zu. Alles wird glücklich ausgehen, solange Viivi seine Anweisung befolgt und niemand vor der Ankunft in Helsinki den Kopf aus der Kabine streckt.

Er hat den Daten der Hafenpolizei eine Fahndung nach Tero Rämättö hinzugefügt und so dafür gesorgt, dass der Mann spätestens morgen früh verhaftet werden wird, sobald er das Terminal betritt.

Seine Aufmerksamkeit gilt nun Monitor drei mit der Liveübertragung aus Kabine 5442, übermittelt von Viivis Smartphone.

Sebastian Nyberg hört sich Viivi Laines Geschichte vom nächtlichen Zusammentreffen des Herrn Justizministers mit der Studentin Myriam mucksmäuschenstill, aber bestimmt beeindruckt an. Für ihn, Land-0, gilt das Gleiche. Wieder eine neue Version, diesmal die des Mädchens. Damit dürfte man schon relativ dicht an der objektiven Wahrheit über den Verlauf der Ereignisse dran sein, falls die im Nachhinein überhaupt zu rekonstruieren ist.

Viivi Laines Version hat einen Schluss, der in der Version der anderen Partei fehlte, man könnte sogar von einem dramatischen Höhepunkt sprechen, der endlich die Erklärung für das Mysterium liefert, warum Viivi ihre Drohung nicht wahrgemacht und nichts über das unverschämte Verhalten von Tarmo Häkkilä im Netz verbreitet hat.

Viivi begann zu zögern. Aber der Grund dafür hatte nichts

mit Reue oder mit dem Schuldbewusstsein des Mädchens zu tun, nein.

Der Grund lag bei Häkkilä.

In zwei Worten: nicht schön.

Wenn ein achtundfünfzigjähriger Justizminister ein sechzehnjähriges Mädchen bedrängt und es mit übleren Worten belegt, als es 81,9 Prozent aller Trolls tun, kann man sich nur schwer etwas vorstellen, was noch belastender wäre. Aber er macht es tatsächlich noch schlimmer. Zum Abschluss eines Telefonats, dass er äußerst schmeichelhaft beginnt, droht er dem Mädchen mit den fürchterlichsten Rache- und Strafmaßnahmen legaler wie illegaler Natur.

Klug ist das Aneinanderreihen von Drohungen natürlich nicht, ganz gleich ob sie sich zur Verwirklichung eignen oder nicht. Das hat der Minister selbst begriffen. Man sollte sie sich so bald wie möglich sichern und anschließend alle zum Schweigen bringen, die davon wissen. Denn wenn das Objekt der Drohungen doch den Mut fasst, das Video zu veröffentlichen, ist eines sicher:

Es wird sofort der Renner im Internet sein.

Und damit der letzte Nagel im Sarg von Häkkiläs politischer Karriere.

Viivi beendet ihre Geschichte mit dünner Stimme. Hat sie Angst vor Sebastians Reaktion? Das ist unnötig.

»Futt.«

Dieses von der finnischen Jugend inflationär gebrauchte Wort, das seine eigentliche Bedeutung längst verloren hat und die herrlichste Stelle der weiblichen Anatomie bezeichnet, ertönt in der Kabine mit einer solchen Bewunderung, dass sein Glaube an die junge Generation mit einem Schlag zurückkehrt.

Das ist der richtige Moment, um den Ton an Monitor drei herunter und an Nummer vier hochzudrehen.

Dort wird heute Abend ein etwas anderes Drama aufgeführt.

In dieser Serie der altmodischen Art werden keine überraschenden Wendungen geboten. Keine pfiffigen Wortwechsel. Nicht einmal Blut und Gedärme. Sondern nur das, was in Tausenden Ehebetten um diese nächtliche Zeit hinter verschlossenen Türen am Wochenende vor sich geht.

Es wird gestritten.

Marjukkas Telefon liegt offenbar auf dem Nachttisch neben dem Bett. Es ist dunkel im Zimmer, man hört nur Stimmen, und auch die gedämpft. Jesse soll nicht aufgeweckt werden. Zwischen zornigem Zischen und Tuscheln und tieferem Knurren hört er trotzdem schon bald seinen Namen heraus, und wenig später erneut. Und er kann nur zuhören und warten und hoffen.

Viel Hoffnung besteht allerdings nicht.

Was Leia betrifft, sogar noch weniger.

Leia hat sich nichts aus seiner Hilfe und seinen gut gemeinten Ratschlägen gemacht, sondern das gerade frisch ausgepackte Handy sonst wo vergraben. Auf Monitor fünf blitzten kurz die Spitzen eines BHs und der Streifen einer Wollsocke auf, bevor es dunkel wurde.

Es ist bitter, sich diese Niederlage einzugestehen. Jedi-Ritter Land-0 hat das Wettsingen gegen einen Nobody verloren, gegen Jari Virtanen aus Eingang D.

Das Kamerabild von Leias Laptop auf Monitor sechs bleibt ebenfalls dunkel. Was immer diese Frau früher am Abend aus ihrer Handtasche gekramt und aufs Objektiv geklebt hat, womöglich eine Slipeinlage – es funktioniert. Das Bild war schlagartig weg. Zu seinem fragwürdigen Vergnügen bleibt ihm nur noch Monitor sieben mit dem Blick auf Leias Screen. Dass sie beim Vorspiel mit ihrem Liebhaber Excel-Tabellen, PowerPoint-Folien und sonstige Arbeitsdateien einsetzt, sollte ihn eigentlich nicht wundern, weil es sich eben um Leia Laine handelt. Die Frau holt sich auch sonst ihre Kicks anderswo als die meisten Leute.

Thru with you, Leia Laine, denkt er. Und schaltet die Monitore fünf, sechs und sieben aus.

Er dreht sich mit seinem Stuhl und blickt düster auf das Bett eines einsamen Mannes. Das Ding wartet weiterhin auf ergonomische wie hygienische Maßnahmen.

Ich packe es an, beschließt er, ich lasse jemanden kommen.

Ich werde es noch einmal mit einer Reinigungsfirma versuchen, mit der alten oder mit einer neuen.

Morgen. Übermorgen. Nächste Woche.

Die Augen brennen. Er lässt sie zufallen, nur für einen Moment.

Jetzt hat er Leia von den Monitoren verbannt, aber von seinem eigenen Prozessor kann er sie nicht entfernen. Dort schminkt sich die Prinzessin wieder mit rotem Lippenstift – mit zitternder Hand, schöner, verletzlicher und liebenswerter als je zuvor.

Sie hat seine Hand ausgeschlagen, die er ihr diesmal ganz uneigennützig bot. Hat nicht auf seine Nachrichten geantwortet und sich nicht über sein Kompliment gefreut – auch wenn Lando Calrissians Worte aus *Das Imperium schlägt zurück* an die Prinzessin, die gerade in der Wolkenstadt angekommen ist, keine so glückliche Wahl waren, wie er in dem Moment dachte, als er sie abschickte. Gleich danach entpuppt sich Calrissian nämlich als Schurke, betrügt seine Freunde und liefert Leia und Co. an die Bösen aus.

Er reißt die Augen auf, dreht den Stuhl wieder in Richtung Tastatur.

Für einen beunruhigenden Augenblick hat er den Verdacht, Leias Besucher könnte Valtti Nyman sein, die Nummer zwei des Ministers, der Mann, der gleich nach dem wortarmen Gespräch mit Schweden sein Telefon ausgeschaltet hat. Aber als er Nymans Handy ortet, befindet es sich mehr als fünfzehn Kilometer Luftlinie von Leia entfernt im Stadtteil Punavuori, wo Nyman wohnt. Dort schlummern auch die anderen smarten Geräte des Mannes, und zwar tief und fest. Man bekommt lediglich Kontakt zu seiner Kühl-Gefrierkombination, dem neuesten Schrei, die freundlicherweise die Information übermittelt, dass die Milch für den Kaffee zur Neige geht und der Gefrierschrank abgetaut werde müsste, da statt der empfohlenen 18 Grad minus nur kümmerliche 11,5 Grad darin herrschen.

So schmerzlich es auch ist, das zuzugeben, ist es für Leia doch sicherer, die Nacht in den Armen eines Jari Virtanen zu verbringen als allein, denn bei Nyman kann man nie wissen, was der Fuchs ausheckt und auf welchen Kopf er es als Nächstes abgesehen hat. Zweifellos spinnt er gerade neue Intrigen, der verfluchte Abzocker.

Es ist 23:46 Uhr. Die *MS Gabriella* hat im Hafen von Mariehamn abgelegt. Der Punkt auf Monitor eins ist Helsinki einen Millimeter näher gerückt. Noch zehn Stunden und zwölf Minuten Fahrzeit, dann ist Viivi gerettet. Und das Video ebenfalls.

Auf Monitor drei verarbeitet Viivi noch immer mit ihren Freunden die aufregende Lage. Wie lange die Telefonverbindung noch hält? Wohl kaum länger als eine halbe Stunde.

Auf Monitor zwei bewegt sich etwas. Jemand ist im Kabinengang aufgetaucht, man sieht nur den Rücken. Den Rücken eines großen Mannes.

Er bleibt stehen, dreht sich um, wie um sich zu vergewissern, dass ihm keiner folgt. Dann tritt er vor eine Kabinentür und hält das Ohr daran.

Es ist die dritte Tür von rechts, begreift er erst in dem Moment, als der Mann anklopft.

Auf Monitor drei wird es abrupt still. Die jungen Leute in Kabine 5442 geben keinen Mucks von sich.

Dann klingelt das Telefon.

Nicht seines, sondern das von Leia.

43

Jari Virtanen legt den Kopf schief.

»Das Stück kenne ich. Ist das nicht das, das immer beim Eiskunstlauf gespielt wird? Nicht Carmen, sondern das andere.«

»Boléro.«

»Genau.«

Die Lautstärke hat stetig zugenommen, und bei der dritten Strophe sind schon Fagott und Harfe mit dabei. Wie sehr Leia dieses Stück hasst, wie sie es hasst und fürchtet. Wer ruft sie an, wer ist so hartnäckig, dieser – Land-0?

»Hört die Fünfundneunzigjährige von nebenan oft so laut Musik?«, erkundigt sich Jari. »Vielleicht sollte man ihr mal sagen, dieser – wie heißt sie noch ...?«

»Frida. Nein, das sind eben diese Fertighäuser aus den Siebzigern, null Schallisolierung ...« Leia verstummt.

Der macht das mit Absicht, begreift sie. Der genießt das.

Der spielt mit mir wie die Katze mit der Maus.

Nun bricht der Boléro ab, mitten im Takt, wie mit dem Messer abgeschnitten.

Man hört nur noch ihr Atmen.

Hinter dem Laptop auf dem Tisch lugt das Nokia hervor. Ohne Grund verstoßen, klobig und altmodisch, aber es hat immer funktioniert, egal wie oft es heruntergefallen ist.

Sobald Jari sich etwas entfernt, zum Beispiel etwas aus der Küche holt, wird sie es an sich nehmen. Zwei Tasten drücken und sie hat Ripsa an der Strippe, sagt ihr, sie soll herkommen. Oder Markku. Oder – die Polizei.

Hat Jari bemerkt, wo sie hinschielt?

»Könntest du mir ein Glas Wasser aus der Küche holen?«, bittet Leia ihn. »Ich müsste eine Tablette nehmen.«

»Eine, die dich so hübsch durcheinanderbringt?«

Weil Leia nicht lächelnd auf Jaris Bemerkung reagiert, gefriert auch sein Lächeln.

»Da ist noch Wasser in der Karaffe. Ich gieße dir etwas davon ein.«

»Nein, das ist abgestanden«, sagt Leia. »Könntest du ... ich möchte frisches, aus dem Hahn.«

»Ich glaube, du brauchst etwas ganz anderes.«

Jari beugt sich über sie, streift ihre Haare. Leia spürt, wie es eiskalt durch ihre Adern läuft, wie ihr ganzer Körper klamm wird.

»Ohne was kommt keine Frau aus?«, fragt Jari.

»W-was?«

»Ohne ihre Handtasche. Du scheinst deine im Bad vergessen zu haben.«

Hätte sie den Gips nicht, käme sie leicht an das Nokia heran. Eine Sekunde, zwei simple Bewegungen, und sie hätte das Telefon in der Hand. Wenn Jari aus dem Bad käme, hätte sie es bereits am Ohr, triumphierend, und würde dem Diensthabenden in der Notrufzentrale so laut ins Ohr brüllen, dass es nicht nur bis zur Theologin nebenan, die gerade Spaß an ihrem Sexualleben hat, sondern auch durch zwei Wohnungen hindurch bis zur schwerhörigen Frida vordringen würde: Hilfe, kommen Sie schnell, ein Mann ist in meine Wohnung eingedrungen!

Aber mit dem Gips geht nichts reibungs- und schmerzlos,

und schon gar nicht fix und unbemerkt. Leia kann sich gerade in eine Position bringen, in der es ihr gelingt, mit den Fingern der weit ausgestreckten Hand eine Ecke des Handys wenigstens zu berühren, als es in diesem denkbar schlechten Moment anfängt zu klingeln. Die Nokia-Melodie ertönt.

Ti-di-dii-dii

Ti-di-dii-dii

Ti-di-dii-dii-dii!

»Wer will uns denn hier so sehr stören?«

Leias Hand zuckt zurück, als hätte sie sich die Finger verbrannt.

Jari steht mit ihrer Handtasche an der Wohnzimmertür und betrachtet nachdenklich das klingelnde Handy auf dem Tisch, wieder mit leicht zur Seite geneigtem Kopf. Leia erstarrt. Sie wagt es nicht einmal, zu atmen.

Ti-di-dii-dii ...

Viivi. Wer sonst kann das um diese Zeit sein. Ripsa? Markku? Ihre Mutter? Diese schreckliche Reporterin Anjuska Saneri, die Viivi so seltsame Äußerungen abgepresst hat ...

Der Anrufer lässt nicht locker. Immer wieder fängt die Melodie von vorn an. Schließlich streckt Leia die Hand bettelnd in Richtung Telefon aus. Es geht nicht anders, sie erträgt diese Folter keine Sekunde länger.

»Ach, du willst rangehen?«, sagt Jari scheinbar erstaunt. Er tritt an den Tisch und nimmt das Handy auf.

Der Anruf bricht ab.

»Hups. Jetzt hab ich es anscheinend aus Versehen ausgeschaltet«, sagt er mit großen Augen.

»Gib es mir«, bittet Leia mit zitternder Stimme. »Hast du gesehen, ob es Viivi war?«

Jari lächelt kalt.

»Viivi hat auf dem Schiff heute ihr eigenes Programm. So wie wir beide hier.«

»Wärst du bitte so nett, es mir zu geben?«

Jari nimmt das Nokia unter die Lupe. »Mit so was musst du also auskommen. Ist allerdings ganz robust … Oh! So ein Pech, der Akku ist rausgefallen. Ich bin ein bisschen ungeschickt mit diesen Dingern. Und jetzt auch noch die Speicherkarte. Hups. Und das SIM-Plättchen. Aha, ein Prepaid.«

Jari setzt sich auf den Rand des Couchtischs, seine Knie berühren ihre linke Seite. Das auseinandergenommene Handy legt er so auf den Tisch, dass Leia nicht herankommt. Einige Teile lässt er in seine Jackentasche fallen, zumindest die Prepaid-Karte und … was noch? Die Speicherkarte?

Dann nimmt er die Handtasche auf den Schoß und öffnet den Reißverschluss.

»Ist es hier drin?«

Ohne ihn daran hindern zu können, muss Leia zusehen, wie der Mann ihre Tasche ausleert, wie er einen Gegenstand nach dem anderen herausnimmt.

Schlüsselbund. Zeitkarte. Portemonnaie.

Als er sich anschickt, den Inhalt des Portemonnaies zu untersuchen, entweicht Leias Mund ein leiser Aufschrei. Sie versucht, ihm das Portemonnaie abzunehmen, aber er zieht es im letzten Moment weg.

»Na, na«, macht er, und dann packt er Leia auch schon unter dem Kinn. Diesmal ist es kein zärtlicher Griff. Dass die Hand die Luftröhre trifft, ist wahrscheinlich kein Zufall.

»Schön brav sein«, sagt er. »Damit wir nachher nichts bereuen müssen.«

Jari Virtanens Augen sind nicht mehr freundlich.

Leia blinzelt, ihr kommt kein Laut aus der Kehle. Jari lässt los, tätschelt ihr die Wange. Dann setzt er die Inspektion des Portemonnaies fort.

Leia schnappt nach Luft. Der ist wahnsinnig! Der raubt mich aus und bringt mich um. Wenn Viivi morgen nach Hause kommt, wenn sie an der Tür Hallo ruft und ich nicht antworte, kommt sie herein und sieht mich hier auf der Couch liegen ... erwürgt.

Davon wird sich Viivi nie erholen.

Jari pflückt alles aus dem Portemonnaie heraus, alles. Die Zwanzigeuroscheine, die Ripsa ihr geliehen hat. Jede einzelne Karte und jedes Zettelchen. Den Inhalt des Kleingeldfachs kippt er auf den Tisch: zwei lächerliche Münzen, eine Büroklammer, das Gehäuse einer alten Armbanduhr, die auf ein neues Armband wartet. Einen USB-Stick.

Den hält der Mann ihr vors Gesicht.

»Ist es da drauf?«

»Was?«

»Du weißt, wovon ich rede. Das Video.«

»Da sind nur Excel-Tabellen drauf. Berechnungen der weiteren Finanzierung von ProMen in verschiedenen Varianten.«

Jari betrachtet den USB-Stick angewidert, zögert kurz und steckt ihn dann in die Tasche.

Die halb zerknüllten Papiertaschentücher wirft er zur Seite. Aus dem Päckchen mit den unbenutzten zupft er jedes einzelne Taschentuch heraus und schüttelt es. Glaubt er, dass sie dazwischen etwas versteckt hat?

Weitere USB-Sticks?

Zuerst hat sie gedacht, er suche in der Handtasche nach einem Telefon, dann, dass er es auf ihr Geld abgesehen hat, aber die wenigen Scheine interessieren ihn nicht. Er sucht etwas anderes. Etwas – Gespeichertes.

Ein Video.

Schon entzündet sich ein Funke Hoffnung. Es muss sich um ein Missverständnis handeln. Er glaubt, dass sich ein bestimmtes Video in ihrem Besitz befindet. Wenn er feststellt, dass es kein Video gibt, wird er gehen und sie in Ruhe lassen. Sie wird alles überstehen, wenn sie einen kühlen Kopf bewahrt und nicht zusammenbricht. Sie wird davonkommen.

Ihre Theorie findet Bestätigung, als Jari ebenso sorgfältig die Packungen mit dem Heftpflaster und den Schmerztabletten untersucht. Aus dem Kosmetikbeutel leert er Kamm, Wimperntusche und Puderdose auf den Tisch, Letztere macht er auf und beäugt sie genau. Ebenso wie die zwei Slipeinlagen, die sie immer dabeihat. Als er sie auseinanderfaltet, um nachzusehen, ob darin etwas versteckt ist, spürt Leia, wie ihr diese Demütigung die Röte ins Gesicht treibt.

Die Tasche ist jetzt leer. Jari schüttelt sie mit der Öffnung nach unten, aber es schweben nur noch ein Haar und ein Bonbonpapier heraus. Danach wirft er die Tasche beiseite.

Es sieht nicht so aus, als ob er zufrieden wäre.

Leia wagt es nicht, etwas zu sagen. Sie hat das Gefühl, ihr Herz würde zusammengepresst und die Lunge ebenso. Das Atmen fällt ihr schwer.

Die Stille scheint eine Ewigkeit zu dauern.

Dann knarrt der Couchtisch. Jari lehnt sich zurück, scheint sich etwas zu entspannen.

Vielleicht ist er endlich zur Vernunft gekommen, fleht Leia innerlich. Hat kapiert, dass es kein Video gibt. Geht weg, lässt mich in Ruhe.

»Arme Leia«, sagt der Mann. »Du scheinst überhaupt nicht zu wissen, worum es geht.«

»Nein«, haucht Leia.

»Du bist vollkommen perplex. Starr vor Schreck. Und außerdem tut dir auch noch das Bein höllisch weh. Oder? Das tut es doch?«

»J-ja.«

Was sie da gerade gehört hat, klingt nicht verheißungsvoll.

Jari nimmt das Tablettenröhrchen vom Tisch. Er schraubt

es auf, schüttet den Inhalt in die hohle Hand und zählt die Tabletten. Sieben.

»Das ist alles?«

Leia nickt.

»Mehr haben sie dir nicht gegeben?«

Leia schüttelt den Kopf.

Jari schmunzelt. »Sparen, sparen ...«

Er dreht das leere Röhrchen vor seinen Augen, liest halblaut vor, was darauf steht.

»Wie viele hast du zuletzt genommen?«, fragt er plötzlich. »Als du, wie sagtest du noch, durcheinandergeraten bist.«

Leia wagt es nicht, ihm die Antwort schuldig zu bleiben.

»Zwei«, flüstert sie.

Jari nimmt zwei Tabletten und reicht sie ihr.

Leia betrachtet sie auf ihrer Hand, aber die Hand ist wie losgelöst, ein Körperteil, der nicht zu ihr gehört, ihr nicht gehorcht. Jari seufzt. Er pickt die Medikamente von ihrer Hand und schiebt sie ihr umstandslos zwischen die Lippen. Dann nimmt er die Karaffe und füllt ein Glas, packt Leia am Hinterkopf, hält ihr das Glas an den Mund und flößt ihr Wasser ein wie einem kleinen Kind.

Leia spürt, wie die Tabletten herunterrutschen, und bekommt etwas Wasser in den falschen Hals. Jari sieht amüsiert zu, wie sie hustet und würgt, bis sie nicht mehr das Gefühl hat, zu ersticken.

»Nicht so gierig«, tadelt er sie. »So schnell werden sie dir nicht ausgehen.«

Und bevor Leia es richtig begreift, hat er ihr eine dritte Tablette in den Mund gesteckt und Wasser eingeflößt, und sie schluckt auch diese.

»Von denen ... darf man nicht so viele nehmen«, meint Leia hustend. »Auf der Packung steht ...«

Jari tätschelt ihr die Wange und steht auf.

»Ich hole dir was anderes, das hilft. Warte nur in aller Ruhe. Entspann dich, beruhige dich.«

Wieder droht er ihr mit dem Finger, als könnte sie mit dem Gips entkommen, und verschwindet in der Küche. Von dort kommt er mit der Tüte zurück, in der er seine Mitbringsel hatte. Es klirrt, als er sie auf den Couchtisch stellt.

»Rot oder weiß?«

Leia sieht ihn bestürzt an.

Jari nimmt die Rotweinflasche aus der Tüte.

»Irgendwie habe ich das Gefühl, dass Rotwein besser zu so einem miesen Novemberabend passt, nicht wahr? Ein Glas oder zwei zum Trost an einem einsamen Abend auf dem Sofa, während draußen der Wind heult und das Leben einem so übel mitspielt.«

Leia starrt auf das Weinglas, das Jari auf den Tisch stellt. Aus der Gesäßtasche zieht er den Korkenzieher, den er in ihrer Küche gefunden hat, steckt ihn in den Korken und fängt an zu drehen.

»Das hier ist ein Testsieger der Zeitschrift *Wein.* Anspruchsvoll, aber am Ende lohnend. Reich und voll im Geschmack, mit ziemlich viel Tanninen und Säure. Und langem Abgang«, erklärt er. »Soll nach Leder, Rauch und trockenen Beeren schmecken. Klingt das verlockend?«

Er füllt das Glas zur Hälfte und gibt es Leia.

»Probier mal. Was sagst du? Ist genug Leder und Rauch drin, wie versprochen?«

Leia führt das Glas an die Lippen. Die Flüssigkeit darin schwappt wie die Ostsee bei Sturm.

Der ist wahnsinnig, denkt sie, wahnsinnig und sadistisch. Sie befeuchtet die Lippen mit dem Wein, tut so, als schluckte sie.

»Na?«, fragt Jari. »Wie ist er? Hat der Weinredakteur recht?«

»Ja ... er ist gut.«

»Fein. Aber sorry. Ich hab jetzt ein bisschen zu tun. Du musst dich eine Zeit lang mit dir selbst beschäftigen.«

Er nimmt die Krücken und bringt sie in den Flur.

»Damit du nicht auf dumme Gedanken kommst«, sagt er, als er zurückkehrt. Und nickt in Richtung Glas.

»Lang nur tüchtig zu, der Pegel ist noch kein bisschen gesunken. Bald wirst du dich viel leichter, entspannter und fröhlicher fühlen. Und du wirst keine Schmerzen mehr haben, gar keine mehr.«

44

Sie hat immer gesagt, ruf mich an, wenn du ein Problem hast, wann immer du willst, egal, zu welcher Zeit. Jetzt hat sie ein Problem. Die Luft in der sieben Quadratmeter kleinen Kabine scheint auszugehen, obwohl die Klimaanlage bläst, dass die Haare flattern. Sie sitzt auf dem unteren Bett zwischen ihren besten Freunden, aber was sie am meisten will, ist, dass ihre Mutter ans Telefon geht. Sie wird ihr alles erzählen, will nichts mehr für sich behalten, sie kann es gar nicht. Sie wird alles so erzählen, wie Merja es ihr geraten hat und wie sie es schon vor der Reise hätte tun sollen.

Aber ihre Mutter meldet sich nicht. Obwohl sie es klingeln und klingeln lässt.

»Geht sie nicht ran?«, flüstert Mia.

»Nein.«

Viivi beißt sich auf die Lippe und kämpft gegen die Tränen an. Ihre Mutter hat den Artikel in der *Abendzeitung* gelesen und ist wütend geworden. Sie ist enttäuscht von ihrer

Tochter, weil die ihre Arbeit kritisiert und sie als *awkward* bezeichnet hat. Ihre Mutter sieht, dass sie anruft, und meldet sich trotzdem nicht ...

»Mist!«

Die normale Nummer funktioniert ja gar nicht, fällt Viivi ein.

Hastig sucht sie die neue, vorübergehende Nummer heraus. Ihre Mutter hat doch keinen Hass auf sie!

Aber sie geht auch jetzt nicht ran. Stattdessen wird das Telefon ausgeschaltet.

Hat sie das aus Versehen getan? Vielleicht hat sie schon geschlafen, ist aufgewacht und hat im Halbschlaf die falsche Taste gedrückt. Es wäre nicht das erste Mal. Oder sie will sich wirklich nicht melden ...

Alle drei springen auf, als erneut an die Tür gehämmert wird.

»Sebu? Bist du da drin?«

»Das ist Taavi«, sagt Mia leise. Sie und Sebu schauen sich an, dann blicken sie auf Viivi.

»Ich bin hier«, ruft Sebu. »Wieso?«

»Mach auf.«

»Das geht nicht.«

»Du musst.« Taavis Stimme klingt panisch. »Weil Sarleena hier bei mir ist. Die muss dir was Wichtiges sagen.«

»Wer?«

»Unsere Aufsichtsperson. Die Schwester von Sippe.«

»Was sollen wir tun?«, fragt Mia leise.

Viivi steht auf.

»Ihr macht auf. Ich gehe aufs Klo und telefoniere.«

Viivi geht auf die Toilette und sperrt die Tür ab. Sie hört, wie die Kabinentür geöffnet wird.

Sie wählt wieder die Nummer von eben, die neue ihrer Mutter, aber nun läutet es nicht einmal mehr an. Vielleicht ist der Akku leer. Oder sie hat das Handy absichtlich ausgeschaltet, damit Viivi nicht mehr anrufen kann.

Nein, das würde sie ihr nicht antun, auch wenn sie noch so wütend wäre.

Vielleicht hat sie sich einfach verwählt. Sie versucht es ein weiteres Mal. Noch immer kein Läuten.

Haben wir jetzt schon keinen Empfang mehr, so kurz nach dem Auslaufen aus dem Hafen?

Viivi lässt die Schultern hängen und betrachtet sich im Spiegel. Das Licht von oben lässt die unreine Haut trotz des Make-ups zum Vorschein kommen, ebenso die Augenringe nach den schlaflosen Nächten und die Sorgenfalte, die zwischen den Augen schon zu erahnen ist und zweifellos irgendwann so aussehen wird wie bei ihrer Mutter. So sehe ich wahrscheinlich aus, wenn ich alt bin, denkt Viivi. So alt wie meine Mutter. Sie schluchzt auf ...

Und lauscht.

Das Schiff dröhnt und die Klimaanlage surrt, man hört durch die Rohre, wie irgendwo eine Toilettenspülung betätigt wird. Aber in der Kabine ist es sonderbar still. Als wäre da niemand.

Sind sie irgendwo hingegangen? Lassen sie sie allein?

Viivi leckt sich über die trockenen Lippen. Sie legt die Hand vorsichtig auf den Riegel und dreht ihn auf.

Öffnet die Tür einen Spaltbreit.

Öffnet sie ganz.

Die Kabine ist nicht leer, es sind sogar noch mehr Leute darin als eben. Mia und Sebu kauern reglos auf dem Bett, mit großen Augen. Mia hält sich die Hand vor den Mund. Den Raum zwischen den Betten füllen der mit blassem Gesicht dastehende Taavi und ein riesiger Mann, der Taavi von hinten ein Messer an die Kehle hält. An Taavis Adamsapfel, der sich über dem Halsausschnitt des Fan-T-Shirts beim Schlucken auf und ab bewegt, rinnt eine dünne Blutspur nach unten.

Der Mann hat eine Jacke und schwarze Lederhandschuhe an, und obwohl eine schwarze Sturmhaube sein Gesicht bedeckt, erkennt ihn Viivi sofort.

Das ist der *creepy* Typ.

Als er sie an der Toilettentür atmen hört, dreht er sich zu ihr um. Der Blick aus den Augenlöchern der Maske richtet sich auf einen Punkt an ihrer Hand. Auf das Smartphone, das sie umklammert.

Viivi schafft es nicht, die Klotür wieder zuzuziehen, der Mann hat Taavi bereits losgelassen und die Tür ganz aufgerissen. Er packt Viivi und drückt ihr das Messer an die Seite. Sie stöhnt, als sie spürt, wie die Klinge durch das dünne T-Shirt dringt und ihr direkt unter der Achsel eine Wunde zufügt, noch nicht tief, aber …

»Das Handy«, sagt der Mann. Er sagt es zu Taavi, der weiß wie ein Laken auf der Stelle schwankt und sich den Hals hält. »Nimm es der Kleinen ab und steck es mir in die Tasche! Mach schon! Wenn du nicht willst, dass die kleine Nutte auf der Stelle stirbt.«

Ohne Viivi in die Augen zu schauen, nimmt Taavi ihr das Handy ab und lässt es in die Tasche des Mannes fallen.

Für einen Moment glaubt Viivi schon, dass damit alles vorbei ist, aber es geht erst richtig los. Der Mann greift nach dem Saum ihres T-Shirts und schiebt die rechte Hand mit dem Messer darunter. Mit der Linken packt er sie von hinten so fest an den Haaren, dass sie befürchtet, die Kopfhaut könnte reißen.

»Tür auf«, faucht der Mann Taavi an, und der Junge gehorcht.

Keiner ist schnell oder mutig genug, um Widerstand zu leisten oder um Hilfe zu rufen, als der Mann mit Viivi die Kabine verlässt.

Er hat sie fest im Griff und läuft mit ihr über den Gang, die Hand in ihren Haaren, die kalte Messerklinge an der bloßen Haut. Vor ihnen geht eine Kabinentür auf, um ein Haar stoßen sie mit dem Rentnerehepaar zusammen, das auf den Gang tritt. Die Frau starrt sie entsetzt an. Der *creepy* Typ flucht. Er lockert die Hand mit dem Messer so weit, dass er sich die Sturmhaube vom Kopf ziehen kann. Als Viivi versucht, sich umzudrehen, um das Gesicht zu sehen und um Gnade zu bitten, verhindert er es, indem er ihr an den Haaren zieht. Die Messerklinge schneidet ihr in die Haut, und Viivi stöhnt vor Schmerz auf.

Lange Gänge, immer neue Gänge. Dann biegen sie zur Treppe ab. Es geht nach oben, auf Deck 6, und weiter auf Deck 7. Viivi ist, als würde ihr Handy klingeln, jemand versucht sie anzurufen, wahrscheinlich Mia und Sebu, aber das Handy steckt in der Tasche des Mannes, und da kommt sie nicht heran. Noch mehr Treppen ... Als sie auf Deck 8 kommen, fällt Viivi ein: Hier geht es auf das hintere Außendeck, wo sie letzte Nacht das zehn Meter unter ihnen tosende Meer bewundert haben, das ihnen gleichzeitig einen Schrecken einjagte. Sebu hat Unfug gemacht und ist über die Reling geklettert, er wäre fast abgestürzt. Wie lange waren sie wohl dort, bis ein Wachmann kam? Bis dahin hätte alles Mögliche passieren können.

Die Knie geben nach, Viivi gerät ins Schwanken. Sie versucht sich am Treppengeländer festzuhalten, aber der Mann reißt so heftig an ihren Haaren, dass ein Büschel ausgeht, und Viivi schreit vor Schmerz und Entsetzen.

45

Zuerst rührt sich das eine Handy, dann das andere. Auf beide Versuche meldet sich die Prinzessin nicht. Den zweiten Anruf ihrer Tochter drückt sie sogar weg.

Woher kommt diese Gleichgültigkeit, was das Wohlergehen ihrer Kleinen betrifft? Vor allem wenn tatsächlich einmal Grund zur Sorge besteht.

Er, Land-0, nur eine bescheidene Nebenfigur in dieser Saga, macht sich jedenfalls so viele Sorgen, dass er stümpert und dadurch Zeit verplempert, als er auf den Monitoren fünf, sechs und sieben wieder die Leia-Kanäle einschaltet.

Die Kameras im Samsung und im Laptop sind noch immer dunkel. Der Screenshot des Computers zeigt die Office-Startseite.

Er muss sich eine neue Dose aufmachen. Die Nerven, die Nerven ... Im Augenwinkel registriert er eine Bewegung. Auf Monitor zwei tut sich etwas. Er richtet den Blick darauf und kann gerade noch sehen, wie ein Paar auf Deck 5 des Schiffes aus dem Gang verschwindet.

Eine dünne Frau und ein großer Mann mit – pechschwarzem Gesicht? Verdammt. Wo kommen die her? Die Kabinentüren gehen nach innen auf, und das Bild ist ärgerlich unscharf. Auch wenn die Kabinentür noch offen wäre, würde er es nicht unbedingt erkennen. Er kann sich nicht sicher sein.

Das Bild von Viivis Handy ist inzwischen dunkel, aber man hört etwas, schwere Schritte und leichtere, es geht schnell vorwärts und es wird nicht geredet. Hastig spult er die Aufnahme der Überwachungskamera zurück. Das Paar saust rückwärts in eine Kabine auf der rechten Seite des Gangs.

Es ist die dritte Tür von rechts. Kabine 5442.

Jetzt einen kühlen Kopf bewahren, Land-0, denkt er, spult

zwei Sekunden zurück und hält an, als das Paar auf den Gang tritt. Auch wenn das Bild schwarz-weiß und grobkörnig ist, erkennt er Viivi sofort. Er sieht auch, dass ihr Begleiter nicht der Klettermaxe ist, sondern jemand ganz anders, obwohl sie eng umschlungen gehen wie Turteltäubchen. Er zoomt das Bild größer. Unmittelbar vor der Auflösung in einzelne Pixel kann er Viivis Gesichtsausdruck erkennen: wie ein lautloser Hilferuf. Das Gesicht des neben ihr stehenden kräftigen Mannes im Parka ist schräg zur Seite gerichtet. Land-0 lässt die Aufnahme Zehntelsekunde für Zehntelsekunde weiterlaufen, bis der Mann den Kopf dreht. Nun sieht er, dass der nicht schwarz ist, sondern –

Verflucht! Der trägt eine Maske!

Die beiden sind kaum aus dem Bild verschwunden, als drei junge Menschen aus Kabine 5442 stürzen. Zwei rennen Viivi und dem Mann hinterher, die dritte Person hämmert mit beiden Fäusten an die Tür der Kabine gegenüber.

Als er nach kurzem Herummurksen mit dem mehr als reichlich bestückten, zum Glück logisch gekennzeichneten Kameraarsenal des Schiffes den Blick in die andere Richtung desselben Ganges findet, sieht er dort nur noch ein älteres Ehepaar, das sich über ein schwarzes Stück Stoff wundert, das auf dem Gang liegt. Tero Rämättö scheint die Maske abgelegt zu haben.

»Verdammt, verdammt, verdammt!«

Sie hatten den ganzen Abend Zeit, Rämättö festzunehmen und einzusperren, er hat die Fahndung geschickt, als sie gerade in Stockholm losgemacht hatten, man konnte von der Kommandobrücke aus noch Gröna Lund, den Vergnügungspark von Stockholm sehen, verflucht! Die haben einen gefährlichen Kriminellen an Bord, der nicht einmal ein gültiges Ticket besitzt. Und der ist zumindest einmal schon aufgefallen, als er für Unruhe im Duty-free-Shop sorgte. Warum ist da nicht längst die Käfigtür aufgegangen? Ineffizient ist das. Man sollte nicht glauben, dass so ein auffälliger Kerl stundenlang auf begrenztem Raum der Verhaftung entkommen kann.

Wo bringt er Viivi hin, was hat er mit ihr vor? Es gibt keine Zeit zu verschwenden, es kann um Minuten gehen, wenn nicht um Sekunden.

Sofort ans Telefon! Anruf bei Viivi. Bald gibt es keinen Empfang mehr, aber noch ist ein Signal da, Viivis Telefon klingelt, doch es meldet sich niemand, es bewegt sich irgendwo auf dem Schiff, aber wo und in wessen Besitz?

Zweiter Versuch: Anruf bei Tero Rämättö.

Wieder läutet es. Wieder keine Reaktion.

Die offene Dose am Rand des Dashboards schwappt über, als er aufspringt. Du Amateur, schimpft er sich, du Anfänger! Du bist auch ineffizient. Die beiden haben jetzt etwas anderes zu tun, als Anrufe anzunehmen.

Er muss sich etwas Besseres einfallen lassen, und zwar schnell. Aber was?

Denk nach! Denk nach!

46

Sie sind gar nicht im hinteren Bereich des Schiffes vor dem Nachtklub, wo es durch eine Metalltür aufs Außendeck geht, sondern näher am Bug. Neben der Treppe fällt der Blick auf das bereits geschlossene Büfett-Restaurant. Deck 8 ist das »Restaurant-Deck«, und das sieht und hört man, munteres Stimmengewirr empfängt einen, heute sind noch mehr Leute in Weihnachtsfeierlaune unterwegs als letzte Nacht. Sie ziehen von einem Lokal zum nächsten, vom Casino zur Tapas-

und Wein-Bar und weiter zum Karaoke. Im Pub johlt der Sänger von gestern einen Country-Song, er winkt ihr mitten im Lied zu, als er sie auf dem Gang sieht, er hat sie erkannt.

Merkt denn niemand, dass sie in Not ist? Keiner der Entgegenkommenden begreift, dass sie nicht freiwillig hier geht, mit diesem großen, tätowierten Kerl, der mindestens doppelt so alt ist wie sie und eine Pranke in ihren Haaren und die andere unter ihrem T-Shirt hat. Nicht die Rentner, die ihr Geld in die Spielautomaten stopfen, nicht die Roma-Frauen, die mit ihren ausladenden Samtröcken und Kaffeetassen in den Händen an den Fenstertischen sitzen und schwatzen, nicht die Hipster, die nach dem Ende der Mitternachtsshow aus dem Nachtklub kommen.

»Voll die erbärmliche Show«, sagt Mari.

»Ich frage mich, wo sich die Leute aus unserer Schule rumtreiben«, meint Ella. »Gehen wir sie suchen.«

Bloß Sippe grinst, als er Viivi sieht, und stößt sicherheitshalber ihre Freundinnen an: Schaut mal, sie hat Sebu gegen *den da* eingetauscht.

Sie muss weiterstolpern, an den dreien vorbei, und wagt es nicht, ihnen etwas zuzurufen oder ihnen wenigstens mit dem Gesichtsausdruck zu signalisieren: *Helft mir, der hat ein Messer, der bringt mich um.*

Aber dann passiert etwas. Ein ohrenbetäubendes Heulen ertönt, wie in der Aula der Schule, wenn der Rektor mit Mikrofon und Lautsprechern nicht klarkommt. Alle Leute halten sich intuitiv die Ohren zu und ducken sich leicht. Dann kommt eine Durchsage, und zwar keine von den hinlänglich bekannten in schmeichelndem, gekünsteltem Ton. Außerdem in einer solchen Lautstärke, dass sie das Stimmengewirr, den Diskobeat aus dem Nachtklub und das Geklingel der Spielautomaten übertönt.

»Achtung! Dies ist eine Warnung. Auf dem Schiff befindet

sich ein gefährlicher Krimineller namens Tero Rämättö. Er hat eine Geisel in seiner Gewalt. Mitteilung an alle Crewmitglieder: Der Mann ist sofort festzunehmen.«

Die Stimme des Mannes klingt hektisch, fast aufgebracht. Obwohl da wieder dieser sonderbare Hall ist, Viivi erkennt ihn sofort.

Das ist der, der sie angerufen und gewarnt hat.

Es ist, als würde alles stillstehen, auch die Zeit. Die Leute ringsum sind erstarrt. Sogar der *creepy* Typ ist stehen geblieben, er heißt Tero Rämättö, begreift Viivi, und ich bin seine Geisel. Dann fängt jemand an zu kreischen. Ella. Sie deutet mit dem Finger auf Viivi und den Mann und dann auf den Fernseher neben dem Fenster. Und als Viivi den Kopf dreht, sieht sie auf dem Fernseher sich und den *creepy* Typen, wie sie die Kabine verlassen, der Typ noch mit der schwarzen Sturmhaube über dem Kopf.

Es ist eine kurze Sequenz in Schwarz-Weiß, nur zwei Sekunden lang. Dennoch zieht sie alle Aufmerksamkeit auf sich. Denn als sie aufhört, fängt es wieder von vorn an und dann noch ein drittes Mal. Viivi blickt sich um und sieht das gleiche Video auf allen Bildschirmen, die normalerweise ein Fernsehprogramm mit schlechtem Ton zeigen oder Werbung, die sich auf das Schiff bezieht. Womöglich läuft das Video gerade auf allen Fernsehern des Schiffes. Und dann erscheint auf dem Bildschirm ein Foto von Tero Rämättö, ein Passbild, auf dem er fast so beängstigend aussieht wie in echt.

Wieder ein fürchterliches Heulen, und die Durchsage von eben wird wiederholt: »Achtung! Dies ist eine Warnung ...«

Wie durch Zauberhand erwacht alles wieder zum Leben, die Menschen fangen an zu lärmen und zu rufen und davonzustolpern, die meisten nehmen das Handy ans Ohr, ein Mann fotografiert sie sogar, und Viivi spürt, wie die kalte Messerklinge immer fester auf die nackte Haut drückt, sie muss schluchzen, und Tero Rämättö hat jetzt keine Zeit mehr zu verlieren. Er zwingt Viivi, sich in Bewegung zu setzen, zu der Metalltür, die sie von gestern schon kennt, und an der heute kein Verbot, das Außendeck zu betreten, hängt. Er befiehlt Viivi, die Tür zu öffnen.

Der Wind bläst ihnen eisig entgegen, als sie sich nach draußen schieben. Schneeregen klatscht ihnen ins Gesicht und auf die Arme.

Würde Tero Rämättö sie loslassen, würde sie in dem kalten Wind innerhalb weniger Sekunden zu Eis erstarren. Aber Rämättö bleibt nicht stehen, lässt sie nicht los, sondern führt sie auf dem mit Schneematsch überzogenen, kalt leuchtenden Stahldeck immer näher zur hinteren Reling hin. Die Lichter von Mariehamn sind nur noch schwach zu erkennen. Hinter der Fensterfront, die die ganze Breite des Schiffes einnimmt, dröhnt ein Tanzbeat, zwischen den Vorhängen leuchten die Lichter des Nachtklubs, die Lichtorgel blinkt über der Tanzfläche, aber draußen ist es dunkel, das Licht reicht nicht bis hierher, auch nicht die Blicke der Leute drinnen, und Viivi kommt plötzlich ein ulkiger und zugleich entsetzlich trauriger Gedanke. Sie hätte sich da drinnen gern die Mitternachtsshow angesehen, im Warmen, mit ihren Freunden zusammen, sie hätte die Tanzvorführung bestimmt zu schätzen gewusst, im Gegensatz zu dem Hipstertrio. Angesichts ihrer aktuellen Lage ist dieser völlig losgelöste und sinnlose Wunsch vielleicht ihre Rettung. So hat sie keine Zeit und keine Gelegenheit, darüber nachzudenken, welche Folgen das kurze Video und die Durchsage von eben haben, ob überhaupt, denn Tero Rämättö zögert nicht mehr. Er drückt sie bereits gegen die Reling, hält sie noch immer an den Haaren, presst sich von hinten an sie, zwingt sie, sich über die Reling zu beugen und auf die Strudel und Wellen in zehn Metern Tiefe zu blicken. Er hält das kalte, unrasierte Gesicht an ihr Ohr und ruft:

»Es geht leichter, wenn du selbst drübersteigst.«

Viivi schnappt nach Luft. Der Mann presst sie mit aller Kraft gegen die Reling, jemand, der sie aus der Ferne sähe, würde glauben, der nimmt sie von hinten. Der Handlauf der Reling drückt direkt unter ihrer Brust gegen die Rippen, und Viivi hat das Gefühl, jeden Moment ohnmächtig zu werden. Sie nickt.

Der Mann reißt noch einmal an ihren Haaren, wie zur Warnung und so heftig, dass Viivi glaubt, es bricht ihr den Hals, dann tritt er einen halben Schritt zurück, weil er ihr Platz machen muss, damit sie über die Reling klettern kann. Als seine Pranken ihren rechten Oberschenkel packen, um ihr hinüberzuhelfen, dem sicheren Tod entgegen, kann Viivi gerade noch denken, dass sie die Berührung der kalten Klinge nicht mehr spürt.

»Hiiaah!«

Ein greller Schrei ertönt, wie der verzweifelte Ruf zur Attacke in einer fernöstlichen Kampfsportart. Etwas kommt angeschossen, und der Mann bricht zusammen. Seine Hand schlägt auf eine große, kantige Mutter, und das Messer fällt klirrend auf den Metallboden.

»Lauf!«, ruft Sebu, während er versucht, Tero Rämättö mit aller Kraft festzuhalten, seine dünnen Beine mit den Chucks zappeln in der Luft, lange wird er es nicht schaffen, den Mann aufzuhalten, der so viel stärker ist als er, und Viivi handelt. Sie beugt sich über den Verbrecher, der sich unter Sebu windet, schiebt die Hand in seine Tasche und zieht ihr Handy heraus. Erst dann rennt sie los.

Lange lässt sich Tero Rämättö nicht von dem dürren Teenager aufhalten. Brüllend wirft er Sebu ab und stürzt sich auf das zwei Meter entfernt liegende Messer. Viivi hört Sebus Warnruf, sie weiß, dass der Mann das Messer wieder hat und ihr folgt.

Viivi rennt. Mit Blutgeschmack im Mund, warmes Blut rinnt auch an ihrer Seite, mit kribbelnder Kopfhaut und Adrenalin in den Adern. Sie rennt und rennt, dass der Metallboden auf Deck 8 nur so dröhnt, zehn Meter über der Meeresoberfläche. Ihr ist nicht mehr kalt, nach dieser Erfahrung wird ihr nie wieder kalt sein, denn sie lässt sich nicht mehr überwältigen, diesmal ist sie die Gewinnerin, aber nicht allein, sondern mit den anderen zusammen. Sie sind ein Team, alle drei! Wie einen Staffelstab hält sie beim Rennen ihr Smartphone hoch, und an der Tür wartet Mia auf sie, ihre blonden Haare leuchten im Licht, das von hinten auf sie scheint, wie bei einem Engel. Ihre schöne Freundin, ihre liebste und treueste Freundin Mia wartet wieder auf sie, lässt sie nicht hängen, verfolgt entsetzt, wie Viivi näher kommt und der Mann hinter ihr immer mehr aufholt, mit jedem Schritt, das Messer ausgestreckt, es glänzt, und Mia stößt einen Schrei aus. Viivi ist schon nah an der Tür und bei Mia, aber im letzten Moment tut sie etwas, was Mia nicht erwartet hat – und der Mann auch nicht. Sie schlägt einen Haken und läuft in einem Bogen auf den Rand des Schiffes zu. Und als sie sich über die Schulter hinweg umblickt, merkt Viivi, dass der Mann den gleichen Bogen läuft, ihr weiterhin folgt, Meter für Meter, Sekunde für Sekunde näher kommt.

Sie muss ein Risiko eingehen.

Viivi bleibt stehen, dreht sich um und wirft das Smartphone hoch über den Mann hinweg Mia zu. Hinter Mia sieht man eine ganze Reihe reglos glotzender Gesichter im Fenster, sie hat ein geneigtes Publikum und das nicht von ungefähr, Siiri, die Sportlehrerin, hätte ihr für diesen Wurf die volle Punktzahl gegeben, und Mia wäre fürs Fangen belohnt worden, vielleicht war Mia früher mal Baseballspielerin, sie haben nie darüber gesprochen, und Viivi merkt, dass sie recht hatte. Tero Rämättö will das Handy und nicht sie, er hat die

Richtung gewechselt und nähert sich nun Mia. Viivi ruft: »Wirf!« Und wieder gelingt ihnen ein perfektes Zusammenspiel, eine überlegte und wahrscheinlich trainierte Handbewegung von Mia, und das Handy fliegt zu Viivi zurück, sie fängt es auf, die Zuschauer applaudieren, und Tero Rämättö ändert die Richtung erneut. Brüllend vor Wut und mit vorgerecktem Messer steuert er Viivi und das Handy an.

Viivi weiß: Das war es jetzt. Sie ist mit ihrem Latein am Ende und mit ihrer Kraft sowieso. Sie dreht sich zur Reling um und tut das Einzige, was sie noch tun kann, sie holt aus – und wirft. Es ist ihr letzter Wurf, der allerletzte, mehr kann sie nicht tun, die einzige Chance, den Gegner noch zu irritieren und vielleicht davonzukommen. Das Smartphone fliegt weit in die Dunkelheit hinein, weit über die Reling hinaus ins Unsichtbare. Und versinkt im schwarzen, wogenden Meer.

Auf Deck 8 kann man das Platschen nicht hören.

Stattdessen hört man einen Ruf:

»Halt! Hände hoch! Messer fallen lassen, sofort!«

Viivi dreht sich um. Neben Mia sind zwei Männer vom Sicherheitsdienst aufgetaucht, die ihre Waffen auf Tero Rämättö richten.

Er ist stehen geblieben, lässt das Messer fallen und versetzt ihm einen Tritt. Dann hebt er die Arme.

47

Soll das Kraftgetränk nur überschäumen! Soll doch das ganze Haus von seinem Jubel aufwachen! Seit Jahren hat er sich nicht mehr so ausgelassen gefreut wie jetzt, beim Streamen der Direktübertragung über die Kamera auf dem Außendeck der *MS Gabriella,* in der zu sehen ist, wie Tero Rämättö Handschellen angelegt werden.

»Jii-haa! Land-0 hat den Sieg heimgeholt.«

Dadurch dass er per Satellitentelefon ins Intranet des Schiffes gegangen ist, haben Viivi und ihre Freunde Zeit gewonnen. Und am Ende hat er auch die Wachmänner endlich dorthin gekriegt, wo sie hinsollten, und zwar keine Sekunde zu früh.

»Und wieder ist die Welt gerettet worden.«

In dieser Glückseligkeit fallen nicht einmal die fünfhunderttausend von Häkkilä ins Gewicht, die gerade mit dem Smartphone dem Meeresboden entgegensinken. Viivi ist aus den Fängen des Verbrechers gerettet worden, das ist die Hauptsache.

So ist es tatsächlich. Land-0 ist auf einen Schlag von der dunklen Seite wieder ins Licht gesprungen – verdammt, wie gut sich das anfühlt!

»Land-0, *twelve points* …«

In der Tiefgarage heute, als er Jesse den Falcon zeigte, mischte sich die Freude mit Wehmut, Angst und der Vorahnung des erneuten Verlusts. Der Brüchigkeit des Glücks. Der Vergänglichkeit von allem.

Diesmal mischt sich nur Schadenfreude unter den Jubel.

»Hähähähä! Jetzt ist Nymans Druckmittel im Meer gelandet.«

Natürlich muss Leia über Viivis Abenteuer unterrichtet werden. Und das hat er auch schon getan, möglichst feinfühlig.

Prinzessin! Keine Angst. Deine Tochter war in Gefahr, aber jetzt ist alles gut. Viivi wird dir alles erzählen, wenn sie zurückkommt. Erzähl auch du ihr alles!

Die Mitteilung kommt an, landet in dem Samsung, das er ihr, ohne Mühe zu scheuen, eingerichtet und gebracht hat.

Das Mikrofon überträgt sogar das vertraute Klopfen, das Zeichen für die eingegangene SMS. Aber das Kamerabild bleibt weiterhin dunkel.

Leia interessiert sich nicht dafür.

Bin enttäuscht von dir, Leia. Sehr, sehr enttäuscht. Kein Nachbar kann es wert sein, dass du uns andere aus deinem Leben verstößt.

Was mag das für einer sein, dieser Virtanen? Und vor allem: Was mag er im Schilde führen?

Was für einer er ist, lässt sich ja schnell checken.

Glaubt er.

48

Jari hatte recht. Das Bein tut nicht mehr so weh wie zuvor, sie spürt nur noch Taubheit und ein Kribbeln. Sie hat auch keine Angst mehr, nicht mehr so viel. Es ist nicht das Entsetzen, das den Wunsch zu fliehen lähmt, es sind die Medikamente. Und der Wein. Den man wirklich nicht zusammen mit Medikamenten zu sich nehmen darf, was Jari nur zu gut weiß.

Sie selbst auch. Und doch setzt sie das Glas an und nimmt jedes Mal, wenn der Mann in ihre Richtung blickt, einen Schluck. Sie versucht sogar zu lächeln. Schmeckt gut. Ein Italienischer.

Vielleicht ist das die chemische Version des Stockholm-Syndroms, kann Leia noch analysieren. In den Siebzigerjahren verliebten sich die Geiseln in einem Flugzeug geradezu in ihre Entführer, wollten ihren Erwartungen in jeder Hinsicht entsprechen und ihnen gehorchen. Natürlich handelt es sich dabei nur um eine psychologische Überlebensstrategie in einer extremen Stresssituation. Wenn das eigene Leben vollkommen in den Händen eines unberechenbaren Psychopathen liegt, will man ihm auf jede Art, mit aller Macht gefallen. Und nur Gutes von ihm denken.

Aber Jari ist nicht so einer, denkt Leia ... nicht so ein ... was?

Sie bringt den Gedanken nicht zu Ende, sie vergisst den Anfang, bevor sie zum Schluss kommt.

Sie gähnt. Immer entspannter und gleichgültiger verfolgt sie Jari Virtanens zunehmend seltsames Benehmen. Mit verzerrtem Gesicht rennt er in ihrer Wohnung umher, macht Schranktüren auf und schlägt sie wieder zu, wühlt in Wohnzimmer, Küche und Viivis Zimmer in Schubladen. Am liebsten würde sie ihm sagen, dass sich das nicht gehört. Du siehst dir die privaten Sachen anderer Leute an und packst sie dann auch noch in deine Tüte. Unsere Sachen! Und sie versucht es auch zu sagen, aber hört er ihr zu? Nein. Er wirft einfach Viivis alte, vor langer Zeit kaputtgegangenen Handys in die Tasche und auch das eine oder andere von ihr. Ihre Digikamera – da sind noch die Weihnachtsbilder vom letzten Jahr drauf. Die alte Videokamera von ihren Eltern. Viivis nagelneue Spiegelreflexkamera. Wie soll sie Viivi deren Verschwinden erklären? Das kannst du ihr selber sagen, versucht Leia herauszubringen, aber es bleibt bei dem Versuch.

In irgendeinem Schrank kramt der Mann eine Handvoll USB-Sticks und stapelweise uralte Disketten hervor. Wofür braucht er die denn? Auf Diskette hat sie zuletzt etwas abgespeichert, als sie ihre Doktorarbeit geschrieben hat, irgendwas mit Klienten und Gender ... was genau, fällt ihr jetzt nicht mehr ein. Und es ist ja auch egal, das interessiert den sowieso nicht, er schmeißt bloß die Sachen durch die Gegend und knurrt vor sich hin, wirklich seltsam. Ihre Magisterarbeit schrieb sie über veränderte Rollenmuster von Männern in

Scheidungssituationen – die hat sie auf noch älteren Dingern gespeichert ... wie hießen die noch ... Floppys.

Die Augen fallen ihr zu. Der Kopf wackelt, als ihr etwas auf die Wange klatscht.

»Au«, sagt Leia und versucht den Blick auf Jaris Gesicht zu richten, das vor ihr aufgetaucht ist. Es schwebt da wie eine losgelöste, böse Maske.

Hat der mich *geschlagen*?

»Noch einmal«, sagt Jaris Mund. »Hat Viivi einen eigenen Computer?«

»Nein, wir benutzen beide ...«

Leia deutet auf den Tisch und blinzelt, da war er doch vorhin noch, ihr Laptop, beziehungsweise der von ihr und Viivi. Den ganzen Herbst hat Viivi um einen eigenen gebettelt, und Leia hat gesagt, sobald wir es uns leisten können ... Und jetzt ist er weg. Davongeflogen? Nein, Jari hält ihn in den Händen, ihr freundlicher, hilfsbereiter Nachbar, maskulin und stark duftend und vielleicht ein bisschen voreilig gegenüber dem Objekt seiner Zuneigung ... ein *bisschen* vielleicht ... Und jetzt stecken seine Hände den Laptop in die Tüte zu den anderen Sachen.

»Weißwein?«

Jari hält ihr die Flasche hin wie ein Oberkellner. Sogar mit Handschuhen. Wann hat er die denn angezogen? Leia gelingt es nicht mehr, den Blick scharf zu stellen. Wie viele Gläser hat sie schon getrunken? Die ganze Flasche? Roten am Herbstabend, erinnert sie sich, Rauch, sie raucht nicht, italienisches Leder ... Sie sollte nichts mehr trinken, sie darf nicht, aber der Wein ist teuer, keine Bückware. Jari nimmt es ihr übel, wenn sie Nein sagt, Jari ist wirklich sehr freundlich und hilfsbereit, Jari ist Jurist.

Ohne ein Gähnen unterdrücken zu können, sieht Leia zu, wie Jari erneut ihr Glas füllt. Er nimmt die restlichen Tabletten vom Tisch, eine, zwei, drei, vier, löst sie in der Flüssigkeit auf, schwenkt das Glas.

»Das muss reichen«, sagt er und drückt Leia das Glas in die Hand. »Auf ex.«

Das klingt schon ein bisschen nach einem ... Befehl.

Sie muss das Glas mit beiden Händen halten, so entspannt ist sie. Eigentlich sollte sie es wegstellen und sagen: Nein danke, jetzt nicht mehr. Das ist nicht gesund, alles so ... durcheinander zu nehmen.

Es ist nämlich so, dass ich nicht sterben will, weißt du?

Stattdessen führt sie das Glas gehorsam zum Mund und verdient sich damit Jaris Lächeln.

»Braves Mädchen«, sagt er, schaut aber warnend, droht wieder mit dem Finger wie ein oberschlauer Lehrer. »Und alles austrinken, oder ich helfe nach.«

Dann hantiert er wieder herum. Ein Wischlappen ist in seiner Hand aufgetaucht und er fängt an, sauber zu machen. Mitten in der Nacht! Wischt hier und da, Türklinken, Schranktürgriffe. Am liebsten möchte man sagen, und zwar in gereiztem Ton, dass es in ihrer Wohnung sauber genug ist. Dass nur Viivis Zimmer nicht aufgeräumt ist, und das mit Absicht nicht. Mit pädagogischer Absicht.

Aber ... was spielt es schon für eine Rolle. Was spielt überhaupt noch eine Rolle? Der Wein ist gut, sie hat keine Angst mehr ...

Da klopft es.

Jari bleibt mit dem Lappen in der Hand mitten im Raum stehen.

Kommt es von der Tür, oder ...?

Eine Tür geht auf, eine Tür geht zu. Ist Jari Virtanen weg?

Es wird dunkel im Zimmer. Jari Virtanen, der vor sie hingetreten ist, saugt alles Licht auf. Er ist nicht weg, hat nur nachgeschaut, ob jemand vor der Tür steht.

Er nimmt ihr das Glas ab und stellt es auf den Tisch.

»Wo ist es?«

Leia kann die Hand nicht sehen, die ihr auf die Wange schlägt. Ihr Kopf fällt zur Seite.

»Du verdammte Nutte! Jetzt ist Schluss mit deinen Spielchen.«

Der Nacken brennt, die Wange glüht. Jetzt sind es zwei Hände, sie legen sich auf ihre Ohren und ziehen ihr Gesicht dicht an das vor Wut verzerrte Männergesicht heran. Aus seinem Mund spritzt Speichel auf ihre Haut, als er schreit:

»Wo ist es? Und die scheiß Eiskunstlaufmusik, wo kommt die her? Komm mir bloß nicht mehr mit irgendeinem Mist von hundertjährigen Nachbarinnen!«

49

Jari Virtanens gibt es eine Menge in Finnland. Jari Virtanen ist der Name jedes zweiten Durchschnittsbürgers, Jari Virtanens treten in einer solchen Dichte auf wie die häufigsten Vogelarten unseres Landes, die grauen Otto Normalvögel – doch er ist kein Ornithologe. Darum ist es auch so bemerkenswert, dass der nächste Jari Virtanen immerhin 3,2 Kilometer Luftlinie von Leia entfernt wohnt, in Vantaa, und das, obwohl wir uns im engsten Ballungsraum Finnlands befinden.

Von Nachbarschaft zu sprechen ist schwer übertrieben.

Außerdem ist besagter Jari Virtanen ein 56-jähriger Papiermaschineningenieur, und er befindet sich laut den Ortungsdaten seines Handys gerade achttausend Kilometer entfernt in der chinesischen Stadt Xi'ang in der Provinz Shaanxi, allem Anschein nach auf Dienstreise. Laut Flugticket schon seit gut einer Woche. Das hat ihm eine ehemals staatliche Maschinenbaufirma bezahlt.

Der Rückflug ist in zwei Wochen.

Der zweitnächste Jari Virtanen wohnt fünf Kilometer von Leia entfernt und hat vor einer Viertelstunde für sich, seine Frau und die drei Kinder Eintrittskarten für ein am Ring 3 gelegenes Erlebnisbad gekauft, und zwar mit einer kombinierten Kredit- und Kundenkarte einer Lebensmittelkette.

Das Resultat der Suche ist eindeutig und unwiderlegbar.

Jari Virtanen wohnt nicht in Leias Nachbarschaft. In Eingang D wohnt auch sonst niemand mit dem Namen Virtanen.

Er richtet den Blick auf Monitor fünf.

Der ist lange dunkel geblieben. Allerdings hat die Mitteilung, die er Leia geschickt hat, angeklopft, sodass auch er es gehört hat. Jetzt bewegt sich etwas, undeutlich, schwankend.

Auf dem Bildschirm erscheint eine Visage, die er dort am allerwenigsten erhofft hat.

50

»Erklär mir das!«

Jari Virtanen hält ihr das Telefon vor die Nase. Das Telefon, das eigentlich gar nicht existieren dürfte, das der Mann aber geräuschvoll aus dem Wäschekorb im Bad gekramt hat. Obwohl sie gründlich fertiggemacht worden ist und obwohl sie das kaum überleben wird – eine unausweichliche Tatsache, unangenehm, aber wahrscheinlich –, spürt sie trotzdem noch etwas anderes als den Schmerz durch den Schlag von eben:

die Wut und die Scham darüber, dass dieser fremde, verlogene, gefährliche Mann einfach in ihren und Viivis Kleidern gewühlt hat.

Leia schüttelt den Kopf, es geschieht irgendwie verlangsamt und bringt den ganzen Oberkörper in Bewegung.

»Du hast eine SMS bekommen«, sagt Jari. »Probieren wir doch mal aus, ob du beim Passwort für dieses Gerät einer genauso lächerlichen Logik gefolgt bist … Ha. Da kann ich nur Danke sagen.«

Jaris Lippen bewegen sich leicht, als er die Mitteilung liest. Und gleichzeitig wird sein Gesicht vor Wut kreidebleich. Ebenso die Fingerknöchel, als er das Handy umklammert und damit ausholt.

Leia zieht den Kopf ein, presst die Augen zusammen, hebt die Hände zum Schutz.

Aber der Schlag kommt nicht.

Sie öffnet die Augen.

Jari schaut mit gerunzelter Stirn auf das Smartphone.

Was denkt er? Dass es doch nicht so klug wäre, das Handy kaputt zu machen? Oder wundert er sich über das Bild auf dem Display, über das Spiegelbild, das etwas Sonderbares an sich hat?

Leia weiß, dass ihre Chance gekommen ist. Vielleicht die einzige. Auf jeden Fall die letzte.

»Hilfe!«

Sie hat ihre letzten Kräfte zusammengenommen, aber es kommt nur ein leises Wort heraus, kaum lauter als ein Flüstern. Sie kann nur hoffen, dass es an die Ohren dringt, für die es gedacht ist, und dass der, der es hört, ihr noch helfen will.

Und als sie Jaris Blick begegnet, hofft sie noch etwas Drittes. Dass sie durchhält, bis Hilfe kommt.

51

Er lässt den Falcon auf dem nächsten freien Anwohnerparkplatz stehen, Not kennt kein Gebot und keine Parkregeln von Mehrfamilienhäusern, und dann rennt er los. Der Weg ist ihm vertraut, der Parkplatz inzwischen allerdings gestreut, im Gegensatz zum frühen Abend, und den Code für die Tür hat er auch. Der hat sich beim ersten Lesen auf seiner Festplatte eingebrannt.

2001. Stanley Kubricks Weltraumfilm.

Er macht Licht im Treppenhaus und eilt die Stufen hinauf in den zweiten Stock. Als er die Tür erreicht, durch deren Briefschlitz er bei seinem letzten Besuch das eingepackte Smartphone geworfen hat, bewegt sich sein Puls im roten Bereich. Er hält inne.

Was soll er tun? Läuten? Anklopfen? Leias Namen rufen? Wenn es zu Aggressionen kommt, hat er schlechte Karten.

Vielleicht ist Leias Besucher schon weg und alles ist vorbei.

Aber ... wie soll das vor sich gegangen sein?

Er war nur ganz schwach zu hören, ganz kraftlos, der Hilferuf der Prinzessin. *Obi-Wan Kenobi, you're my only hope ...* Land-0, komm und rette mich.

Er hat versagt, und das ist unverzeihlich. Er ist nicht drangeblieben. Er hätte sofort die Ortungsdaten des Geräts überprüfen müssen, auf dem Tero Rämättös Anruf vom Schiff angenommen wurde.

Man hört kein Geräusch aus der Wohnung. Aber als er die Briefklappe anhebt, entsteht ein Zug. Kalte Luft. Als wäre ein Fenster offen.

Sperrangelweit offen. Mitten in der Nacht.

Kommt er zu spät?

Das Licht im Treppenhaus geht aus und er sieht: Ein schmaler Lichtstreifen dringt zwischen Tür und Rahmen hindurch.

Er greift nach der Klinke und zieht. Die Tür geht auf.

52

Jari nimmt das Weinglas vom Couchtisch und reicht es ihr. Er muss nicht sagen, was er von ihr erwartet. Leia weiß es auch so. Jari lässt sie nicht in Frieden, bevor sie getan hat, was sie tun muss.

Einen anderen Weg gibt es nicht. Nicht mehr.

Unter Jaris Blick führt sie das Glas an die Lippen, sieht dem Mann in die Augen –

Und kippt das Glas aus.

Natürlich folgt ein Schlag, und auch ein zweiter. Dennoch ist das der richtige Weg, weiß Leia. Der einzig mögliche.

Sie muss Zeit gewinnen.

Natürlich kommt sie nicht so leicht davon. Wie durch Nebel hört sie Jari in die Küche laufen und von dort ins Bad. Er wühlt in ihren kargen Medikamentenvorräten, findet aber nichts Stärkeres als Ibuprofen.

Geht wieder in die Küche und kommt mit einem Messer in der Hand zurück. Mit dem, das sich am besten für rohes Fleisch eignet. Mustert sie abschätzig, schätzt vielleicht auch sich selbst ab. Zieht eine Grimasse und bringt das Messer wieder zurück.

Mit kühler Verachtung verfolgt Leia Jaris Rennerei. Sie hat erstaunlich wenig Schmerzen jetzt, nicht einmal Angst. In gewisser Weise steckt sie nicht mehr in ihrem eigenen Körper. Man tut ihr etwas Böses an, aber sie selbst, ihr Innerstes, ist ganz woanders, in Sicherheit. Sie kennt das Phänomen, natürlich, sie hat sich damit schon im Grundstudium vertraut gemacht. Ein psychologischer Selbstschutzmechanismus, weit verbreitet bei misshandelten Kindern und Frauen mit gewalttätigen Partnern. Bei Folteropfern. Bei Häftlingen in Konzentrationslagern.

Weit verbreitet auch bei Opfern von Vergewaltigung. Und bei Prostituierten.

Und als Jari zurückkommt und nach der Flasche greift und ihr den Wein schlicht und einfach einflößt wie einem strampelnden Kind – nur dass sie nicht strampelt –, kommt ihr in den Sinn, dass natürlich auch der Alkohol den Schmerz dämpft, zusammen mit dem Schmerzmittel. Dem starken. Was für eine ... Ironie.

Sie erlebt es nicht zum ersten Mal. Dass sie sich von ihrem Körper löst.

Alles weiß selbst Ripsa nicht.

Sie ist erst achtzehn. Sie weiß sich nicht zu schützen. Sie fühlt sich geschmeichelt, sie ist neugierig und dumm. Sie glaubt, dass der Moment der Entscheidung erst kommt, wenn die Kabinentür abgeschlossen wird.

Dabei ist es dann schon zu spät. Es besteht keine Chance zum Zögern mehr. Elegant abzulehnen, ohne den anderen zu kränken. Ohne sich zu blamieren.

Inzwischen ist sie sich sogar ziemlich sicher, dass sie sich selbst ausgezogen hat.

Natürlich tut es weh. Sie ist nicht bereit. Eben doch nicht. Aber noch mehr schmerzt, dass er sie, als es vorbei ist – und das ist bald der Fall – halb angezogen auf den Gang hinausscheucht.

»Okay, *thanks*«, sagt Peter und hebt schlaff die Hand. »*See you next time.*«

Wie sie so barfuß im Gang mit den Kabinen der Crewmitglieder steht, die Schuhe mit den hohen Absätzen in der einen Hand, den zusammengeknüllten Slip in der anderen, starrt sie auf die geschlossene Tür vor ihrer Nase und denkt: Ich bin nicht hier. Es kann nicht sein.

Das ist ein Witz. Das ist nicht passiert.

Aber es ist passiert.

Sie ist schon immer humorlos gewesen.

Und eine Surviverin.

Bereits auf der Rückfahrt trinkt sie im Nachtklub des Schiffes mit ihren Mitschülern Cider und beobachtet scheinbar kühl, wie sich ein neues Mädchen kichernd an den süßen Gitarristen aus Jamaika ranschmeißt.

Der Schmerz geht überraschend schnell vorbei, wenn man nicht bereit ist, an ihn zu denken.

Auch das hier ist bald vorbei. Überraschend bald. Jari weicht zurück. Mustert sie, mit den Augen abwägend.

Als wäre ihm etwas eingefallen.

Er geht zur Balkontür und macht sie auf.

Leia schließt die Augen. Die kalte Luft, die hereinströmt, fühlt sich zuerst nur gut auf der Haut an. Aber dann hört man ein Knarren, und gleich darauf ein zweites. Dieses Geräusch – die Balkonverglasung wird zur Seite geschoben.

Leia öffnet die Augen. Jari steht auf dem Balkon und beugt sich übers Geländer. Als würde er prüfen, wie weit oben der Balkon ist und was sich darunter befindet. Leila weiß es, auch ohne hinzusehen.

Der Weg wurde im Sommer asphaltiert. Wenn man vom zweiten Stock aus darauf landet, ist er unangenehm hart.

Natürlich wehrt sie sich, als Jari sie packt und hochhebt. Sie klammert sich an die Rückenlehne der Couch, doch der Griff ist zu lasch, rutscht ab. Sie versucht zu schreien, bringt aber nur ein erbärmliches Wimmern heraus, sie versucht auch zu beißen, trifft aber nicht. Sie zappelt, sie kratzt und strampelt, doch alles geschieht nur in Zeitlupe wie in einem Albtraum, alles ist schwer, entsetzlich schwer. Besonders der Gips. Als er auf den Couchtisch schlägt und dann auf den Fußboden, schießt ein Schmerz in die Nervenenden, den nicht einmal die Alkohol-Medikamenten-Mischung lindert. Irgendwie gelingt es ihr trotzdem, Jari ins Gesicht zu schlagen, sodass er flucht und loslässt und sie auf den Boden fällt. Der Teppich dämpft den Aufprall nur ein wenig.

Von irgendwoher kommt sie noch, die Lebenskraft. Sie hält stand, sie kämpft bis zum Letzten um ihr Leben. Niemand kann sie mehr retten. Niemand kommt, niemand sieht auch nur ihre Not.

Niemand hört sie.

Auf den Ellbogen und dem gesunden Bein kriecht sie über den Boden, weg von der Balkontür, aber Jari greift ohne Mitleid nach dem eingegipsten Bein und fängt an zu ziehen. Sie kann nichts dagegen tun. Der Bauch schleift über den Boden und die Arme und das freie Bein fuchteln vergebens in der Luft, und bald wird der Bauch über die Schwelle gerissen und dann die Brüste.

Der Saum ihres Kleides ist bis über die Taille nach oben gerutscht, der Bauch und das rechte Bein liegen nackt auf dem eisigen Beton. Ringsum weht kalter Wind, die offene Balkonverglasung scheppert. Trotzdem hört sie Jari keuchen, auch sie keucht, sie nehmen beide ihre Kräfte zusammen. Dann riecht sie wieder in unmittelbarer Nähe das Rasierwasser, und Jaris Hände schieben sich unter ihr Becken, um sie anzuheben.

Es gelingt ihr mit Mühe, nach dem Rahmen der Balkontür zu greifen und sich so lange es geht daran festzuhalten. Jari zieht an ihr, reißt sie von der Tür weg, die Zehen am Gipsbein scharren über den Betonboden, während sie hilflos mit dem gesunden Bein nach Jari tritt.

Und da, völlig unerwartet, lässt er los. Sie landet auf dem Bauch, der Gips kracht auf den Boden, sie ist sicher, dass dabei sowohl Gips als auch Beton brechen. Ihr entfährt ein Schrei.

Auch jemand anders schreit. Jemand steht in der Balkontür, eine lange, dünne Gestalt, und hebt mit beiden Händen eine Schlagwaffe wie ein Ritter sein Schwert. Die Augen tränen, Leia kann die Gesichtszüge nicht erkennen, aber es ist ein Mann. Er ist doch zu Hilfe gekommen, er brüllt, und jetzt schlägt er zu, aber Jari ist schneller, duckt sich, weicht aus. Die Waffe trifft das Metallgeländer, und Funken sprühen in die Nacht.

Jari steht. Jari greift nach der Waffe, reißt sie dem Mann aus der Hand, der Mann weicht ins Wohnzimmer zurück, und Jari folgt ihm. Jari hat die Waffe des Mannes in der Hand, es ist eine der Krücken, und jetzt holt Jari aus wie mit einem Golfschläger und schlägt zu.

Der unbekannte Mann fällt auf die Knie, dann aufs Gesicht. Leia wimmert. Er ist tot.

53

Nein, er ist nicht tot. Das Bewusstsein war vielleicht kurz getrübt, kehrt aber wieder zurück.

Unter ihm wächst eine rote Blume. Sein Gesicht liegt auf dem Boden, er sieht nicht, was passiert, spürt aber ein Gewicht auf dem Rücken, die Wärme von Beinen auf beiden Seiten des Körpers. Sitzt die Prinzessin auf ihm, im heißen Liebesspiel? Schön wär's. Wer ihn da reitet, ist ein Mann, und einem Mann gehören auch die Hände, die ihn hier und da hart anpacken, beide Gesäßhälften kneten, sich unter die Brust schieben und dann zwischen Bauch und Fußboden, und dann auch schon bis zu den Leisten – und da begreift er endlich, was Valtti Nyman tut: Er durchsucht systematisch seine Taschen.

Sein Mund verzieht sich. Es mag wie eine schmerzliche Grimasse aussehen, aber es ist Siegesfreude. Such du nur, du wirst nichts finden. Keinen Führerschein, keinen Geldbeutel, nichts. Er hat alles zu Hause gelassen, womit man ihn identifizieren könnte, und für den Autoschlüssel fand er ein passendes Versteck, als er in Leias Wohnung schlich, die Lage peilte und nach einer Waffe suchte.

Jetzt fängt es an zu rumpeln. Es wird gegen die Wand geschlagen, eine weibliche Stimme ruft ängstlich:

»Was geht da vor?«

Und dann eine Männerstimme, sehr jung und dünn:

»Wir rufen die Polizei!«

Der Druck auf seinem Rücken lässt nach. Als er sich mit knackendem Genick umdreht, kann er gerade noch sehen, wie Valtti Nyman samt Krücke in den Flur stürzt und sich eine Plastiktüte schnappt.

Das Gesicht brennt immer noch, es ist feucht und klebrig, Flüssigkeit rinnt ihm aus der Nase, eine Menge davon. Blut. Ist sie gebrochen? Eine oder zwei Rippen könnte es auch erwischt haben ... Kampfspuren, auf die jeder Jedi-Ritter stolz sein kann. Ächzend rappelt er sich auf. Und als er sitzt, merkt er, dass er direkt in Leias bleiches Gesicht blickt.

Leia Laine, seine stolze Prinzessin. Nicht virtuell, nicht elektronisch durch irgendein Gerät, fest oder mobil, übertragen.

Leia Laine, echt und original. Von Fleisch und Blut. Sie ist übel zugerichtet worden, hat Schlimmes durchgemacht. Liegt erschöpft auf der Schwelle der Balkontür, kriecht jetzt aber auf ihn zu, ein bisschen seltsam, auf zwei Händen und einem Knie. Dabei zieht sie ein langes, weißes Etwas hinter sich her.

Einen Gips. Und was für einen. *Wow.*

»Prinzessin«, sagt er. Bei den S-Lauten blubbern Blasen auf seinen Lippen, es schmeckt nach Eisen. Er wischt sich über die Nase, dabei wird der ganze Handrücken glitschig. »Es ist vorbei.«

Leia keucht. Trübe, geweitete Augen, die Pupillen so groß, dass man die Iris nicht sieht. Versucht etwas zu sagen, bringt es nicht heraus.

Und dann tut Leia etwas, was noch keine Frau vor seinen Augen getan hat, nicht einmal Marjukka. Sie steckt sich den Finger in den Hals und übergibt sich.

Die Nachbarn klopfen und rufen erneut.

»Die Polizei ist unterwegs.«

Zeit, zu verschwinden, beschließt er und rappelt sich auf. Während er in den Flur schwankt, erbricht sich Leia weiter entschlossen auf den Wohnzimmerteppich. Es kommt literweise rote Flüssigkeit mit weißen Bröckchen heraus. Kein Blut, vergewissert er sich.

Der Anblick im Flurspiegel ist der nach einer Schlachtung. Rote Spritzer und Flecke im ganzen Gesicht, breit gestreifte Haut. Im Takt des Atems blubbert es ständig weiter aus der Nase. Die Jacke ist vorn und an den Ärmeln versaut, bald werden es auch die Polster des Falcons sein.

Eine Blutorgie wie aus den goldenen Jahren der Slasher-Filme Anfang der Achtziger.

Großartig.

An der Tür hebt er den linken Stiefel von Catwoman auf, der nicht mehr so schön glänzt wie im Fernsehen, sondern schmutzig geworden ist und geputzt und poliert werden müsste. Er dreht ihn um und klopft dagegen. Der Schlüssel für den Falcon fällt auf den Teppich.

Das perfekte Versteck. Es hat sich als nötig erwiesen.

Er schnappt sich auch den zweiten Stiefel. Die Prinzessin kann ihre Schuhe eine Zeitlang sowieso nicht gebrauchen. Und Nyman hat schließlich auch ein Souvenir mitgenommen.

Ins Treppenhaus dringt heftiger Wortwechsel durch die verschlossene Nachbartür. Soll er läuten oder auf die Polizei warten? Er beschleunigt die Schritte.

Während er die Treppe hinuntergeht, bekommt er mehr und mehr das Gefühl, dass mit seinem Körper nicht alles in Ordnung ist. Es sticht, es schwappt. Als hätte sich innerlich etwas gelöst. Die Erschütterungen malträtieren die Eingeweide, schon das bloße Atmen tut höllisch weh. Als er versuchsweise hustet, bricht er beinahe zusammen.

Trotzdem gefriert sein Lächeln nicht. Noch immer tobt das Adrenalin in seinen Adern.

Auch das Timing ist perfekt. Er ist bereits im Parterre und nicht mehr zu sehen, als oben endlich die Tür aufgeht. Das junge Paar, das gerade noch so tapfer gegen die Wand gehämmert und die Polizei gerufen hat, wagt sich aus der Wohnung, um bei der Nachbarin durch die Tür zu lugen, die er bewusst offen gelassen hat.

»Holt auch einen Krankenwagen!«, ruft er ins Treppenhaus hinauf, bevor er das Gebäude verlässt.

Man sieht die Blaulichter schon von Weitem. Polizei und Krankenwagen, hintereinander.

»*Good job.*«

Er nimmt eine Hand vom Steuer und wischt sich mit dem Ärmel die Nase. Es läuft noch immer Flüssigkeit heraus. Er wirft einen Blick in den Rückspiegel und ist dankbar, dass so wenig Passanten unterwegs sind, dass eine finstere Novembernacht herrscht und die gelbe Straßenbeleuchtung die Schärfe des Schockrots in seinem Gesicht bricht.

Auf den Gurt verzichtet er diesmal, mit diesen Rippen ist

keine seitliche Drehbewegung möglich. Vermutlich werden sich in den nächsten Tagen nie gesehene blaue, rote, grüne Flecke auf dem Brustkorb bilden. Aber wenn man mal von dem ramponierten Zustand absieht –

Fühlt er sich als Sieger. Absolut.

Er würde es jederzeit wieder tun. Seine Frau retten. Seine beiden Frauen. Zwei Generationen von Prinzessinnen.

Aber vielleicht noch nicht jetzt sofort ...

Jetzt muss er sich erst einmal waschen, sich ein Bild von den Kampfverletzungen machen, das aktuelle Dilemma lösen: Wird er ohne das staatliche Gesundheitssystem auskommen, das mit Steuermitteln aufrechterhalten wird und allzu neugierig und registrierungsorientiert ist?

Erst einmal ausruhen. Wenn nötig, zwölf Stunden schlafen.

Die Einschätzung der Gesamtsituation steht erst an, wenn der Prozessor wieder klar und funktionstüchtig ist.

Der Aufzug ist nicht unten, sondern in der zweiundzwanzigsten Etage, es kommt ihm unmöglich vor, darauf zu warten, aber das gilt erst recht fürs Treppensteigen. Er drückt auf den Knopf. Die Maschinerie setzt sich in Bewegung, schnurrend kommt der Fahrstuhl herunter, und wie immer bremst er frühzeitig ab, als würde er die Nervosität des Wartenden genießen.

Plötzlich fliegt eine der Wohnungstüren im Parterre auf.

Er dreht sich um, zieht den Kopf ein, versucht sich im Schatten zu verbergen. Vergebens. Natürlich sieht sie ihn. Macht Licht im Treppenhaus und kommt empört auf ihn zu, als hätte sie auf ihn gewartet, greift von hinten nach seiner Jacke.

»Der hat an der Tür geläutet! Um ein Uhr in der Nacht. Und Krach gemacht. Ich hab ihm vom Fenster aus zugerufen, hör auf, hier schlafen Leute – iihh!«

Der Oma ist es endlich gelungen, ihm ins Gesicht zu sehen.

Das Stechen im Bauch ist so stark, dass er sich krümmen möchte. Langsam dreht er sich um.

»Bin den dunklen Mächten begegnet. Aber die Angriffe des bösen Imperiums sind gestoppt worden. Es besteht keine unmittelbare Gefahr mehr. Sie können abtreten. Gute Nacht.«

Die Frau tritt aber nicht ab, sie rührt sich nicht vom Fleck. Glotzt nur. Im glänzenden, karierten gesteppten Morgenmantel, mit Lockenwicklern im Haar und Filzpantoffeln an den Füßen. Frau Nervensäge, Prototyp einer spitzelnden Nachbarin. Schläft die eigentlich nie?

Der Fahrstuhl kommt. Als er einsteigt, drängt sich die Oma dazu. Warum lauert die mir auf, ärgert er sich, als er auf die Zwölf drückt.

Und was redet die da?

»Ich hab gesagt, Schluss mit dem Krawall, um diese Zeit haben Unbefugte hier nichts zu suchen, aber er hat gerufen, es ist eine Notsituation, er muss rein, einem Freund helfen. Der wär in Lebensgefahr, der würde sich selbst gefährden ... Den Nachnamen weiß er nicht, weil man den bei den Anonymen Alkoholikern nicht nennt, aber ich hab gleich gewusst, wer es ist, als er angefangen hat, ihn zu beschreiben. Unsolider dürrer Hecht und ein Nerd – das sind ja nicht meine Worte, aber ...«

Unsolider Nerd. Allmählich gäbe es Grund, sauer zu werden, auch wenn die Frau natürlich vollkommen ungefährlich ist. Glaubt, dass sein richtiger Name an der Tür steht, und gut, dass sie es glaubt. Aber nun ärgert er sich über etwas anderes.

Da liegt etwas im Fahrstuhl auf dem Boden. Ein zerknülltes Stück Papier, das er ächzend aufhebt. Während die Alte weiterschwatzt, faltet er es auseinander.

»Hat sauber ausgesehen, kein Penner oder Narkomane. Da musste ich ihm aufmachen. Nicht dass es nachher heißt, ich bin schuld. Vor allem wenn man sieht, dass er dann doch solche Neigungen hat ...«

Eine Quittung. Von einer Pizzeria.

Familienpizza Nummer 78: Grand Slam. Salami, Pepperoni, doppelt Käse. Cola Zero. Lieferkosten, Eilzuschlag. Zahlungsweise: bar.

Name des Bestellers: x.

Telefonnummer: x.

Und dann, mit Kugelschreiber unterstrichen: die Adresse.

Die Quittung ist auf Freitagabend, 23:47 Uhr datiert. In gut vierundzwanzig Stunden hat sie in seiner Tasche nicht unleserlich werden können.

»Ich hätte das nie geglaubt. Hab es richtig mit der Angst zu tun gekriegt. Ich hab geschrien, jetzt reicht es mit dem Randalieren, die Polizei ist unterwegs. Aber da hatte er mit seinem Stock schon fürchterlichen Schaden angerichtet ...«

»Mit seinem Stock?«

Der Aufzug hält.

Zwölfte Etage. Die Tür gleitet auf.

Die Glasabdeckung des Namensschildes ist zersplittert, das Türblatt total zerschrammt. Die Postklappe und die Ränder der Tür sind noch mehr ramponiert, sie zeigen eindeutige Spuren eines Einbruchversuchs. Jemand hat vergeblich versucht, die Tür aufzustemmen.

Die Krücke liegt vor der Tür. Die Gummikappe an der Spitze ist abgezogen und weggeworfen worden. Intuitiv legt er die Hand auf den Bauch. Mit dem Dorn hätte in Leias Wohnung Fürchterliches angerichtet werden können.

»Wann ... Wie lange ist das her? Dass Sie die Polizei gerufen haben?«

»Die Polizei, genau. Also eigentlich hab ich sie noch gar nicht ... Soll ich jetzt anrufen?«

»Nein«, sagt er, dreht sich zu der Frau um und schaut sie

auf eine Art an, dass sie zwei Schritte zurückweicht. »Die Polizei ist nicht nötig.«

»Aber der hat doch versucht einzubrechen ...«

»Sie gehen jetzt schlafen. Und in Zukunft lassen Sie keine Leute mehr ins Haus, die hier nichts zu suchen haben. Ist das klar?«

Zu seiner Überraschung macht die Oma tatsächlich kehrt und geht, wenn auch vor Ärger schäckernd wie eine Elster.

Die Fahrstuhltür schließt sich. Er wartet ab, bis sich der Lift in Bewegung setzt, erst dann steckt er den Schlüssel ins Schloss.

Seltsamer Geruch. Er schnuppert, während er die Tür einen Spalt aufmacht. Benzin?

Dann schlägt ihm die Hitze entgegen. Die Flammen lodern bis zur Decke hoch.

DREI

Hey, wir erstellen Profile. Die Rechner von Google und Konsorten durchleuchten jede deiner Suchanfragen und speichern jedes einzelne Objekt ab, das dich interessiert. Es ist zu deinem eigenen Vorteil, damit man dich und deine Vorlieben kennt, in Zukunft stehen die Suchergebnisse, die dir nutzen, ganz oben. Wenn du online nach einer neuen Waschmaschine oder einem Flug nach New York suchst, wird dir die Preisklasse angeboten, die du dir früher schon mal angesehen hast. Praktisch, oder? Sie schlagen nicht einmal etwas vor, das teurer ist. Absolut nicht …

Der Online-Händler geht in deinem Einkaufskorb auf Spurensuche und wertet aus, ob du eher ein Freund von Haferbrei oder von Gerstenshake bist, und richtet sein Marketing entsprechend aus. Natürlich leugnet er, dass er das Resultat seiner Analyse an die Versicherung weitergibt, die ebenfalls zum Konzern gehört und die entscheidet, zu welchen Bedingungen man dich versichern wird. Oder an die Bank, die den Kreditrahmen diktiert. Oder an das private Ärztezentrum, das betriebsärztliche Dienstleistungen anbietet und deinem Arbeitgeber natürlich nichts von deinem auffälligen … Haferbrei-Problem verrät.

Du kommst dir wahrscheinlich wichtig vor. So viele Leute sind an dir interessiert.

Oder macht dir das Angst? Ein kleines bisschen?

Argwöhnst du, dass dein neuer, intelligenter Kühlschrank dich ausspioniert? Nein, du bist nicht verrückt. Im Wohnzimmer sollte man in der Nähe des neuen Fernsehers nicht über private Din-

ge reden, denn der kann deine Geheimnisse übers Internet bei wer weiß wem ausplaudern. In den Nachrichten heißt es, überall in Feld, Wald und Wiese wären getarnte Basisstationen fremder Staaten aufgestellt und der Telefon- und Datenverkehr von Ministerien jahrelang verfolgt worden, ohne dass es jemand gemerkt hat. Es überrascht dich deshalb nicht, wenn du erfährst, dass über die SIM-Karte deines Handys womöglich auch deine Anrufe in den letzten drei Jahren abgehört und deine Textmitteilungen analysiert wurden, und zwar von den Sicherheitsbehörden der USA wie Großbritanniens.

Aber warum interessieren sie sich für dein Leben?

Sie interessieren sich gar nicht dafür. Noch nicht. Oder jetzt noch nicht. Du bist nur ein kleiner Fisch, schwimmst in deinem Alltag von einem Tag zum anderen wie Hunderte, Tausende, Millionen andere. Im Schwarm wähnst du dich in Sicherheit – und dann, eines gar nicht so schönen Tages, passt alles, was von dir herausgepickt und gespeichert worden ist, zusammen.

Die Daten decken sich. Du bist der Fang, der heute gebraucht wird.

Und ich bin der mit der Angel.

1

Sie kann es nicht glauben. Sie hat befürchtet, im Hafen von einem Heer von Journalisten empfangen zu werden, die sie umzingeln wie im Film und ihre Fragen abschießen, während es von allen Seiten blitzt. Aber das hier ist noch schlimmer:

Sie wird von niemandem empfangen.

Die Prepaid-Nummer ihrer Mutter ist mit dem iPhone im Meer versunken, aber das Samsung hat wieder funktioniert, es hat reagiert, als sie mit Mias Handy anrief. Und als sich ihre Mutter nicht meldete, schrieb sie eine SMS. Viele SMS. Ungefähr bei der fünften kam die knappe Antwort: *ok.*

Ok. Das war alles.

Und sie ist doch nicht gekommen.

Ihre blöde Arbeit ist ihr wichtiger als ich, denkt Viivi.

Mias Mutter Elena wartet natürlich im Terminal, als sie endlich aus der Polizeibefragung kommen. Normalerweise ist sie sorgfältig geschminkt und zurückhaltend, doch jetzt läuft ihr die Wimperntusche über die Wange und ihre Nase ist rot. Schluchzend umarmt sie auch Viivi, Sebu und Taavi, sie umarmt alle mehrmals und sagt immer wieder Danke und *spasiba* und noch etwas Russisches mit lauter S-Lauten. Sebu nimmt die Umarmungen und den Dank cool entgegen und sieht dann auf seinem Smartphone nach, wie die Busse fahren. Er wollte seiner Familie nicht vorab mitteilen, dass auf dem Schiff etwas Außergewöhnliches vorgefallen ist. Er will es zu Hause selbst erzählen.

Taavi, der ein Messer an der Kehle hatte, ist noch immer

am fassungslosesten. Die Krankenschwester an Bord hat ihm den Schnitt getapet, der eher furchterregend aussah als tödlich, da er weit genug von Luftröhre und Schlagader entfernt war. Vili verdreht die Augen, als Taavi seinen entsetzten Eltern die Ereignisse schildert. Als Freund hat er sich Taavis Geschichte in der Nacht und am Morgen mehrmals anhören müssen, so wie die anderen auch: Taavi kehrt gerade in aller Ruhe zu seiner Kabine zurück, unglücklicherweise mal ausnahmsweise allein, als »wie aus dem Nichts« ein Riese mit Sturmhaube vor ihm auftaucht und wissen will, welche Kabine Viivi Laine hat. Wie kann er es wagen, es ihm nicht zu sagen, vor allem weil der Mann seiner Frage Nachdruck verleiht, indem er ein Messer aus der Tasche zieht, es Taavi an die Kehle hält und ihn zwingt mitzukommen und anzuklopfen.

Es stimmt, dass es wie in einem Action-Film ist. Sie haben sich die Aufnahme der Überwachungskamera mehrmals mit Offizieren und Sicherheitsleuten des Schiffes angeschaut. Ebenso das Stück, in dem Tero Rämättö mit Maske über dem Gesicht Viivi aus der Kabine zerrt.

Seltsam ist, dass nirgendwo die Durchsage über den gefährlichen Kriminellen aufgezeichnet wurde, auch nicht das Foto von Rämättö, das auf sämtlichen Fernsehern des Schiffes gleichzeitig auftauchte. Es scheint allen ein völliges Rätsel zu sein, wie sie in das interne, geschlossene Infosystem des Schiffes gelangt sind und wer sie dort eingeschleust hat.

Auch Viivi hat Stich- und Schnittwunden an der Seite, nicht tief, aber sie brennen. Eine ist mit zwei Stichen genäht worden, bei den anderen reichen Pflaster. Auch Blut ist geflossen. Das neue T-Shirt ist im Eimer, voller Flecken und mit Löchern an der Seite.

Nicht dass sie es je wieder hätte anziehen wollen, als Erinnerung an die letzte Nacht. Sie sieht auch so noch immer die schäumenden Heckwellen des Schiffs vor sich, die das Ungeheuer sie anzuschauen zwang, bevor sie ...

Sie will jetzt nicht daran denken.

Alle sind glücklich, dass sie Tero Rämättö nicht mehr sehen mussten, nachdem er für den Rest der Fahrt in die Zelle des Schiffs gesperrt worden war. Vom Schiff wurde er in Handschellen in die nächste Polizeiwache zum Verhör gebracht, während sie und einige Augenzeugen vorläufig im Terminal befragt wurden. Irgendwann kommt dann die Vorladung zur eigentlichen Vernehmung und später zur Gerichtsverhandlung.

Vili und Taavi brechen mit ihren Eltern auf, und die anderen werden auch langsam unruhig. Da werde ich wohl mit den Öffentlichen fahren müssen, denkt Viivi, aber schließlich fährt ein rotes Auto, das sie kennt, am Terminal vor und bremst so heftig, dass der Schlamm meterweit spritzt.

Ripsas Punto. Erleichtert umarmt Viivi ihre Freunde und auch Mias Mutter, und alle können nach Hause gehen.

Doch am Auto angelangt sieht sie, dass ihre Mutter nicht im Wagen sitzt. Ihre Tante ist allein gekommen. Und Ripsa steigt auch nicht aus, um sie zu umarmen, sondern winkt ihr nur, schnell einzusteigen.

»Ich steh im Halteverbot«, drängt Ripsa. »Ich hab schon so viele Knöllchen beisammen, dass mir Sakke bald den Führerschein abnimmt – wenn es die Polizei nicht tut ...«

Die Tante wartet genau so lange, bis Viivi den Rucksack zwischen ihren Füßen verstaut und sich angeschnallt hat, dann schießt sie in ihrem üblichen Stil los, der das Blut in den Adern gefrieren lässt.

»Entschuldige, dass es so lange gedauert hat«, sagt sie mit einem kurzen Blick auf Viivi. »Ich musste noch Santeri und Silja zu ihren Freunden zum Spielen bringen und danach Sakke zum Flughafen, er hat eine Besprechung in Oulu, am

Sonntag, stell dir mal vor, so ist das Arbeitsleben heutzutage. Und dann noch Leia. Hu, was für ein Wochenende! Ich könnte eine eigene Firma gründen und als Taxifahrerin und Katastrophenmanagerin gleichzeitig anfangen. Ich hab deine Mutter schon gestern chauffiert und ihr auf die Schnelle einen Brunch gemacht und anschließend dreieinhalb Stunden beim Aktionstag von Siljas Kindergarten Waffeln gebacken ... Aber, hey, lassen wir das, alle sind am Leben, und das ist das Wichtigste. Wie war die Tour, hat's Spaß gemacht, und – hast du ihn getroffen?«

»Wen?«, fragt Viivi.

Und bricht in Tränen aus. Nach all dem, was passiert ist, kommt ihr der Besuch in Husby gestern ganz weit weg vor. Sie heult richtig, lässt alles heraus. Die Trauer, das Entsetzen, die Enttäuschung, die Angst – alles, was sie erlebt hat, läuft ihr in einem endlosen Strom salziger Tränen über die Wangen.

Ripsa schaut sie verwundert von der Seite an, fährt rechts ran und stellt den Motor ab. Zischt etwas in Richtung der Leute, die mit ihren Hunden Gassi gehen und zornig herschauen, weil sie auf dem Gehweg einen Bogen um das Auto machen müssen, und wendet sich dann Viivi zu. Sie nimmt sie an beiden Händen und sucht ihren Blick.

»Viivi, mein Schatz. Ist auf dem Schiff etwas passiert? Entschuldige, aber ich weiß nichts, Leia hat mich nur gebeten, dich möglichst bald am Hafen abzuholen.«

Viivi reibt sich die Augen, versucht sich zu beruhigen.

»Danke, dass du überhaupt gekommen bist, das ist total lieb. Ich hab dir als Mitbringsel Schokolade gekauft, aber ...« Viivi heult erneut los. »Die hab ich im Duty-free liegen lassen!«

Ohne sich um die Meinung der Passanten über Ripsas kreative Parklösung zu kümmern, bleiben sie so lange sitzen, bis

Viivi sich beruhigt und das Wesentliche erzählt hat. Wie sie in Husby bei Peter Dixons Wohnung war und Merja Laasosenpaltio kennengelernt hat. Wie sie auf dem Rückweg zum Schiff für die *Abendzeitung* interviewt wurde. Wie sie fast das Schiff verpasst hat.

Und dann alles andere, was an Bord passiert ist.

Ripsa ist entsetzt.

»Zum Glück bist du tatsächlich am Leben! Und unversehrt, jedenfalls im Großen und Ganzen. Und dann hast du auch noch auf mich warten müssen ... Wenn ich das gewusst hätte, dann hätte ich versucht, früher zu kommen! Warum, um Himmels willen, ist der Kerl hinter dir her gewesen? Hast du gesagt, er hat dein Handy ins Meer geschmissen?«

»Nein, das hab ich selbst getan«, fängt Viivi an und erinnert sich dann: »Eigentlich hat mir die Polizei verboten, über Einzelheiten zu reden, weil die Ermittlungen noch laufen. Oder überhaupt erst anfangen. Nicht einmal Mama darf ich alles erzählen.«

»Ach ja?«

Ripsa klingt natürlich enttäuscht.

Viivi holt Atem. »Arbeitet Mama heute? Obwohl Sonntag ist?«

»Sie arbeitet heute nicht.«

Warum ist Ripsas Ton auf einmal so anders?

»War sie schrecklich wütend über den Artikel in der *Abendzeitung*, in dem ich ihre Arbeit kritisiert habe?«, will Viivi wissen. »Ist sie deshalb nicht mitgekommen, um mich abzuholen?«

»O nein.«

Ripsa zieht Viivi abrupt so fest an sich, dass sich der Schaltknüppel schmerzhaft in ihren Oberschenkel bohrt. »Wirklich nicht deswegen. Ach Gott, sie wartet so sehr auf dich. Aber weißt du, hier ist auch alles Mögliche passiert, während du weg warst. Sobald wir bei uns sind, kann Leia dir alles erzählen.«

»Bei euch?«

»Na, weil man zu euch noch nicht kann, weil da gerade die Polizei ist.«

»Die Polizei?«

»Die nehmen dort angeblich Fingerabdrücke, man darf erst gegen Abend wieder hin. Also habe ich Leia aus dem Krankenhaus zu uns geholt ...«

»Aus dem Krankenhaus?«

»Nichts Gefährliches, sie war nur bis heute Morgen zur Beobachtung da ...«

»Zur Beobachtung?«

»Na ja, weil sie ein bisschen unvorsichtig Sachen zu sich genommen hat, die ...«

Ripsa schüttelt den Kopf und dreht den Zündschlüssel.

»Das kann dir Leia alles selbst erzählen, sie ist schon fast wieder fit. Na ja, wie man's nimmt. Den Gips hat sie ja auch noch ...«

»Den Gips!?«

2

»Anjuska Saneri – einen schönen guten Morgen, toll, dass ich Sie auf Anhieb so früh am Morgen erwische, Herr Minister. Es geht wieder um die *Abendzeitung.*«

Tarmo drückt das Gespräch weg. Er kneift die Augen zusammen, die Lesebrille ist wieder mal sonst wo. Am frühen Morgen? Will die ihn verscheißern? Es ist bereits Mittag. Aber was für ein Wochentag? Er springt auf, mit pochendem

Herzen, er müsste längst im Parlament sein, wie kommt es, dass er zu spät dran ist?

Dann fällt es ihm ein: Sonntag. Der freie Tag des Werktätigen, jedenfalls in der guten alten Zeit.

Einen Minister aber darf man auch am Tag des Herrn stören, jeder Vertreter und jede Vertreterin von jedem Schmutzblatt glaubt, das Recht dazu zu haben. Um diese Zeit gehen die Gottesdienste gerade zu Ende, beim Abendmahl werden Sünden bekannt und verziehen, im Namen von Jesu Leib und Blut, Amen.

Der Mund fühlt sich tatsächlich an, wie mit Oblaten ausgekleidet, und im Kirchturm hinter der Stirn zieht der Küster an den Seilen, dass die Glocken nur so dröhnen. Neben dem Bett im Loft liegt auf dem Fußboden die am Vortag geleerte Weinbrandflasche, die letzte derjenigen, die er von Parteikollegen zur Ernennung geschenkt bekommen hat.

War wieder ein langer Abend, auch wenn er ihn nur mit sich selbst verbracht hat.

Der Sonntag eines einsamen Arbeiters ... eines falsch verstandenen und falsch behandelten. Für schlecht gehalten, übel zugerichtet ...

Tarmo rollt auf den Rücken, richtet den Blick zur Decke. Hallo, Fliege. Uns haben sie beide in die Ecke getrieben. Und ausgesaugt.

Liebe Fliege! So hat es eines der Mädchen im Sommer gesagt, war es Lempi oder Rauha? An einem der seltenen Urlaubstage saß sie auf seinem Schoß, in der Glückseligkeit des Nachmittags. Gemeinsam bröckelten sie Kuchen in die Milch, *Mamas Hefewecken,* von Annu geschickt geknetet und gebacken, ohne dass ein dicker Bauch im Weg war. Gemeinsam beobachteten sie aus nächster Nähe, wie so ein kleines Vieh aus der Abteilung unnütze Insekten, das aber trotzdem von Gott erschaffen worden war, sich auf dem Tisch im hereinflutenden Licht sonnte und genüsslich die Beine aneinanderrieb.

»*Liebe Fliege*«, sagte das Mädchen. Bestimmt Rauha, die Kleinere – und dann machte es *Klatsch!*

Die Fliegenklatsche und Annus Hand machten mit dem ungebetenen Gast kurzen Prozess.

Wieder klingelt das Telefon.

»Die Verbindung war plötzlich weg, hoffentlich klappt es jetzt.«

Das Weibsstück gibt nicht auf.

»Was gibt's?«, knurrt Tarmo.

»Uiuiui. Ich will gar nicht lange stören. Aber wir haben hier die Information, dass Sie den Abend gestern in der Stadt verbracht haben, Herr Justizminister, in fröhlicher Gesellschaft. Das können Sie doch sicher bestätigen? Eben, und was gibt es auch Schöneres! Allerdings behaupten böse Zungen, sie hätten gesehen, wie der Herr Minister, wie soll ich sagen, ›nur ganz leicht schwankend die Kneipe verließ‹, wie es in dem bekannten Schlager heißt, den Sie sicherlich auch kennen, und dann vor seiner Haustür eine, hm, vielleicht sollte man es eine etwas außergewöhnliche Begleiterin nennen, aufgegabelt hat.«

»Hä?«

Tarmo setzt sich auf.

»Mit selbiger hat der Herr Minister dann das Haus betreten und als Gentleman der Dame natürlich die Tür aufgehalten. Wir gratulieren dem Herrn Minister für seine guten Manieren und natürlich auch für seinen, nun ja, weiten Horizont. Einer derartigen Toleranz sind wir bei anderen Mitgliedern Ihrer Partei bis jetzt noch nie begegnet, was ethnische und ...«

Tarmo füllt die Lunge und legt los.

»Was für gemeine Anspielungen! Nichts als Lüge! Ich habe

keine fremden Damen mit nach Hause genommen und werde das auch nie tun! Ich bin glücklich verheiratet und …«

»Na, na, ich gebe nur wieder, was böse Zungen behaupten, nicht nötig, mich zu beschimpfen. Es lohnt sich auch gar nicht, weil alles auf Band geht. Hatte ich das nicht erwähnt? Sie können es ganz frei leugnen oder zugeben, Herr Minister, das werde ich dann im Artikel erwähnen. Also, besagte junge Frau, Maria Lacatus, Mutter von sechs Kindern, Angehörige von rumänischen Roma, kam jedenfalls nach weniger als fünf Minuten wieder aus dem Haus, in dem der Herr Minister wohnt, eindeutig außer sich und mit verrutschten Kleidern. Sie rannte davon und schrie dabei. Schließlich blieb sie stehen, als sie ruhig darum gebeten wurde, und erzählte, was passiert war.«

»Es ist nichts passiert. Es gibt keine Maria, verdammt, du hast das Weibsstück nur erfunden, um mich zu ärgern. Wenn du so etwas behauptest, ohne Beweise zu haben, bringe ich dich vor Gericht, und deine Zeitung, mit der man sich sowieso bloß den Arsch abwischen kann, ebenfalls!«

»O, Beweise gibt es schon. Zig Fotos mit erstklassiger Auflösung und Belichtung. Ihr seid beide hundertprozentig zu erkennen, man sieht sogar den Gesichtsausdruck.«

»Das ist eine Hetzjagd«, sagt Tarmo.

»Das dürfen die Leser entscheiden«, erwidert Anjuska Saneri. »Und die Wähler. Letzen Endes das Verfassungsgericht.«

Das ist das Ende. Es kommt aus einer anderen Richtung, als er vermutet hat, aber es ist da.

In die Ecke getrieben, denkt Tarmo, als er den Blick auf das Spinnennetz an der Decke richtet. Und von dort auf den Dachbalken, der stilvoll mitten im Loft freigelegt wurde.

Sein Vater war im gleichen Alter, denkt er.

Er lässt sich aufs Bett fallen, vergräbt das Gesicht in den Händen und versinkt in einen todesähnlichen Schlaf.

Als es an der Tür läutet, öffnet er mühsam die Augen. Es läutet erneut.

Die Aasgeier sind hinter ihm her.

Kurz darauf hört man auch schon das Knarren und Quietschen der alten Fahrstuhlmaschinerie. Ein Nachbar hat also den Eindringling ins Treppenhaus gelassen.

Soll er nur kommen, denkt Tarmo. In die Wohnung lasse ich ihn nicht.

Wer nicht will, der muss nicht, quengelt Sisu angeblich neuerdings immer, wenn er sich die Zähne putzen oder schlafen gehen oder den Tisch decken soll. Wo hat er den Blödsinn bloß her, für den es auf dieser Welt nicht die geringste reale Grundlage gibt?

Aber jetzt will er selbst daran glauben.

Der Aufzug knarrt und rumpelt und hält schließlich an, die Tür geht klappernd auf und wieder zu. Es gibt zwei Wohnungen in dieser Etage, vielleicht geht er zur anderen, wer immer es auch ist.

Vergebliche Hoffnung. Es läutet an seiner Tür.

Er steht nicht auf.

Es läutet wieder, und dann schlägt eine Faust gegen die Tür. Man hört eine Stimme, der nicht einmal der Justizminister widerstehen kann.

»Tarmo Häkkilä! Wenn du da bist, mach auf, und zwar sofort. Oder ich lasse den Schlüsseldienst kommen.«

Annu stemmt mitten im Raum die Hände in die Hüften und blickt sich angewidert um.

»Was für ein Saustall. Räumst du eigentlich nie auf?«

»Wie kommst du hierher?«, fragt Tarmo hilflos.

»Wie wohl? Ich bin geflogen«, sagt Annu und wendet sich ihm zu. »Uh, wie du stinkst. War wohl mal wieder ein lustiger Abend gestern, was?«

Seine Frau deutet auf die Stühle, fordert ihn auf, sich zu setzen.

»Wir müssen reden.«

»Genau.«

»Fangen wir mit meinem Rentensparkonto an. Warum ist es leer?«

3

In dem Moment, als die Erkennungsmelodie von *Die Woche mit Tähtimö* einsetzt, wird der Mund trocken und die Achseln werden feucht vor Schweiß. Leia atmet aus und fächelt sich Luft unter die Bluse.

»Ein bedingter Reflex. Das weißt du bestimmt auch noch, aus dem Psychounterricht in der Schule. Pawlows Hund lief der Speichel, sobald er das Glöckchen hörte, weil er glaubte, es gibt Futter.«

Als Antwort hält ihr Ripsa die Popcornschüssel hin. Leia schüttelt den Kopf.

Beide richten den Blick wieder auf den Fernsehbildschirm.

»Einen ziemlich ulkigen BH trägt Sanni diese Woche«, stellt Ripsa fest. »Neongrün.«

Leia macht *psst*.

»Ich will das hören.«

Zunächst ist nur Sanni Tähtimö im Bild, die sich mit ihrem gastfreundlichen Dekolleté zu ihrem treuen Publikum neigt.

»Hallo, ihr Süßen! Ich habe heute, meine lieben Zuschauer, eine gute und eine schlechte Nachricht für euch. Die gute zuerst. Unsere letzte Sendung, in der Leia Laine, die Geschäftsführerin von ProMen Einblick in die Hilfsmaßnahmen für

Leute, die Sex kaufen, gab, hat, wie man so schön sagt, die Bank gesprengt. Wegen eurer Kommentare ist unsere Website mehrmals kurzzeitig und schließlich endgültig zusammengebrochen. Innerhalb der ersten vierundzwanzig Stunden haben ganze« – um ihren Worten Nachdruck zu verleihen, greift Sanni Tähtimö zu einem Zettel und liest davon ab – »zweitausendsiebenundzwanzig Personen Kommentare abgegeben! Vielen Dank dafür, ihr seid wunderbar, jeder Einzelne von euch!«

Leia schnaubt. »Die Masse zählt, die Qualität nicht.«

»Und nun die etwas unangenehmere Nachricht.«

Sanni Tähtimö lehnt sich auf ihrem grauen Studiosessel zurück. Als sich Lea erinnert, wie unbequem der ist, fangen ihre Beine an zu schmerzen.

»Wir wollen uns auch heute mit diesem Thema beschäftigen, das so viele Meinungsäußerungen ausgelöst hat – allerdings aus einer anderen Perspektive. Justizminister Tarmo Häkkilä hat versprochen, unser Gast zu sein. Er hat Anfang der Woche Wasser auf die Mühlen gegossen, indem er das Gutachten der Arbeitsgruppe von Justiz- und Sozialministerium mit seiner Unterschrift abgesegnet und das Ganze zur Wiedervorlage zurückgestellt hat.«

»Jetzt hat er Zeit, es zu kommentieren«, stellt Leia bitter fest.

»In seinem Blog beschrieb Häkkilä die Idee von ProMen« – Tähtimö liest wieder vom Zettel ab – »als ›unmoralisches Treiben‹, ›Verschwendung von Staatsgeldern und Schändung der Ehre unserer Kriegsveteranen‹ sowie als ›neues Hätschelprojekt der Sozialtanten‹.«

Sie legt den Zettel aus der Hand.

»Leider hat der Minister im letzten Moment abgesagt.«

»Oho«, entfährt es Ripsa. »Jetzt kneift er schon zum zweiten Mal.«

»Psst«, macht Leia.

»Zum Glück ist es uns gelungen, kurzfristig einen anderen, mindestens ebenso interessanten Gast in die Sendung zu bekommen«, sagt die Tähtimö und wendet ihren Busen dem Gast zu, der die ganze Zeit auf dem Sessel neben ihr gewartet hat und den die Kamera nun auch ins Bild lässt.

»Herzlich willkommen, Saanamarika Miettu, wissenschaftliche Expertin im Sozialministerium!«

»Danke.«

»Meine ehemalige Kollegin!«, ruft Leia aus. »Und jetzt Facebook-Freundin. Dieses Wochenende haben wir uns gerade erst geschrieben. Sie ist immer noch völlig fertig.«

Ripsa hält ihr wieder das Popcorn hin. Leia greift auch diesmal nicht zu.

»Du warst in der Arbeitsgruppe mit dabei, Saanamarika. Wie schaut ihr im Sozialministerium jetzt aus der Wäsche, in dieser Situation?«

Saanamarika räuspert sich.

»Ich selbst bin nur froh, dass wir nun die Gelegenheit haben, uns Gedanken zu machen und die Sache gründlich und in einem vernünftigen Zeitrahmen zu klären. Als neue Deadline ist Ende Januar 2013 festgelegt worden. Und ich darf hinzufügen, dass die einzige abweichende Meinung im Gutachten von mir selbst stammt.«

Leia schaut Saanamarika erschüttert an. Wie selbstsicher und ruhig sie seit ihrer letzten Begegnung geworden ist. Ihre natürliche Lockerheit und die zu Herzen gehende Offenheit ist mit einem Mal verschwunden. Schwer zu glauben, dass Saanamarika noch vor weniger als einer Woche nicht schlafen konnte, weil ihr die Postsendung mit dem rohen Herzen so zu schaffen machte.

»Das wenige, das ich aus dem von Leia Laine zusammengestellten Material über ProMen herausholen konnte, hat mich nicht von der Moral und der Professionalität des Projekts überzeugt. Überhaupt steht der käufliche Erwerb von Sex als gesonderter Grund für eine Therapie im Widerspruch zu den ethischen Prinzipien der sexologischen Hilfstätigkeit. Die ethischen Richtlinien für die Sexualtherapie verlangen vom Therapeuten Neutralität gegenüber den Werten und Lebensentscheidungen seines Klienten. Dass jemand Sex kauft, heißt wirklich nicht unbedingt, dass er ein Problem hat, wofür er therapeutische Hilfe benötigt.«

»Komische Haarspalterei«, sagt Ripsa.

Leia kann nur um Atem ringen. *Hat mich nicht von der Professionalität des Projekts überzeugt.* Hat Saanamarika etwas Persönliches gegen sie? Hat sie sie irgendwie beleidigt bei ihrem nächtlichen Facebook-Chat?

»Sehen wir uns mal einen kleinen Einspieler an«, sagt Sanni Tähtimö. »Das Plädoyer der Verteidigung, bitte sehr.«

Auf dem Bildschirm erscheinen eine nur allzu vertraute blaue Brille und eine nach einer Woche Dauerschnäuzen geschwollene Nase. *Markku Lappi, stellv. Geschäftsführer von ProMen*, steht am unteren Bildrand. Offenbar ist es unmöglich, Markkus Namen richtig zu schreiben.

»Die Grundpfeiler unserer Tätigkeit sind gegenseitiges Vertrauen und absoluter Respekt vor der Anonymität des Klienten. ProMen bietet Männern eine Schulter, auf die sie sich stützen können, um über ihre Situation nachzudenken und um gemeinsam mit uns ihre inneren Stärken herauszuarbeiten.«

Die meisten Wortendungen fallen der verstopften Nase zum Opfer, die Augen sind vom Schlafmangel gerötet. Markku rattert brav herunter, was er auswendig gelernt hat. Der Stellvertreter ist diese Woche schwer gefragt gewesen.

Ripsa wirft einen Blick auf Leia.

»Ärgert dich das sehr? Dass Markku dort ist und nicht du?«

»Nein«, sagt Leia.

Und das stimmt.

»Ich bin ehrlich froh und erleichtert, dass ich nicht dort bin. Auch wenn ich den hier nicht hätte.« Leia klopft auf den Gips.

»Du hast also vor, dich krankschreiben zu lassen?«, erkundigt sich Ripsa vorsichtig.

»Ja. Ich bin zur Vernunft gekommen.«

»Gut. Nach all dem. Ich meine ...«

Sie blicken beide auf das blanke Parkett, wo früher ein heller Teppich lag. Die Spurensicherung der Polizei hat ihn zusammengerollt und mitgenommen.

»Haben die da irgendwelche, äh, Blutspritzer abgekratzt?«, fragt Ripsa.

Leia gibt einen angewiderten Ton von sich.

»Plus meine Kotze. Aber ja, das haben sie. Wegen der DNA. Nur steht in den Polizeiregistern nicht, von wem das Blut stammt oder die Fingerabdrücke. Außerdem suchen sie ihn ja sowieso nur als Zeugen, weil er mir geholfen hat. In erster Linie suchen sie den anderen.«

»Jari Virtanen.«

»Den so genannten Jari Virtanen.«

»Den gut aussehenden Juristen.« Ripsa grinst. »Tut mir leid.«

»Nicht nur dir.«

Sie konzentrieren sich wieder eine Weile stumm auf die Sendung von Sanni Tähtimö.

»Da muss ich jetzt noch mal nachfragen, Saanamarika. Du hast deine Meinung hinsichtlich ProMen also geändert. Wie sehr hat dich dabei die Diskussion der Bürger und Bürgerinnen beeinflusst, die von unserer Sendung ausgelöst wurde und so hohe Wellen geschlagen hat? Vorher hatten die meisten Leute von dem ganzen Projekt ja keinen Schimmer.«

»Das haben sie immer noch nicht«, murmelt Leia.

»Die hat mich überhaupt nicht beeinflusst. Wenn ein Projekt

mit öffentlichen Mitteln umgesetzt wird, haben die Bürger und Bürgerinnen natürlich das Recht, zu sagen, was sie davon halten. Allerdings ist die Diskussion, auf die du anspielst, gelinde gesagt von wechselhaftem Niveau gewesen. Ich habe den Rat einer Freundin und ehemaligen Kollegin beherzigt und die dummen Kommentare einfach nicht beachtet.«

Leia steckt die Hand ins Popcorn und nimmt sich eine Ladung.

Ripsa runzelt die Stirn.

»Ich kapiere nicht, wie du so ruhig bleiben kannst. Und Viivi genauso. Nach all dem. Man hat versucht, euch umzubringen. Und auch noch wegen einem bescheuerten Missverständnis, wegen einem Video, das es gar nicht gibt.«

»Vielleicht stehen wir noch unter Schock. Ich jedenfalls schon«, seufzt Leia. »Mir kommt das alles immer noch unwirklich vor. Und das hat nichts mit den starken Schmerzmitteln zu tun, denn die nehme ich ja nicht mehr. Nie mehr.«

»Nimm noch ein bisschen Popcorn«, sagt Ripsa, aber Leia schüttelt den Kopf.

»Danke, eine Handvoll genügt. Wenn ich einmal anfange, das Zeug zu essen, komme ich nie mehr von dieser Couch hoch.«

Sie schaut ihre Schwester an und beschließt, ihr zu sagen, was sie sich während der Woche überlegt hat. »Ich habe vor, in guter Form für eine Bewerbung zu sein, wenn in sechs Wochen der Gips wegkommt.«

»Was? Du willst nicht als Chefin zu ProMen zurück?«

»Nein.«

»Warum nicht? Das ist doch eine Position, bei der man gesehen wird. Außerdem bist du ja jetzt ein Promi. Sex-Leia ...«

»Ha ha. Um ehrlich zu sein, habe ich völlig die Motivation verloren. Besser kann ich es nicht erklären. ProMen ... falls es damit überhaupt losgehen darf, ich weiß nicht ... Irgendwie bin ich da einfach reingeraten, so wie ich es in dem bescheuerten Zeitungsinterview gesagt habe. Eigentlich ist das gar nicht mein Ding, nicht das, wofür ich mich auf dieser Welt einsetzen möchte. Frag mich nicht, wofür sonst. Ich weiß es noch nicht. Aber in den nächsten Wochen habe ich ja Zeit, darüber nachzudenken.«

»Weißt du, was?«, sagt Ripsa. »Ich freu mich für dich. Das ist bestimmt die beste Lösung. Mit Sicherheit. Ich hab mich nie getraut, es dir zu sagen, weil du so voller Eifer warst mit deinem ProMen. Aber für mich hat es von Anfang an ein bisschen beknackt geklungen.«

»Beknackt. Ist ja voll analytisch.«

Sie schauen wieder dem Interview mit Saanamarika Miettu zu, können aber beide kein Interesse mehr aufbringen.

»Lass uns umschalten«, schlägt Ripsa vor. »Schauen wir uns was Schöneres an. Ist ja schließlich Freitagabend.«

»Kommen im Dritten nicht gerade die Nachrichten?«

Ripsa seufzt.

»Das ist also deine Vorstellung von Spaß.«

Leia greift zur Fernbedienung.

In den Nachrichten kommt eine Direktübertragung von den Fluren des Parlaments, wo eine Schar Journalisten mit ausgestreckten Mikrofonen einem Mann im Anzug hinterherläuft. Schließlich gibt der Mann auf, bleibt stehen und dreht sich um. Leia sagt »Ohoo!«. Tarmo Häkkilä, der Justizminister. Etwas muss tatsächlich passiert sein, wenn er nicht in Tähtimös Sendung erscheint, um sich über sie und ProMen auszulassen, obwohl er das die ganze Woche bei jeder Gelegenheit getan hat.

»Ein kurzer Kommentar. Hat Ihr Rücktritt mit dem Sexskandal zu tun?«, ruft einer der Journalisten.

Sexskandal? Rücktritt? Muss der jetzt auch zurücktreten, nach nicht einmal zwei Wochen im Amt?

»Viivi«, ruft Leia. »Viivi, komm schnell und schau dir das an! Das ist der Politiker, der dich so aufgeregt hat. Er muss zurücktreten!«

Als Viivis Zimmertür aufgeht und das Mädchen ins Wohnzimmer flitzt, kann Ripsa nur staunen.

»Ich wusste gar nicht, dass du zu Hause bist. Du bist so still gewesen ...«

»Psst!«

Es kommt aus Leias und Viivis Mund gleichzeitig.

»Wenn Sie die Treibjagd meinen, die von der Boulevardpresse gerade gegen mich veranstaltet wird und bei der die heute Morgen veröffentlichten, heimlich aufgenommenen und unscharfen Fotos als Beweismittel gegen mich verwendet werden sollen – dann nicht. Damit hat es wirklich nichts zu tun! Zwischen mir und dieser ... Bettlerin ist nichts Unangemessenes passiert. Ich habe sie aus reiner Güte hereingebeten, aus Nächstenliebe, und ihr Arbeit angeboten ...«

»Samstagnacht, um 23:30 Uhr?«, unterbricht ihn einer der Journalisten.

»Anständige Arbeit, Wohnungsreinigung.«

»Diese Bettlerin, diese Maria Lacatus, Rumänin und Mutter von sechs Kindern, behauptet etwas ganz anderes. Sie wirft Ihnen Freiheitsberaubung, versuchte Vergewaltigung ...«

Tarmo Häkkilä schüttelt entsetzt den Kopf und macht den Mund auf, um zu antworten, aber wieder kommt ihm ein Journalist zuvor.

»Und hat Ihr Rücktrittsgesuch mit den versuchten Morden vor einer Woche zu tun, die Ihr persönlicher Referent Valtti Nyman und der Verbrecher Tero Rämättö zu verantworten haben und denen die Geschäftsführerin des ProMen-Projekts, das Sie so vehement ablehnen, und ihre Tochter zum Opfer fielen?«

»Nein. Absolut nicht!«

»Was sagen Sie dazu, dass Valtti Nyman im Verhör behauptet hat, den Auftrag, gegen Leia Laine vorzugehen und die andere kriminelle Person zu engagieren, von Ihnen erhalten zu haben?«

»Wie ich bereits mehrmals gesagt habe, waren mir Valtti Nymans erbärmliche Absichten nicht bewusst. Ich habe nichts damit zu tun, ich verurteile sie strikt und wasche meine Hände in Unschuld. Vielleicht darf ich endlich selbst sagen, warum ich von meinen Ämtern zurücktrete. Die Gründe sind einzig und allein familiärer Natur. Ich habe eine liebe Frau und vier kleine Kinder, und mit der ständigen Abwesenheit von zu Hause ist es jetzt genug. Abgesehen davon hat meine Frau Annastiina Häkkilä eigene ... gesellschaftliche Projekte. Wir haben vereinbart, dass nun sie an der Reihe ist, äh, sich selbst zu verwirklichen.«

Der Verlautbarung folgt eine Sekunde Stille, dann kommen die Rufe der Journalisten von allen Seiten gleichzeitig.

»Was meinen Sie mit gesellschaftlichen ...?«

»Für welche Partei – für Ihre oder ...?«

Häkkilä verscheucht die Mikrofone mit den Händen wie Fliegen, auf seinem Gesicht liegt der Hauch eines Lächelns.

»Annu wird zu diesem Thema eine eigene Pressekonferenz geben, wenn die Zeit dafür gekommen ist. Das war's, geht nach Hause. Ich gehe auch, ich fliege nach Kuopio. Die Freitagabendsauna wartet.«

Damit wird ins Studio zurückgeschaltet.

»Wieder ein Rückschlag für Häkkiläs Partei – oder wie schätzen Sie die überraschende Neuigkeit ein, Janne Fors, Politikwissenschaftler von der Universität Helsinki?«

Der auf die Schnelle ins Studio gerufene Dozent fängt an, mit den Moderatoren die Auswirkungen von Tarmo Häkkiläs Rücktrittsgesuch auf die Arbeit der Regierung und auf die Beliebtheit der Partei zu erörtern sowie die Frage, ob das Vertrauen der Bürger in die Politik nun endgültig zusammenbricht.

»Andererseits ist es durchaus denkbar, dass es die Häkkiläs so machen wie die Clintons«, spekuliert Janne Fors. »Hillary Clinton fing mit ihrer eigenen politischen Karriere erst an, nachdem Bill, vom Monicagate-Skandal beschädigt, die politische Bühne verlassen hatte.«

Mucksmäuschenstill schauen die drei Frauen zu. Als Erste kommentiert Ripsa die Bombennachricht.

»Von wegen zurückgetreten. Der ist mit Sicherheit zurückgetreten worden.«

»Warum wird es dann nicht gesagt?«, will Viivi wissen.

»Das wird nie gesagt«, meint Ripsa. »Meine geliebte Frau will, dass ich nach Hause komme, ja, ja. Ich hab die Paparazzifotos gesehen. Klarer Fall, kein Spielraum für Interpretationen.«

Leia mustert Viivi besorgt.

»Du bist irgendwie ... Was ist los?«

»Nichts«, antwortet Viivi ausweichend. Aber dann, ganz langsam, macht sich ein Lächeln auf ihrem Gesicht breit. »Nicht mehr. Alles ist gut. So gut wie schon lange nicht mehr. Echt jetzt.«

Sie beugt sich nach vorn und gibt Leia einen Kuss auf die Stirn. Dann umarmt sie ihre Tante. »Schön, dich wiederzusehen. Wie geht es Silja und Santeri?«

»Wie schon, die sind daheim und gucken mit ihrem Vater *Shaun das Schaf*«, sagt Ripsa. »Du hast ein tolles neues Smartphone. Hat das die Versicherung bezahlt?«

Aber Viivi ist schon wieder ganz woanders, hat ihre Mutter und ihre Tante vergessen und sich in die Nachricht vertieft, die gerade piepsend auf ihrem Handy eingegangen ist.

»Ist es schlimm, wenn ich noch mal weggehe? Ripsa ist ja da.«

»Geh nur«, antwortet Ripsa, bevor Leia etwas sagen kann. »Wir kommen schon klar.«

Leia sieht ihre Schwester grimmig an, Ripsa tut so, als würde sie es nicht merken.

»Wohin?«, will Leia wissen. »Und mit wem? Mit Sebu?«

»Nee. Mit Mia.«

»Wie geht's ihm eigentlich, diesem ... Sebastian?«, erkundigt sich Ripsa ganz unschuldig.

»Ganz okay«, antwortet Viivi. »Wir sind aber nur Freunde.«

Viivi trägt einen Rollkragenpulli. Erst vor zwei Tagen hat Leia an ihrem Hals eindeutig einen Knutschfleck gesehen. Aber weil Ripsa ihr einen warnenden Blick zuwirft, schluckt sie herunter, was sie sagen will, und denkt: Viivi ist in den letzten Tagen wirklich hilfsbereit und selbstständig gewesen. Und Sebastian Nyberg hat geholfen, meine Tochter zu retten.

»Aber komm nicht zu spät nach Hause«, sagt Leia. »Spätestens um zehn.«

»Hallo? Es ist Freitag.«

»Dann um elf. Deine Freunde werden schon verstehen, dass ich mir Sorgen mache.«

Viivi brummt etwas zum Zeichen der widerwilligen Zustimmung.

»Und lad sie mal zu uns ein, alle beide«, fügt Leia etwas steif hinzu. »Dann kann ich einen Apfelkuchen backen. Und mich bei ihnen bedanken.«

»Ja, ja ... ich meine, ja, ich lade sie ein«, sagt Viivi, mit Augen, Fingern und Gedanken wieder ganz bei ihrem Handy und auf dem Weg in den Flur.

Als die Wohnungstür zufällt, schaltet Leia den Fernseher aus und wendet sich ihrer Schwester zu.

»Sie hat sich ein Piercing machen lassen. Am Nabel. Obwohl ich es verboten habe.«

»Sieht es schlimm aus?«

»Nein, sondern ziemlich cool.«

Leia schnieft. Sie nimmt das Taschentuch, das ihr die Schwester hinhält und putzt sich die Nase.

»Anscheinend habe ich mich bei Markku angesteckt.«

»Das wird schon«, ermutigt Ripsa sie. »Mit der Zeit nimmt man es leichter, was die Kinder machen.«

Leia tupft sich mit einer sauberen Ecke des Taschentuchs die Augenwinkel trocken.

Ripsa wartet ab, bis sie sich gefasst hat, erst dann stellt sie die Frage, die irgendwann kommen musste.

»Hast du mit Viivi schon über ... Peter gesprochen?«

»Ja«, sagt Leia.

Es war kein einfaches Gespräch. Sie war auf den berechtigten Unmut ihrer Tochter vorbereitet gewesen, auch auf die überzogenen Vorwürfe, die ihr von dem Menschen, den sie am meisten liebt, entgegenschlagen würden. Dennoch war es schwerer, als sie es sich vorgestellt hatte.

Es war falsch gewesen, ihrer Tochter das bisschen, was sie über den Vater weiß, vorzuenthalten. Sie hat es nicht anders verdient.

»Wenn ich wenigstens schon früher erfahren hätte, was mir Merja erzählt hat. Was er für einer ist. Dass er sich auch um seine anderen Kinder nicht kümmert. Aber nicht einmal das habe ich gewusst. Ich dachte, du willst einfach nicht, dass wir uns kennenlernen. Ich war sicher, dass ich einen Vater hätte, der mich liebt, wenn nur du nicht im Weg wärst.«

Viivi war nicht bereit, sich von ihr umarmen zu lassen, sie sperrte sich bloß in ihrem Zimmer ein und heulte. Und Leia beschloss: Sie wird Viivi nie alles erzählen.

Es gibt Geheimnisse, die behält man besser für sich.

Ripsa scheint sich mit ihrer kurzen Antwort diesmal erstaunlicherweise zufriedenzugeben. Sie nickt und steht von der Couch auf.

»Soll ich uns einen Tee kochen? Oder willst du Wein?«

»Schlechter Witz.«

»Richtig schlecht«, gibt Ripsa zu. Sie fährt mit der Sohle über den Fußboden. »Dein Boden ist echt kalt ohne Teppich. Aber die sollen ihn reinigen lassen, bevor sie ihn zurückbringen.«

»Ich will den wirklich nicht zurückhaben«, ruft Leia aus und kapiert erst dann, dass auch das ein Scherz war. »Nicht witzig. Du hast die Fotos ja gesehen. Überall Blut, auch im Flur.«

»Aber es war das Blut deines Retters. Dessen Identität nach wie vor ein absolutes Rätsel ist. Spannend ... Im Vergleich zu deinem ist mein Leben echt ziemlich langweilig. Allein die ganzen Karten, die plötzlich aufgehört haben zu funktionieren, und die Mitteilungen, die kommen und wieder verschwinden ... Wie in einem Verfolgungswahnthriller.«

Ripsa verschwindet in der Küche, füllt den Wasserkocher und nimmt Tassen aus dem Schrank. Leia schaut auf ihre Zehen, die wie verloren aus der Gipsröhre herauslugen, und bewegt sie hin und her, wie es die Krankenschwester empfohlen hat. Wäre es eitel, Ripsa zu bitten, ihr die Nägel zu lackieren?

Sie richtet den Blick aufs Fenster, wo sie sich samt Gips und Couch in voller Wandbreite spiegelt. Obwohl sie sonst auch nachts nie die Vorhänge zugezogen hat, kommt ihr das Fenster ohne sie nun schauerlich nackt vor. Die Polizei hat auch die Vorhänge mitgenommen. Morgen ist der erste Dezember, vielleicht könnte Viivi dann die Weihnachtsvorhänge aus dem Schrank nehmen, sie bügeln und aufhängen.

Kann sie denn bügeln? Höchste Zeit, dass sie es lernt.

Leia seufzt tief. Auch diesen November hat sie überstanden. Allerdings war es diesmal außerordentlich knapp.

Sie hört Ripsas Stimme aus der Küche.

»Diese Taxifahrerin, von der du erzählt hast. Die so viele *Ansichten* hatte.«

»Was ist mit ihr?«

»Die hatte ganz recht mit ihrer Paranoia.«

Stimmt, denkt Leia. Nach allem, was sie erlebt hat, wird sie dem von digitalen Geräten und elektronischen Registern beherrschten Alltag heutzutage nie mehr vertrauensvoll oder gleichgültig gegenüberstehen.

Die Hilfe der Taxifahrerin erwies sich auch bei den polizeilichen Ermittlungen als wertvoll. Sie war sehr beeindruckt gewesen von Valtti Nymans Hilfsbereitschaft bei der Suche nach dem verschwundenen Telefon auf dem Parkplatz und von seiner Ankündigung, noch einmal dorthin zurückzukehren und die Suche fortzusetzen. Aber als er vor dem Krankenhaus ins Taxi stieg, gab er als Fahrtziel eine Adresse im Helsinkier Stadtteil Punavuori an.

Als dann die Bevölkerung zur Identifizierung des Mannes, der sich als Jari Virtanen ausgegeben hatte, aufgerufen wurde, kam der Taxifahrerin dieser Fall sofort in den Sinn, weil ihr Vertrauen in die Männer wieder einmal in sich zusammengefallen war. Sie blätterte in ihren Quittungen und fand dort sogar den echten Namen des Mannes. Valtti Nyman hatte mit Karte bezahlt.

Bei Nyman zu Hause wurden eine Tüte mit USB-Sticks und alten Handys gefunden, ein paar Kameras, die Leia kannte, sowie ihr Laptop, zum Glück unversehrt. Nyman selbst wurde von der estnischen Polizei aufgegriffen und umgehend über die Ostsee zurück nach Finnland geschickt, um hier auf seinen Prozess zu warten.

Die eine Krücke blieb allerdings verschwunden. Ebenso die Stiefel. Leia kann nicht verstehen, warum Nyman sie mitgenommen hat.

Irgendwie *scary*, wie Viivi es ausdrückte.

Ripsa besorgte eine Ersatzkrücke im städtischen Hilfsmittellager, dafür musste lediglich ein Formular ausgefüllt werden. Das erschütterte Sicherheitsgefühl war nicht so mühelos zu ersetzen.

Ripsa kommt mit den Teetassen aus der Küche und nimmt wieder auf der Couch Platz.

»Morgen fängt der Dezember an«, sagt Leia.

»Seit Langem war mal wieder ein sonniger Tag«, erwidert Ripsa. »Der Schnee von vorletzter Nacht ist komplett weggeschmolzen.«

Mir egal, denkt Leia leicht bitter. Ihre Spaziergänge werden sich für den Rest des Jahres vermutlich auf den Balkon beschränken, so wie bei ihrer Nachbarin Frida.

Wenn sie sich wieder auf den Balkon traut. Vorläufig tut sie das noch nicht.

Aber eins nach dem anderen. So wie immer, wenn man sich von etwas erholt.

»Auf jeden Fall lerne ich dabei Geduld. Mit den Krücken verlangt jede Kleinigkeit viel mehr Zeit und muss genau geplant werden«, sagt Leia. »Ich frage mich, wie es wäre, einen Apfelkuchen zu backen.«

»Du musst unbedingt die Taxifahrerin zum Kaffee einladen«, sagt Ripsa plötzlich. »Das ist kein Witz. Sie hat es verdient. Außerdem ist dein Apfelkuchen verdammt gut.«

Leia saugt an der Unterlippe. Wenn sie jemanden einladen möchte, um sich zu bedanken, dann ihren geheimnisvollen Jedi-Ritter, Land-0 ... Sie hatte geglaubt, der Mann sei nur zu Übeltaten fähig, aber am Ende war ausgerechnet er gekommen und hatte sie gerettet.

Mit den Karten gibt es auch keine Probleme mehr. Und auf dem Bankkonto, dessen Saldo auf null gewesen war, ist das Geld heimlich, still und leise wieder aufgetaucht. Sogar mit Zinsen.

4

»Aber keine Dummheiten! Meine Mutter hat mich genau vor solchen wie dir gewarnt«, sagt Viivi beim Einsteigen.

»Du weißt doch, dass ich so was nicht im Sinn habe ...«

»Ha. Wahrscheinlich glaube ich es, sonst wäre ich ja nicht gekommen.«

»Ich bin froh, dass du gekommen bist.«

Viivi schaut ihn mit großen, dunklen Augen an. In natura sind sie noch schöner als durch die Linse einer Kamera betrachtet, in Bits zerlegt und wieder zusammengesetzt. Die gelbe Pudelmütze auf ihrem Kopf ist fast schon zu viel.

»Nimm die Brille ab«, verlangt Viivi.

»Warum?«

»Ich will deine Augen sehen, wenn ich mit dir rede. Und nicht mein Spiegelbild.«

»Aber ich habe dich gewarnt.«

Er setzt die verspiegelte Brille ab. Und natürlich stockt Viivi der Atem und sie hält sich die Hand vor den Mund.

Sein Gesicht ist kein schöner Anblick, die Brandwunden sind zum größten Teil ersten Grades und schon am Heilen, aber es hat ihm ordentlich die Härchen versengt. Augenbrauen und Wimpern sind auf einen Schlag verbrannt.

Valtti Nyman war nicht nur mit einer Krücke bewaffnet gewesen. Als es ihm nicht gelang, die Tür aufzubrechen, warf er etwas Brennendes durch den Briefschlitz, vielleicht Papier oder ein mit Benzin getränktes Kleidungsstück, und flüchtete dann.

Er hätte sich ins Fäustchen gelacht, wenn er gewusst hätte, wie dankbar der Flur für einen solchen Anschlag war. Der ganze Staub. Die zwölf unausgepackten Tüten aus dem Kleidergeschäft direkt neben der Tür, die meisten vollgestopft mit

Kunstfasertextilien, die geradezu um den Funken bettelten. Als Land-0 die Tür öffnete, ließ der Sauerstoff die Flammen bis zur Decke schlagen.

»Was ist passiert?«, bringt Viivi schließlich über die Lippen.

»Besser, du weißt es nicht.«

Viivi wischt mit der Fingerspitze über das Leder des Armaturenbretts, als würde sie es damit adeln. Sie nimmt die gelbe Mütze ab, zerzaust sich mit beiden Händen die Haare und schnallt sich an.

»Warst du das, der die Videos auf den Schiffsfernsehern laufen ließ?«

»Ja.«

»Findest du es nicht auch gut, dass ich am Leben bin? Da kannst du mich gerne zu einer Spritztour einladen.«

Er drückt den Startknopf, und der Falcon springt brummend an.

»Wo fahren wir hin?«, erkundigt sich Viivi, als sie losdonnern.

»Wohin du willst.«

»Ich muss um elf zu Hause sein, ansonsten ist es mir egal.«

Er sieht im Augenwinkel, wie das Mädchen ihn verstohlen anblickt.

»Warst wirklich du das, der zu uns kam und mit der Krücke zugeschlagen hat?«

»Das war ich.«

»Und der andere, von dem Mama erzählt hat ... Der ihre Karten und den Computer und alles durcheinandergebracht hat, der ihr die kranken Nachrichten geschickt und ihr Angst eingejagt hat, dass sie sich in die Hosen gemacht hat – das warst aber nicht du?«

Diese Frage ist schwer zu beantworten. Dass ihm das tatsächlich noch einmal passiert, denkt er – dass er wünscht, er könnte auf diese Frage erhobenen Hauptes und ehrlich mit Nein antworten.

»Das war auch ich«, sagt er, ohne den Blick von der Straße zu lösen.

Sie haben die Autobahn nach Tuusula erreicht und fahren mehrere Kilometer nach Norden, ohne ein Wort zu wechseln. Erst bei den Möbelgeschäften von Hyrylä, wo die Autobahn in eine normale Landstraße übergeht, bricht Viivi das Schweigen.

»Wie hast du das alles gemacht?«

Viivi macht bei dem Spiel sofort mit, lässt sich mit dem Schal die Augen verbinden.

»Das ist so krank. Wenn Mia das wüsste. Oder meine Mutter ...«

»Du darfst niemandem davon erzählen«, warnt er. »Versprich es. Oder ich breche das Ganze ab.«

»Natürlich erzähle ich nichts.«

Man kann den Sitz nicht weiter nach hinten neigen, doch er fordert das Mädchen auf, so weit wie möglich nach unten zu rutschen. Da wehrt sich Viivi. »Warum?«

»Es könnte sich jemand wundern, wenn er dich mit deinen verbundenen Augen sieht«, erklärt er. »Auch wenn es dunkel ist.«

»Okay, verstehe.«

Es klingt leise, unsicher.

Vielleicht ist eine kleine Dosis Angst jetzt angebracht, denkt er, als er sieht, wie Viivi sich an den Sitzrand klammert.

Für ihn ist das alles andere als ein Spiel.

Er riskiert etwas und kann nur hoffen, dass es sich lohnt.

Mit quietschenden Reifen legt er eine Wendung um hundertachtzig Grad hin und fährt in südliche Richtung zurück.

Mit Lichtgeschwindigkeit wäre der Falcon im Nu am Ziel.

Schon der Ring 1 würde die Fahrzeit deutlich verkürzen, aber es besteht die Gefahr, dass Viivi die Route erkennt, wenn sie zu einfach ist. Er lenkt den Falcon auf kleine Straßen, über alte Dorfstraßen, an Sportplätzen vorbei, zwischen Gewerbehallen hindurch und wendet auf dem Parkplatz des Erlebnisbades *Serena*. Je länger die Fahrt dauert, desto blasser werden Kinn und Wangen des Mädchens, die unter dem Schal zu sehen sind.

»Ist dir schlecht?«, fragt er schließlich.

»Ein bisschen«, antwortet Viivi schwach. »Wann sind wir da?«

»Jetzt.«

Er hält an und stellt den Motor ab. »Du kannst den Schal abnehmen. Lass dein Handy im Auto.«

Als sie die mittelgroße Halle mit Metallwänden am Rand eines namenlosen Gewerbegebiets vor sich sieht, wirkt Viivi enttäuscht. Doch als er die mehrfach verschlossene Tür öffnet und sie eintreten, entfährt dem Mädchen nur ein *Wow!*.

Draußen liegt die Temperatur vielleicht bei zwei, drei Grad Celsius. Drinnen bei gut dreißig. Die Wärme kommt von den Rechnern, die überall in der Halle brummen, surren, schnurren und sirren, die Klimaanlage hält mit dieser Ausstattung nicht ganz mit.

»Mein Maschinenraum«, sagt er stolz. Der Geräuschpegel zwingt ihn, die Stimme zu heben.

Viivi dreht sich mit leuchtenden Augen zu ihm um.

»Wer bist du eigentlich?«, ruft sie.

Er schüttelt den Kopf.

»Einfach Land-0?«, fragt Viivi.

»Für dich, ja.«

Viivi geht von Rechner zu Rechner. »Was machen die alle?«

»Rechenoperationen. So wie alle Computer. Bits. Einser und Nullen.«

»Ich hätte nie geglaubt, dass ich das mal sagen würde, aber … schön«, haucht Viivi. Beeindruckt fasst sie die Kabelbündel in unterschiedlichen Farben an, die mehr oder weniger ordentlich zusammengebunden aus den Öffnungen der Rechner heraushängen.

»Hier riecht es richtig nach Strom«, ruft das Mädchen. »Wie viele Computer sind das?«

»Nach Frodos letzter Zählung vierhundert und ein paar Zerquetschte.«

Viivi lacht. »Nach wessen Zählung?«

»Frodo ist mein Partner, sozusagen. Normalerweise macht er hier die Aufsicht … Frodo!«

Nach dem Ruf vergeht eine Weile, dann öffnet sich am Ende der Halle die Tür zum Aufenthaltsraum einen Spaltbreit. Durch den Spalt lugt ein rundes Gesicht mit zusammengekniffenen Augen und abstehenden Haaren.

Viivi macht intuitiv eine Bewegung, als wollte sie sich hinter dem Rücken ihres Begleiters verstecken, beruhigt sich aber, als Frodo angetrottet kommt, sich die Mundwinkel leckt, die Haare hastig richtet, alles andere als bedrohlich. Er sieht eher so aus, als wäre er gerade aufgewacht.

Die Abwärme der Rechner hat ihre Wirkung gezeigt, oder aber Frodos Outfit ist zu Ehren des Freitagabends eher *casual.* Er trägt nur eine kurze Unterhose und Strümpfe.

Ohne etwas zu sagen, streckt er die Hand aus.

»Viivi«, sagt Viivi.

»Ich weiß.«

Als Frodo mit pfiffigem Lächeln nickt, kann man nicht übersehen, woher der Deckname kommt, wenn man auch nur einen einzigen Herr-der-Ringe-Film gesehen oder das Buch gelesen hat.

Land-0 blickt in Richtung Aufenthaltsraum. »Kann man es wagen, den zu betreten?«

»Nur zu. Ich könnte eine Runde drehen und die Vorräte auffüllen. Leihst du mir den Falcon?«

»Von wegen. Verdien dir einen eigenen.«

Der Maschinenlärm wird auf ein erträgliches Niveau gedämpft, als sie die Tür hinter sich schließen. Ein bisschen Aufräumen ist nötig, bevor sich beide setzen können.

»Hier riecht es nach Rauch«, meint Viivi naserümpfend. Ob ihr die Verbindung zu seinen fehlenden Härchen klar ist, weiß der Himmel.

Den gesamten freien Raum nehmen die Monitore, Rechner und Tresore aus der Hochhauswohnung ein, die er vorübergehend hier in Sicherheit bringen musste, und zwar auf irrsinnig schnelle und teure Weise. Er schaffte es gerade noch, die wichtigsten Sachen auszuräumen, bevor Feuerwehr und Polizei kamen. Unnötige nachbarschaftliche Aktivität auch das. Irgendjemand hatte sie gerufen. Zum Glück verhinderte die Sicherheitstür der Kommandozentrale den schlimmsten Schaden, und die Sprinkleranlage im Flur sprang sofort an, weshalb sich das Feuer nicht auf die Nachbarwohnungen ausbreitete. Der Feuerwehr blieben nur noch die Nachlöscharbeiten.

Der hastig zusammengerollte schäbige Futon in der Ecke, den Frodo wer weiß wo aufgetrieben hat und anscheinend auch selbst benutzt, ist die ganze Woche lang seine bescheidene Schlafstelle gewesen. Das motorbetriebene Bett hat er trotzdem nicht vermisst.

Irgendwann muss er sich eine neue Wohnung besorgen. Ziemlich bald sogar.

»So sieht es hier also aus«, sagt er.

»Ja«, antwortet Viivi.

Plötzlich ist es schwer, zu reden.

»Die Energiegetränke sind anscheinend aus. Ich würde dir

einen Kaffee anbieten, aber die Kaffeemaschine steht irgendwo hinter dem Gerümpel.«

»Ich trinke keinen Kaffee«, erwidert Viivi.

»In Husby hast du welchen getrunken.«

Viivi erstarrt, sagt aber nichts.

»Ich finde, was du getan hast, also, dass du deinen Vater gesucht hast ... Das war toll.« Er nickt nachdrücklich. »Ich weiß, wie das ist. Wenn man jemanden vermisst.«

Jetzt macht Viivi den Mund auf.

»Du weißt gar nichts«, sagt sie mit flammenden Augen. »Es geht dich auch überhaupt nichts an! Das ist ganz allein eine Sache zwischen mir und meinem Vater. Und meiner Mutter.«

Ihr Gesicht hat sich fast bis zur Unkenntlichkeit verzogen. Als er aufsteht, sieht es aus, als wollte Viivi ihn schlagen.

»Friede, Friede«, sagt er mit erhobener Hand und bückt sich, um einen der Tresore zu öffnen.

Darin herrscht das übliche Chaos. Alte Festplatten, USB-Sticks und Fotoalben kreuz und quer durcheinander – hauptsächlich mit ideellem Wert. Das Wichtigste findet er, ohne zu suchen, und unverzüglich, denn es ist an die Innenseite der Tresortür geklebt: ein ausgedrucktes Foto im DIN-A4-Format.

Das vertraute Grinsen, die Zahnlücke – er dreht die Tür in Viivis Richtung.

»Wer soll das sein?«, fragt Viivi feindselig.

»Das ist Jesse«, antwortet er.

Und dann blamiert er sich gründlich. Er, ein erwachsener Mann, bricht vor einer Sechzehnjährigen in Tränen aus.

Die Arme des Mädchens sind um ihn geschlungen, überraschend stark und fest. Er wagt nicht zu sagen, dass es wehtut, so, wie sie drückt. Die glatte, warme Haut ihres Gesichts an seiner noch empfindlichen Wange. Es hat eine erstaunliche Zauberkraft. Wärme und Ruhe erobern den ganzen Körper.

Er fängt an zu sprechen. Er erzählt von Jesse und Marjukka. Von seinem Fehler, von seiner Sehnsucht. Von seiner Reue. Und als er alles endlich losgeworden ist, verstummt er.

Viivi streicht ihm übers Haar wie einem kleinen Kind.

»Dein Sohn liebt dich«, sagt sie. »Du darfst nicht die Hoffnung verlieren. Irgendwann gibt deine Ex nach, daran musst du glauben.«

Das Mädchen sieht ihn mit einem aufmunternden Lächeln an, sodass er gar nicht anders kann, als daran zu glauben.

»Danke.«

»Ich danke dir. Ohne dich wäre ich jetzt praktisch Waise. Oder tot.«

Endlich kommen sie zur Sache. Hast du schon gehört?, fragen sie einander fast gleichzeitig und spekulieren dann über die Gründe und die Folgen von Minister Häkkiläs Rücktritt um die Wette. Sie glauben beide nicht, dass er freiwillig zurückgetreten ist.

»Hauptsache, wir sind ihn los«, fasst er zusammen. »Wenigstens ihn. Was sich seine Frau alles ausdenkt, wenn sie erst mal in Fahrt gekommen ist, wage ich mir nicht einmal vorzustellen. Die Ironie des Schicksals ist ja, dass Tarmo Häkkilä sich selbst aufgehängt hat, ganz ohne uns. Das Video ist gar nicht nötig gewesen.«

»Immer dieses Video«, schnaubt Viivi. »Ich kapier das nicht. Alle machen sich ständig wegen irgendeinem Video verrückt.«

Er schaut das Mädchen erstaunt an.

»Na klar. Damit hat doch alles angefangen.«

Obwohl Viivi seltsam abwehrend wirkt, muss er von ihr Antworten auf seine Fragen bekommen, so sehr plagen ihn noch immer sein fehlendes Geschick und sein fehlender Durchblick. Die Tatsache, dass Valtti Nyman den kompletten Zusammenhang begriffen und das Video gefunden hat, und nicht er. Die ganze Arbeit und Qual – und jetzt liegt die Aufnahme, die eine halbe Million wert war, mit Viivis Smartphone auf dem Grund der Ostsee, wahrscheinlich bereits vom Meerwasser zerstört.

»Hast du tatsächlich aus der Hand gefilmt, hatte Häkkilä recht? Und wie bist du auf die Idee gekommen, es im internen Speicher deines Handys zu lassen und nicht in der Cloud zu speichern, so wie alles andere? Bei dir steht die Cloud in der Speicherwahl als erste Option. Dort hätte ich mir das Video sofort geschnappt.«

Viivi sieht ihn an wie einen Schwachsinnigen.

»Es gibt kein Video.«

»Was?«

Nein, es gibt kein Video. Es hat nie eins gegeben.

Ich stell dich ins Netz – Viivi erinnert sich und gibt zu, dass sie das zu Häkkilä gesagt hat. Aber das war eine leere Drohung. Irgendetwas musste sie sagen, so wütend, wie sie war, und so gedemütigt. Sie hatte dem Kerl ihre Titten gezeigt und sich seine Unverschämtheiten anhören müssen. Die Lage war tatsächlich außer Kontrolle geraten.

Kein Video. Kein Gerät hat die nächtliche Begegnung des Ministers mit Miss Myriam aufgezeichnet.

Viivi muss sich auch auf der Rückfahrt die Augen verbinden, aber diesmal wählt er eine weniger kurvenreiche Strecke. Es ist Viertel vor elf, als er den Falcon sicherheitshalber zweihundert Meter von Viivis Haus entfernt am Straßenrand parkt.

»Wir sind da.«

Viivi kriecht auf den Sitz und nimmt den Schal von den Augen. Sie schaut sich um, sieht nur eine Frau in sicherem Abstand ihren Hund ausführen.

»Okay. *Thanks.* Das war auf jeden Fall ein interessanter Ausflug.«

»Gut«, erwidert er. Er weiß nicht, was er sonst sagen soll.

Aber Viivi redet weiter.

»Hör mal, äh ... Land-0. Mir ist gerade eingefallen, dass ... Wenn du und dein ... Frodo mal was frei habt ... Ich mein natürlich nichts Offizielles, ein Praktikum oder so, aber ...«

Er spürt, wie sich ein Lächeln auf seinem Gesicht bildet.

»Ich werde dran denken.«

Es ist nicht ausgeschlossen, dass ein Internetzauberer irgendwann mal einen Lehrjungen einstellt – oder ein Lehrmädchen. Vor allem wenn man ihr den wohlverdienten Lohn für die halbe Million zahlen kann, die er schließlich selbst auf sein Konto auf den Cayman-Inseln überwiesen hat, weil der Minister sich damit viel zu viel Zeit ließ.

Dabei wurde beim gemeinsamen Konto von Herrn und Frau Häkkilä die Grenze erreicht, doch der Rest fand sich dann bei Valtti Nyman.

Beide Seiten werden im Nachhinein wohl kaum reklamieren. Und selbst wenn, es würde ihnen nicht helfen. Auch die Spurenbeseitigung hat er sorgfältiger als sonst vorgenommen.

»Eines noch«, sagt er und streckt sich nach einer Stofftasche in dem schmalen Raum hinter den Sitzen. »Das hier ist für Leia.«

Viivi schaut neugierig in die Tasche.

»Mamas Stiefel.«

»Geputzt und poliert.«

Viivi schaut ihn von unten herauf an. »Du bist echt *scary.* Was soll ich ihr sagen, wenn ich ihr die zurückgebe?«

»Sag ihr zum Beispiel, wenn sie Interesse hat ... Dann melde ich mich. Auf die eine oder andere Weise.«

Viivi stöhnt.

»Das klingt erst recht *scary.* Aber okay, ich richte Grüße

von dir aus. Aber nicht heute. Ripsa ist bei uns, meine Tante. Mama ist nach allem, was passiert ist, noch nicht so gern allein. Und Ripsa ist ziemlich, äh, wissbegierig.«

»Ripsa. Wieso hat deine Tante so einen Namen, wo Leia doch Leia heißt?«

»Ripsa ist ihr Rufname, alle nennen sie so. Eigentlich heißt sie Ellen. Oma und Opa waren in jungen Jahren voll die Filmfreaks, wie du dir vielleicht schon gedacht hast. Deshalb haben sie ihr den Namen der Heldin aus irgend so einem Monsterfilm gegeben.«

»Ein Monsterfilm? Ellen?«

»Ellen Ripley. *Alien*, den kennst du doch wohl. *Im Weltall hört dich niemand schreien*. Igitt.«

Viivi schaut ihn an und verzieht den Mund.

»Darf ich dir übrigens einen Tipp geben? Du solltest vielleicht erst dann mit Mama Kontakt aufnehmen, wenn dir wieder Wimpern gewachsen sind. Ich mein, die wachsen doch nach, oder?«

Er schmunzelt und drückt auf den Knopf. Viivi verfolgt erneut beeindruckt, wie sich die Tür nach oben öffnet.

»Das ist so megamäßig. Echt super.«

Das Mädchen steigt aus und geht mit schlenkernden Armen auf Eingang C zu. Er lässt die Tür herunter, mag aber noch nicht losfahren, sondern beobachtet Viivi im Spiegel. Die Bommel auf der gelben Mütze schaukelt lustig, in einer Hand schwingt die Tasche mit den Stiefeln hin und her.

Schon auf halbem Weg nimmt sie das Handy ans Ohr.

Auf der Basisstation im Armaturenbrett blinkt ein Lämpchen. Er stellt das Telefonat so ein, dass man es im Lamborghini hört.

Eine Tussi mit strenger Stimme meldet sich. Mia, Viivis beste Freundin.

»Hast du gehört, er hat zurücktreten müssen.«

»Ja. Geschieht ihm recht, dem schmierigen Kerl.«

Gespannt wartet er, ob Viivi ihrer Freundin sofort verrät, wo sie gewesen ist, was sie gesehen und gehört hat, aber nein. Viivi behält das Geheimnis für sich, wie sie es versprochen hat. Bald schon quatschen die Mädchen über die Party am nächsten Tag, wo sie zusammen hinmüssen, wer noch kommt, was sie anziehen sollen.

Im Spiegel sieht er, dass Viivi vor dem Haus stehen geblieben ist.

Es ist gleich elf, Zeit nach Hause zu gehen, hallo! Das würde er ihr am liebsten zurufen. Aber das ist nicht mehr seine Sache.

Oder – noch nicht.

Auch für ihn wird es Zeit, nach Hause zu fahren, beschließt er. Nichts wie in die Wälder im hintersten Espoo.

Das Beschleunigungsgeräusch des Lamborghini Aventador ist Balsam für Leib und Seele, so wie vorhin Viivis aufrichtige Umarmung. Schon seit Langem fühlt er sich ruhig und hat Vertrauen in die Zukunft, auch wenn an diesem Abend noch nichts und niemand auf ihn wartet, außer dem Futon im Aufenthaltsraum der Maschinenhalle, uneben und fleckig.

Das Geräusch des Motors hat auch seine Tücken. Fast hätte es das Ende des Gesprächs der beiden Mädchen übertönt.

Die Frage, die Mia stellt:

»Übrigens, soll ich es weiter in meinem Handy gespeichert lassen, oder ...?«

Und Viivis Antwort:

»Psst!«